悲悯大地

范稳 著

北京出版集团
北京十月文艺出版社

目录

缘　起

因　卷

果 卷

缘 卷

缘

起

贡巴活佛在大殿里喇嘛们的诵经声中，忽然感受到了遥远的脚步声正踏歌而来。那时他正坐在高高的法座上，在喇嘛们的经文中观想心中的佛菩萨。他感觉到了大地微微的颤抖，就像一面巨大的羊皮鼓被轻轻地敲响，而余音却在雪山峡谷间涟漪般地扩散。那些行路者一定来自比拉萨更远的地方，因为他们的脚步声虽然疲惫但却坚定，即便踩在陌生的土地上，可也依然执着，目的明确。仿佛遥远的跋涉只是为了抵达一个从未到达过，也从不知道的某个地方，只是为了印证神灵的一个重要昭示。

　　坐在活佛下方的曲扎堪布也感受到了大地上发生的某种异样，他想起了三十多年前的那场大地震，寺庙几近毁灭。他抬眼看看活佛，发现活佛依然在高高法座上成跏趺而坐的禅定状态。于是，忠心的老堪布不得不打断了自己的念经，躬身到活佛耳边轻声说：

　　"活佛，大地在摇晃了。"

　　"不，"活佛嘴唇轻启，面色慈祥地说，"有人要来了。"

　　贡巴活佛心中长长地舒了一口气，一种吉祥的快意悄然涌上心头。寺庙的这场法会从凌晨四点就开始了，现在太阳刚刚爬上山顶，喇嘛们的早茶即将从厨房里端来。贡巴活佛估计，那些远方的行路者中午时分便可赶到寺庙。

云丹寺是位于澜沧江峡谷西岸一处高山台地上的红教①寺庙，在它的上面是耸入云天的卡瓦格博雪山，它是藏东一带有名的神山，在峡谷两岸一系列纵向排列的十三座雪山中，数它最高最雄伟，就像一个伟岸的大丈夫，雄踞在天宇和大地之间。由于那个时期的天空纯净无瑕，日月的光辉在天宇间畅通无阻，人间的尘埃也显得非常谦虚，绝不会趾高气扬地飞到天上，污染神灵宁静的领地。神山巍峨的面容虽然经常处于云层之上，没有佛缘的人很难修到见它一面的福分，但是一旦你拜见到它，你就会发现这雪山并不仅仅是矗立在大地上，它永远雄踞在你的心间。而寺庙的下方，则是万仞绝壁，绝壁之下便是滔滔南去的澜沧江。夏天的时候，寺庙里喇嘛们诵经的声音便伴随着身下澜沧江的轰鸣，让人时常分不清澜沧江水是从喇嘛们的喉咙里奔涌而出的呢，还是喇嘛们献给神山以及诸佛的经文，在峡谷里翻滚出了气势磅礴的波浪。

太阳还没有当顶的时候，喇嘛们上午的功课已经完成，一些喇嘛回到了自己的僧舍，一些人则坐在大殿外面的台阶上晒太阳。他们在叽叽咕咕地讨论早晨大地的异样，有的喇嘛说他看到了大殿里的经幢在摇晃，有的喇嘛说他差一点就从蒲团上跌下来了。可是他们都说既然贡巴活佛还一动不动地端坐在自己的法座上，他们相信，大地之下的魔鬼翻不了身。

贡巴活佛没有参与喇嘛们的讨论，他手捻佛珠，伫立在寺庙的大门边，面向峡谷的北方，好像在等待自己久违的客人。他看到了峡谷

---

① 藏传佛教四大教派之一，它们分别为红教（宁玛派）、黄教（格鲁派）、白教（噶举派）、花教（萨迦派）。

对岸山梁上的一行人影，他们行进的速度和他手里捻佛珠的频率一致，活佛在心里默默地为对岸的行路者祈祷。东岸那边已经够热闹的了，祈请慈悲的佛菩萨怜悯西岸的众生，给他们带来广阔无边的福祉吧。贡巴活佛是一个话语不多的活佛，瘦小的身材包裹在宽大的袈裟里，但一点也遮挡不住从他身上放射出来的威严与慈悲，常年的闭关苦修生涯使他显得格外隐忍、孤独，像一个令人尊敬的苦行僧。但这是一种高贵的孤独，是一种厌世出离的恬静，使人面对他时不得不心生敬仰。连峡谷里的魔鬼看见他都只能躬身退去，不敢转身逃跑。因为他们也认为，纵然自己罪孽深重，可是在贡巴活佛的慈悲面前，魔鬼也会有脱胎换骨、转世投生到三善道①的希望。

一支行色匆忙的队伍终于应着贡巴活佛的祈诵，从澜沧江东岸跨江而来。那时人们的身影刚好直直的在自己脚下。他们是两个老者和三个年轻喇嘛，以及两个赶马人。从他们浑身的征尘和脸上堆积的不同地区的风霜以及四个季节以上的太阳印痕上看，这些人至少已经出门有一年多了。但是他们的脸上非但没有一点疲倦之色，反而布满某种坚毅和渴望。

贡巴活佛迎上前去说："远方来的客人，峡谷的众生像旱天的青稞苗，正等待着你们慈悲的甘露。"

一个气度不凡的老者躬身向贡巴活佛献了一条黄色的哈达，谦卑地说："啊，尊敬的上师，只有一个礼佛修行的智者，才会知道我们

---

① 即佛教所说的六道轮回中天、人、阿修罗、饿鬼、牲畜、地狱，前三道是善良虔诚的众生投生之所，故称为三善道，后三道是恶业较多的众生投生之地，称为三恶道。

这乞丐一般的出门人，在破烂的衣衫里藏有一颗慈悲的心。"

贡巴活佛收下了哈达，说："大地传来了你们的脚步声，吉祥的春风带来了你们将至的消息。尊敬的上师，请到寺庙里用茶吧。"

果然如贡巴活佛所料，两个老者是拉萨一所寺庙的高僧，为自己寺庙已经圆寂的洛珠活佛寻访转世的灵童而来。洛珠活佛的传承体系历史悠久、如雷贯耳，是受到过中国皇帝册封的。它和云丹寺同属于红教这一传承体系。不过，贡巴活佛只是一个小得不能再小的活佛，和洛珠活佛的转世体系比起来，只能是小溪和澜沧江之比了。肩负寻访转世灵童重任的人们足迹已经走遍了西藏大地，转遍了雪域高原的神山圣湖，但是神灵的旨意和前世洛珠活佛的箴言让他们翻越了数不清的雪山，渡过了世界上切割最深的江河，来到了澜沧江峡谷。因为他们的活佛在快要圆寂的时候吟诵了一首优美的诗歌：

皎洁的月光下，
借我一双翅膀，
飞到遥远的香巴拉就回来。
那里雪山环绕、江河并列，
香巴拉的圣地开满鲜花，
还有两棵绿荫匝地的核桃树，
树上挂满了佛果。

"那么，尊敬的上师，你们找到自己的佛缘了？"贡巴活佛对客人说。

那个叫格茸的老僧，是个在藏地也很有名气的大格西，贡巴活佛曾经在一次朝圣的旅途中拜谒过他的寺庙，知道他的学养有如澜沧江般丰沛。他的寺庙大殿上还高挂着中国皇帝的题匾。因此自格茸老喇嘛一来到寺庙，贡巴活佛感到自己这偏僻小寺也蓬荜生辉。他对格茸老喇嘛恭敬有加，甚至屈尊亲自为他续茶。

格茸老喇嘛说："上午我们在峡谷东岸没有找到我们的佛缘……"

"顶礼佛、法、僧三宝，"贡巴活佛欣然感叹道，"东岸那边，那边是……是，是黄教喇嘛的领地啊，尊敬的上师，佛陀的慈悲早就该施惠于西岸的众生啦。"

格茸老喇嘛并不知道这些年来，峡谷里红、黄两个教派为了争当神灵的代言人，为了争夺僧源和信众，在峡谷两岸已经闹到水火不兼容的地步，甚至不惜违背佛祖的旨意刀兵相见。

"佛祖的慈悲无处不在。"格茸老喇嘛沉吟片刻才说。他从贡巴活佛的激动中已经感受到作为一个势力较弱的教派要在黄教盛行的峡谷地区生存的不易。"刚才我们进村庄前，看了个叫阿拉西的男孩，是一个佛缘很好的孩子呀。"

"哦呀！"一向矜持的贡巴活佛禁不住双唇颤抖起来。

"阿拉西的父名都吉，母名央金，正是我家前世洛珠活佛父母的名字；他的生辰年岁也刚好和我家活佛从圆寂到转世投生的时辰相符，阿拉西的家门前如那首诗里描写的一样，也有核桃树啊。我们去时，那小孩正在核桃树下剥核桃呢。"

"哦呀呀，真是一个好缘起。"贡巴活佛忽然激动得有些语无伦次，"那个孩子的名字还是我给他起的呢，那时我就预言说他将来是个穿袈裟的命。"

"只是……"格茸老喇嘛捻着手里的佛珠，不无遗憾地说，"他家门前那核桃树是三棵，不是两棵。"

"哦呀?"贡巴活佛的身子颤抖了一下，仿佛被一颗子弹击中。他睁大了眼睛，嘴僵硬得合不拢了。

"我们要继续沿澜沧江峡谷走下去。"格茸老喇嘛坚定地说。

"唉!"贡巴活佛深深地叹了口气。前世活佛留下的箴言，哪怕有一丝细节不相同，就意味着佛缘未到。贡巴活佛心中吉祥的云彩转瞬间就被吹散了。他感叹道:

"难道佛果真的生长不到一块充满怨憎的土地?你们不知道，多年以来，这里五毒①炽盛，佛法衰微，邪法盛行，教派纷争，众生悲苦。人们亟须一个大活佛的悲悯啊。"

格茸老喇嘛安慰道:"贡巴活佛的慈悲足以拯救峡谷里沉沦的佛法。"他也知道，如果此地能出一个活佛，对这座小小的寺庙，对这个寂寞的活佛来说，该是多么大的一份功德。

"寺小僧寒，悲心微薄。我们只有尽心了。"贡巴活佛说。

"尊敬的贡巴活佛，心到，世间万物均可到。那孩子长大后，让他来找我。"两天以后，来自拉萨的灵童寻访小组摇着转经筒走了。峡谷的众生没有谁知道一个大活佛差一点就转世到这贫瘠险恶的峡谷，也没有谁知道一段佛缘因为多生长出来了一棵核桃树、因为轮回的时间正旋转到一个错误的位置而未能如愿缔结，一颗本应该修成的佛果还将继续忍受峡谷的风雨。只有贡巴活佛才知道，该生起的佛缘，因缘成熟了的时候一定会生起，就像树上的核桃，秋天到了时，自然会有人去摘它。即便你不摘，它自己也会掉下来。

---

① 在佛经中，"五毒"是指人的贪欲、嗔怒、嫉妒、愚痴、疑惑五种表现。

因

卷

第一章

1　兄弟共妻

在人与神可以一同交流与舞蹈的美好岁月，居住在滇藏接合部澜沧江峡谷两岸的藏族人经常可以看到神的使者往来穿梭于大地与天庭之间。人们每隔上一段时间，就能听到这样一些令人神往的话——

"阿爸，快来看啊，一个喇嘛骑着光线飞到天上去了！"

"佛祖啊，感谢你从天上撒下这些金黄的青稞！"

"法力无边的护法神，快来赶走牧场上的魔鬼！"

"神胜利了！"

那个时候，在西藏东部蛮荒隐秘的雪山峡谷中，从青藏高原奔腾下来的澜沧江是下山的猛虎，把峡谷搞得森严肃杀，恐怖晕眩。江水如刀，大风似箭，从峡谷中穿越而过，塑造出这段鬼斧神工的大峡谷，也塑造出这峡谷中的人们，像悬崖一般挺立，如雪山一样骄傲。那个时候，大地经常发生轻微的颤动，这并不是地下的魔鬼大梦初醒后的翻身扭动，而是江底的巨石被洪水夹带，跌跌撞撞地往下游逃窜。它们身躯再庞大，也不是洪水的对手；就像人间一个再厉害的伟人，一个再智慧的高僧，也不是时间的对手一样。可就是时间，当它流淌到澜沧江峡谷里时，也不得不随着波涛翻滚的浪花沉浮、飞溅、跌落、消失。时间像江水，冷酷无情；江水也如时间，不舍昼夜。

人们在峡谷狭窄的土地上耕作，在高山牧场上放牧，在连接汉藏两地的马帮驿道上赶马，在煨桑的青烟中供奉神圣的卡瓦格博神山，还在寺庙里交出自己的灵魂，在无尽的苦难中寄希望于渺茫的来世。那个时候，天上的魔怪和地上的邪恶灵魂结成了盟帮，而各路护法神和虔诚的人们站在一起。他们代表善良的人们和天上的妖魔鬼怪们打仗。如果天上的神灵胜利了，大地便安详和睦，每一条峡谷，每一座雪山，每一片草场，每一个村庄都充满广阔厚重的慈悲；但是如果魔鬼们趁神灵睡觉的时候乘虚而入，跑到人间来胡作非为，大地上就饿殍遍地、战火纷飞了。

在那个单纯的年代，天空是神灵和魔鬼驰骋的战场。人们经常在蓝天白云间看到他们飘逸的身影若隐若现，听到他们征战的呐喊夹带着滚滚雷声，还有神灵们在天空中放牧的白云，他们一高兴就将朵朵白云撒落在高山牧场上，让白云变成成群的牛羊，让云中的甘露滋润大地上的万物，让阳光像阿妈温暖的手指一般抚摸牧场上的青草，地里的庄稼，使它们在四季轮换中有枯有荣。而魔鬼们像放羊鞭一样挥舞而来的闪电，以及被装在一只看不见的巨大口袋里的冰雹、瘟疫等灾害，也时常把人们吉祥的生活砸得千疮百孔。魔鬼的力量不仅可以让大地改变颜色，让江河里漂满尸体，有时连善良虔诚的妇人生孩子，他们也往往插上一手，夺人命脉于无形无声之中。

这一年的夏季，人们惊恐地看到，魔鬼的身影在峡谷里四处闪现。澜沧江西岸的马帮商人都吉的妻子坐胎十月，在上山打柴时竟产下一蛇首人身的婴孩。据说那不伦不类的小家伙难以辨认五官，脖子比头更粗、还长，两只小手的十指像蹼一样地粘连，而双腿则自臀部以下并拢在一起。

那个产下蛇首人身怪胎的可怜女人名叫央金，她哭泣着对赶来救她的丈夫都吉说："是魔鬼把我的孩子抱走了，换来这样一个怪物。"

那时她正躺在路边的一堆灌木丛上。这种河谷地带的灌木丛生长得粗壮而矮小，没有叶子，茂盛的枝丫密不透风。砍柴人常将它们作为歇脚的凳子坐，时间长了，灌木丛的顶部被压得平整而富有弹性，像路边的一张张墨绿色的床。女人身下淌出的血已经把灌木丛染成了黑红色，想来明年它们将会生长得更加茁壮。

峡谷里勤劳坚忍而苦命的藏族女人生孩子，不能在自家的厅堂或者睡房里生，因为那会被认为是不洁的。她们要么在自家的牛圈里，要么到山上找个僻静的地方去完成这家族血脉的传递。央金已经是两个孩子的母亲了，她的大儿子就是那个差一点被认定为转世灵童的阿拉西，她生第二个儿子玉丹时，也是像今天这样，上午早早地带一把砍柴刀出了门，下午回家时就背上背一捆柴，胸前抱着刚生下的孩子了。

都吉是一个厚道的马帮商人，多年来带着自己的马队下走汉地，上走拉萨，最远到过印度的噶伦堡。可是即便他是个见多识广的男人，还是对世界上最奇怪的事情发生在自己的妻子身上没有准备。他望着被妻子腰上的垫裙包裹着的那团血肉，竟然没有胆量再多看一眼。

"魔鬼怎么抢走了我们的孩子？"他愤懑地嘀咕道。

"一条闪电从云层后面蹿出来，就把我的孩子收走了。她是个皮肤粉红的小女孩啊都吉。"央金号啕大哭。

魔鬼收走峡谷里的小孩的事这些年常有发生，天上的闪电是魔鬼挥舞在人们头上的一根鞭子，它不仅把小孩的命夺走，有时还把成群的牛羊赶到天上去。都吉恨恨地望着峡谷上方厚重的云层，想象着那条魔鬼释放出来的闪电。"只有那些喇嘛上师才知道是怎么回事了。唉！我们回去吧。"

"可是我们怎么把她带回家？"央金指着灌木丛上那包裹说。

"你先走吧，"都吉的眉毛拧在了一起，脸上堆出比乌云还要厚的难堪。他咬牙切齿地说，"把她交给我。"

央金哀伤地看见丈夫抱着那包裹走下了山谷，走向了山谷下面的澜沧江。山风把她脸上的泪珠吹得像雨点一般四处飘洒，打得山道上的尘土冒出一阵阵小小的白烟。央金只有对着空旷的峡谷无助地大声申诉：

"佛祖啊，我的前世做什么坏事了？"

而魔鬼做的坏事却被峡谷里的风吹向了澜沧江两岸。就在这个乌云密布的日子里，几乎所有的人都知道了一个蛇首人身的婴孩被都吉扔进了澜沧江。

马帮商人都吉在澜沧江峡谷很有名气，卡瓦格博雪山下的澜沧江峡谷自古以来就是汉地前往西藏的走廊，一条古老的驿道穿越澜沧江峡谷，蜿蜒通往雪域高原。那些从汉地用马帮驮来的商品，运到峡谷前方的独克宗①后，汉地的赶马人一般就再也不能往前走了，一则他们不习藏地的民风民情，二则他们也无法翻越前方一座比一座高的雪山。独克宗有许多马帮驿站，藏族商人在这里买过汉族商人的货物，用清一色的康巴人组成的马帮队伍，继续将藏地需要的茶叶、布匹、丝绸、铁器等商品驮往藏区。他们是凭脚力挣钱的人，人们称他们为马脚子，人脚和马腿，数百年来一起在这条古老的驿道上将汉藏两个

---

① 宗即是旧时西藏一个县的建制。

民族的贸易往来一步步地蹚了出来。都吉多年来靠一双坚韧而有力的双脚，以及刻苦精明的经商意识，已经在澜沧江峡谷里为自己积攒下了富可敌国的财富，盖起了在峡谷东岸最庞大壮观的宅院。人们说，都吉家的钱就像澜沧江里的流水，日夜流淌。峡谷里的人们每个夜晚都能听到都吉家的藏银入库的哗啦啦声，甚至盖过了澜沧江的波浪；都吉家银库里的银锭也堆成了山，因为那库房即便在白天也散发着刺眼的白光。

现在，宁静而富裕的生活被打破了。都吉回到自家的宅院时，天刚刚擦黑。喇嘛们诵经的声音从二楼的厅堂里传来，一些平常见了都吉都要躬身致礼的赶马人，现在要么远远地躲着他，要么目光里流露出陌生的恐惧。都吉在大门口伸手抓住一个想躲开他的马脚子阿堆。

"我身上有魔鬼的气味吗？"

阿堆拼命地摇头，脸都给憋红了，但却说不出话来，就像被人卡住了脖子。

"魔鬼是没有气味的。"说这话的是云丹寺的贡巴活佛，他刚从楼梯上下来，"他们只有带给人们的恶行。"

"活佛！"都吉忙跪下叩首，"求你救救我的妻子，她招惹上魔鬼了。"

"不是她招惹了魔鬼，而是魔鬼缠上她了。"贡巴活佛说，"那个孩子呢？"

"我……我我……"都吉的脑海里翻腾起澜沧江的波浪。孩子一入水，蓝色的江水立即变得一片通红，波浪跳起来有房子那么高，都吉那时感到被卷走的不是孩子，而是自己的心。

"你造孽大了，都吉。"贡巴活佛依旧语调平稳地说，"那毕竟是一条生灵。也许我的咒语可以赶走那小生命中的魔鬼。"

都吉一愣，自下午见到妻子以来的所有焦虑与羞愤一齐涌上来，像江水一样地淹没了他。他两眼顿时一片漆黑，一头栽倒在贡巴活佛的脚下。

"把他抬到火塘边去，让温暖的火塘驱散他心中的漆黑鬼。"贡巴活佛对从屋里赶来的都吉家的两个儿子阿拉西和玉丹忧心忡忡地说，"看来魔鬼的孽障遍及我们西岸的众生了。"

那两个儿子就像草原上健壮的小马驹儿，刚学会奔跑就被生活中的坎坷绊倒了。他们一齐扑在都吉的身边，"阿爸阿爸"地叫成一片。贡巴活佛忽然发现，已长成一个小伙子身胚的阿拉西身上散发出一股令他忧虑的怨憎之气，一种叫作"烦恼魔"的魔鬼在他的身后不远处若隐若现，阴鸷的笑脸透出已将阿拉西当成掌上玩物的惬意。他想起多年以前这个孩子差一点就被确认为后藏一个大活佛的转世灵童，可是造化却如此捉弄这个本来具备慧根的孩子，让一个人生命里深藏不露的佛性得不到适时的张扬。

活佛叹了口气，将手摸在阿拉西的头顶上，急速地念诵了一段经文，暂时赶走了他身后的"烦恼魔"。那个家伙在活佛咒语的驱赶下像一只被击伤了的乌鸦，带着一阵黑烟悄无声息地飘走了。

"孩子，生活中魔鬼的身影随处可见，不要让它进入我们的心就成，心魔才是最大的魔鬼。快扶你阿爸回家去吧。"

阿拉西那时还不能透彻地理解贡巴活佛的话，也没有觉察到自己已经魔鬼缠身。凡人要发现身边的魔鬼总是很难的，在他将来注定需要修行终生的岁月里，他会发现心中的魔鬼就像人身后的影子，当你回头一望、反省自身的时候，它无处不在。

这个曾经被佛的眼光关注过的孩子阿拉西，已经像普通人一样在高山牧场上一年又一年地长大，长成了一个英武的康巴青年。蓬松的头发，像一面黑色的旗帜在风中飞扬；挺拔的身段，像山崖上的劲松迎风挺立。还有动人的歌喉，矫健的舞步。一个康巴年轻人该有的优秀才能，他都有；而连他自己都还没有发现的慧根和佛缘，却是许多人都不具备的。他出生时带着他的前世某些明确无误的印记，不像一个刚出生的婴儿，而像人们久已熟知的某个老朋友；他的哭喊浑厚低沉，起伏如峡谷深处的江水，像寺庙里那些喇嘛们的念经声，引领得牛圈里的牛们也一齐哼念起来，来帮忙接生的一个老阿妈骇得目瞪口呆，因为她清楚地记得这是她当天早上去寺庙磕头时听到的经文。她就像捧着一尊金贵的佛像，一时不知该把孩子放在哪里好。这个婴孩却忽然说起话来："外面出彩虹了。"那老阿妈抬头从牛圈的门口望出去，果然见一条绚烂的彩虹飞架在都吉家的房顶，一阵适中的骤雨夹带着花瓣纷纷落下。老阿妈激动地把婴孩塞到央金的怀里，颤颤巍巍地跪下叩起了长头。"你就是佛菩萨啊！"

　　在这个孩子身上还有很多奇异的事情，有一段时间他能听懂动物的语言，牧场上的牛羊面对青草时的喃喃自语，父亲的马帮里那些负重的马儿和骡子相互的交谈，成天塞满了他的耳朵，让他从小就显得硕大无比的脑袋不堪重负，头疼欲裂。都吉曾带他去找过贡巴活佛，活佛开初对这个孩子身上的种种异能兴奋不已，暗自揣测这是活佛转世的吉祥前兆。他对都吉说："有些人不该听到的声音，或者预示着吉祥，或者预示着灾难。愿佛祖保佑阿拉西，请他给峡谷带来珍贵的吉祥吧。"那时都吉并不感到有多幸福，因为那孩子天天喊头痛，尽管没有哪个马脚子告诉过他赶马的故事，可赶马人一路上的经历填满了他的脑子。那些走过的村庄、险隘，经受的风霜雪雨，待在家里的阿拉西不把它们复述出来，脑袋里就再没有空间去听骡马们讲的更多故事。好在随着年龄的增长，他身上的这种特异功能才慢慢消失。

天快要亮时，都吉才从黑暗的深渊中挣扎出来，火塘边大儿子阿拉西神色凝重，二儿子玉丹则歪倒在一边睡过去了。三楼专门供奉神龛的佛房里，从云丹寺请来赶鬼的喇嘛的念经声时断时续地传来，仿佛是在睡梦深处的呓语。

阿拉西看见父亲醒过来了，忙凑上前来，"阿爸，你好些了吗？来，喝碗药汤吧。"

他把煨在火塘边的一只土罐里的药汤倒出来，递给都吉。"喇嘛上师们已经为药念过经，把法力加持进去了。"阿拉西说。

"唉，喇嘛的法力，有时也斗不过那些魔鬼啊。"都吉还是把药喝了。那药汤辣辣的，从他的喉咙里一路滚下去，他在想象身体内的魔鬼被辣热的药汤撵得四处躲藏。

"阿爸，家里都闹成这个样子了，我们只有相信喇嘛的法力啦。"阿拉西说。

都吉忽然觉得儿子已经到了可以当家里中柱①的时候了。如果自己和央金被魔鬼缠上了，儿子这一辈可得平平安安地把家族的血脉传承下去。

"阿拉西，你们该讨媳妇了。"

阿拉西犹豫片刻，手捏着自己的衣角下摆说："阿爸，我们兄弟

---

① 峡谷地区的藏族人盖房子，厅堂正中央的那根巨大的圆柱最为讲究，它是顶梁柱，也是家中父权的象征。

俩听你的。"

半年以前，都吉以一个藏人对儿女婚嫁的传统习俗和作为商人的实际考虑，决定让自己的两个儿子阿拉西和玉丹共同娶家里的管家顿珠的女儿达娃卓玛为妻。那年月兄弟共妻的习俗在峡谷里很普遍，人们认为这是家族财产永不分割的最好选择，也是做儿子的对父辈的最大孝心。千百年来峡谷里的藏族人家在有限的生存资源里谋生，置下一份产业已相当不容易，怎么能因为娶妻生子而瓜分父辈乃至祖宗的家产呢？只有土司头人家，才有可能娶两个甚至三个妻子。这是神赋予他们的福祉，平民百姓虽然也享有爱的权利，但在贫瘠的土地上，爱情的果实多少也有些苦涩。不过人们已经习以为常，就像习惯了大地赐予人们的一切灾难与恩赐。

都吉早已把两个儿子共同的家庭生活安排好了。当达娃卓玛娶进门，待她和大儿子阿拉西圆过房后，他将跟随顿珠外出赶马，都吉早就计划在拉萨开一间商号，作为峡谷和印度货运线路的中转站，阿拉西将成为拉萨商号的少掌柜。而小儿子玉丹就在家担负起照顾他的嫂子——同时也是妻子——的责任，等一两年以后，玉丹长大成人了，他就可以去拉萨替换他的哥哥了。

"留在家里的人不会寂寞，出门在外的人也会有个挂念。"都吉在决定这门亲事时曾经这样对两个儿子说。

阿拉西的回答是："阿爸啊，我听你的。"

小儿子玉丹说："阿爸，我知道当兄弟的本分。"

和健壮刚毅的阿拉西比起来，玉丹就像是另一个家庭里的孩子。他的皮肤白皙，身材颀长，高原的太阳似乎晒不黑他的脸庞，酥油糌粑也养不壮他的身胚。"这个家伙长得像个母羔羊。"都吉经常这样评价自己的小儿子。玉丹生来就羞涩腼腆，目光柔和，性格内向。也许因为他哥哥阿拉西太强壮，玉丹便像大树下的禾苗，永远也苗壮不起来。他从小就跟着阿拉西到牧场上放牧，一切困难都有阿拉西来扛，他受哥哥强悍刚烈性格的保护，野兽来了有哥哥去驱赶，风雨来了有哥哥来遮挡。他几乎不用费什么力气，就可以把一个雪山下的牧童应该承担的风险和艰难对付下来。但是他内心细腻，情感丰沛，当他听说和哥哥一同娶达娃卓玛为妻时，他险些流出了眼泪。这不是因为委屈，而是由于幸福。如果分管爱情的神灵可以说话，他会告诉我们，玉丹早就暗恋上达娃卓玛了，甚至比阿拉西还早，事实证明那爱也比阿拉西更强烈。

管家顿珠的女儿达娃卓玛，是峡谷里最勇敢也最漂亮的姑娘。她和阿拉西兄弟一起在牧场上长大，有着比兄妹还要亲的感情和经历。当两家的父母想把他们三人撮合成一个家庭时，三个年轻人反倒显得羞涩和生疏起来。甚至连一头雪豹也没有使他们走得更近一些。

一年前的夏天，在高山牧场上，一头雪豹偷袭了达娃卓玛家的一头公犏牛，它三扑两扑，就将犏牛的脖子咬住了。那头公犏牛虽然足有雪豹的一倍大，可是它的对手敏捷、凶残、果敢。犏牛拼命地蹦跳，拼命地挣扎，喷涌而出的鲜血洇红了雪豹的头，这更激起了它嗜血的欲望。达娃卓玛那时刚十六岁，一头强悍的雪豹在她面前，就像草丛里蹿出来的一个不讲道理的蛮横家伙。

"不要吃我家的牛！求求你，不要吃呀！"她对它乞求道。

可是雪豹并不听她的，牛和豹在草地上滚作一团。无计可施的达娃卓玛眼看着雪豹就要把牛拖进森林里去了，她只好一把拉住了雪豹的尾巴，她想用自己的力气把牛从雪豹的口中拖出来。雪豹根本没有把身后的干扰放在眼里，它死死地咬住牛的脖子，只把那钢鞭一般的豹尾一甩，就将屠弱的达娃卓玛从一头抛到另一头，可是倔强而勇敢的小姑娘并没有松手，豹尾仿佛生在她的手上一样，她成了依恋在雪豹的尾巴上飞舞的蝴蝶。如果不是人在哭喊，牛在哀鸣，雪豹在咆哮，看见的人还会以为这是一场游戏哩。

在另一面山坡上放牧的阿拉西听到喊叫声冲过来了，他端着一杆火绳枪，可是却不知道往哪儿射击，他看见人、牛、豹在草地上翻滚，谁也甩不开谁。他高喊道："放开手，卓玛！"

这声音在拼死厮杀、呐喊与号叫的三方面前，就像蚊子哼鸣一般细小脆弱，他们根本无视他的存在。阿拉西再次喊道："求求你啦，卓玛，我要开枪了！"

他点燃了火绳，但在就要击发的那一瞬间，他看见达娃卓玛几乎是在雪豹的背上飞来飞去，人和豹已浑然一体。情急之下阿拉西一抬枪口，霰弹贴着雪豹的耳朵飞向天空。枪口离雪豹如此的近，枪声就像一个巨大的炸雷在它的耳朵边轰然炸响。那牲畜一下给震蒙了，竟然愣在那里，一动也不动，只是用迷惘的豹眼看着那个赶来的救援者，然后才訇然倒地。如果是一枪打在它身上，也许还不一定能制伏它，相反会更激怒它，可这一枪大约震破了它的耳膜，使它难受得在草坡上翻滚起来，嗷嗷乱叫。最后它滚下了山坡，再也不敢来了。

达娃卓玛和那头犏牛也被突如其来的变故搞蒙了，仿佛还深陷在一场噩梦中不能自拔。牛躺在地上奄奄一息，卓玛叫了一声"拉西哥……"她本想扑到他的怀里，可是面前这小小的一步难倒了敢和雪豹搏斗的姑娘，她的双脚一软，瘫倒在了草地上。

"起来吧，卓玛妹妹。"阿拉西走上前去，把手伸给了达娃卓玛。

她拉住了他的手，身子不由自主地颤抖起来。刚才她勇敢地抓住豹子的尾巴时，她没有一丝犹豫，也没有一点害怕，可是当她牵住阿拉西的手，感受到他手掌里的温暖，触摸到他的肌肤时，她就像摸到冰一样，连说话都不利落了。

　　"牛……牛……"她的牙齿磕得嗒嗒嗒响，好像有一匹小马在嘴里跑。

　　"别管牛啦，它已经不行了。"阿拉西把卓玛拉起来，差一点就把她拉进自己的怀里。他看见她膝盖和手肘处血肉模糊的擦伤，还有右脸颊被刺开了一大道口子，皮肉都翻在外面了。

　　"你的脸出血了，卓玛。"阿拉西说着想用手去拭擦卓玛脸上的血痕。

　　达娃卓玛躲开了，她弯身从地上抓起一把草，胡乱在脸上揩揩，顺势蹲下去捂着脸哭泣起来。

　　"卓玛，豹子要拖走牛，就像凶猛的江水要带走江边的石头。峡谷里还没有人敢去抓豹子的尾巴。"

　　那天是阿拉西将受伤的卓玛背回去的，在快要到村口的时候，他们遇到了一个打柴人，那个家伙打趣道："嘿，阿拉西，新媳妇还没有过门，你就把她背在背上了。"阿拉西当时感到卓玛的一颗心，就像一阵乱拳，慌乱地敲打在他结实宽阔的后背上；他还感到两个人散发出来的体热，几乎要把他融化；他更察觉到，一对像含苞欲放的莲花一般的小乳房，在他滚烫的内心里滚来滚去，像远方的春雷，催生着万物勃勃生长的欲望。

　　大概就从那一天起，卓玛在人们的心目中仿佛一夜之间就长大了，她不再是一个成天跟在阿拉西兄弟身后转悠的小姑娘。放牛回来的路上，她不再和阿拉西兄弟结伴而行；上山打柴时，她也不再约着玉丹一同前往；她甚至连见了都吉和央金，都会脸红着低头绕行。

央金生下蛇首人身的怪物一个月后，都吉匆忙为自己的两个儿子举办了婚礼。澜沧江西岸的人们脸上惊慌失措的阴云，才被婚礼上嘹亮的歌声和旋转的舞步赶走了。按照峡谷里的习俗，婚礼举办后，新娘还要在娘家和父母住一个月，一方面她在父母身边再尽最后的孝心，一方面也让新娘面对新生活有充足的心理准备。

达娃卓玛的父亲顿珠是个精明忠诚、性情活泼的马锅头①。他孤儿出身，是都吉把他的命从一个遭受瘟疫的村庄里，在死人堆里拣出来的。几十年来他忠心耿耿地为主子效劳，每年都要带着都吉家的马帮队伍去一趟遥远的拉萨和印度。他和死神数度擦身而过，阎王派来的小鬼多次与他结伴同行，但是他用自己的经验和勇气一次次地甩掉他们。在波密②的原始森林，一群身份不明的野人把他掠到他们居住的森林里，他们全住在树上，像猴子一样在茂密的树林里飞来荡去，如履平地，他在那里做了三年的野人。在后藏的一座雪山下，他曾经被一头巨蟒吞进了肚子里，但是他用随身带的康巴藏刀划破了蟒蛇的肚子，逃了出来。在印度噶伦堡的一条河谷，他目睹了长有六个头三十二只胳膊的黑蓝色魔鬼和一个印度大法师的鏖战，他们从天上战到人间，河谷里的那条小河里全是魔鬼黑色的血液。他还在漫长的马帮驿道上碰见过格萨尔王的军队，他们威风八面，白马白铠甲，就像传说中那样疾行于云端和雪山之巅。

---

① 马锅头是马帮队伍的头领。
② 现位于西藏林芝地区。

多年的马帮生涯使他胆识超群，眼光比峡谷里的人们更为开阔。因此当都吉请的媒人来跟他说亲，想让他的两个儿子合讨达娃卓玛为妻时，他并不感到意外，相反他把这看成无上的荣誉。这意味着今后他及他的家庭都融入了主子的家族事业中，就像汉人说的那样，找了一棵大树乘凉。他也问过女儿的意思，女儿的回答令当父亲的心中一块石头落了地，她说：

"阿爸，能嫁给拉西哥，是女儿一生的吉祥。拉西哥的弟弟也是我的弟弟，女儿多一个人疼爱……唉！"

这一声长叹从卓玛姑娘的内心深处言不由衷地滚落到嘴边，一不小心就将她甜蜜的爱心里深藏着的悲凉泄露出来了。顿珠当然知道，但是他认为，等女儿嫁过去以后，她就知道两个丈夫的好处了。况且，女儿这桩婚事自被提亲以后，她心思上的微妙变化，做父母的其实早就有所察觉。——这简直是一件再明显不过的事情了，一个正在爱的人，她哪怕只是摆动一下裙子，头上多别一朵野花，当父母的也就知道了她为谁而打扮，为谁而梳妆。

在顿珠牵着马送女儿回夫家的那天，峡谷里的云层压得很低，几乎就要落进澜沧江里去了。顿珠并不认为这有什么不吉祥，因此他感觉得到骑在马背上的女儿既兴奋又羞涩。那马儿被她的心情所感染，几次都试图蹿到牵马者的前面去。都吉打趣道：

"瞧瞧，它比你还着急哩。"

"阿爸……"女儿的脸映红了他们上方的雪山，都吉不用回头都知道女儿内心里的幸福。他感谢佛祖的慈悲，感谢神山的护佑，让善良的女儿终于找到了一户好人家。

"卓玛，过去后你要多长个心眼。阿拉西兄弟都是峡谷里的好男儿，左边脸是脸，右边的脸也是脸。你明白么?"

达娃卓玛当然明白。峡谷里像她这样一女嫁二夫的女子有许多。新媳妇过了门，如果闹得人家兄弟不和，没有人会责怪那两兄弟，只会怪那姑娘不会为人处事。一个聪明的姑娘总会在自己的两个甚至三个男人中间长袖善舞、左右逢源，把家庭生活安排得井然有序。

对于那两兄弟来说，合娶一个漂亮的姑娘不但没有让他们兄弟产生生分，相反会令他们更加珍惜自己的兄弟情义。他们就像面对一件神灵赐予的珍贵圣物，内心想的更多的不是独自拥有，而是共同供奉。他们不会因为自己的私欲而去伤害对方，这是不可想象的，就像圣洁的雪山不容亵渎一样。

达娃卓玛被送来的那天，都吉家没有举行例外的仪式，所有的礼节都在婚礼上表达过了，现在爱情生活该进入到生活的实质层面上了。

阿拉西兄弟的两间新房就并排设在二楼厅堂的右侧，上方是都吉夫妇的房间。在一家人吃完晚饭，在火塘边喝完茶时，都吉感到今晚火塘里的柴火都燃烧得特别的旺盛，一根胳膊粗的栗柴，似乎在眨眼之间就化为灰烬。两个儿子都满面红光，年轻的皮肤下血液流淌得比江水还要迅猛剧烈，而他们怦怦乱跳的心，仿佛两匹找不到群的小马驹儿，在宽广无垠的牧场上东奔西突。玉丹的头上甚至还能看到蒸腾的热气，都快把火塘上方悬挂着的一块腌肉蒸熟了。

"你们今后就要在一起过日子了，我想再给你们两兄弟讲一个朝圣的故事。"都吉再不说话打破火塘边的沉寂，他担心自己的舌头也会被火塘的热量烤焦。藏族人的火塘边从来就是神话与传说的荟萃之地。佛祖的慈悲在这里散发出永恒的温暖，神灵的故事让人们内心有了依托，魔鬼被火塘的光芒驱赶得远远的，格萨尔王和他漂亮的王妃时常来火塘边和主人拉家常，被他降服的魔怪时而变成一阵阵青烟从火塘上面的天窗中飘升而去，时而成为窗外呼啸的风声逃之夭夭。在藏族人的火塘边，家庭里的孩子们一年又一年地成长，一年又一年，开始认识外面的世界和祖先的历史。

"有一年，一个到拉萨朝圣的康巴人，带着自己的妻子、孩子和兄弟一起踏上了漫长的旅途。"都吉不紧不慢地开始了自己的故事，"他们走到一处魔鬼经常出没的地方，被当地的魔鬼挡住了去路，魔鬼要他们献出一条人命才可以通过。康巴人献出了自己的儿子，对魔鬼说孩子你拿去吧，我有女人，还可以再生。他们又继续往前走，又一个魔鬼出现了，仍然是要一条人命，康巴人又献出了自己的妻子。魔鬼问难道你妻子不如你兄弟的命重要吗？康巴人回答说，女人没有了，我可以出家当喇嘛，而亲兄弟只有一个，他身上流着和我的父母一样的血液啊。"

厅堂里只听得见栗柴燃烧得噼啪作响的窃窃私语，似乎那就是这段故事的余音。三个年轻人心里的那团火实际上比火塘里的火烧得更为旺盛，玉丹忽然希望这漫长的黑夜尽早过去，天快快亮起来吧。让第一缕阳光把他送到高山牧场上去。不是他的内心里充满了痛苦，而是满怀的羞涩让他不敢面对和哥哥共同的妻子。本来他该去高山牧场上放牧，让哥哥和达娃卓玛好好地过上一个月。可是顿珠提前一天把自己的女儿送过来了，顿珠的解释是，他把约定的日子记错啦。

月光从窗沿处爬进来了，像一只蹑手蹑脚的大白猫。屋外的风声中可以依稀辨听得出神灵们匆忙的脚步。阿妈央金在厅堂的神龛前虔诚地做晚间的功课，念经，磕头。自从贡巴活佛说魔鬼缠上她以后，这个善良的女人每天中的大部分时间都是跪伏在家里的神龛前，那神龛里供奉着卡瓦格博战神的神位，再肆虐的魔鬼，也不敢来找她的麻烦啦——至少阿妈央金是这样认为的。

都吉两夫妇早早地进自己的房间了，把这个暧昧而令人激动的夜晚留给了三个年轻人。虽然两兄弟都有各自的房间，可是那相隔的一面墙，并不能隔断他们对同一个女人的思念。

阿拉西在走进自己的房间前，回头望了望还坐在火塘边的弟弟。因为他感觉到玉丹的目光一直黏着他的背影。两兄弟目光相遇时，就像一注泉水跌落进一个深潭，哥哥的眼睛就是那潭，弟弟的目光就是那飞泻的山泉。哥哥的眼睛充满了巨大的怜惜，别着急，阿弟，我会让达娃卓玛也爱上你的；弟弟的目光想表达的是：哥，我的爱会和你的爱融在一起啊，就像两股泉水流进同一个深潭里一样。

2 红 狐

藏东一带的崇山峻岭中，天上的神灵是飘逸潇洒的，峡谷里的江水是奔放不羁的，密林中的飞禽走兽也是自由自在的。唯有人，被一系列高耸入云的雪山所阻挡，被切割纵深的峡谷所隔绝，被险恶的自然环境所限制。人一来到这方小小的天地里，他的命运就依赖着大地的悲悯。生于牧场成为牧人，生于坡地耕种庄稼，生于密林成为猎手。就像卡瓦格博雪山下的澜沧江峡谷东岸，由于地势相对平缓一些，有成片的坡地，密集的村庄，农耕比较发达；而西岸地势非常陡峭，巴掌大的平地都没有几块，因此西岸的人们擅长赶马走四方。

尽管东岸有精明强干的白玛坚赞头人执掌着尊贵的朗萨家族，可是峡谷里的财富这些年来似乎都流到西岸那些赶马人家里去了。白玛坚赞头人对此深为恼怒，他常常站在峡谷的东岸，望着那边在驿道上进进出出的马帮队伍，愤愤不平地说：

"就是澜沧江水，流得也没有西岸那些家伙们的银子快！"

朗萨家族历史悠久，据称是吐蕃赞普们的后裔，但是一千多年来，像江水一样无情的命运将曾经显贵的古老家族冲到了藏东的澜沧江峡谷里。虽然在白玛坚赞头人头顶的发髻中，那个象征着贵族世家的一寸见方的金佛盒①，依然闪亮如初，他天天都用一块英国丝绒布仔细地擦洗它，从不让身边的仆人做这活儿，那是头人每天早上起来的必修课。他总是一边擦洗一边在心里祈祷神灵保佑家族再度振兴发达。

可是白玛坚赞头人不得不悲哀地发现，头上的白发，比财富增长得还要快，脸上的皱纹，比澜沧江切割出的大峡谷还要深，从身体内流走的精力，比大风吹走的往事还要多。白玛坚赞头人站在峡谷里，常常有被风干了的感觉。——被无情的岁月风干，被贪婪的欲火风干，被魔鬼呵出的一口口瘴气风干。

但是他万万没有想到的是，一只峡谷里的狐狸，也可以把一个古老家族久远的血脉吸干。

朗萨家族每年都有到高山牧场上去狩猎的古老传统，这既训练了

---

① 藏族贵族男子头顶上的特殊装饰，普通西藏人即使身家百万，富甲一方，也只能梳一条长辫，不准有发髻。

后代们的骑射本领，也不失为家族的一次势力展示。那时雪山下奔跑潜藏的动物比牧场上的牛羊还多，但要猎杀它们也不是一件容易的事。因为它们有些是神灵豢养的，有些则是魔鬼的帮凶。在这年寒风凛冽的一个冬日，头人的狩猎队伍和一只狐狸不期而遇。

那是一只红色的狐狸，在狩猎队前方约两箭远的地方拼命逃窜，就像一团地火从山冈上滚过，而比火更夺人眼帘的，则是那狐狸仿佛在燃烧的毛色。它在疾风中奔逃、跳跃，肥硕而健美的臀部抖动出一路的妖气，把在后面追赶的男人们的心撩得忽悠忽悠的，使他们不能不想到自己身下的女人在快乐的巅峰时的起伏和妖娆。有几个猎手禁不住打起了尖锐的口哨，连近日来总是郁郁寡欢的头人也骑在马上哈哈大笑。那时，他们仿佛不是在追逐一只红色的狐狸，而是像在扑向一个面对男人仰面躺下、臀部在扭动摇摆的风骚娘们儿。

其实，通常人们在峡谷上方的草场和森林里见到的都是些黄色和灰褐色的狐狸，红色的狐狸首先让人想到的是它珍贵的皮毛。一个骁勇的康巴男人头上的高筒狐皮帽会让他显得更加高大威武，如果它是一顶红色的狐皮帽呢？佛祖，只有尊贵的家族的主人才可配得上戴啊。

头人的狩猎队伍里跟着他的小儿子达波多杰、管家益西次仁以及几个小厮，马队在山道上踢出的火星溅落到峡谷里，把山茅草都点燃了。那红狐最后被逼到一道悬崖下，一眨眼就不见了。人们围着这扇不大的岩壁找了半天，终于在陡峭的岩石上发现了一个隐秘的山洞。管家益西次仁说："老爷，这不可能是个没有底的山洞，我们用烟把那家伙熏出来吧。"

白玛坚赞头人哈哈笑着说："但愿你们不要把它的毛熏黄了。"

阵阵的浓烟在旷野里的风吹送下灌进洞里，不多久，洞里就忽然传出一阵轻微的响动，两个身手敏捷的小厮饿虎扑食般压向洞口。浓烟中只听到一个小厮高喊："我抓到它了！"

白玛坚赞头人脸上的笑容还没有荡开来，就听那小厮惊叫起来："哎哟，它咬我！妈的，怎么是一只山猫？"

烟雾散去，人们看见，被按在地上的确实是一只黑色的山猫。它身上褐色的斑点就像魔鬼嘲笑后飞上去的唾沫。

"狗娘养的，撒下的是青稞，结出来的却是稗子。"白玛坚赞头人恨恨地说。

可是，比红狐变成了山猫更让人们惊讶的事情还在后面哩。山洞里忽然传出一阵女人的啜泣，那是让所有的铁血男儿听了心都会软化的温柔刀子；那哭声带着的眼泪虽然你没有看见，可是它就像你在清晨里看到的甘露。它仿佛不是从山洞里飘出来的，也不是从一个女子的口里哼唧出来的，而是天国的仙女在唱一支让人骨头发酥发软的歌谣。

那半壁上的洞口不要说一个女子，就是一个好猎手也难以钻进去；更不用说这深山僻野里，哪来比这优美动人的歌声还要娇弱撩人的女子？除非她是格萨尔王的王妃。

"我进去看看。"头人一向莽撞剽悍的小儿子达波多杰今天一如他血性张扬的个性，放下猎枪就要往洞里钻。他是一个满头鬈发的家伙，那乍开了的头发仿佛随时随地都在向全世界宣布他的叛逆和桀骜不驯。

益西次仁一把拉住了他："小少爷，让阿旺先进去看看吧。"

达波多杰回过头来说了句意味深长的话："该属于我的吉祥，别人拿不走；该是我的祸，谁也不会要。"

他身后的白玛坚赞头人颔首赞许。头人的儿子就应该这样，不管面对魔鬼还是仇敌，都要展现出尊贵家族的骄傲来。

达波多杰像深入虎穴的英雄一般地爬进去了。那天，当他想在父亲面前表现出一个康巴男儿的英雄气概时，他绝对没有想到人生中会有这样荒唐的一幕。

达波多杰把那个女人从岩壁上抱下来时，所有的男人不是感到害怕，而是觉察到了生命的残酷；这不是为那孤独地栖身于岩洞中的女子，而是为自己为什么在命运中没有和这样仙女般的姑娘相遇。她不仅仅是漂亮绝代，而是带着一股美轮美奂的妖气。凡人是不可抗拒这种妖媚之气的。

白玛坚赞头人直截了当地问："你就是那只红色的狐狸变的么？"

"是的。"女子也直截了当地回答。

"那你就不是一个女人，而是一个女妖了。"白玛坚赞头人拉起了弓箭。

"不，阿爸。"达波多杰挡在了那女子的身前，"我要娶她做我的妻子！"

那是他一瞬间的决定，也是他一生的苦难选择。因为他说得斩钉截铁，让山谷里的风都打了个哆嗦。这个被峡谷里的姑娘们称为"鬈毛多杰"的家伙，是个自有人类以来的旷世情种，既野心勃勃，又儿女情长，尽管他今年才十八岁。

"小少爷，可可……她她她她……她是一只狐狸精变的啊！"管家益西次仁都不知道该怎么说话了。

"我们藏族人还都是猴子的后代哩。娶狐狸做妻子有什么错？"达波多杰一点也不考虑一个男人和狐狸精变的女人在今后漫长的爱情岁月中可能会遇到的种种困难。因为生活中经常有这样的事情，有些女人，即便你明知道她是狐狸精，就像被达波多杰挡在身后的这个来路不明的女子那样，但是男人们还是要义无反顾、舍生忘死地爱她。

"峡谷里那么多貌美的女子，你偏要爱上一个长过尾巴的。"白玛坚赞头人嘀咕道。

"我现在看不见她的尾巴，只看见她迷人的眼睛和动人的脸庞。阿爸。"达波多杰沉静地回答他的父亲。

"不管你是一只狐狸还是一个漂亮女人，"头人想了想又说，"妈的，世上有几个男人不被狐狸精变的女人弄晕了脑袋瓜？你跟我们走吧，让我们看看，是男人更聪明，还是狐狸更狡猾。"

这个美得惊世骇俗的漂亮女人就这样被带回了尊贵的朗萨家族，据她自己说她的人名叫贝珠，随同她一起来到家族的，还有那只被抓获的山猫。贝珠说那是她的一个妹妹的转世，如今在这个到处都是人的世界上，就只有她们两姊妹相依为命了。峡谷里任何一个男人第一眼看见她时，都会忘记了她是一只狐狸的身世，也忘记了她并不属于这个世界。她成功地使人们相信，她过去是什么并不重要，重要的是她的美搅动了整条峡谷，就像大风横扫了乌云，洪水带走了泥沙，暴雨荡涤了尘埃。她在家族里左右逢源，长袖善舞，察言观色，八面玲珑，很快就赢得了所有人的喜爱。长辈对她疼爱有加，常常被她的小花招搞得一会儿泪水涟涟，一会儿喜笑颜开；年轻的一代则在火塘边被她的眼波绊倒，在走廊里为她的笑声心痛，在月光下为她裙裾的窸窣声夜不能寐。更严重的是，她的妖气迷醉了家族里的所有男人。那是一种真实甚至可以嗅到的气味，比酥油茶的乳香更诱人，比青稞酒的醇香更甘洌，而和狐狸的腥气相比又更甜腻。它不是从她的口中或者身下沁出来，而是从她顾盼有情的眼波中流淌出来的，就像从一口深不见底的魔洞里冒出来的雾气，弥漫在她所经过的每一处地方。

在这个叫贝珠的女子刚来的那一段时间里，古老的朗萨家族焕发了生机，阴森的头人大院处处满堂生辉，连马厩里的马儿，都会唱歌了。在一个星月辉映的晚上，羊圈里的牛羊们一夜之间产下的羊羔和小牛犊竟然挤爆了围栏，它们在地上到处爬行，仿佛自天而降的财富在大地上翻滚，朗萨家族的仆人们忙到第二天太阳当顶，才把所有到处乱跑的羊羔和小牛犊捉回圈里。那真是一个前所未有的奇迹，而更令人惊讶的是，其中一只小牛犊的背上，还多长出了两只牛角。寺庙里的喇嘛们殷勤地为自己的大施主解释说，四只角的牛犊说明东岸的福祉就要来临了，吉祥的福气就是这样，当它要来临时，就像节令到了，禾苗始终要破土而出，鲜花终究要开放，连牛都会多长出角来。

　　"不管你是不是人的种，你给我们带来了吉祥。"白玛坚赞头人乐呵呵地对贝珠说。因为在羊羔牛犊满地的前一个夜晚，贝珠当着朗萨家族所有人的面，把一捧捧揉得有指头般大小的青稞面团撒向大地，并且祈求道："如果神灵可以把天上的白云变成羊群，我乞求这地上的青稞团也变成洁白的羔羊。"后来细心的人们发现，凡是贝珠撒过青稞团的地方，都爬满了成群的羊羔。从此以后，她的令人可疑的身世再没有人提起，白玛坚赞头人甚至把她当成家族的财神。

　　三个月后，峡谷里春暖花开，满山的杜鹃花一直开到了天边，也开在新娘的头饰上。那个由一只红狐变成的女人顺利地成为了朗萨家的儿媳妇。只不过让人惊讶的是她没有嫁给头人的二儿子——那个把她从山洞里抱下来、从白玛坚赞头人的箭头前救下来的——达波多杰，而是嫁给了朗萨家族未来的接班人、头人的大儿子扎西平措。这场奇怪的婚配只有到山上的杜鹃花几度花开花落，头人的两个儿子才明白这样一个浅显的道理：由狐狸精变成的尤物就是这样，不但可以毁掉一个男人的爱情，还可能改变一个家族的命脉。

　　而白玛坚赞头人那时却固执地认为家族的命脉正牢牢地掌握在自己的手中。知子莫如父，头人的一双儿子是同父异母兄弟，大儿子扎西平措的母亲来自一个破落了的贵族人家，她和白玛坚赞头人生下的儿子正如大部分贵族的后代一样，阴鸷，狡诈，精于算计，按头人自己的话说，扎西平措脑子里的马儿跑得飞快，可就是不肯骑上鞍已备好的战马。他是个想法多于行动的家伙，也难怪他母亲的家族要衰败。而二儿子达波多杰的母亲却是牧场上山歌唱得最美最甜的一个牧羊姑娘，她在一个晚上被带到头人的帐篷里来，在酒与歌声的欢娱中，一个叛逆的情种被播下。他的血脉里既有一个贵族的高贵，也有牧羊姑娘的野性。他来到这个世界，不仅仅是完成生命的一次轮回，更重要的是要为澜沧江峡谷里的爱情传奇抒写最精彩动人的篇章。

　　朗萨家族婚礼上的喧嚣盖过了澜沧江的波浪。一只红狐狸变成的漂亮女子成为了头人家的大儿媳妇，非但没有令这个古老的家族蒙羞，反而让朗萨家族的人自豪。由神灵指定的贵族世家都有超出尘世的神秘色彩和神奇传说。在藏东一带的崇山峻岭中，许多贵族头人都把自己家族的传说和自然界威猛雄壮的动物联系在一起。澜沧江上游的野贡家族据称是牦牛的后代，卡瓦格博雪山背后的巨人部落则被认为是熊的后裔，还有的家族要么和狼有姻亲关系，要么和豹子是表亲，等等。既然藏族人的灵魂寄存在大自然中的某个动物或植物身上，既然在生死轮回中生命忽而为人忽而为动物，人和它们中的一员成为一家，又有什么奇怪的呢？

　　在这个不平静的夜晚，朗萨家族的大宅院内忽然传来一阵阵凄厉而欢快的山猫的尖叫。树上夜宿的鸟儿们被这从未听见的山猫叫声惊得一飞冲天,有的一直逃到了云层之上,久久不敢回到自己的窝里栖息。天上的一颗星星也被骇得掉了下来,在远方的夜空中划了一道白线。从那个时候起,峡谷里的人们才知道,有一种叫声是可以令星星陨落的。

白玛坚赞头人宅院里的人们更是夜不能寐,心神不宁。头人推了推睡在身边的妻子洛追:"是那只山猫在叫春吗?"

"不,"洛追睡眼惺忪地说,"是你的儿子太勇敢啦。"

"嘿嘿,扎西这小子,太莽撞啦!"

洛追羞涩地说:"你当年还不是一样。"

白玛坚赞又笑了,伸手把洛追搂了过来,然后翻身压了上去。

头人在洛追身上舒服了,他耳边的尖叫声还在有节奏地从隔壁房间传来,刚才他几乎不由自主地应随着那节奏,在身体已经臃肿得像一座小山一般的洛追身上跋涉,但是他轻车熟路、如履平地。头人感到自己也变得年轻了。

"嘿,家族的血脉接上去了。"他惬意地笑笑。不知是笑自己,还是笑那边和他一样快活的儿子。

洛追说:"没见过在床上这样叫唤的女人,和她带来的山猫一样。唉,她不会当一个本分的妻子的。"

白玛坚赞头人自信地说:"你放心,扎西是我最聪明的儿子。天上一只飞过的鸟儿有没有眨一下眼睛,他都知道。"

在那边的新房里,一对新人正在进行声音与肉体的搏杀,肉体冲撞得越猛烈,声音叫得就越尖锐。开初强悍的扎西平措以为把自己娇嫩的新娘弄疼了,可是当他放缓了冲撞时,他发现身下的贝珠就像马儿不加鞭子一样奔跑不起来;而他放马扬鞭时,仿佛人和马已经浑然一体，御风而行啦。只是那叫声尖锐得有些令他心烦意乱，精力难于集中。"别叫别叫，别叫啊！一条峡谷里的人都听见啦。"他急促地说。

可是那叫声却越来越高亢，越来越放肆，越来越动听。这声音既坚硬又柔软，既刺激又销魂，既让人心惊肉跳，又令人豪情万丈。而且，他发现，身下的贝珠叫一声，栖息在外面树上的那只山猫就跟着应答一声。隔壁房间甚至大宅院里的人们一定分不清哪是贝珠的叫床，哪是那只山猫的叫春。扎西平措终于明白当初她为什么非要坚持把这只山猫带到家里来了。他在冲锋的间歇里感叹道：

"嘿嘿，干这活儿就跟赛马一样啊！你跑得越快，身边的人呐喊声就越高。"

"你是一个好骑手吗？"贝珠娇滴滴地问。

"我从来都跑第一。"扎西平措自豪地说。

"那是你的马好。"

"不，是我更聪明。"

"不见得啊，扎西。有个活佛说，太聪明的人会抓不住马缰绳。"

"是吗？"扎西平措搓揉着新娘两个丰满的乳房，有些茫然地问，"那么，女人的缰绳在哪个地方呢？"

贝珠妖娆地笑了，"你自己去找。"

扎西平措忽然想起了她曾经是只狐狸的身世，"你有尾巴吗？"他说着把手伸到了贝珠丰腴的臀部下。

贝珠夹紧了双腿，"愚蠢的猎手才会去摸狐狸的尾巴。"她扭动着身子说。

扎西平措其实跟他弟弟一样，从看上这个女人第一眼开始，就深深地迷上她了。他举世公认的聪明在贝珠面前，也好不到哪里去。就像刚才，他想抓住狐狸的尾巴，但是这个狐狸变成的女人妖娆的身子在他怀里一扭动，他本来清晰的脑子就被搅晕了。而且，他还自以为是地认为，这个在他身下如此欢乐的女人，不会成为一只斗过猎手的狐狸，她再狡猾，也不可能比他的聪明跑得远。

实际上跑得更远的是贝珠的叫床声。它不但骇掉了天上的一颗星星，还揉碎了一个人的心，让这颗心从此支离破碎，一生都没有得到安宁。这个倒霉的家伙就是扎西平措的弟弟达波多杰。他在对面的房间差点没有一刀把自己捅了，因为那叫声既像一首夜夜都要唱响的情歌，也像刀子一般刺入到他的体内，搅得他柔肠寸断，坐卧不安。他在贝珠和那只山猫此起彼伏的叫声中，能清晰无误地分别出哪一声是他内心深处的痛，哪一声是寂静的春夜里树上的那只山猫无耻的叫春。如果达波多杰的热血就像干柴，那他嫂子的叫唤则像火镰上打出的火星，沾上一点点就能熊熊燃烧起来了。更何况这哪是什么火星，简直就是旱季里遍地燃烧的山火。这个小娘们儿在婚宴上，在长辈面前低眉顺眼，彬彬有礼，打茶敬酒，中规中矩。可当她第一次为自己的小叔子递上一碗酥油茶时，她明亮妩媚的眼波释放出阵阵妖气，一下就被达波多杰吸进去了。从此那妖气便搅乱了这个家伙的一生，旷世情种达波多杰从此陷入对自己嫂子不能自拔的单相思的陷阱里。

遗憾的是白玛坚赞头人没有看到这一点，他只需看到家族发展的蓝图就够了。在贝珠被带回来不久，澜沧江上游的野贡土司家提亲的媒人就来到了朗萨家族，他们相中了头人俊朗英武的二儿子达波多杰。白玛坚赞头人与野贡土司有臣属关系，但又相对独立。他只要每年向土司交上一定数额的岁赋，澜沧江峡谷这一段就是他的天下。如果能和野贡土司家族联姻，那还有什么他做不到的呢。因此，头人当然不会让达波多杰娶贝珠。在贵族头人们眼里，儿女们的婚姻不过是家族财富与权力的某种延伸。

唯一美中不足的是，土司要出嫁的女儿曲珍是个连放牛娃也看不上眼的大麻子。"即便是满天的星星，也没有这个贵族土司家可怜的千金脸上的麻子多。"峡谷里的那些黑头藏民私下里都这么说。

野贡土司家来的媒人说，土司家的三小姐久仰达波多杰的英名，在每个月亮升起来的夜晚都能听到他嘹亮清脆的歌声，雪山上的雪莲因为她对达波多杰的思念而开放，澜沧江翻滚的波浪带下来了她满腔的愁绪；野贡土司家已经用天上的星星装点了新娘的头饰，用太阳之火点燃了新房的火塘，为上门的女婿备好了印度来的虎皮，尼泊尔的玛瑙，汉地的翡翠和绫罗绸缎；在达波多杰上门的那一天，太阳和月亮将走到一起，山上的杜鹃花将常开不败，从澜沧江上游淌下来的将全是醇香的酥油茶和甘甜的青稞酒，而不再是没用的江水。

"你就听他们吹吧，阿爸。"达波多杰得知自己将要去野贡土司家做上门女婿时，懒洋洋地对白玛坚赞头人说，那时他们正送走土司家的媒人，骑马走在峡谷的山道上。"就是一只百灵鸟也唱不过那些媒人的嘴。"

"傻小子，你的吉祥到了，你还以为是一阵风哩。"白玛坚赞头人说。

达波多杰哼哼两声："还不知是谁的吉祥呢？那个土司家的麻脸小姐倒是磕头碰见菩萨了。阿爸，曲珍的脸就像一颗掉进了沙灰里砸扁了的柿子。"

头人勒住马，回头对儿子说："麻子有什么不好？达波多杰，有的人脸上只长了一颗痣，就被认为是福痣。那一脸的痣呢？那会是多大的财富？"

"阿爸，可是我不知道我的财富在哪里？"

"在澜沧江对岸。"白玛坚赞头人用马鞭一指西岸道。

"阿爸，你又不是不知道，对岸是赶马的商人都吉家。他们家又没有养女儿！"

"哈哈，你小子毕竟还是嫩了点。"白玛坚赞头人用郑重其事的口吻说，"儿子，你要记住，我会老的，将来澜沧江东岸会属于你的哥哥，而你的未来就在西岸。现在它是都吉家的，可是我们可以将它夺过来！那片土地以后就是一个叫达波多杰的老爷的领地。"

"可是，可是，我们怎么夺得过来，阿爸？"

"嘿嘿，强大的野贡土司家族难道不为他的女婿和女儿着想吗？我们两家一连起手来，都吉不过是一片被江水冲走的树叶而已。"

"阿爸，你的意思是，我们要和都吉家打仗？"

"哪里有不靠战争就得来的领地？"

"阿爸，其实……其实，阿爸，我并不想离开东岸，也不想离开你和阿妈。"

"雄鹰的翅膀硬了，岂能不高飞？"

"阿爸，你知道的，我喜欢贝珠。"

"你不是那个狐狸变的女人的对手，她会害你的。"头人一针见血地说。

"那谁是她的对手呢？"

"你的哥哥，他比一只狐狸更聪明。我已经想好了，让扎西平措娶贝珠。他的聪明和狐狸的狡猾结合起来，朗萨家族的财富便可以多得把澜沧江阻塞起来。对岸那些家伙只会靠脚力赚钱，如今这个世道，真正有权有势的，是那些会动脑子的人。马蹄跑得再快，没有人的脑子快；人跑得再远，没有人的想法远。"

那时峡谷里藏族青年的爱情无论再怎么轰轰烈烈，感天动地，最后都得由长辈说了算。哪怕是贵胄世家的少爷，在娶谁为自己的妻子问题上，也没有绝对的自由。

"就……就让我也做嫂子……贝珠的男人吧。人家西岸都吉家的两兄弟都合讨了一个妻子呢。"达波多杰已在心里向佛祖许了一万个愿，如果他不能完全占有贝珠的爱，就祈请慈悲的佛祖把这份爱留一半给他吧。谁叫他是当兄弟的呢。他又画蛇添足地补充道："我会好好爱她的，甚至比哥哥更爱。"

白玛坚赞头人挥起马鞭给了小儿子肩膀上一鞭子，"我可不愿我的两个儿子都被一只狐狸迷住，兄弟共妻是那些黑头藏民才喜欢做的事儿。记住，一个贵族的婚姻并不仅仅是爱情。在自家的床上找不到的快乐，到牧场上找个牧羊姑娘就是了。"头人以自己往昔的爱情现身说法。

达波多杰挨鞭子的地方火辣辣的。那一鞭子决定了他们两兄弟命运多舛的爱情，也将达波多杰的春梦抽跑了。但是那颗深藏不露的爱心，却是再重的皮鞭也打不跑的。他在心里发誓，就是太阳把月亮熔化了，他也不会去野贡土司家。他今生的爱情，即便是凋零的桃花被风吹走，即便是湖里的月亮被涟漪揉碎，他也要催马扬鞭，升天入地，将它一片片、一丝丝地拾掇起来。哪怕它已然破碎，不再完美。但对一个被无端剥夺了爱的权利的人来说，他永远都在期待凋零的桃花再浴春风，湖里的月亮跃上夜空，梦中的情人春宵共度。既然一只狐狸可以变为一个漂亮的女人，那么乌龟会长毛，兔子会长角，老鼠也会蹿到天上去。世界上一切事情都存在着绝对不可能中的可能，你只要把心锻造成铁，把牙磨砺成钢，要实现这一切都不会很难。甚至比阿妈把酥油和茶打在一起，便成了酥油茶还容易哩。

3 冰 雹

在佛祖的慈悲还没有惠及到藏东这片隐秘的土地以前，宇宙被一个更高级的神灵所控制。他在天空中种植星星，放牧白云，燃烧起一个永不熄灭的大火塘——太阳，让它的温暖驱散大地上的漫长寒夜；他还把月亮配为太阳的妻子，在上面筑起闪闪发光的宫殿，让黑暗的夜晚从此有了悠长的歌声和绵绵的思念。

这个伟大的神安排好了天上的世界，便开始慢慢雕塑大地上的一切。高耸入云天的雪山从海底升起，起伏的山峦被荡平为草场，深陷的洼地积水为湖，巨大的岩石被冰川带走，澎湃汹涌的江河切割出深不见底的峡谷。

等他安排好这一切不久，勤劳坚忍的藏族人来到了澜沧江峡谷两岸，人的命运开始被神的力量所安排。人的力量是如此的渺小，而神的旨意上来自天庭，下直达人间。那时天上的神灵不是以他们威猛庞大的身形和深厚诡秘的宗教学说为普通的信众认知，而是以他们不同的颜色为人们所熟悉。以卡瓦格博雪山下的澜沧江峡谷来说，东岸的僧众信奉的是格鲁派的黄教，寺庙叫迦曲寺，由年轻的扎翁活佛住持；西岸的人们则供奉着宁玛派的寺庙，寺庙为云丹寺，由年迈的贡巴活佛住持。黄教的迦曲寺与红教的云丹寺相比，香火更旺盛，势力更雄厚。这也意味着，它代表神灵说的话，更有分量。

红色和黄色，是那个年代峡谷里最直截了当的宗教色彩，它们不仅体现在僧侣们的服饰上，还深深地烙在人们的心灵。虽然大家供奉的都是同一个佛祖，可是佛祖身后的菩萨们却代表着不同的佛教学说和流派。普通信众倒不明白哪一种教派更为优异，他们从祖辈那里秉承信仰的传统，只要村庄附近有座寺庙，就自然会有去布施进香的人。

然而，教派之间的竞争，却从来没有在佛的慈悲下有丝毫的谦让。两个教派的喇嘛们为了争夺神灵的代言权和俗界的僧众，已经在这方小小的天地里斗法弄权很久了，因为谁能代表神灵说话，谁就能够以神的名义在世俗社会中发号施令。所以他们不仅控制着瘟疫、冰雹、泥石流、地震、洪水这些经常带给人们灭顶之灾的魔鬼，还控制着牧场上牛羊的交配、峡谷里庄稼的生长，以及人们说话的轻重。甚至朗萨家的大儿媳妇贝珠每个夜晚的叫床声，寺庙里那些在平常嗅花也是罪过的喇嘛们，也要来管一管了。

从寺庙里传出来的消息说，毁灭一切的冰雹要来了。尽管它并不直接由一个女人的叫床声招引来。

人们还记得，五年前的那场拳头大的冰雹，把牧场上的牦牛打得遍地乱窜，尸横遍野，快要收割的青稞就像被洪水冲了一般，地里光秃秃的，连一根青稞穗都看不到。凌厉的冰雹把地上所有软弱的东西全部打进土里一尺深。

白玛坚赞头人从自己宅院的楼上向河谷地带望去，可以看见大片快要成熟的青稞地，它们和绿荫匝地的核桃树，幢幢低矮的藏式土掌房，以及再下面的黄色澜沧江，还有起伏的山冈，构成了大地上的一幅巨大的毯氇。他实在难以接受魔鬼的冰雹将把这美丽的毯氇撕碎、卷走的结局。那相当于打劫了他一年的财富。而当他再放眼往澜沧江西岸望去时，他看到了一队马帮正拖着长长的队伍迤逦在峡谷那边的山道上。哼，那些家伙才不担心冰雹的灾难呢，他们驮出去的是货物，驮回来的是银子。澜沧江峡谷就是被冰雹填平了，都吉家库房里的银子也不会少一锭。

不行。白玛坚赞头人想，我要让穹波喇嘛做法事把冰雹全下到澜沧江西岸去。他还真有这个本事，五年前的那场摧毁一切的冰雹，穹波喇嘛通过作法保住了寺庙的土地。而其余的地方，哪怕只和寺庙的土地隔着一条土埂，也被冰雹摧毁得一片狼藉。

穹波喇嘛是澜沧江东岸迦曲寺的天气咒师，这个被认为澜沧江峡谷里唯一掌握了制伏魔鬼秘密咒语的防雹咒师，是一个能控制天气变幻的行家。他就像是来自阴间的无名小鬼，瘦小、阴鸷，满脸晦涩，身影飘拂，经常是你明明知道他就在你身边，但是转眼就不见了他的踪影。这样的人就是太阳照在身上，你也很难看到他投射到大地上的影子。常与魔鬼打交道的人，就像屠户身上永远都有血腥味一样，他呵一口气你也能嗅到萦绕在他头顶上方的鬼气。从他身上那件近似发黑、布满沧桑的法衣上，人们可以看见他和魔鬼多年搏杀的光荣历史和种种神秘的痕迹。一些时候他赢了，魔鬼败逃的身影在法衣上清晰可见；而更多的时候他是失败者，法衣上永远不会褪尽的污秽和袖口、领边，还有衣角边处筋筋吊吊的布片，便是一个饱受魔鬼重创者的缕缕伤痕。这里是魔鬼的牙齿咬的，那里是魔鬼的利爪抓的，而下襟处这一块黑色的东西呢，它是魔鬼狂笑后飞来的吐沫。穹波喇嘛经常对人们如此说，以让大家知道干这一行的危险。

多年以前，穹波喇嘛曾经名扬澜沧江峡谷。在与西岸云丹寺的仁钦喇嘛斗法的战斗中，他让东岸的僧众见识了他诡秘超群的法力。西岸红教的仁钦喇嘛是个年轻的幻术大师，他既可以让身子变成一缕青烟飘走，也能让一座清澈的湖泊刹那间成为一片血海。在五年前那场席卷峡谷两岸的冰雹灾难中，人们看见分属两个教派的神巫为了自己教派的荣誉，各自隔着一条峡谷，在一座山头上翻手为云覆手为雨，大团大团的雹云在他们的咒语驱赶下忽东忽西，忽低忽高。后来，天空中的雹鬼对人间的是非恩怨实在不耐烦了，干脆将冰雹的灾难兜头砸向峡谷两岸。这场空前绝后的冰雹让澜沧江峡谷一年都没有恢复生机。当俗界的人们不和时，魔鬼是最有机可乘的。穹波喇嘛和势力弱小的红教僧侣打了个平手，心有不服，便提出和仁钦喇嘛单独比试法力，谁输了，谁就离开峡谷，丧失替神说话的权力。

　　这场两个教派的神巫的斗法很久以后都还在被人提起。他们先比谁飞得更高，穹波喇嘛一跃就蹿到一棵古树的树尖上，对岸的仁钦喇嘛却飞进一团白云里；穹波喇嘛见自己输了，又提出看谁能变得更小，仁钦喇嘛一下将自己变成了一粒菜子，穹波喇嘛马上拿出一个石磨来，将那粒菜子赶到石磨里碾压，仁钦喇嘛在石磨里痛苦地叫唤，俯首认输，穹波喇嘛才放他出来。这时，仁钦喇嘛又提出最后赛一盘，比谁可以吞吃掉对方。穹波喇嘛化作一条巨大的蟒蛇，仁钦喇嘛就化身成一头豹子。豹子一口把蛇吞下去了，但是蛇钻进豹子肚子后，将它的肠子咬得千疮百孔。豹子跑了九十九座山，最后跳进一个雪山下的湖泊里，才把肚子里的蟒蛇从肛门处拉出来，这时那碧绿的湖泊已经变成血红色的了。就这样，黄教的穹波喇嘛赢得了胜利，红教的仁钦喇嘛只有远走他乡。

在那个单纯的年代，天空是神灵和魔鬼驰骋的战场，谁控制了天空，谁就可以代表神灵说话。因此，善良的人们会推举一些拥有某种神秘特质的修行者，请他们代表人类与神界互通有无。既传递尘世的祈求，又代言神灵的旨意。于是，每当有灾难来临时，神巫们便成了历史舞台上的主角。即便他们不能改写历史，也能让历史蒙上一层鬼魅的色彩。

现在，这个天气咒师站在白玛坚赞头人面前，摇头晃脑地说：

"天上的雹鬼是我的朋友。当他听到我的咒语时，冰雹会像撒青稞种子一样，绝不会撒到田埂边上。只是……"他吐吐舌头又不说了。

"只是什么，说吧。要我给寺庙供养多少布施，你尽管讲。"头人催促道。

"倒不是那个意思。"穹波喇嘛说，"尊敬的头人，你的宅院里晚上太不安静了。我看见雪山的神灵都在皱眉头呢。"

白玛坚赞头人明白了，他抱怨道："这个狗娘养的扎西，不要说雪山上的神灵睡不着觉，连我都被他们两个搅得寝食难安了。"

穹波喇嘛晃着脑袋说："峡谷里都在传闻，少夫人再这样叫喊得连鸟儿都不敢回自己的窝，喇嘛们就无法早起为佛菩萨念经了。"

头人不好意思地为自己的儿子辩解道："我急于想把朗萨家族的血脉传下去，那个家伙就只有夜夜苦干啦。可是播种也得讲究季节哩。嘿嘿嘿嘿，穹波喇嘛，男人年轻的时候，都有乱抽马儿跑的荒唐举措。我会跟他打招呼的，让他的女人把高兴憋在肚子里。"

"至少在做法事的这七天里，峡谷里不能有污秽之事和山猫的叫声。"

头人说："只要能把冰雹都下到西岸去，我把峡谷里所有的山猫都赶尽杀绝也没有问题啊。"

达波多杰怎么知道即将要做的驱雹法事和他心爱的嫂子夜晚的歌声有什么联系呢？这几天当他再也听不到那令人骨蚀魂销的尖叫声时，他还以为贝珠和哥哥之间发生了什么事儿。他看见扎西平措这几天跟着父亲到处张罗驱雹法会的事，而嫂子神色晦暗，无精打采，眼窝里的妖气也收敛了许多，天上厚重的乌云明确无误地印在她的脸上，仿佛峡谷里即将要来临的冰雹就躲在嫂子贝珠的脸色后面。这个娘们儿，要被爱的雨露滋润，她的脸上才有阳光。达波多杰暗地里想。

三天以后，澜沧江峡谷东岸驱除雹鬼的坛城设在一座有黑色泉眼的小山头上，女人和狗从来不准来这个地方，它的背后就是迦曲寺。峡谷两岸一座座险峻的山峰被乌云映衬成灰暗的铅色，使人们的心情愈发沉重。这些从前看上去挺拔、巍峨、像男人一样伟岸的大山，现在似乎变成了强敌面前的哑巴和懦夫。天上大团大团的乌云顺着澜沧江峡谷由北向南往前冲，往下压。天宇中窜来窜去的狂风成了乌云的帮凶，使它显得声色俱厉，这是暴戾的魔鬼兴奋的尖叫声，意味着他随时都可能把无情的惩罚施加给峡谷里被压得透不过气来的人们。

穹波喇嘛关于冰雹的预告非常神奇和准确。在这之前，天空万里无云，晴朗透彻。可是当东岸驱除冰雹的坛城以及按穹波喇嘛的吩咐为雹鬼布施的供养准备完毕时，天界的魔鬼便挥舞着闪电的鞭子，驱赶着铺天盖地的乌云像澜沧江水一样涌来了。仿佛两军对垒，双方都作好了充足的准备。

一场人与魔鬼的战争即将打响。战斗的双方一方在天空，一方在地上，天上的敌人看不见，但居高临下，来势凶猛，威力无比；大地上的抵抗者在天昏地暗中显得渺小而卑微，可他们已做好了殊死抗争的准备。澜沧江东岸的男人们围着坛城跪了一地，迦曲寺的扎翁活佛还带来了所有的僧侣，为穹波喇嘛助阵。

穹波喇嘛的浑身披挂使他看上去像是来自另一个世界的人，他的脸上和手臂上都涂抹了死人的骨灰，据说凭此可以吓唬天上的雹鬼，但这让他看上去像刚刚从地狱里赶过来的人。他身上的阴森鬼气就像一个活佛的慈悲一样，令善良的信众不能不心生敬畏。他的驱赶雹鬼的法器也由助手们摆满了坛城，一块黑色的石头最为珍贵，多年前的一个夜晚，它带着一团烈火从天而降，当时它尖锐的呼啸至今还在人们的耳边回响。一个老喇嘛解释说它是一个能驾驭风的神女的化身，这位女风神骑着四季风在藏区各地巡行，怜悯众生，扶弱除暴，拥有法力的喇嘛借助它的力量可以驱散天空中的雹云。此外，坛城上还准备了法铃、金刚橛、人胫骨法号、羊皮鼓等法器，以及里面装有咒语的驴、狗、猴、蛇、乌鸦的头骨，还有一只被杀后掏空了身子的母山羊，人们在它的身子里填塞了捕捉雹鬼的咒语，然后把它吹胀后支在一根松树枝上，当天上的雹鬼看见这只肥大的山羊想飞扑下来吃它时，他绝不会想到穹波喇嘛在山羊的四只蹄上已经绑好了隐秘的拘鬼牌。穹波喇嘛解释说："贪婪将使雹鬼束手就擒。"

穹波喇嘛首先说："这场魔鬼的冰雹由峡谷的西岸而生，理当驱赶到西岸去。那边的人家生下蛇首人身的怪物，则意味着魔鬼就要来到峡谷里啦。都吉的女人生产那天，我看见一条大花蛇从一团乌云背后蹿到了西岸。西岸那个妇人产下的怪物，就是雹鬼派来警告众生的小鬼。"

穹波喇嘛进而宣称："本来它是想蹿到东岸来的，但是，我作法将它赶到西岸去了。"

人们都知道，在穹波喇嘛的腰上，常年拴着一根套毒蛇的绳索，它是用死尸皮做成的。峡谷里的毒蛇一般被认为是魔鬼的化身，很多时候它们并不是从灌木丛中、从阴暗潮湿的山涧里蹿出来，而是携带着阴风从天而降。幸好有法力无边的穹波喇嘛，他站在雪山上，将手里的毒蛇套绳一扔，就可以在半空中将魔鬼派遣来的毒蛇牢牢套住。

　　今天，为了证明自己的法力，穹波喇嘛还叫人抬出来一张巨大的蛇皮，它足有横跨澜沧江两岸的溜索那么长，比一个强壮的康巴汉子的腰还要粗，八个年轻的喇嘛抬着这堆蛇皮还气喘吁吁。在它的上面有火燎的痕迹，有刀砍的伤疤，还有穹波喇嘛的咒语，像牛身上的烙印一样烙在上面。

　　"请看，在它逃走的时候，留下了这张皮。它是被我的咒语赶到那边去的。"穹波喇嘛补充道。

　　"那么，西岸那边的红教喇嘛，也可以作法把这条魔鬼的蛇赶过来啰。"迦曲寺的扎翁活佛问。他是一个坐床不到三年的住持活佛，嘴唇上刚长出毛茸茸的胡须，可以说，他还是一个孩子。因此，无论是控制神灵的法力还是学识，都还要向穹波喇嘛请教。

　　"不是把这条魔鬼的蛇赶来赶去的问题，而是峡谷里的冰雹到底要被驱赶到哪一边的事儿啊。"穹波喇嘛高声说。

　　"这可是众生的大事！"跪在人群中的白玛坚赞头人应声说。

　　"寺庙常年领受尊贵的朗萨家族丰厚的布施，当然会用无上的法力，把冰雹像吹一片树叶一样地吹过去。"穹波喇嘛向白玛坚赞头人躬身说。

　　"向喇嘛上师们奉献丰厚的供养，朗萨家族倒是每年都不曾少一丝一毫。可是，我们峡谷东岸也有不受喇嘛上师们的法力护佑的时候。"白玛坚赞头人略带嘲讽地说。

穹波喇嘛自然知道白玛坚赞头人话里的意思，他面色阴晦地说："上师的法力如果受到外道的干扰，也会走偏差。雪山上的神灵可以作证，五年前的那场冰雹，我已经将它赶到西岸了，可是，那边红教的仁钦法师又把它赶过来了。俗界的战争打到了神界，神灵自然要降怒于我们了。"

"哦！"白玛坚赞头人意味深长地看着这个和魔鬼打交道的喇嘛，会心地说，"我明白了，你们喇嘛既要供奉神灵，又要排除外教的干扰；而我们呢，只想头上永远飘着吉祥的彩云，而不是今天这黑暗地狱里的乌云啊。"

穹波喇嘛向着头人一吐舌头，许多人都看到了有个绿头小鬼在他的舌头背后阴笑。"还是尊贵的头人最知道神灵的旨意。"

白玛坚赞头人冷笑道："反正，俗界的战争，也是可以用神的名义来进行。"

穹波喇嘛眨眨眼睛说："神灵有时也会借助人的力量来达到自己的目的。"

头人肥厚的手掌一击："那么，我们就和神灵有一笔交易了。它赐予我们马刀跳出刀鞘的理由。"

这时，一直跟在头人身后的管家益西次仁一语道出了穹波喇嘛和主子的心里话："西岸的那些戴红帽子的喇嘛①和信奉红教的黑头藏民，早就该丢进澜沧江了。"

---

① 红教的僧侣一般都戴红色的鸡冠帽，穿红色法衣，而黄教的僧侣则是戴黄色的鸡冠帽，穿绛红色的法衣。

迦曲寺的扎翁活佛虽然年纪还小，但也被这话吓了一跳，他正在师傅的带领下学佛经，忽然听到大人们讨论杀生的问题时就像谈论牧场上牲畜的去留。这与他在经书上、从上师的教诲中学的东西是多么不一样。因此他不得不嘀咕了一句：

"这有违佛祖的慈悲啊。"

扎翁活佛身边的经师卡松堪布躬身道："活佛说的是。可是把走上了邪道的人引导回来，也是佛祖的慈悲啊。"

扎翁活佛当年是以卡松堪布为首的转世灵童寻访小组在一个牧人家找出来的，这些年来也由他亲自领着扎翁活佛学经。迦曲寺的内外事务，现在还由卡松堪布说了算。

扎翁活佛此时显示出与他的同龄人不一般的非凡气质，"不管你们把冰雹赶到哪里，都始终要落到大地上。大地上的众生难道不在佛陀的悲悯之下吗？"他捻着手里的佛珠低声说。

卡松堪布再度躬身，"活佛的悲悯广大无边。"他又转身瞪了穹波喇嘛一眼，"俗界的事情犯不着你操心，管好天上的事就是了。你的法力到哪儿去了？"

穹波喇嘛应诺一声，躬身回到坛城前，用虔诚的祈诵语迎请一个叫墓主女的怒相黑女神，这位能帮助人类战胜冰雹的黑女神身着人皮衣服，手持人的胫骨法号，在神界御风而行。她存在于虚空中，存在于喇嘛们的神鬼世界，只有那些开了天眼[1]的人才可以看见她，也只有那些掌握了神灵世界的言语的密宗上师们，才能成为她的朋友。穹波喇嘛的祈诵词虽然用的也是人的话语，但是它是飘拂空灵、优美虔

---

[1]　天眼是佛教中常说的肉眼、慧眼、天眼、法眼、佛眼之一。

诚的语言，神界的黑女神当然能听到这来自人间的颂词的。

然而，令人惊惧的是，穹波喇嘛的祈诵词念了三遍了，天上的乌云却一点也不见消散的迹象，反而翻滚得像澜沧江里的洪水，地上的大风愈发变本加厉。大地在颤抖，人的心也在颤抖，仿佛每一个人都被魔鬼一把捏住了脖子，连喘口气都很困难了。穹波喇嘛的经文也越来越没有了底气。人们像被推到屠宰场准备引颈就屠的牲畜，在即将到来的灭顶之灾面前束手无策。

峡谷里的狂风像千万根飞舞而来的鞭子，抽打在人们的身上，抽打着瑟瑟发抖的大地，拳头大的石头被它抽得满地乱滚，胳膊粗的树枝一根根地被折断，澜沧江水也被打得不停地蹦跳，哀号着往下游逃。坛城上竖起的经幡旗在狂风的抽打中噼啪直响，上面印的咒语和驱鬼的画符也被吹得满天乱飞，像败下阵来的兵勇，溃不成军。

"狗娘养的……"跪着的白玛坚赞头人恨恨地嘀咕了一句，转眼又换了口气，"神圣的佛、法、僧三宝啊，求你怜悯怜悯……"

穹波喇嘛这时也有些张皇了，只见他吹起人胫骨法号，让凄厉尖锐的法号声刺向乌云密布的天空，但其效果非但没有吓唬住天上的雹鬼，更多的是让人们感到绝望和恐惧；一招不行，穹波喇嘛又舞起了手中的金刚橛，跳起了凌空蹈虚的舞步，他边唱边跳，直把自己搞得筋疲力尽。可天上雹鬼的笑声却越来越近了，人们甚至已经在乌云中看到了魔鬼恍惚的身影。

白玛坚赞头人的脸上已经布满了不满和狐疑，"穹波喇嘛……"他有些恼怒地喊了一声。

"是……是是，"穹波喇嘛揩掉额头上的汗水，"墓主黑女神……大概是没有听到……"

"难道你的咒语被风吹跑了吗？"白玛坚赞头人提高了声音。

"咒语法力无边。"穷波喇嘛孤注一掷，回身取出一个筛青稞的筛子，高声说，"看看吧，青稞可以从其间筛过，风也可以从中间穿过。但是，在咒语的法力前，你们会看到，水也是有神性的。"

他边说边把筛子迎向满天满地的狂风，风从筛子眼里"嘶嘶嘶"地滑过，像无数支飞扑而来的箭镞。然后穷波喇嘛放平了筛子，念起了谁也听不明白的咒语，这时他的一个助手将一壶水缓缓地倒进筛子里，就像在梦中人们经常遇到的情景一样，筛子里水慢慢地涨上来了，而筛子下面滴水不漏。仿佛那是一个竹盆，而不是筛子。

"哦呀——"所有的人都倒吸一口冷气。

当穷波喇嘛的咒语戛然而止时，筛子里的水"哗"地一下全漏光了。

"哦呀！"人们又是一声惊呼。

"看啊，神的力量无处不在，它可以堵住筛子眼里的水，当然也就能战神天上的雹鬼。"穷波喇嘛说。

"可天上的雹鬼却不听你的。"跪在白玛坚赞头人身后的小儿子达波多杰说。

穷波喇嘛瞪了这个还乳臭未干的年轻人一眼："那是因为对岸的那些喇嘛上师也没有闲着。他们正和魔鬼串谋哩。"

人们往峡谷的西岸望去，果然看到那边的一座山头上也有一群红教喇嘛的身影在忙碌，有深沉浑厚的法号声从江对岸传来，那法号竖起来有屋檐那么高，需两个喇嘛才能抬得动它，其声音有如江水的轰鸣，天上的乌云也被红教喇嘛们吹出来的单调沉闷的音调驱赶着，往东岸一个劲儿地跑。在他们的身后肯定也有一个坛城，也有一个天气咒师在仗剑作法，扮神驱鬼。而这边的人们不得不悲哀地发现，宁玛派红教喇嘛们似乎占了上风，西岸那边虽然仅仅只隔着一条澜沧江，可是天空晴朗，甚至还有阳光照射到一些山头上。

"那边的仁钦法师，不是已经被你的法力赶走多年了吗?"白玛坚赞头人气哼哼地问。

"魔鬼已经跟那边的人成朋友啦。看吧，魔鬼的雹云在随着他们的法号声起舞哩。"穹波喇嘛悲哀地说。

卡松堪布恨恨地说："这些旁门左道的教派，都是魔鬼的帮凶!"

白玛坚赞头人站起身来，冲着澜沧江西岸大声喊："既然他们可以把冰雹赶过来了，那么，我们就只有杀过江去，把对岸的大小魔鬼，像打扫神龛前的灰尘一般，统统打扫干净。"

"哦呀!"黄教的喇嘛们扇起了胸前宽大的袈裟，用拳头使劲地捶打着自己结实的胸膛，就像擂响了一面面战鼓。

"哦呀呀!"东岸的人们也跟着吼叫起来。乌云已经压到了他们的头顶，男人们要是不吼这一嗓子，恐惧便会击倒他们。

仿佛为了印证白玛坚赞头人的战争宣言，在人们的惊讶还没有彻底从脸上消失时，一场不大不小的冰雹兜头向澜沧江东岸砸了下来。穹波喇嘛精心搭起的坛城，坛城上的法铃、金刚橛、人胫骨法号、羊皮鼓、拘鬼牌、不会漏水的神秘筛子，还有向苍天跪下的信众虔诚的祈祷，全都被冰雹砸得叮叮咚咚一阵乱响。村庄里的几个老阿妈，正在自家的土掌房屋顶的香炉前虔诚地煨桑，像山崩一样砸来的冰雹让她们甚至来不及躲避，就被击倒在房顶上。

人们看见穹波喇嘛的咒语像炸了群的鸟儿，在密集的冰雹中慌不择路、四下逃窜。他已经面无人色，上下牙磕得比冰雹砸在地上还要响。山头上的众生像中弹一样地被冰雹打得东倒西歪，四处躲藏。一群藏狗被冰雹打得发了疯，竟然对天狂吠，它们绝望而无畏地一次次跳起来，向天空中的雹鬼攻击，许多藏狗的牙齿都被打飞了。这些向来敏捷如闪电，奔跑似疾风的家伙，现在无处可藏，也无处可跑了。

一场迅疾而短暂的冰雹，嘲弄了穹波喇嘛的法术，宣告了魔鬼的胜利。这场胜利并不意味着魔鬼控制了人类，而是它破坏了峡谷的宁静。东岸的人们，无论僧众，都把这场冰雹的灾难看成是西岸的红教喇嘛赶过来的。寺庙找到了排斥外教的理由，俗界以神的名义做好了领地扩张的准备。

在众多的魔鬼中，有一种魔鬼叫作搅鬼，它的职责就是挑起人们的不和，让误解、偏见、嫉妒、仇恨充斥人的内心。当大地上战火纷纷、尸横遍野时，人们才会看到搅鬼得意扬扬远去的背影，听到它狰狞的狂笑。在传说中，搅鬼是一个有九条舌头的魔。藏传佛教各个教派的上师们，虽然精通经典，苦修密法，博学悲悯，心胸博大，但还是常常被搅鬼搅晕了他们的头。

田野调查笔记（之一）

二十一世纪初的某个秋天，我来到澜沧江峡谷时，江河犹初，雪山依旧，古老的传奇与故事依然在一座座村庄、一道道山梁、一丛丛杜鹃花之间到处生长。澜沧江水不舍昼夜，奔腾不息，峡谷里的大风浩荡北来，夹带着雪域高原的清新气息和凌厉冷峻，刮跑了都市人积淀了多年的烦恼。藏族人煨桑的青烟在峡谷里飘荡了一千多年，仿佛它们从来就没有断过，在每一座雪山垭口，玛尼堆越堆越高，经幡旗越挂越密，神灵的身影似乎并没有远遁，就在人们的身边，他们的足迹即便在这个网络化信息化的时代也同样清晰可见。

豹子谷是一条幽深而狭长的菁沟，这样的菁沟在藏东南切割纵深的高山峡谷地区随处可见。谷底怪石密布，流水潺潺，林木森森，许多地段终日不见阳光，像史前时代的某个场景。我和我的一个康巴弟兄培楚溜到谷底的时候就想：那头传说里的豹子，一定就隐藏在前方的那块巨石下，正等待着给我们致命一击。

当然，在现今地球上到处都人满为患的时代，豹子只能生存在传说里，哪怕是如此偏远幽静的山谷中，你要想撞见一头豹子，真要前世修得好福分呢。

培楚的村庄就在豹子谷的上方，村庄名为肯古，其藏语意思为"建在悬崖上的古碉楼"。从山谷的对岸望去，村民的房舍全用石头垒建起来，直接矗立在悬崖峭壁上，鳞次栉比得像一座中世纪时期的小城堡。但是它没有城镇的喧哗，只有山地村庄的古旧、朴素、宁静以及令人感慨的坚忍。为什么要在这个地方建村庄呢？是因为战争的缘故吗？我问培楚。

回答是：不，因为我们的先人要把稍微平坦的地留给庄稼和牛羊。

的确，豹子谷周围几乎没有什么平地，能放平一只桶的地方，都是上好的庄稼地了。村庄里的那些孩子，就在悬崖边的斜坡上滚来爬去地玩，真担心他们一时玩得高兴，不小心就掉下去了。但是培楚说这样的事情从来没有在村庄里发生过。这让我很怀疑他的话，城里的孩子过马路还时常令人揪心呢，村庄里的孩子在悬崖边玩就没有失足的可能？

可是培楚用哲人一般的话回答道：你可见雄鹰在悬崖上掉下来

过？

我不是雄鹰。走在村庄狭窄崎岖的小道上，我随时担心自己会一失足成千古恨。为了对自己究竟要掉下去多深心里有个底，我提出想到谷底看一看，于是培楚就对我说，豹子谷里到处都是孤魂野鬼的冤魂，你敢去吗？

我舔舔自己发干的嘴唇，说，你陪我去，我就敢。

在谷底，我们歇息在一块巨石上，下面溪流湍急，清澈如碧玉流淌；身边冷风嗖嗖，阴森似冥府阴曹。借我十个胆子，我也不敢一人前来。因为我知道，从前，有豹子常从山谷里蹿出来吃人。一些葬身豹口的倒霉鬼的阴魂，说不定还在谷底游荡哩。

什么时候开始再没有豹子了？我问。

解放以后吧。培楚说。解放以后，人们就不太相信老人们讲的传说了，说是迷信。他又补充道。

那么，你们所说的豹子，究竟是在传说里，还是真的就有？和我的康巴朋友们交谈时，我时常想分清他们告诉我的故事，哪些是真实发生的，哪些是传说。

真的有豹子。培楚肯定地说。在豹子谷的山口，一个赶马回来的人被叼走了，他们家就在我家的背后，他是我爷爷的一个好朋友，人们后来只找到了他的一只藏靴。扎西家的奶奶，刚结婚一年多，到谷底来打柴，也被豹子拖走了。还有两个谈恋爱的年轻人，到山口的那个水磨房磨青稞，进去了就再没有出来。

都是过去的事情啦，说着说着，假的也变成了真的，真的则变成了传说。我故意刺激培楚，想挑起他更多的话头。

培楚说，虽说很久没有见到过豹子的身影了，但是我们叫习惯了。再说，豹子谷的叫法和喇嘛们有关。

哦？我顿时来了兴致，我知道我又该面对神灵们的世界了。

很久很久以前，这里的老百姓信奉的是宁玛派，也即是藏传佛教中的红教。有一年，一个黄教活佛和一个红教活佛陪皇太子到康区视察。皇太子对黄教活佛尊敬有加，而对红教活佛却十分冷淡。红教活佛的一个侍者就悄悄将一把荆棘绑在皇太子的马尾巴上，待马走到悬崖边上时，红教活佛的侍者猛打马屁股，马一摇尾巴，荆棘刺得马受了惊，就把皇太子颠到悬崖下摔死了。

于是，皇帝下令杀尽天下的红教喇嘛，强迫天下所有信奉红教的信徒改宗黄教。大军所到之处，红教寺庙被焚，红教僧侣的头颅满地乱滚。当他们杀到康区的时候，最后一座红教寺庙的僧侣们进行殊死的抵抗，大军的马蹄践踏了红教寺庙的大殿，喇嘛们被追杀到肯古村的悬崖边时，一个红教高僧把整支军队挡在了自己的身后，一个将军问他，你们不是说自己是知道前世、今生、来世的智者吗？你可知道自己什么时候脑袋落地？答对了就饶你一命。

红教僧侣回答道，今天。

但在要杀人的将军面前，被杀者永远给不出正确的答案。那将军说，哈哈，今天要到天黑才算完，正确的答案是——现在。赶快祈祷吧。

红教僧侣慨然答道，我修行一生，虔诚地供奉佛、法、僧三宝，现在才终于明白，一颗有信仰的脑袋，当然没有将军杀人的刀来得快。不过世上还有一种东西比将军的刀更快。

将军问，那是什么？

红教僧侣回答说，是我的咒语。

红教喇嘛在将军的刀挥舞过来的时候，祈请雪山上的神灵满足他最后的一个心愿，让他变成一头护佑红教教派兴盛发达的豹子。

将军手起刀落，喇嘛人头落地。那脑袋滚下了山谷，身体却被大地吸收了，就像泼到旱地上的水一样，眨眼就不见踪影。将军刀刃上的血还没有擦干净，他就看见一头豹子从喇嘛脑袋刚滚下去的山谷里冲了出来。将军命令士兵向豹子射箭，可是那些射出的箭到了豹子跟前，纷纷变成了鲜花。到一条山谷里都是鲜花时，豹子冲到了将军的队伍前。

培楚的故事讲到这里时，我们面前浓绿的山谷仿佛都在淌泪，我们也仿佛看到了满谷血红摇曳的鲜花。

你是说，一个人可以在他的今生立时转世为一头豹子？我问。

培楚回答道，我小时候家里的老人就告诉过我们，有些面对神灵的祈求，只要是纯洁的，高尚的，为他人的，神灵会立即答应你的愿望。而有些为自己的祈求，神灵就会等上一段时间才会满足你。按现在的话来讲，就是要研究研究。

噢！难怪我们的祈祷大多数都得不到应验，因为我们都是临时抱佛脚的人，而且只是为自己祈祷，并不为他人，甚至为自己的仇人祈祷。因此我们享受不到神灵的庇荫。

那头豹子后来怎么样了？我怅然地问。

将军的队伍退回去了，红教寺庙里的香火才延续到现在。只是在我们这一带，红教的寺庙已经不多了。

噢。我长长地嘘了一口气。

你一定以为这只是传说。培楚说。

不，这是你们的一段历史。我肯定地回答。

4 爱与梦

　　在玉丹看来，没有哪年的夏季，有今年这样多的雨水；也没有哪年的高山牧场，像今年这样长满漫山遍野的忧伤。那些从草甸的边缘一直开到天边的花儿，那些碧绿的青草尖上缀满的露珠，那些明净似镜、如绿宝石一般的湖泊，还有那些从远方的雪山上滑翔而来又振翅而去的雄鹰，以及飘在雄鹰身后的情歌，舞在阵阵松涛里的舞步，都有一个人的身影在飘逸，有一张纯净的笑脸在荡漾，有一双明媚的眼睛在闪烁。偌大一片高山牧场，如今放牧的不再是白云一样的羊群，只放牧着一颗思念的心；整整一个夏季，天上飘下来的也不是如注的雨水，而是一个人孤独的眼泪；草甸上灿若繁星的花儿，已不再开在大地之上天空之下，朵朵都开在玉丹缠绵悱恻的春梦之中。

　　可是，当春梦成为现实，那个做梦的傻瓜却不知道如何适应这神赐的转变。在一个雨后初霁的黄昏，放牧归来的玉丹还在山坡那头就闻着了从女人身上散发出来的幽幽乳香，伴随着火塘里湿柴燃烧的爆响迤逦传来。他一个人在这高山牧场上已待了半个月了，与羊群为伴，跟风雨搏斗，和寂寞抗争，在思念里挣扎。遥远的星星和雪山是他的邻居，密林里的野兽是他的朋友，如果说有谁会来到他的火塘，为他煮一壶热茶，温暖他寂寞的心灵，那这个人一定只能是雪山上居住的神灵。

　　她的确就是痴情的玉丹心目中的女神，玉丹在木楞房门口看到火塘边的达娃卓玛时，感觉她仿佛是驾着一团彩云飘然而来的，刚才他在山坡上就看到一片吉祥的五彩云霞落在了自己的木楞房顶上。

"阿弟，你回来啦。"达娃卓玛落落大方地迎了上来。

"我……我我……你你……"他一时不知道自己是在梦中还是活在现实，呆呆地站在木楞房门口。

"快进来啊。"达娃卓玛像木楞房里的女主人，上前来帮他卸下身上的一捆柴火。

"还有……还有半个月哩。"他不知道自己为什么会这样回答他的嫂子——自己的妻子——的话。在他出来之前，阿爸交代给他，一个月后，你就可以回来了。他在睡觉的壁板上每天晚上都刻下一道刀痕，那就像一道道寂寞难耐的坎，他必须每日每夜地爬涉，越往后挣扎，那坎就越深，越难以逾越。

"你哥哥让我来看看你，送些吃的来。"

"哥哥……"玉丹的眼眶湿润了。

"快坐到火塘边去吧，茶已经打好了。"达娃卓玛轻柔地说。玉丹忽然觉得这是自己母亲央金在说话，是他从小就耳熟能详的声音。

他坐在那里，就像一个刚到陌生人家做客的大孩子，连手脚都不知道往哪里放好。卓玛为他递来滚烫的酥油茶，他不知该用左手去接好，还是右手去接更自然。最后他懵懵懂懂地把头伸了过去，像一只嗷嗷待哺的羔羊。

"扑哧"，达娃卓玛笑了，坐在了他的身边，将茶碗喂到玉丹的嘴边。那时，他喝下的不是醇香的茶，而是达娃卓玛迷人的乳香。他禁不住战栗起来。

"阿弟，你病了么?"达娃卓玛把手摸到了他的额头上。

玉丹抖得更厉害了，不是他的身子在抖，而是他的心在剧烈跳动，就像一只兔子，要从胸腔里蹦出来。

他把她的手从额头拿下来，捧在自己的胸前，"卓玛……卓玛……"

"怎么啦？"

"你你你……真好。"

"真的么？"

"真真真……的。"

"你在牧场上好么？"

"好好好好……你……来了好。"

"阿弟，我真怕怠慢了你。你想我了么？"

"想想想想想……"

"你的口里含了冰啊，玉丹？是不是一个人在牧场上，没人和你说话，连话都说不利落了。"

不。我不是一个人在牧场上，你一直和我在一起；也不是没有人与我说话，我天天都在和你说话呢，连梦里都在和你说那些永远也说不完的话。玉丹想说这些话的，但是他却一个字也说不出来。他的嘴唇一直在微微颤抖，他的舌头仿佛已不存在，不是被一块冰冻僵硬了，而是被爱融化了。

那个晚上他确实被爱融化得没有自己了，火塘里就像滚进去了一万个太阳，烧得他燥热难当。当他被达娃卓玛拥进怀里，他的战栗搞得木楞房都抖动起来，外面的牛羊也被惊得骚动不安。他从来不知道女人的体香竟然会令人窒息，叫人晕眩。他一会儿感到自己被这种温暖而迷醉的气流吹得飞了起来，比一只雪山上的山鹰飞得还要高、还要远；一会儿又觉得自己掉进了由温香的肉体构成的湖泊里，他沉溺其间不能自拔，连挣扎的力气都没有了。

玉丹完全不知道自己该干些什么，他的手是多余的，脚是多余的，甚至连身子也是多余的。只有他的一颗心在达娃卓玛温柔的胸脯前横冲直撞、寻找出路，撞得达娃卓玛胸口也一阵阵生痛。达娃卓玛已经有半个月当妻子的经验，她知道男人想的是什么，需要的是什么。她略带羞涩地指引着玉丹，在黑暗里的激情中畅游。可是这个家伙已经完全乱了章法，他固执而胆怯，莽撞又谨慎。他胸膛里的烈火在熊熊燃烧，身体内的激情在汹涌澎湃，他却打不开黑暗中的门。

于是，他只有在达娃卓玛的怀里嘤嘤地哭泣。

本来，达娃卓玛已经把自己投入进去了，她的身子已经在起伏，她的喉咙里也禁不住发出轻轻的呻吟。对于达娃卓玛来说，这两兄弟就像一个男人一样，都是自己的丈夫。她要在他们面前公平地尽到自己当妻子的本分，就像阿爸说的那样，左边的脸是脸，右边的脸也是脸。可是那个情场上的新手根本不明白这些，他以为自己的动作太剧烈，伤害着达娃卓玛了。他竟然爬起来跪在达娃卓玛早已裸露的身体前："你怎么了，卓玛姐姐？"

"唉!"达娃卓玛深深地叹了口气，伸手拉下他来，"快躺下来吧，听话，啊，我给你说说峡谷里最近发生的事吧。"

就这样，夫妻间的新婚之夜就成了姐姐跟弟弟讲故事。家里的那头花犏牛下了小牛犊了，它不是花的，而是全身白色。云丹寺的喇嘛说这是一头神牛，要我们好生饲养。前几天来了一场冰雹，东岸迦曲寺的喇嘛作法术想把冰雹赶到我们西岸来，但是贡巴活佛叫人抬出大法号，把飘过来的雹云给吹过去了。你阿爸从汉地进了一大批货，有普洱的茶叶，四川的丝绸，大理土布，还有百货、铁器、盐。马脚子们已经作好了出远门的准备，下个月就出发了。你哥哥这次跟我阿爸一起去，他一去就要一年才会回来，以后我就天天陪你过日子啦，你要快快长大，家里的事就指望我们俩替老人操劳了。东岸朗萨家族的大少爷娶了个狐狸精变成的女人，她漂亮得就像格萨尔王的王妃。峡谷里的女人都说，要是男人们都娶狐狸变的女人做妻子，世道就要乱了。因为所有的女人发现自己的男人虽然在说起这个女人时吐吐沫，可是心却早被她勾走了。你要是看见了她，你也会被她迷住的。

"我不会。绝对不会。"玉丹抬起头来说。

"你呀，在我面前都这个样子。"达娃卓玛点了一下玉丹的脑门，"见到那个狐狸精变的女人了，恐怕会连自己是哪家的人都会想不起来。"

"我在你面前怎么了，卓玛姐姐？我天天都在想你啊。"

"我知道。可是男人是闻不得狐狸精的腥气的，听说那个女人身上会发出来一股妖气，把从她跟前过的男人迷惑住。"

"世界上只有卓玛姐姐身上的气味才是最好闻的。我在山那边就闻着了。"他把头埋在达娃卓玛丰满的胸脯前来回地蹭，就像寻找乳头的牛犊。

"噢，你这个小阿弟啊，什么时候才长得大。"达娃卓玛怜惜地说。

"我已经是大人了。为什么说我还没有长大呢？"

"不，你哥哥才是。你呀，还要等一些时日。"她拥着他，真的就像拥着自己的弟弟，"快睡吧，明早还要起来挤奶呢。"

他果真很听话地睡去了。自到高山牧场独自放牧以来，玉丹从来没有像今晚睡得这样香甜，这样温暖。他连梦都没有做一个，这是他在达娃卓玛走后一直百思不得其解的问题。他想把美梦留住，却忘了在比梦更美好的时光里做一个男人该做的事。

在梦和爱之间，有的人面临一条不可逾越的鸿沟，而有的人则打破脑袋也要在这鸿沟间架一座通向彼岸的桥梁。这样的傻瓜自古以来就不少，澜沧江东岸的达波多杰绝对不是第一个，也不是最后一个。那个狐狸变的女人贝珠已经成为自己哥哥的妻子一个多月了，野贡土司家订亲的彩礼也送上门来了，他还沉浸在欲望的梦想和陷阱里。世上有的陷阱是苦难与折磨，有的陷阱则是幸福与甜蜜，爱情的陷阱也许是世界上各种滋味最多、也最不容易挣脱的陷阱。因为从来都少有人看到里面的危险，身陷其中的人总以为这就是人生最大的幸福。哪怕为此去死，也是一种幸福的死。如果有人能及时地从这陷阱里挣扎出来，而且还毫发无伤，那他真是世界上最聪明的家伙啦。

　　达波多杰还不够聪明，不过，就是一个再聪明的人，在贝珠每个夜晚的尖叫声中和她白天顾盼有情的目光、行事暧昧的举止里，都会迷失自己的方向。更不用说她那四处散发的狐狸精独有的妖气，不要说一个男人，就是一匹公马都会被搞得骚动不安。每当这个女人从达波多杰胯下的那匹叫"贡批"的坐骑前走过时，"贡批"总会忽然高高扬起前蹄，声嘶力竭地在原地折腾。

　　那场冰雹过后，澜沧江东岸一片死气。倒不是冰雹摧毁了一切，而是接下来的大旱天把一切都蒸发了。当老天该下雨的时候，雨却迟迟下不下来。太阳永远都是明晃晃火辣辣的，天上看不见一丝云彩，本来应该在这个季节舒枝展叶的植物，纷纷像小孩攥紧的拳头，再也不向人们伸展开它们鲜嫩的手掌。干燥的峡谷里尘土飞扬，天天笼罩在灰蒙蒙的噩梦之中。地里的青稞苗长到该除草的高度了，天上没有一丝雨飘下；当青稞地里可以藏鸽子时，还是没有雨；眼看那大片大片的青稞要抽穗了，人们的汗水已经不足以保证今年不饿肚子，可是天上分管雨水的神灵仍然对焦渴的峡谷没有丝毫怜悯。大地干裂得到处起缝，像一个百岁老人的脸。峡谷两岸那些曾经长流不息的淙淙山泉，全都像老妇人干枯了的乳房，再也不能滋养大地上的万物了。空气中充满呛人的粉尘味，可怜的动物们纷纷被窒息而死，连藏在洞穴深处的蛇，爬出来刚喘上两口气，马上就被晒干了，直挺挺地横在路中央，像从树上折断的树枝。

云丹寺的喇嘛们做了许多场法事，都不能镇压肆虐峡谷里的魔鬼。人们看见他们在与魔鬼的战斗中东堵西防，节节败退，似乎连与魔鬼讲和的可能都不存在。那个掌管天气的穹波喇嘛，在魔鬼面前一败再败，不是他的法力不行，而是他已经不能说话，他曾经巧舌如簧的舌头连口水都没有了。他把舌头吐给人们看，那舌头比风干的牛肉还要硬，谁也别指望它还能有念诵圆润急速的咒语的能力。

迦曲寺年轻的扎翁活佛也病倒了，在自己的禅房里气息奄奄。上了年岁的阿老回忆说，扎翁活佛的前世，曾经拯救过干渴的峡谷。多年前的一场大旱就像现在一样，人们有将近一年的时间没有看到天上的云朵，连澜沧江都快见底了。但是前世扎翁活佛有一天对他的管家说，他想在神灵的面前为众生洗个澡。他在雪山下的一处台地上，祭起了一处坛城，然后他把桶里的水舀出来，从自己的头上倒下去，倒下去……那瓢里的水永远倒不完，仿佛那里面有一个永不枯竭的山泉。水从前世扎翁活佛的身上淌下来，淌到草场上，淌到青稞地里，淌到背水姑娘的水桶里，淌进人们焦渴的心田，淌进一双双湿润的眼窝。从此以后大地上充满悲悯情怀，人们被这情怀温暖，就像被火塘温暖那样。

现在迦曲寺的活佛太年轻了，当然还没能修持到他的前世活佛那样大的法力。澜沧江东岸的朗萨家族眼看今年地里的庄稼又将颗粒无收，而对岸的都吉家却是一派生意繁忙的火热景象。西岸人们已经在打点货物准备去拉萨了。想一想吧，一队马帮至少也有一百来头骒马，一驮骒马驮出去的是汉地的商品，驮回来的是白花花的银子。天旱地涝，虫害风灾，都不能阻挡都吉家的马帮赚钱的势头。天下的好事怎么都让都吉这个黑头藏民的后代占尽了呢？朗萨家的白玛坚赞头人想。都吉算个什么东西呢，他的爷爷，从前还是朗萨家族的佃户，可是现在你看看这个黑头藏民的孙子吧，他的财富可以把澜沧江水堵起来，如果他愿意的话。这几年都吉家的威风盖过了澜沧江东岸的朗萨家族，似乎连山坡上的杜鹃花儿都明了，它们年年开得都比东岸更茂盛鲜艳。

"看来我们该去雪山上狩猎了，也许神灵会像上次那样带给我们吉祥的好运。"白玛坚赞头人站在自家碉楼的走廊上，看见院子里的贝珠和那只终日跟随着她的山猫，忽然想起这个女人给家族带来的满圈的牛羊。他实在忍受不了峡谷里的闷热和死气了，他希望再追到一只会给人带来意外惊喜的动物。

三天以后，头人的狩猎队伍将一头野鹿围在一座不大的山头上，那是一头少见的有六只犄角的漂亮母鹿。对这种家伙不能一枪打死，人们需要不断地激怒它、追赶它，把它撵到实在跑不动为止，这样它强健有力的心脏就能分泌出更多的鹿血。让它在惊恐中为渴望喝到鹿血的人贡献出自己生命的精华。头人吩咐两个儿子各带几个小厮从不同的方向追赶，贝珠紧跟在扎西平措的后面，她满面红光，兴奋异常，在她还是一头狐狸的时候，她是被追杀者；现在她摇身一变，不仅是朗萨家族的少夫人，还成了一名骄傲的狩猎者。

在快追到山顶时，扎西平措已经隐约看到了野鹿的身影，但是他娇柔的妻子却爬不动那些越来越陡峭的山路，慢慢拖在后面了。扎西平措往后面看了一眼，对身边的一个小厮说："照看好女主子。"然后就向前追去了。

可是不多一会儿，大少爷就在丛林那边叫那小厮赶快上去，他已经把野鹿堵在一道山崖边啦。仆人走后不久，忽然密林中传来一阵巨大的响动，凭经验，贝珠认为那是一头大野兽，她想点燃手中的火绳枪，可是一个黑影猛地扑了出来，抓住了她的枪。

"别开枪，嫂子，是我。"

佛祖！达波多杰满头是草地站在了她的枪口前。

"你跑到我枪口前来干什么？"贝珠嗔怪道。

达波多杰笑嘻嘻地说："来保护你呀，嫂子。"达波多杰看见他嫂子的目光里波光潋滟，像阳光下不平静的湖面。

"噢，阿弟还是一个有心人啊。"贝珠伸手将达波多杰头上的几根草捋下来，"你的帽子呢？"她温柔地问。

"跑丢了。"当她的手指触摸到他的额头上时，达波多杰感到全身的血都在往头上涌。

"呵呵，你这个家伙啊，大家都在一心追赶那头鹿，都说它会带来吉祥。"贝珠妩媚的眼光像这个明媚春天里到处飞舞的蝴蝶，在达波多杰早已乱成一团糨糊的脑里飞呀飞，他已经分不清哪是嫂子明亮的眼睛，哪是脑海里飞舞的蝴蝶。他结结巴巴地说：

"我我我……我的心里没有……没有野鹿，嫂子。"

"那你心里有什么啊？"两只蝴蝶又从她的眼睛里飞出来，盘旋在那个晕乎乎的家伙的脑袋上。

"只有嫂子。"他就像说梦话一般，话一说出口连自己都被吓了一跳。

"是吗?"她把眼光里的蝴蝶收了回去,意味深长地说,"可是有的人只想到抓到那头野鹿。"

"那只野鹿再也不会变成像嫂子这样漂亮的姑娘啦。他们都是傻瓜。"达波多杰肯定地说。

"呵,还有比你更傻的人吗?我是一只狐狸精变的女人,你不害怕吗?"

"害怕什么?想爱还轮不到呢。"达波多杰有些气哼哼地说。

"你们两兄弟是多么的不一样啊!"贝珠的手再次伸到了达波多杰的头上,在他浓密的鬈发中摩挲,像一条蛇在茂密的草丛中游走。

达波多杰的脑子里仿佛有一万条澜沧江在轰鸣,他战栗地抓住了他嫂子的双肩,"什么不一样,嫂子?"

"你的这一头鬈发,多漂亮,像满山梁开放的花儿。为什么你哥哥就没有呢?"她收回了自己的手,同时稍稍往后退了半步,巧妙地令他的双手从她的肩上滑落下来了。

"因为……大概是因为我们的妈妈不一样吧。嫂子,你喜欢我的头发吗?"然后他笨拙地说了一句,"牧场上的很多姑娘也喜欢。"

贝珠忽然拉下了脸:"你干吗不去找那些姑娘呢,跑我这儿来干什么?"

达波多杰辩解道:"牧场上的姑娘哪能和你相比,嫂子?"

"你拿我跟她们比什么?"

"你……你你唱的歌儿比她们的好听。"这个家伙还没有明白一个女人的心,情急之中就把自己心里想的说出来了。

"我唱歌儿给你听过吗?"贝珠的声音有些严厉起来。

"唱了,在晚上。你的歌儿让峡谷里的夜莺再也不敢唱歌了。"达波多杰再也不想跟自己的嫂子打哑谜。

"啪"，他的脸上挨了一耳光。"别放肆啊，我是你嫂子。你哥哥就在山崖上哩。"

不久以前，当他对阿爸说想和哥哥一起做贝珠的男人时，他挨了阿爸的一皮鞭，现在又挨了这个女人一耳光。可是，与其说那是一巴掌，不如说是一次大胆的亲昵。它比春天的杨柳拂在脸上还要温柔，比夏天里燕子掠过水面还要轻盈，像秋天飘向大地的一枚红叶，也像冬天落在脸上的一片飞雪。

因此，那个挨了耳光的家伙非但没有恼怒，反而受到了鼓励。他终于发现在他脑海里飞舞的蝴蝶，原来是嫂子身子里散发出来的妖气变的。那是一只妖蝴蝶啊，它能把男人身体内的欲火煽动起来。在旱季里，有一种满山乱窜的山火叫作"过山龙"，当它烧起来时，连跑得最快的兽类都逃不过它的淫威。而被一个狐狸变的女人勾引出来的欲火，比"过山龙"还要窜得更快、更泛滥。

达波多杰一把抱住了贝珠，把她压在灌木丛中，密林一阵稀里哗啦乱响，像摔倒了一头巨熊。很久以后，他都没有想明白当时他为什么会这样做；也是很久以后，他也没能弄清楚贝珠是如何从他身下逃走的。就是一只狐狸，也不可能从他激情的严密包围中突围出去。但是那天达波多杰的确一事无成。他明明已经用下身抵住了她柔软的小腹——在对付姑娘方面，他可不是个新手，他也清晰地看见了嫂子目光中的惊惶与羞涩，甚至还看见了她额头上的一根草棵。他伸手想将它摘下来，可是手上抓住的却不是一根草，而是一把！那张妖艳的脸不见了，蝴蝶飞舞的眼波也不见了，身下的嫂子变成了松软的灌木丛。他只听见密林中一阵兽类奔逃的脚步，仿佛是一只狐狸在逃逸。

"你在这里干什么？"

达波多杰身后忽然传来一声呵斥。他惊慌地转过头来，发现阿爸正举着火绳枪冲着自己。就像一场白日梦被人搅醒，达波多杰翻身坐起来，呆呆地迎着父亲的枪口。

"我差点一枪打着你。"白玛坚赞头人收起了枪口，"打猎误伤人的事儿多着哩。你干吗不跟着大家去追野鹿？"

达波多杰惊魂甫定，搪塞道："我……我摔了一跤。"

"你可真摔得不是时候。"白玛坚赞头人懊恼地说，"野鹿就是从你这个方向跑了的。"

"没有啊，跑了的只是那只红狐狸。"达波多杰失口说。

"什么红狐狸？那是你嫂子。"

"阿爸，你你……看见她啦？"达波多杰感觉自己身下的大地在沉沦。

"没有。我是说，以后不准再把你哥哥的妻子当狐狸看。"

"可是……是的，阿爸。"达波多杰就像从梦中醒悟过来，要是嫂子还在自己身下，阿爸可能真的要给我一枪了。他吓出了一身冷汗。

"真倒霉，还没有猎物从我的枪口下逃走过。"头人还在懊悔。

达波多杰应和一声："跑了就跑了吧，阿爸。反正神灵再不可能赐给我们能变成漂亮姑娘的红狐狸了。"

"你懂什么？神山饲养的猎物，就是半个神灵。"头人白了自己儿子一眼，"别一天到晚就只想着漂亮姑娘！该干点正事了。起来，跟我走。"

第二章

5 魔 咒

白玛坚赞头人那天在狩猎的时候要小儿子达波多杰"干点正事"，可不是一句随便说的话。这个事情对他来说就是向西岸的财富和土地开战，而对达波多杰，则是赶快和野贡土司家的丑姑娘完婚。

其实，头人的贪婪和土司的想法不谋而合，那就像一棵贪婪之树上结出的两枚恶果，只有大小之分，没有本质的区别。野贡土司虽然招婿上门，解决了丑姑娘的终身大事，但也不愿把自己的财富更多地分给一个外姓人，哪怕分出去的羊群中有一头怀了孕，他也一定会让那母羊先把羊羔生下来再放走。野贡土司嫁自己的大姑娘就这样干过。因此，当白玛坚赞头人提出两个家族联合起来把澜沧江西岸攻打下来，作为一对新人的领地，用战争的枪声庆贺一桩吉祥的婚事时，土司当然乐意啦。只是在诸佛菩萨面前，野贡土司还要恰如其分地表达出自己的慈悲，他问头人：

"可是，我们用什么理由向那边开战呢？"

白玛坚赞头人嘿嘿笑道："对于一个弱者来说，要找和人打仗的理由，比在江里淘沙金还难；而对一个强者来说，只是一个借口而已。"

野贡土司说："噢，这个借口也得合适才行呢，打仗毕竟不是一件小事。"

"你放一把火将一座山的森林都烧掉，是因为路边的一棵树枝把你的帽子剐下来了。这个借口怎么样?"

"真是一个贵族头人的好借口。"野贡土司笑着说。

很快,白玛坚赞头人就给了野贡土司充分的借口。这个借口不是产生在人间,而是来自天上。因为人间的借口往往说不清楚,而天上的神谕,则不容辩驳。

穹波喇嘛再次扮演了神的代言人的角色。他在一个早晨得到了一块从天上飘下来的黄色绸缎,那上面有一段偈文:

当神灵遍布的山川

被红色的邪教控制

佛法的敌人就来到神山前

快去捍卫我们的藏三宝

在峡谷里,"藏三宝"在不同人的心目中有不同的诠释。一个喇嘛的"藏三宝"是佛、法、僧;一个康巴男儿的"藏三宝"是快刀、快枪、快马;而一个牧羊人的"藏三宝"则是甩石器、羊鞭、火镰。不过穹波喇嘛的解释说,这段偈文说的是对岸的红教喇嘛已经成了佛法的敌人了。看看他们在峡谷里干了多少坏事吧。先是把冰雹砸在我们的头上,然后又给我们制造干旱,而雨水都下到他们那边去了,只有魔鬼才会有如此的贪婪自私。红教喇嘛在峡谷西岸一念经,我们睡觉都不得安宁。

澜沧江东岸的许多人都说,他们亲眼看见了这段写有偈文的黄色绸缎从天上飘来,它就像一只来自神灵世界的仙鹤,把战争的消息带到人间。只是当初这块黄色的绸缎飘落在悬崖上的一棵古松上,谁也没有办法将它取下来。这时,人们看见一只黑色的山猫跃上了悬崖,爬上了树。有人认出它就是那条成天跟随在贝珠身后的山猫,和从前那只红狐狸是姊妹。它把古松上的黄绸缎衔下来,交给了穹波喇嘛。

于是,穹波喇嘛便宣布道:我们驱逐西岸红教喇嘛的时候到了。

这个魔鬼散布的咒语让澜沧江打了个哆嗦,峡谷两岸无论是雪山上嗜血成性的雪豹、狗熊,还是牧场上天性善良的牦牛、山羊,还有那些在草丛中终日忙碌的蚊虫、蚂蚁,都一齐发出了惊恐的哀鸣。它们听到了人们奔走呼号的脚步声,听到了磨刀擦枪的霍霍声,听到了魔鬼在阴笑,听到了生命之花凋零前的惊悚与哀泣,还听到了男儿血管里的血液,发出澜沧江水一般澎湃激荡的轰鸣。这些善良的兽类,无不用哀泣疑惑的眼光看着比它们更聪明的人类,似乎在问:为什么你们要杀自己的同类?

那段时间里,吹过峡谷的大风带着一股股的憎恨和杀气,人们在风中都能听到来自对岸的咒语。一只羊最先向云丹寺的贡巴活佛转达了自己对人间的忧虑。那是一只卡瓦格博雪山下的放生羊,它大约活了六百岁。由于人们认为卡瓦格博雪山是属羊的,每隔六十年便是它的本命年,因此常有一些罪孽深重的人,在卡瓦格博雪山的本命年里,从家里的羊群中挑选一只最健壮漂亮的羊出来,送到雪山下放生,既作为奉献给神山的祭品,也为自己洗清罪孽。实际上许多放生羊在不到半年的时间里都成了雪山下的豹子、狗熊等嗜血猛禽的口中之物,但是放生的人家一点也不着急,因为豹子狗熊也是依雪山而生,同样是神灵牧养的圣物。它们吃了放生羊,也就等于神山收纳了人们的贡品。但是一只放生羊六百年来没有被吃掉,这本身就说明此羊非同一般。在传说中六百年前它的毛是黑色的,现在它全身雪白,就像一个头发、眉毛、胡子都被岁月的风霜染白了的老人。在人们心目中，它就是卡瓦格博神的化身，每一个在雪山上看见它的藏族人，都会冲它磕头。

这只羊嗅出了穿越峡谷两岸的大风中的哭泣声。它在一个早晨像一个虔诚的藏族人那样围着寺庙后的一座玛尼石堆转，贡巴活佛在自己的静室里听到了它不同寻常的脚步声。活佛赶忙来到了玛尼石堆前，活佛和羊之间进行了一场只有他们才听得懂的对话。

羊说，峡谷里要打仗了。

活佛说，一个活佛也不能平息战火了吗？

羊说，前一段孽缘要了结，新一段因缘将生起。

活佛问，非要流血杀生才可生起峡谷的善缘吗？

羊说，众生要看到自己的罪孽，法轮才会初转。佛陀也是经过了九九八十一难，才涅槃成佛。伤害越深，人们的罪孽越重，开悟也才来得更快。

活佛说，我明白了，教派的纷争，只是为了让信仰的捍卫者都看到自己的缺陷。

贡巴活佛其实在峡谷里越来越浓烈的战争气氛中，早就听到了魔鬼的狞笑，那笑声在乌鸦的翅膀后，在山崖的背阴处，在古树森森的密林中，在越压越低的乌云里。这是神界通过一些不寻常的征兆，显示给那些具有通灵法力的智者，比如一天傍晚贡巴活佛就看见一群乌鸦以规整的六角形在峡谷里往返飞行，那是灾星飞舞的形状；他还在一个早晨看见一股黑色的雾气从山崖深处升起来，魔鬼的身影在里面若隐若现；而天上厚重的云层中时常传来魔鬼们匆忙赶来的脚步声，连天都快被他们踩塌了。

贡巴活佛有一天在喇嘛们做完了早课，对正准备散去的众僧用沉郁的声音说："你们刚才念的是祈祷平安吉祥的经文，可是我看现在平安和吉祥就像系在一根马尾上的两颗鸟蛋。峡谷里即将到来的屠杀就是那匹马，谁要是轻轻挥动一下马鞭，系着平安和吉祥的那两颗鸟蛋就会掉进万丈深渊。它们就再也不能脱壳而出，长成平安鸟和吉祥鸟，降落在众生的房顶上。我不知道在佛的悲悯下，平安和吉祥是不是可以得到挽救。"

　　到了晚上，贡巴活佛把都吉叫到自己的禅室来，向他通报了峡谷里可能要打仗的消息。都吉说，实际上他也知道峡谷里这一阵气氛不对，赶马做生意的人，常年在外面跑，周围空气有一丁点火药味，都能嗅得出来。更不用说这段时间里峡谷里到处弥漫的杀气连花儿吓得都不敢开放了。都吉的大儿子阿拉西是和他父亲一起来的，他问贡巴活佛："是我们得罪了那边的人吗？"

　　"不是得罪了什么人，而是佛法的魔鬼找上门来了。"

　　都吉想起自己的妻子央金产下的那个蛇首人身的怪物，身上不由得泛起一层层鸡皮疙瘩。很多个夜晚，那个被他扔进澜沧江的怪物都会来梦里找他。他总是在噩梦连连中四处躲藏，落荒而逃。可是他也知道，他是逃不出魔鬼的惩罚的。

　　"活佛，你是说，他们要来抢占我们的土地和牛羊？"都吉诧异地问。

　　"还不仅仅如此。"贡巴活佛悲声道，"他们连我们僧侣头上帽子的颜色都要改变啊。"

　　"难道我们供奉的不是同一个佛祖吗？"阿拉西问。

　　"当然是同一个佛祖。只是我们追求成佛的道路不一样而已。"

"我们赶马人说，条条大路通拉萨。路险路平，路远路近，谁走哪条路，是脚的自由。反正都是去圣城啊。"

"唉，都吉，"贡巴活佛深深地叹了口气，"自从有了不同的教派，僧侣们即便没有违背佛祖的旨意，也把佛祖的话曲解了。在每一尊佛菩萨的身后，总有人想用最大的声音，以佛的名义说话。我修行六十多年，如今对自己是越来越感到羞愧了。"贡巴活佛眼睛里忽然淌下了两行老泪。

佛流泪了，人间就苦了，大地也会承受不起如此巨大的苦难。都吉和阿拉西跪伏在活佛面前，像一个婴孩般失声痛哭。"活佛，我们只有指望你的法力和慈悲了。"

贡巴活佛念了一段经文，平息了禅室里的悲伤。"对于你们俗界，是人的贪婪让他们举起杀生的马刀；而对僧界的上师们来讲，神的名义被他们滥用了。牛羊赶到哪一块草甸上吃草，是牧人的事；但是牛羊赶到了人家的庄稼地里，就是人心的不是了。"

都吉说了句一针见血的话："我看哪，他们中的有些人虽然穿着僧装，在佛祖的面前，心里念诵的却是魔鬼的咒语。"

贡巴活佛说："就让对岸受魔鬼驱赶的马蹄，先从我的身体上踏过去，再去踏破我们寺庙的大门吧。我会为他们的恶行祈祷。"

都吉站起身来，"那我们就和他们有一战了。"在他看来，寺庙就是他的灵魂寄居地。每趟外出赶马，他都要带马脚子们来寺庙烧香祈求各路神灵的护佑；而每次远行归来，他也必定先到寺庙还愿后再回家。如果没有了寺庙以及喇嘛上师们法力的护佑，他不知道将如何对抗那一路上的妖魔鬼怪。作为一个普通的信仰者，他并不在意哪个教派的教理好，谁能给他的心灵带来安慰与护佑，他就向谁烧香磕头。

澜沧江西岸的藏族人，信奉宁玛派的红教教义已经好几代了，他们还从来没有遇到这样的事情：信仰会给生命带来威胁和灾难。

贡巴活佛说："你还是通知村庄里所有的人，都躲到雪山上去吧。大风吹过之处，折断的是迎风挺立的大树，树下的小草，总是无辜的。"

"不，活佛，家里的女人和孩子可以送到雪山上去，我们男人要与你在一起。没有了寺庙，没有了活佛的庇护，我们何以在这峡谷里生存啊？"都吉坚定地说。

贡巴活佛念诵了一段偈语："行有黑白，心分浊净；心若洁净，地净天清；心若污浊，地浊天昏；世间一切，取决于心。不管即将到来的是何种的灾难，你们要守护好自己的心。"

"要是仁钦上师还在就好了，他的法力或许可以守护我们的村庄和寺庙。"

"我也很久没有他的消息了。"贡巴活佛明亮的眼睛穿越了深沉的黑暗和广袤的大地，在一片混沌迷蒙中寻找仁钦上师的踪影。这个云丹寺的神巫在与对岸迦曲寺的穹波喇嘛斗法失败以后，羞愧地离开了峡谷，他曾经说，要去圣城拉萨学得无上甚深的密法，再回来护持红教的教义和信众。贡巴活佛曾经有一次在云层之上看见过他的身影，他在寺庙的上空盘旋一圈后就飞走了。活佛并没有把自己的发现告诉任何人，因为对没有开佛眼的人来说，是看不到他的。

都吉父子在回村庄的路上，峡谷里的黑暗窒息得让人说不出话来，阿拉西手上的火把似乎不是点在黑夜里，而是燃烧在水中。因为明明一丝风都没有，可是这根浸满松树油脂的火把却越燃越弱，直至完全被厚重的黑暗浇灭。都吉深深地叹了一口气，他感受到了死神紧逼过来的身影。

"阿拉西，仗打起来后，你要照顾好自己的弟弟。"

"我知道，阿爸。你就放心吧。"

都吉是走南闯北的人，一个男儿的勇气有多大，他看你一眼就可揣测出个八九分。阿拉西曾经在和他一起去汉地的路途上，刀劈了两个拦路抢劫的土匪。那一年他才十六岁。一个好男儿的康巴藏刀要沾过血，他才知道在这个混乱的世界上，勇气是支撑自己活下去的那根大梁，就像家里厅堂里的中柱一样。而小儿子玉丹的康巴刀还没有跳出过刀鞘呢。都吉担心他跟死神迎面相遇时，他身上的勇气不足以保护他。

"这次我们的对手，可不是几个毛脚土匪。"

"阿爸，他们总不至于连马也不让我们赶吧?"

都吉忧心忡忡地说:"谁知道他们要闹到哪一步。连活佛都流泪了，对岸那些贪婪的家伙，难道不害怕大地开裂吗?"

白玛坚赞人倒是一点也不担心大地是否会开裂。他管辖着澜沧江东岸二百多户黑头藏民，还有几十个奴隶和家丁。依照从前的规矩，佃户们充当土司或头人的"门户兵"征战，杀敌一人，将获羊十只，杀敌五人以上，获牛一头，或骡马一匹。是奴隶身份的，如果立了大功，还可转为自由民，是佃户的，战斗结束后论功行赏，要是他运气好，他就可能得到土地的赏赐。峡谷里有几十年没有打过仗啦，男人们心里痒痒的，渴望跃马横枪、建功立业的好运会降临到自己的头上。峡谷里有一句话，男人与其躺在病床上老死，不如出门打仗，活得像个真正的男人。头人的大儿子扎西平措在征集门户兵时有句蛊惑人心的话，让每一个前来参战的康巴人至死都念念不忘:你们冲进对岸那家富人的宅院，抢到的第一筐银子就是你的，站立的第一块土地也是你的，见到的第一个女人，也属于你。

朗萨家族的大宅院里一片忙碌，人人都在为即将打响的战争而兴奋。只有一个人无动于衷，成天懒洋洋地趴在碉楼三层的栏杆上，像看戏一般地望着在宅院里进进出出的人们。这个家伙就是号称自己病了的达波多杰，似乎大家并不是为了他的新领地而战，也不是为了他战事之后的婚礼开枪庆贺。他对野贡土司派来的二百多号雄赳赳的马队毫不兴奋，也对征召来的上百名"门户兵"在旷野里搭起的帐篷、升起的炊烟不理不睬；他还没有看到迦曲寺的穹波喇嘛请来帮忙的六个战神，三个神巫，以及在天空中随着几团乌云飘来飘去的几百个阴兵。他们是上百年来在峡谷里的家族械斗、土匪抢劫、民族纷争中战死的冤魂，地上的人要打仗的时候，常常通过那些法力深厚的喇嘛上师，将他们从冥府请来助战。他更没有听到康巴骑手们的战马嘶鸣、磨刀霍霍，还有吟唱英雄格萨尔的颂歌——每个出征的康巴人，总把即将要来到的战斗当成男人的节日，他们总是以歌和酒来欢庆这个节日的到来。

和以往不一样，达波多杰并没有感受到一丁点节日的气氛。他的眼睛一直在追逐贝珠的身影。这个身影在他眼前一会儿是珠光宝气，服饰亮丽，妖娆丰满，笑声清脆，一路妖气迷人的贝珠；一会儿是一头扭动着肥美的屁股在人群中蹿来蹿去的红狐狸。

有时候，他不得不猜想，澜沧江东岸人们的所有忙碌狂躁，都是这只红狐狸引诱出来的。它（她）走到哪里，哪里就是一阵骚动，男人们渴望搏杀，女人们内心惴惴不安。那头随她一起来到家族里的山猫，也和她一样形迹可疑。只有雪山上的神灵才知道，它从悬崖上的古松上叼下来的那块黄色绸缎，是不是从天上飘下来的。他甚至怀疑，这头狡猾的红狐狸不是在为他和野贡土司家的丑姑娘张罗一场战争或者说婚事，而是在为它（她）自己的未来挑起峡谷两岸的人们互相残杀。

"这真是一场魔鬼挑起的战争。"达波多杰在人群的头顶上方嘀咕道。许多年以后，时间才能印证他的怀疑和猜想。但在当初，他也只能如此说。

"不对，这是为了你的婚事吉祥。"

达波多杰一回头，发现贝珠竟然站在自己的身后。刚才他明明看见她还在楼下院坝里的人群中晃悠，怎么一下就跑到三楼来了？除非狐狸也长了翅膀。

"呵，如果为了我的一张婚床，就去杀死那么多人，雪山上的神灵一定不会饶恕朗萨家族的。"

"别忘了我们是以神的名义向那边开战的。"

达波多杰看着自己嫂子妩媚如满月的面庞，深深地叹了口气："佛祖啊，一个女人竟然会喜欢打仗。"

"你错啦，我的傻阿弟。"贝珠的眼波似乎长出了两只温柔的软手，一直抚摸到达波多杰的内心深处。"女人只喜欢战争中的英雄。"

达波多杰恍然大悟，一个风骚十足的漂亮女人在即将奔赴疆场的男儿面前，就像一块高高悬在生命上方的奖牌。男人就是战死，也渴望将那奖牌挂在自己的脖子上。难怪她走到哪里，那儿的战马就要嘶鸣；她的眼波流向哪里，那儿的男人血性就会被燃烧起来，毁灭一切。哪怕大地开裂，江河改道，雪山陷落，日月蒙羞。

6 神 谴

达波多杰不再袖手旁观了，当澜沧江东岸的马队和成百的"门户兵"像乌云一样向西岸压过去的时候，他一马当先，冲在了最前面。在他的身后，马队的铁蹄践踏得峡谷都在摇晃。那时正是峡谷里的杜鹃花刚刚开放、把青翠的山冈点染得一片血红的季节，康巴骑手们的马蹄将澜沧江西岸践踏得满山残红、一地血泥。幸存下来的人们已经分不清大地上哪是花儿溅飞的鲜血，哪是人生命开败的花朵。天上的一团乌云像只巨大的恶狗，刚刚将明亮的太阳一口吞了，人们都能听到阳光被咬碎的声音。雪山阴暗了下来，它线条优美的山脊，仿佛在流淌红色的鲜血。康巴藏刀阴森的光芒让峡谷仿佛一下进入了严酷的冬天。

战斗是在寺庙前面的一座小山冈上打响的。东岸的马队只要踏过了这座山冈，就可以长驱直入，踏破山冈后面都吉家的大宅和火塘温暖的村庄，踏破村庄上方的云丹寺措钦大殿厚重的木门，踏破澜沧江西岸曾经青烟袅袅、歌声悠扬、暮鼓晨钟的宁静岁月。西岸的红教喇嘛和村民们守护着这座山冈，就守护好了他们的信仰和神灵，守护好了他们一度与世无争的生活。

在地势险峻的澜沧江峡谷，任何一道山梁，都可能是一道天堑。道路是那样的陡峭狭窄，山涧是那样的深不可测，一支火绳枪也可以挡住整支马队的进攻。因此，在那个时候，人们打仗更多的是祈求神灵的帮助。有些事情，非人力可为，也非神力不可。

都吉带领村庄里的男人们和云丹寺庙里的喇嘛们结成了生死的同盟，在这种时候，信仰和生命就是皮与毛的关系，皮之不存，毛将焉附？也是水与大地的关系，天空和白云的关系，飞鸟和花儿的关系，星星和草尖上一滴晶莹剔透的露珠的关系，就像阿拉西兄弟俩对达娃卓玛生死相依的爱情，以及他们兄弟间血脉相连的命运。

战斗刚开始时，一点也不像是一次血腥的杀戮，而像一场神灵盛大的节日。穹波喇嘛请来的战神在云层间神出鬼没，夹风带电；神巫们口中念念有词，身披死尸皮，腰挂人头骷髅，盛装出场；装扮成好人模样的魔鬼一本正经，以神灵的名义在人群中兴风作浪；门户兵们打着尖锐的口哨，迈着跳弦子舞一般优雅从容的步履，吵吵嚷嚷地走向死亡。他们似乎并不知道枪子儿的冲击力，以唱藏戏的热闹劲儿蜂拥而上，如同过新年走亲戚串门一般闹闹嚷嚷，然后再像跳弦子舞那样双脚腾空飞了起来，只是他们落地后就再也爬不起来了。阿拉西看见一个冲在最前面的汉子似乎有护法神相助，火绳枪的霰弹一颗又一颗地打在他的身上，可是他的战神护佑着他不惧任何四处飞舞的霰弹。一朵朵的血花开满了他宽阔的前胸，腹部，但是他竟然没有倒下，口里竟然还在吟唱着浑厚悠扬的歌声，他的嗓音嘹亮而开阔，是那种站山梁上放歌一曲，杜鹃花也会灿然怒放的山歌好手。山冈上射击手们的手已经在抖了，他们甚至怀疑自己开枪打在那家伙身上的究竟是一颗颗枪子儿呢，还是一朵朵鲜嫩的红色花儿。

幸好，当血一样的花朵开满他全身，当山冈上的人们已经能清晰地看见他喉结的蠕动，甚至能看见他眼睛里放射出来的由狂热和绝望交织的目光，他那动人的歌声才慢慢地衰弱了，就像一束照射在大地上的生命之光，慢慢地暗淡了下去。

阿拉西让弟弟玉丹紧紧跟在自己的身边，他向佛祖发过誓，即便自己战死，也不能伤到弟弟一根指头。本来他和父亲都吉的意思是让玉丹和女人们一起先躲到雪山上去，但是玉丹拒绝了这份有失男人脸面的好意。可是阿拉西明显地感觉到，战火刚打起来的时候，玉丹的身子在发抖。他毕竟才十七岁，身子骨还嫩。因此，每当玉丹想探出头来射击时，阿拉西总是一把将他拉下来。那个上午玉丹听到的最多的话就是："玉丹，小心啊，枪子儿可没长眼！"

在抵抗的人们身后，云丹寺的几个老僧在贡巴活佛的带领下仓促搭起了一个简陋的坛城，迎请自己的战神。他们一边念诵着咒语，一边还要不断躲避到处乱飞的枪子儿和箭矢。他们看到地上的人们打成一团，天上的神灵也战得不可开交。红教喇嘛的神灵被黄教喇嘛请来的阴兵重重包围，已经无法前来护持自己的信众。

这是多年以后在峡谷里普遍传诵的说法。人们说，这场战事澜沧江西岸的红教喇嘛之所以战败，是因为保佑他们的神灵首先被天上的阴兵打败了，一些留在战场上的遗迹在战争的硝烟消失了多年后还有迹可循。比如，一道赤红色的悬崖上至今还存留有神灵的半个身影，而那道悬崖之所以是红色的，并不是人的血飞溅到了上面，而是天上下的血雨；又比如，有一片巨石突兀地耸立在当年阿拉西他们坚守的那座山冈上，它们是穿波喇嘛请来的战神像扔一把核桃那样从天上扔下来的。大石头一块一块地带着烈火从天上飞来，它们飞到哪里，哪里立即就燃烧起来。

西岸的抵抗终于溃败了。这一切就像一场噩梦，人们的喊杀声和哀号却怎么也从噩梦的网里挣扎不出来，都吉让阿拉西赶快带人去寺庙，他自己留在败逃的人群最后。他最后看见白玛坚赞头人骑在一匹青色的战马上，向他狂笑着迎面撞来，那马似乎也在哈哈大笑。都吉还在想马为什么也会狂笑时，白玛坚赞头人的战马已经到了他的面前。都吉伸开双臂，仿佛想以一人之力，去阻拦这塞满天地的杀戮，四处飞溅的鲜血，阻拦像破堤的洪水一般席卷而来的康巴骑手。他甚至想去抱住白玛坚赞头人的战马飞扬起来的前蹄，但他却被头人胯下的铁蹄重重地踢倒在地。

在他的身后，村庄成了一片火海，都吉家曾经富丽堂皇、淌金流银的三层大宅院，眨眼就像火塘里的几棵树枝，扭曲着倾斜着，发出痛苦的惨叫，最后，它大喊一声，訇然坍塌。

这一声大喊是都吉忠心的管家顿珠发出来的。作为一个和死神打过无数次照面的赶马人，他从没有畏惧过死神的狞笑。丰富的野外经验，老到的处世方式，机敏的眼光和强壮的体魄，让那些索命鬼也不得不和他握手言和。而这一次，他看到他们再也不会给他面子，护佑他的战神也被对岸的神巫击败了。死神狰狞的面孔清晰可见，他们之间再没有讲和的机会和可能。

那么，让我们都来作一个了断吧。顿珠没有退向寺庙的方向，而是冲进了都吉家底层的库房，他知道火药放在哪里，他更知道了断尘缘的最好方式。他扛了一大桶火药，再度冲回混战的人群中。在马厩旁的一道矮墙下，还有几个都吉家的马脚子在作拼死的抵抗，他们浑身是伤，两眼血红。顿珠把火药桶往地上一蹾，大喊一声：

"别再浪费自己的力气了。你们想好自己的来世了吗？"

一个年轻人看着那只火药桶，故意俏皮地说："顿珠大叔，我还以为你抱来一桶酥油茶哩。"

他身边的一个赶马人一只眼睛已吊在外面了，另一只也血肿得什么也看不见，他问："茶？顿珠大叔，现在有一碗茶喝可比来世重要得多。"

只有一个和顿珠差不多大的赶马人还在想自己的来世，他伏在一道土坎上一动不动，"狗娘养的朗萨家族，都是些催命鬼，让我们喝一碗茶的机会都没有。"他愤愤地说，"佛祖啊，保佑我的来世投生为一只鹰吧，再不要让我走这么远的山路！我太累啦。"

对方的马队已经冲过来了，顿珠点燃了火药桶上的引线，他最后说：

"好吧，让我们都飞到天上去！"

在冲天的火光中，那时还在坛城上为众生祈诵平安的贡巴活佛看见顿珠的一颗血红的心飞到天上，看到一只红狐狸从火中蹿出来，一口就将那忠勇的心叼走了。他还看到都吉家宅院的院坝里，已不见牛羊攒动，骡马成行，南来北走的货物堆积如山，只有熊熊的烈火映照着人和马的尸体，一摞摞地在堆积；顺着大门淌出去的不再是金银，而是像山泉一样绵绵不绝的鲜血。大地在一瞬间一片血红，浸满哀伤。

那片大地从来都是被天上的雨水滋润，被皑皑的白雪覆盖，被烂漫的花儿装点，被灿烂的阳光抚摸，被绵绵的情歌催生，被吟诵的经文浸染，被春牛放出的香屁熏绿——每当牧童听到牛儿放出畅快的屁声，他就知道，春天要来了，大地要变绿了。

现在贡巴活佛眼前没有牧童悠扬的牧歌，也没有春牛惬意的香屁。大地在沉沦，在流血，活佛慈悲的心也在流血。他和几个高僧搭建的坛城已经被西岸百姓的鲜血洇红了。活佛这时站起来，对身边的一个喇嘛说：

"众生正在被魔鬼驱赶，往地狱里奔。让我们来看看，一个老僧在这个时候，能不能为他们做点什么。"

他离开了坛城，向还在血战搏杀的双方走去。西岸坚守关隘的百姓已经纷纷退却，他们对他说："活佛，不能再往前了，魔鬼已经钻进了白玛坚赞头人的心，他变得比吃人的魔鬼还要凶残啦。"

贡巴活佛说："去寺庙里吧，至少那里还有我们的护法神在。"

本来身材瘦小的贡巴活佛在那一刻仿佛显得特别高大庄严，他把众生挡在刀箭的身后，挡在地狱的门口。他来到山道的一个拐角处，那里仅能容一匹马擦身而过。活佛在山道上盘腿坐了下来，要在这里做一次生与死的禅坐。

东岸追击的马队夹带着雷鸣般的蹄声滚滚而来，但是忽然就像奔腾的洪水遇到一道坚固的岩壁，山道上霎时寂静无声。剽悍的铁骑被一个活佛的禅坐镇住了。

白玛坚赞头人提马上来，他看见贡巴活佛手捻佛珠，双目微闭，嘴唇轻轻启合，温婉流畅的经文像甘露一般撒播在杀心四起的康巴骑手心田。他们都刀入鞘、箭入囊，仿佛被施了定身法，呆立在山道上不敢向前一步。

"贡巴活佛，让开道！"白玛坚赞头人色厉内荏地喊道。

这一声大喝并没有吓到贡巴活佛，倒把东岸的康巴骑手吓得心惊肉跳，连胯下的战马都在打哆嗦，他们从来没有听到谁敢这样对一个活佛说话。因此，骑手们感觉到山谷里的风声都在嘲笑自己的头人。

"尊敬的白玛坚赞头人，看看我的身后是什么？"贡巴活佛端坐如一尊石像，让人感到他已经在那里了一千年。

"你身后还会是什么呢?"白玛坚赞头人的马在狭窄的山道上转了一个圈,他感到有些驾驭不住自己的坐骑了。"不过是一条山道而已。"头人傲慢地说。

"是通往地狱的道路啊!东岸善良的康巴骑手们,大地可以承受一切,但绝对承受不住人间沉重的恶行。一个贫贱的僧侣,能为你们奉献的唯一慈悲,就是站在地狱的大门口,阻挡你们奔向死亡的脚步。"

"别把自己说得那么高贵。"白玛坚赞头人一挥马鞭,对身后的康巴骑手们喊道,"给我冲过去。"

可是,没有一匹马迈得开脚步,也没有一个康巴骑手有面向地狱的勇气。并不是他们怕死,而是他们害怕大地也承受不了马踏活佛的恶行,地狱之火喷涌而出。即使贡巴活佛是另一个教派的活佛,但也是人间的佛啊!谁都知道,在地狱的烈火中,不知道要经受多大的煎熬,才可以转生为人呢;他们也知道,在这片庄严的佛土上,还没有谁敢打马从一个活佛的身上跃身而过。

白玛坚赞头人的内心中再怎么被魔鬼所操纵,但他也没有马踏活佛的勇气,就更别说其他被征召来的门户兵和康巴骑手了。就在局面不知道该怎么收场时,马队中忽然传来击擦火镰石的声音,人们惊讶地看见一支火绳枪被点燃了。

是头人的大儿子扎西平措,这个从来只会动脑子而不动手的家伙,此刻骑在马上,平端着点燃了引线的双叉火绳枪,对准了贡巴活佛。

不要啊!几乎所有的人都在心里喊。连扎西平措的弟弟达波多杰,此时竟然想扑过去夺下哥哥的枪,因为他认为这太丢朗萨家族的脸啦。只是他跟他哥哥隔着两个马身,他从哥哥有些狰狞的脸上,看到了他身后的地狱若隐若现。

枪上的引线在"哧哧"地燃烧，人们的心都快蹦出来了，贡巴活佛依然坐如磐石，从嘴唇里流淌出来的经文依旧平和温婉。白玛坚赞头人脸上荡起一丝笑容，这才是朗萨家族有血性的后代啊。

头人脸上的笑意还没有来得及像山上的花儿那样问心无愧地自如开放，也没有理由像升上雪山顶的太阳那样绚丽灿烂，他只听得"轰"的一声炸响，他的所有阴谋顷刻间化为泡影。

活佛始终是佛，在人们心灵里已经端坐了上千年，而他的只会放冷枪的儿子扎西平措，却浑身是血地被炸下马来了。

那是被神力控制了的一刻，火绳枪无端在扎西平措的手上炸膛了。头人的马队一时大乱，扎西平措的三个手指飞到了天上，脸上的血和硝烟混在一起，使他看上去像刚从地狱里挣扎出来的小鬼。白玛坚赞头人恼怒地大喊："狗娘养的，我们迎请的护法神呢？怎么不来帮帮我们？"

这种时候谁还有心思打仗啊，谁还敢在一个活佛面前跃马横刀啊？康巴骑手们纷纷地拨转马头，落荒而逃。许多人连马都不敢骑了，因为他们在一个活佛的悲心面前，感到了羞愧。

7 超 度

峡谷两岸的战事暂时被贡巴活佛的悲心平息了，云丹寺的一帮专事超度亡灵的喇嘛在寺庙里举行了一场隆重的超荐所有战死者亡灵的法会。他们被称为"开路喇嘛"，负责把死者的亡灵引领到西天净土。因为没有哪一种慈悲大过于超度一个死者的亡灵。喇嘛们认为，人的灵魂不仅在他活着的时候存在，死后依然也存在。尤其是在临终和死亡之时，人的灵魂就像站在悬崖上迷路的孩子。这种时候"开路喇嘛"就像那些睿智的指路人，将亡者的灵魂引领到他们渴望去的地方。

都吉被白玛坚赞头人的马蹄踢倒在地后，他的亡灵就先跑回去给他妻子央金报信，一只乌鸦担任了信使的角色。它拖着凄厉瘆人的叫声，一头栽倒在央金的脚前。那时央金正和西岸的妇孺躲在雪山下的一个山洞里，她们在洞前手摇转经筒，口诵经文，祈请战神护佑自己的男人。央金其实在煨桑的青烟刚刚升起的时候，就看见了这只将带来坏消息的乌鸦。它从男人们正在血战的那个方向歪歪扭扭地飞来，像一只被魔鬼追赶的小黑狗，仿佛不是在天上飞，而是在地上连滚带爬地逃窜。当它跌落下来时，还搅起一阵黑色的尘埃。乌鸦一声惨叫，绝气而亡。央金阿妈发现，香炉里的火忽然莫名地熄灭了，袅袅上升的青烟断了，雪山上的神灵在掩面叹息。央金捶胸顿足，仰面朝天大喊："佛祖啊，他们杀了都吉啦！我的儿子们哪，你们都在干什么啊？"

阿拉西那时正护着玉丹和几个年纪较大的马脚子往寺庙方向跑。他忽然感到自己就像当胸被人打了一拳，那时他并不知道一只马蹄正重重地踩在父亲的胸口上。当他后来从战场上把父亲的尸体抱回来时，他才知道父亲临死时心有多痛！父亲的胸膛被踩烂了，一颗血红的心半裸露在外面，那心包里的血已经干涸发黑，许多来不及说出的话，仿佛还凝结在心包的周围。因为阿拉西发现阿爸的心开裂了，就像一张想开口说话的嘴。

根据贡巴活佛的占卜，所有战死者的亡灵需水葬才可顺利投生转世，给后人带来吉祥。峡谷里的众生采用天葬或水葬全由喇嘛活佛们说了算。贡巴喇嘛说："我看见天上的神鹰都飞到对岸去了，众多罪孽深重的肉体已经让它们再也飞不起来了，因为神鹰也被大地上人们的相互残杀弄得迷惑不解啦。既然对岸那边的人要往天上走，我们就从水里去吧。澜沧江里的水可以化解一切，消融一切。看看从雪域高原上奔泻下来的澜沧江吧，重重大山就是一道道孽障，可是它们阻挡住它了吗？从来没有。澜沧江荡涤着大地上的罪孽，就像天宇中的风吹开了雪山上的云团，使我们能朝拜圣洁的雪山。"

在朗朗而低回婉转的念经声中，都吉的灵魂在喇嘛们头顶上方飘来飘去，人们相信人死后的头四十九天最为关键，他们的灵魂依然活在这个世界上，眷念着自己的亲人，守候在我们的身边，只是人们的肉眼看不到而已。一阵清风吹拂起树叶神秘的响动，山谷幽泉如泣如诉的呜咽，火塘边倏然而至又凄惶飘走的朦胧身影，月光下一团暗影轻微移动的脚步，夜空中星星滴泪的眼睛，湖泊中央荡漾起的宛如亲人脸庞的凄苦皱纹，都可能是逝去的亲人若隐若现的灵魂在向人间显现。

阿拉西有一个堂叔就在云丹寺当喇嘛，阿拉西一家人便暂时借住在这个叫农布喇嘛的僧舍里。白天"开路喇嘛"在寺庙的大殿里为亡者的灵魂引路，晚上，农布喇嘛和几个都吉家族的远亲近戚，也围着火塘为都吉念经。家里的人们已经知道都吉的亡魂不愿离开温暖的火塘，有火塘就有了家，有了亲人的团聚。一天晚上，人们发现火塘正上方，一股股阴风莫名地从那里升起，将火塘里的火吹得忽东忽西。农布喇嘛解释说，这是都吉心中还没有消退的怒火。又有一天，他佩带的康巴藏刀自己从刀鞘中跳了出来，掉在了地上，那刀在地上翻滚着向门边飞去。一个正在念经的喇嘛在飞舞的刀光中看出了是都吉复仇的怒火在驱使这把刀，它就要飞向澜沧江对岸了。喇嘛大喝两声，念了两段咒语，让僧舍的门"砰"一声关上了，在半空中飞行的刀深深地插在了门背后，晃悠悠的像都吉痛苦挣扎的一颗心。屋子里的人都吓得目瞪口呆、大气不敢出，后来还是阿拉西上前去冲着那把刀磕了三个头，说阿爸，你不要再生气了，你的仇我们一定会为你报，那刀才自己掉下来。念经的第九天，都吉平常戴的狐皮帽在晚上无故地冒起了白色蒸汽，仿佛他刚刚走了一整天的山路，回到家才摘下来的帽子。

喇嘛们解释说这是由于都吉的灵魂在四处寻找出路，为了证明这一点，他们让家里人在都吉平常穿的一双藏靴里悄悄放上一层新棉花，然后放在门后。第二天，人们惊讶地发现，那藏靴里的棉花已被踩得死死的了。

"可怜的都吉，他操劳了一生，死了也不得空闲啊。都吉，好好去吧。放弃你的固执，不要再留恋今世了。不管你多么用力，沙中还是挤不出油来啊！你已经死啦，还是想想你的来世吧。""开路喇嘛"边念经边劝慰都吉到处飘拂的灵魂。

都吉的灵魂听到了这句话，很不服气地说：我没有死，我只不过被白玛坚赞头人的马蹄踢了一下。一个老赶马人，哪有不被马伤着的事儿呢？牙齿和舌头还时常磕着哩。我还有好多事情没有做完，到拉萨的货还没有办齐，那匹叫噶追的马要产小马驹了，阿拉西要到拉萨去当掌柜了，我们要为他送行，我要请峡谷西岸所有的人家来做客，摆三天的宴席，让年轻人在聚会上唱歌跳舞，从太阳升起月亮落下，跳到太阳落下月亮升起……

但是谁也不听他的。其实都吉自从被白玛坚赞头人的战马踢倒了后，就发现自己从来没有像现在这样头脑清晰，目光敏锐，自由自在，身轻如燕；但他同时又似乎发现人间和他已经没有了某种必然的联系。他感觉自己一下就从大地上腾飞了起来，俯瞰着战场上还在用血肉之躯搏杀的人们。他忽然觉得他们是多么可笑啊，竟然像小孩子嬉戏时闹翻了脸那样，为一件芥子大小的事情，就动刀动枪了。你们都是家中的丈夫，是父母的儿子，是孩子的父亲，是勇敢的猎人，是种庄稼的好手，是牧场上的雄鹰，是吃苦耐劳的马脚子。别打啦，快回家去吧！

他曾经想把白玛坚赞头人从马上掀下来，但是头人的马穿过他的身子就跑了，就像穿过一个影子；他试图去抓住一个门户兵高高举起来的马刀，它就要砍向都吉家的一个马脚子的头了。他明明已经挡住了那门户兵扬刀的胳膊，可是马脚子还是尸首分了家，头颅滚落出去好远。这时，都吉才感到有些不对劲。难道这是一场梦吗？

直到他看见自己家的宅院被烈火吞噬，看见大地开裂，地狱之火喷涌而出；再看见仁钦上师高坐在云团上，念诵着祈请护法神的咒语；看见人们把自己还遗留在一片杜鹃花丛边的身体抬进了寺庙，就像抬走一个破口袋，都吉才终于明白：他从前的世界坍塌啦，他已经来到了一个灵魂神秘翱翔的世界。

他成了一个飘拂在半空中的魂灵，比一片羽毛还轻，又比天上一团积满人间哀伤的眼泪的雨云还重。开初他并不害怕，也不伤心。他在尸横遍野、一片狼藉的大地上到处忙碌。一会儿引领收尸的人们去寻找自己的亲人，一会儿飘到已成废墟的家园上空，翻检往昔的辉煌和回忆；马帮队伍里那些受到了惊吓的骡马，躲在荒野里瑟瑟发抖，都吉试图把它们都圈回从前的马厩。他找到了一头名叫"勇纪武"的骡子，它是都吉马帮队伍里打头的骡子，步履稳健，威武健壮，既骄傲又温顺。头骡一般都是马帮里最漂亮的骡子，马脚子们要在它的头上装饰大红的三角形头饰，戴一面明亮的照妖镜，脖子上还要悬挂清脆的铃铛。一支马帮队伍是不是势力雄厚，看看头骡就知道了。"勇纪武"认得去拉萨的路，到哪里该埋锅造饭，哪里又该露宿扎营，哪个地方路不好走，哪个地方该防备野兽，"勇纪武"全知道。要是一路上没有那么多的土匪，"勇纪武"都可以带一队骡马自己走到拉萨。人们都说，它是一头具备神性的骡子。地上的人们看不见都吉的灵魂，"勇纪武"却一眼就认出来了，当都吉挠它的脖子时，"勇纪武"扑闪着一双大眼睛，泪水涟涟。

都吉对"勇纪武"说：坚强些，好伙伴。我们还要去拉萨哩，我们要把所有走失的骡马都找回来，所有被烧毁的房子再盖起来，所有的马脚子再重新召集拢来，所有被烧掉的财富都再用我们的双脚走回来。

"勇纪武"说：可怜的都吉，你现在已经不是从前的你啦，快去看看喇嘛们都在做些什么吧。

都吉这才循着喇嘛们抑扬顿挫的念经声轻盈地飘去。他发现自己有些像传说中的神灵那样，想去哪里就去哪里，有时刚刚有个念头，自己的灵魂就到了。在他的堂弟农布喇嘛的房间里，人们仍然在围着一个已经僵硬了的躯体忙碌，他不知道人们还正在四处寻找他的灵魂。喇嘛说他大约会藏在某个重物之下，使都吉的魂不能飘出来。都吉的阴魂挤上前去看，哦呀，那就是我的身体呀！我的胸膛怎么是烂的呢？

是白玛坚赞头人的战马将我的胸膛踢烂了的啊！

他大声向屋子里的人们喊，可是没有人听他的。喇嘛们在永不停歇地念着超荐亡灵的经文，妻子央金的眼泪一直在流淌，就像两小股山泉；两个儿子在屋子里团团转，阿拉西曾经一脚踢飞了一个酥油茶桶，差一点就打着了都吉的灵魂，他对大儿子说：

别生气呀，阿拉西，这只茶桶还是你爷爷用过的呢。用它打出来的茶养大了我，也养大了你们两兄弟。

但是阿拉西没有听见他的劝告，他的眼睛里充满了怒火，使他看不到父亲的灵魂。二儿子玉丹毕竟还没有长成一个男子汉，他显得有些张皇失措，在屋子里东张西望，仿佛没有了主心骨。都吉希望他们能看到自己的灵魂，他往孩子们的前方挤——家里来的人太多啦，他向玉丹打招呼，甚至坐在他的旁边，用手使劲拍他的肩膀，可是玉丹毫无反应。都吉这时才悲哀地想：

难道我死了？

他想起老人们曾说过的死亡故事，想起喇嘛们描述过的阴间。他看见屋外阳光灿烂，他的灵魂飘到自家的屋顶，看到了峡谷上方的蓝天白云，看到了卡瓦格博雪山圣洁的峰顶，但是当他转过身来，却看不见自己阳光下的身影。

他又看见峡谷里的澜沧江在无声地流淌，他一瞬间就到了江边，站在一小块沙滩上，他往前走几步，没有留下一个脚印；他又往后退几步，也看不到自己的脚印，都吉的灵魂掩面而泣。

我真的死啦！

都吉的灵魂大声地对两个儿子说，对喇嘛们说，对妻子央金说，对屋子里的每一个人说，可是他们都听不见他的哭诉啦。

当然，有时候，由于都吉对人间强烈的眷念，一些迹象也会显现出来，比如人们在火塘边看到的阵阵阴气，是他想和家人说话；那把飞向门外的藏刀，是他的灵魂想为自己复仇。在死者的灵魂还对人间充满执着的爱时，他仍然存在于一个我们看不到的空间。

不行，我得回去。都吉的魂命令自己。他想悄悄潜回自己的躯体，把还裸露在外面的心收回去。他相信，自己的心回去了，躯体就活了，这些时日来人们以为他的躯体冷了，僵硬了，以为他死了。其实不，我还没有死哩，只不过是我的魂出游了罢了，就像我平常外出赶了一趟马。

可是他却找不到灵魂回归之路。他忘了一个游荡的灵魂该从哪里进入自己的躯体。他的魂在那个直挺挺地躺在火塘边、被人称作都吉的肉身上徘徊，就像一个看见了自家的房子但却找不到门进家的可怜鬼。

都吉那个飘拂的魂先是想从自己的鼻孔处溜进躯体，但是鼻孔太小，里面又黑又脏，飘荡的魂被拒绝了；然后它又想从耳朵里钻进去，可是耳孔里弯道太多，里面还填满了人间的抱怨和谗言，这条通道也被堵死了；都吉的魂又爬到了眼睛边缘，才发现眼窝里有那样多的泪水和悲伤，一个孤独无助的魂掉进去了就像掉进一个深湖，会被淹死在里面的；而嘴巴里则更难进入，不说一排紧闭的牙齿是一道难以逾越的障碍，舌头上曾经有多少是非和怨憎之语啊，灵魂要是从那里通过，早就被污染了。

都吉看见一个"开路喇嘛"把自己的头发一把提了起来，拔下一小撮头发，还翻开他的头顶查看。那个喇嘛嘴里"哞、哞"两声，猛拍了几下都吉的顶轮说："都吉，我看见你到处飘飞的灵魂了，要是你心事重，就从这里进去。西方佛土你不去，就再回来受这人间的苦吧！"

都吉的灵魂豁然开窍，开窍就是打通生命的通道啊。他想起来了，从前喇嘛们说过，人的灵魂是从脑门上方的顶轮飘出来的，也得从顶轮进去。他趁着那个"开路喇嘛"提起他的头发，打开他的顶轮的一瞬间，倏地就让自己的魂沿着这个通道顺利钻回到了自己的躯体。魂落到了实处，人就活了，一度僵硬了的躯体就有暖气滋生，力量仿佛如挖通了的沟渠，像水一般流淌到躯体的各个部位上去了。

"看啊，阿爸的心在跳了！"阿拉西忽然大叫一声。

阿妈央金激动地跪在了都吉身边，"都吉，你的魂快快回来啊！"

神奇的事情总是被后人渲染到令人难以置信的地步。人们说，当都吉从死神的束缚中挣扎回来时，所有的人都像做了一场噩梦，而他却如站在梦的边缘的一个旁观者。他用奇怪而陌生的眼光看着大家，问：

"我这是在哪里？"

那个"开路喇嘛"一声长叹："哦呀，都吉，愿佛祖的慈悲保佑你。你活回来了，活成'回阳人'了！"

田野调查笔记（之二）

这些年来在藏区游历，使我开始认真关注生命中的一些神秘的，或者说不可理喻的东西，按时尚的话来讲就是生命密码。佛教讲缘起，我和西藏的缘起和亲人的死亡有关。一九九四年我第一次进藏，刚到拉萨不久，就接到家里的电话，说老父亲病危。我星夜往四川老家赶，飞机、汽车、摩托车，能用上的交通工具都用了。一路上风雨兼程，父亲的脸总在路的前方盘旋，可是等我在一个闷热的夏夜里摸到家门口时，首先看见的就是楼道上的花圈和挽幛了。那是我今生中第一次面对亲人的死亡，像许多人那样，我对死亡心存畏惧。这和西藏有关吗？我不知道。

是西藏人教会了我如何认识生和死。我们的圣人孔子说："未知生，焉知死。"而藏传佛教的轮回学说似乎总在告诉我，未知死，焉知生。过去在我们的常识里，生和死有着不可逾越的鸿沟，阴间和阳界，是两个截然不同的世界。可是西藏人却说，生和死是相通并相连的，就像江河里的波浪，生和死不过是同一个波浪在转换和涌动。而有的人，甚至可以充当阴间与阳界的信使。他们从死亡中回来，告诉人们阴间的讯息。这种肩负特殊使命的信使，西藏人称之为"回阳人"。

说实话，我在藏区曾经和这样的"回阳人"打过交道，甚至还和他们做过朋友。只是当时我一点也不知道"回阳人"这个词汇，哪怕人家告诉了我他们的死亡经历。

在向你讲我和"回阳人"交往的故事之前，我想请你再耐着点性子，让我们来探讨藏传佛教的一个关于死亡的重要法门——中阴教法，因为不弄清这个教法的一些基本的东西，我就无法向你说明"回阳人"是怎么一回事。更何况，死亡，是我们最终都要面临的人生结局，学习一下人家对待死亡的态度，也许会让我们在面对死神时更有尊严。一个人活得有尊严并不是一件很难的事，死得尊严，方可见灵魂的高贵。

我们知道，藏传佛教的一个最大特点是它相信转世学说，那么，简单地说，中阴就是指人在死亡和转世之间的中间态度。有位智慧的活佛说："它是促成解脱的最好机会。"西藏人认为生命实际上分为四个不间断轮回的实体：（1）生，（2）临终和死亡，（3）死后，（4）转世。在六道轮回中，你是轮回为人还是轮回为牲畜，你是上天堂还是下地狱，既跟你一生的修行、善恶有关，也和你在中阴阶段的态度相连。

在被视为神山的卡瓦格博雪山下，有一些山洞被朝圣的藏族人认为是中阴教法的现实体现。这些山洞常常在悬崖上，人们冒着生命危险爬上悬崖，从一个洞口进去，再从另一洞口钻出来，那里面时宽时窄，曲径通幽。我曾经钻过一次这样的山洞，在黑暗中，人必须四肢伏爬着才能通过一些地段。我的藏族朋友告诉我说，你顺利地钻出来了，就象征着你能在中阴阶段如愿投生转世。

那时我想，我没有从悬崖上摔下来就算幸运的了。如果有人告诉你一个黑暗的山洞和生命有关，你会联想到什么？我在里面艰难地爬行的时候，我想到了母亲的子宫。

因此，以我对藏传佛教肤浅的理解，中阴阶段就是死亡和转世之间的一条过境通道。在这条通道里，人的意念非常特殊，求生的欲望也特别强大。有的人想往生佛土，前往天国，有的人想来生再转世为人，而有的人，则更留恋今生。他们可能在中阴通道里徘徊一阵子，幸运地得到冥冥之中的慈悲，又活回来了。

就这样，他们成了"回阳人"。

在卡瓦格博雪山下开车的马师傅身上融合着藏族和回族的血液，这样的人在滇藏接合部多民族杂居地方通常被人们叫作"藏回"，但马师傅的母亲又是一个信奉天主教的藏族人，而他自己却是一个虔诚的佛教徒。

我和马师傅相遇的那年，我还不敢在藏东地区崎岖险峻的盘山公路上独自开车。当地政府派马师傅开一辆北京212吉普送我过海拔五千多米的白马雪山。我们出发那天天气不太好，翻到海拔四千多米的盘山道上时，眼睁睁地看着一团雨云顺着山谷追着我们跑，连我都明白，要是被这团雨云追赶上了，我们的处境就不太妙了，谁知道它带来的是一场暴雨还是一场大雪。

可是马师傅车开得那个慢啊，比一辆拖拉机快不了多少。我常常急得坐在驾驶副座上用右脚使劲，在潜意识里为他加油门。但他就是在雨雪把我们快淹没了，也还是那么慢腾腾的。那辆破吉普密封又不好，寒风在车里乱窜，我冻得觉得自己快成一根冰棍。由于他的拖沓，我们在雪山上和风雪搏斗了两个多小时才挣扎出来。我在藏区还没见过如此没有脾气的康巴人，猥猥琐琐，钩腰驼背，连一只松鼠也会把他吓倒。有一只松鼠从车前方一闪而过，马师傅惊得"哎呀"一声，雪地上他又不敢踩刹车，只把方向盘偏了偏，这一偏差一点把车翻进了深渊。车过了很远了马师傅的声音还在颤抖，不是为刚才我们俩命悬一线，而是还在担心那只小松鼠。他问，我轧着它了吗？我说那些小家伙机灵着哩，你就是想轧它都难。你猜这个康巴男人怎么回答？罪孽啊，你怎么会想到轧一只松鼠。它的前世说不定就是你的一个亲人呢。

我们终于在天黑时翻过了白马雪山，晚上住在路边的一家小旅馆里。吃晚饭时我要了一瓶青稞酒，可马师傅连连摇头说他不喝酒。这更让我看不起他。晚上又不开车，喝了酒暖和暖和，好睡觉。我说。马师傅说，不用不用。我喝汤也可以暖和身子。

一个蔫不拉唧的人，康巴人中的另类。于是我就一个人喝，算是自己给自己压惊。我这人酒一喝，话就开始肆无忌惮起来。我对马师傅说，这地方开拖拉机的家伙们可真够野的啊，连我们的吉普车都敢超。

马师傅肯定被伤着要害了，他把碗一蹾，说，兄弟，我在这条路上开了二十年的车了。哪一个弯道上方向盘是打一把半还是两把，我比谁都清楚。要是我快起来，电视上那些开赛车的，在这条路上不见得会跑得过我。

我说，人家都是些专业车手，从小就是吃那碗饭的，你才开几年的车啊？

他那康巴人不服输的脾气终于被我激出来了，"啪"将一本驾驶本儿摔在我的面前。看看，一九七五年的执照。这家伙总算还知道骄傲。

我拿起那本儿瞧了瞧，如果不是那晚我喝得有些高，我不会跟他较真儿。我看见那本儿的照片上，是个脸宽宽胖胖的、英气逼人的家伙，哪像现在的马师傅，有点病态的瘦削和萎缩，似乎连五官都要比照片上小一轮。

谁的本儿，买来的吧？担心被警察查着哦。我用嘲讽的口气说。

是我的本儿！马师傅急了，差点一拳砸在我的头上。

可是，可是你看看，照片上的这个人怎么会像你？

那是从前的我，跟现在的我当然不一样！他的声音低了下去。

有什么不一样？我的声音高了起来。

我是死过一回的人啦。你知道在阴间里走一趟是怎么一回事吗？马师傅严肃起来。

我……我不知道。我忽然感到很羞愧，那时很想马师傅揍我一拳。

下面是马师傅讲的死亡经历。（根据录音整理，未经本人同意）

我从十六岁起就在这滇藏公路上开大卡车了。那时年轻气盛，身体好，一个人从大理拉蔬菜到西藏昌都，三天三夜的车程，不睡觉，连夜开。为什么？时间长了车上的蔬菜就坏啦，那时又没有保鲜车。车上放桶五公升塑料桶装的青稞酒，一口袋干牦牛肉，一边开车，一边喝酒，连捏糌粑的时间都没有。实在困不住了就把车停在路中央睡一小会儿。为什么不靠边停？那不一觉就睡过去了？车停在路中央，前后来车了，人家一按喇叭，就知道该赶紧走了。我的车技就是这样练出来的。那时我一顿可以喝两公斤白酒，吃一公斤饭，身体好得像头公牦牛。有一次单位开表彰会吃年饭，半斤大的馒头，我一只手掌抓了八个，两只手抓了十六个，全吃下去了还不觉得饱。哪像现在，站在悬崖边风都能把我吹走。

唉，人那时太得意了，就不知道什么叫害怕。可是魔鬼专门收拾那些不晓得敬神的人。有一次我的一个也是跑车的兄弟，跟我一样自认为是天不管神不收的家伙。那天我们喝了大约六七斤白酒，说到开车的事上，谁也瞧不上对方的车技，就说比一比吧。然后，我们就把各自的十吨大卡车开出来，上了雪山。你们城里人管这叫什么？飙车。对，我们就在山路上飙车。那家伙始终冲在我的前面，我怎么也追不上。超车难啊，你知道的，好多地方遇到对面来车时，还回不了车呢。都是酒这东西害的啊！在一个弯道上，我刚想超他，对面忽然来了辆吉普车，那时候能坐吉普车的肯定是领导，至少也是个副县长嘛。我的脑子一乱，方向盘一打，就飞下峡谷啦。我飞在空中的时候，只听到"轰隆"一声巨响，那家伙和人家撞上了。他也没有赢我，是不？

哦呀呀，我掉下去了有三百多米，车头都摔扁了，车大梁也摔断了，四个轮子全飞了。我么，嘿嘿，我当场就摔死了。可我怎么还在这里，是我们村里的活佛把我救回来的啊。从哪里救回来？从阎王那里。

不骗你，我真的看见了阎王。他是一个白胡子很长的老头儿，一身白衣服，瘦瘦的，脸上永远都一个样，不像人，会哭会笑会发怒，他还穿着死尸皮缝的衣服，胸前挂满人头骷髅。阎王对我吹了口寒气，我就像一张纸一样飘起来了。那寒气我现在说起来都还会感到骨头发冷。我飘呀飘，好像是一直飘到了雪山峡谷的最深处。我看到许多像我这样在飘的人，他们身上被冻得开了裂，起了泡，脓血淌得到处都是。我活回来后曾经问过活佛，活佛告诉我说那些人是从地狱里飘出来的冻死鬼。你要知道地狱有好多种，有用火来烤你的地狱，也有冻你冻得淌脓的地狱。我飘到最底层的时候，感到那个冷啊，好像皮肤都快要冻炸了。这个时候我听见有人在喊我的名字，很小很远，就像峡谷这边的人喊峡谷那边的人。我用最后的一点力气总算听出来了，是我的阿妈在喊我啊。那种时候，要想集中注意力听一点声音都要使出全身的力气。我想起我的阿妈头发都苦白了，还没有享几天的福。我的阿爸在我很小的时候就死了。是我阿妈把我们几兄弟养大的。不行，我要回去给我阿妈尽孝心。我就拼命挣扎，要让自己往上飘，这时有个穿僧衣的老人飘过来，一脚把我从黑暗的坑里踢了出来。他说，你这个家伙，年轻轻的，跑来这里干什么？你给我好好听听，有人在喊你哩。还不快走？那一脚把我踢得飞了起来，于是我就往上飘了，后来我又听到我媳妇在喊我，我女儿在喊我，我就努力地往上飘啊飘。兄弟，以后你家要是有什么亲人要过世了，你们一定要拼命喊他的名字，把他从阴间喊回来。

我后来才知道，我在阴间飘的这段时间，人间过了十七天。怎么会有那么长？让我告诉你。我的车飞到峡谷底后，人们用了六个多小时才找到我。那时我已经流干了身上的血了。他们把我送到县医院，医生要从我的身上抽血化验我的血型，可是却抽不出血来了，只能抽出一些粉红色的水。县医院的医生说，这个人连血都没有了，还救什么救？送回去找天葬师吧。我妈她们把我抬回村里，一个活佛过来看

106

了看，对我妈说，人还没有死哩，他的阴魂还在中阴里找出路。赶快往南方送，送得越远，活的可能就越大。从我们这里往南方走就是州府，再往南当然就是省城了。我的一个在城里工作的舅舅说，死马也要当活马医，何况是人。就到省城找家大医院吧。于是家里的人又找了辆车，连夜连晚往省城赶。第四天才到省城的一家医院。那里的医生撩开被单一看，用听诊器听听我的心脏，开口就骂，一个死人你们拉来干什么，吃饱了撑得慌啊。我阿妈给省城的医生磕头，说我们村的活佛说了，往南方走我的儿子才能活，如果你们不救，我们就只有再往南走了。那个医生被感动了，说试试吧。就把我送上手术台。省城医院的那些家伙脾气大，但是医术还是蛮高的，他们直接往我的心脏里输血。到第十七天，当我从那边飘回来时，我的眼睛也终于睁开了。

一年以后我才出院。我知道死是怎么回事，人就大变样了。到活佛面前发誓戒了酒，也再不开快车。今天在路上我已经看出你的不耐烦啦。不要说要下雪，就是要下刀子了，我也是这个速度。不是不敢，而是我已经死过一回，是另外一个人了。

那时我并不把"死过一回"的人的经历，跟西藏独特的宗教文化联系起来看。因为现代医学对此有个专门的术语"濒死经验"。我在一份资料中看到，二十世纪八十年代，美国盖洛普的一项民意调查显示，"至少有过一次濒死经验的美国人高达八百万，占其总人口的百分之五"。

现代化的美国，八百万"回阳人"？——佛祖，他们在阳界占的便宜已经够多的啦。你可太照顾美国人了。

当然，如此界定肯定很多人不会接受的，在大洋彼岸有濒死经验的人，并不可能都是雪域高原认可的"回阳人"，大家的文化背景迥异，对生命与死亡的诠释方式也就不同了。一位德行高远的喇嘛上师告诉我，一个人当了"回阳人"以后，他的人生整个儿就改变了，他会显得平和、虔诚、敬畏、慈悲。有的"回阳人"还会在一些特殊的时段里回去一段时间后，又回到人间，充当阴间和阳界的信使。

我对这种在生死间——阴阳两界——来去自如的"信使"更感兴趣。后来，我在这位喇嘛上师的指点下，找到了这样的一个"信使"。她是一个住在澜沧江江边的老妇人，我走进她所在的村庄的时候，她正蹲在墙角边晒太阳。灰扑扑的一团使我误以为那是一堆柴或别的什么，竟然在明亮的阳光下没看清那是一个人。直到我从她身前走过，陪我去的藏族兄弟才说，你要找的人不就是她吗。我才发现，那里有一个手摇的转经筒在转，有一颗心还是活的。

提布卓玛的意思为"泼掉的灶灰"，当我得知这就是老人的名字，也在心里感叹难怪我看不见她呢。我们知道藏族人喜欢用神灵和吉祥的事物来作为自己的名字，但还有一些藏族人故意用很贱的事物来取名字，如仲永（狗屎）、仲雍（乞丐）等，以不被魔鬼注意，平平安安地过一生。我们汉人其实也有这样的风俗，狗娃猪娃的同样叫得理直气壮。

提布卓玛的故事充满了神秘性。她的父亲在"文革"时是生产队的保管员。有一年不知为何少了几袋青稞，在那个年代这可是件大事。于是公社派来了工作组，大会小会地批斗，有一次竟然把人给斗死了。那时喇嘛们都在生产队劳动，也没有人来给他超荐亡灵。几个年轻人受工作组的派遣，就把提布卓玛的父亲抬到山上埋了。那四个年轻人是不知道敬畏的家伙，他们抬提布卓玛父亲的尸体上山时，不

108

是将死者的头朝前抬，而是脚朝前，这是相当犯忌也是对死者非常不恭的。到了山上也不好好埋，还说了死者许多不恭敬的话。"文革"结束以后，提布卓玛也大了，在都快当奶奶的时候，有一天她躺在家中的床上就过世了，家里请来喇嘛念经，第三天她老人家忽然坐了起来，对屋里的儿子说，还不快去找我们家的牛，我看见它跑到山那边去了。

这下倒好，她成了"回阳人"。一次村里开大会，提布卓玛本来好好地和一群老人坐在一起，但是奇怪的事情接踵而至。她先是无缘无故地抓过一个老汉的烟筒来，"吧嗒吧嗒"地抽上了水烟，那架势跟她父亲当年抽烟时一模一样。在所有的人都莫名其妙的时候，提布卓玛突然用她父亲的声音说话，她开始数落当年那四个抬她父亲上山的年轻人——他们现在也是当爷爷的人啦。提布卓玛用她父亲的嗓音阴郁而低哑地叙说从前的伤心往事，——其实也就是她死了多年的父亲的阴魂在讲话，说他们如何将他脚前抬上山，还说他的坏话，坟墓的坑都不愿多挖两锄头，第二天野狗就来刨坟了。还说当年生产队的青稞少了几袋，是队长偷偷分给大家的，因为要饿死人了么。可是当公社的人来查时，却一个也不敢出来为他作证，吃了青稞的人都躲得远远的。有谁谁谁，谁谁谁，你们以为自己造的孽没有人知道吗？

那些被点了名的男人们，全都跪在提布卓玛的面前，祈求她——她父亲的阴魂——不要再说啦，他们知道自己的罪孽啦，他们会在烧香念经时为他的亡灵祈祷的。

现在，提布卓玛成了村里在家修行的尼姑，也是大家敬畏有加的老人家。她经常回去。人们告诉我说。就像说她经常回娘家一样。但是她去的地方是阴间，是一般人不愿去也轻易去不了的地方。有些人家想知道已故的亲人在那边过得怎么样，投生到哪里了，有什么要求等等，就来问提布卓玛。老人就会很自然地说，等到了时辰，我过去问问吧。或者说，写在一张纸上，我拿给他看。然后她会把这要带到阴间的纸条小心地揣进自己贴身的口袋里。据说那口袋里经常塞满了写给那边亲人各种各样的问候和请求。诸如大到礼节性的问安，儿女的婚事是否合适，新起的房子风水如何，小到给家里刚产的马驹取什么名儿，收获的青稞是拿出去卖呢还是全酿成酒，等等。

那么，她从那边带回来的消息准确吗？我问。

准确。村里所有的人异口同声地告诉我，那不容置疑的口气使我不好意思再追问一句：你们怎么知道是准确的呢？

但是，当我想去当面采访提布卓玛老人时，我们却没有说一句话。在藏区，一个修行的老尼，也许是最让人心生悲悯的人。她们的脸上大都没有一点光泽，不是被生活挤压干了作为一个女性的所有光彩，而是她们把自己的一切都供奉给了佛菩萨。她们的生活俭朴、单纯、安静，就像一缕清风，悄无声息地飘来，也像一捧净水，又清清淡淡地流走了。

提布卓玛剃度了的头上有约一寸长的灰白头发，她白天除了去转村口的那个巨大的白塔外，就是长久地坐在墙角一隅一动不动。唯一在动的是她手里摇动的转经筒，和那些黑密密的围绕着她的苍蝇。有时苍蝇爬满了她的头，她的脸，她的前身后背，使她看上去就像一个"蝇人"。但是她从不去驱赶那些讨厌的家伙，似乎没有那个时间。她手里的转经筒在永不停歇地旋转，嘴边时不时地滚落出几句经文。很轻很轻，好像怕吓着那些爬在她嘴唇边的生灵。

面对这样一个心怀悲悯的老人，我真的无话可问。其实我也很想问她：

提布卓玛奶奶，我的父亲母亲也在那边，你可以帮我捎句问候的话过去吗？如果你愿意，请你也告诉我，我的父母亲大人在那边过得好吗？

唉！

8　回阳人

都吉从死亡的边缘挣扎回来，成为传说中的"回阳人"，是件在峡谷里一百多年来都在传诵的真实奇迹。尽管他已经死去了十多天，尽管喇嘛们试图把他的亡灵超荐到西方佛土，尽管他被踢烂了的心脏还露在外面，但是他重新活回来了，站了起来。寺庙里懂藏医的央钦喇嘛为都吉配制了各种药丸，希望以神的名义和人间的爱让他重新过上正常人的生活。因为都吉虽然苏醒过来了，但他就像一个大病初愈的人，面色苍白，身体虚弱，一阵风都可以把他吹走。有时候，人们看见他在地上艰难地挪动着身子，但风一吹来，他就飘起来了，摇曳着要往天上飞，他身边的亲人要随时拉住他的衣襟，他才不会重新回到亡灵们的世界。他吃不下任何东西，因为喉咙里咽下去的食物，从胸口那里就淌出来了。好在食物的香味足以令他不感到饥饿，人们发现只需把打好的酥油茶、蒸好的水汽粑粑、冒着腾腾蒸汽的水煮牛肉，放到他的面前就行了。而最让大家焦虑的是，都吉除了刚醒过来时问了那句他在哪的话以外，在后来的日子里再也不愿说话，他的嘴里填满了战火的硝烟，人间的苦难，无尽的冤屈，它就永远对这个破碎混乱的世界闭上了。好在过些时日，阿拉西发现了与自己父亲对话的渠道，那就是父亲的心。"回阳人"都吉在用心和亲人们交流。

都吉心上的伤口一直没有愈合，并不是因为央钦喇嘛的草药不能使新肉长出来，也不是因为白玛坚赞头人的马蹄踢得太深，而是由于心里有冤屈，口里又说不清，它就想从那里向罪恶的人间喊出来。阿拉西那天忽然听见父亲的心张嘴说：

"是白玛坚赞头人的战马踩死了我。"

阿拉西那时叩首哭泣着对父亲破碎了的心说："阿爸，我会为你报仇的！"

心上长了张嘴，心就会说话。心说的话，比嘴说出来的话语，更情深意浓，更震撼人心。都吉的心说："阿拉西，我从地狱里活回来，是因为我的心不甘，我还欠着一件事情没有做完。"

阿拉西说："阿爸，把你的心放进去吧。你有两个好儿子呢。"

都吉的心又说："人心里有恨，有冤屈，就像青稞长了霉，怎能放进柜子里？"

阿拉西那时感到自己的心也因为恨而快要蹦出来了。这场峡谷两岸的战事来得就像一场突如其来的泥石流，把西岸宁静富足的生活顷刻间就冲毁了。可是就是一场泥石流，也是由于人们冒犯了神山才会招来的惩罚，阿拉西和西岸所有的人都不明白他们为什么会遇到这样的灭顶之灾。

但有一点阿拉西非常清楚，那就是他该做什么才能告慰父亲饱含冤屈与恨的一颗心。

那时，除了阿拉西和贡巴活佛，其他人都无法和都吉的心对话，连阿妈央金和玉丹也不能听懂都吉在讲什么。在所有的人都在为都吉总算活回来了而额手称庆时，只有贡巴活佛面对神情忧郁、落落寡合、一言不发的都吉，常常心生悲悯。因为他看到了都吉在生和死之间挣扎的那颗痛苦的心，就像放到水洼里只有几口水活命的鱼，想蹦跳回湖泊里，但离湖岸又太远；他还担心他随时都要从身体上飘走的灵魂，仿佛大风中树枝上的危巢。他在地上飘着行走，是因为他的心找不到一个依托之处。

贡巴活佛曾对他说："都吉，对于我们这些修行者来说，心应该是湖底的石头，而不是树上跳来跳去的猴子，风中的火苗。把你苦难沉重的心放下来吧。大地会接受它的，佛菩萨的悲悯会安慰它的。"

都吉的心翕动几下，眼睛里却滴出两滴眼泪来。活佛听见他说："为什么有人的心比蛇蝎还毒？"

贡巴活佛深深叹了口气："这也是为什么人世上有人要出家修行的原因啊。"

澜沧江西岸的村庄被攻陷以后，现在就只有寺庙还相对完好无损了。朗萨家族的势力已经顺利完成了对西岸的控制，他们不但驱逐了西岸的百姓，还要驱逐百姓们信奉的神祇。只是由于那天大地开裂，地火喷涌，朗萨家族的马队才没有踏过贡巴活佛的胸膛，闯进云丹寺的大殿里来。寺庙里的僧侣一多半已经战死，只剩下一些老僧。贡巴活佛在战火平息后着人骑了一匹快马将一封申诉信送到独克宗阿茸宗本那里，但宗本也是信奉黄教的信徒，将贡巴活佛的信使鞭打了一顿，反说是红教喇嘛在峡谷里挑起事端，不日他就要亲自前来解决峡谷两岸的僧俗纠纷。所谓解决，贡巴活佛已经从那个信使背上的鞭伤预料出结果了，那就是：云丹寺改宗黄教，不愿意违背自己信仰的喇嘛（包括他这个活佛），云游他乡。

贡巴活佛无意中说的一句话，都吉却用心听进去了。他的心就裸露在外面，有些话从耳朵里听进去的，和从心里听进去的，给人的震撼是不一样的。他刚才说到了人心毒如蛇蝎，贡巴活佛却提到出家修行。修行修的是什么呢？是修心。是把心修炼得像湖底的石头。这是活佛经常告诫大家的话。

屋里吹来一股奇怪的暖风，都吉的身子忽然飘起来，悬在半空中向屋外如一片树叶般飘去。一旁的阿拉西大叫："活佛，我阿爸要飘走了！"

贡巴活佛平静地说："不要管他。你阿爸在寻找自己失落的心。"

都吉像一只笨拙的大鸟，在初夏生机盎然的大地上空飘飘停停。昨晚刚刚下了一场暴雨，将萦绕在峡谷里好多天的血腥气息荡涤一新，大地就像一个如阿拉西和玉丹那样年轻的小伙子，到处都蕴藏着勃发的生命力。远远近近的山冈在人们不经意间，悄悄地更换着它们喜欢的五颜六色的衣裳。那些大块大块的颜色，镶嵌在巨大的山梁上，仿佛不是从地里生长出来，而是从天上飘下来的。纯白色的是雪山，灰蓝色的是冰川，墨绿色的是雪山下的森林，褐色的是没有树的山冈，青色的是坡地上的青稞，翠绿色的是村庄外的核桃树。澜沧江水渐渐变黄了，丰满如一个正在发育的少妇；春牛响亮的屁声远去了，大地变绿了；一度在干枯的树枝上感到寂寞的鸟儿们，又热闹起来了。

都吉听到了草芽顶破酥软的土地时的欢笑，听到了山坡上的无名小花"叭叭"开放的动人声响，听到了阳光在悬崖上爬涉的脚步，也听到了大地痛饮这灿烂的阳光，就像康巴汉子痛饮美酒后豪迈的欢唱。唉，大地并不因为一场罪恶的灾难而放弃自己对万物的滋养，如果它都不悲悯苦难的众生，还有谁能在这险恶的峡谷里生存繁衍下去呢？都吉想起昨天晚上自己在那边痛哭了一场，这边就下了一场透雨。天上一顿泪，人间一场雨，泪眼化作倾盆泪，撒向人间都是爱。都吉小时候就听老人们这样说。现在，都吉有些明白大地因为什么而生生不息了。

都吉想往自己家园的方向飘去，他远远看见曾经骡马成群、堆金淌银的地方，现在已是断壁残垣，三五成群的孤魂野鬼在那里寻寻觅觅，掩面哭泣。自己的管家顿珠的冤魂还挂在一棵核桃树上，他是被那桶火药炸上去的，人们从树上搬走了他已破碎的尸体，他的魂却留在上面了。很多年以后，顿珠的阴魂都还时常在那核桃树浓密的树荫下闪现。

都吉飘到顿珠的阴魂栖息的树枝对面，都吉说："顿珠，喇嘛上师们已经为你做了超荐亡灵的法事了，你难道还不想转世吗？"

顿珠的阴魂说："我要在这儿看护我的家人。"

都吉说："顿珠啊，我的两个好儿子会照顾好达娃卓玛的，我也会把她当自己的女儿看。"顿珠只有达娃卓玛一个女儿，他曾经说，自己的命都是捡回来的，今生还能当父亲，来世即便转世为牲畜也值了。

顿珠的阴魂说："唉，都吉，我的老主子，你都成了个在阴阳两边跑的人啦，看看你的那颗心吧，比我还留恋人间啊。"

都吉说："不是我留恋人间，而是我要等着看我的仇人下地狱。"

"都吉，你知道，我和死亡之神打过无数次交道，可是他们都没有朗萨家族的人阴毒。你要小心啊。"

"喇嘛上师们经常说，行有黑白，心分浊净，阎王那里装黑白两种石子的口袋总是公平的①，我们的仇人的果报来得比一支迎面飞过来的箭还要快啊。"

"主子，你说我们的仇人会被一支箭射死吗?"

"会的，而且是一支毒箭。"都吉肯定地说。

顿珠的阴魂惨然一笑:"不管是哪个英雄射去这支箭，我们两个心不死的老家伙，都该为它祈祷。我祈诵神灵赐予它无上的神力，穿破云雾，射穿我的仇敌的喉咙。"

都吉笑得也很惨然:"顿珠，让你的魂回去吧。神会保佑复仇的箭穿越峡谷。"

他们身后的那些战死的冤魂们纷纷念起了咒语，一支复仇的箭已经在亡灵们的期盼中为贪婪的人准备好了。而此时，朗萨家族的人正在都吉从前的家园上方的一片坡地上，兴建他们新的宅院，春墙的歌声得意扬扬地传遍峡谷两岸，根本无视来自阴间的诅咒。这歌声刺痛了都吉的耳膜，让他的心又开始滴血了。他飘过去问他们:"我们西岸的人还没有死光哩，你们就不怕神灵的惩罚吗?"

更令他感到气愤的是，那些欢快地干着活儿的东岸人对他的质问不理不睬，就像没有看到他这个"回阳人"一般，可他们确实在有意回避他。一个叫阿主的年轻人正在凿石头，看见都吉向他飘去，立即抄起一把铁锹，远远地对着都吉喊:

"别过来，都吉大叔! 你是个鬼啊!"

---

① 藏族人认为，当死去的人到阎王那里去报到时，人在世上做了多少善事，便可以得到多少颗白石子，而行了多少恶业，则会得到多少黑石子。阎王根据黑白石子的多寡来判定此人是该转生三善道，还是打入三恶道。

前年阿主结婚，还专门从江东岸过来，请都吉帮他从印度带玛瑙。他婚礼上穿戴的那些头饰、腰饰、胸饰，有一多半都是都吉从汉地或拉萨帮他采买的。他的护心镜甚至还是都吉送给他的呢。那时峡谷两岸的人都很相信都吉识货的眼光，他们对见多识广的都吉非常尊重和敬佩。

都吉的心说："阿主侄子，我不是鬼，我只是成了'回阳人'而已。"

阿主看见都吉继续向他这个方向飘来，就扔了手中的铁锹，冲着都吉"呸！呸！呸！"地吐了三口吐沫，躲到人群中去了。峡谷里的人们认为，冲鬼的身影吐吐沫，是最简便的赶鬼方式。其实，不要说鬼，就是人，也害怕别人的吐沫的。

都吉感到很伤心，一个活着的人，被人看成鬼，那他还回到阳间来干什么呢。都吉想，年轻人怕鬼，是因为他们跟死神打照面的机会少。他看见盖房的人群中，从前在牧场放牧的帕加大爹蹲在已砌到两人多高的土墙上，指挥大家上房梁。这样的活儿帕加大爹在峡谷享有极好的声誉，尤其是起中柱立大梁的时候，非有帕加大爹在场不可。都吉飘到帕加大爹身边，对他笑了笑："你是在我的地盘上，帮别人盖房子啊。"

帕加大爹倒不像阿主那样对都吉充满敌意，他甚至有些敬畏都吉。他说："都吉，你可以飘来飘去，我现在还不能。今天本是个上房梁的吉祥日子，求你别让我摔下去啊。"他又有些懊恼地嘀咕道，"真是的，我已经叫'帕加'①啦，你就不嫌我臭吗？"

都吉的心说："帕加，你也认为我是鬼么？"

帕加想往下面"呸"一口，但又碍于他跟都吉多年的交情，有一

---

① 帕加在藏东康巴藏语里是猪屎的意思，人们相信取这样的名字是为了不引起魔鬼的注意。

年牧场上闹瘟疫，他放牧的牛羊死了大半，是都吉借给他银钱，他才把牧场上的牛羊重新壮大起来。帕加说："都吉，我只是想问问你，我的一个兄弟，十多年前去朝圣，一直都没有回来，你知道的。你在那边见到过他没有？"

都吉认真想了想，他在"那边"遇见到的峡谷里的熟人或朋友，好像没有帕加的兄弟。于是他说："没有见到，帕加，你兄弟兴许还活着呢。"

但都吉发现帕加好像没有听懂他的话，"有人说他被老熊拖走了。"帕加有些麻木地说。

"帕加，过去我们都生活在同一峡谷，大家还沾亲带故的，你们为什么要跟着白玛坚赞头人来攻打我们？"都吉问了一个他一直想不明白的问题。

帕加说："我兄弟的儿子都娶媳妇了，要是他还活着的话，该当爷爷啦。"

"帕加，你们干了那么多杀生造孽的事，就不怕下地狱吗？我在那边可是看见过地狱是什么样子的啊。"

"我那可怜的老阿妈，等我兄弟的消息早就把眼睛等瞎了。都吉，你回到那边的时候，再帮我打听打听吧。"

都吉终于发现，他听得见帕加说的话，而帕加听不见他的，就像阴阳两界的人不能对话一样。而更让他绝望的是，他看见了自己的仇人白玛坚赞头人和他的小儿子达波多杰带着一帮人从山道那边打马而来。他听见白玛坚赞头人对一个监工说："地里的青稞苗都可以藏下鸽子了，你们盖的房子怎么还没有上梁？"

他又听见头人说："达波多杰，看看你今后的领地吧，它一点也不比澜沧江东岸差多少呢。"

他还听见头人说:"多杰,西岸剩下的那几条土狗,都躲到寺庙里去了。有一天,你要联合野贡土司的人马,连同那些戴红帽子的喇嘛,都赶到澜沧江里去。"

都吉愤怒了,他不是没有抗议、争辩。从白玛坚赞头人一露面时起,他就飘在头人的马头一侧,对他们说,这不是你们的土地,西岸的人们祖祖辈辈都在峡谷这边供奉自己的神灵,耕种贫瘠的土地,你们连喇嘛上师都要杀,真的不要自己的来世了吗?贪婪的头人啊,看看那条大地上的裂缝吧,有一天你就不怕它再次喷出地狱之火吗?

都吉发现白玛坚赞头人根本就没有看见他,这个两岸争端的胜利者,早就目中无人了,更不用说往来于生死两界的都吉。人一得意,不但很多危险看不到,就是自己的仇人也会视而不见。白玛坚赞头人只是对达波多杰说:"这西岸怎么比我们那边更阴冷?到处阴风乱窜的。唉,战死鬼太多啦,峡谷里的风要吹上一年,才能把那些可怜的家伙吹到天上去。"头人的儿子说:"阿爸,太阳总是公正的,它把温暖上午给东岸,下午给西岸。"头人紧了紧自己的帽子——他不知道实际上那是都吉从地狱里带来的阴风,他说:

"所以我们峡谷两边的太阳都要拥有。"

都吉想抱起一块石头,把白玛坚赞头人打下马来,但是另一股风却吹着他往寺庙的措钦大殿方向飘,到了大殿的门口,那股风忽然断了,都吉听到了风被折断的"咔嚓"声,就像折断一根树枝。他从半空中跌落下来,跪在了地上。

阿拉西这时从大殿外的台阶下急急地跑来,将刚刚落地的都吉扶起来。"阿爸,我在到处找你。"

"别扶我，我不想跪在这里，白玛坚赞头人来了，我要去报仇!"都吉的心说。

这时，贡巴活佛的声音从大殿里传来："还不快把你嗔怒的心存放到佛菩萨的慈悲里来。他们在等你啊，都吉。别让一颗心到处乱跑了，这是诸佛菩萨要你跪下的。"

阿拉西把都吉搀扶进去，就像以往一样，父亲在他的臂膀里就像一个影子，因为他是没有重量的。他们看见只有贡巴活佛一个人跪在空荡荡的大殿里面的供桌前，嘴里念念有词，好些在祈诵着什么。"活佛，你在祈祷吗?"阿拉西问。

"你们过来看。"活佛回过头来，苍老的脸上荡漾出一个孩童般的笑脸。

都吉父子过去，像活佛一样在供桌前跪下。供桌上摆满了圣水、酥油花、玛朵等敬献给神灵的供品，再上面是莲花生大师庄严威武的法像，而令都吉父子深感诧异的是，贡巴活佛正在供桌上玩蚂蚁!原来一群黑色的蚂蚁和一群红色的蚂蚁正在为一粒掉在桌面上的酥油渣而展开厮杀，它们相互纠缠撕咬在一起，更多的蚂蚁爬过同类的尸体还在蜂拥而至。贡巴活佛一边念经，一边用手里的一些酥油渣把红、黑两群蚂蚁分开。他在桌子的东边撒几粒酥油渣，又在西边再撒几粒，让那些不断赶来的蚂蚁因为到嘴了的食物而放弃搏杀。随着贡巴活佛嘴里的经文逐渐加快，撕咬在一起的蚂蚁越来越少了，它们就像听从命令的两支军队，向各自的阵营鸣金收兵。贡巴活佛的脸上再次露出了笑容。

都吉的心说："活佛，你可真有一颗菩萨心肠。"

贡巴活佛望着都吉露在外面的那颗心说："我只是想在充满贪婪与仇恨的地方，播下爱和宽恕的种子罢了。"

第三章

9 梦中之箭

　　白玛坚赞头人死于自己的梦中，或者说，他被自己的梦扼杀了。

　　峡谷里的秋风把第一片树叶染黄不久，白玛坚赞头人在峡谷里终于看到了自己梦中的那只鹰。这几天他一会儿浑身发热，一会儿拥着熊皮坐在火塘边还颤抖不已。他感到魔鬼已经扼住了他的咽喉，像捏糌粑一样地在他的脖子处揉来搋去，还用一把无形的利爪在他的咽喉深处抓抓挠挠，让一向剽悍的头人疼得满地打滚。那实际上是阎王派出来的小鬼正追赶得他无处可逃。这天上午，他刚刚感到好受一些了，人们给他搬来一张躺椅，让他半躺在院子里晒太阳。

　　离太阳当顶还有半个身影时，仿佛是梦里的情景重现，他看见了一只巨大的鹰，从自己家的宅院上空一掠而过。

　　头人一下来了精神，立即让人备马。他以出乎人意料的麻利劲儿，跳上了那匹把自己带往死亡之地的坐骑，追寻鹰的踪影而去。达波多杰和管家益西次仁连忙追了出来，他们都知道，自从西岸那些幸存者躲进了寺庙以后，那边想要复仇的怒火每天晚上东岸都看得见。那是一团在黑夜里到处游动的鬼火，它一会儿燃烧在峡谷的山顶，一会儿又飘到山腰，有时它又仿佛在顺着江水流淌，从澜沧江江面上一划而过，火光把江面愤怒的波浪都照得清清楚楚。

　　白玛坚赞头人沿着峡谷里的山道一路狂追，他看见那鹰冲向了山坡上的一群羊，它一个俯冲，像一道黑色的闪电在天空中划过，一只半大的羊羔便落到了它的爪中。

"嗬!"头人欢呼一声，策马追去。那羊羔也许太重了点，鹰抓住它飞得有些吃力。它在峡谷里忽高忽低地飞翔，有几次差点就让自己的战利品掉下来了，但是鹰并没有放弃，它努力扑打着宽大的翅膀，扇动空气的声响像是天上的一连串小雷。白玛坚赞头人之所以感到有希望抓住这鹰，是因为负重的鹰仿佛随时都可能坠落在地。羔羊是鹰的战利品，它不愿放弃；鹰又将是白玛坚赞头人的猎物，他也不想放弃；可是头人万万没有想到的是，今天还有一个人，对一段孽缘更不愿放弃。

他为什么非要去抓那只鹰呢？许多年以后，朗萨家族的人都没有弄明白。

但是死亡却一把抓住了他。在他追出离自家的宅院约十里地时，澜沧江西岸山冈上的一个骑手已经把一切看得清清楚楚。他策马从山坡上斜冲下来，赶在了白玛坚赞头人的前面。那时头人的眼睛还死死地盯住天上的鹰，他发现鹰一个侧飞，向峡谷西岸飞去。头人连忙打马往江边冲，但他胯下的坐骑忽然像奔跑到了悬崖边，一声嘶鸣，前腿立在了半空中，险些没把白玛坚赞头人从马背上掀下来。这时，他看到了对岸山道上立马横枪的骑手。

"都吉——"

白玛坚赞头人惊愕地喊了出来，倒不是因为看见了冤家的阴魂，而是惊讶自己在黑暗中能清晰看清峡谷西岸骑手复仇的目光。

那骑手戴着一顶宽边藏式毡帽，帽檐压得很低，遮住了他半边的脸。他身着藏族武士装，身上刀、枪、箭、护身符、熊皮箭囊等一应俱全。骑手嘴唇紧闭，面色阴沉，与其说他是骑在马上的一个武士，不如说这是挺立在山道上的一尊雕像，满脸世道的沧桑，浑身风雨的痕迹，仿佛已经在寂寞的峡谷里守候了一百年。

白玛坚赞头人压下马头，勒紧了缰绳。冤家路窄，狭路相逢，保持失败者的尊严与骄傲比战胜对手更为重要。头人又恢复了与生俱来的豪情和勇气，他厉声而清晰地说：

"嘿！好汉，把帽子抬起来，让我知道你是谁！"

骑手一句多余的话也不想说，慢慢把帽子往上推了推，头人被自己看到的景象惊呆了。那骑手既年轻、英武，又刚毅、果断。紧闭的嘴唇掩盖不了他复仇的怒火，坚挺的鼻梁代表着他的高傲，如炬的目光里尽是面对一个失败者的轻蔑。一个这样年轻的人，不可能有成年男子汉才会拥有的这些不可抗拒的魅力。这种魅力是需要被岁月侵蚀雕刻，被腥风血雨洗刷吹打，被魔鬼数次带到地狱里刀剁火燎，被女人的爱折磨得九死一生，被沧桑演变榨干最后一丝激情。一个成年的康巴男人，才会如此冷酷，如此傲慢，如此勇敢而孤独地面对死亡。

"阿拉西……"白玛坚赞头人轻叹一声，连提缰绳的力气都被对方无与伦比的气概化解。他就像面对一个威武的战神，除了敬佩、屈服、认输外，什么也不能做了。即便对方不射杀他，他也已经是失败者了。

白玛坚赞头人眼睁睁地看着阿拉西从熊皮箭囊中抽出一支竹箭来，他还看清了黑色的箭头，这让他的头皮不由得一阵阵发紧，盘在头顶的发辫竟然紧张得飞舞起来，又颓然散落。因为即便连头发也知道，箭头上涂的是一种名为"见血封喉"剧毒植物的汁，这种植物生长在澜沧江下游的热带地方，峡谷里打冤家的人家常常会不惜重金去购买。不要说人，就是一头豹子，只要擦破它身上的一点皮，豹子也跑不出五步远。因此，白玛坚赞满脑袋的黑发最先开始簌簌发抖，然后一根根地站立起来，惊慌失措地争抢逃亡之路。

头人感到喉咙处一阵阵发痒，他明白那里将是中箭的地方。他奇怪为什么自己的一生要用一支箭来了断。但不管怎么说，一生的疑惑与贪欲将在一瞬间得以解脱，他突然产生了强烈的说话欲望，他已经被喉咙里的魔鬼折磨得几天不能说话了，现在他想在自己的仇人面前把最想说的话留给这个纷乱的世界。

"好汉生时有雄心，死后天上一阵烟。今生不能到你家喝酒，来世我们再做冤家。来呀，好汉，往这里射！"白玛坚赞头人甩了甩快要盖住脸的头发，指着自己的脖子处说。

他看见沉默的骑手张弓搭箭，绷紧了的箭弦在寂静的山道上发出"吱吱吱"的响声，那是索命的声音。原来生命是多么的脆弱啊，就搭在这一根弦上，而人一生中无止境的贪欲让它怎么承受得住啊。

白玛坚赞头人刚刚明白这个道理，他便看见黑色的箭头隔岸飞了过来。原来一个人的一生是如此的短暂，喇嘛上师们经常说生命无常，刹那间生生灭灭。一刹那，其实就是一支命运之箭飞扑过来的那点工夫。白玛坚赞头人还来得及想起仇人死时哀泣悲愤的面容，都吉的身子在他的马蹄下扭曲挣扎，但是他愤怒的眼睛却没有挣扎，而是始终飘浮在白玛坚赞头人的头顶。原来复仇的眼光可以变成一支箭，带着杀气扑面而来。他终于知道敬畏了，可是啊……

头人还没来得及反省自己一生的贪欲，像澜沧江水一般浩浩荡荡，无穷无尽。在他执掌朗萨家族之前，他的父亲曾经把他带到江边，告诉他说，朗萨家族是被这江水从雪域高原冲下来的，在赞王松赞干布的时代，一只鹰飞九天，也飞不出朗萨家族的地盘。现在一方小小的峡谷就将朗萨家族像关一匹马驹一般关死了。孩子，你要找到朗萨家族的神鹰，驱赶它展翅高飞。神鹰翅膀掠过的地方，就是你的家业。

佛祖啊，你生于一个贪婪的家族，就必将死于贪婪。前世扎翁活佛曾经说过，人是如何活的，就将如何死。一个人的活法决定了他的死法。

那支命运之箭夹带着一股阴风，沿着命运指定的方向准确地飞行。白玛坚赞头人感到脖子处先是一阵灼热，然后是彻底的清凉。箭矢刚劲猛烈的冲击一度让他的身子往后仰了仰，但是头人身上最后一股豪气令他依然坐稳了马鞍。他低下头去，看着半截箭杆露在脖子外面，鲜血从箭尾滴答滴答地淌出来。喉咙里的魔鬼终于被打倒了。这最后的一个念头在脑子里一闪现，他感到那儿舒服多了，然后便伏身在了马背上。

那马一声哀鸣，驮着主人转身跑了。

白玛坚赞头人一生中做了无数个梦，但唯有这个梦真实得就像某个不吉利的阴霾白天发生的事情。他的坐骑驮着他从噩梦里跑回来，顺利地跨越了梦与现实、生与死的门槛，才让他暂时摆脱了死亡的追踪。当他醒来的时候，他被噩梦惊出的汗水，浸透了他身下的熊皮褥子，又滴淌到卧室，形成一股畏畏缩缩的溪流，一直流到了走廊，再流进宽敞的厅堂，最后把火塘里的火都浇灭了。

他对自己的两个儿子和管家益西次仁复述梦里的景象时，每一个细节都记得清晰无误，连那支箭射中自己脖子时的灼热和清凉，以及之前箭在弦上的吟唱，箭在峡谷的上空刺破空气的"嗖嗖"声响，还有他的头发怎么一根根地竖起来争相逃命，他都讲得活灵活现，如同亲自经历过一般。有时头人的两个儿子不得不为父亲噩梦醒来后的状况担忧，不吉祥的梦没有使他清醒，反而让他陷入某种迷狂，那是一种对死亡的畏惧才造成的痴迷和疯狂。他在一个黄昏告诉自己的两个儿子：

"阿拉西会从梦里追出来射我一箭的。"

尽管人们不断地劝慰他，鼓励他，说那幸好是一个梦而已。噩梦人人都会做，只要醒来看见天上灿烂的太阳，就应该感到庆幸啦。

但是头人什么都不相信，只痴迷于自己的梦，甚至连从寺庙里请来专门占梦的喇嘛的话，他也半信半疑。迦曲寺那个叫扎鲁的喇嘛是个释梦大师，多年来由他负责解释澜沧江峡谷东岸人们的梦。因为人们相信，梦和神灵的启示有关，也和魔鬼的脚步相连。从前曾经有一个带着三个孩子路过峡谷的乞丐，是那种哪里有狗叫声，哪里飘炊烟，就去哪里讨吃的流浪汉。他在乞讨时对人们说，虽然我现在衣不蔽体，食不果腹，手拿打狗棍，可是在我的梦里，我穿的是镂金法衣，手持的是金刚法杖，出行有仪仗华盖，住的是看不到屋顶的高堂大屋，吃的是神灵遣下的美食。人们都笑他，说一口糌粑都要从狗嘴里争抢的乞丐，连茶末子的残味都闻不到的流浪汉，你就继续做你的梦吧。但是扎鲁喇嘛见了这个乞丐竟然纳头就拜，说他必定是大福大贵之人。还把他们父子迎请进自己的僧舍，将他的讨饭碗和打狗棍都扔了，说这些东西怎么配一个富贵之人呢。果然，半年以后，这个乞丐的一个孩子被拉萨一座寺庙寻访灵童的高僧认定为他们的大活佛。从那以后，人们不但敬畏神灵，也敬畏自己的梦。

扎鲁喇嘛到头人家为他念了三天的经，以禳除头人梦里的魔鬼。他不用询问就已经知道了是哪一路的魔鬼在头人的梦里兴风作浪，因为他就是掌握了在梦与现实中来去自如法门的上师，他观人们的梦，就像观自己掌上的纹路一样了如指掌，清晰准确。就如扎鲁喇嘛所说的那样，"梦是生活的另一面，吉兆和凶兆都隐藏在我们的梦里。"

按扎鲁喇嘛的解释，预示着吉兆的梦诸如梦中穿法衣，骑着狮子或神马奔驰，顺利地蹚水过河，驾驭天龙，看见初升的太阳不被云雾遮挡等等；而凶兆的梦则是穿有臭味的衣服，身处暴风雪当中或者身陷沼泽，看见自己身上爬满虫子，和死人一起跳舞喝酒，等等。当然了，白玛坚赞头人被箭所伤的梦显然不是一个吉祥的梦，但是扎鲁喇嘛有办法给出另外的解释。

他问头人："你真的看到了那只鹰了吗？"

头人回答："就像我看到你一样。我还看见它抓起了一只羊羔哩，连那羊羔乱踢的蹄子都看得清清楚楚。"

喇嘛又问："它是从雪山上飞下来的吗？或者，它有没有在雪山上盘旋？"

头人想了想，说："它飞过我的眼前时，一定是刚从雪山上下来的吧？哦呀，哪有不飞越雪山的雄鹰呢？"

扎鲁喇嘛一拍大腿："哦呀，这是很吉祥的梦啊老爷。鹰飞过的地方，就是你的领地；鹰抓获了羊羔，说明老爷你最近已把巨大的财富收入囊中。我们要恭喜你啦！"

白玛坚赞头人脸上露出了久违的笑容。"尊敬的上师，你说的怎么和我父亲的话一样啊。哦呀……"他忽然想起了那梦的后半截，"可是，可是对岸那个射我一箭的家伙……"

"没关系的，"扎鲁喇嘛摇晃着脑袋说，"预示着死亡凶兆的梦不是一个骑马射箭的小伙子，而是一个戴红头巾、穿红衣服、手持红花的男人。你见过他吗?"

头人使劲想了想,说:"没有。"

"或者是梦里出现一个黑色的女人,伸出她黢黑的手,一下就把你的肠子掏出来。"扎鲁喇嘛边说边把自己精瘦的手猛地伸到头人的腹前,吓得头人不自觉地往后一缩,肚子里一阵发紧。"你看到自己被掏出的肠子了吗?"他又补充道。

"没有。"白玛坚赞头人厌恶地说。这个家伙比梦里的阿拉西还要讨厌,他想。念过几天经的人就是喜欢卖弄自己的学问。

扎鲁喇嘛依然陶醉在自己的释梦感觉里,"从老爷梦里前后的因果来看,吉大于凶,阳大于阴,生大于死。老爷这一阵不要往西岸去就是了,那边的阴气重。西岸的射箭手再有神相助,也不可能将一支箭隔岸射过来。"

"可是他确实射过来了。"头人还心有余悸地嘀咕道。

"那是梦里的箭。白天没有梦的时候,这支箭怎么能飞那么远呢? 连火绳枪都打不到对岸的。"

"那我的梦就交给你守护了。"头人可怜巴巴地说。

"尊敬的朗萨家族历来是我们寺庙的大施主,我们不但护佑你的财产和领地,当然还要护佑你的梦。我再帮老爷念一天的经,回去后让寺庙的众僧为老爷做一场攘灾祈福的法会,我敢担保只有雄鹰,神马,宫殿里的宝座,漂亮的帽子,八瓣莲花,五彩的花雨,佛的光芒,彩虹,盘旋的白色大鸟这些吉祥的东西,天天出现在老爷的梦里。因为我会念咒把它们放飞过来,让老爷你睡在吉祥的梦中不想起床。"他发现自己说漏嘴了,于是又改口道,"哦呀,当然了,老爷起床后会发现梦里的吉祥都会变成真的。"

白玛坚赞头人显得有些焦虑，"美梦成真的事情，谁他娘的不想。怕的是魔鬼控制了一切，美梦变成了噩梦，那他就是天底下最走背运的倒霉鬼啦。"

为了白玛坚赞头人天天睡觉时有吉祥的美梦，朗萨家族又给寺庙送去了大量的布施，寺庙里如约举行了隆重的法会；为了提防梦中无处不在的复仇的利箭，头人再不去澜沧江西岸，晚上睡觉时连窗户都增加了木挡板。各种驱鬼的法器摆满了头人的卧室周围。

西岸那边新盖的大宅已经完工，野贡土司本来就要将女儿送过来了，但是寺庙里的喇嘛们坚持说，西岸到处飘荡的孤魂野鬼还没有赶尽，这个时候举行婚礼不吉祥，最好是在今年的藏历新年之后，因为野鬼们是过不了年关的。现在只有达波多杰和管家益西次仁领着一帮人在西岸布置着新房，倒不是那个被他嫂子的妖气搅晕了头的兄弟心回意转，一心等待和土司家的千金成亲，而是达波多杰已经再也不能忍受贝珠每天夜晚的叫床声。到了西岸的新居后，他发现自己终于可以睡个好觉了。

现在不能睡好觉的却是白玛坚赞头人。并不是大儿媳妇的叫床声也搅了他的美梦，也不是他害怕一不小心再次落入噩梦的陷阱里，而是他根本就不能入睡，魔鬼把他的睡眠撕得支离破碎，把他的夜晚拉扯得比澜沧江还要长。瞌睡就像丧失了的某种能力，再也不眷顾可怜的失眠者了。他整夜整夜地合不上眼，看着月亮的脚步在他的卧室里无声地滑行，到太阳再次升起的时候，他才像一个喝醉了酒的醉汉那样，两眼血红，神情倦怠，偏偏倒倒地从床上爬起来。而白天里，他则仿佛在梦游，身边的一切人和事都像梦中景象。可是到了晚上，万籁俱寂时，白日里明晃晃的阳光下模糊不清的记忆，又重新清晰明了起来。大儿子扎西平措叫来两个昌都的铁匠，在宅院生起炉子打马掌和藏刀，这个不会有多大出息的家伙竟然对打铁深感兴趣，在火红的炉子边一待就是大半天。儿媳妇贝珠带着与她形影不离的那只山猫，又去了一趟西岸，说是去送酿酒的大钵。据说达波多杰在那边天天喝得烂醉，仆人们酿酒的进度，跟不上他酒醉的次数。唉，等过了年，吉祥的日子到了，他和新媳妇入了洞房，就会知道人间还有比酒更美好的事情。佛祖啊，我连合一下眼都那么难，隔壁的两个年轻人又在折腾啦。呸，这个不害臊的娘们儿，你在床上的声音就不能小点吗？连喇嘛们的心都乱了。

白玛坚赞头人在夜晚梳理白天的回忆时，经常这样被隔壁房间的响动打断。有几次他索性像过去那样，也爬到自己妻子格追的身上，想在无所事事的漫长时光里也找回点往昔的雄风，可是他一次次地失败。有天晚上当他再次无功而返时，他听到格追抱怨说："你只是战场上的英雄，女人身上的老人。"白玛坚赞头人才想起，自从和西岸的人打仗后，他就不行啦。神灵的公正无所不在，你在和整个世界搏杀时是胜利者，而面对女人，则输得精光。

迦曲寺的喇嘛们在祈祷头人有个美梦的法会上，大约把该迎请的神灵搞错了；扎鲁喇嘛在赶走头人梦中的魔鬼时，可能把他的睡眠也一起赶走了。白玛坚赞头人从来没有发现小睡一会儿也会成为天底下最难办到的事情，有时他甚至祈求，哪怕是睡在噩梦连天里也心甘情愿。但是控制睡眠的神啊，为什么你既不赐我美梦，也不给我噩梦呢？从前我只想要美梦，不想要噩梦。现在我知道啦，是吃五谷杂粮的俗人，什么样的梦都可能遇到。那个狗娘养的释梦上师，等我重新有梦了，第一件要做的事情，就是砍下你的脑袋。白玛坚赞头人在昏沉沉的黑暗中想。

峡谷里第一场雪花飘起来时，头人还是没有梦，也没有睡眠。他白天歪靠在火塘边，血红的眼珠仿佛要滴血，头沉重得抬不起来，脚下却轻得如踩在棉花上。现在他已经无所谓睡与不睡，也再不去担忧噩梦与美梦，更不在乎白天与黑夜，财富与权势。他成为一具还活着的灵魂，意识模糊，身心疲惫，万念俱灰。谁也不敢去惊扰他，因为那可能会招致脾气愈发暴戾的头人一顿呵斥或者马鞭。他们路过头人身前时，都是蹑手蹑脚、屏住呼吸。现在连贝珠晚上的叫床声都销声匿迹了。

这天的黄昏，白玛坚赞头人偶尔往火塘上方的天窗看了一眼，发现有个似神非神的东西在向他招手，于是他就飘了起来，借助着火塘上方一股弱小的青烟升上去了。他来到屋顶的平台上，看见妻子格追在房顶的香炉前念经，太阳已经快落到山背后，煨桑的青烟扶摇直上，融进远方的昏暗中。又一个烦人的夜晚即将来临。头人想，人要是能变成一股烟随风飘去，该多么好啊。好汉生时有雄心，死后天上一阵烟。这句话他在梦里说过，可是佛祖，看看我的眼皮有多重，看看我的头，都被它们压得抬不起来了。我要在你的面前烧多少炷香，供奉多少布施，才可以变成一阵烟啊！

雪山上的神灵在白玛坚赞头人生命最后的时候，满足了他的这个愿望。当他这样想着的时候，就随着那股青烟飘去了。很多年后，朗萨家族的人在回忆起他们的这个祖先时，都说是那股被魔鬼控制了的青烟引导着白玛坚赞头人走向了死亡。那青烟先是飘过了宅院前方几棵高大的核桃树，然后翻过一座小山坡，又顺着一条山道往澜沧江峡谷里一路小跑，白玛坚赞头人紧追慢赶，才跟上了青烟的步履，最后它萦绕在一座玛尼堆前。白玛坚赞头人不知道自己为什么会来到这里，他看见天上的兀鹫在盘旋，似乎已经嗅到了死尸的气味。这时，他才发现澜沧江西岸的山冈上，一个年轻英武的骑手横刀立马，张弓搭箭。紧接着，他看见一支从对岸飞来的箭正带着风声隔岸射来。

头人只来得及嘀咕一句："这真他娘的像那场梦啊。"

到人们发现兀鹫一只接一只地降落在那座玛尼堆周围时，才看到现实正和头人噩梦中的情景一模一样。一支涂有"见血封喉"毒药的箭，从澜沧江西岸借助神的力量，借助西岸无数战死者冤魂的诅咒，准确地射进了他的喉咙。在他被严重的失眠压垮了的脑袋上，满头黑发惊慌失措、根根竖立，仿佛一只失足跨进死亡陷阱里的刺猬。

10 雪 崩

白玛坚赞头人被自己梦中飞来的一支神箭射杀了，这是峡谷流传了很久的传说，因为那箭的确在头人的梦里飞过，因为自从头人做了那个不吉祥的梦后，他就注定要被一支箭射杀。从那以后，峡谷里的人们非常小心自己的梦，生怕和梦中的死神不期而遇。只有头人的小儿子达波多杰不相信这些传说。他固执地认为，梦里的箭只能射杀做梦的人，有谁见过一支箭可以穿越人们的梦，射到白天来？他在事发的那天下午，在西岸的山道上看见了那个和父亲梦里一模一样的骑手，他并不认为他也是从父亲的梦中冲出来的。他只不过是个和他一起在峡谷里长大，和他一样勇敢、一样在现实生活中充满复仇欲望的冷酷杀手。他全身披挂，胯下的战马冒着蒸腾的热气，与骑手的杀气形成一股旋风，盘旋着往天上飞。父亲的梦没有错，错的是他忘了梦是自己命运最准确的预兆——就像那支不可思议的毒箭一样准。只是他有些不明白的是，阿拉西哪来那么大的臂力。

达波多杰曾经追逐着这股旋风，打马冲到云丹寺前面的山冈下，在诸佛菩萨的慈悲注视下大喊："阿拉西，不管你躲进寺庙还是躲进自己的梦里，你要记住，你我都一样，没有不报父仇的好男儿。"

那时，阿拉西正带着几个年轻人守在那座山冈上，这里有通往寺庙的唯一小径。阿拉西站在一块岩石上冲下面说："鬈毛多杰，想想你阿爸做的那些魔鬼才会高兴的事，就是雪山上的神灵也不会宽恕他！"

"我会砍下你的头来的！"达波多杰用刀远远指着阿拉西说。

"你大概还没有那么快的宝刀。"阿拉西沉着地回答道。

达波多杰那时还没有传说中的宝刀，他就没有杀阿拉西的勇气。白玛坚赞头人的丧事办完后，峡谷里的格局也发生了新的变化，曾经戴在头人发髻上的金佛盒，现在属于朗萨家族的两个儿子了，他们顺利地成了澜沧江峡谷东西两岸的新主人。朗萨家族如愿以偿地控制了茶马驿道，财富今后将像澜沧江水一样流进朗萨家的库房。可是达波多杰心里并不是很高兴。

阴郁写满了这个新主子的脸，倒不是因为父亲的仇还没有报，也不是因为西岸的土地没有东岸的平整宽大，更不是由于离开了熟悉的家要面对自立门户的诸多艰难，达波多杰早就想离开哥哥的羽翼独自大干一场了。父亲在的时候，作为家中的老二，什么大事父亲都只找哥哥商量，他只有埋头去干的份儿；父亲不在了，哥哥成了家里的中柱，家族里的任何人都得围绕着那中柱转，不仅如此，还得听从他的吩咐。就像有一天哥哥忽然对弟弟说：

"多杰，在攻打都吉家时野贡土司帮过咱们。眼看着新年就要到了，现在是该我们兑现诺言的时候了。"

"他们要多少牛羊和银子呢？"达波多杰问。

"不是送给他们牛羊的问题，而是该送去彩礼啦。"扎西平措没有忘记，以神的名义挑起峡谷两岸的战事，最终目的不过是扩大家族的领地和权势，完成与土司头人家族间的联姻。天下哪里有帮人家白打仗的好事？

达波多杰当然知道这越来越逼近的婚期，不过是一条即将要套上脖子的绞索。他原来以为父亲死了后，没有人管他的婚事了，他可以把这该死的婚期无限期地推迟下去。但没想到哥哥也像父亲那样来把他往一桩没有爱情的婚姻陷阱里推。

"哥哥，土司家的那个麻脸女儿都二十二岁了！峡谷里像她这么大的女子，儿女都可以上山放牧啦。"

"找一个当姐姐的做妻子，是男人的福气啊。东岸这么大一片土地，需要那种会持家的女人。"

达波多杰根本不知道自己的福气在哪里。他来西岸后，就把自己的领地跑了一遍，这时才发现，峡谷这边的生存条件比东岸艰难得多，土地贫瘠，坡度又大，水源也远，难怪从前人家西岸的人要出去赶马。在这块狭窄的地盘上，不要说给你当个头人，就是让你当国王，你也找不到多少富足和心灵自由翱翔的感觉。达波多杰感到自己连睡觉都觉得逼仄。他浑身的力气和欲望得不到自如地张扬舒展，这让他看什么都不顺眼，那些在新建起来的大宅院里每天负责为他开门、做他上下马的"马墩石"的仆人们，是挨他的拳头揍最多的。因为他进出门、上下马时，都要给这些家伙一拳，就像赏给他们一个小钱一般。

老管家益西次仁跟随达波多杰从西岸过来，继续伺奉朗萨家的少主子。在前主子白玛坚赞还没有当头人时，他就是朗萨家族的管家了。忠心的老管家认为达波多杰才是朗萨家族真正的好汉，这个家族只有靠那勇敢豪爽、血性刚烈的后代才可再次振兴。

"等着看吧，这峡谷两岸终究会全是你达波多杰的。"一个下午，他对刚从外面转悠回来，还在闷闷不乐的达波多杰说。因为他知道少主子嫌西岸狭小得连马都跑不起来。

"益西大叔，你说什么呢？峡谷两岸现在不都是属于朗萨家族的了吗？"

"很早很早以前，上部阿里三围，中部卫藏四翼，下部多康三岗，还有工布山南地区①都是赞王松赞干布的，可是后来呢？"管家虽老，看过去的事情，当然比谁都清楚。

"后来怎么样了？"达波多杰问。

益西次仁看着年轻的少主子，他的眼睛明亮灼热，仿佛里面有两个小太阳在燃烧。那是他的祖先曾经有过的眼光吗？老管家慢吞吞地说："后来么，赞王的子孙们为争权夺位，把雪域高原都撕碎了。赞王的后代也像被风吹散的种子，撒落在神灵控制的大地上。少爷，就是中国皇帝的江山，也是东家来打西家去抢啊。"

"益西大叔，你的意思是说，有一天我们还会把东岸的地盘占过

---

① 此为古代西藏地域的分法。

来?"达波多杰话音刚落，自己也被这想法吓着了，他把手中的马鞭朝旁边的一棵树上抽去。"这是比雪崩还要糟糕的灾难，那边是我哥哥在当家啊！"

"他未必就不想来这边当家。"老管家冷冷地说。

达波多杰心中一惊："你怎么知道？益西叔叔，乌鸦还没有飞过来，不吉祥的话就不要乱说。"

"这并不是我说的啊。"益西次仁深深地弯下腰，"少爷，这是贡巴活佛告诉我的，昨天我去寺庙，他对我说……"他又不说了，仿佛活佛的话让他难于开口。

"你去找贡巴活佛？朗萨家族的仇人还躲在他的寺庙哩。"

"少爷，现在我们来到这边，不能没有自己的寺庙，更不能没有神灵的护佑。我们是俗人，穿袈裟的人喜欢什么颜色，持诵什么经文，那是佛菩萨管的事情。俗话说，供佛莫如供僧侣，如果我们连神的代言人都得罪了，还怎么指望神灵的护佑呢？"

"可是，可是……我们当初打过来，就是为了改变他们教派的颜色。"

"唉，少爷。这样的事情在雪域高原多了，从前恶魔朗达玛，为了兴苯教而灭佛教，杀光了全西藏的僧侣。其实都是为了权势之争啊。你听听贡巴活佛怎么说吧。人如果有了怨憎，连自己的影子都会咒骂；兄弟间要是有了贪欲，连天上的星星都会抢光。活佛还说，如果你想知道昨天的事情，看一看你们的今天；如果你想知道明天会发生什么，看一看你们现在的行为。少爷，我们都逃不脱因缘果报啊。"

"因缘果报，哼！他们就会拿这些说教来吓唬我们。益西大叔，现在我要做的事情，是替我的阿爸报仇！"

"还有比为老爷报仇更重要的事情，少爷。"老管家说。

"天下哪有不报父仇的男儿？"

老管家把自己的身子躬得很低，"少爷，我们该唱起喜庆的歌儿，跳起欢快的舞蹈，把上游野贡土司家的曲珍小姐迎请到家里来了！少爷，死了的人活不回来，活着的人要过好自己的今世。"

"快闭上你的臭嘴！我哥哥的嘴又没有长在你的脸上。"达波多杰厉声喝道。

"难道少爷对这门婚事不满意吗？"

"难道你想娶一个麻脸姑娘来做自己的老婆吗？"

"难道少爷想和野贡土司家开战吗？"

"混账东西！"达波多杰差一点就抽了老管家一马鞭，这时一个仆人刚好进来续茶，那一马鞭就重重地抽在那个来得不是时候的倒霉鬼身上。

"少爷，这就是我们种下的因果，也是我们的明天。"老管家鼓起勇气说。

"我不要这个明天！"达波多杰高声喊道。

"那我们就像在今天把一生的积蓄都花完了的酒鬼。"老管家一针见血地说。

益西次仁这句话其实也是从贡巴活佛那里学来的。虽然他们现在已经是西岸的主人了，可就像他说的那样，作为一个俗人，怎么敢轻易得罪神灵的代言人呢。贡巴活佛对他给寺庙带去的大量供养看也不看一眼，继续闭眼念自己的经文，好半天也不理他。他身边的尼玛堪布说，活佛，朗萨家的管家送供养来了。贡巴活佛念完了一段经文，才缓缓说："强盗抢来的东西怎么能唤起我们的慈悲呢？一个强盗，虽然是打劫的别人，但其实是为了今生的贪欲而把自己所有的来世都抢劫掉了。这是只有酒鬼才干的蠢事啊。"

主仆二人正聊着，忽然发现厅堂里亮堂起来，美丽的嫂子贝珠人还未进屋，她身上那股永远也抹不掉的狐狸的妖气就率先破门而入，珍贵的珠宝玉石让宽敞的厅堂蓬荜生辉，笑盈盈的眼波也将达波多杰脸上的怨气一扫而光。

"哦呀呀，是嫂子啊。难怪屋子里满堂飘香，太阳就像落在了火塘里。"达波多杰的脸转阴为晴，灿烂得如同春日里的阳光。

"呵呵，兄弟你可真会说话。"嫂子的媚眼飞起来了，那只熟悉的蝴蝶，在达波多杰的脑海里飞呀飞，让他都快晕了。唉，要是她除了哥哥扎西平措外，是世界上任何一个男人的妻子，达波多杰都可以为她发起一千次战争。

这段时间贝珠隔三岔五地就往西岸跑，一会儿送来新娘上门的彩礼，一会儿又来帮达波多杰布置新房，似乎她真把他当自己的亲兄弟看。"下午那边晒不到太阳，西岸这边暖和些。我打搅你们了吗？"今天她找了个很经不起推敲的理由。

"嫂子什么时候不可以过来？兄弟这儿地方小点，请佛菩萨容易，请嫂子来难哪。嫂子来了，阳光都明亮多了。"

管家益西知趣地退出去了，达波多杰把贝珠让到自己的对面，面对她那张像满月一般的脸。佛祖，它是多么光洁照人，仿佛是一面镜子，映照着青春冲动的血液，还映照着达波多杰晃悠悠的心。而在一张麻脸上，你能看到什么？

嫂子进朗萨家的门已经快一年了，可是身上还是没有喜。尽管哥哥几乎每晚都不放过她，有时把整栋楼房都震得摇晃起来。这种震动并不仅仅是因为大哥扎西平措的力量，而是由于贝珠尖锐而又淫荡的呻吟。可是在那些碉楼在摇晃，强悍的大哥在重重地喘气，娇媚的嫂子在情爱与肉欲里放声歌唱的夜晚，有谁知道达波多杰的痛苦呢？

达波多杰飞快地往嫂子的腹部瞥了一眼，那里还是平平的。大哥这段时间又白干了。他有些幸灾乐祸，但随即又感到羞愧和郁闷，要是换了我，哼！

"在看什么呢？"嫂子的眼睛可真是精啊。

"没……嫂子的护身符可真漂亮。"他的眼光只消稍微抬一抬，就落在贝珠胸前的那只纯银又镶了七颗绿松石的护身符上。

"你哥哥送的么。哎，你给人家的礼物准备好了吗？"

"什么礼物，嫂子？"

"人家就要过门了，你还装什么呀。阿弟，现在一切都得靠你自己。有什么不懂的就让嫂子帮你拿主意。野贡土司家虽然是大户，我们朗萨家族也别丢人。"

"过什么门？谁愿意来就来。我可要出远门了！"达波多杰几乎是不假思索地说。说完他的脑子就在飞快地转，我出远门，我去哪儿啊？

贝珠的目光直勾勾地看着她的小叔子，"你怎么啦？"

达波多杰被那眼光盯得慌了阵脚，一时不知该怎么回答好，"我心里烦！"他气哼哼地说，就像跟谁赌气似的。

"唉，阿弟啊，"贝珠站起身来，抱着双手在他身边转，阵阵妖冶的香气都快把他淹没了，"嫂子知道你不喜欢野贡家的小姐，可是你……"

"那你知道我喜欢谁吗？"达波多杰也站了起来，攥紧了双拳，像要跟人搏杀一般。

"嘘——"贝珠站在他的面前，用一根柔软的手指按住了达波多杰的嘴唇，轻易地就挡住了一个康巴男人鼓足了一万倍的勇气想要说的话。那动作既像一个长辈在调教顽皮任性的孩子，又像一个情人的挑逗，弄得达波多杰冲动地抓住了他脸前的那只纤细的手。

"嫂子，我……"

贝珠轻轻地就把自己的手抽回来了，她的脸上永远是一种让人捉摸不透的表情，是在拒绝，也是在勾引。只有狐狸精变成的女人，才有本事在拒绝与勾引之间搭一座桥，让自己的猎物在两头疲于奔命。就像从前在家里，每当他们两人单独相处时——甚至在当着他哥哥或者父亲的面时，她对他说的话，总是让人感到好像是被窝里的石头，放在脑后想法多，抱在怀里又睡不着。一个吃透了男人的妇人，面对一个还不知道女人为何物的男人，就像不同级别的对手在较量。一方在逗着另一方玩哩。

"我早就知道，你才是朗萨家的真正英雄。难道你真喜欢打仗?"

"哼，就野贡家那几支破枪……"

"还有你哥哥的人马呢。"她及时给他说明他要面临的处境。

然而这更挑起了这个天不怕魔鬼也不怕的小叔子的豪气，他一把就将她搂了过来，"那我就把他们像炒青稞和豆子一样，一锅炒了!我……我也要把你一锅炒……"

她在他的怀里稍作挣扎，就不动了，"别忘了，我是你的嫂嫂。"

"哈哈，峡谷里兄弟共妻的事情多着哩。"他以为，嫂子说这话，实际上就是在暗示他，当初她本来就是嫁给他们两兄弟的。

然后他一发狠劲，就将怀里这个千娇百媚的妇人横抱了起来，往自己的卧房大步走去。他向佛祖发誓这回要紧紧地、死死地抱住这个自己朝思暮想的尤物，再不能让她像前次那样变成一只狐狸跑了。可是，在以后达波多杰四处流浪的漫长岁月里，每当达波多杰回想起这幸福的一刻，他在自己的心底里一点也没有升起对这个女人的爱，而是对她的恨。因为这一刻让他付出了一生的代价，也因为在这一刻，他听到这个女人在他的怀里“哧哧”地笑。就像一个老猎手，眼看着诱捕的野物一步步走进自己设的陷阱。

而当时，他一下就迷失在她滚烫的激情和温软的体香里。在他铺着熊皮褥子的大床上，这个珠光宝气的女人满身昂贵的首饰、佩饰、头饰、腰饰全都成了累赘。在叮叮当当稀里哗啦一阵乱响之后，在他呼出的气息已经变得比牦牛还要粗重的时候，他仍没有解除她身上代表着富裕与高贵的那些碍手碍脚的玩意儿，他还要随时提防她变成一头狐狸溜了。达波多杰忙得手足无措、满头大汗地抱怨道：

“佛祖，贵妇人们就不能让自己活得简单一点？”

贝珠哧哧地笑着说：“牧场上的那些挤奶姑娘，撩开裙子就可让你高兴了，可是她们活得简单么？”

“她们哪能跟我香香的嫂子比！那些娘们儿不论丑俊，都一身母牦牛的味道，我都分不清是在跟一头牦牛还是和一个姑娘睡觉。”

“那是因为你性子太急了。”贝珠说着自己动手解开了被达波多杰弄成一团乱麻般的绫罗绸缎，就像解开一个结，也像拉开了一层神秘了万年的帷幕，更像捅破了两个欲火中烧的偷情者最后一层遮羞布。达波多杰被那迷人雪白的胴体刺得睁不开眼，他战战兢兢地把头埋进贝珠香气四溢的双乳间，几乎都快幸福得窒息过去。

她抚摸着他的一头鬈发，就像抚摸他的一颗纷乱的心。“唉，你这个到处打野的好猎手……啊——啊——”

他再次听到这熟悉的叫唤声，那么真切，又那样令人迷醉。多少个夜晚，这声音从哥哥的房间里传来，让他辗转难眠；多少次梦里，这声音像树林里的百灵那样婉转动听，可是等他扑过去的时候，鸟儿飞了，春梦醒了。他只有在漆黑的夜里，一个人在被窝里独自懊丧和思念。现在这声音从他的骨头缝里钻进去，仿佛是火镰上溅出的火星，把骨子里的欲火一处一处地点燃了，那火本来就被挡在家族的面子观下。现在，这点面子不过是一张纸，熊熊燃烧起来的烈火不但烧毁了这张纸，也焚烧了达波多杰自己。

达波多杰仿佛已经跃马杀入万军阵中，那么多的敌手令他手忙脚乱，砍杀不尽。如果说贝珠平时浑身弥漫的妖气已经足以令人晕眩的话，那么当她贵妇人的伪装被完全剥开以后，那肉体的香甜气息简直就要将人溺毙了。佛祖啊，一个男人面对一个狐狸精变成的女人时，是多么的可怜。

达波多杰就像一条幸福的鱼，一头扎进由温柔和激情融在一起的深湖里，他在里面活蹦乱跳，搅得湖里水花四溅，云雨翻滚。嫂子又像发情的山猫尖声叫唤起来了。屋外树上栖息的鸟儿也受到了惊吓，以为一只猫蹿到树梢上来了，骇得纷纷振翅高飞。

"我亲亲的嫂子啊，是什么东西让你叫得如此响亮？"这是达波多杰在过去寂寞难熬的黑夜中一直想弄明白的一个问题。

"雪崩来了，你能不尖叫吗？"

"噢，原来爱情就是一场雪崩。"达波多杰仿佛忽然明白什么叫爱了。

"你哥哥曾经说，它是一场赛马，其实他错啦。爱情对男人来说是雪崩；可对我们女人，啊——啊——啊——天哪天哪！它……它它它就是一支一生也唱不完的歌啊。"

"哦嫂子，哦嫂子，是你在唱歌呢还是树上的那只山猫在叫唤？"

"哧哧哧，"贝珠笑了，说了句意味深长的话，"山猫不叫唤，就招不来野猫。"

过去达波多杰是这叫唤声的聆听者，现在，他成了缔造者。佛祖，这是梦吗？他使劲咬了自己的胳膊一口，痛得他咧开了嘴；他又咬了嫂子丰腴的肩膀一口，贝珠大叫："你这条狼！"

然后她用自己的嘴堵住了达波多杰的嘴，再把自己香软的舌头深深地探了进去，达波多杰顿时感到自己的魂被这柔软的舌头紧紧勾住，一辈子都被她牵着走了。他就像一个溺水的人，也仿佛正从高高的悬崖上滑翔而下，极度的绝望和巅峰时的快感一齐袭来。

雪崩了，一泻千里的激情淹没了一切，也摧毁了一切。达波多杰没有经历过雪崩，但是见过雪崩过后的厉害，光是它掀起的气浪，也能把隔着一条山谷的大树吹断。一个狐狸精变的女人，不要说隔着一条峡谷，就是远隔千山万水，也能把一个男人的心席卷而去。这个娘们儿对付男人可真是一个高手。在长长地接吻、翻滚、扑腾后的间隙，妇人妖媚地说：

"傻兄弟，你咬的不是地方。"

"噢，嫂子，我要把你从脚指头到头发尖，一点不留地吃下去。"

"呵呵，你可见过蛇把大象吞下去的事儿？你呀，吃了不该你吃的东西，还想连人家的茶碗都带走。"

"怎么不该是我的？本来嘛，嫂嫂的奶子就有当兄弟的一半。"他嘀咕道。

现在轮到贝珠叹气了，这说明她真的喜欢这个英俊的小兄弟呢。她不无忧伤地说："别瞎说了。担心你哥哥打断你的腿。"

达波多杰沉默半晌，"唉，嫂子，我想明白了，你跟我走吧。"他是一个做事干脆利落、从不计较后果的人。就像当初贝珠刚从狐狸变成女人，他在父亲的箭头下说要娶她做自己的妻子一样，他就认定自己今生的命运注定和这个妖媚的女人有关。现在，他也认定，要想一生都拥有这个女人的爱，同时又不至于和自己的哥哥刀兵相见，只有出走一条路。

"我跟你走，你敢吗？"她用挑逗的口吻说。

"不是敢不敢的问题，而是嫂子愿意不愿意的事儿。雪域高原那么大的地方，还没有我们的一张床么嫂子？你还记得半年前牧场上放牧的索朗次仁和他心爱的姑娘一起逃跑了的事么？"

"鬈毛多杰啊，别忘了我们的身份，哪有贵族出门逃婚的。有身份的人的婚姻，是驯养了的乖马啊。"她把他再次搂进怀里，就像害怕他跑了一样，将他紧紧地压在自己的迷香之中。

"这狗娘养的身份……"达波多杰嘟噜道，你以为当了贵妇人大家就忘了你狐狸的身份了吗？他忽然想起身下的这个女人从前是一只狐狸变的事实，过去人们在私下里说，贝珠的尾巴平常是藏在宽大的藏裙里的，她在温泉里沐浴时从来都只在没有月亮的晚上。好奇心使达波多杰抽出自己的手来，猛地抄到她的身后……

但是狐狸飞快地把自己的尾巴夹起来了。这是狐狸的本能，也是贝珠掩饰自己身份的惯用技巧。她总是成功地使那些为她倾倒的男人相信：尽管她是狐狸精变的，但是他们仍然要为她的妖冶美丽神魂颠倒、人鬼不分。

那时沉溺于爱欲中的达波多杰，不要说抓住狐狸的尾巴，就是自己的命运都把握不了啦。

11 佛 性

在峡谷两岸交战以前，达波多杰和阿拉西曾经是朋友，现在是他们都肩负着报杀父之仇的重任了。虽然两个家族的上一辈人在峡谷里互不服气，可是在阿拉西他们这一辈，却没有多少利益冲突。在他们都不是家的"中柱"的时候，他们只是火塘边的酒友。几年以前达波多杰托阿拉西将他打猎时获取的三张熊皮，两副熊掌拿到纳西地去卖给汉人。可是阿拉西却被一个汉地的商人骗了，那个住在客栈里的家伙借口房间里的光线不好，看不清毛色，说要将熊皮拿到客栈后院的天井里去看，却一去不复返。等阿拉西醒悟过来追出去，才发现那客栈后院的天井有一道侧门，外面是一条弯弯曲曲的小巷。阿拉西回来后，专程到东岸找达波多杰赔罪，并问他应该赔偿多少钱。鬈毛多杰说，伙计，是人家骗了你，又不是你骗我。东西可以骗走，朋友是骗不走的啊，喝酒吧。

而就是这么一个仗义豪爽的家伙，却带人来攻打自己的宅院，阿拉西那天看见他在战斗中扑杀得比谁都凶狠，似乎这座他曾经来做过客、在火塘边喝过酒的宅院他从不知道，也不认识这里面的任何一个人，他对朋友说的话，字字都带着阴森的杀气。

阿拉西倒不害怕达波多杰的威胁，真正的康巴男儿没有被话语击倒的。但达波多杰的话却被都吉听见了。那时云丹寺的央钦喇嘛正在都吉的妻子央金和儿媳达娃卓玛的帮助下，为都吉清洗他的心脏。由于都吉在屋子里闲不住，经常在人们不注意的时候就飘出去了，回来时他裸露在外面的心脏总是沾了些草根、小树叶、沙砾什么的。央钦喇嘛用一种草药配的药汤才能把他受到污染的心清洗干净。当都吉听到外面达波多杰说要砍下阿拉西的头时，他"腾"地就从方榻上升了起来，再从狭小的窗户间飞了出去，他看见达波多杰已经勒转马头往回跑了，都吉飘在半空中与疾行的达波多杰并排前行，他对那个年轻人说：

"喂，鬈毛多杰，不是我的儿子射杀了你阿爸，是神灵的咒语射杀了他啊！"

但是鬈毛多杰看不见都吉，也听不见都吉说话。他边跑边发誓，除非都吉家的人永远躲在寺庙里，这个家族的人一个也别想活着离开澜沧江峡谷。

都吉看见了达波多杰心中的毒誓，就像亲耳听见他说出来的话一样。自从都吉成了"回阳人"后，他发现自己可以轻易看见人们内心中的想法，就像那些通过密宗修持后拥有"他心通"神奇法力的喇嘛上师。他还慢慢明白了发生在自己身上的很多奇异之事，比如，只有贡巴活佛和阿拉西才能听懂他的心说的话，只有自己的亲人才能看见他，可他的仇敌却对他视而不见；在没有月光的夜晚，他能自由地出入生死之间；在下弦月的最后三天，他的心会滴血；当人们做梦的时候，他可以一步跨进人们的梦，大家都把他当作梦里的人，一个缥缈虚幻的景象，可他努力想向做梦的人证明，他就活在他们中间。而他自己，就是在大白天，也能睁着眼睛做梦。有一天他心情好的时候，曾经对贡巴活佛半开玩笑地说："莫非我成半个神灵了？"贡巴活佛回答道："不是半个神灵，你和我们一样，正走在成佛的道路上，只是你先走了半步而已。"

都吉到处找阿拉西，他看见出来背水的达娃卓玛，就飘到她的身边，对她指指自己的心，又指指峡谷对面，做了个刀劈脖子的手势。除了贡巴活佛和阿拉西，都吉只能像个哑巴那样跟人如此交谈。他是想告诉她，对岸有人想杀阿拉西。

达娃卓玛理解错了都吉的意思，她说："阿爸，你放心吧。对岸的仇会有人帮你报的。"

都吉感到要让阳间的人理解自己的心是件很难的事，他深叹一口气，兀自飘走了。达娃卓玛还在后面喊："阿爸，别走远了，外面风大啊！"

自从达娃卓玛来到都吉家后，她就没有过上几天安宁的日子。新的生活刚刚向她打开了一扇窗户，她还有许多东西都不明不白，灾难就接踵而至。她并不感到害怕，因为她的身边有两个丈夫——在和朗萨家族的战火打得最激烈的时候，她在枪林弹雨中从来不缺乏关爱与保护；她也不为玉丹担心，因为他的哥哥是他最好的大树，而她自己，也完全可以肩负起庇护这个小弟弟的职责。她只随时为阿拉西担惊受怕。他太刚烈，太执着，又有太强的家族荣誉感。峡谷里的康巴好男儿，都把家族荣誉当作比自己的生命还要重要的东西。不论是打仗，还是在寻常的生活里，这个当哥哥的处处像个勇士，又像个老父亲一样宽厚、仔细。达娃卓玛到牧场上去看玉丹回来后，阿拉西敏锐地感觉到她和玉丹并没有像真正的夫妻那样生活，这让他好几天心里都惴惴不安。有些事情在这个一妻二夫的家庭里总是那样微妙，总是那样难用语言来言表。它只能靠感觉，靠当事人的智慧，靠一颗博大而敦厚的心灵去慢慢地化解。阿拉西爱达娃卓玛，他也爱自己的兄弟玉丹。并不是他害怕玉丹来和自己分享一份珍贵的爱情，而是他不知道达娃卓玛是否也会像爱他那样爱玉丹。要是玉丹因为爱情受到了伤害，比他自己被爱伤害还令他难受。

当玉丹在牧场上还不到回家的日子之前，阿拉西借口要送一只种羊去配种，巧妙地把自己的弟弟换回去送到达娃卓玛的怀里。兄弟俩在牧场上分手时，当哥哥的告诉弟弟，你瞧，羊群要繁衍，种羊很关键；家族要兴旺，女人也很重要。我们都是一个圈里的羊，种选好了，后代就会像星星一样繁多了。玉丹，达娃卓玛盼着你快快长大呢。

玉丹当然没有忘记卓玛到牧场上来的那个晚上，说他还没有长大的感叹。在男女之事上，许多事情总是在寂寞的思念中无师自通。玉丹回到家里的当天晚上，仿佛被人开了窍，他轻车熟路地就在自己的妻子身上找到了一个男人的幸福感觉。在达娃卓玛看来，如果说自己的这两个丈夫有什么区别的话，那只能说阿拉西更成熟稳健，玉丹则像一个顽皮任性的孩子。他虽然看上去身体单薄，却是一个痴情的情种呢。

在与东岸朗萨家族的战火打起来的前几天，达娃卓玛发现自己怀孕了。至于谁是孩子的父亲，在这样的家庭几乎不用去追问。卓玛的两个丈夫都是孩子理所当然的父亲，他们也会把这个孩子——包括将来达娃卓玛生的所有孩子——当成自己的亲生骨肉。因为大家都属于同一个家族，都流淌着相同的血脉，更为重要的是，所有的孩子都将会是达娃卓玛一个母亲生的。就像阿拉西说的那样，家族里的所有人，都是一个圈里的羊。

都吉最后在寺庙的大殿里看见阿拉西正跪在贡巴活佛的面前。他听见活佛有些气愤地对他说：

"难道真的要杀生才能让你看到自己的罪孽吗？"

阿拉西说："活佛，这不是杀生，是报父仇。"

"唉，"活佛深深叹了口气，"我为什么要在你们父子面前和那两群蚂蚁嬉戏呢？都吉，下来吧，看看你们嗔怒的心里，还装不装得下一点佛性。"

都吉降到活佛身边，跪下，忽然感到心那里一阵剧痛，他的身子摇摆得如一枝风中的芦苇，大滴大滴的血珠"啪啪啪"地从心尖处滚落一地，竟然像撒下了一把血红色的豆子，四处乱跑。

"阿爸，你怎么了？"阿拉西问。

"我的心痛得受不了啦！"都吉痛苦地说。

"因为你的儿子有灾难了。"贡巴活佛一针见血地说。

"活佛，达波多杰要杀光西岸所有的人。除非我们不离开寺庙。"

"你们看看吧，用自己还有一点佛性的心看看吧，"贡巴活佛颤颤巍巍地说，"我微薄的悲心，难道真的不能化解峡谷里的魔障吗？"

两滴老泪从贡巴活佛沧桑的脸上流下来。佛又哭了，阿拉西这才明白自己造下了多大的孽。只是那时他还远不能在自己仇恨的心中，升起对仇人的爱和宽恕，因为他的慧根还没有遇到合适的阳光雨露。

父子俩从贡巴活佛那里出来后，都吉的心一直都在痛，血也滴滴答答地流个不停。那些血珠落在地上不会融化，捧在手心里还会硌手。人们把这些滴落的血珠捡起来盛在一个糌粑盒里，阿妈央金对阿拉西说："小心收好它们吧。这是你父亲心上的血，都吉家族的血脉都在里面啊。"央钦喇嘛试图用念经加持过法力的藏药为都吉的心止血，但是疗效甚微。阿拉西问央钦喇嘛："我阿爸连死神都打败了的人，难道就不能止住心上的血吗?"

"人的七窍流血，身体任何一个地方流血，都有药可治。心在流血的人，怕是无药可治了。"央钦喇嘛深叹一口气，又说，"你们要知道，我们藏族人的病，有四百零四种。四百零四种病又分为四类，有一百零一种病可不治自愈，一百零一种病可治而愈之，一百零一种病治而不愈，还有一百零一种是不可治之病。这是神灵早就安排好了的啊。"

"央钦叔叔，那我阿爸是属于哪一类病?"阿拉西焦急地问。他一直认为，既然阿爸能做"回阳人"，他就能自如地跨越生死这道门槛，死亡对于阿爸来说，就再不是一个威胁，他也许会活得比任何人都长久哩。

"一个'回阳人'的病该怎样治，我也不知道啊。"央钦喇嘛如实地说，"本来，我这儿还有一种药丸，专治不愈之病和不可治之病。"

"央钦叔叔，那你就快拿出来，救救我的阿爸吧!"一边的玉丹说。

"但是，这是一颗赌命的药丸。有医缘的人，吃下立好;没有医缘的人，吃下顿死。你们愿意试一试吗?"央钦喇嘛从他的怀里掏出一个镶银的小盒子，小心地打开了，从一层墨绿色的绒布中取出了一颗黑糊糊的药丸来，它只有一粒佛珠大小，闪着幽暗的黑色光芒，照耀着人间生和死的两面。

人们知道有这样一种药，但很少有人亲身试过。藏族人喜欢占卜问卦，却不是好赌的民族。因为神灵控制着一切，和命运相赌是毫无意义的。在某些特殊情况下，人们情愿把自己的未来交给神灵来裁判，也不相信和命赌一把是条出路。

在央钦喇嘛和阿拉西他们讨论都吉的病时，都吉早就悄悄地飘在他们的头顶上方，当他看到两个儿子不敢决定是否让自己吃那颗赌命药丸时，他就插进来说：

"别为难你央钦叔叔了，心病是没有药可治的。你们还不明白我的心为什么滴血吗？"

其实正如贡巴活佛所言，都吉是看到了儿子的灾难，他的心才开始滴血的。舐犊之情，护子之责，并不因为阴阳两个世界而受到丝毫的阻隔，相反，也许这种血脉相连生命相系的情感力量会来得更加强大。因为他发现白玛坚赞头人虽然被儿子射杀了，可他的阴魂却从他中箭的那一时刻起，就缠上了阿拉西。也许只有像都吉这种有"回阳人"身份的人，才对阴阳两界的人和事看得最清楚，他几次看到白玛坚赞的阴魂飘到阿拉西的头顶上方，这个行事从来阴毒的家伙即便到阴间也心狠手辣。一次他想借助一阵阴风把在山道疾驰的阿拉西吹下悬崖，而在一个没有月光的晚上，头人的阴魂怂恿一只毒蝎爬到阿拉西的鼻孔前，还有一次他把魔鬼在十字路口留下的唾沫抹在阿拉西的酥油茶碗边……头人阴魂的种种诡计都被都吉一一识破，并在暗中为儿子化解。这些日子里，都吉不再是令人心生怜悯的"回阳人"，而是个生活中碍手碍脚的负担。他不是挡在阿拉西的身前，就是紧随在他的身后，默默而坚忍地为儿子清除来自阴间的威胁。生活在阳间的人，其实并不知道一天中自己和死神有多少次擦肩而过的机会，也很难察觉到在天空中飞来飘去的各路阴魂的身影。一个人之所以命大，要么是他的保护神很强大，要么是他的亲人爱的力量在暗中保护他。这种力量不论是在阴间还是阳世，都给予被保护者强大的生命力加持和支撑。

过分地为阿拉西操劳让"回阳人"都吉心力交瘁，迅速地消耗着自己的阳寿，当然，也许这跟头人阴魂的反扑有关。每当都吉为儿子抵挡一次来自阴间的攻击，他自己就要折损一次已为数不多的生命。

人们只看见都吉日益衰弱下去，脸惨白得如同月光下的僵尸。他再也不能自如地在半空中飘飞了，他总是用无助而哀怜的目光望着大家，仿佛他的灵魂随时都要从自己的顶轮飘出去。活在阳世的人都想方设法想帮他，可是他们却不知从哪里帮起，更不知道其实是都吉一直在暗中为他们攘除生命中的威胁，还在为以后再不能帮助自己的亲人了而焦虑。他已经得到死神明确的暗示，以后自己更多的时间该待在阴间而不是阳世了。

都吉无可奈何地看到，朗萨家族的人不仅在阴间紧紧纠缠着阿拉西不放，在阳世他们也试图断绝从前在西岸生存的人们的所有退路。达波多杰的家丁不但包围了寺庙，还在驿道上设立了路卡，过往的马帮都得向他们交过路费。他去问贡巴活佛，怎样才可以摆脱眼下的险境。活佛回答道："在轮回大法中，我们藏族人的三宝，永远是照耀着众生生命的光芒。"

都吉问："尊敬的活佛，是哪三宝呢？一个猎手的藏三宝是猎枪、腰刀和扣子；一个铁匠的藏三宝是铁锤、火炉、铁镦；一个赶马人的藏三宝是好马、马鞍、马镫；一个喇嘛的藏三宝是上师、经书、戒律；一个牧人的藏三宝是羊鞭、甩石器、火镰；一个农人的藏三宝是铁锹、种子、土地。而一个康巴勇士的藏三宝则是快马、快刀和快枪。活佛，它们都是我们藏族人生活中的宝贝。可是我现在向你求的是救命的宝贝！"

"佛、法、僧三宝，才是藏族人真正的宝贝啊！"活佛慨然答道，"都吉，你的儿子本是一个具足慧根的佛门弟子。还记得多年前拉萨来的那个寻找转世灵童的格茸高僧吗？"

都吉想了想，才说："噢，活佛，阿拉西差一点就被他们认定为灵童呢。唉，我们没有那样的命。"

"不是有没有那个命，而是缘起已经生起，佛缘该不该到的大事啊。"

"活佛的意思是……阿拉西还能当一个活佛？"都吉的心被自己的话都吓得猛地蹦跳几下，他不得不用双手去捂着它，才没有让本已很脆弱的心掉在地上。

"不要紧张，"贡巴活佛平和地说，"别忘了我们藏族人经常说的那句话，众生皆可成佛。你们身上的佛性，就跟任何一位佛的佛性一样的好，只是我们有没有发现它罢了。"

"可是……可是现在阿拉西已经长大成一个俗人了，还……还杀了人……"

"唉，坏行为有一个好处，可以净化人的内心。从前曾具备无量佛性与慈悲的上师，也有过先行恶业，再幡然醒悟，复行善业的成佛历程。一个十恶不赦的罪人，即便到生命的最后一刻，只要看到了自己的罪孽，心中生起了悲悯，同样可以证得佛的圆满。"

"活佛，你是要阿拉西出家当喇嘛？"

"当年那个格茸喇嘛真是一个有远见的上师。"活佛没有直接回答都吉的话，"他在临走时说，阿拉西长大后，要去拉萨见他。看来是该续上这段佛缘的时候了。都吉，让阿拉西去吧，唯有如此，才可以救他，救你的家族。我已经看到这些日子来你在那边的忙碌了。作为当父亲的，你能救你儿子一时、一日，却救不了他一生。你们家和朗萨家族的仇恨并不仅仅是今世的贪婪所致，还跟前世的孽缘有关。这段孽缘是怎么生起的我还没有看透，但现在是该斩断它的时候啦。阿拉西杀了白玛坚赞头人，接下来将是头人的儿子达波多杰杀阿拉西，然后又是都吉家的后人杀达波多杰，达波多杰的后代又开始新一轮的复仇……仇恨的种子必然结出邪恶的果子，邪恶的果子又再落地变成仇恨的种子。这不是我们喜欢的因缘大法。既然一颗佛种受到了污染，我们就把它放到一个圣地、一个清净之地去洗净它吧。"

"可是他怎么去得了拉萨？朗萨家族的人早就把所有的驿道都封死了。"

"谁能阻止一个磕长头去拉萨朝圣的僧侣呢？"贡巴活佛目光看着远方，缓缓地说，仿佛已经看到了一个年轻的喇嘛从澜沧江峡谷起程，一步一磕头地向拉萨迈进。"那才是一个人成佛的道路。"贡巴活佛最后说。

田野调查笔记（之三）

在青蓝色的草场慢慢由绿转红的时候，我再次打马转悠到这像天堂一般宁静、祥和的高原牧场。草场上那些被称为"狼毒"的植物，在秋风乍起的季节里，神奇般地变得浑身通红，一株"狼毒"也不过人的膝盖那么高，但是千万株红色的"狼毒"在宽广的草场上铺展开去，那壮观的景象不能不使人想起过去年代天安门广场上的红海洋。只不过这里除了萧瑟的秋风和牛羊们偶尔的吟唱，安静得能让你听见草丛中虫子们的细语。这片土地已经被正式命名为香格里拉，因为这个名称是经过政府批准并写进地图了的。它源于过去这里的藏族人有关香巴拉王国的美丽传说。现在，传说变成了现实。

我不是来看"狼毒"的。这种东西外表华丽，实际上深为牧民们讨厌，牛羊并不吃它，生态学家忧虑地说这其实是草场老化、趋于沙漠化的前兆。它带给人们的恐惧与担忧，就像一个临死的人回光返照时脸上的粲然一笑。

红色的海洋深处，散落着牧人的藏式民居。他们在河谷里收获庄稼，在草场上放牧牛羊，过着半农半牧、半人半仙一样的日子。一年以前，我曾经在当地康巴朋友的带领下，走进一户人家，大醉了一场。本来说是去听主人讲过去年代的故事，他是当地的末代土司，曾经是这一带的风云人物。可是当我们坐到他家火塘边的时候，实在招架不住主人的青稞酒的醇香和那像酒一样深厚的盛情。采访还没有开始，我就醉得歪倒在火塘边了。第二天早晨起来，主人已经去城里开会去了。他现在是政府的政协副主席呢。

我这次坚决不喝酒，尽管老土司踌躇好久才仿佛认出我来，天知道他是否把我当成另外的一个汉人，但这并没有多大关系，对朋友的热忱和康巴人天性豪爽的性格，让主人还是把我邀请到了火塘边。

于是，我再次坐在了历史的边缘。

老土司已经八十多岁了，可是依然身板硬朗，嗓音洪亮。他提来一个五公升的塑料桶放在火塘边，那里面是满满一桶青稞酒，如果他高兴的话，一个人可以在一晚喝干它。上一次我记得我们大约喝了一桶半，因此这回我坚持说，我们汉族人的胃，不能和你们康巴人相比，酒精一泡久了，就到处是漏洞。我不明白为什么牛羊吃下去的是草，挤出来的是奶；而我们汉人喝下去的是酒，漏出来的却是血？

老土司哈哈大笑，拍着自己的胃说，那是因为你得罪了酒神。我们康巴人喝下去的是酒，淌出来的就是歌，是勇气。酒是什么呢？酒是在你的血脉里奔跑的一匹烈马啊。你把它驯服了，就可以骑着它走遍天涯，找到天下最漂亮的女人；你驾驭不了它，它就把你掀翻在地，自己跑了。

这个比喻不能不令我击节赞叹。仔细一想，像我们这些不善骑射的汉族人，一生中不知有多少次被酒这匹烈马掀翻在地。我想起自己曾经有过的酒后驾车的经历，那真是骑上了一匹烈马的感觉。并不是车在飞奔，而是血液中的酒这匹烈马在飞奔。尽管这是多么的危险，可在烈马驰骋的四蹄之下，死亡要么迎面撞来，要么被抛得远远的。你就跟命赌一把吧，就像从前那些从不畏惧死亡的康巴人。

老土司在我的面前摆了一个藏式木碗，也不问我是否真要喝，哗啦啦的白酒便斟满了一碗，然后他又给自己斟满一碗，用苍老而豪迈的口气说：

好汉生时有雄心，死后身上一堆土，这是格萨尔王说的；男儿生前不喝酒，来世变成渴死鬼。这是我说的。酒除了是烈马外还是什么？老土司用不容置疑的口气说，你说对了就可以不喝，说错了就喝下它。要是在过去，在我面前说错话，就不是喝酒的事儿，而是砍脑袋啊！

我相信过去他绝对是个轻易就能把人的脑袋砍下来的土司。我努力想酒在一个土司心目中还代表着什么，爱？女人？力量？梦想？

老土司瞪着一双已经微红的眼睛，说，你都错了，是水呀。哈哈哈哈……老土司就像跟我玩脑筋急转弯游戏的赢家，高兴得手舞足蹈的。过去我家阿爸，喝的酒比喝的酥油茶还要多……

我只有庆幸我生在今天而不是过去，因此我老老实实地把第一碗酒喝了。妈的，姜还真的是老的辣。我打断他的关于酒的话头，直截了当地说，阿老，请讲讲你父亲的事情吧。

老土司眯起了眼睛，仿佛要让目光穿越时光的迷雾，看清他那个喝酒比喝茶还要多的父亲的身影。然后他喝了一口酒，缓缓地说：

我的父亲命苦啊，从一生下来就带着前世的一段冤孽，命中注定要在今世来打冤家。

哦？我从当地的史料上曾经得知，这个地区从前盛行打冤家。许多年来，土司头人间争来杀去，史料上说都是和争权夺利、扩张地盘有关，从来没有说和前世的冤孽有关。我想，任何编撰地方志的人，都不会把记述历史和民间传说混为一谈。但是作为一个藏传佛教徒来说，前世、今生、来世是一体的，人今世的命运总与前世和来生相关联。

那么，阿老，谁是你阿爸前世的仇人呢？我问。

一只猴子。老土司说。

我怕自己没有听明白，把身子往老土司前面倾斜过去。

一只有着金黄色皮毛的母猴子，他又说。现在你们叫滇金丝猴，国家一级保护动物呢，谁打了它们是要判刑的。我在梦里还看见过它，这家伙是山林里的猴子王的妻子。它被我阿爸的前世杀了后，投生到我们家的仇人家，再杀了我的阿爸。

我心中暗暗叫苦，这酒还没有喝多少，老人家怎么就开始给我云里雾里了，今天的采访又泡汤啦。

但是老土司的话随着酒一碗一碗地喝下去，逐渐变得流畅生动起来。我阿爸的前世不是土司啊，他是一个四乡八邻都有名的猎人。凡是被他的眼睛看到，被他的耳朵听到的猎物，就没有跑得了的。树林里树叶一晃动，他就知道是个什么家伙躲在里面，从老熊到野兔，都成了我阿爸前世的冤死鬼。有一次，他看见山谷对面悬崖上一只公猴带着一只母猴在摘树上的果子吃，它们的身边还有一只小猴子。过去那猴子的皮毛人们喜欢用来做帽子的装饰，一张猴子皮可以换一斗青棵呢。我阿爸的前世想今天真是磕头磕到佛菩萨的跟前了。他一箭把那个头最大的公猴射倒了，可是母猴抱着它的孩子不跑，还呜呜地哭。我阿爸的前世跑过去，抽出身上的刀想杀那母猴怀里的小猴子。母猴子用它的前爪一把抓住了刺下来的刀刃，血顺着它的爪子往下淌啊，可是那母猴就是不松手。我阿爸的前世，那时是一个没有慈悲心肠的猎人。他一用力，就一刀刺穿了小猴子，再刺进母猴的心脏。就在刀刃从两个猴子身上抽出来的时候，倒霉的猎人看见了母猴愤怒的眼睛，比大黑天神的目光还要可怕。这个家伙在心中向佛菩萨许了个愿，来世要投生到这个猎手的仇人家。这下我的家族就结下冤孽啦。

请等一等。我说，我一时不知该如何评判这个故事。阿老，喇嘛上师们说过，我们都不会知道自己前世的事。那么，是谁告诉你这个故事的呢？

年轻人，我现在八十多岁了。你要知道，在过去，当土司是个折寿的差事，我的祖辈没有活过五十岁的，而我当了四十来年的土司，参加过叛乱，跟解放军打过仗，杀过人，坐过牢，"文革"时还挨过批斗，共产党宽大我，团结我，还让我当过政协副主席。在佛祖面前，我跟你说的都是真话。早些年我开会坐主席台，发言有秘书给我写文章，出门坐日本小车，走到哪里风光到哪里。可我现在不干了，退休了，城里的水泥楼房我不要，回到这雪山下的牧场上为了什么呢？就是图个安静，好在家修佛念经，洗清自己的罪孽，还可以经常到那边去看看……

哪边？我问。

阴间啊。他说。就像说从乡下到城里一样自如。

阿老，对不起，你是说，你也是"回阳人"吗？我惊讶地问。

什么"回阳人"不"回阳人"的，我不相信那一套。我一喝了酒，高兴了就去那边到处走走看看。年轻人，这是一个老人的自由啊。那些小鬼说，噢，你又来啦，我们这里还没有你的地方。他们也怕我啊。过去我当土司的时候，年轻气盛，回到家里，不管我高不高兴，一定要在来开门的奴隶头上揍上两拳。不揍他们我的手就痒，那些家伙的头就会痛。就像你们城里人进门要按门铃一样，我家奴隶的头就是我的门铃。有时我回家忘了揍了，我的管家就说，老爷，你还没有揍人呢。于是就有一个家伙把头伸过来，我就顺手揍他两拳。哈哈，到了阴间，我说，快去把我家的亲人找来，我要跟他们讲讲话。那些小鬼就会飞快地跑去传话，要不他们的头就要挨揍了。

我呵呵笑了，你揍他们……那些小鬼的头，什么感觉？

老土司说，跟打在棉花上一样么。我在那边力气大着哩，跟从前年轻时一样有劲。在这边就不行啦，上楼都要喘气。有一次一个小鬼捂着头说，啊啧啧，你还是回去闹吧，我们这儿没见过你这么闹的人。可是这边五八年叛乱的时候我已经闹过啦，吃大苦头啦，年轻时候都没有闹出个名堂，现在我还闹什么啊。不像我阿爸他们在的那时候，成天老是要跟人打仗。

跟谁打仗？谢天谢地，终于说到他的土司阿爸了。我问，是那头母猴投生的来世吗？

就是了，这就叫冤有头，债有主。佛祖要让我阿爸的前世明白什么叫因果报应，就应了那头猴子的愿，让它投生到一个有钱人家，他们家是做马帮生意的，家里有很多快枪。在我阿爸四十多岁的时候，他就带一伙人，把我阿爸打死了。

老土司说到"打死了"的时候，口气仍然像一个小孩失去了亲人

161

那么悲哀，我想当年那一幕在他年轻的心灵里一定留下了深刻的印象。

阿老，我不明白，佛教里也讲现世报的。为什么那头母猴投生为人后，不杀那个猎人……你阿爸的前世，而要杀你的阿爸呢？再说了，你阿爸的前世杀生无数，造了那么多的孽，他怎么还可以投生到一个土司家？我问。

佛祖啊，我自己都被这一世又一世的孽债快搞糊涂了。我们是连自己的今世该怎么过好都搞不清的汉人呢。

老土司说，佛法的力量无处不在啊。当一个人作恶的时候，有佛法；当他行善的时候，也有佛法。我阿爸的前世没有被母猴那双眼睛吓住，但他被自己一刀刺穿母子两只猴子吓倒了。他回到家里，发现很多被他杀死过的动物的冤魂都追过来找他索债，火塘边，门后，柴堆上，到处都是些血肉模糊的动物，没有头的，断了腿的，剥了皮的。佛祖啊，我阿爸的前世叫道。他知道自己杀生无数，要下地狱了。他去找喇嘛上师，那个喇嘛是个在山洞里修行的家伙，每次我阿爸的前世打猎路过他的山洞，都会砍下一部分肉来，算是给喇嘛上师的供养，也是请求喇嘛上师开脱自己杀生的罪孽。可是等他到了喇嘛上师修行的山洞前，他看见一大堆野兽的骨头。他问喇嘛上师，怎么会有这么多骨头。上师说，都是你杀生后给我的供养啊。我阿爸的前世这才明白自己一生中造了多大的孽。他实在受不了心里的痛苦啦，就自己跑到悬崖边，跳了下去。这时佛祖在西天看见了他的悲悯，就让一朵云彩升起来，托住了他，将这个总算知道慈悲的人接到了天国。

尽管我很喜欢这种人神不分的回忆与传说，我认为人要是活到这种境界，也是一种修来的福分呢。但是我还是忍不住要问，他……真的跳下去……又被一朵云彩接住了？

当然。老土司非常肯定地说，我阿爸在我很小的时候就告诉我啦，峡谷里每一个人都知道。那个喇嘛才有意思哩，当他看见我阿爸的前世被一朵彩云接上天以后，就想，这个罪孽深重的猎人都可以升向天国，我是个喇嘛上师，在山洞里修行了几十年，也没有找到升向天国的法门。现在我知道该怎么做啦。他也来到那道悬崖边，念了一通经文咒语，就跳了下去。哈哈哈哈……

老土司笑得眼泪都淌出来啦，像一个小孩得到了一次意外的奖赏那样开心，以至于他不断地用一双粗糙的大手去揩自己快乐的眼泪。我不知道他为什么会那么高兴。

佛祖保佑，他也被一块彩云接走了。我说。

你又说错话了，喝酒喝酒。他掉下去啦！哈哈哈哈，摔死啦。他身为出家人，天天吃着我阿爸前世的供奉，吃得比一个土司还胖，山洞外的兽骨堆成了山，也没有唤起他的悲悯心，他修佛不修口，还修什么佛啊？

我大笑起来，也笑得快出了眼泪。我们都开始喝得渐入佳境了。

我说，你阿爸的前世按佛教的说法是放下屠刀，立地成佛，也就是顿悟罪孽，即身成。这么说他已经超越六道轮回，直接到天国享福了，可是又怎么回到人间做土司了呢？

老土司撇撇嘴，叹了口气说，轮回哪有那么好超越的，还有因缘果报呢。那些高僧大德，都要修行五百世，才能往生西方佛土。我阿爸的前世只是一个俗人，佛祖先让他投生到土司家，享四十多年土司的福，再让他为前世的孽缘偿命。每个人一生中有多大的福分，佛菩萨早给你定好了。就像过去年代国家给你的供应粮，吃光了，享受完了，也就没有了。你有多大的命，就享多大的福。你们汉地的那些有钱人现在是越来越不惜福了。过去穷，大家都骑马、骑自行车，吃粗粮野菜；现在有钱了，买汽车，跑得倒是快了，一快就出事。每年都有汽车从澜沧江峡谷里的公路上飞下去，就像飞机掉下去一样，一个活的都不会有。人生一世啊，可以贪酒，还可以贪色，但是不能不惜福啊。

我没有想到这个老人家会给我上起人生课来了，不过"惜福"这个词，我还是第一次听到。我们从小接受的是珍惜生命的教育，但是生命里包含了许多的奥妙，却少有人告诉我们该怎么珍惜。

我问，阿老，你真的认为你阿爸被人杀死，是命中注定的事情？

我阿爸的命本来就带有一段孽缘，他活着的时候不知道，死后就知道了。他才明白有一支箭从他出生时候起，就一直在瞄准他。在他享完了自己的福报后，我家的仇家就在澜沧江边的驿道上，一箭射穿了我阿爸的喉咙。你看，佛法是多么公平啊，就像现在法院的法官一样。现在讲法律，过去讲佛法啊。一样一样的啦。

噢！我长长地叹了一口气，再无话可问。那天晚上，我又在老土司的火塘边喝醉了。

一年以后，我再次来到这片土地。听本地的朋友说，老土司在两个月前的一个阳光灿烂的下午无疾而终。那天他忽然说胸口有点痛，就自己走到明媚的阳光下，坐在院子里的一个草墩上晒太阳，那是他每天念完经之后的必修课。和他在一起晒太阳的还有两个老人，他们坐在离他不远的墙角处。在那个平凡的下午，三个依靠阳光感受生活的老人家，在有一搭没一搭的回忆与叨絮中打发平和的时光，没有看到死亡的阴影在光线的缓慢移动中悄然而至。没过多久，那两个老人家发现他们从前的主子——土司老爷，现在一起和孤独及衰老作抗争的老伙伴儿，歪倒在阳光下再没有起来。

他就像一头睡着了的狮子，看起来仍然那么威风凛凛。我的朋友说。我想起佛经故事里有关"睡狮的姿势"的说法，说那是佛祖释迦牟尼圆寂时的姿势。即右侧卧，右手支腭，左手安详自然地放在左大腿上。依大乘佛教众生经过修行皆可成佛的教理，谁能肯定那个曾经四处征战、杀生无数、贪欲无度的前土司，后来是否被佛无所不在的力量所征服，修炼成一个看破尘世、清心寡欲的佛教徒呢？那时请他去城里开政协常委会的通知刚刚发出，许多人还想听他讲过去时代的生动故事。遗憾的是，本地最后的一个末代土司就这样悄无声息地走进了历史。

12 解　脱

自从两岸开战以来，阿拉西就变得沉默寡言，心事重重。他的生活中已经没有爱，只有恨，这让达娃卓玛深感忧虑，他们逃到寺庙避难以后，他没有一天和达娃卓玛在一起，总是玉丹陪着她。那期间人们连睡觉都把刀枪放在自己的枕边，警惕地呵护着女人和孩子恬静的梦。而每天黄昏，阿拉西都浑身披挂，打马外出，说是去打猎，可却常常到深夜才回来。开初大家以为寺庙里一下拥进这么多人，阿拉西是担心寺庙吃的不够，要打些野物回来补贴大家的需求。到阿拉西神奇地射杀了仇人，人们才明白他等待这一天已经很久了。

这天晚上，玉丹早早地提了火绳枪，和几个年轻人到寺庙外放哨去了。达娃卓玛明白他这是要把她今夜的床留给自己的哥哥。可是到夜很深了，阿拉西还坐在火塘边和都吉的心在讲话。都吉已经不能离开火塘一步，他成天躺在那里，除了那颗心还在说话，连眼睛都睁不开了。他通过阿拉西的口，不断告诫家里的人，骑马的时候远离悬崖；在阿拉西睡觉时要将青稞酒悄悄泼洒在他的四周，以驱散黑暗中的蝎子；当外出回来的阿拉西端起火塘边的酥油茶时，他告诉他，茶已经冷了，让达娃卓玛重新给他换一个碗，重打一壶茶。人们发现都吉总是不让他做这样，阻止他做那样。有时阿拉西仅仅是半夜里想去马厩给马添点草料，都吉也以没有月光为由不许他出去。

　　达娃卓玛摸到火塘边，用一双哀怨的眼睛询问阿拉西，你还不想睡吗?

　　可她没有想到的是，男人们已经把今后的生活都安排好了。他们选择了一条漫长而艰难的道路，并要她一路相伴。

　　阿拉西接过达娃卓玛递过来的一碗茶，用很寻常的口吻对她说："卓玛，我们要出趟远门。"

　　"去哪里啊，拉西哥?"

　　"拉萨。"

　　"去做生意吗?"

　　"不是，去朝圣。"

　　"朗萨家的人把驿道都封死了。"

　　"没有人能阻止一个磕长头的喇嘛。"

　　"拉西哥，我们跟在磕长头的喇嘛的后面?"

　　"是的，你们跟在我的后面。"

"你说什么？拉西哥！"

"卓玛，我要出家了。"

达娃卓玛一下打翻了手中的酥油茶筒，筒里剩余的茶倒进了火塘，发出"哧哧哧"撕心裂肺的哭喊。达娃卓玛虽然满脸的泪，却一声也没有哭出来。

"卓玛，这个长头必须由我来磕，才能救大家的命。"

"你……你你你也可以不出家磕长头啊……"

"再没别的出路了，磕长头才能洗清我的罪孽。贡巴活佛说我有一段佛缘在拉萨，我要去找到它。"

阿妈央金不知什么时候坐到了达娃卓玛的身边，她搂着她说："闺女，不要害怕，朝圣是一件多幸福的事情啊，我这一辈子就差到拉萨去朝圣了。好姑娘，我的两个儿子都一样优秀。神的意志让我的一个儿子奉献给佛、法、僧三宝，一个儿子奉献给了都吉家的火塘。火塘边有了女人，火塘就温暖了，打出的酥油茶就香了。这是我们女人的命啊，你会有好运的。"

"呜——"达娃卓玛发出一声尖锐刺耳的惨叫，仿佛她的心窝上被划了一刀。听上去根本就不像是人可以发出的声音。要是谁在屋子外面，还以为是一只母狼在叫呢。不过这不是为她自己哭，而是为她深爱着的阿拉西。可在对诸佛菩萨的敬畏和对自己爱情的取舍上，一个虔诚的藏人是没有选择余地的。达娃卓玛如此，阿拉西亦然。

"卓玛，阿爸说，玉丹会照顾你的，他也会在一路上保佑我们。"阿拉西说完这话时，心里忽然感到如波浪起伏的湖面终于平静了下来，从今以后，他将不再为弟弟得不到达娃卓玛全部的爱而担忧。

都吉的心也像一块扔进湖里的石头，总算沉到了湖底。他一直躺在火塘边的方榻上，在死亡的门槛边张望人间的生离死别。他对阿拉西说："阿拉西，我也可以放心地走啦。"

阿拉西忙问："阿爸，你要离开我们了吗？"

"我不是要离开你们，我只是想永远陪伴你们。我的灵魂会寄托在家里的骡子'勇纪武'身上。朝圣的路上怎么能没有一匹好骡子呢？"阿拉西顿时泪如雨下，阿妈央金问："你阿爸怎么啦？"

阿拉西说："阿爸不能陪我们去拉萨了。他……他要我们照顾好'勇纪武'。"

央金泪水涟涟地说："唉，我知道你阿爸的心思啦。昨天晚上他就托梦给我说，'勇纪武'认得去拉萨的路，让我们紧跟在'勇纪武'的尾巴后面，就不会迷路。"阿妈央金挪过身子去跪在都吉的身边，捧着他的头凑在他的耳边喃喃道："都吉啊，放心去那边吧，你也该歇着啦。一个赶马一生的人，还能去哪里托生呢？'勇纪武'在，你就在。"

第二天早晨，都吉结束了自己当"回阳人"的生命历程。根据贡巴活佛的指点，人们把都吉的肉身抬到澜沧江边，在西岸的战死者中，他是最后一个水葬的。家里那匹忠实的骡子"勇纪武"一直跟在送葬的队伍后面，它美丽的大眼睛里泪波翻滚，在快到江边的一道悬崖上，"勇纪武"再不往下走了，它定定地站在那里，看见人们把都吉的尸体捆扎好，一个专门肢解尸体的老人一刀挑开了都吉的肚子，把内脏一把把拉出来，放在一边，然后又将尸体翻过来，从他宽阔的背部下刀，将他身体的各个部位一块一块地卸了下来，再仔细地剁碎，抛撒进江里。澜沧江水此刻就像喇嘛们的经文，在分解消融着大地上的一切苦难时，也把都吉操劳了一辈子的肉身轰鸣着带向了远方。那时仁立在山崖上的"勇纪武"一声嘶鸣，扬蹄往寺庙方向跑了。

送走了都吉，磕长头朝圣的人们就要准备出发了。从藏东地区磕长头去拉萨，比马帮走一趟至少困难百倍。几年前云丹寺一个叫鲁茸的喇嘛发愿磕长头去拉萨朝圣，五名年轻力壮的喇嘛为他做后援，但是一年后他托梦回来说，他已经葬身老熊之口。后来东岸卡苏村因为得罪了山神，泥石流年年冲毁人们的庄稼和房屋。一个叫巴登的小伙子站出来说他要磕头去拉萨朝圣，请法力深厚的大喇嘛来镇压山上的魔鬼。全村的人们有人出人、有力出力，为巴登当后援成了村里人人争去的"乌拉"差役，他们每半年换一拨人，就像支持前方将士打仗一般。可是到第三年，前去轮换的村人发现朝圣者和他的后援都死在一个不知名的村庄里了。他们只带回来了朝圣者们的遗物，还带回来了沿途无数恐怖的传闻。多年来，峡谷里再没有人敢轻易发愿磕长头去拉萨，谁知道这一路风霜雪雨的长头磕下去，会有多少人间和非人间的磨难呢？

贡巴活佛说："从我们康区到拉萨朝圣，要经历五种灾难——野兽的灾难，土匪的灾难，魔鬼的灾难，瘟疫的灾难，饥饿的灾难。但是大地是悲悯的，当你伏身亲近大地，你会感到它给予你的慈悲。在你翻越这一路上的雪山险隘之后，你将会发现，你的心和大地一样宽广。"

阿拉西那时还不能透彻地理解贡巴活佛的话，它必须是在生命经受了常人难以忍耐的磨难，身体和大地日复一日地砥砺，心灵饱尝了人间所有的悲欢离合以后，才可以体悟出一个活佛眼中的大地和慈悲。

在一个风和日丽的上午，贡巴活佛在云丹寺的大殿里为阿拉西剃度受比丘戒，并为他取法名洛桑丹增。这注定是一个要留名后世的名字，并不仅仅因为这个名字吉祥，而是由于它代表了一个人的新生。从前的阿拉西已经不存在了，就像一个已经消失了的朋友，现在我们面对的是一个准备在漫长的朝圣之路上，一长头一等身去丈量的喇嘛，一个将博大的慈悲和佛性慢慢去体味的修行者。贡巴活佛其实并没有费多大的口舌为这个年轻人讲经说法，开启他的佛性，他只是要洛桑丹增喇嘛在自己生命中最美好的年华里，去观想自己的死亡。活佛说：

"一个再罪孽深重的人，当他面对死亡的时候，佛菩萨的悲悯就会让他知道，生命原来是多么无常，多么虚空啊。过去的怨憎、享乐、富贵、荣耀，也是多么的虚幻啊。而死亡，它却是实实在在的。就像你急急忙忙地走在山道上，山顶上的一块巨石忽然滚下来了，重重地砸在你的身上，让你感到它的沉重、真实、恐怖、不可躲避。你被大石块砸下悬崖了，你所有的想念、对这个世界的我执和我爱，都不在了，可那死亡的石块还在。有朝一日，它还会继续往下滚，砸向另一个要面对死亡的人。今天你杀了自己的仇人，实际上地狱之门已经为你洞开。杀戮并不能拯救一个人的灵魂，只能让它更加堕落。"

洛桑丹增喇嘛诚惶诚恐地说："活佛的话，我要是早一些时日听到，哪里会有今天的苦难。"

贡巴活佛微微笑了："这怎么会是苦难呢？这是一份修来的福分，它让你找到了修行的法门。许多愚痴的人，要让他们观想自己的死亡，比登天还难。"

"活佛，我虽然出家了，可并不知道一个喇嘛该学些什么。我多想终日跟随在你的身边，向你学法啊。"

"以你的慧根，我无法教你。我只是峡谷里一个无知无识、悲心微薄的无名活佛。孩子，一个有佛缘的出家人，应该远离自己的家乡。出家出家，离家越远，修行越深；只要走出家门，便成就了一半的佛法。你的佛缘在遥远的拉萨。当你把你的心俯身向大地，大地便会教给你如何发现自己的悲心和佛性。"

"可是我在拉萨该找哪位上师做我的领路人呢？"

"在拉萨有位叫格茸的喇嘛上师，是显宗、密宗大法兼修的大成就者，我的学识仅是格茸上师的十万分之一。你去找他吧，格茸大师一直在等你啊。"

贡巴活佛在给拉萨的格茸上师的信中说：

> 藏东法子，具足慧根；生于凡世，心染尘垢；慈悲上师，殊胜教法；拂尘扫垢，培栽佛果。请供衣食，再教佛法，开示心智，成就悲心。

那封推荐信写在一张薄羊皮上，贡巴活佛要洛桑丹增喇嘛仔细收好。他又说："在拉萨还有一位老朋友你应该去拜访，这就是多年前从我们峡谷出走的仁钦上师。多年来峡谷里的人们被怨憎之心所迷惑，总认为这里的冰雹洪水等灾难是仁钦喇嘛在那边作法施咒术所致。因为他在离开峡谷时，曾经发过恶咒，要学得密法惩罚那些加害于他的人。我观察过了，在他刚离开峡谷的那几年，有几场灾难与他的咒术有关，而后来峡谷里的天灾人祸，就是这里的人们造下的恶业所致了。实际上一个有大悲心的上师，是不会永远行恶业的。从拉萨朝圣回来的人说，仁钦现在是一个性格暴戾、行事乖张的喇嘛，凡人难以接近。大师就是大师，他们古怪的行为也是一种修行，因为他们已经超越时间的束缚，更超越了世俗的生活。他们是活在另外一个世界的人，是受神灵的差遣前来教化众生的上师。"

洛桑丹增喇嘛当时说："但愿那个叫仁钦的上师也能教我一些咒

术，惩罚朗萨家族的恶人。那天打仗的时候，人们都说是他拯救了西岸的众生。"

贡巴活佛说："学法害人，行的就是恶业，并不为一个真正的学法者所取。我要你学法具悲心，行善业。每个人的面前其实只有两条路可选择：智慧之路和愚痴之路，前一条路须向上攀缘，后一条路则向下堕落。你明白了吗？"

有人的命运可以被有慧眼的人看清，更何况洛桑丹增喇嘛面对的是开了法眼的贡巴活佛。洛桑丹增喇嘛生命中的佛缘，真像从母亲身上带下来的胎记一样，永远也改变不了的。一双阅尽人间沧桑的佛眼，看人生沉浮，就如观手掌纹路一般清晰无误。一粒有慧根的种子，一旦落到佛的土地上，不管它要经历多少风雨，终究是要修成正果的。

那真是一个峡谷里一百年后都会有人提起的神迹。很多年以后人们还在传说，在那个太阳刚刚爬到峡谷东边山顶的早晨，澜沧江西岸的卡瓦格博雪山红光万丈，仿佛在炽烈地燃烧，天空中飘着淡雅的旃檀、沉香等天国才会有的胜妙香味，风声中有仙乐从雪山上传来，草地上的花儿竟然顶破覆盖在它们上面的积雪一夜之间全部开放。但是这些神奇的景象都不能算作那个年代的奇迹，连贡巴活佛在阳光下当着众人的面，把自己身上的袈裟一把扔进澜沧江里，江中波涛汹涌，而袈裟却铺在江心一动不动，仿佛一条抛了锚的船，贡巴活佛也不认为这是个奇迹。他只是想以此告诉众人：

"雪山在燃烧，天空中飘来吉祥的香味，风中有美妙的仙乐，草甸上的花儿在冬天开放，一件单薄的袈裟不会被江水冲走，这些都不算什么神迹。真正的神迹是让一个人看到自己所行的恶业，并找到解脱烦恼的法门。"

果
卷

第四章

13　等身长头

　　秋色把峡谷里的山冈层林尽染的时候，朝圣的队伍要出发了。那是一个令所有的人回想起来都无比美丽的秋天。洪水消退了，山坡上的泥石流不淌了，控制冰雹的魔鬼也远遁了，草场上的花儿谢了，但是雪山下的森林却被第一场早霜染得一片金黄。一些不知名的野山果，红色的黄色的青色的，像天地间一颗颗寂寞而坚忍的心，年年都成熟在无人知晓的山崖，从扬花到结果，再到落地腐烂为泥，把自己一岁一枯荣的短暂生命无私地奉献给了大地。

　　"这片神灵控制的土地，是多么的丰沛宽广啊！"

　　贡巴活佛眼望寺庙对面山冈上满眼的金黄，对要出征的朝圣者说。他们是洛桑丹增喇嘛和他的后援，后援队伍有洛桑丹增的母亲央金，弟弟玉丹，还有两兄弟曾经共有的妻子达娃卓玛——现在她只有玉丹一个丈夫了。佛祖才知道她心中究竟有多大的苦痛，其实自从心上人决定出家以来，很多个夜晚，她都在为自己的命运悲哀，为洛桑丹增喇嘛的悲心而感动。世界上最博大恒久的爱，不一定非要由婚姻才可以体现，它总是通过另一种方式表现出来。对一个心志高远的人来说，爱情并不代表激情，而是悲情。在朝圣的队伍中，她并不是为洗清自己身上的罪孽，而只是为了自己一生的爱。尽管她已经行动不便，肚子骄傲地挺出老高老高了。但是生孩子对一个藏族女人来说，并不因为是要上山打柴，还是要出门远行而有丝毫的耽搁。该来的，自自然然地就会来。

还有家里那头忠心的骡子"勇纪武"，它的背上驮满了人们的布施和一家人路上的行装。在朝圣者一家眼里，它是无言的父亲，是阿妈央金每天晚上说话的伴儿，是洛桑丹增喇嘛勇气与力量的源泉，是玉丹和达娃卓玛夫妇的保护神。

在云丹寺的大殿前，这支看上去力量单薄的朝圣队伍令人揪心。一般来说，为一个磕长头到拉萨的朝圣者提供后援支撑，至少要六个左右的精壮小伙子。他们要负责整个朝圣队伍的后勤保障。这漫长的旅途中，住并不是主要的困难，随便找棵大树，人们都可以对付，而吃喝所需的青稞、糌粑、茶叶、酥油、肉干等，却要一路化缘筹措，谁也不可能把路上所有的花销都带上。更不用说一路上需要克服的来自自然和人为方面的挑战。

连贡巴活佛看到这老少组成的后援也不禁心生悲悯，只能转求佛法的力量能加持护佑这支孤单的朝圣队伍。他送给洛桑丹增喇嘛一条牛皮长裙和一副手板，说他已经为牛皮裙和手板念经加持过法力了。那牛皮裙沉甸甸的，是用牦牛背脊上最厚实的部分削制成的，柔软、坚韧，既像一件抵御百病侵袭和一路风霜的铠甲，又似一条普度慈航的小船。它长过喇嘛的膝盖，可以在洛桑丹增每一次和大地砥砺时很好地保护他的躯体。每个磕长头的朝圣者都有自己特殊的装备，手上的两块木板是作为手掌的保护，手肘和膝盖处都绑有厚厚的棉花，外层包有上好的牛皮。几千里的山路，数百万个长头，哪怕是铁打的身躯，也会磨平销蚀在这漫长的旅途上。过去都吉家的马帮，去一趟拉萨回来，马掌也得换好几副呢，更何况是人的血肉之躯。

洛桑丹增喇嘛看上去面色沉静，神态坚毅，一头飘逸蓬松的长发已成为亲人们的回忆，达娃卓玛的惋惜。剃度了的脑门上泛着一层青光，像一个洁净的处子，又像传说中为了普度众生而投生为人的月光童子。

"去吧，走出了这一步，就不要回头，也不要畏惧。要记住，你磕出的每一个头，都是成佛的修证。"

贡巴活佛说完转身就进大殿了，没有给洛桑丹增喇嘛更多的鼓励和祝福。只有大殿里供奉的诸佛菩萨才看见了贡巴活佛眼眶里的热泪，只有他的心才感受到了大地已经承载不住这群朝圣者的虔诚与悲壮。但贡巴活佛的悲心却有如释重负之感，没有比引导一个人走上善道更令人愉悦的了。

洛桑丹增喇嘛冲贡巴活佛的背影磕了三个长头，算是对活佛的感激和告别。然后他对身边的阿妈和弟弟说：

"我们开始吧。"

一些簇拥在他周围的喇嘛们唱起了祝福平安吉祥的经文，一条条雪白的哈达纷纷献给远行的朝圣者，有的人来不及挤到前面，只得把哈达抛过来，吉祥的哈达飘飘扬扬，像一团卷起的雪花，将朝圣者淹没了。寺庙里的大法号也抬出来了，浑厚低沉的号声传出去很远，让人一点也不感到悲壮，反而豪气倍增。

洛桑丹增喇嘛把双手高高举过头顶，再放到胸前，然后俯身向大地。

"刷——"

他面向圣地拉萨，磕出了这庄重的第一个长头。在以后的苦修岁月里，他会回想起这由此改变了他人生命运的第一个长头，并不是因为它显得十分金贵，而是由于它在佛的眼光里是多么的轻飘啊，就像一个第一次跟随大人进寺庙的孩子，懵懵懂懂地在佛菩萨面前敬上的第一支香那样轻飘，他虽然并不知道这支香的真实意义，但是它种植在心灵深处，就像这象征着灵魂皈依的第一个长头。

当他再次俯身向大地，他听到大地心脏有力的心跳。"咚——"那并不是他的膝盖跪在地上的声响，也不是他的双掌和双肘着地时的响动，更不是他的脑门磕在大地上发出的沉闷声音。它的确是来自大地深处的脉动，人们将大地踩在脚下，谁也听不到大地心脏有力的搏动，只有当一个人把他的心贴近大地时——不是一次两次，而是反反复复、无以计数次，这样他就有缘听到大地深处常人根本听不到的那美妙而沉稳的声音了。

而动物们却有非常敏锐的感觉，远处的一匹战马听到了这声响传来的震动，它惊得前腿直立了起来，差点将马背上的主人掀翻。待主人压下马头，他才看见峡谷上方寺庙前的山梁上经幡飞舞，人影蠕动，听到隐约传来的法号声，鼓钹声，像是一场隆重的喜事正在上演。

"那边在干什么？"主人马鞭一指问。

"少爷，他们真的要出发了。"管家益西次仁说。

"出发，去哪里？"主人问。

"磕长头去拉萨朝圣啊，开初我还以为他们是说着哄活佛的呢。看来那小子铁了心了。"

"去拉萨？这样他们就可以逃脱惩罚了吗？甭想！"达波多杰少爷一夹马肚，对自己的管家高喊道，"去，路卡上再增派五个人。别说是想去朝圣的一个人，就是一只去拉萨的鸟儿，都不让通过！"

"少爷，等一等！"老管家打马追上来，拦住了达波多杰的马头，

"我们会得罪佛菩萨的，少爷。"

"混账东西！杀死了我父亲的人，就不怕得罪佛菩萨吗？"达波多杰顺手就抽了老管家一马鞭。那一鞭子打在他的大腿上，火辣辣的疼。最近一段时间来，不但老管家经常挨马鞭，那些跟随他的仆人，动辄就得挨打受踢。少爷一进西岸新立起的宅院门，稍不如意，顺手就会给开门的仆人脸上一拳，似乎不揍上哪个倒霉的家伙一拳，这个火气旺盛的少爷吃饭就不香。

"少爷，你就是把我抽下悬崖，我也得跟你说，朗萨家背不起阻拦朝圣者的恶名！"老管家忽然变得倔强起来。佛祖在上，他说的话菩萨听了，也会生起欢喜心。

"狗娘养的，难道他们敢从我的马蹄下爬过去？"

"少爷，说这样的话是要得罪神灵的。人家现在是去拉萨求佛、法、僧三宝的喇嘛了，再贫寒的人，只要还有一口糌粑，都要布施给他呢。""你是不是说，罪人倒成了圣者了？"达波多杰厉声喝道。

"少爷，按我们峡谷里的话说，不管他过去干了什么，你只要看他此刻在佛菩萨面前的言行。如果他修得了即身成佛的大法，他就是佛。"

"这个家伙都能修成佛的话，我还能成西藏的大宝法王哩！他们什么时候到路卡？"

"至少也得三天以后吧。磕长头不是走路，少爷。"

"少啰唆！我们回去。"

那三天对洛桑丹增喇嘛来说，痛彻地感受到了一个磕长头的朝圣者之不易。第一天的头磕下来，他们大约只走了十华里地，那只是平常一队马帮一天行程的六分之一，但是洛桑丹增喇嘛却磕了将近三千个长头！三千次的起身、伏地，三千次虔诚的洗礼。到了傍晚的时候，洛桑丹增喇嘛连酥油茶碗都端不起了。

他们第一晚露宿的地点离村庄并不远，牦牛帐篷就扎在马帮驿道边。一些住在附近的藏族人，纷纷赶来为这支小小的朝圣队伍布施。他们背来不多的糌粑面、酥油，甚至背来一捆柴火，一小口袋马饲料，都代表他们对朝圣者的一丝敬意。

火塘里的火生起来了，酥油茶的甜香弥漫在疲惫的洛桑丹增活佛的脑海里。他多想喝一口啊，可是他的头晕沉沉的，似乎连张嘴的力气都没有了。是阿妈的声音不断在耳边说，喝一口吧，喝一口。喝了茶就会好的。

"尊敬的喇嘛，快起来喝茶吧。"

是谁的声音在呼唤啊？噢，是达娃卓玛。在她的面前，在众人的面前，我是一名喇嘛了。洛桑丹增睁开了眼睛，他发现眼前金星乱冒，达娃卓玛的头上仿佛有一圈光环，她虽然只是一个朦胧模糊的影子，可是她眼睛里温柔的目光让喇嘛的脑海里一片赤黄。

第一口酥油茶咽下去了，身上的力量在慢慢地回升，暖意从心底里迅速升起。这时一阵阵的声浪像江水拍击岸边的悬崖，一波又一波地传来。

"是什么声音？"洛桑丹增喇嘛问。

"是那些来布施的人家，在外面为你念经哩。"母亲央金说。

"为我念经？"洛桑丹增喇嘛挣扎着起来，在母亲的搀扶下来到帐篷外。外面黑压压的一群人，以老人居多，他们当中甚至还有半年前来攻打西岸的康巴骑手呢。无数个转经筒在他们的手里摇动，无数段吉祥祝福的经文从他们的口中诵出。山风从他们的头上响亮地刮过，尘埃时而将他们淹没，可是他们就像一群石雕，端坐在大地上一动不动。当他们看见洛桑丹增喇嘛出现在帐篷门口时，就像看见了心中敬仰的活佛，纷纷冲他磕起头来。

"哦呀呀，快请起来。我这罪人如何担待得起！"洛桑丹增喇嘛想上去把众人扶起来，可是他却迈不开自己的脚步，双腿一软，给峡谷里的父老乡亲跪下了。

他这才发现，一个人该如何做才能受到人们的尊崇，这是他的生命中从未有过的体验；他也第一次体验到什么叫作康巴人的荣耀。跃马横枪，斩杀仇敌，家产万贯，情歌高亢，舞步行云，出身贵胄，满身珠宝，这些令人心仪眼热的东西，都不是一个康巴人的真正荣耀啊。一个卑微的罪人，只要他在佛菩萨面前表现出来非凡的虔诚，他也同样能获得人们的尊重。

"光荣属于神圣的佛、法、僧三宝。各位阿老，都请起来吧！"

没有一个人起来，人们口中的经文念得更起劲了。洛桑丹增喇嘛眼眶一热，眼泪再次流了下来。唉，他自己都很奇怪，这段时日里怎么老是容易被感动。他的那双刚毅明亮的眼睛，现在开始学会慈悲和怜悯，眼窝里的泪水也越来越多，越来越热。上午他在磕头的时候，回头瞥了一眼阿妈头上被吹乱的白发，他的眼泪差一点又流出来了。

也许就是这强大的悲悯从一开初就伴随着峡谷里的佛子，无论是在精神上还是行动上，故乡虔诚的人们的支持就像卡瓦格博雪山一样，永远雄踞在洛桑丹增喇嘛的心头，让他坚韧不拔地把一个又一个的长头磕下去。到了第三天，朝圣的队伍来到了朗萨家族控制的路卡前，一些担心他们过不了路卡的人，还远远地跟在后面。那时达波多杰已经立马路旁，路卡上已经增派了持枪的家丁，驿道上弥漫着肃杀的气氛，路两边树上的鸟儿都飞得远远的躲起来了，山风都带着一丝丝的紧张和颤抖。

洛桑丹增喇嘛仿佛没有看见路卡上的人马一般，还在专注地磕着长头，三步一等身、一等身一磕头，慢慢地向路卡逼近。达波多杰让他的人马端平了火绳枪，做好射击的准备。有几个家伙的手不断在发抖，因为他们心里在想，要是对着磕长头的人开枪，自己肯定要下地狱，不是以后，而是现在。阎王的冷笑他们仿佛都听见了。

达波多杰感觉到了自己身后的异样，他恼怒地对那些家伙喊："你们手里的枪烫手吗？抖什么抖！枪子儿还没有飞起来哩。"

他看见了磕头者后面的三个后援，一个老人，两个年轻人，还有一匹骡马；他还看见了离这支小小的朝圣队伍更远处的一群人，他们手里摇着转经筒，慢慢地跟在朝圣队伍的后面。这帮家伙来干什么啊？

仇人越来越近了，达波多杰几乎认不出他来啦。倒不是因为他身穿了一件袈裟和胸前挂着件笨重古怪的牛皮裙，而是他身上散发出来的那种坚毅沉着的气韵，还有脸上弥漫着的悲苦，让他不相信这就是杀死他父亲的那个家伙。他的额头已经磕破了，刚渗出的血一次又一次地印在大地上，磕一头印一次血印，再磕一个再印一次，仿佛那是盖给大地的血戳。崎岖的驿道上从来都是被马蹄和人的脚步践踏，几百年来很多地方都被马蹄在青石板上踩出一个个的蹄窝，那些善走山路的骡马，每次都落脚在同一个蹄窝上，年深日久便踩出拳头大的深坑，那是这条汉藏古老驿道的见证，是马儿对大地的叩拜。可是一个磕在驿道的额头，被打磨的肯定不是地上的石头，而是他的皮肉。你再装得怎么虔诚，难道你能在这驿道上磕出一个个坑来？达波多杰想。

"阿拉西，站着别动！看看我是谁！"在那个朝圣者离他只有不到一箭地的时候，达波多杰骑在马上高喊。

洛桑丹增喇嘛仿佛没有听见，也仿佛对面的家伙是在喊一个与他没有关系的人，他继续磕自己的头，将身子向大地铺展开去。

"阿拉西，别以为你当了喇嘛，就让我忘掉过去我们两家的仇。"

他的声音在驿道上空洞地回响，就像一个虚弱的人面对一个强者虚张声势的叫喊。伴随这喊声余音的，是洛桑丹增喇嘛一次又一次俯身向大地的单调而有节奏的"刷、刷"声。

"阿拉西，你知道峡谷里仇人相见的结果，总有一方的马蹄，要从另一方的脖子上跨过去。今天，你能从我的马镫下磕头过去吗？"

"刷——"洛桑丹增仍然没有回答，只是以又一个长头作响应。他已经能看见达波多杰脚下锃亮的马镫了。那时他只是想，如果这马镫是一道孽障，那就冲它磕过去吧。

"阿拉西……"达波多杰发现自己的底气越来越不足，倒不是因为他身边的人在纷纷往后退缩，也不是由于跟在那个喇嘛身后的人越来越多、越来越近，而是他看见对手根本就没有将他放在眼里。他专注地做着一桩神圣的事情，不要说一个人的打扰，就是神灵也不会惊动他的专注呢。他忽然醒悟过来，这个喇嘛真的会从他的马蹄下磕头过去。到那时，赢得荣誉的肯定不是骑在马上的那个人。

"狗娘养的，你们这些只会白长胡子的大姑娘！"他忽然勒转马头，将一肚子的怒火发泄到那些不知不觉就站到了朝圣者一边的家丁身上，"你们要是也敬奉神灵，也随人家去拉萨呀！阿拉西你听着，总有一天我的马蹄要高过你的脖子！"

他像一个小丑一般在驿道上勒着马儿团团转，把手里的皮鞭抡圆了四处乱抽，那些守路卡的家伙总算还没笨到让人耻笑的地步，趁机装着被打得受不了的模样，连滚带爬地拖枪便逃，纷纷作鸟兽散了。

达波多杰胯下的马儿也不知道主人怎么了，它聪明地找了条岔路，长鸣一声跑下驿道了，总算还给它的主子留了点面子。

14　刀口舐蜜

达波多杰火气冲天地打马跑回家，那个前来开门的家伙动作又迟了。实际上他在听到少爷急促的马蹄声时就飞快地打开了大门，然后一溜小跑地跟在少爷的马屁股后面，马刚一停步，他就弯腰在马镫边候着了。可是少爷踩着他的背下来后还是赏了他一拳。当然不是嫌他的背硌脚，而是他活该。

俗话说，人要倒一次霉，就得受一次闲话；交一次好运，就会亲近一次神灵。达波多杰这一阵感到自己倒霉到天了。朗萨家族虽然是峡谷里的胜利者，可是现在他却被对方打败了。他不但没有光荣地复仇，而且还被俯趴在大地上的对手以神灵的名义轻松战胜。对手离他还远远的，就将他的气概和傲慢冲垮了，还给峡谷里的百姓留下天大的笑柄。现在他受到的羞辱比爬过人家的马胯厉害十倍。

达波多杰聪明的哥哥就不会像自己的弟弟那样行事莽撞，他让达波多杰到自己家里来，对他说："就是连强盗也不会抢一个朝圣者呢。"

"那我们就眼睁睁地看着自己的仇人溜掉？"达波多杰气哼哼地说。

"朝圣的路还长着哩，谁知道他们走不走得到。"扎西平措阴阳怪气地说，"老弟，别管人家的磕头了，你还是先忙自己的事儿吧。这不仅事关家族的荣誉，还关系到你我头上的金佛盒啊。"

扎西平措撂下这句话走了，达波多杰当然明白哥哥话里的分量。这野贡土司家的千金，就是一只猴子，你也得将她娶回家来，不然大家都要去当叫花子讨饭。野贡土司的送亲队伍再等一个月就要到了。为什么不是带着美酒、茶叶、酥油来送亲而是一支耀武扬威的马队呢？那用意不是很明显么？亲家不成，那就意味着打仗。这马刀和枪口下的亲事，能不让达波多杰窝火吗？世界上还没有他这么倒霉的新郎官。

可是，人生的悲剧在于犯错的人始终认为自己是聪明人，过分的自负使他即便睁大了眼睛也看不到错误的影子。就像峡谷里的俗语说的那样，猴子之所以长不成大象，就是因为它太聪明了。达波多杰尝到了他嫂子的甜头，他的心就成了一只不安分的猴子，它老想往峡谷东岸跳，老想跳进贝珠的怀里。今天他一来哥哥家，就像一只猎犬一样到处嗅他嫂子独特的味道。哪怕这会显得多么的不合时宜，哪怕明明知道这是在刀口上舔蜜，火堆里抓珠宝。

他一过来，常常一待就是两三天。哥哥扎西平措是个酒量一般的家伙，每天晚上，当兄弟的总有办法让哥哥喝得烂醉，再加上贝珠暗中相帮，让扎西平措闹不明白为什么兄弟一来，自己就醉得那样快、那样厉害。他们把扎西平措搀扶进卧房，那边鼾声还没有起来，这边的两人就滚成一团了。天要亮的时候，贝珠又偷偷地摸回去，那时她丈夫还宿醉未醒哪。在这场危险的游戏中，达波多杰也过分地相信了一只狐狸的狡猾与自负，相信她总有办法和猎人周旋，相信一个再精明的猎手，也聪明不到哪里去。他对这在刀口上玩的游戏愈发心安理得，稀里糊涂，当他和贝珠钻进同一个被窝里时，就像在自家的床上

187

一般坦然。在寻欢作乐的间歇，他甚至能在贝珠的怀里小睡一会儿，全然忘记了与他同衾共枕的不仅是一只狐狸，在狐狸的后面还有一只老虎哩。

他们的胆子越来越大，只要达波多杰一站在他嫂子的面前，他们心中想的就是那件事儿，渴望着又一场雪崩的来临，又一支歌儿唱响。大家心照不宣到连眼神儿都不用交换的地步。今天天还早，太阳离西边的山巅还有老长一段距离，可达波多杰一看到他嫂子的身影在后院一闪，他的心就快要跳出来了。哥哥在前院看人打马掌，那些游走四方的匠人们又来了。扎西这个世界上头脑最聪明的家伙，竟然也认为能把一块坚硬的铁变成糌粑一样柔软的人，是个了不起的人。因此家里每次来了铁匠，他就会凑上前去帮忙。白玛坚赞头人在的时候，经常骂他没有出息。现在他自己就是头人了，还想弄一个铁匠炉来玩玩呢。做弟弟的当然知道，家里"叮叮当当"的铁锤一敲响，太阳不下山，铁匠炉子里的火不熄灭，哥哥不会回到饭桌前。

后院的一间厢房是头人家的织布房，平常有个老奴隶终日在这里编织氆氇什么的，她的眼神儿不好，按她的说法，看什么都像是在月光下。她干活儿全靠手上的感觉，可她却是峡谷里氆氇织得最漂亮的女人。你就是想要一道天上的彩虹，这个半瞎的老婆婆也可以摸索着给你织出来。贝珠下午的许多时光大都是在这里打发的，她当然不是来织氆氇，她只是来解闷儿。据说她们在前一世曾经是亲戚，在来世，如果大家都能如愿转生为人，她们还可能成为母女。她们常常从日头当顶，聊到太阳偏西。在闲聊中，一块漂亮的氆氇上便落满了斑斓的晚霞。

达波多杰追寻着他嫂子狐狸的腥味摸进了织布房，他出现在门口时，两人的眼光一碰，就知道接下来该发生什么了。那个"瞎子"吉美还专注在自己的氆氇织机上，那是最古老简单的织机，全由木头做成，经线一排吊在一根横木上，纬线由织布手用一个木头梭子穿一线，再用木头挡机推一次，看似简单却变幻无穷。达波多杰没有说话，径直往屋子里面走，屋子中央堆放着一摞摞的布匹，像一堵半高的墙，将屋子一分为二，达波多杰潜到了布墙的后面，气还未喘定，贝珠也摸过来了。他们用眼神对话，充满欲望的手却一刻也没有闲住。

佛祖，你胆子真够大的！你哥哥还在前院哩！

这跟他醉了就睡在隔壁差不多。

可这是白天啊！

我想你想你想死你了。

吉美婆婆在外面哩。

不怕。她看不见就成。

昨天晚上你才要了我啊。

那是昨天的事了。今天是今天。

到晚上等你哥哥喝醉了……

那是晚上的事儿。我要现在。

前院传来"叮当、叮当"欢快悦耳的铁锤声，外面是织布机"哐当、哐当"缓慢沉闷的响动。这些动人的声响不仅让两个偷情者倍感安全，还令他们心旌摇荡，就像在情歌的节奏中翩翩起舞，腾挪翻转。来吧，让狐狸欢娱的叫唤，去唱和这劳动的声响；来吧，让女人妖娆的身体，锻造出一个真正的男子汉；来吧，让男人勃发的情欲，为女人编织出最美丽虚幻的爱情。

由于是在家里，贝珠只穿了一条布裙，没有佩戴那些琳琅满目的首饰。似乎她简单自己，就是为了和达波多杰行事方便，她像牧场上的姑娘一样找到了简化生活的快乐。撩开裙子，就像打开一扇门一样简单，然后把这个粗鲁而多情的家伙放进来，就像把一群蚂蚁放进了骚动不安的心。灵魂在情欲的海洋里疯狂地舞蹈，那些淫荡的蚂蚁就开始啃啮骨子里欢娱的罪恶之水。她几次想像唱歌儿那样放声高喊，但最后的一点羞耻让她强忍着没有唱出来。而她身上的那个家伙却不管不顾地呻吟起来，他色胆包天到还在不断地鼓励她："唱出来啊唱出来啊我亲亲的嫂子！"

她当然想叫，就像雪崩始终要爆发，歌儿终究要唱响，江水注定要轰鸣，罪恶的情欲必然要付出代价。贝珠终于忍不住大叫一声：

"哦呀——"

这声音如此之大，以至于大过了吉美老婆婆织布机的"哐当"声，也大过了前院扎西平措打铁的"叮当"声，甚至还大过了峡谷里澜沧江的轰鸣。佛祖，这是怎么搞的啊，它大得连前后两院树上的鸟儿都被惊得一飞冲天，那只一直跟随在贝珠身边、在外面放哨的山猫，也骇得打了个哆嗦，一溜烟跑了；连前院铁匠的"叮当"声都仿佛被吓着了，迟疑了一下才又重新敲响。

可这并不是贝珠的歌儿唱到了高潮，也不是一场快乐的雪崩已经降临，而是她的地狱——他们两个的地狱——呈现在了面前。

扎西平措握着一把长长的康巴战刀，像一个复仇的愤怒金刚一般立在他们的上方。他暴怒的眼珠都要落出来了，目光里的火苗"咻咻"地在燃烧。

前院的"叮当、叮当"声依旧，屋子前方吉美老婆婆的织布机

190

"哐当、哐当"照响。这一切对大家来说，都是一场真实的噩梦。

"哥……你你……你不是在打铁么?"

达波多杰的脑海里一片空白，他想翻身爬起来，但扎西平措手中的刀抵在了他的胸口，将他顶在了地上。哥哥就像一个把猎物诱到了陷阱里的猎手，还想逗逗猎物玩哩。

"你们以为，我就那么喜欢打铁?"

达波多杰听见前院铁锤敲打的"叮当"声仍然响得欢，竟然昏头昏脑地嘀咕道:"奇怪了，铁匠都还没有走，你却先离开了。"

"我已经打好了一把刀啦!"扎西平措怒吼道。

达波多杰这才从惊慌造成的空白发蒙中恢复过来，祸事到脑门了，就像心窝处的这把刀，你躲就是一件丢面子的事情。

"是一把什么样的刀呢?"他镇静下来问。

"一把专杀婊子和忘恩负义的人的刀!"扎西平措厉声说。

"那就下手吧。这事是我的错，跟嫂子无关。求求你，哥。"

"在这里杀你? 我还怕弄脏了我的织布房呢。吉美织的是峡谷里最漂亮的氆氇，你难道不知道吗? 穿上衣服，到我屋里再说!"

扎西平措收刀走了出来，那个半瞎的老奴隶吉美还在专注地织着自己的氆氇。扎西平措本来已经走出织布房了，又折身回来，一把捏住吉美的下巴问:

"你刚才看见了什么，快说!"

老婆婆睁着一双空洞而混浊的眼睛说:"老爷，我的眼睛早就瞎了。"

"听见什么了，说!"

老婆婆还是那种苍老的口气:"老爷，我的耳朵也早聋了。"

"佛祖的慈悲保佑你什么也看不见，什么也听不见。明白了吗?"

"明白了，老爷。"吉美老婆婆用手抚摸着膝盖前那半块华丽结实的氆氇，用她一如既往老迈苍凉的沙哑嗓音说，"在你把我丢进澜沧江以前，请让我把这块氆氇织完，天上的云霞已经映上去啦。"

扎西平措更加恼怒，这个老家伙怎么看透了自己的心思？他瞥了那氆氇一眼，那真是吉美织的最漂亮，也是峡谷里绝无仅有的一块氆氇。纵然是天上的云霞，也没有老婆婆膝前的氆氇辉煌；即便是骤雨初歇架在天空中的彩虹，也不可能有如此逼真生动、饱满丰盈的色彩。因为那是用生命中最坚忍的凄苦与寂寞，最深厚的慈悲与怜悯，还有快要干枯的眼窝里最后几滴眼泪编织出来的啊。但是如果一团灿烂的云霞，一道美丽的彩虹，成了人伸手可及，并可以揽之入怀的东西，那这就不是人做的活儿了。一身杀气的扎西平措也不免动了恻隐之心，他不无怜悯地说：

"唉，但愿你永远织不完它。天黑后你就带着它一起上天堂吧。"

吉美平和地说："哦呀，要不了那么久呢，你给神山煨一束香的时间就够了。"

扎西平措忽然翻了脸，他瞪着还张皇失措立在吉美身后的那两个可怜的人儿说："一束香的时间？哼！有的杂毛可以把佛母都睡了。"

然后他大步走了，走到院子中央时，一棵平时拴狗的苦楝子树成了他的试刀对象，他手臂一挥，就将那足有人胳膊粗的树拦腰砍断了。

达波多杰和贝珠都感到自己的脖子根处一阵阵发凉。贝珠悄悄对达波多杰说：

"你还不快跑。"

达波多杰深情地看了他嫂子一眼："这种时候，一个男人要像奔向欢乐那样向刀口走去。哦，对了，你怎么不变成一只狐狸溜掉呢？"

他想起上次狩猎时，刚把贝珠压在身下，父亲就出现了，而贝珠却神奇地消失了。

贝珠深深地叹了一口气："你们还把我当狐狸啊！"

在扎西平措宽大的客房里，两兄弟要摊牌了。只是他们的底牌都亮出来以后，有一方才发现，原来在亲兄弟之间，各自出牌的方式和手中掌握的底牌是多么的不一样。

扎西平措只需问一句话，达波多杰就明白哥哥占了多大的上风。他一来就问："你们真以为我每天晚上都喝醉了吗？"

"哥，那就不要问了。你把我怎样都行，但你得饶了嫂子。"

"那个狐狸精变的婊子，哼！连魔鬼都会讨厌她。"达波多杰那时还不明白，哥哥为什么会如此恨一个漂亮的女人，即便你不爱她，也不能羞辱她。因为女人漂亮美丽是神赐给男人最大的幸福，哪怕她曾经是一只狐狸呢。于是他高声说：

"嫂子不是婊子，也不是狐狸，她是个好女人。要是你嫌弃她了，就把她给我吧，哥。就像给我一口你的剩饭。"

"啊哈，你想的那么容易！谁吃了谁的剩饭还不知道哩。"扎西平措怪叫一声，嘴角两边的胡子翘得像两只欲飞的黑鸟，"一个漂亮的女人又不是一匹牲口。就是一匹好马，也只会认自己的主子。你的马我骑过吗？从来没有，对吧？你为什么要来抢我的马骑呢？还想夺走？只要肉不要骨，只要茶不要茶叶，天下有这样过分的仁慈吗？要是有，请你也给我一点，老弟。"

"要是我当哥哥的话，我会把自己的妻子与兄弟一起分享。哥，对岸的阿拉西兄弟不就是这样吗？如果这样做了，我们兄弟还会分家吗？阿爸知道了也会高兴的。"达波多杰愤懑地叫了起来，好像他已经受够了不能兄弟共妻的痛苦。

"混账东西！你知道大哥应该怎样当，嗯？你以为我们打败了西岸的都吉，我们就坐稳了头人的位置了？上游那边还有野贡土司哩。土司家的小姐你放着不娶，反倒来睡自己的嫂子。你还要朗萨家族的脸吗？还想家族在峡谷里像澜沧江水一样长流不息吗？这些年来败落到讨饭的贵族你又不是没有见过。现在这峡谷，谁的人多枪好马快，谁就是天下的主人。歌里不是唱了嘛，好男儿要有'藏三宝'，宝刀、快枪和良马。要想让我们去讨饭的人不仅有野贡土司，还有都吉家的人，人家不是出去寻找佛、法、僧三宝了吗？等那家伙学到了神灵才能掌握的法力，像那个叫仁钦的喇嘛一样，三天两头地在峡谷里施放冰雹的灾难，瘟疫的灾难，洪水的灾难，我们怕是在峡谷里立足的地方都不会有哩。可是你连一个磕长头的人都挡不住！大家都在找能在这个世道上安身立业的宝贝，而你只会嗅着狐狸精的骚味像公狗一样团团转！人家拥有的宝贝你有吗？没有的话说话就不要这么气粗！"

多年以来，快刀、快枪和良马，一直是峡谷里的康巴男儿梦寐以求的三件宝贝，可是谁也不敢轻易说自己拥有的刀、枪、马是世界上最好的"藏三宝"。因为歌声中所唱的"藏三宝"就像一个吉祥的梦那般完美。太完美的事物只属于神灵，凡人只能向往和吟唱。

达波多杰以为自己聪明的脑袋瓜在这个时候救了他一命，他觉得自己开窍了，找到解决一切问题的法宝了。"大哥，朗萨家族的人，谁不维护本家族的荣誉。野贡土司家的丑姑娘我是绝不会娶的，我把西岸交给你。让我去外面找我们藏族人的'藏三宝'吧。"

扎西平措终于逼着弟弟把他的底牌亮出来了，而他手上的牌还没有出呢。他把康巴刀"刷"地抽出来，"咣当"一声扔到案几上，"这是我下午刚刚打好的刀。刀不是好刀，但砍两颗人头还行！"

"哥哥真要杀我?"

"杀你都不解恨!"他在屋子里转着圈子，把所有看不顺眼的东西都踢得稀里哗啦，像一头要最后发起进攻的老熊。"你这个牧场上臭挤奶姑娘养下的小杂毛，偷佛龛上的酥油吃的卑鄙老鼠，丢尽家族脸的浪荡子，没出息到家的败家子。你的脸虽然长得英俊，但是你像狗屎一样的臭!滚吧!滚得越远越好!去找你那三样宝贝吧。天下最锋利的刀，世上最快的枪，雪域高原跑得最快的马。老弟，一个男人的诺言不是儿戏。找到这三件宝了，算你为朗萨家族长了脸;找不回来，你的嫂子，哼，这个婊子就别想从地牢里出来!"

"哥，我可以离家出走，也可以把西岸的地契和高利贷票据都交给你，但是你不能把嫂子打进地牢。她是你的妻子!"

"你已经没有讨价还价的身份了，你从现在起，只是一个流浪汉!滚!滚滚滚滚滚······"

达波多杰狼狈地逃回了西岸。管家益西次仁一看他那失魂落魄的样子，就知道少主子的厄运到啦。达波多杰劈头就问自己的老管家:

"老熊也有掉进陷阱的时候吗?"

"有。在它发情时，猎人就在母熊经常转悠的地方设套子，那种时候它们最糊涂。"忠心的老管家回答道。

实际上达波多杰刚勾搭上他嫂子的时候，老于世故的益西次仁就发现了，他曾经劝过主子，告诉他说这场爱情是刀刃上的蜂蜜，聪明的男人是不会去舔的。但那时主子雪崩爆发般的情感，不要说一个管家，就是白玛坚赞头人在，大概也挡不住;更不用说在一个狐狸精变的女人面前，有几个男人能保持自己的清醒。因此，每当达波多杰去东岸的时候，老管家已开始为大家的后路作一些准备了，他把自己的家人送到亲戚处，将属于达波多杰的财富尽量兑换成可以在藏地通用的银票。他已经知道，在这兄弟俩的较量中，不仅达波多杰不是对手，就是那个被称为狐狸精的女人，也不过是扎西平措独霸峡谷两岸的一件工具而已。

"收拾东西吧，老益西，我们要出趟远门了。"

"人家出远门是去朝圣求佛、法、僧三宝，我们去干什么？"老管家故意问。

"去找藏族人的三宝。"达波多杰恨恨地说，"我已经跟扎西许下诺言了，我走遍雪域高原，寻找一个康巴好男儿的'藏三宝'——快刀、快枪、良马，为朗萨家族的荣誉争光。那狐狸变的女人，害得我在峡谷里再也待不下去了。"达波多杰有些不明白，自己为什么不恨哥哥扎西，而恨上贝珠了。

"唉，"益西次仁说，"不是那个狐狸精害了你，而是你哥哥真是个好猎手呢。他一箭射中了三只鸟，把所有的猎物都装到自己的口袋里了，你还以为他给你头上戴了个光环哩。"

"他……射中了哪三只鸟？"

"你这个莽撞的家伙呀，贵族不是你这样当的。第一只鸟，他利用你和贝珠的丑事儿把你赶走，将澜沧江两岸收入囊中；第二只鸟，野贡土司家的亲事肯定不能退，新郎将不会是你而是他，尽管那个可怜的姑娘是多么的丑，但是扎西的眼中只有土地和权力，而不在乎美色；第三只鸟，贝珠该打进地牢了，谁也不会让一只狐狸永远做自己的妻子，因为猎人也有打瞌睡的时候。"

达波多杰现在才有些明白在东岸时哥哥说的那些话。当他和贝珠在哥哥隔壁的房间欢娱作乐的时候，他哪里是喝醉了，说不定他的耳朵竖得比狼还尖；当他们以为前院打铁的声音叫得欢快的时候，哥哥要杀人的刀早就出鞘啦。

"这个狗娘养的……"达波多杰想打谁一拳，可身边没有仆人，他就只有掌自己一巴掌。

"事到如此，我们出去走走也好。没有关系，我们就是走遍雪域高原，我也不会让一个尊贵的少爷，追着炊烟去讨饭。"

出了那件事儿一个月后，达波多杰真的要远走高飞了。扎西平措假惺惺地出来送行，那时他已经来到澜沧江西岸有五六天了，兄弟俩就像什么事情也没有发生，扎西平措在外人面前还亲热地叫达波多杰弟弟，说是弟弟要出远门为峡谷里的人们找货真价实的"藏三宝"，弟弟才是真正的男子汉。他过来是帮着弟弟打理西岸的事务的。可是只有达波多杰和老管家益西次仁才清楚，扎西平措是在催促他们尽早上路，或者说，他迫不及待地想早一天当上澜沧江峡谷两岸的主人呢。

出门那天早上，达波多杰和他哥哥私下里有一段对话，那是他第一次用心计和自己的哥哥较量。时间过去许久了，在他漫游雪域高原的那些岁月里，他还记得哥哥狡黠的眼神，以及他动怒前脸颊上肌肉的抽搐。他对扎西平措说：

"我走啦，兄弟之间再不用打仗，你如愿以偿了。"

扎西平措说："你要走的这一步，是你自己的命。你本来只是一个牧场上的姑娘养下的孩子，要不是阿爸一时冲动，你这一世哪里能当少爷啊？"

达波多杰说："是呀，传说中是一道红光和一道白光相结合，才有了藏族人的祖先。朗萨家族要是没有阿爸当年在牧场上的冲动，恐怕就要绝种了。"

扎西平措有些急了，"你是什么意思？"

达波多杰慢悠悠地说："听说，嫂子有喜了？"

那个西岸的新占领者脸霎时就白了，一向高高翘起的胡子也塌了下来，脸上的肌肉开始跳舞啦。达波多杰乘胜追击，现在轮到他嘴角的胡子翘起来啦。他以一个胜利者的口吻说："澜沧江峡谷两岸的主人，你可不能把一个有喜的女人打入地牢，不管怎么说，那个孩子身上流淌着朗萨家族的血液。"

扎西平措大约今生从来没有受到过这如此大的羞辱，他的嘴唇哆嗦着说："好吧，让我们来看看，这个小杂毛能在峡谷里成多大的气候。"

15　庄　严

卡瓦格博雪山上的风像刀一样地砍杀过来，飞舞在天空中的不仅仅是雪花，还有胳膊粗细的枯枝，拳头大的石头，以及魔鬼的咆哮。这风不是沿着山谷拦腰刮来，也不是从山上往下吹，而是从山下往山上涌。仿佛风在雪山面前也知道敬畏。就像那个磕长头的朝圣者，每当过雪山时，他只能从下往上磕，而下山时，则需要走到山下后，根据下山的实际距离估算，再选择一个地方花上几天时间，一气面对雪山再磕它上千个长头，把下山路上该磕的长头补回来。因为没有朝山下磕的头，只有向雪山跪拜的身姿。

上山的路崎岖艰辛，许多地方根本就容不下人俯下一个身子。他们只能用随身带的牛皮绳一段一段地丈量那些险路的距离，然后再找稍微平坦的地方补磕。天寒地冻，很多路面上全是冰，人一伏下去便"哧溜"往下滑，有一次洛桑丹增喇嘛竟然滑到了谷底。于是磕头又得从沟底从头再来。玉丹曾劝他哥哥说，就从滑下来的地方开始吧，可是洛桑丹增喇嘛坚定地说："神山一定是对我的虔诚有所不满，因此才把我打下去重来。我不能违背神灵的意志。"

卡瓦格博是他们翻越的第一座雪山，翻过了这座大雪山，就到了西藏地界了。但是翻越这座被峡谷里的人们视为父亲、奉若神明的雪山可不是一件容易的事儿，洛桑丹增喇嘛被神山打下去再重来的次数多得连他自己都记不清了。母亲央金脸上的眼泪每天都被冻成一道道的冰凌，掰都掰不下来。到了晚上，在帐篷里生起了火塘，那时你再看那可怜的老母亲皲裂的脸吧，血泪满面，惨不忍睹。

更惨的还是洛桑丹增喇嘛，到了雪山上的雪线以后，他几乎都是在雪地上磕头，虽然连续的磕头让他全身热气蒸腾，可他的双手、双脚，还有脸全都被冻得没有了知觉，每隔上一段时间，达娃卓玛和玉丹都要找个避风处，将他搂在怀里，一个负责生火，一个不停地用雪搓揉他身上冻僵的皮肤。好不容易搓红了皮肤，可那曾经光洁照人、红润健康的皮肤，却一块一块地连血带皮地往下掉，血水刚一渗出来就冻住了，因此洛桑喇嘛的脸看上去奇形怪状，像是被火烧焦了。有几次他们除了感到他的心窝处还有一点热气外，几乎认为抱着的是具冻僵的尸体。是达娃卓玛的热气把他呵回来了，是玉丹的火堆让他暖过来了。在许多时日里，他们一天前进不到两三里地。

他们用了两个半月才翻越卡瓦格博大雪山，比当初预计的多花了整整一个月。朝圣的队伍是在下雪山的时候遇到这场狂暴的风雪，当时大家还想，要是在上山的时候和它相遇，还不知要遭多少磨难。看来这座难以翻越的神山还是悲悯的。可还没有来得及庆幸，这支小小的队伍就被风雪包裹着卷走了，吹散了。并不是他们相互间搀扶得不够紧密，而是在狂风面前，人只不过像一片树叶。从山下涌上来的风就像漫上来的洪水，一下就把人抬升起来，随风飘走了。洛桑丹增喇嘛只听到弟弟玉丹的一声呼喊："达娃卓玛——"他的耳朵就全被魔鬼的声音灌满了。

　　洛桑丹增喇嘛再度进入虚空中的飘浮状态，他想这是不是如贡巴活佛说的那样，到了面对真理的时刻了吗？好吧，就让我好好观想心中的佛、观想我的上师吧。佛祖啊，是你的慈悲拯救了我，让我今天知道了一生造下的罪孽，让我解脱了轮回的烦恼；上师，遥远地方的上师，虽然我们未曾谋面，那是我的佛缘还不够，是我的孽障还没有得到彻底清除。我的悲悯连我自己的命都救不了，怎么还能指望它去悲悯众生。

　　他这样想着，让自己的躯体在风中起舞，思想专注于对佛菩萨的观想。他甚至感到自己已经飘到树梢上，飘到了悬崖边，可是他一点也不感到害怕和担忧。挺拔的高山雪松的树梢在他身下一掠而过，他感到仿佛是骑在一匹快马上，从青草齐马肚高的草原上驰骋；嶙峋的悬崖深不可测，他就像那些以高山峭壁为故园的苍鹰，纵身飞越如跨家门前的小坎。他庆幸地想：我将摔死在雄鹰栖息的地方。

　　佛祖啊，我找到解脱之路啦。

　　他的心中升起无限的喜悦。这是洛桑丹增喇嘛第一次在知觉清晰的状态下与死亡同行，死亡成了他人生旅途上的一个朋友，就像平常你在路上遇到的一个朋友一样。可是那些在空中飘浮的来自阴间的小鬼，只对他看了一眼，就纷纷吐出了自己的舌头，有的甚至还友善地笑笑，就忙着去索拿别人的命去了，似乎他们根本无暇他顾。

最后，仿佛是一团云雾，托着他轻轻地降落在一块高山草甸上。洛桑丹增喇嘛举目四望，发现那真是一块仙境一样的地方。碧绿如毯的草甸纤尘不染，没有一点人和牛羊的痕迹。刚才经历的风雪云雾、飞沙走石，全都无影无踪，他仿佛一觉醒来，又好像来到了另外一个世界。四周都是茂密的森林，上方才是他费尽千辛万苦才翻越过来的雪山。可是他不明白的是，下山的路即便是疾走，也至少需要一整天的时间。上雪山前他们就听人说，从卡瓦格博雪山的背面翻山，要休息十八站才能爬到雪山垭口。现在洛桑丹增喇嘛从吹过身边温暖的风和周围的树木花草生长的情况推断，这里已经是在山腰以下了。洛桑丹增喇嘛从小就在高山牧场上放牧，还从来没有见过如此漂亮的草甸，它就像阿妈编织的一块巨大的五彩氆氇，彩虹有多少道颜色，这草甸上五颜六色的花儿就有多少种。

"这真是一个修行的好地方。"

他对苍天说。然后跌跏趺坐在草甸上，面向拉萨的方向，开始入定观想自己要去拜访的上师。他看见无数金碧辉煌的楼宇高入云端，香烟萦绕有如胜妙紫气，朗朗的诵经声似春雷在天空中滚过，空行护法在蓝天里飞来飞去，佛菩萨们的尊座就像路边的大树成排成行，自己的上师在一所小寺庙里也如他一样在法台上盘腿而坐，上师身后是莲花生大师的佛像，一排酥油灯摇曳着明亮温暖的火光。那灯火跳动得如此生动质感，仿佛让洛桑丹增喇嘛感受到了从那遥远的圣地散发过来的温暖和明亮。

"上师的酥油灯里该添酥油了。"

他又喃喃说道。这时他看见一个人影在森林边一闪，是玉丹！噢，他为自己的心感到奇怪，一家人都经历了这样的灾难，可是他脱险以后，竟然没有想一想自己的家人在哪里？是否还活着？却能定下心来端坐一处观想自己的上师。世俗的牵挂看来真的是越来越淡了。

玉丹飞奔过来了。他脸色焦虑、步履零乱，头上的发辫全散开了，身上衣襟褴褛，没有一块手掌大的完整的布，像一个在森林里生活的野人。他边跑边喊："哥哥——喇嘛——喇嘛——哥哥！"

在玉丹的身后是奔跑而来的达娃卓玛，还有阿妈央金，她们也是蓬头垢面，衣衫不整。可怜的老阿妈，她跑两步就要跌倒一次，爬起来再跑，再跌倒。她的脚下仿佛不是草地，而是雪地，是棉花，是儿子的心窝！当母亲的不忍心下脚，只好一次又一次摔倒自己。洛桑丹增喇嘛的眼泪终于出来了。世俗之情，毕竟难以割舍啊。

三个人连滚带爬地跑到洛桑丹增喇嘛面前，一齐抱着他放声大哭。激动和喜悦的泪水几乎把他们日夜牵挂的人淹没了。喇嘛镇定下来后，就像什么事情都不曾发生一样，平和地对家人说：

"生离死别，都是逃不掉的轮回之苦，你们的泪水，真让我的心生起厌世之情呢。"

"哥哥，你说话真像一个喇嘛了。我们等了你三天！"玉丹边抹眼泪边说。

"噢！"洛桑丹增喇嘛深深叹息一声，我刚刚学会入定，人间就过了三天。

"喇嘛，你……你受伤了吗？"达娃卓玛关切地问。

"佛法的力量真是神奇，让我们在这里相会。"洛桑丹增喇嘛说。

"'勇纪武'说，在这里可以等到你。"阿妈央金的泪水仿佛是两眼不会枯竭的泉水，在沟壑纵横的脸上四处流淌。

"'勇纪武'？"洛桑丹增喇嘛欣喜地问，"'勇纪武'可以说话了吗？"

"是的，喇嘛。"阿妈央金再次撩起衣袖来揩满脸幸福的眼泪，"你们的父亲在那边始终惦记着他的儿子们啊！"

那场狂风结束后，这一家人都经历了神奇的生死关。玉丹死死地拉住达娃卓玛的袍子，他们一起在狂风中翻滚，两人先是往上飘，然后再往下坠，他们在风的波浪中沉浮，浪头一个接一个地打来，将他们俩像一片树叶一般地卷起又抛下，但是玉丹就是不松手。他强有力的手臂仿佛生在了达娃卓玛的身上，他在风中发誓，世界上任何力量、任何魔鬼都不可能把他和达娃卓玛拆散，他不但要保护好她，更要保护好她肚子里的孩子。风停了后，他们掉在一条溪流边，两人都昏迷了半天的时光。是溪流里冰凉刺骨的雪山融化之水激醒了玉丹。而阿妈央金的经历则更为神奇，当她被风刮走时，"勇纪武"钻到了她的身下，将她驮了起来，他们随风御行，就像传说中的仙人和仙马。到玉丹他们在这块草甸的下方发现阿妈央金时，她正搂着"勇纪武"的脖子喃喃倾诉哩。央金对儿子媳妇说："你阿爸要我们在这里等你哥哥。"从那天以后，就由阿妈央金来传递都吉在天上对儿子们说的话。因为"勇纪武"说的那些话语，连洛桑丹增喇嘛也听不明白，尽管他小时候曾经能听懂动物的话，可是阿妈央金却能神奇地通过"勇纪武"和自己远在天国的丈夫交流。

团聚的那个晚上，他们的帐篷就搭在一个小湖泊边，那里背风。在等待洛桑丹增喇嘛的日子里，玉丹返回雪山，重新找到了他们的行装。焦虑地等待，虔诚地祈祷，使为朝圣者当后援的家人不得不叹服喇嘛的神奇，他被大风刮了这么远，失踪了三天，身上竟然一点擦伤都没有。他仿佛是在摧毁一切的狂风中坐在法轿上被抬到那块草甸上去的。

还有一小口袋糌粑，茶砖弄丢了，因此今晚不能喝到酥油茶了。阿妈央金就像有天大的遗憾，紧张不安地看着自己的两个儿子，那神态恨不得把自己变成一碗滚烫的酥油茶，送到儿子们的嘴边。

自出门以来，天黑后洛桑丹增喇嘛要念一遍经文才睡觉，最靠近火塘的位置一般都留给他，阿妈央金则和达娃卓玛挤在同一张羊皮下，玉丹总是睡在帐篷的门口，有什么事情好有个照应。有几个晚上是他赶走了围着帐篷转悠的几只狼，现在他是家里的中柱啦。

喇嘛做完了今天的功课，达娃卓玛正蹲在地上铺羊皮褥子，她忽然感到腹中一阵剧痛。刚开始时她还想忍一忍，但最后不得不痛得坐在了地上，脸上大滴大滴的汗珠淌了下来。"哎……哎哎，玉丹……阿妈啊……"

阿妈央金赶紧爬过去，抱着达娃卓玛看了看，忽然就喜极而泣。"我的儿子们啊，快快感谢佛祖的慈悲吧，你们要当父亲啦！"她又冲着帐篷外"勇纪武"高喊，"都吉，你听见了吗，你要当爷爷啦！"

那晚的月亮沉落在蓝幽幽的湖里，冰清玉洁，天上人间浑然一体。洛桑丹增喇嘛和他弟弟坐在帐篷外，等待婴儿的第一声啼哭。像所有初为人父的男人一样，玉丹一会儿进帐篷看看，一会儿又把头埋进湖里，让冰凉的水清醒他兴奋激动的脑袋瓜。喇嘛劝他弟弟说，女人生孩子是男人唯一帮不上忙的事情。玉丹问，哥，阿妈接生不会有麻烦吧？喇嘛笑了，说，你忘了你是怎么生下来的吗？阿妈那天还上山去打柴，我看着她带着一根羊皮绳索出去，回来时怀里就抱着刚出生的你了。相信咱们的阿妈吧。

对于这样的家庭来说，家里新添的小生命是最幸福的，因为她一出生就有两个阿爸。尽管两兄弟中一个已经做了喇嘛，但对孩子的爱与呵护却不会减少一分。她出生在朝圣路上，她的命运从一开初就打上了圣洁的光辉，印上了苦难的痕迹。

阿妈央金将孩子抱出来给两兄弟看，那是一个像莲花一般玲珑洁白的女孩儿，玉丹说："哥，本来该找个活佛给孩子取名，可是这荒无人烟的地方，就由你来取吧。"

洛桑丹增喇嘛看着水里的月亮，脱口而出："就叫叶桑达娃吧。但愿这个名字能给这个孩子带来吉祥。"

玉丹高兴地说："好名字啊，天上一个达娃，水里一个达娃，今后两个达娃都是我最爱的人。"

叶桑达娃出生后半个月，朝圣者一家来到一段温暖的河谷。这里的村庄相对密集一些，还有一座只有两个老僧的红教小寺庙。让朝圣者一家始料不及的是，他们竟然在寺里见到了贡巴活佛。活佛气色平和地对他们说："我就知道你们不但能翻过朝圣之路上的第一座大雪山，还能带来吉祥的消息。来，让我看看，这个出生在朝圣路上的孩子。"

阿妈央金将孩子抱给活佛，洛桑丹增喇嘛问："尊敬的活佛，你也是出来朝圣吗？"

"不。"活佛把孩子抱过来，嘴里"哦哦哦"地逗着看叶桑达娃，那神态一点也不像活佛，就像一个慈祥的老爷爷。他看那婴儿的目光和看洛桑丹增喇嘛一样慈祥，"我只是出来了一桩夙愿而已。"他平静地说。

人们不敢问贡巴活佛究竟要了什么样的夙愿，活佛总是有他们不同于寻常人的言行。但不管怎样，能在朝圣的路上见到活佛，不仅是洛桑丹增喇嘛一家，就是这个叫汤根的小村庄也显得异常喜庆吉祥。人们在村头煨桑，感谢神灵赐福于他们，让一个活佛来到自己的村庄；在自家的神龛前祷告，祈祷贡巴活佛的平安吉祥。一些驿道上的商旅和也是去朝圣的信众，听说汤根村来了个活佛，不论自己信奉的哪个教派，都临时在村庄找个地方住下来，祈求活佛能为他们摸顶祝福。

洛桑丹增喇嘛一家也借住在那座小寺庙里。晚上，贡巴活佛为洛桑丹增喇嘛行灌顶仪轨，祝福他在未来的旅途中，战胜一切人与非人的灾难。洛桑丹增喇嘛告诉活佛，他在雪山上遇到风暴被吹下山去时，他看到了死神的脸，可他竟然一点也不感到害怕，而且内心非常恬静安详。

贡巴活佛说："你把死亡当成自己的修持对象，就没有什么可怕的了。我只是在那个时候想到了自己的解脱。"

"学习解脱，即是修行死亡之法啊。"贡巴活佛说，"在死亡的镜子里，有的人看到的是恐惧，是地狱里的烈火；有的人看到的是香烟萦绕的庙宇，是天国的花雨，是胜妙的仙境。有的人在死亡面前抱头逃窜，像山崩地裂时惊慌失措的小兽，可是既然地都塌陷了，你还能往哪里逃呢？因此，学习死亡，就像我们学习到了一门凫水的技能，它能让我们平安地游过死亡之河，抵达永生的彼岸。"

那个晚上，洛桑丹增喇嘛还不能透彻地理解贡巴活佛的话，只有当慈悲的活佛为他亲身展示了面对死亡的庄严，他才慢慢领悟到什么是人间博大的悲悯。

第二天早晨，寺庙外聚集了一大群百姓，他们既是来给活佛和朝圣者一家布施，也是来祈请活佛为他们摸顶祝福的。两个老喇嘛敲响了一面陈旧的法鼓，洛桑丹增喇嘛坐在贡巴活佛的法座下，跟着老喇嘛们念经。人们虔诚地躬着身进来，跪伏在活佛的面前，布施上酥油、茶叶、奶渣、青稞等食物，活佛为他们摸顶之后，他们再躬身退回去。其中有个老者，他进来的时候，把头压得特别低，进来时身子弯得几乎和地平行，像一条贴地滑行的蛇。他伸出一双黢黑的手，把两块酥油饼奉献给贡巴活佛，然后再把一只木盒盛着的奶渣递到洛桑丹增喇嘛面前。

贡巴活佛为这个老者摸顶，念了祝福吉祥的经文，再小声对他说："尊敬的施主，你将布施的东西放错地方了。把它换回来吧。"

活佛的声音小得只有他们两人才听得见，但是那个请求摸顶祝福的人，吓得浑身一哆嗦。面对贡巴活佛庄严的法相，他不得不将洛桑丹增面前的奶渣盒取了回来，抱在自己的胸前，痛哭流涕地说：

"活佛啊，我有罪！我该下地狱啦！"

那时，寺庙里只有洛桑丹增喇嘛和那两个老僧，其余的人都还候在门外。他们都不明白发生了什么事，而贡巴活佛却早把一场生死看得清清楚楚。他平静地对那个老者说："我已经等你好多天啦。朗萨家族的阴谋，怎么能躲得过佛菩萨悲悯的目光呢？让我们来看看，一个悲心微薄的活佛，能不能平息你主子怨憎的怒火吧。"

所有的人都还在惊讶中时，贡巴活佛抓起了那只木盒里的一块奶渣，举在眼前看了看，"你们朗萨家族所有的罪恶都在这里面了，我很荣幸我能承受它。"

老者惊慌地大叫："活佛，不要吃啊有毒……"

但是贡巴活佛已经一口将那毒奶渣吃下去了。候在外面的人们这时仿佛明白了什么，他们冲了进来，但是一切都晚了。

那个老人正是朗萨家族的大少爷扎西平措派来毒杀朝圣者一家的杀手。他不会像达波多杰那样行事莽撞，在光天化日之下阻挡朝圣者的脚步，正如他所说的那样，这是一个强盗也不为的事情。可他做的事，却比一个强盗犯下的罪恶阴毒百倍。

人们在贡巴活佛的面前跪了一地，那个下毒的老人已经被愤怒的人群按在地上捆起来了。玉丹和几个年轻人气得揍了他几拳，法座上的贡巴活佛制止他们道："别动粗，孩子们。爷爷落了水，儿孙哪有不援手相救的。不管别人如何对待你，都要对他施予慈悲。这才是一个修行者的尊严。放了这个可怜的老人家吧，让他回去。我不吃下这有毒的奶渣，朗萨家族的人就不会认识到自己的罪恶。"

洛桑丹增喇嘛哭泣着问："活佛，你为什么要行如此大的悲悯啊？"

毒药已经在贡巴活佛的腹中发作，他的脸色开始发青发暗，但是他的神态依然安详。"这不是什么大悲悯，只是了我的一桩夙愿而已，我总算成就了一段佛缘啦。洛桑丹增喇嘛，但愿一个无知无识的贫贱活佛的死，能让你看到死亡面前的庄严，能清除你朝圣路上的所有孽障。"

活佛法座下的人们悲伤的泪水已经快把自己都淹没了，他们在绝望中呼喊："活佛啊，请不要抛弃我们！你走了我们该怎么活啊？"

此刻，贡巴活佛仿佛刚刚进入恬静安详的禅定状态，跨越生与死不可逾越的鸿沟犹如抬腿迈过家门前的一道小坎，他微闭双眼，轻声说：

"我抛弃的，只是自己的身体啊；我留给你们的，是佛性的光芒。"

田野调查笔记（之四）

公元二〇〇三年是藏历第十七绕迥水羊年，也是位于滇藏接合部的卡瓦格博雪山的本命年。卡瓦格博雪山连绵有十三座雪峰，主峰高六千七百四十米，是云南省境内的最高峰，又是澜沧江和怒江两大水系在藏东南的分水岭。在康巴藏区，它是当之无愧的神山，每年秋季，都有来自滇、川、藏、青、甘等藏区虔诚的善男信女，前来朝圣顶礼。

人们把自己精神世界的寄托交给一座神圣的雪山，是有其历史渊源和文化背景的。依据历史学者们的考证，早在九世纪藏传佛教就传入到康区一带，到了十三世纪中叶的藏历水羊年，藏传佛教派系之一的噶玛噶举派二世活佛噶玛·拔西，曾有一次游历康区的佛缘。在某个风和日丽的日子里，噶玛·拔西活佛在澜沧江峡谷看到了卡瓦格博雪山圣洁的面容，当即赋美文一篇《绒赞卡瓦格博》，并拜此山为神山。由于噶玛噶举派在康区香火很盛，信徒众多，因此卡瓦格博雪山在康区乃至西藏声誉鹊起，名震四方。那一年因之可以看成卡瓦格博雪山神的诞生年，在当地藏族人的传说中，卡瓦格博是一尊英俊而威武的山神，他面庞皎洁，双目明亮，身材魁梧，下跨一匹白如海螺的骏马，身穿白色战袍，手持护法利刃。千百年来，它在人们的心灵深处就像雪山雄踞于大地般不可撼动。它已经不单纯是一座自然界的雪山，而成了人们精神世界里的高峰。它有自己的喜怒哀乐，神界法则，它还具有对人间无量的悲悯与护持，支撑与鼓励。

"卡瓦格博雪山就是我们的父亲。"雪山脚下的一个老人曾经对我说。在村庄里，每当人们说到这座伟岸的大雪山，便会说"阿尼卡瓦格博……""阿尼"在本地藏语中，是父亲的意思。

一座伟大的雪山不但有神性，还像人一样有自己的属性，这便是藏区的大雪山具有神性的证明之一，也是它与其他地方的雪山的重要区别。藏族人的历法推算体现了与大地上的万物相辅相依、阴阳协调的关系。它每一轮由土、铁、水、木、火五种元素和狗、猪、鼠、牛、虎、兔、龙、蛇、马、羊、猴、鸡十二种动物相搭配，每种元素搭配各种动物两次，如"火狗年""火猪年""木鼠年""木牛年"等，这样每十二年为一轮，每五轮六十年为一绕迴。而人生有几个六十年呢？因此，当地的藏族人认为，在卡瓦格博雪山的本命年朝圣，其功德相当于平常年间的十三倍，被视为最大的吉祥。

朝圣的路线分为内转经和外转经两条，内外转经路是指围绕着卡瓦格博雪山主峰的大小两条圆形的转经路线。藏族人对心目中的圣地都有按顺时针方向（苯教徒相反）顶礼膜拜的习惯。在圣城拉萨，有围绕着布达拉宫转经的，也有绕着大昭寺外的八角街转经的，还有绕着拉萨城转经的，这些都是藏族人寄托自己对圣地特殊情感的某种方式。卡瓦格博的内外转经路上沿途有许多圣迹，它们大都与宗教传说和神奇瑰丽的自然景观有关；转经于我们汉人来说，是观风景，是学习藏族人如何演绎自然与宗教、文化与历史的相互关系。而对藏族人来说，朝圣转经则是一种精神旅行，是亲近神灵、洗涤罪孽的某种生活方式。在藏族人的精神世界中，出门朝圣转经，在人的生命中不可或缺。

但是，让我深为震撼的是另一种朝圣方式，那就是磕等身长头朝圣。卡瓦格博的内外转经路我都走了一趟，尤其是外转经路，于我来说那简直就是一次艰苦卓绝的长征。我花了整整十六天，骑马、徒步约一百五十公里，才走完这条需翻越大小十多座海拔三千五百米以上的雪山，穿越澜沧江峡谷和怒江峡谷的转经路线。可这和一个磕等身长头走外转经路的朝圣者比起来，我的这点辛劳，还不及他们磕一天的长头，更遑论面对神山各自所奉献的功德了。

我是在卡瓦格博雪山的背面怒江峡谷里遇到那个磕长头的喇嘛的。卡瓦格博雪山东面是澜沧江峡谷，西面就是怒江大峡谷，走外转经路的朝圣者，都要穿越这两条大峡谷。怒江大峡谷有东方第一峡谷之美誉，它和澜沧江峡谷一样切割纵深，江面海拔不到两千米，而河谷上方的雪山大都在四五千米以上，如果以卡瓦格博的顶峰相比较，相对高差便达到四千多米了。巨大的地形切割使这一带高山纵横，峡谷幽深，地形极为复杂。那天，我们的马队必须通过一片巨大的高山流石滩。这是一种独特的山地自然景观，一般容易发生在地貌疏松易碎的新生代高原地区，碎石就像流沙一样从上淌下来。我们遇到的高山流石滩呈一个扇面从天而降，一直到怒江边。崩塌的白色石灰岩岩石仿佛是被粉碎机粉碎过，全都摔成拳头大小的石子儿，让人怀疑为什么这些坚硬如钢的石灰岩会摔得如此零碎，如此均匀。这片流石滩不可思议到连我们这些没有信仰的汉人，也不得不惊叹神山的神奇。实际上山体刚崩塌时它们还是大小不等的石块，大的可以到几十吨重，可是在一连串的滚落碰撞中，它们都被自然的伟力粉碎了。

天上还下着蒙蒙细雨，那意味着老天还在给本来疏松的山体添加"润滑剂"。我们就像要从一个巨大的采石场经过，山上会不会再冲石子儿下来，把人打到怒江里，谁也不知道。我仔细观察了，大约每隔上两三分钟，就有一些大小不等的石头时而簌簌地从上面滚落下来，时而像一颗颗流弹，带着风声呼啸而下。仿佛上面有一个调皮的小孩，专门扔石子儿跟朝圣的人作对。从这条道路上经过的人，中"头彩"的机会就像扔一个硬币，生死各占一半。在到怒江峡谷之前，我就听人说转经路上这一段特别险，时不时有人掉进怒江里。

但是我们已不能回去，也不能等，把一切交给雪山上的神灵吧。在我决定强行通过的时候，马队里发生了骚乱，因为那些驮我们的辎重和骑的骡马不愿意走了。它们也害怕啊，不断飞来的石子儿让骡马以为是有人在打它们，平常马帮们就喜欢用石子儿驱赶它们。现在这些善良吃苦的家伙不知道该听谁的了。更别说下面还有波涛翻滚的怒江，人和马掉下去大概连尸体都不会找到。我看到一匹岁数较小的骡子脚在打战。

一向相处很融洽的藏族马帮现在开始给我提条件了。他们说骡马必须一人在前面率，一人在后面赶，一匹一匹地通过。骡马如果被打下怒江了，我要负责赔偿，每匹骡马三千元到五千元不等。我说好吧。马帮们又说他们还没有冒过这样大的风险，等大家都安全通过了，我要给他们加一天的工钱一千五百元。我还说好吧。都到这关头了，谁还在乎钱。我只有祈求雪山上的神灵保佑我们所有的人和牲畜的安全。

那真是惊心动魄的半个多小时，马帮们在出发前人人都面向头顶上的神山念了一通经文。然后他们便大喝两声，在险象环生的流石滩上开始与不听话的骡马搏斗，与命运搏斗。从山上飞下来的石子儿时不时从他们身边或头顶呼啸而过。马帮们毫无畏惧，倒是那些骡马时常被惊得步伐零乱，前蹄后腿乱蹬乱踢，这就更让我看得胆战心惊。因为流石滩上的小道刚好够一个人通过，人徒步走过去都嫌窄，更不用说他们要在那里和乱蹦乱跳的骡马搏斗。那时我想，再加他们一千五百元钱也不冤。

佛祖保佑，所有的人和马都安全通过了，只有两个赶马人的胳膊被石子砸了一下，好在无大碍。现在该轮到我了。我曾经想到把马队为大家煮饭的铁锅取出来倒扣在头上，权当钢盔用。石头只要不砸在头上，人就不会掉进江里。但是看到人家都光着脑袋冲过去了，自己如此胆怯，未免也太丢人。也就把心一横，石子儿要来就来吧，碰上了就当是中了"头彩"；前面就是一道"鬼门关"，今天也得硬着头皮闯了。我相信神山是会保佑我的——只有相信了！

正打算作平生最大的一次生命赌博时，身后忽然传来一片嘈杂声。回头一看，呵，一个磕长头的喇嘛就像从地上冒出来一般出现在山道上。那么险峻崎岖的山路，他竟然也找得到俯身的地方，"噗"的一声跪下，然后双手着地，"刷"的一下就伏在了大地上。他穿着一件绛红色的喇嘛僧衣，系一根红色的腰带，身前是一件厚厚的牛皮围裙，手上套着两块木护板，形状有些像我们穿的木拖鞋。只见他在山道上一步一磕，一磕一俯身，标准的五体投地式的等身长头。他的身后簇拥着一群人，有他的后援，更多的是转经的朝圣者。他们不愿走到磕长头者的前面。当时我在心里喊，佛法僧三宝啊，总算让我找到你了。就像是神灵的安排，在我出发去朝圣前心里的诸多祈求中，就有一项求神灵保佑我，能碰见一个磕长头的喇嘛。可是我没有想到是在如此关键的时刻，神山让我们相遇。似乎在我的生命中需要一次感召，一个榜样。

我那时还不敢贸然给他拍照。我曾经有过一次失败的采访经历，那是在西藏的林芝地区，我想给一个磕长头的喇嘛拍照，刚刚举起相机，就被他凶凶地喝了回去，还提着两副手板做想打我状，吓得我拎起相机就逃了。当时挺懊恼的，现在我明白磕长头者的心思了。磕等身长头是一件神圣的事情，你作为一个旁观者，一个猎奇者，怎么能轻易打搅人家。那情形就好比我们在写作时，容不得旁人在一边多嘴多舌一样。如果你要和人家交谈，起码得表现出自己的尊敬和善意。

我提着相机往回跑，来到他的跟前，和他打招呼。他似乎也有些惊讶，在这个地方，怎么还会有一个汉人。不过他朝我笑了笑，算是回答。我看到了机会，便赶忙递了二十元钱过去，算是我敬奉的一点功德。他收下钱，低声用汉语说谢谢。还是蛮标准的普通话呢。

我用手指指头上的大山，对他说，上面在落石子儿。要小心。

他看也不看上面，说，我知道。然后又伏向大地磕了一个头。

我追上去，问，我可以给你拍照吗？

他头也不回地说，你拍。

他的年龄大约在二十五六岁左右，身体壮实，面容坚毅，皮肤粗糙，那一定是被大地打磨的。他的额头上已经结了一块茧，但茧的周围还有血痂。我想身上的其他地方都可以找东西保护，而额头这地方，必须直接和大地砥砺。磕头磕头，头不着地，如何叫磕头呢？

我一路跟拍着他来到流石滩前，山上流弹一般飞逝的石子儿并没有因为一个磕长头者的到来而停止。朝圣者往山上看了看，稍作停顿，就俯身向流石滩。我忍不住在他身后喊，喇嘛，要小心啊。

他一伏一等身地往前磕去，好像并不把危险当一回事。至少不下两次，我都看见拳头大的石头从他的头顶呼啸而过，可是他似乎连往上观望的时间都没有，或者说根本就不屑一顾。在碎石铺就的危机四伏的斜坡上，他成了如入无人之境的超人，以至于我心里都十分肯定，神山上下来的流石，绝不会打中一个功德无量的虔诚喇嘛。因为

214

他是在向神山磕长头啊。

更不用说，在我的身后，那群曾经簇拥着他的藏族人，此刻全都在山道上或跪或坐，念起了祈诵吉祥平安的经文。他们是在为磕长头的喇嘛祷告还是为自己呢？不管怎么说，这些经文给了我信心和力量，我今天的好运来了。

我用一件雨衣顶在头上，外面再扣一顶帽子，也学着藏族人那样念了一句六字真言"唵嘛呢叭咪吽"，撒腿就在那条生死道上玩开了夺命狂奔，我本来是想让自己镇静一点，英雄气概一点。可是双脚却像是受到惊吓的兔子，而不属于我。我感到一块不大的石子儿——大约有拇指大那么一块正正地砸在我的头顶。当时浑身一激灵，脑子都发蒙了。随后感到自己的脚还在大地上，于是就跑得更欢了。

我冲过了生死线，在那边等我的马帮们冲我鼓掌，让我很自豪。今天所有的人都是勇敢者。我只是勇敢者中相对怯弱的一个。

晚上我们露宿在怒江畔的一处温泉边，那是一个令人高兴的宿营地。出门十多天来，人人都一身马汗味。我把自己那匹叫"庸次姆"的坐骑称为"汗马"，在这种地方，它远比美国佬的悍马吉普管用。尽管这些天我发现自己和"庸次姆"几乎一个味儿。

我相信在温泉边能等到那个磕长头的喇嘛。果然，第二天，他就到了。他的帐篷就搭在一处山崖下，不断有一些也是朝圣的藏族人前去布施。他们给他背去青稞、腊肉、方便面等食物。我在晚上提了两大瓶可乐、几包糕点——是我在路边的小卖部买的，权当一个汉人对活佛的供奉，摸进了他的帐篷。有几个人坐在里面，一个老阿妈正在为大家打酥油茶。

我们开始交谈。我得知他来自四川甘孜藏族自治州，法名曲吉，出门半年多了。我发现他戴的那副手板已经磨得很薄，据他说已磨坏了两副，身上还有一副。我不知道如果所有的手板都用光了，他将怎么办？他的膝盖上裹了几层厚厚的海绵以作保护，循环反复地下跪使那几层海绵已经千疮百孔，过去我听另一个喇嘛说还有用汽车轮胎来做护垫的，因为那东西经得住磨。

我问，这些人都是你的后援吗？

他回答道，就我妈妈一个。他们是来布施的。他指着屋子里的其他人说。

曲吉喇嘛每天的行程大约是五公里左右，如果以他约一米七左右的身高，完成一次朝圣的基本动作，也只能在大地上前行一米七。那么，他一天大约要磕将近三千个长头。那是三千多次俯身、爬起，再俯身、再爬起的单调繁重的重复劳作——假如我们认为这是一种劳作的话。磕长头者有自己严格的规定，上一个长头磕下去手指尖到什么地方，下一个长头的起点就必须从那里开始。假如有所误差，都会被认为是对神灵的不敬。我的一个朋友曾经说，这简直不可理喻。要是我，在荒无人烟的大山上磕头，多走一步少走一步，多磕一个少磕一个，有谁知道呢。当时我回答他说，这不是一个干活偷懒的问题。确实没有人看见你一天中是否多磕或少磕了，可是神山看得见呢。

曲吉喇嘛打算绕梅里雪山外转经路磕一圈，费时一年左右。当然，这只是理论上的计算，如果路上出点什么意外，如某人生病了，路途受阻，在某个地方为了筹集食物而耽搁等等，都可能使远行的时间一再延长。好在对于一个真正的朝圣者来说，体验朝圣的过程，是一件幸福的事情。朝圣之路的长短和所费时间的多少，有什么必要计较呢。

曲吉喇嘛的母亲像我见到的许多藏族老妇人一样，沉默寡言，朴素羞涩。她大约有六十多岁，一头浓密的头发已经有些花白了，我相信这一路朝圣下来，雪花和风尘还将染白她头上的白发。和所有善良贤惠的藏族老阿妈一样，她一直在忙前忙后，为我们冲酥油茶，我没有听到她说一句话，我相信她也许可以讲一点简单的汉语，也试图和她谈点什么，可是面对一个腼腆、朴实的老人，我真的无话可谈。我只有感动。如果我要问她什么问题，那一定是肤浅的、无知的，甚至是有所冒犯的。我想，在藏族人眼里，她是一个光荣的母亲，了不起的母亲。不仅如此，这一路上，凡是遇见他们母子的藏族人，都会把她当成可敬的白度母。我不知道她是如何背负两个人的行囊，那是一个简陋的化纤蛇皮袋，我提了一下，大约有二十公斤重，转经路百分之九十以上都是崎岖险峻的山路，我们空着双手走一趟也是一件艰难万分的事，需要下最大的决心和鼓足所有的勇气。但是他们就像寻常的出门一样，简单收拾一下行装就踏上了这漫长的旅程。而我们来外转经，没有两匹马相随——一匹爬雪山时自己骑，一匹驮行囊和吃的，就不敢上路。在一个六十岁的老妇人面前，我为自己感到汗颜。

你们只带这点东西，不够一路上的花销吧？

有那么多的朝圣者，他们会帮助我们的。喇嘛平和地回答。

我明白了，在这条转经路上，一个磕长头者就是人们心目中的英雄。没有谁不愿意帮助一个英雄。人们曾经告诉我，你帮助一个朝圣者，就是在帮助自己在佛祖面前赢得一份功德。因此，一个出门磕长头朝圣的人，在只要有藏族人的地方，是不会饿肚子的。

我终于忍不住问，为什么你们要采取磕长头的方式出来朝圣呢？

帐篷里所有的人都用不解的眼神看着我。我知道我问了一个像很多汉人面对一个磕长头的朝圣者，通常也要问的愚蠢问题。他们悲悯的目光似乎在告诉我，你怎么不问人为什么要吃饭？为什么要穿衣？为什么要挣那么多钱？你为什么不戒烟？为什么非要自己的孩子上名牌大学？

我喜欢。曲吉喇嘛目光透过火塘上方的火苗，简单地回答。

我已无法再追问。世界上很多种不可思议的生活方式，仅仅是人们喜欢它而已。

我后来在卡瓦格博雪山脚下的一家客栈里，邂逅了一个云游四方的喇嘛上师。一个阳光灿烂的上午，我们坐在客栈的屋檐下闲聊，我向他打听了一些有关磕长头朝圣者的事。他说一个磕长头朝圣的喇嘛是有非凡的法力的。当他发愿外出朝圣磕头时，他就不是一个一般的僧侣了，他也不会有什么克服不了的困难。一般的喇嘛磕一天的长头，第二天会起不了床，而磕长头的喇嘛天天都在路上磕头，体力上却没有多少影响。这是因为他获得了非凡的法力，一个磕长头者的功德很大，高于一般人，因此护佑他的神灵就多。

我想这很容易解释，一个经常锻炼的人和一个从不锻炼或很少锻炼的人，是不能具备相同的运动量的。但是神奇的是据这位云游僧讲，当磕长头的喇嘛具备了某种法力后，一个长头磕下去，可以在地上滑行三四米，而一般人只能磕一个等身的距离。这就是说他已经不再是一个普通的僧侣，他可以像蛇一样在地上自如地滑行——或者说贴地飞行，这该是一个多么令人惊叹的奇迹啊！

不过我在怒江峡谷见到的曲吉喇嘛，也只能磕一个等身的距离。我想，在民间传说或文学上，这样的奇迹是存在的，也是有人相信的。云游僧说，磕长头的喇嘛朝圣修功德是一个方面，另一个方面是为了离别家乡。因为家乡总和个人的恩怨有千丝万缕的联系，一个想真正苦修的僧侣应该一刀斩断所有的个人恩怨。外出苦修是一个很好的选择，同时，他的悲悯就不仅限于对家乡亲人朋友的悲悯，而是广大的众生。从悲悯自己身边的亲人到悲悯天下所有众生，这是小境界与大境界之分，也是小乘佛教和大乘佛教的区别之一。磕长头朝圣者功德圆满后一般都不会回到家乡，因为这样会让他修到的功德受到影响，甚至会瓦解他修炼到的法力。当然如果他已经超越了人间的一切恩怨，回到家乡众生面前，此众生与广大众生之间，也并无什么区别了。众生皆为父母，都是需要施加慈悲怜悯的对象。

云游僧说，最大的功德是磕长头到拉萨朝圣。从康区到拉萨，距离大约在两千公里左右，按每天五公里的行程磕头，加上一路上的休整、化缘，一般需要两年到三年的时间。如碰上什么意外，花的时间或许会更长。

云游僧还告诉我说，磕长头者功德圆满后，他就像换了一个人，他获得了新生。他可能就修炼到了密宗的某些法门。我问他具体有哪些呢？他说密宗的很多东西是不可言说的，他只说，比如，这个功德大圆满者可以预知来世，可以预言谁之将至。就像我们现在坐在这客栈里长谈，他可能会告诉你说，晚上某个远方的客人将来拜会我们。真的是这样吗？我想验证，但是那时我们的身边没有一个磕长头的朝圣者。那天我也忘了问曲吉喇嘛，我们将会遇到谁。

而且，他又说，有的磕长头喇嘛还会治好自己身上原来的顽疾。

我想，这在因缘果报的佛法道理上是讲得通的。你有了如此巨大的功德，你就有了抵御一切灾难的资本。或许我们可以说日深月久的户外运动锻炼了他的体魄，风霜雪雨已经把他雕塑成一个强壮的汉子。是的，我们完全可以这样认为，我们总是习惯用现代文明教给我们的种种知识解释喇嘛们对生命、对社会、对宗教甚至对历史的某些看法。

但是，请为那一群对信仰始终恪守初衷的人们保留一片心灵自由翱翔的天空吧；请在这个纷繁、功利的世俗世界里为他们的神灵世界保留一片净土吧；请为我们苍白乏力的想象力增添一点意料之外的惊讶吧。至少在精神领域里，喇嘛们的宗教及其朝拜仪轨为我们的艺术作品——无论是美术、摄影还是文学，构筑了一个精彩万分的神灵世界；同时，也为人类宗教文明提供了不可多得的文化内涵。一个磕长头的喇嘛向我们证明，信仰的力量是无边的。

16 尘 缘

作为一个远行的路人，他随时要注意，大地上有些道路暗示着某种错误，常常会把人带入歧途，这样的道路要么意味着死亡，要么属于魔鬼。即便一个经验丰富的出门人，也会一不小心就走上了这种经常连阳光都晒不到的幽径。就像久走夜路的人，总会和孤魂野鬼打照面一样。

一条岔路从驿道中分了出去，它越走越窄，越来越暗，最后它的尽头竟然是一座小小的村庄。说是村庄，其实也只有六七户人家，零散地点缀在山坡下。这是一座隐匿在大山皱褶深处的小村子，藏式土掌房远远看去，像汉地那些马帮驮来的洋火柴盒，土掌房的墙边屋顶，经常会缺边少角，不知是被风刮跑了，还是被山上那些莽撞的野兽啃吃了。这些孤零零的房子，胆怯地散落在荒无人烟的大山怀里，还不如一块岩石挺立得理直气壮。乌云后的魔鬼时而呼啸而至，吞噬一切生灵；雪山下的土匪强人，等贫瘠坡地上稀疏的青稞一黄，便打着尖锐的口哨，带来死亡的消息；森林里的老熊，除了冬季，大半年的时间里都嗅着血腥味在村庄外围转悠。人蜷缩在这火柴盒般的房子里，成了最弱小的生灵。连风的吼声都比人的歌声嘹亮。

还有比人更可怜的，便是那些忠厚老实的牦牛。魔鬼的瘟疫折磨它们，土匪抢杀它们，狗熊豹子捕杀它们。现在，它们中的一头老了，人们饥饿的胃充满了对血红的牛肉的想象。想象当然不能填饱肚子，但是想象可以驱使人干出最残忍的事来。

这里的人杀牛有着奇特的方式，他们喜欢生吃带血的甚至还带着牛体温的新鲜牛肉。如果用刀杀牛，血就从肉中流失了，这样就不能给那些汉子们补充面对严酷自然的勇气，也不能给女人们增添爱的力量。他们要让鲜活偾张的牛血充斥在牛强健的肌肉里。就像捕香獐的人，在捕杀它之前，总要设法让香獐分泌出更多的麝香一样。他们需要那头老牦牛的肉里有更多的血。

杀牛成了这个孤独村庄的节日。几个汉子把牛套住，然后一个人冲上去抱住牛脖子，另一个汉子用一根结了个活套的牛皮绳套在了牛鼻子部位，双手使劲一拉，牛便感到了窒息。"哦呵呵，拉紧啊拉紧！"周围的人一齐跺脚，齐声呼喊，为那两个家伙助威。那就像一场小小的战争，紧张、血腥、残忍。牛开始挣扎，一双哀婉的眼睛不知是因为窒息得难受还是感到深切的悲哀，眼泪哗哗地淌。但这一点也没有感动饥饿的人们，他们兴奋地乱喊乱叫，手舞足蹈，仿佛燥热的牛血已经注入到他们的体内，他们也像垂死的牛一般狂躁起来了。

但是这头牛渴望生命的力量大过了人们饥饿的欲望。它暴跳起来，几下就把想制伏它的那两个家伙甩开了，牛悲愤地长鸣一声，撒腿就往山上跑，牛身后的一群人大呼小叫地追，可是他们怎么追得上一个逃生的生灵呢？

眼看着那牛就要越过前方的一座山梁，逃进森林里。人们不但吃不到带血的牛肉，连牛的腥味都闻不到了。

忽然一声枪响从山梁上传来，牛应声倒地。追牛的人愣了一下，纷纷拥到倒在地上胡乱蹬腿的牛身边，捧起泉水般涌出的牛血就往嘴里塞，就像一群嗜血的狼。山风如此的冷硬，稍一迟疑，牛血就成块了。

然后，他们满嘴鲜血地抬起头来，寻找那放枪的人，眼里冒着怒火，就像寻找有杀父之仇的人。

三个行路人从山梁上策马而下，他们的身后还跟着一匹驮行囊的骡子。从行头上看，他们是一主二仆，只是主子显得太年轻，而其中的一个仆人又看上去太老了点。这样年纪的老人，一般该在家念经修佛了。

村庄里的人围住了他们，有几个汉子已经把手按在刀柄上，看样子一场格斗不可避免。"远方来的客人，为什么杀我们的牛？"一个阿老上前问道。

"哈哈，你问得倒奇怪了，我把你们逃跑的牛放倒了，还以为你们该请我们喝酥油茶呢。"那个年轻的主子说。

"谁要你们开枪？我们有自己杀牛的方法。你坏了我们的规矩，就不要怪我们砍下你们的头。"那阿老冷酷地说。

年轻的主子并没有被吓倒，他只把枪横在身前。这些像野人一般的野蛮部落，连身像样的衣服都没有，人人在一张羊皮上挖三个洞，留着头和手在外面，就像直着两条腿走路的羊。佛祖，你怎么不来教化这些野蛮人？"我在山梁上看见你们杀牛了，难道就不害怕下地狱吗？"

那阿老冷笑道："地狱？难道我们不是生活在地狱里吗？看看你周围的山冈吧，吃人的魔鬼比村子里的人还多。你在地狱里可有见到这样荒凉险恶的地方？"

"没有。"年轻的主子傲慢地说，"也没有见到过如此不讲道理的野蛮人。"

"那你就说对了。下手吧！"阿老一声吆喝，他身后的汉子纷纷怪叫起来，然后凶猛地扑上前。骑在马上的那三个人还没有反应过来，就被连人带马地掀翻在地。山道上顿时乱成一团，年轻的主子在扭打中伸手抓住了一个汉子蓬松的头发，可是他马上痛得哇哇大叫。那头发就像荆棘一样的刺手。他发现自己的手掌上已是一片模糊的血肉，十几根小针扎在了肉里。他大声向同伴叫道：

"小心啊，他们头发里有针！这是哪里来的野蛮部落啊？"

他们三个很快就被按翻了，捆绑起来吊在了村口的树上。所带的行囊财物悉数被村人抢掠一空。有几个汉子在路边的岩石上磨刀，他们被村子里的阿老指定为刽子手。

那个指挥众人抢劫的阿老，看上去却像一个有些教养的人。他撸撸袖子走到三人面前，脸上一点也不因为要杀三个无辜者而感到内疚，似乎他面前不过是三只等待宰杀的羔羊而已。他慢悠悠地对他们说：

"你们谁会念经啊？"

"只要是会说话的藏族人，哪有不会念经的。"年轻的主子说。

"那就抓紧为自己的来世念几句吉祥的经文吧，我们还要去分牛肉。唉，你们这些倒霉鬼，破坏了我们的胃口，所以你们今天必须死。年轻人，你要知道，杀一头牛，比过佛菩萨的节日还重要呢。"

这时那个也被绑着的老仆人说："少爷，求求情吧。看在佛菩萨的慈悲上，求他们放我们一条生路。"

年轻的主子鄙夷地说："他们这样的野蛮部落，心中还有佛菩萨，那就真是雪域佛土上的稀罕事了。动手吧，别啰唆了。"

阿老脸上的傲气比那年轻的少爷显得更足："野蛮部落？在你们投生到来世前我要让你们知道，我们的部落属于高贵的朗萨家族。"

朗萨家族？三个被绑着的可怜虫顿时看到了活下来的希望，但是他们闹不明白自己为什么要被朗萨家族的人砍脑袋。还是那个老年仆人更沉着一些，他朗声说：

"哦呀，这真是菩萨和菩萨打起来了！混账东西，还不赶快下跪，你们想砍朗萨家族少爷的头吗？"

那刚才还很傲慢的阿老一下就矮了一截下去，弯腰低头地问："那……那那那么，请问远方来的客人，从……从从从哪里……来呢？

""卡瓦格博雪山下。"老年仆人骄傲地说。

阿老"扑通"一声就跪下了，老泪纵横，欷歔不已，双手一上一下地拍打着大地，"有罪啊有罪！老爷啊……老爷，我们等朗萨家族的老爷等了好几代人了。"顷刻间他便从一个冷酷的老杀手，变成了找到爹的孩子。

他身后那几个在磨刀的汉子，也"哐当"把刀扔在了地上，纷纷冲三个还被绑吊着的人磕起了头。

"还不快把我们放下来！"年轻的主子就像身临美梦，这个美好的梦值得回忆并不是因为他们能够绝境逢生，而是他又找到了当老爷的感觉。

三个死里逃生的行路人正是朗萨家族的二少爷达波多杰，老管家益西次仁和小厮仁多。他们被从"断头树"上放下来，然后被当成尊贵的主人迎请进村庄，村里所有的人，无论是妇孺还是剽悍的汉子，见到他们都把头低到膝盖以下了。

为了寻找令一个康巴男人骄傲的"藏三宝"——快刀、快枪和良马，他们已经出门快半年了；或者说，澜沧江西岸刚刚坐稳主人位置的二少爷达波多杰，为了一桩荒唐的爱情，为了逃离另一桩更加错误的婚姻，不得不走上了流亡他乡的漫漫长路。

他们被请进了阿老的火塘边。那个阿老名叫索朗贡布，是村子里的最年长者，实际上他还不到五十岁，可看上去却仿佛有八十岁了。但在这个环境恶劣的地方他已经是高寿了，因为男人们一般活不过四十岁，而女人们则活得更短。索朗贡布说，几百年前，他们的祖上曾经追随朗萨家族的祖先一同从圣地拉萨向藏东流亡，战争把他们这一支与朗萨家族冲散了，他们被掠为奴隶，曾经在雪山上开过银矿，后来家族中的几个男人逃了出来，但他们始终逃不出宿命的安排。他们知道朗萨家族的人后来到了澜沧江峡谷的卡瓦格博雪山下，可是每次想继续迁徙的脚步，刚走上官道就会被其他部落给赶回来，因为人家把他们视为野人。这里虽然像地狱一般艰辛恐怖，但能活人，地狱又有什么可怕的呢。

"老爷，是祖先的荫福派你来救我们出地狱的啊！"索朗贡布在敬酒时说。

祖先的荫福？达波多杰喝了那碗酒后想，朗萨家族现在跟我有什么关系呢？我恨透这个家族的阴险和狡诈啦。他说："你们在这里有家有房子有女人，不是过得还好吗？"

索朗贡布一下就哭了，他抹一把眼泪说一句话："老爷啊，我们这里，每年死的人比生下来的人多，强盗魔鬼来的次数比天上的雨还多。他们的马队冲进村子，只要是刚长成人的姑娘，就像老鹰抓羔羊一般，一把抓住头发就拖走了。我们的人为什么都要在头发里藏那么多针，就是被他们抓怕了的啊。"

达波多杰想到下午自己和他们搏斗时抓到的那一手的针，手掌还在隐隐作痛。真是人被逼急了，什么办法都想得出来。他问："你们就没有好枪好刀吗？"

"有我们也打不过他们，他们是一些和魔鬼在一起的人。他们的刀一刀劈来，能把人劈成两半，人还会走上两步，身体才分开，大团大团的血才会涌出来。"索朗贡布说到那些土匪的刀，还心有余悸。

"噢，总算让我听到一把好刀的传说了。"达波多杰欣慰地对自己的老管家说，"快讲，这刀在哪里？是谁打的？"

"在森林里的强盗们手中。"索朗贡布有些纳闷。

"我们的老爷想找一把比风还快、比月光还要明亮、比岩石还要坚硬、连魔鬼也可以斩杀的宝刀，快告诉我们吧。我们出远门，就是为了在神灵的指引下求到它。"老管家说。

"那你们要去找没鼻子的基米，他是一个懂刀的家伙。"索朗贡布说。

"没鼻子的基米，是谁？在哪儿？"达波多杰追问道。

"从这里出去，十站的马程，有个叫黑风林的大驿站，你们到那里去打听，谁是没鼻子的基米，人家就会带你们找到他了。"

"那我们明天就起程吧。"达波多杰有些迫不及待地说。他们出来这么长的时间了，一路打听哪里有令藏族男人心仪的快刀快枪和良马。有人告诉他们说要找快枪应去后藏，找快刀要到藏东，而要找良马则必须去藏北草原。他们也确实看到了很多的刀、枪和好马，可是达波多杰始终认为，这三样宝贝应该和一段传奇有关，和某种命运相连，和神灵的旨意相符。

睡觉的时候，索朗贡布实在拿不出更好的东西来招待自己的主子，就为达波多杰叫来了一个姑娘。他对达波多杰说，这是我们村最漂亮的姑娘了，三个男人为她丢了命。达波多杰只往姑娘身上看了一眼，就差点没发起脾气来。她脸堂黢黑，头发像野人一般蓬松——天知道那里面藏了多少根针！她的五官仿佛不是自然生长出来的，而是被山谷里的风霜东一刀西一刀胡乱雕刻出来的。她蜷缩在一张羊皮里，只露出黑糊糊的头，傻傻地望着她要服侍的主子，不知道害羞，也不知道害怕。好像人们今晚叫她来，只是作为一个女人来服一次乌拉差役。如果说眼前这个女子也叫姑娘的话，那么野贡土司家那个麻脸小姐就是仙女了。这正应了藏族人说的那句话，在一个没有鸟的地方，一只乌鸦也贵如孔雀。

达波多杰挥挥手，打发走了那姑娘，自己钻到羊皮褥子里睡了。这个晚上他却老睡不着，并不是没有姑娘相伴，自出来以后，他就没有沾过女色。女人已经让他吃够苦头了，今晚不要说那个丑姑娘让他心烦，就是来一个比他嫂子——噢，亲亲的嫂子啊，我是多么地想你，又多么地恨你——漂亮十倍的女人，也提不起达波多杰的兴致呢。在漫长的旅途中，颠簸的马背让他想到了宗庸拉初在他身下的扭动和呻吟，那淫荡尖锐的叫声已经浸浸到他的骨子里了。在和嫂子有那一腿之前，达波多杰虽然也阅人无数，可是他还没有听到过一个女人在那种时候如此销魂的歌唱。那是一把温柔的刀，一点一点地刮着你的骨头。一个再有雄才大略的好男儿，也会被这刀把体内的骨气刮光。在路上，树林里的画眉鸟甜蜜清脆的叫声，是他嫂子挑逗的温婉细语；灿烂的山茶花让他看到了嫂子的笑脸；而在岩洞里避雨的时候，洞外的雨滴让他想到了嫂子的眼泪。

她怎么会哭呢，是因为害怕地牢里的黑暗吗？是由于达波多杰走后相思的寂寞吗？是丈夫扎西平措的鞭子打出来的吗？不，都不是。贝珠的眼泪达波多杰一辈子都不会忘记究竟为谁而流。她是为他们的孩子而流的啊！

那个孩子大概已经出生了吧。这段时间达波多杰几乎每晚都在想这个问题。这孩子是他的，他对此坚信不疑。出门那天，天上下着有情人眼泪一般的雨。他隔着澜沧江峡谷，看见了嫂子立在对岸朗萨家碉楼顶的身影。嫂子在哭。他对身边的老管家说。而管家劝他道，少爷，隔得那么远，你怎么看得见？可是达波多杰相信自己看见了她脸上的眼泪。他痴情地说，如果嫂子没有哭，天为什么会下雨？老管家无言以对，因为他不知道情人的眼睛，是不受距离限制的。

如今缩在腥臭的羊皮褥子里，达波多杰不能不怀想那些温情浪漫的时刻。嫂子在他身下从激情欢娱的巅峰滑下来的时候，曾经感叹道，你们虽然是兄弟，可给我的感觉怎么那么不一样。他问她，我们两兄弟不一样在哪里？那个风情万端的女人咪咪笑着说，因为你们的妈不一样，生出的儿子当然就有差别了。

达波多杰这辈子就没有见过自己的亲生母亲，她在生他时就死了。在人们的传说中她是一个歌儿唱得特别清脆嘹亮的牧羊姑娘。一个放牧姑娘骨子里的精血，肯定比一个病兮兮的贵族小姐浓得多了。

第二天，他们就离开了这个恐怖的村庄。索朗贡布曾经要求达波多杰把全村的人一起带走，他们愿意帮他寻找"藏三宝"，也愿意跟随他到处去流浪。达波多杰怕这一村老老少少的人耽搁今后的行程，就没有同意。他们出村的时候，村庄里所有的人都跪伏在地上，索朗贡布执意要达波多杰踩着自己的背上马，以尽一个朗萨家族的仆人最后的忠心。以至于达波多杰也感动地说："等我找齐了'藏三宝'，回到澜沧江峡谷后，就派人来接你们。"

到黑风林驿站十天的马程，他们六天就赶到了。果然如索朗贡布所说，这里没有人不知道那个叫"没鼻子的基米"的。他们在驿站后面山崖下的岩洞里找到了他。这个没有了鼻子的家伙嘴唇上面只有两个幽深的鼻孔，形同一只奇怪的猿猴，因此他只能过离群索居的生活。任何遇到他的人，都会把他当成魔鬼。但达波多杰从看到他时起，就断定，他要找的宝刀，一定在这个人手上。因为佛祖的慈悲总是公正的，他虽然没有了鼻子，但他有一双豹子一般明亮如闪电的眼睛，他看人的目光中仿佛都蕴藏着一把宝刀清冷的光芒。

达波多杰给这个可怜的人带去了汉地的茶砖，洁白的酥油，还带了一坨牛肉，一条哈达。"没鼻子的基米"似乎从来没有受到过如此的尊重，看见那些贵重的礼物当时就哭了。他的哭很奇异，由于鼻子不关风，哭声就像狼在嗥叫。

"没鼻子的基米"从前当然是有鼻子的。他原来是一户大贵族家的刀相师，这个职业一度非常吃香。人们要买刀，总要请他来观察刀相，尤其是那些贵胄人家，身上的佩刀常常价值连城。因此基米的一句话，就可能使那些卖刀和打刀的人一年不愁吃喝。但是他是一个忠厚老实的家伙，又自恃身怀绝技，常常不给那些刀商面子，坏了人家的好买卖。基米鉴别刀有自己的办法，通常是经过看刀、听刀、嗅刀、试刀四道程序。看刀是观刀相、长短、厚薄、刀形、刃口、刀柄搭配等等；听刀是听刀的声相，手指一弹，撮口一吹，刀唱出清脆悠悠的歌声，有如寺庙里的钟声萦绕，又如美女在无人之处时独自哼唱；嗅刀是闻刀的味相，好刀的味道有如大旱天的甘露，少女胸间的乳香，沁人心脾，令人陶醉；而试刀，当然就是论刀的动相，好刀在手，人刀合一，心到刀到，心不到，刀也到，快如闪电，动如脱兔。这些苛刻的条件，如果有一条达不到基米的标准，他就不肯说这是一把好刀。有一次，一个阴毒的刀商实在受不了他的真话，就偷偷在一把刀上撒上胡椒面，然后送到他面前请求鉴定。基米在看和听之后，将刀凑到鼻子前嗅，刀上辛辣的胡椒面便一下呛进了他的鼻子。可怜的基米猛地打一个喷嚏，刀就将他的鼻子削下来了。

"就这样，人们便称我没鼻子的基米了。"基米用手捂着自己的脸说。在尊贵的客人面前，他说话总喜欢捂自己的脸。他曾经用酥油拌上松树胶，做了一个假鼻子安在脸上，可是它却见不得阳光，太阳一晒，假鼻子就融化了。

"其实没有鼻子也没什么，口能吃眼能看耳能听，能走能跑还能做事，还不是跟常人一样。"益西次仁安慰道。

"我再不能做刀相师了。"没鼻子的基米说。

"我们去把那个可恶的刀商杀了，为你报仇。"达波多杰说。

"刀已经帮我报了仇啦。那把削掉我鼻子的刀，有一天自己就跳进了那个刀商的肚子里，他从马背上滚下来，滚到了刀尖上。你们要知道，每一把宝刀都是有尘缘的。"没鼻子的基米从脸上放下了自己的手，"我的命一生都和刀有关，在我刚出道的时候，观刀的法力还不够深，有的宝刀被我看成一般的刀，流入一些凡夫俗子的手里，他们用宝刀去砍柴、宰杀牲畜，做一些琐碎的事情，随便丢在院子里墙角边，从来不去打磨它，只让时光将一把宝刀慢慢锈蚀。就像一个人，本来具足做活佛的善根，因为人们没有开慧眼，不知道他就是佛，他身上的佛性也就慢慢被世俗的尘埃掩盖了。刀也有自己的灵性啊，你怠慢轻薄了它，它也会生气哩。"

达波多杰说："基米的话可真让我们大开眼界了。现在世界上还有宝刀吗?"

没鼻子的基米又把手捂在了自己的脸上。"良马配好鞍，宝刀配英雄。在英雄还没有死光的年代，宝刀当然是有的。只是要看这位少爷跟宝刀有没有因缘。"

"我为了寻找一把和男儿的雄心相配的宝刀，连老爷都不做，流浪异乡半年多了，这段尘缘还不够吗?"达波多杰急切地说。

"不是够不够的问题，而是和宝刀的缘起有没有像彩虹一样升起的事情。缘起未到，宝刀和英雄的荣耀便不会被四方传唱；当宝刀和英雄赢得了名声后，尘缘也了断了。"

那时他们三个人都还听不明白没鼻子的基米这段话。多年以后，当达波多杰手中的宝刀离他而去的那一天，他的英雄梦也就此破碎。那时候他会想起没鼻子的基米说的这些话，他还会想起一个人和一把刀的尘缘，想起一把刀所承载的英雄梦。遗憾的是宝刀并没有帮助他实现这个梦想，而是跃马挥刀之间，梦想破灭。

"你说的这样一把刀，只有神界才会有了。"益西次仁说。

"有的人往返于神界和人间之间，为什么就不能拥有这样一把刀呢?"没鼻子的基米反问道。

"那么,他会是谁呢?"达波多杰问。

"我儿子。"没鼻子的基米木然地说。

达波多杰激动得一把抓住了没鼻子的基米:"你儿子? 他在哪里? 他有这样的一把宝刀吗?"

"有,在他的尸骨身上。"没鼻子的基米冷冷地说,"睡觉吧,那边有一块空处,你们三个刚好挤得下。明天,你们就会知道一把宝刀和一个人的命运。"他往那空处扔了一捆青稞秆,权当为客人铺了床,然后兀自蜷缩到洞的一边睡了。

第五章

17 杀 手

一人一骑出现在广袤空旷的荒原上，蓝天离他很近，强烈的阳光包围着他，他就像从天边的云团中钻出来的一样。这片高原上的戈壁滩仿佛还在史前社会，巨大的冰川漂砾石在天地间铺展开去，野蛮而苍凉。千万年前冰川萌生了漂向大海的欲望，挟带着山上的岩石一起向大海奔去，可是岩石沉重的步履跟不上冰川轻盈的身姿，它们被大地一路挽留，东一团西一堆，散落在冰川远遁的航道上，就像一个个凝固了的梦，也像满地的冰川之蛋，等待下一个新纪元的轮回重生。

大地干燥、荒凉，强烈的阳光把荒原都灌醉了，使它在骑手的面前不断幻化出一些地狱里的幻景。魔鬼在天际间翩翩起舞，地狱之火却在身边熊熊燃烧。马蹄扬起的尘埃久久不散，仿佛已经形成一片黄色的小云团。那个骑手在荒原上扬马催鞭，不知他是在逃离地狱还是想奔向地狱，他就像这个星球上的最后一个动物，在世界末日降临之前夺命狂奔。

其实他就是魔鬼的化身，是个在雪域高原四处游荡的杀手。孤独，冷酷，残忍，愚昧。他只为银子、女人、酒这三样事情活着，但却经常吃不饱肚子，找不到一个温暖的火塘，更找不到一份属于自己的爱，尽管已经浪迹天涯，却穷得连买双靴子的钱都没有。颠沛流离和堕落邪恶的生活让这个叫昂青的杀手对人生充满怨憎，在荒凉贫瘠的戈壁滩上，由于孤独落寞，也由于沮丧失意，他经常会咒骂自己的影子，"你老像一条狗一样跟着我干什么，你为什么不滚下悬崖去呢？为什么我不一刀捅了你呢？"

而卡瓦格博雪山下的朗萨家族要找的正是这样一个把灵魂抵押给魔鬼的杀手，他们雇他追踪都吉家的后代已有半年多了。澜沧江峡谷的头人扎西平措也是个与魔鬼为伍的家伙，贡巴活佛的悲悯并没有让他看到自己今生的罪恶，反而令他阴毒的心更加凶残，堕落的灵魂比地狱里的魔鬼还要邪恶。一个人既然连活佛都敢毒杀，那他就活脱脱是人间的魔鬼了。当扎西平措听说贡巴活佛挡在那个朝圣者之前，抢先把有毒的奶渣吃了下去，试图以此大悲心来感化他时，这个心比魔鬼还黑的家伙说："这些只知道死读经书、爱慕虚荣的喇嘛，我倒真看不出，他的死能阻挡朗萨家族报杀父之仇的刀子。"他给了杀手昂青一驮银子的报酬，出于所有藏族人对磕长头喇嘛的尊敬，扎西平措没有告诉这个家伙要杀的人是一个喇嘛，只是对他说，打听到都吉家的后人阿拉西，就杀了他。

在这个炎热的下午，杀手昂青在荒原尽头的一道山梁上堵住了朝圣者一家老少四口，磕长头的喇嘛还在他们身后。杀手昂青不知道，他今天要做的活儿，从一开始就错误百出。

朝圣者一家打算今天借宿在山梁下面的那个村子里，他们总是会先到当天的目的地，为后面的洛桑丹增喇嘛打好酥油茶，等他磕完今天的头，他便能在火塘边坐下来喝茶了。在许多个夜晚，一家人不管是借住在人家的屋檐下，还是露宿在荒野，有一个温暖的火塘，有香甜的酥油茶，有孩子的哭闹，有家人相互的体贴照料，朝圣者一家就不觉得这颠沛流离、风餐露宿的朝圣有多艰难了。

可是那个等待他们的杀手却不愿意他们像往常一样有一顿宁静祥和的晚茶。他已经跟路人问清楚了，这一家人正是来自澜沧江峡谷卡瓦格博雪山下的都吉家。他远远看见他们从荒原上急急地走来，他坐在山泉边的石头上，那山泉在半崖上，离下面的山道还有十几步的距离，有一条取水的小径通向它。他断定那家人一定会像所有的路人一样，在这个山泉下稍作歇息，往羊皮囊里灌满水，再继续赶路。昂青想，今天他将兑现一个杀手的诺言了。

他们来了，已经走得口干舌燥，还牵着一匹骡子。玉丹让阿妈和达娃卓玛抱着孩子在路边等他，他爬上山崖取水。当他看见清冽的泉水时，也同时发现了泉水边那个面色阴沉的家伙，一种不祥的感觉漫上心头。他戴一顶宽边破毡帽，身上的藏袍已辨不出颜色，脚下的靴子露出了脚指头，尽管他浑身布满浪迹天涯的征尘，落魄潦倒的颓废，可是腰间的刀鞘却已现出半截锃亮的刀身，看得出那刀天天都在被擦洗，也像它的主人一样，天天都渴望着嗜血。

玉丹对他笑笑，伸了一下舌头，然后用自己的羊皮囊去打泉水。

"是卡瓦格博雪山下都吉家的人吗？"那家伙的声音沙哑低沉，听上去像铁一般冷硬、冰凉。

"是，你是……"玉丹看见泉水对面的那人已经把手下意识地按在了腰间的刀柄上，他的心便打了个激灵，仿佛从头到脚被冰凉的泉水浇了个透。他的脑子现在异常清醒。

"我是朗萨家族派来的杀手昂青。"他可真是个做事不隐名、心硬如铁的家伙。

"嘘——请小声一些！"玉丹都不明白自己为什么会这样，但是他明白今天已在劫难逃。杀手昂青也很奇怪，在他杀过的无数冤魂中，当他们听说他的名字时，要么跳起来和他搏杀，要么脸色早就白如死灰了。

"我女儿才睡着。昂青，你叫昂青对吗？你要做的事，请不要惊醒我的女儿。"玉丹小声地说，就像和一个人讨论一件很寻常的事情。

"噢，你真是一个好父亲呢。"杀手站了起来，把一块小石头踢进泉水里，石头入水"咚"的一声响，又让玉丹紧张地往下面看了看，仿佛这也会惊醒他女儿甜蜜的梦。

这时达娃卓玛在下面喊："哎，打到水了吗？你在和谁讲话？"

"打到了。"玉丹往下伸伸头，见阿妈央金抱着孩子坐在路边的一块石头上，达娃卓玛将手搭在额头上，往上眺望。

"碰见一个从家乡来的朋友，说两句话就来。"他对自己的妻子说。

"嗬，我是你的朋友吗？"杀手昂青问。

"从现在起，就算是吧。朋友，你是来杀阿拉西的吧。"

"正是。这个家伙的命值一驮银子哩。"

"我就是阿拉西。"玉丹沉着地说。从看到杀手昂青时起，他已决心像贡巴活佛那样，用自己的生命保护好哥哥的佛缘。

"知道你是一条好汉。一箭就把我东家的阿爸射到了阴间。可惜啊，今天轮到你了。"杀手昂青冷漠地说。

"是一段孽缘，总有了断的时候。朋友，只是想请你不要在我的家人面前杀我。她们都是女人。"

"你想找一把刀来和我搏杀吗？"昂青显然听进了对方的提议。

玉丹说："不用了。我们在一个老人，一个女人，还有一个孩子面前舞刀弄枪的做什么？再说，你要是杀不了我，我们家和朗萨家的孽缘就不能了断。"

"那么我在哪里下手？"杀手问。

玉丹还真为这个问题为难了。自己被杀了是小事，给家人带来绵绵不尽的悲伤才是大事。可是哪有男人的鲜血不惊吓到女人温柔慈爱的心呢？

"我不知道。"玉丹如实地回答。他在想，哥哥这下可以安心地磕他的长头了，再不会有人来打扰他。

"就在这里动手吧，可是我又不忍心糟蹋了这汪泉水。瞧，这山泉多么清澈啊，像女人的眼睛，这让我想起一个我曾经爱过的女人，可她却一点也不爱我。唉，我造的孽已经够多的啦，求你行个好，让我的罪孽稍微轻一点。"一个杀手向要被他杀的人求情，这在昂青的杀手生涯中，可是第一次。

"那就等我们回到山路上，我们走一段路后，我回来找你。"玉丹认为这个办法还可行，这样他就有和达娃卓玛、阿妈，还有自己的女儿告别的时间了。

"你不会跑吧？"杀手不相信地说。

"我会把自己的阿妈、妻子和女儿留给你吗？"玉丹反问道。

"唉，"杀手昂青叹了一口气，"魔鬼为什么让我摊上一个拖家带口的好男人。你先走吧，我会跟着你的影子。"他忘了自己也是一个魔鬼。

玉丹下来了，他看见达娃卓玛接过他的水囊，自己没有喝，先去给阿妈的木碗里倒了一碗，然后才往嘴里灌了一口，但是并不咽下去，而是等水在口腔里焐温热了，才将嘴对着女儿的小嘴，一小口一小口地喂她。叶桑达娃并没有睡，睁着黑黑的眼珠看看她的母亲，又看看她的父亲。玉丹忍不住把女儿抱过来狠狠地在她娇嫩的脸蛋儿上亲了一口，可是他的眼眶不知怎么就湿润了。

达娃卓玛喝下一大口水后，看见丈夫在揩眼睛，她问："你怎么了，玉丹？"

"没……没什么，沙子掉眼里了。"玉丹慌忙把孩子还给达娃卓玛，借弯腰拾地上的行囊，掩饰住了快要流下来的眼泪。

他从行囊翻出自己的木碗来，又往碗里倒满了水，递到"勇纪武"嘴边，轻声对它说："阿爸，喝吧。以后……你要自己去找水喝了。"

"勇纪武"一口将木碗里的水饮尽，摇摇头，嘴里发出"呼哧呼哧"的响声，像一个人的抽泣，它的眼睛扑闪着，两大滴眼泪掉下来了。

"'勇纪武'怎么啦？"达娃卓玛问。

"没什么。"玉丹抚摸着"勇纪武"的脖子，"风沙真大啊。"

"没有起风啊。"阿妈央金纳闷地说。

"我们该走了。"玉丹庆幸地想，幸好阿妈没有看出阿爸想说什么。

三个人继续上路。阿妈牵着"勇纪武"走在前面，达娃卓玛抱着孩子走在中间，玉丹背着一个小行囊走在最后。只有他知道，还有一个魔鬼尾随着他的影子一路而来。现在，他并不为身后的杀手而害怕担心，他只为前面的亲人而心疼。我要离开她们了，她们以后怎么照料哥哥啊。到拉萨的路还远哩，按现在这个走法，再有一年的时光都到不了。今后谁来帮她们挡风雨，谁来帮她们驱野兽，谁来帮她们背行囊啊？

"玉丹，快些走，阿妈都走到前面去了。"达娃卓玛头也不回地催促道。她感觉身后丈夫的脚步越来越沉重。

"达娃，达娃……"

"什么事？"

"达娃，达娃……"

"怎么啦，玉丹？"达娃卓玛回过头来，看见了丈夫反常而又一往情深的脸。她不知道这是丈夫站在死亡的门槛边留恋人间的面容，也不知道丈夫的每一声呼唤，心中惦记的都是他的两个达娃，更不知道他的心在无声地哭泣。

玉丹强撑着笑脸，掩饰了自己内心的慌乱，"我在喊我的两个达娃呢。"自从孩子出生以后，玉丹一高兴，就达娃达娃地叫，让大家不知道他到底是在喊自己的妻子呢还是呼唤女儿。一个幸福男人的心里，妻子和女儿的分量一样重，他叫一个的名字，心中盛满的其实是两份幸福。

"她已经睡了。你背不动行囊了吗？昨晚是不是没有睡好？"达娃卓玛关切地问，她的脸略微红了一下。

昨天晚上，他们好不容易把女儿哄睡了，达娃卓玛刚把自己的乳头从叶桑达娃的嘴里轻轻拔出来，玉丹就将自己的头拱了过来。尽管一路上栉风沐雨，生活艰辛，可是健壮丰满的达娃卓玛丰沛的奶水就像两眼不会枯竭的泉水，有时叶桑达娃吃不完，多余的奶就给玉丹吃。那是他们夫妻俩躲在羊皮褥子里的秘密。男人一吃了女人的奶水，白天消耗殆尽的所有力量都恢复过来了；女人也被男人强劲有力的吸吮撩拨出了兴致，生活的苦难也暂时被爱淹没了。一番温存之后，他们总会仔细听听阿妈是否睡了，哥哥洛桑丹增喇嘛是否已在梦乡，然后再做夫妻间的事情。达娃卓玛觉得，玉丹在她的身上越来越像一个成熟的男人，他已经聪明地完成了从一个阿弟到丈夫的角色转换。在漫长的朝圣路上，他的皮肤不再白皙，终于被高原的太阳晒成了一个粗粝刚硬的康巴人。

后面传来一声口哨，尖锐而急促，像追赶而来的死神的呼啸。

这个催命鬼。玉丹心里恨恨地想。

"玉丹，后面有个骑马的人，就是你说的那个朋友吗？"达娃卓玛往后面看了看。

"是。"

"他为什么不跟我们一起走？"达娃卓玛问。

"他喜欢一个人独自闯荡。"

"他不像一个做农活的人。他是干什么的？"

"他做生意。"

"哪有一个人出来做生意的？玉丹，我看他不像一个好人。"

"他做的生意……唉，不要管他了，卓玛，阿妈已经走到前面去了。"

"阿妈今天心里想着给哥哥打茶，脚步走得飞快。"达娃卓玛说。

玉丹看着母亲在山道前方矮小却壮实的身影，蹒跚而坚定的脚步，还有那一头在阳光下泛着惨白光芒的白发，不知为什么，他忽然对跟阿妈说几句告别的话失去了勇气和信心。并不是后面的杀手催得急，也不是即将赴死令他胆怯，而是面对阿妈苦难的背影，他不能保证自己的眼泪不流下来；面对阿妈满头飘零的白发，他也不能保证自己是否会重新拾起求生的欲望。——阿爸在的时候，阿妈还是一头青丝哩。

他记得小时候，有一年一家人在温泉里洗澡，他第一次对女人的身体产生了渴望，就是由于看见了阿妈丰满的身体。温泉里男男女女、老老少少一大池子的人，可只有阿妈的身体最吸引他的目光。从小到大，直到偷偷爱上达娃卓玛以前，玉丹都认为阿妈是峡谷里最漂亮的女人。尽管多年过去了，儿时的记忆就像温泉里飘荡的氤氲，遮盖了许多生动的岁月，鲜活的细节。可是唯有关于阿妈的记忆永远清晰，永远近在昨天。就像现在，他仍然能准确地回忆起那温泉的味道，回忆起温泉里美丽的阿妈，她浓密的黑发铺展在温泉里，几乎要把一潭清泉遮盖；她一下水，温泉里就有了女人的乳香。她从泉水里站起来时，天地间一片光芒，清澈晶莹的水珠从阿妈身体的各个部位淌下。滑腻温香的泉水，健康丰腴的母亲，奶酪一般光滑细腻的肌肤，还有那两个乳头如同夏天里的樱桃，丰润娇嫩，上面淌下的两小行水珠，像珍珠一般溅落在玉丹的心头，溅落在他美好的童年回忆里。当他也为人夫、为人父时，当他在夜深人静的时候轻轻含着达娃卓玛同样饱满成熟的乳头时，他从心底里感叹女人的神奇和伟大。男人的孔武有力和雄心壮志，都在这里找到力量和爱的源泉。

他不能去跟阿妈告别，他也不敢去。从小他就承认，自己没有哥哥勇敢。他常常为自己的胆怯而害羞，当哥哥杀了白玛坚赞头人，为父亲报了仇后，在他的心目中，哥哥就像一尊维护家族荣耀与骄傲的护法神。他甚至认为，达娃卓玛那样深情的对哥哥的爱——他怎么不知道达娃卓玛爱情的深度呢？——他一辈子也得不到，如果哥哥不当喇嘛，他永远只是达娃卓玛爱情中的小阿弟。她当然也爱他，但她给予他的爱，和对哥哥的爱，也许有着天壤之别。在这一点上，玉丹比谁都清楚明了。

但是只有神灵知道，他是多么地爱他们呵。

好吧，现在就让我来作个补偿吧。他想。他最后深情地凝望着前方的两个亲切的背影，默默地对她们说，贡巴活佛啊，求你给我勇气，让我像个好男儿那样去死。阿妈，达娃，朝圣路上人的灾难该结束啦。非人的灾难就只有指望你们了。他最后把亲人们的背影深深地嵌入自己的眼帘，融进自己的生命，然后转身向魔鬼走去。

几分钟以后，达娃卓玛没有听到身后玉丹熟悉的脚步声，她回头一望，山道上空空荡荡，唯有山风鸣咽。她还在催促自己的丈夫，玉丹，脚步加快啊！她不知道一场悄无声息的杀戮已经完成，她也不知道玉丹已经用自己的死证明了世界上最深厚、最广博的爱。这至死不渝的爱用生命与鲜血凝结而成，一份给了达娃卓玛，一份给了他的哥哥洛桑丹增喇嘛。

　　杀手昂青没有料到这桩活儿会做得如此利落。被杀者沉着勇敢地向他的刀尖走来，仿佛每走一步都放下一袋金币，每走一步都减少一份人生的烦恼与苦难，每走一步，还多增添一份荣誉与自豪。在对手骄傲的胸膛上，他不得不捅进那一刀，让人家升向天堂，自己下地狱。

　　昂青已经听见了被杀者妻子的呼叫，这个与魔鬼为伍的家伙，这一次忽然感到害怕了。他慌忙翻身上马，逃之夭夭。

　　那时，在这场杀戮的后面，洛桑丹增喇嘛还在光秃秃的荒原上继续自己的修行。头顶的太阳依然很大，连草都不见一根，只有一些耐旱的荆棘，枝条上全是刺，似乎多长一片叶子都显得奢侈。喇嘛俯身叩向大地的时候，常常被这些荆棘拉扯，好在他穿的那身袈裟已经布缕条条了，荆棘们不过是将破烂不堪的袈裟再一遍一遍地梳理而已。

　　天上有一只兀鹫在巡弋，它大约很久都没有找到肉吃了。有时它发现大地上那个人影会长时间地伏在地上一动不动，凭它的直觉这人快不行了，它等待着一场饕餮大餐。兀鹫估计要不了多久，这人就再也不会起来。前几天它和它的伙伴们在这片荒原上才掏空了一匹倒毙的马，那马也像这个人一样，竭力挣扎了一个多时辰，最后倒在地上成了它们的一顿美食，它和伙伴降落到马身上时，那马的眼睛还没有闭上哩。可是今天两个多时辰过去，地上的那个人影永远都在蠕动，那人偏偏歪歪地爬起来，再偏偏歪歪地跪伏向大地。似乎这就是那个人在大地上的行走方式。兀鹫失望地一振翅膀，冲向干热的蓝天。

喇嘛全身已经和这褐色的大地浑然一体，尘埃追逐着他的身影在荒原上一起一伏。除了两个眼珠是黑的，眼仁是白的外，他的头发和裸露在外面的每一寸皮肤，都被大地打磨得像一块岩石一般坚硬、粗糙，与其说这是一个人，不如说那是一块在大地上永不停歇挪动的石头。强烈的阳光仿佛不是照射下来的，而是被一个神灵密密地泼洒在干枯的大地，炫目密织的阳光像万箭齐发，大地上的一些指头大的沙砾都被钢针一般的光线击打得跳动起来。闷热的空气令人喘口气都会眼前金星四射，好像吸进嘴里的不是空气，而是这些干涩坚硬的小星星，它们伴着灰尘、汗水、沙砾，还有像鞭子一样的光线，统统被喇嘛吸进嘴里了。

大地已被炎炎烈日灼伤了，它在颤抖。洛桑丹增喇嘛在明晃晃的阳光下已经看不清前方的路，一切都被阳光扭曲，歪歪斜斜地升向天空。一些魔鬼的身影也呈现在喇嘛的前方，他们也被晒变形了，无精打采地在半空中晃来晃去。喇嘛每一次伏向大地，都不想再爬起来，都在渴望天上的神鹰赶快下来，把自己沉重疲惫、破败不堪的肉体带到天上去。它的阴影游荡在他前方的地上，像一条在尘土中无声滑行的蛇。他现在多么想喝一碗茶呀！可是打茶的人呢？

洛桑丹增喇嘛即便在磕长头的时候，也不能不牵挂自己的家人，尽管这让他感到惭愧，世俗之心，毕竟还没有彻底割舍，这说明自己的修行还不到家。可是今天自一大早出发，他就觉得不吉祥。出门一年多来，他天天俯身向大地，已经能辨别出大地的语言，阅读大地的文章。什么时候这里曾经有河流匆匆而过，什么季节里大地上曾经鲜花盛开碧绿如茵，远行人的身影在何方魔鬼的足音有多远，他都比一般人清楚。有一次他在一面山坡上听出了泥石流爆发前酝酿力量的争吵，他果断地放弃了磕头，让大家尽快通过那一段山路，他们刚刚翻过那山坡，一面坡便飞起来，滑进了山谷。今天早晨的太阳一从远方的地平线跳出来，就有火辣辣的感觉，地上的露珠竟然是苦的，他在磕第一个长头时，就尝到了这些苦涩的露珠，他还看见它们像小石子儿一样地到处滚落。喇嘛的心有一些慌乱，不似以往那样专心致志了。

前方的那个村庄叫格布村，它位于这片荒原的尽头，那里有一片树林，也就有了人家。昨天有一对外出回村的父子曾经给朝圣者一家布施了一小口袋青稞。他们说有好多年这里没有见着磕长头去拉萨朝圣的喇嘛了，他们希望喇嘛磕头的时候也为村子里的人们祈福祈祷，他们会在村庄里为喇嘛一家打好酥油茶的。叶桑达娃昨晚哭闹了一整夜，浑身发烫，好像是病了。因此今天一大早，洛桑丹增喇嘛就催促玉丹夫妇带着孩子先去村子里等他，这样孩子在野外就少经一些日晒风吹，阿妈央金本来说留下来陪洛桑丹增喇嘛，但喇嘛对她说，你还是跟他们一起去吧，孩子的病还不知轻重，反正天黑时我们在前面的村子里会合。

这时远方忽然传来急促的马蹄声，一人一骑逆着阳光从前方的道路上飞驰而来，喇嘛长长地松了一口气，你可真是神灵派来的信使啊。

很快，那人到了喇嘛的面前，洛桑丹增双手合十高举在头顶，拦下马来。

马背上正是那个刚杀了玉丹的昂青，只不过他一点也没有杀手的荣誉感，只有一个心虚者的失魂落魄。他看见路边的喇嘛，忙勒住马头，扔下一坨干牛肉，算作是对磕长头的人的布施，也算是对自己刚犯下的罪孽的解脱。然后他一松缰绳，想继续赶路。

"尊敬的施主，请等一等。"

"我只有这些了，喇嘛上师。"骑手说。

"我并不需要你的布施，我只需要你的慈悲。"

骑手一惊，险些从马背上跳下来，因为他不知道这个喇嘛为什么会这样说。他甚至在慌乱中将手按在了腰间的刀柄上。

喇嘛没有在意骑手的惊慌，他问："你来的路上，可有看见一个老妇人，一对夫妻和一个孩子?"

"看见……没……看见。他们是你什么人?"骑手慌乱地说。

"是我的阿妈和弟弟一家。"

"你阿弟叫什么名字?"

"他叫玉丹，是个善良厚道的好兄弟。"

"那么……那个叫阿拉西的家伙呢?"昂青感到快要从马背上跌下来了。

"正是我这有罪之人啊。"喇嘛回答道。

"佛祖啊！罪孽……"这个行事莽撞的杀手大叫一声，知道自己杀错人了，可是现在就是借他十个魔鬼的胆量，他也再不敢将手里的刀指向一个磕长头的喇嘛。昂青看到自己眼前的荒原在沉沦，大地在开裂，地狱之火从大地深处喷出，真奔他而来。一个人纵然把灵魂抵押给了魔鬼，也不能不怕地狱的烈火。洛桑丹增喇嘛也奇怪地看见了一团地火从远处的一个地缝蹿了出来，正对着这个骑手的脑袋飘过来，就像飘来的一团红云。

骑手再次惊叫一声，打马跑了。

那团地狱之火追逐着骑手，永远悬在他的头顶上方。可怜的人，他活不过今天晚上。喇嘛悲悯地想。但是骑手怪异的举止也使洛桑丹增喇嘛心头升起不吉祥的云雾，家人出事了？会是叶桑达娃吗？她的生命那样的弱小，这一路的风尘别说一个婴孩，就是大人也吃不消呢。他跪在地上念了一通经文，请求神灵告诉他该怎么做。经文一念，他的脑海里便一片血光，那血光和天空中的尘埃搅裹在一起，向远方迤逦而去；而且左手顿时失去了知觉，麻木得抬都抬不起来，这可是从来没有过的体验。这时他看见前方的天空上，并排着三个太阳。神的昭示让喇嘛决定暂时放弃磕头，先去找自己的家人。

洛桑丹增喇嘛赶到玉丹身边时，他的血已经冷了。阿妈央金和达娃卓玛已经哭成了泪人，两个女人面对一个浑身是血的男人束手无策，她们就像还在一场噩梦里没有醒过来。

男人们在这个世界上要面对的凶险和他们心底里的勇气，女人最好永远也不要知道，她们只需要知道一个结局。但是她们面对结局所承受的打击，也和男人们面对死亡的灾难一样巨大。

喇嘛跪在弟弟身边，用一双温热的手掌去捂他心窝上的刀口。他触摸到了兄弟那颗忠勇的心，左手立即就恢复了知觉。弟弟那颗流血的心在哭泣，冰凉的血让他战栗，仿佛在告诉他一段孽缘的代价。这时他才明白神灵的昭示，兄弟之情，情同手足，现在他的一只手臂要断了。

洛桑丹增喇嘛感觉到手心里玉丹的心在渐渐离他远去，就像一个飘逝的背影，你心碎的呼唤，你牵挂的目光，你绝望的亲情，都随风而逝。血冷了，生命之光暗淡了。生命无常，体现在这面对死亡的门槛，门内和门外，虽然只是一步之距，却有星星与大地之间遥远；体现在生命在手掌之中时而像紧紧攥住的无价之珠宝，时而像小心捧着的一捧清水，可是任谁也不能永远握住一捧水；体现在生命的火焰有燃烧也有熄灭；它还体现在生命是如此的脆弱啊，折断一根树枝，飘零一片树叶，都没有生命夭折来得更快、更迅猛、更惨烈、更令人猝不及防。

格布村的人们不知怎么得知了玉丹遇害的消息，也许是达娃卓玛和阿妈央金凄厉的哭声穿透了荒原，也许是玉丹的热血让大地也感到了悲痛。一群提刀舞棍的年轻汉子在一个阿老的带领下骑马赶来，他们对洛桑丹增喇嘛说，要去追杀那个天理不容的杀手。

面对亲兄弟的死亡，作为一个修行者，洛桑丹增喇嘛努力平息自己心中的伤痛，努力观想贡巴活佛在死亡面前的庄严和慈悲。他劝阻了那些要去帮他复仇的善良人们，他对他们说："我的上师告诉我，不管别人如何对待你，都要对他施予慈悲。那个杀我兄弟的人，脚上连一双好靴子都没有，今天晚上也不知道他能不能找到一处温暖的火塘，地狱之火正追逐着他的马蹄扬起的尘埃，我担心他死的时候，身边恐怕连一个亲人都没有。这难道不是对一个恶人最好的报应吗？人心中的杀心一起，报应也就像影子一样会跟随终生。我不愿意你们为了自己的善良和侠义而背负上杀生的罪孽。我也是动过杀心并有罪孽在身的罪人，在朝圣的路上，我每磕一个长头，不是在为自己的来世祈福，只是在一点一点地洗涤身上的罪孽。如果当初我能以慈悲去对待别人的杀心，以宽恕去看待别人的贪婪，我就不会走上这赎罪的朝圣之路，我的上师也不会为了我的佛缘而奉献自己宝贵的生命，我的弟弟也不会面对一个杀手的马刀。生命无常啊生命无常……我们藏族人说，明天和来世何者先到，我们不会知道。可是，可是啊……"喇嘛终于泣不成声，泪如雨下，高声向苍茫大地呼喊道：

"今后我在世界上哪里找得到这样好的兄弟！"

18 英　雄

扎杰是一个只剩下一副尸骨的英雄，这尸骨现在还在草原上四处游荡。有时游牧的牧人看见他，还会冲游荡的尸骨磕头。在星光闪耀的夜晚，英雄的光芒从尸骨上放射出来，十里之外，人们也清晰可见，像一盏照耀着英雄梦想的指路明灯。吟诵英雄故事的歌谣在这片草原已经传唱了许多年，唱的是多年以前魔鬼统治下草原的黑暗，唱的是侠士扎杰和魔鬼派出的独角龙搏杀的英雄故事，唱的是天上的星星陨落时，英雄的灵魂飘往天堂。还唱了英雄身上的宝刀像雪峰一样挺立，像星星一样闪烁着寒光，像闪电一样开天辟地。现在这宝刀还挂在英雄的尸骨上，等待另一个英雄去佩带它。

英雄的尸骨在草原上行走，忽东忽西，忽南忽北，人们看见英雄游荡的尸骨，无不挥泪崇拜，无不心生悲悯。人间英雄像珍珠一样的罕见，像星星一样的高远，大家都是凡夫俗子，英雄就愈显高大神秘，凡人就愈显渺小卑微。在这片草原上，你要当英雄，先想好自己是否会成为另一副游荡的尸骨，就像扎杰那样。

很久以前，这片肥美的草原被一群只长一个角的独角龙霸占，它们是受魔鬼差遣的凶猛动物，体大如象，狡诈如蛇，嗜血如狼。当它们奔跑在草原上时，大地像鼓一样地被擂响，当它们放声嗥叫时，声浪像洪水一般席卷一切。草原上的虎豹熊罴，都被它们赶尽杀绝，然后它们开始慢慢地享受草原上温驯的牛羊和牧人。这些家伙肥厚粗粝的舌头一舔，可以舔掉人的一只胳膊；它们身上的皮像岩石一样，牧人们的刀剑砍上去，不是卷刃，就是折断；火绳枪的霰弹就像是给它们搔痒。更不用说它们头顶上的独角，比铁更坚硬，比剑更锋利。那角还翘起个漂亮的弧形，任何动物被它一顶一翘，就被抛到了天上，然后它象脚一般的巨蹄，在对手落地之时兜头一脚，蹄下的生灵要么五脏迸裂，要么粉身碎骨。

扎杰来到这片恐怖的草原上时，并不像现在这样，只有一副尸骨，那时他是一个游历天涯的独行侠士，身跨骏马，腰佩宝刀，英武挺拔，长发飘拂。那个年代，你只要有一把宝刀，有一身的胆量，有一匹好马，世界就在你的手上，最美的姑娘也在你的怀里。那天他打马从草原上经过，白云下一个美丽的姑娘对他说，如果你真心爱我，就请留下来；如果你是真正的英雄，就请你杀光横行草原的独角龙。

英雄扎杰笑着说，别说独角龙，就是两个角的龙，三个角的龙，九个角的龙，又有什么害怕的呢？

姑娘说，英雄，我们只请求你杀一个角的龙。你每杀一条独角龙，就可以在这草原上挑一个姑娘陪你。

英雄问，那么，草原上有多少条独角龙呢？

姑娘说，不多，只比一群牛多一些，大概也就两三百头吧。

英雄笑了，那么多的姑娘，我可享受不起。

姑娘说，真英雄就该有这样的福气。

于是扎杰为了爱情，为了英雄梦，开始了一个人和独角龙的战争。扎杰的英雄气概来自于腰间的宝刀，那是他的父亲找遍全世界的好刀之后，相中的一把举世无双的好刀。那刀在扎杰出门追寻自己的英雄梦那天，由父亲亲自挂在他的腰间。刀一上身，扎杰就成了一个英雄，就像春天一到来，万物便开始复苏生长一样，宝刀也让扎杰身上的英雄气概一天天地增长。到他来到独角龙肆虐的草原上时，无人可匹敌的独角龙，在他的眼里不过是一些跳动的小蚂蚱而已。况且，在他的身后，还有那么多美丽姑娘期盼的目光。

英雄扎杰捕杀独角龙的故事，就像扎杰和姑娘们的爱情一样，多年以后人们都还在传唱。他把独角龙引到一棵大树前，独角龙猛冲过来，扎杰一闪身躲在了树后，独角龙锋利的角深深地扎进了树里，然后扎杰唱着歌儿挥刀斩下独角龙的头。他的宝刀快如闪电，可以直刺独角龙的心脏。他用独角龙硕大滴血的心脏拌糌粑吃，这让他浑身是胆，豪情万丈。独角龙在他的刀下纷纷倒毙，姑娘们在他的身下幸福地歌唱。在那些美好的夜晚里，成群的独角龙在草地的边缘哀嚎，而帐篷里却夜夜传出欢快的歌声。

只剩下最后一头独角龙了。它是兽中之王，魔鬼的近亲。英雄扎杰和它周旋了三个月，都没有杀死它。扎杰把它引到树前，但它把树连根拱翻；扎杰把它引进陷阱，可它从陷阱里一跃而起。后来扎杰用坚韧粗大的牦牛绳做了一个圈套，圈套一头坠上一块巨石，在秋天时扔进快要封冻的湖里，到了冬天，扎杰把独角龙引到结了冰的湖面上，湖面的结冰有一人多厚，就像一件坚实的白色铠甲，把曾经碧蓝如玉的湖泊死死罩住。他们在冰上搏杀，搅起冲天的白雾，扎杰边打边退，独角龙步步紧逼，最后它踩进了扎杰设好的圈套，它一抬脚，套绳就拉紧一次，它愈挣扎，套绳套得愈紧。它被坚韧的牦牛绳套牢了，它被厚实的冰层拖住了。扎杰哈哈大笑，一连串的歌声从他的喉咙里飞出来。姑娘们在岸边亭亭玉立，呐喊助威，暗自盘算今晚谁可以光荣而幸福地走进扎杰的帐篷；男人们在想如何用洁白的哈达和青稞酒来迎接他们的英雄。那力大无比的独角龙被套绳牢牢地套住了，可它还不服输。它蹦跳挣扎，巨大的蹄子震撼着厚实的冰面，使整个湖泊都摇晃起来，让岸边的树瑟瑟发抖，湖边的雪山发生了雪崩，姑娘们的心被揪到了嗓子眼，天空也打了个冷噤。但是勇敢的扎杰这时跳下马来，持刀向前。他要举刀直刺独角龙的心脏，他就要喝它的血了。他就像行走在一面被击打的鼓上，震动不已的冰面将他一弹三尺高，他跳起又落下，落下又弹起。狡猾的独角龙打算用这种方式让对手近不了身，它愤怒的巨蹄踩蹸着冰面，把平整的冰面击打得到处是巨大的坑，它的怒火从头顶的角上喷射出来，那是魔鬼才有的绿色火焰，人们看得清清楚楚，绿色的火焰在冰面上燃烧，厚重的冰被融化了。魔鬼在这关键时刻助了独角龙一臂之力，冰面开裂了，发出骨头折断、心被撕裂的脆响和呻吟。岸边的姑娘们齐声尖叫，男人们跪了一地祈祷神灵的护佑。扎杰都听见了，可是这更让他勇往直前，在他的刀离独角龙的心脏只有一臂之距时，湖底的魔鬼忽然翻了身，蹿了出来，和独角龙一道击败了英雄扎杰。

结冰的湖翻滚起来，天上被白雾和黑雾笼罩，人们再也听不到英雄扎杰爽朗的笑声和动人的歌声，再也看不到英雄矫健的身姿和他明亮的宝刀。黑白两种颜色的雾在虚空中搏杀，从湖面打到草原，又从草原打到雪山上。人们只能在雾中听到英雄的呐喊和魔鬼的狞笑，只能从洒落在草原的血雨里判断英雄的悲壮。白雾和黑雾厮杀了三天三晚，血雨也在草原上下了三晚三天，英雄的热血终于流尽了，白雾退去，黑雾笼罩人间。整整一个冬季，人们白天出门也要点火把，整整一个冬季，人们没有看到太阳，没有看到月亮，只看到一颗明亮的星星，在草原的远方陨落。

春天来了，春风终于吹走了统治人间的黑雾。可是人们的生活中再也没有了英雄，姑娘们在一个冬季全都变得白发苍苍，心力交瘁；男人们在冬季里也都沉默无语，悲怆沮丧。大地上重新传来恐怖的足音，那条独角龙从魔鬼的世界里又回来了，只是它的角上神奇地挑着英雄白骨森森的尸骨，不知是它不能将英雄从角上甩下来，还是英雄扎杰还想和它继续搏杀。它走到哪里，英雄扎杰的尸骨就跟到哪里，永远都在它的头顶上方，保持着赴汤蹈火、舍生忘死的骄傲姿势。那把明亮的宝刀还挂在英雄尸骨的腰间，在独角龙的眼前晃来晃去，随时威慑着胡作非为的独角龙，迫使它远离牛羊和渴望平安吉祥的人们。从那以后，独角龙再也不敢来骚扰草原上的牛羊，它不得不整日整夜地和英雄扎杰搏杀。在天气阴霾的黄昏，在风和日丽的夏季，在凄风苦雨的荒原，人们都能看得见英雄扎杰和独角龙仍然在天空和大地上追杀。多年过去了，英雄的尸骨依然完美如初，连一个趾节骨都没有脱落一根，就像英雄的美名在人们口中传诵时，一个细节，一个音节，一滴眼泪，一声叹息，都完美得令人扼腕，高贵得令人敬仰。

"这就是英雄扎杰的故事。他是我的儿子，天底下最勇敢的儿子。"

闻名雪域高原的刀相师、没鼻子的基米的英雄故事讲完了，讲述者和听讲者，泪珠洒落一地。英雄扎杰的故事在没鼻子的基米的火塘边讲了一天一夜，可是谁都忘记了饥饿，忘记了没鼻子的基米栖身的山洞外的星移斗转，日升月落。

达波多杰问："那片有独角龙的草原在哪里呢？"

他已经知道，只有一段英雄的传奇，才可铸就一把威名远扬的宝刀。这段传奇的上半部分已经演绎完了，下半部分的光辉故事，即将属于他。

"哪里的草原像天空一样辽阔呢？哪里的草原离天最近呢？哪里的草原上湖泊像珍珠一样撒落，野兽和牛羊像星星一样繁多呢？"没鼻子的基米问。

"你说的是羌塘草原。"老管家益西次仁说。

"那我们就去那里吧。明天就出发。"达波多杰坚定地说。

没鼻子的基米说："老爷，我随你们一起去，好吗？我要把我英雄儿子的尸骨带回故乡。他已经在梦里告诉我啦，说该是让他回家的时候了。我还想去看看那把创造了英雄美名的宝刀，看看它的刀刃是否依然锋利。那真是一把举世无双的好刀啊，它是天上的星星掉下来的一块石头打造出来的。星星上掉石头，是三百年才有一回的事情。那石头带着一团火从天而降，烧红了半边天空。世界上没有比它更坚硬的石头了，打刀的师傅把它丢进火炉里炼了七天七夜，才把它熔化成铁水，打成了雌雄两把宝刀。"

达波多杰两眼放出痴迷的目光："我仿佛已经看到那刀身的光芒了。"

"刀鞘上的光芒才更加耀眼哩。"没鼻子的基米说，"那上面有三颗印度来的珍珠，三颗拉萨来的猫眼石，三颗汉地来的翡翠。铸刀师傅的刀一打成，我就知道这就是世界独一无二的宝刀，我用我的两个女儿换来了两把刀的刀身，那个铸刀的铁匠已经五十多岁了，可他还是一个老光棍，我眼都没有眨一下就把两个女儿给他送过去了。然后用我一生为人家相刀积攒下来的全部财富，换成了九颗宝石，镶嵌到了刀鞘上。雌刀四颗宝石，雄刀五颗宝石。宝刀要有好刀鞘，跟男儿要有千里马，女人要有豹皮衣一个道理。一个刀相师，当然要有世

255

界上最好的宝刀，就像一个国王，肯定要娶全国最美的女人做王妃一样。我把两把宝刀分别给了我的大儿子昂青和小儿子扎杰，我对他们说，好男儿一生中只需做一件事，那就是身跨骏马，腰佩宝刀，离家远游，闯荡世界，建立英雄的美名。"

"你有两把宝刀？"达波多杰惊讶地喊道。

"我有两个儿子么。他们都为了这个世界上的宝刀而生，也为宝刀而亡。"没鼻子的基米哀伤地说。

达波多杰问："师傅，你的小儿子成就了你的英雄梦，但你的大儿子呢？那个叫昂青的，他不是还拿着另一把宝刀吗？"

"唉！"没鼻子的基米深深叹了口气，"前不久一只鸟飞到我的梦里，告诉我说我的大儿子昂青也死了。他误杀了一个去拉萨朝圣的人，天上飞下来一块石头砸死了他。他没有当成英雄，只成了遭报应的杀手。"

"噢，可怜的基米。"达波多杰想，一把刀的劫缘真是说不清楚呢。那时他还不知道昂青误杀的人，就是他家族的仇人，他也不知道，雌雄两把宝刀，就像人间有情的男女，总有会面的那一天。不过他更想立即就找到那把建立了英雄功勋的宝刀，一把误杀了好人的刀，就再不是一把宝刀了。

一个月后，达波多杰带着自己的两个仆人和没鼻子的基米来到了藏北草原，大地如此辽阔，天空如此之低，前方的白云仿佛伸手便可揽入怀中。那时正是夏季，碧绿宽广的草原铺展到天边，把天都映蓝了。英雄的故事在吹过草原的风中仍在流传，但是英雄的足迹却远在天边。他们从一个游牧部落到另一个游牧部落，都可以听到英雄扎杰的美名，还找到不少扎杰的后代，他们和英雄扎杰几乎长得一模一样，英武挺拔，长发飘拂，只是他们腰间没有扎杰的宝刀，因此他们做不了英雄，只能做一个在牧场放牧的普通牧人。没鼻子的基米看到这些没父亲的孩子时，老泪总是一次次地淌下来，让人不明白那究竟是因为幸福，还是由于悲伤。

他们沿着英雄扎杰散落在草原上的种子，追寻着英雄浪漫故事传播的方向，在一座破旧的白塔边，他们遇到了一个酒醉的少年。这个看上去不过十来岁的小家伙几乎不用问，就知道是英雄扎杰的后代。他的头发飘到肩上，一双孤独但坚定的眼睛，与他实际的年龄不相称；颀长的身子略显单薄，可掩藏不住早熟的轩昂豪迈之气；看不出颜色的羊皮藏袍上曾经镶满一个手巧的母亲精心缝制的金丝花边，现在却满是发馊了的酒味。"一个过早落魄了的少年英雄。"过路的人这样对达波多杰说。

没鼻子的基米走上前去，在那孩子面前蹲下，捂着自己的脸问："你是英雄扎杰的儿子吗？"

少年像个被废黜了的王子一般，懒洋洋地看了看没鼻子的基米一眼："英雄扎杰的名字也是你这样的人可以提起的？"

达波多杰有些气恼，提马过去一鞭子抽在少年的身上："狗奴才，睁大你的眼睛看好了，他是英雄扎杰的父亲。"

少年的眼光里闪过一道亮光，随即又暗淡下来，重新恢复到从前心灰意冷的模样："别说英雄扎杰的父亲，就是大英雄格萨尔王来了，也成不了什么事啦。"

"难道魔鬼统治了草原了么？"没鼻子的基米问。

"魔鬼没有统治草原，我从未见面的爷爷，虽然我还不知道你叫什么。"那少年抹了一把鼻涕，"但是，那头挑着我父亲尸骨的独角龙，已经被一个活佛降伏了。它现在是念青唐古拉山的护法神。"

"你说什么？"达波多杰惊得从马上滚了下来，抓住孩子的双肩猛晃道，"谁降伏了独角龙？他在哪儿？"他每日每夜都在设想，为了拿到那把宝刀，自己该如何和独角龙搏杀。如此，刀到手之时，就是他达波多杰英雄扬名之日。

"念青唐古拉山脚下，离这里有七天的马程。"少年冷冷地说，"如果你要去找它，成就自己的英雄名声，你要想清楚，敢不敢跟一个护法神打仗。"

达波多杰愣住了，使妖魔变成护法神，是佛法的力量，非人力可为之。在这片佛土上，有许多的妖魔鬼怪，当人们不能战胜他们时，佛法便显示出它无所不能的力量。法力非人力可比，英雄也和活佛生活在不同的世界。英雄创造历史，活佛缔造神话。

"如果你不敢和护法神打仗，"那少年用讥讽的口吻继续说，"就只有像我这样，在酒中寻找我父亲扎杰的身影。"

达波多杰不无懊恼地说："有些人真是生不逢时，总是活在英雄的身影之下，就像苍鹰飞过天空，凡人的心比天高，也只能仰望。不管怎么说，我们还是要去看一看。独角龙不在了，那把英雄佩带的宝刀总还在吧。"

"宝刀已和我父亲的尸骨长在一起了，你取不下来的。除非你和那刀有尘缘。"少年老成地说。

"我的孙子，你和我们一起去吗？"没鼻子的基米问。

少年伤感地说："爷爷啊，我早就去过一次啦，我也想成就我父亲的英雄梦，杀了那条独角龙，可是现在你看看，英雄的儿子成了这个样子。要是再去一次，我不知道还有没有脸在世上活哩。"

四人告别了英雄扎杰的儿子，向天边的雪山奔去。念青唐古拉山离天很近，不知不觉人就走到了天的边缘，挺立在白云之上。晚上睡觉的时候，星星一不小心就落到了怀里，月亮伸手扯过来就可以当被子。而白天，神灵在雪山上匆忙赶路的身影清晰可见，这里的一切都仿佛是不真实的，是梦中的某个曾经见到过的场景。

他们在雪山脚下找到了那个降伏独角龙的活佛，把成群的牛羊供奉给了寺庙，那是达波多杰用自己身上的一颗十二个眼的猫眼石换来的。活佛是一个瘦削苍老的老僧，像一棵枯树一般干硬弯曲，饱经沧桑。这个叫觉色的活佛谦逊地说：

"我并没有降伏什么独角龙，我只是从雪山上把一头牛带回来了，另外还带回来了一个人的尸骨。"

"一头牛！不是一条体大如象的独角龙？"达波多杰忘了在活佛面前应有的谦逊，高声叫道。

"是一头牛。"觉色活佛依旧语调平稳地说，"只是它有一只角，见到有佛缘的人还会淌眼泪，它属于神灵。人们现在都来供养它。"

"尊敬的觉色活佛，你是说……没有独角龙？"达波多杰惊讶得合不拢嘴，"那只角上顶着英雄扎杰尸骨的独角龙呢？"

觉色活佛平和地说："我从雪山上修行回来的时候，看见一头牛蹲在一副尸骨边淌眼泪，我就把他们都带回寺庙里来了。"

"难道那条顶着英雄扎杰的尸骨到处游荡的独角龙，是人们的传说吗？"达波多杰嘀咕道。

"我们本来就是一个生活在传说中的民族啊。"活佛说。

"那副尸骨上有一把刀吗？"没鼻子的基米急切地问。

"有一把刀。"活佛回答道。

"刀呢?"达波多杰问。

"还在尸骨的身上。"活佛说。

"可是……可是独角龙怎么会变成了牛?"达波多杰依然不解地问。

觉色活佛微微闭了双眼,轻声说:"年轻人,世界上的一切都是可以转换的。在因缘大法中,前世的恶魔,只要具足善根,在六道轮回中洗清罪孽,今生同样可以结出佛果。"

"那么,活佛,请带我们去看看那头牛吧。"达波多杰说。

"我要先去看我儿子的尸骨。"没鼻子的基米借遮挡自己的鼻孔,把一张已经泪流满面的脸大半遮住。

"尸骨和那把刀在一起,连我都不能把它从尸骨上取下来。那是一把英雄佩带的刀。"活佛说。

达波多杰和益西次仁先去看牛,它就放养在寺庙后院的空地上,周围的树上挂满了经幡,拴牛的树下还有成堆的糌粑和酥油做的玛朵①。那头牛跟草原普通的牦牛比起来大了整整一轮,虽然它现在已经因为苍老而显得消瘦、孱弱,但依然威风凛凛——有谁见过如此庞大的牛啊?它头上的独角更为神奇,想必那就是挑着英雄扎杰的尸骨游荡了许多年的角吧。还有那不同凡响的眼神,看你一眼,便可让人灵魂震撼。

达波多杰呆呆地看这怪异的牛,喃喃地问:"你就是那条人们传说中的独角龙吗?"

牛点点头,又摇摇头。

---

① 一种供奉给神灵的圆形酥油花。

"是活佛降伏了你，使你变成了一只角的牛吗？"他又问。

牛惭愧地望着达波多杰，不予回答。

"你是英雄扎杰的好对手吗？"

"哞——"牛充满崇敬地长啸一声，算作回答。

"别问了，老爷。"益西次仁说，"它现在已经是皈依了佛法的护法神了。我们该像对神灵磕头那样，向它顶礼啦。"

达波多杰和益西次仁一起对牛跪了下去，他嘀咕道："佛祖，英雄都让人家当了，我在这个世界上还能干什么呢。"

不多一会儿，没鼻子的基米和他勇敢的儿子、英雄扎杰一起来了。准确地说，是和扎杰的骷髅一起走过来的。那英雄的尸骨依然完好无损，竟然还能走路。他紧跟在他的父亲后面，就像所有的儿子都曾经紧紧牵过自己父亲的手那样，此刻父子俩的手，紧握在一起，父子俩的身子，也紧紧相依。他看上去比他的父亲还要高大挺拔，威风凛凛。只是骷髅一走动，全身的骨骼就哗啦哗啦地响。周围的喇嘛们一点也不惊奇，因为自从这骷髅被活佛带回寺庙后，他们经常看见他在月光下的寺庙里到处走动。拴有那头独角牛的寺庙后院，是他最爱去的地方。在行走的骷髅面前深感惊讶的只是小厮仁多和益西次仁，老管家差一点就一屁股坐在了地上，他惊叹道：

"佛祖啊，英雄真的是不会死的。"

没鼻子的基米一手捂着脸，一手牵着他儿子的手自豪地说："他一直在等我呢。我一去，说，扎杰，阿爸看你来了。他就从地上站起来了，就像早上从床上爬起来一样。看看，这骨头还是热的哩；看看，他还可以走路哩；看看啊，多健壮的儿子。"

没鼻子的基米拍拍他儿子肩上的骨骼，把一副骷髅拍得哗啦啦一片乱响，骨节与骨节间还迸发出欢快的白灰，呛得人忍不住要流眼泪。

"你就这样带他回家吗?"益西次仁问。

"难道一个父亲不该带久不归家的儿子回去吗?"没鼻子的基米生气地反问。

"他可以骑马吗?"益西次仁又问。当惯了管家的人，就是喜欢瞎操心。

没鼻子的基米再不说话捂着自己的脸，"我儿子，我儿子在独角龙的头上骑了那么多年了，天下什么样的马不能骑?"他最后用世界上最理直气壮的语气高声宣布:

"英雄该凯旋了!"

"刀，还是取不下来?"从英雄扎杰的骷髅和没鼻子的基米一起走过来时起，达波多杰贪婪的目光，一刻也没有离开过挂在尸骨架上的刀。他一点也不为一副会走路的骷髅感到意外，他的心已经被那骨架上的宝刀紧紧攫住，刀鞘上的五颗宝石，依然发出璀璨夺目的光芒。"活佛都取不下来，我们凡人怎能取下它呢?"没鼻子的基米说。

"让我来试试吧。"达波多杰上前一步。

"你要小心。"骷髅身后的一个老喇嘛说。

"小心什么?"达波多杰问。

"小心自己也成这个样子。"那个喇嘛回答道。

"那不很好么?"达波多杰说得很干脆。

"老爷，你只要不碰坏我儿子的尸骨，这把宝刀就归你。"没鼻子的基米说。

"你儿子是真正的英雄，谁也伤不了他。"达波多杰说完一把抓住了宝刀的刀鞘，他身上的热血"腾"就蹿到脑门上了。

这把宝刀属于我了。他对自己说。

你的英雄传奇结束了，下面该看我的了。他对尸骨说。

那真是很神奇的一幕，寺庙的喇嘛们，没鼻子的基米和益西次仁，甚至连觉色活佛都感到神灵的法力已经加持到这个一头鬈发的年轻人身上。人的身上有多少根骨头啊，又有多少条筋络啊，尸骨身上的刀已经和那些骨头连在一起了，刀柄上的缨须也和尸骨上干枯的筋络缠绕交织，刀就像这副尸骨多长出来的一根骨头，它支撑着骷髅的英雄气概。可是这个看上去冒冒失失的年轻人，抓住刀后就像变成了另一个人，他跪在英雄的骷髅前，小心翼翼地将刀从尸骨上剥离了出来。没有动着一根筋，也没伤着一根骨头。那神奇的一幕，就像从湛蓝的湖里摘下一个真实的月亮。

在这整个过程中，人们默默无言，骷髅也默默无言。刀豁然下身时，所有的人，都听到了从尸骨身上发出的一声深深的叹息。

19 母 爱

郁郁莽莽的原始森林永无尽头，遮天蔽日。自从朝圣者一家进入森林地带以来，已经在里面缓慢行走两个月了，可是似乎还没有走到森林的边。时值雨季，森林的雨水也特别的多，雨水在天上，在树上，在地上，在飘来飘去的云雾里，到处都是湿漉漉的。吸一口气，就像喝下半碗水，让人肚子成天撑得难受；伸开手掌在空中抓一把，也能把空气捏出水来。潮湿泥泞的道路加重了那个磕长头的喇嘛的负担，他每天都仿佛是在泥里打滚，一路的泥巴也被他带走了不少，以至于每天晚上在火塘边时，达娃卓玛和阿妈央金都要用棍子敲打，才能将他一身的"泥铠甲"敲打下来。

黑密密的森林里也是魔鬼出没的领地，在他们进入这片广袤的森林前，曾经有好心的路人劝他们最好是和马帮一同进去，因为森林里的每一棵古树后，都可能是魔鬼的藏身之地。可是那些赶马人都是些疾走如飞的家伙，哪支马帮队伍愿意和一天只能前行十来里路的朝圣者一家同行呢？人们还说森林里有一种墨蓝色的毒雾，是从魔鬼的鼻孔里喷射出来的，人、牲畜一嗅到，立即倒地，就像瞌睡来时睡过去了一样，只是没有谁能够再爬起来。当然了，森林里的各种野兽也是路人的天敌，大到虎豹熊罴，小至毒蛇蚂蟥，一座与世隔绝的原始森林，是动物们的天堂，却是人类的陷阱。

洛桑丹增喇嘛说："在我们出发时，贡巴活佛说朝圣的路上有人和非人的灾难，有强盗、猛兽、干旱、魔鬼、饥饿五大险境，这是佛祖对我们心诚不诚、志坚不坚的考验。没有付出，怎能求到世界上解脱罪孽的真正佛法。这片森林就是一座地狱，我们也要去闯一闯。"

在他们进入森林之前，格布村的两个汉子曾经星夜赶路，送来了杀手昂青的佩刀。倒不是他们为朝圣者一家报仇杀了昂青，而是这个家伙在驿道上平白无故地就被山上滚下的一块石头砸中了脑袋。"尊敬的喇嘛，他的报应来得就像你的咒语一样快。"

洛桑丹增喇嘛说："并不是我的咒语杀了他，而是神灵的谴责无所不在。我一个出家修行人，要刀做什么呢？"一个汉子说："拿它斩杀一路的魔鬼。尊敬的喇嘛，我是个打刀匠，但还没有见过如此做工精湛的宝刀。"

喇嘛将这把杀了自己兄弟的刀接过来，如果他不出家，他的眼睛一定会一亮，他的心中一定会升起一股英雄般的热血。刀鞘上镶嵌有四颗宝石，像四颗耀眼的星星，他把刀从刀鞘轻轻抽出来，瓦蓝的刀身映着星星和月亮的光芒，映着英雄的梦想，也映着他弟弟玉丹迎面走向这把刀时最后的身影。

喇嘛闭上了眼睛，没有让自己的眼泪流下来。他把刀小心放回刀鞘，递给了身边的达娃卓玛。"你收好它吧，让它的杀气永远不要再出来，让它的刀刃再不要沾到众生的鲜血。"

洛桑丹增喇嘛在刀的另一面曾经看到过杀手昂青凄苦懊悔的脸，他的孤魂在半空中飘浮，仿佛是一只离群掉队的鸟。那块从山上滚下来的岩石把他的头砸进了肚子里，现在他努力想把头伸出来，因此那头在脖子处一伸一缩的，像一只长脖鸟。他的来世只有投生为一只随着季节四处迁徙的鸟，地上时常会有枪口和箭瞄准它，天上有猛禽捕捉它，它永远都在逃亡，流浪，为觅一粒食，得飞上几百里的路程。

森林里的道路极难辨认，枯枝败叶还没有来得及腐烂为泥，新的落叶和倒下的大树又遮蔽了一切。在很多路段，他们只能靠倒毙在路边的尸骨和一些隐约可见的火塘遗迹来确定自己的方向。那些白骨森森的尸骨在朝圣的路上，真是一个个惨淡悲凉的路标，可是尸骨的主人却充满幸福，他们安详而满足地在路边或坐或卧，为后来的朝圣者指路，告诉他们一路上需要躲避的灾难。洛桑丹增喇嘛曾经从一副尸骨那里，得到了自己要去拉萨拜访的上师的消息。那尸骨的主人也是一名喇嘛，他在森林里被熊啃去了一条大腿和一只胳膊，在临死时喇嘛把自己的手印留在身后的岩石上，为后来者指明去拉萨的方向。他还通过自己仍在森林上空中飘浮的阴魂告诉洛桑丹增喇嘛，上师在拉萨已经知道了一个来自卡瓦格博雪山下的喇嘛正在磕长头修大苦行的消息，上师已经在拉萨的寺庙里为他念经祈祷，并加持无上的法力。这个葬身熊口的喇嘛还告诉洛桑丹增喇嘛，要提防森林里的熊，它们是魔鬼的帮凶。

　　魔鬼的身影在原始森林里虽然飘忽不定，但的确随处可见。一个大雨过后的下午，他们在一片林间空地发现了一个小小的村庄，这就是说朝圣者一家即将走出黑森林了，但并不意味着他们已经逃离了魔鬼的领地。朝圣者一家进入村庄时，人们正在为一件事情大声争吵。两个母亲同时宣称一个才三岁的孩子是她们的亲生儿子，她们长得一模一样，不要说村人和她们自己的丈夫，就是孩子也分辨不出来谁是自己的亲生母亲。这样奇怪的官司在孤僻的村庄里年年都有发生，村人面对争夺孩子的母亲时，就像一只手不得不伸到火上去烤，是先烤手背呢还是先烤手心一般，难以作出人的决定。因为这是魔鬼给人类出的难题。在这种人与魔鬼的官司中，人类总是上魔鬼的当。通常的情况是，当村里的阿老将孩子判给这两个母亲中的一个时，另一个就会被村人当场打死。可是到了第二天，孩子便被那个打赢了官司的母亲吃得只剩下手和脚的指头了。魔鬼派出的罗刹女①总能骗过善良淳朴的村人，在孤独的村庄里扮成母亲骗孩子吃。

　　"磕长头的喇嘛来了，他的法力一定深厚无边，请他来给我们指出谁是罗刹女，谁是孩子真正的母亲吧。"村中的阿老一看见洛桑丹增喇嘛，就欣慰地说。

---

　　① 魔女的代称。

洛桑丹增喇嘛一家被人们簇拥在中间，听村人七嘴八舌地叙说了事情的原委。他看见两个妇人一边一个拉着一个孩子的手，她们果然长得就像孪生姐妹，也许连孪生姐妹都没有她们相像，她们甚至连为争夺孩子弄零乱了的头发，都飘散得分毫不差，一个妇人眼睛里掉五滴眼泪，左眼两滴，右眼三滴；另一个也会掉五滴，也是左眼两滴，右眼三滴。只有魔鬼要害人时，才会把人类的软弱掌握得清清楚楚，从而找到攻击人类的法子。

"你们到底谁是孩子的阿妈？"洛桑丹增喇嘛问。

"我是。"两个妇人同时说，连说话的语调都一样。

洛桑丹增问村里的阿老："过去你们怎么辨认孩子的母亲呢？"

"我们采用占卜的方法，可是魔鬼比我们更精明；我们又叫她们在口袋里摸黑白两种石子，摸到黑石的就是罗刹女，可是魔鬼在口袋里把石子悄悄换了，罗刹女每次都能摸到白石子。我们已经知道，村子里哪户人家的孩子多出一个阿妈来，这家人就要遭殃了。尊敬的喇嘛，我们斗不过魔鬼的法术啊。"

"那好吧。"喇嘛让围着的众人让开一块空地，对那两个女人说，"你们都紧紧地各拉住孩子的一只手，使劲拉吧，谁把孩子拉到自己的怀里，谁就是孩子真正的阿妈。"

两个妇人泪眼婆娑地互相看一眼，仿佛不明白喇嘛的话。

"来呀，使劲拉！"洛桑丹增喇嘛喝道。

她们一狠心，开始拉扯争夺那孩子。孩子大哭，喊："阿妈呀，我痛！"

一个妇人听到这揪心的哭喊，顿时把手松开了。孩子被拉到另一个妇人怀里。

喇嘛走到那抱着孩子的妇人面前，厉声说："还不把人家的孩子放开！你危害村人多年，快滚回地狱里去！"

在村人的目瞪口呆中，那个罗刹女终于现了原形，她放下孩子，嘴里血红的舌头像放布帘一般滚落出来，一直奔拉到了胸前；她的身上也发出绿色的光来，人们方才看清她衣服里面一寸长的绿毛，她在村人的一片喊打声中落荒而逃。

村庄里多年来第一次响起了欢快的歌声，人们争抢着要把朝圣者一家接到自家的火塘边去。阿老说自从这个罗刹女来到村庄后面的山上后，大家的脸上就没有了笑容。曾经有猎人悄悄地摸到了她栖身的山洞，那洞里到处是人头盖骨和头皮，洞壁上还挂满男人风干了的生殖器和女人的乳房，她在人头盖骨碗里捏糌粑，在干枯了的女人乳房做的茶碗里喝茶。天知道她从哪里抓来这么多的受害者，大概这些可怜的人都和你们一样，是一些路过这片森林的朝圣者。

洛桑丹增喇嘛说："如此作恶的妖孽不除，朝圣的路上还不知要留下多少白骨。明天你们带我去那个山洞看看，她到底是哪一路的魔鬼。"

第二天，洛桑丹增喇嘛在村人的引领下，找到森林里的那个山洞。它在一道悬崖下，人们需拉着树藤才可以溜到洞口。洞里面果然阴森恐怖，到处是人的器官和白骨。一只母狼被人们堵在洞里，睁着惊恐的眼睛蜷缩在洞深处。

"原来她是一只狼变的。"有人说。

人们用箭来射那狼，却怎么也射不中它。它在岩石后面跳来跳去，发出女人号丧时的凄厉叫声。洛桑丹增喇嘛说："别射了，我们把洞封死就行了。"于是众人退出来，找来石头将山洞一层又一层地封得严严实实。到时光荏苒，世事轮回，人间善恶因果，互为交替。洛桑丹增喇嘛二十年学法、十年苦修，终于证得了密宗大法中某些精深奇妙的佛法要旨时，他才明白这个被封在山洞里的罗刹女原来也是一个修行者。只不过她没有证悟到人间的正法，而是修持到魔鬼的套路中去了。就像有的人学到了起死回生的咒术，但又没有学到咒生到死的法门，如果他碰巧从地狱里放出来一个恶魔，人类就要遭殃了。

村人劝朝圣者一家在村庄里多住一些时日，等雨季过了再走。洛桑丹增喇嘛想到两个达娃和阿妈央金在风雨里的艰辛，尤其是叶桑达娃，她现在已经是一个可以满地跑的孩子了，可是泥泞崎岖的林间山路让这孩子少有在大地上撒欢的机会。"那就歇一歇再走吧。"喇嘛对自己身后的两个女人说。

自从进入原始森林以来，洛桑丹增喇嘛总感觉到有某种威胁潜伏在密林的深处，它紧随着他们缓慢的前进速度。喇嘛曾经通过念大威德金刚经祈诵佛法的加持，可是以他目前所掌握的法力，他还不能看清威胁究竟来自何方，也不知道到底是哪一路的魔鬼缠上了这支小小的朝圣队伍。有时候，在林间阵阵松涛的背后，在溪流潺潺流水的浅唱之间，他能听到魔鬼的足音如影随形地紧跟着他们。它一会儿隐匿在浓雾后面，一会儿闪现在巉岩之间，一会儿又悬浮在人的脑海深处。有几天，他都看见了一头豹子的身影，它就隐身在离他们不远的半山腰上，用一双明亮的眼睛注视着山道上的朝圣者。洛桑丹增喇嘛想：这家伙不是魔鬼派来的帮凶，就是佛祖请来的护法神。喇嘛一年多来的苦修使他已不惧怕任何魔鬼，可是他不得不为身后的两个女人和孩子担忧。在与魔鬼同行的路上，女人和孩子，是一个男人的软肋。

这是两个让朝圣之路上所有的路人看见都要心生悲悯的女人啊。

他们同情和崇敬的眼泪会被阿妈央金满头的白发感动出来，会被襁褓中的孩子饥饿的啼哭牵扯出来。他们问磕长头的喇嘛，这一路上魔鬼强盗遍地都是，为什么不多带几个男人出来？他们还会充满担忧和疑虑，这支小小的朝圣队伍，怎么可能走到圣城拉萨？除非一个人的悲悯之心，像大地一样宽广。人们还说。

以至于在去拉萨的路上，来往的朝圣者都会互相打听洛桑丹增喇嘛已到哪里的消息，只是他们不会说他的名字，他们称他为"悲悯喇嘛"。"悲悯喇嘛"在雪山下。"悲悯喇嘛"在森林里。"悲悯喇嘛"降伏了湖里的一个魔鬼。"悲悯喇嘛"生病了，住在湖边的一所木楞房里。

关于"悲悯喇嘛"的消息，和风一起在雪域高原上穿梭往来。魔鬼当然也知道了这个消息，它们要阻止"悲悯喇嘛"的悲心，因为悲心一旦惠及众生，魔鬼就不能控制人们的心灵，在人间也没有了立足之地。

半个月以后，雨停了，洛桑丹增喇嘛的体力也恢复得差不多了，朝圣者一家起程离开了这个森林里无名的小村庄。村庄的前方有一座叫尕布儿的雪山，据村人称莲花生大师曾在这座雪山上修行，还降伏了雪山上吃人的妖魔，使它成为了佛法的护法神，村人每年秋季都要绕神山一圈，以洗涤自己一年来的罪孽。洛桑丹增喇嘛想，既然已经来到了神山脚下，那就磕长头绕山一圈吧，也算是为这个善良淳朴的村庄祈福攘灾。到拉萨朝圣的人，路经一些神山圣湖，一般都会临时改变行程，围绕当地的神山转上一圈或几圈，以示对当地神灵的尊重。而这一路上的神灵何其多，这也就是朝圣需费时几年的原因之一。

一个阳光灿烂的下午，朝圣者一家在一条溪流边打茶休息。溪流两边的灌木特别茂密，灌木后面是黑密密的森林。叶桑达娃在溪边玩水，上午时达娃卓玛随手采了两朵野花别在她的头发上。小家伙已经长出一头乌黑的头发，野花别上去，映衬着她童稚的笑脸，让人一时分不清哪是孩子的脸庞哪是娇艳的花儿。这个出生在朝圣路上的孩子，路越走越长，她也越长越大。她就是一个看得见、抱得着、永远都温暖着内心的希望，比喇嘛心中的圣城拉萨更鲜活，比达娃卓玛绵绵无尽的思念和爱更具体；同时，娇小玲珑的叶桑达娃也是朝圣路上的一份伤心和怜悯，一份牵挂和惆怅。如果说当叶桑达娃还在母腹中时，达娃卓玛喝一口酥油茶，热了怕烫着肚子里的孩子，吸一口山路上的雪风，也怕冻着自己心尖上的血肉的话，那么当叶桑达娃降生在朝圣路上以后，在无数个颠沛流离的白天，在漫长的天当被地做床的夜晚，达娃卓玛唯有用自己一人之躯，用母亲怀里的热气，来抵御大自然中的风霜雪雨。在广袤的大地上，在迢迢的旅途中，一个母亲的胸怀是那样的微不足道，是如此的渺小纤弱，可是，它却是世界上最温柔的地方。

"叶桑，别玩水了，水凉。"达娃卓玛在一块岩石下生火，透过飘起的青烟对女儿喊。

阿妈央金去找柴火去了。洛桑丹增喇嘛靠在路坎下用酥油搓揉自己的膝盖，早晨出发时天还没有亮尽，他没有看清山路，膝盖重重地磕在了一块尖锐的石头上，尽管还隔着一层棉花，可那里当时还是肿了。喇嘛不知道这是神灵对他的一次警告，因为这一路上像这样磕磕碰碰的事情太多了。酥油和青稞酒，是喇嘛疗外伤最好的外用药。

"过来吧，叶桑。"喇嘛对那小女孩喊。

"爸……爸爸爸。"小女孩说。她正在学发音，常将洛桑丹增喇嘛喊成爸爸。而且，这是她学会的第一句话，甚至早于学会叫妈妈。这让大人们颇感意外，没有人教她喊爸爸，可孩子生活中需要一个父亲，这却是生命中天经地义的事情。

每当孩子这样叫他时，洛桑丹增喇嘛都不能不想起玉丹。唉，他能听到孩子的叫声吗？喇嘛想。

在夜深人静的时候，洛桑丹增喇嘛经常能看到弟弟玉丹的脸，沉着，坚毅，充满爱心。那脸上的胡子已经长得很长了，使他看上去像一个威风八面的康巴汉子。玉丹过去总是把胡子修得干干净净，尽管那时他脸上的胡子并不多。他给人的印象就像寺庙里的一个读经僧一般文静，曾经有人问阿爸都吉，为什么不送这孩子去寺庙里呢？说不定你家会出一个大格西。阿爸总是说，念经的人心要静才行，这孩子外表看起来像个姑娘，内心里也有一匹野马在跑哩。阿爸虽然常年在外奔波，可是他对弟弟的心事却看得很准。洛桑丹增喇嘛想，恐怕阿爸没有想到的是，自己会成为一名喇嘛，人生真是无常啊。甚至连阿爸讲的故事，都和现实中人的命运不一样。洛桑丹增喇嘛还记得起阿爸讲的康巴人带着妻子、儿子和兄弟去拉萨朝圣的故事，在魔鬼面前，他保住了自己的亲兄弟，把妻子和儿子供奉给魔鬼了。可是，喇嘛悲哀地想，我失去的恰恰是自己的亲兄弟。

"勇纪武"在离孩子不远的树林里安详地吃草，这骡子每天忠实地跟在朝圣者一家的后面，默默无言地驮起一路的艰辛与苦难。只有到了晚上，它才把心里的话跟阿妈央金倾心交谈。那时它在阿妈央金眼里不再是一匹骡子，而是丈夫都吉。他们就像从前在火塘边聊家常那样，一聊就是半夜。聊天的内容包括磕长头的喇嘛的手板已经磨破了，要给他重新找一副；前面的山道上有一条岔路，要走左边的那一条；有一个叫安羌的村庄你们千万不要进去，村里有害人的黑寡妇，过去多少马脚子都命丧那里，等等。这一路上，"勇纪武"就是一个忠实的老仆人，一个慈祥的老父亲，它也许没有为朝圣者一家化解苦难的能力，但是它和他们一起承受着这苦难，分享着那个向着圣城拉萨一等身一磕头的喇嘛的虔诚与喜悦。而在有的时候，它还会提前向朝圣者一家发出危险的警报。就像现在，它忽然嘶鸣起来，前蹄像少女一脚踩到蛇身上那样一蹦三尺高。

树林里传来很大的响动，紧接着，一个粗壮的黑色身影带着一股浓烈的腥风扑了出来，直奔溪边的孩子而去。

"熊！"洛桑丹增喇嘛惊呼道。

"叶桑快跑啊！"达娃卓玛大喊。

熊从溪流那边一跃就扑进了水里，溅起的水花在阳光下映射成满天的珍珠。孩子看见一个大家伙落了水，呵呵地笑起来，还拍起了小巴掌。平常在枯燥的旅途中，洛桑丹增喇嘛经常与她玩跌倒的游戏，喇嘛故意滑倒，弄出很大的响声，让孩子呵呵直乐。

在熊和孩子之间，洛桑丹增喇嘛离孩子更近一些，因此他先向孩子扑过去，但一个身影比他更快速敏捷、更勇猛凶狠。那是达娃卓玛，她没有奔向孩子，而是扑向了正从水里站起身来的熊。

"滚开！"达娃卓玛跳进了溪流。

那家伙浑身湿漉漉的，立起来比达娃卓玛还高出一头。它愣了一下，大约在想今天这顿猎物竟然会如此轻易地到口。熊和达娃卓玛对视了几秒钟，然后仰天长啸。

"畜生！不要叫啊！"达娃卓玛张开双臂，仿佛想要拦住的只是一匹马，而不是一头嗜血的熊。它野蛮的叫声，比撕吃人的血盆大口更让达娃卓玛愤怒。

"别吓着我女儿!"她厉声喝道。在生死攸关的时刻,一个母亲最能展现出女人从不轻易示人的英雄气概和盛满生命之爱的柔情。

熊往前一扑,就将她按倒了。但是达娃卓玛揪住了熊的耳朵,死死地揪住,就像她当年还是一个姑娘时揪住豹子的尾巴,如一只蝴蝶依恋在豹子身上一样,现在她和熊在水里滚成一团。

可惜的是,洛桑丹增喇嘛已不是当年的阿拉西,他手里也没有了那杆轰跑了豹子的火绳枪。他已把孩子抱在了怀里,却只有眼睁睁地看着达娃卓玛在溪流里和熊搏斗。幸好这时阿妈央金听见响动赶来了,喇嘛忙把孩子交给她,反身从行囊里抽出了杀手昂青的那把刀。这是他们一路上唯一可以用来防身的武器。

喇嘛抽刀出鞘,"刷"的一声金属摩擦的声音,喇嘛听得很真切,仿佛心中的热血也被这干脆利落的声音沸腾了;但是他听见还有一个更真切温和的声音:

"你已经是受过戒的喇嘛了。杀生为万恶之首,难道你忘了吗?"

在后来洛桑丹增喇嘛闭关修行的黑暗山洞里,在他手捻一颗颗光洁圆润的佛珠,梳理时光的脉络时,在他深入记忆的库房,翻拣尘封的历史,辨认往昔岁月的峥嵘与温馨时,在他从三昧禅定①中回到纷繁喧嚣的人世,重新拾起回忆的碎片,悲悯大地上的有情众生时,他会为当年在那条无名的溪流边,面对老熊以身相抵的达娃卓玛掬一把伤感而惭愧的眼泪。

"去杀了那头熊啊喇嘛!"母亲在他的身后高喊。

---

① 密法修持中的一种个体意识与宇宙融合为一,恬淡虚无,天人合一的最高境界。

洛桑丹增喇嘛立在水边，一动不动。

"喇嘛，快来帮帮我!"卓玛从熊的身下挣扎出头来，一双眼睛里交织着怒火和绝望。

洛桑丹增喇嘛依然未向前一步。

"佛祖啊，我的儿子，你这是怎么啦?!"阿妈央金急得捶胸顿足，要不是怀里抱着孩子，她真的要跳下溪流里去了。

溪流来自雪山下的冰川，冰冷刺骨。达娃卓玛的身子已经冻僵了，但是她的双手还紧紧揪住熊的耳朵，熊却一口衔住了她的肩膀，一甩就将卓玛的半个肩头撕烂了，清洌的水一下成了鲜红色。

喇嘛看见了红色的溪流，像澜沧江水一般漫过了他的眼帘，漫过了他悲悯众生的心灵，漫过了男儿的英雄梦，还漫到了他的脚边，几滴红色的水珠溅落在喇嘛的袍子上，透过袍子厚厚的麻布，又穿过喇嘛被大地打磨得坚硬粗糙的皮肤，直接浸到了他的心上，让他一颗矛盾的心裂成两半。

红色的溪流远去。一同远去的还有熊和达娃卓玛。熊已经把卓玛的一个肩膀撕下来了，但它仍然被对手死死地缠住，在溪流里随波逐流。前面有一个十几丈高的瀑布，熊知道自己虽说是林中之王，被冲下瀑布也绝无生还可能。它暴怒地在溪流里挣扎，用两只后腿蹬裂了对手的腹部，还咬着她的肩甩来甩去，把对手的骨与肉撕扯得满世界都是。可它还是被一股世界上最强大的力量拖住了。一种以母爱的名义以死相拼的勇气，必然会聚成世界上最高贵、最强大的力量，不要说一头熊，就是魔鬼也会害怕呢。

田野调查笔记（之五）

此登都吉是个八十四岁的老喇嘛，年轻时他曾经十一次沿着滇藏茶马古道赶马去拉萨，最远走到过印度噶伦堡。我们曾经有过一次三天三夜的长谈，这个饱经风霜的老人在给我说到熊时，我还能感受得到他内心的恐惧。

我的感觉是，和一个喇嘛聊天近似于和半个神灵交谈，他们具有往返神界与人间的双重身份。只是我不知道的是，他们什么时候心灵翱翔在神界，什么时候又活在当下。一个能在两个世界来去自如的人，我不知道这究竟是一种幸福呢，还是某种负担。至少在我和此登都吉喇嘛交谈时，我得努力转换自己的思维，才能捕捉到他话语中那些神灵与魔鬼飘浮不定的影子。

那个时候去拉萨的路上熊多，有些熊是山林里的，有些熊是魔鬼的化身。此登都吉老人说。

那么，你遇到过魔鬼变的熊么？我问。

老喇嘛说，遇到过，经常的事。你要是得罪了当地的山神，造了孽，魔鬼就变幻成熊来捉拿你。

可是，尊敬的喇嘛，你怎么区别一头熊是魔鬼变的，还是山林里的？

魔鬼变的熊，会飞。老喇嘛咕噜了一句，裹了裹自己身上宽大的袈裟。

会飞的熊？

啊啧啧，那时候会飞的家伙多了。熊啦，豹子啦，野猪啦，都在天上飞来飞去。喇嘛肯定地说。

怎么现在它们不飞了呢？我忍住笑，尽量一本正经地问。

现在？现在的天空不属于神灵了。喇嘛不满地说，似乎察觉到了我的轻慢。现在的天上到处飞的都是你们汉人的飞机不是？嗡——那么大的声音，神灵和魔鬼都被吓跑了。昨天我看见，电视上的那些飞机还在拉屎下来杀人哩。

那是美国人的飞机。我说。

我年轻时打仗，第一次看见飞机拉屎。啊啧啧，人被弹起来三尺高。我问我们队伍里的如本①，天上飞的那家伙拉屎我们怎么办？如本踢了我一脚，说你去擦它的屁股啊。

我笑了，老喇嘛也笑了。我知道他曾经参加过二十世纪五十年代末期的那场叛乱，他是被人家裹挟进去的。他赶马到后藏时，遇到一些人在路边支了一排大锅，里面煮满了牛羊肉，招呼大家去吃。他没有想到天下竟然还有这样美好的事情，也没有想到这是天下最大的陷阱。他舀了一碗牛肉吃了，就被编进了藏军队伍里，然后就不明不白地和解放军打仗，他的赶马人生就此改变。

可是今天我不想听他讲打仗的故事，我更想弄清楚熊为什么会飞。于是我又问，尊敬的喇嘛，熊是怎样飞的呢？

熊在月光里飞。此登都吉喇嘛说。有一次在波密②的森林里，我们晚上时把骒马拴到树上，然后就把藏靴脱下来压在头下睡觉。为什

---

① 旧时藏军队伍里的营级军官。

② 现在的西藏林芝地区波密县。

么头枕着靴子睡？这样早上起来靴子才不会冻成一坨冰。我们睡在几棵大树下，骡子都拴在附近的林子里。刚刚睡了一小会儿，林子里的骡子忽然惊叫起来，蹄子敲打得大地就像滚下来的一场泥石流。我们爬起来举着火把一看。啊啧啧，骡子不见了好多匹。我们想糟糕，一定是熊把骡子赶走了。

熊怎么赶骡子？我问。

喇嘛没有正面回答我的话，继续沉浸在往事的回忆当中。他说，我们借着月光去找骡子。那天晚上月亮把森林照得像白天，连树上的树胡子都看得见，我们跟着骡子的脚步声追到了那几匹跑散了的骡子。刚把它们赶在一起，一个大家伙从空中飞来，一下就跳到了一匹头骡背上，就像一个骑手跳上骏马一般。

我问，你是说熊吗？

就是它。这个家伙驾着月光从我们的头顶飞过去，赶在了我们的前面，把我们的骡子给赶跑了。有六匹骡子呢。

那么，它把骡子赶到哪里去了呢？

当然是悬崖下了。头骡摔下去了，后面的骡子就跟着往下跳。熊会飞，它摔不死，骡子是地上跑的动物，不会飞。天亮后我们绕到悬崖下，看见一头大熊正坐在摔死的骡子背上大吃哩，这狗娘养的就像坐在饭桌边吃饭一样不慌不忙。那一趟走拉萨我们可亏惨了，只有找人把骡子驮的货背到拉萨，你说说，那要花多少银子？后来我们才知道，我们在过当地的神山时，我们的马锅头（老板）和山下的一个黑寡妇睡了一觉。哦呀，人们都叫她黑寡妇。那女人人长得风骚，比电视上那些做广告的女人都风骚（我大笑）。马锅头年年到这里时都要去找她。可是这一次他和她做男女间的事情时候，那黑寡妇要喝他的血，马锅头就把她杀了。原来她是罗刹女变的，是魔鬼的媳妇。我们把魔鬼得罪了。

黑寡妇又怎么会变成了罗刹女？我差一点又忘了是在跟谁对话啦。

老喇嘛叹了一口气说，那寡妇本来是一个好女人，但被一个罗刹女害死了，自己变成女主人的样子，就成了黑寡妇。马锅头不知道，还以为是自己原来的相好，那罗刹女在驿道上专门喝赶马人的血，那些一出门心就犯花了的赶马人，被她害了不少。什么都是因缘果报啊。现在的一些有钱人，到外面去乱找女人睡觉，结果害得自己生意是生意做不成，干部是干部当不成，老婆娃娃面前脸是脸也不会有的了。他们以为外面的女人好，其实这些女人都是些罗刹女。她们喝男人的血，一直喝到把男人的身子掏空。

老喇嘛后面紧扣社会现实的话再次让我笑了起来。我们顶多说那些迷惑了成功男人的女人为"二奶"，没有人把她们当成罗刹女。当一个成功男士栽倒在美色之下时，他是否会认为自己原来是被一个罗刹女掏空了身子和远大理想呢？

你这个人，东跑西跑的，也要小心身边的罗刹女。老喇嘛忽然对我说。

我么？我有些诧异，他怎么会把话头转到我的身上来了。尊敬的喇嘛，你看出我有这样的危险吗？我问。同时努力在想那些和我交往过的女人，她们中谁会是魔鬼的女儿。

电视上像你这样念过书、戴个眼镜的人，经常被罗刹女害得很苦。我看见你的时候，以为电视上的人走下来了。老喇嘛诚恳地说。

这扯淡的电视，把我们的老喇嘛害成什么样了啊。不过我真的很感谢此登都吉喇嘛对我的悲悯，以后哪个女人对我送秋波，或者在我对哪个女士示殷勤之前，我一定要好好看看，她是不是一个罗刹女。

此登都吉是那种居家修行的喇嘛，这种喇嘛不属于寺庙，只属于自己的心灵。人老了，世俗生活看透了，就自己置办一身袈裟，到寺庙里举行个剃度受戒的仪式，以在家修行念经，礼佛供神为主。他看上去老实厚道，平和温顺，宽大的袈裟裹着佝偻的身子，狂风一吹，仿佛天上的神灵随时要把他带走。他行走时背像一座小山峰一般地隆起，胸部永远和大地平行，保持一种谦逊的姿态；他的肤色是古铜色的，光洁健康，还微微发红，仿佛皮肤上印满了一层又一层阳光的年轮，脸上并不如我们的想象有那么多深刻的皱纹，除了花白的头发和白尽了的胡子，他连老年斑都没有一块，他几乎算得上是一个保养得很好的老人家。我想这种保养并不是通常我们所认为的诸如良好的医疗条件，富足而科学的营养搭配，有专家指导的延年益寿的活法，等等。此登都吉喇嘛的养身方式来自于他平和的内心，与世无争的精神状态，视人生苦难为修行的一种方式和手段。他绝对没有刻意地保养生命，也绝对没有认真地和衰老与孤独做斗争，他就像蹦落在大地上的一粒坚硬的核桃，在大自然中默默地承受一个卑微的生命所要面对的一切。

他只会简单的几句汉语，还会一些印度话。比如："姑娘，你长得很漂亮""老板，请给碗水喝""姑娘，晚上出来找我"，等等。当他给我学说这样一些语句时，他像一个老小孩般亲切可爱，逗得我们哈哈大笑，青春时的浪漫时光仿佛又回到了他苍老的脸上。我相信这些话都和他当赶马人的美好回忆有关。一个人的心灵里总有一些话语是刻骨铭心的，它和生命里某些生动的片段和鲜活的细节有关，哪怕他是一个最为平凡普通的人呢。

我请了我的一个藏族康巴兄弟扎西尼玛来帮忙做翻译，那真是一场马拉松式的采访。老人家有时说了半个多小时，扎西兄弟翻译过来也就是几句话。我常常不甘心地问扎西，就这些？扎西说，就这些意思。老人家啰唆么，一个事情翻来覆去地说。可是我分明感觉到在老人的陈述中有许多生动的细节在语言的转换过程中流失掉了，我只能恨自己不懂藏语。而有时候扎西为了向我说清某种情形，也得把此登都吉喇嘛的几句话咀嚼成冗长的汉语，扎西总是说，这个意思用汉语说出来就没有原来的味道了。扎西是个挺认真的藏族诗人，在做翻译时总想把老喇嘛的话弄出诗的韵味。在我们反复讨论的时候，老喇嘛要么默默地坐在一边捻手上的佛珠，要么已经酣然入睡。他睡得很深，但睡得很短，一分钟前分明还在打呼噜，一分钟后从他的喉咙里就冒出一串经文来了，那经文仿佛来自他的睡眠深处，呜噜呜噜呜噜，呜噜呜噜呜噜噜噜噜……我不知道他在念什么经，但我知道这就像人要呼吸一般，是他生命的自然流露。

尊敬的喇嘛，你打过熊吗？在此登都吉嘴边的经文刚刚滚落出一段后，我抓紧问。

只有傻瓜才会去惹那个大家伙。老喇嘛笑着说，我们见到熊一般都绕着走，撞到一起了，就把它吓唬开。轻易不开枪打它，你一枪打不死它，它就跟你拼命，人怎么拼得过魔鬼。

你在马帮队伍里带枪吗？

我当然得有枪，每支马帮都有人带枪呢。一路上那么多野兽的灾难，土匪的灾难，各种魔鬼的灾难，没有枪怎么行？那个时候的好男儿要有三件宝，宝刀、快枪和良马么。我腰别一把二十响的驳壳枪，肩上还背一杆装五发子弹的汉阳造步枪，威风得很哩。

此登都吉老人说自己当年"威风得很"的时候，我看到了一股豪气在他苍老的脸上荡漾。我想，要是现在让我也像他当年一样，身带长短枪，胯下白骏马，像个牛仔一样地走南闯北，我也会感到自己威风八面，我也会在老了的时候，回忆自己年轻时的浪漫时光，以慰藉老年孤独苍凉的人生。

那头熊是一个大强盗的投生转世。此登都吉喇嘛突兀地说。

哪头熊？吃了你们六匹骡子的那家伙？我问。佛祖啊，我又面对一个转世轮回的故事啦。

就是。老喇嘛肯定地说。它的前世是一个很厉害的强盗，名叫强佐贡布，过路的马帮一听到他的名字，连骡马的腿都要打战。强佐贡布跟魔鬼的四个女儿睡觉，他的女人有的专喝小孩的脑子，有的喝马脚子的血，有的还喜欢用人皮做自己的衣服。

你刚才说的那个罗刹女就是强佐贡布的媳妇、魔鬼的女儿吗？我有些明白，又有些糊涂。

就是。老喇嘛回答说。他们是一家，天下的魔鬼都是一家。官府拿他们也没有办法，打不过强佐贡布的人马。有一年，云南的两家大马帮商号，伙同四川的一家马帮商号，还有三家寺庙带枪的喇嘛，一起跟强佐贡布的人马干。把他们围在一个山洞里，马帮的人就将柴火堆在洞口，点燃火，烧了两天两夜，把里面的土匪都烧死了。那强佐贡布在死的时候发了个恶愿，请求魔鬼让他来世转生为一头熊，专吃过路的马帮。魔鬼是他老丈人，就答应了自己女婿的要求，真的让他投生为熊了。

可是……可是，你怎么判定……你们是怎么知道强佐贡布转世投生为一头熊了呢？尽管这个故事已经很完美了，不需要更多的注释，但我还是想找到故事成立的依据。

年轻人，你们不信佛，不懂因果。此登都吉喇嘛嘀咕道，扎西尼玛如实向我转述了老喇嘛的不满。他嘟着嘴说，我们向神灵祈求的时候，有善的愿，也有恶的愿，善愿造就了善人，恶愿就留给恶人。你今生做了什么，说了什么，祈求了什么，来世都会应验的。强佐贡布胸前有一团白毛，有的人还叫他白毛强佐呢。到他投生为熊时，熊胸前那团白毛和它的前世强佐贡布的一模一样。

可它是一头会飞的熊，就像你说的。那个叫强佐贡布的，他又不会飞。我努力想找出他们转世之间的可疑之处，以求证喇嘛给我讲的究竟是真实的历史，还是传说。

强佐贡布也会飞。此登都吉喇嘛轻声说。

他怎么飞？也在月光里飞吗？我高声问道。即便他是一个江洋大盗，即便他也像我们一样，可以不认识牛顿，但他也得受地球引力的束缚吧。

不，他有一架飞机。老喇嘛说。

我听见他用汉语准确地说出了"飞机"这个词。因为"飞机"是一个飞进古老的藏语里的现代汉语词汇，就像我们的汉语里也飞进来了许多外来词汇一样，因此当我听此登都吉老喇嘛说一百多年前的西藏大盗强佐贡布有一架飞机的时候，我差点晕了过去。

他怎么不说那家伙有一颗原子弹呢。我对扎西尼玛说。

强佐贡布在当强盗的时候，他手下有一个喇嘛，他会造飞机。老喇嘛认真地说，他帮强佐贡布造了一架飞机。那时我们不叫飞机，叫它神鹰。神鹰一天可以飞到圣城拉萨，再一天又飞到了印度。强佐贡布坐着这架神鹰去拉萨朝圣，然后又去印度朝拜莲花生大师修行的圣地。在他回来的路上，一个磕长头朝圣的高僧告诉他，西藏人用不着这些没有灵魂的、消磨人意志的东西，朝圣之路是用脚步和身体来丈量的，飞在天上容易让人分心，找不到内心深处的佛。那个高僧为了教化强佐贡布，就念了个咒，让神鹰再也飞不起来了。后来连能造神鹰的喇嘛也由于磕长头高僧咒语的法力，再也想不起来神鹰该如何造了，他毁掉了造飞机的所有工具，自己到山洞里去做了一名苦修者，再没有走出过那个山洞。要不然，我们藏族人造出来的飞机，比你们汉族人造的飞得更高，更远。因为它是用喇嘛们的法力造出来的。

一个生活在二十世纪初的西藏喇嘛独自造了一架飞机，这是《天方夜谭》里的故事吗？不。在此登都吉喇嘛看来，这是真实的。

我问我的藏族兄弟扎西尼玛，你相信他说的是真的吗？

藏族诗人扎西尼玛用诗一般的语言回答道：大哥，没有一个藏族人不相信一名喇嘛上师的话。如果我们过去能造飞机、轮船、火车、计算机，甚至能造原子弹，你们汉族人，还有全世界的人，还会喜欢我们藏族人吗？佛教的境界是超越轮回，悲悯众生，也要求修行者毁心灭智，追寻自我寂灭。太聪明的脑袋瓜和太执着的心机并不受藏族人喜欢。我们藏族人里肯定曾经产生过爱迪生、爱因斯坦、比尔·盖茨这样的天才，如果他们发明了电灯，他们一定会觉得在佛菩萨面前燃一盏酥油灯比电灯更能敬佛，这样他们就会把发明了的电灯丢弃。同样，飞机也许被西藏的某个聪明人发明了，但是面对磕长头去拉萨朝圣的人，这个聪明的家伙会感惭愧。经书里记载许多具有神识的喇嘛高僧可以御风飞行，可他们面对神山圣湖，面对圣城圣者时，仍然以自己的身体和心去朝拜。机器，计算机也许都被我们的前人想到过，但是当他们走进寺庙，在诸佛菩萨面前朝拜进香，在神灵面前洗涤自己的罪孽，他们会发现，这比发明一架机器更对人生有意义。机器只能使人劳作，活得更累，而礼佛却让人心灵安详，找到生命的本质。机器造出来了，佛的位置就没有了。

此登都吉喇嘛突兀地插进来用汉语准确地说。——如果我的耳朵的确还在脑袋瓜上的话，我想我听到的是一句从喇嘛嘴里说出来的汉话。

嗨嗨！在采访开初，他通过扎西尼玛告诉我说，他既不会听也不会说汉语，为了藏汉两种语言准确地翻译，我们费了多少时间，花了多大工夫啊！我和扎西尼玛面面相觑，但不得不承认，这句话此登都吉老喇嘛说得很对。

再看看此登都吉喇嘛，这时已深深地蜷缩进那身暗红色的袈裟里，只露出一张阅尽人间沧桑、波澜不惊、宠辱皆忘、苦乐平等、怨亲一味的平和淡漠的脸。轻微的鼾声已经从那袈裟里荡漾起来了。他就像打了人一拳的老练拳手，早退缩到一个安全的地带上养心去了。而我们还在想，我怎么就挨揍了？

20 父 爱

渡口摆渡人才桑看见那个磕长头的喇嘛已经在河对岸磕了有两个时辰的长头了，他是在把过河的这一段距离先补磕回来，可是两个多时辰的长头足以在河上走五六个来回。"他真是一个虔诚的喇嘛。"才桑对自己的妻子色珠说。

色珠是个患了麻风病的女人，现在的嘴还是豁的。但是她从魔鬼的利爪下逃了出来，一年前一个路经此地的蓝眼睛大胡子的洋人给了她一种白色的药丸，救了她的命。

两夫妻在这个渡口以摆渡为生，妻子色珠因为嘴缺，平时话不多。她木木地望着对岸那个在大地上一起一伏的身影，"他们今，晚，不会过河，来了。"色珠一张口说话，风就往她的嘴里边灌，将她从喉咙里滚出来的语句吹得七零八落。

"不过来好，我们再也布施不起了。"才桑说。

"他，们去，拉萨，总要过，河。"

"佛祖，我们拿什么来布施？"

"还，有半，口，袋糌粑。"色珠费力地说。

"半个多月没有人过渡口了，佛祖才知道人都到哪里去了，那些去拉萨和印度的马帮商队，那些朝圣的人马，那些走村串寨的手艺人，好像都被魔鬼捉去了。这驿道上好不容易盼来几个行人，却是去朝圣的喇嘛。不但不能给我们过渡费，还要我们布施给他们。可我们已经吃了一个多月的野菜拌糌粑面了。"才桑滔滔不绝地说。

"半口，袋，糌粑。"色珠固执地说。

才桑有些恼怒，看看对岸，喇嘛还在磕头，一个老妇人在河边生火，还有一头枯瘦如柴的骡子，在光秃秃的河对岸不耐烦地扬着蹄子。天色向晚，冷风从河面上刮过，带着雪山的冰凉气息。节令刚刚进入春天的门槛，正是青黄不接的时候，大地上仍是一片空旷。河水刚开冻，一些冰块从上游漂下来。其实在这个季节里并不能怪路上没有人，因为还不到出门的时候；也不能怪才桑抱怨家中的糌粑少，因为在冬季里人们并不需要渡船，河上的冰层融化以后，才桑才有生意做。他已经苦撑了一个冬天了。

才桑解开了船的缆绳，跳上船，一点篙竿，撑船而去。色珠默默地看着丈夫的背影，知道他嘴里嚷得再厉害，心里还是对佛菩萨充满敬畏的。

才桑作为摆渡人，是个既可以渡阳间的人也能渡阴间的鬼的快活过日子的家伙。那些经常往来于渡口的风骚娘们儿们，说起才桑的本事，都要咒骂这个迟早要被魔鬼捉去的骚公狗，说他驾船就像骑马，搞女人就像采路边的野花。才桑是个乐观豁达的人，在这荒野上摆渡，形形色色的人南来北往，难免会有一些魔鬼混杂其间，可是他们看见才桑脸上阳光一样明媚的笑脸，雪山一般高远的胸怀，都不再想打他的主意了。连那些四处害人的罗刹女，虽然知道他好色，却从不来找他的麻烦。

才桑的船到了对岸，对那喇嘛喊："尊敬的上师，你过河吗？"

喇嘛说："我今天的功课还没有完哩。"

才桑说："天要黑了，河边风大。你磕的头已经够你过十次河了。"

喇嘛说："今天是个特殊的日子，为了纪念一个妻子和她丈夫的团聚。"

"噢，他们在哪里见面了啊？"

"天上。"喇嘛说着又重重地磕了个头。

才桑不说话了，他看见了在不远处生火的那个老人家，他走了过去，问："老阿妈，喇嘛在为谁超荐啊？"

那老妇人木然地说："我的小儿子和儿媳妇，也是他的弟弟和弟媳。还有就是……"老妇人指指一个藤条编的大筐子里那个睡着了的孩子，说，"他们也是这孩子的阿爸阿妈。"

才桑看看磕头的喇嘛，又看看老妇人，再看看筐里的孩子，总算弄明白了这一家人里生者和死者的关系。他的眼睛就像被河水淹没了。

"今天是我儿媳投生转世的日子①。"央金又说，"我们在祈祷神灵让她去找我的儿子。"

"老阿妈，我送你们过河吧。那边虽然没有一顿丰盛的晚饭，但是还有一间木屋可以避避风哩。"

"丰盛的晚饭？"老妇人不无悲哀地说，"施主啊，我们已经吃了一个多月野菜和树根了。只是苦了我这孙子……看看吧，她都饿得能看见身上的血管和骨头了。"

月亮升起来之前，才桑把朝圣者一家接过了河。他一走进河边低矮的木屋，就高声喊："色珠，来尊贵的客人了，赶快打茶，打茶。快去啊，你这个笨婆子。"

"酥，油没，有了，怎，么打茶？"色珠为难地说。

"没有酥油还有茶叶么。"才桑忘了自己这一段时间来是怎么过的了。

"茶，叶，末子，也，没有了。"

"你这个笨嘴婆子，怎么那么话多！"才桑叫骂起来，举手要打色珠。

随他进来的洛桑丹增喇嘛伸手拉住了他。"慈悲的施主，你没有听过一句俗语说，只要肉不要骨，只要茶不要茶叶，这是过分的要求

---

① 即亡者死后的第四十九天，藏传佛教称之为"受生中阴"，亡者的灵魂经过一段时间的徘徊后，在这一天选择转世投生的方向。

吗？烧一锅热水给我们就是了。"

"没有酥油和茶叶，但是我们还有糌粑哩。色珠，咱们捏糌粑布施给磕长头的喇嘛吧。"才桑豪爽地说。

色珠犹豫了片刻，把佛龛下面的一个藏式木箱拖出来，打开了一把老铜锁，再拿出一小个布口袋，那里面大约还有三斤左右的糌粑面。

"吃糌粑，吃糌粑。"一个看上去四岁左右的儿子像一条可怜的狗一般爬了过来。才桑一步抢到孩子和糌粑口袋之间，抬起一脚，就将孩子扒拉到了火塘边。"那边烤火去，别来抢喇嘛上师的食。"他厉声说。

"是你的儿子吗？"央金阿妈问。

"是。"

"他有四岁多了吧？"央金问。

"今，年就，八岁。孩，子吃，没有，不长，个子。"色珠一边抹眼泪，一边揉着糌粑面回答道。

"唉。"央金叹了一口气，把行囊里上午吃剩的半个野菜饼拿出来，掰开后放进色珠揉糌粑的木盆里。

那顿晚饭喇嘛一家吃得很香，并不是指他们母子两吃了多少，而是一个多月来，他们第一次幸福地看着叶桑达娃吃饱了。孩子终于吃得脸上有了光亮，有了笑容，有了嘴里吃到香甜食物的"吧唧吧唧"声。这一个晚上，她再没有在半夜里被饥饿从睡梦中赶出来了。而才桑一家也感觉非常幸福，色珠把揉糌粑的木盆仔细地用一瓢水洗了，给自己和才桑一人分了小半碗汤，平常人们揉糌粑是不用洗碗的，糌粑面根本就不粘碗，糌粑吃完，那些洇浸着古老岁月的糌粑盆依然油亮发光，可以印出人影。因此色珠洗木盆的那碗汤，实际上只是有点糌粑味儿的清水而已。至于他们的儿子，那个具有悲悯心的喇嘛把自己的糌粑团掰下一半来给了他。孩子的胃里就像有一只手，一把就将那糌粑团拽进去了。末了还后悔地跟他妈说，糌粑真香啊，我还没来得及好好在嘴里咂咂味道，就咽下去啦。

晚饭后，洛桑丹增喇嘛问："前面的村庄离这里有多远？"

"三天的路程。"才桑回答道，"你磕头去的话，大概要十多天呢。"

喇嘛陷入了深思，这十来天里，给叶桑达娃吃什么呢？这孩子的身体状况已经每况愈下，他甚至没有把握叶桑达娃能不能挨过这段没有人烟的路程。

第二天，洛桑丹增喇嘛谢绝了才桑的挽留，他不想再给人家增添吃饭的嘴。可是在他们要上路时，才桑把剩下的那小半口袋糌粑面全都扔到了骡子的驮架上。他轻松地说："从小我阿爸就告诉我，与其布施给寺庙里的菩萨，不如布施给修行的喇嘛。尊敬的上师，我们本地的山神会保佑你们一家的。"

"可是，这是你们最后的几口粮食了。我们不能要。"阿妈央金说。

"最后的粮食？老阿妈，这是哪里的话。"乐观的才桑用唱歌一般的语调说，"一个慷慨的人是不会饿肚子的。地里年年都在长粮食，山林里也有会奔跑的粮食，天上还有会飞的粮食，做一个摆渡人，他的粮食会有南来北往的过路者送来。到处都有粮食呢，我尊敬的喇嘛。请好好为我们祈诵顿顿有糌粑、天天有茶喝的吉祥幸福的生活吧。我们盼望这一天已经把头发都盼白了。"

洛桑丹增喇嘛不会忘记这无名野渡善良淳朴的一家人，也不会忘记才桑的豪爽与慷慨，更不会忘记他说到吉祥幸福的生活时一脸的向往——他的愿望是多么的渺小，又是多么的难以实现。洛桑丹增喇嘛在离开渡口后的一段时间里，天天都在念经的最后，祈求神灵满足渡口边那个善良的人小小的心愿。无所不在的神啊，求你赐予这个好人一口糌粑，一碗酥油茶吧。

可是，喇嘛不知道的是，他的这个心愿被魔鬼一口吞了。他们走后，才桑天天都在为如何填饱肚子犯愁。他从祈祷渡口早日有人来过渡，到祈求山神让他在附近的山林里撞上什么野物，再到最后哀求神灵帮他赶走肚子里的饿鬼，它折磨得他实在受不了啦。那些饿鬼不但在他的肚子里折磨他，把他的肠子一段一段地揉碎、挤瘪，在他的胃里拳打脚踢，甚至还从他空洞的嘴里跑出来，飘浮在屋子里，到处翻拣，看有什么东西可以下口。有一天才桑看见几个饿鬼缠绕着自己的儿子，让他抓火塘里的灶灰吃。那孩子一把一把地将黑色的灰往嘴里塞，吃得泪流满面，满头黢黑，干呕不已。才桑一狠心，从自己的腿肚子上割下一大坨肉来，血淋淋的肉丢进了火塘上已经冷了多日的锅里。他忍着剧痛对儿子说：

"别吃火塘灰了，我们煮肉吃吧。"

那孩子没好气地说："阿爸，家里连糌粑渣渣都没有了，佛菩萨那里才有肉哩，可是他让我们吃上肉了吗？"

才桑强撑着笑脸说："儿子啊，你只要虔诚供佛，佛菩萨给的肉就会飞到锅里来。"他舀了一瓢水倒进锅里，"你看看吧，这不是你要吃的肉么？"

等色珠回来看见锅里的肉时，才桑已经痛昏在火塘边，这个一说话嘴就漏风的女人再也不结巴了。"才桑啊才桑，你真是最有菩萨心肠的好男人啊！"

那一坨肉也没有让饥肠辘辘的三口之家支撑多久，渡口畔的小木屋终于再也不冒炊烟了。半个月后，一支早行的马帮商队才姗姗来迟，他们在河对岸喊了半天也不见艄公出来，就派了一个马脚子凫水过来。那马脚子上岸后推开摆渡人的门，发现屋里的三个人浮肿得通体透明，手和脚关节处的骨头都戳破了皮，每个人的手指为了在虚无贫瘠的世界里抓到一点可以填进嘴里的东西，指节骨全都只剩下一半了。他们满嘴的木渣和布絮，在绝望的深渊里也没有放弃对一口糌粑的期望。但是他们的脸上依然宁静而慷慨。

那支马帮商队后来追赶上了朝圣者，洛桑丹增喇嘛向他们打听才桑时，才知道这一家人为了给喇嘛布施，已经全家饿死。那天晚上喇嘛一夜未眠，悲心大发，为才桑一家念了整晚的经。人间真正的佛法啊，众生永脱轮回苦海的道路啊，将由谁来指引给那些善良无助、卑微命薄的藏族人呢？

魔鬼似乎还要考验洛桑丹增喇嘛求法救世的决心，他们被一群饥饿的豺狗盯上了。这是帮既厚颜无耻又凶残无度的家伙，像狼一样大，比狼还更凶狠。它们在荒野里成群结队，专门攻击形单影只的弱者。在一个没有月亮的晚上，这帮野兽偷袭了"勇纪武"。它们从"勇纪武"拉屎的地方咬进去，一直咬到把骡子的肠子拖出来。可怜的"勇纪武"早就饿得跑不动了，眼睁睁地看着豺狗就像苍蝇一样围着自己的屁股疯狂撕咬，把肠子拖得一地都是。洛桑丹增喇嘛和阿妈央金听见响动赶来时，只见"勇纪武"站在那里淌眼泪，已经摇摇晃晃的站立不稳了。

阿妈央金当时气得跌坐在地，号啕大哭："都吉，你再不想陪伴我们了吗？"

"勇纪武"眼泪涟涟地对阿妈央金说："央金啊央金，这一路上只有指望你了。我累啦，再也走不动啦。那边的魔鬼催得急哩。佛菩萨会保佑你们的。"

洛桑丹增喇嘛等"勇纪武"快闭上眼睛时，才重新看见阿爸都吉的身影，就像他当初作为"回阳人"在峡谷里飘来飘去那样，都吉的灵魂从"勇纪武"的尸体上飘出来了，他的那颗破碎的心还裸露在外面。喇嘛急速地念诵超荐亡灵的经文，还试图和阿爸说上两句话，但是都吉向他挥挥手，就像一阵烟一样地飘走了。从那天以后，他就再也没有看见阿爸的身影，甚至连在梦里，他都只是一个朦胧模糊的影像。

现在，朝圣的队伍里就只剩下磕长头的喇嘛和阿妈央金以及小叶桑了，但是迈向圣城拉萨的脚步一天也没有停留。没有了骡子，喇嘛有时不得不在一些险峻的山路上，停下磕头的功课，帮阿妈央金背一段路的行囊，然后自己再回去补磕；有时是阿妈央金把叶桑达娃放在路边喇嘛磕头看得见的地方，自己先把行囊往前背一段，再折回来背孩子。就这样走一程返一程，每天前行的距离只是原先的一半。许多路人看见这势单力孤的朝圣者一家，都纷纷流着眼泪布施，赞叹。一个八十多岁的老阿妈和她的两个儿子牵了一匹骡子专程赶来布施青稞和酥油的，她说："我一年前就听人家讲朝圣的路上有一个叫'悲悯喇嘛'的圣者，我虽然老得不能到圣城朝圣了，可是我要祈求佛祖，让我供奉给'悲悯喇嘛'的布施增进我在来世的功德。"

有一次一个非人非魔的家伙从天上飞来，降落在洛桑丹增喇嘛的前方，他看见喇嘛磕头磕得辛苦不说，后援也实在令人心酸，就对喇嘛说，他驾驭的这只能在天上飞翔的神鹰，是一个聪明的喇嘛班智达[①]

[①] 梵语，指精通声明（律学）、因明（声正理学和逻辑学）、工巧明（工艺学）、医方明（医学）、内明（佛学）这"五明"的博学者。

发明的，骑上它就像驾驭一匹长了翅膀的神驹一般，一天就能飞到拉萨，因为这神鹰的翅膀坚硬无比，强劲有力。他劝洛桑丹增喇嘛一家搭他的神鹰一起去圣城，在大昭寺磕百十万个头，也是一样的功德啊。洛桑丹增喇嘛一眼就看出他是魔鬼派来迷惑他内心的孽障。他平和地对这个可以在天上飞的人说，迷惑人灵魂的东西，总是想让我们的心离开大地，我们藏族人可不是急匆匆赶路的人。用脚步和身体丈量出来的朝圣路，才真正具备无量的功德。你飞在天上的时候，还感受得到大地上的悲悯、找得到内心深处的佛吗？那个家伙被喇嘛一席话羞愧得无地自容，驾着他的神鹰逃了。

这天下午，央金把孩子放在一块岩石下，自己背上行囊先走。岩石的后面是一片不高的杂树林，里面很安静，喇嘛在不远处一步一步地磕头，叶桑达娃就在他的视线之内，这让央金放心。可是她刚走出去不远，就听见叶桑达娃尖厉的哭喊，央金回头一看，顿时吓得脚都软了。至少有七八条豺狗——就是曾经偷袭了"勇纪武"的那帮家伙——围住了叶桑达娃，还有豺狗不断从杂树林里蹿出来。这帮畜生自从盯上了孤独无援的朝圣者一家后，已经跟踪了他们半个多月了。

"滚开啊！"央金老阿妈丢下行囊，从包里抽出那把从来没有用过的宝刀来，像一头愤怒的老母狮，舞刀向豺狗群冲过去。路后面的洛桑丹增喇嘛也赤手空拳地冲了过来，嘴里喊着不连贯的咒语，也许他认为咒语可以吓跑凶残的豺狗。

那群豺狗是懂得分工协作的狡猾家伙，它们分成三拨，一拨对付持刀的老阿妈，一拨对付冲上来的喇嘛，剩下的那几只，竟然合力把孩子叼起来，想往树林里跑。

央金已经劈翻了两条豺狗了，可是她不得不眼睁睁地看着叶桑达娃被豺狗叼走。一条凶猛的豺狗咬住了她的藏袍，把她拖翻在地。在她倒地的一瞬间，她看见洛桑丹增喇嘛也被几条豺狗扑倒了，他手上一样自卫的家什都没有啊。

"佛祖啊佛祖，求求你，帮帮我们！"她仰天哭喊。

不知是哪一位神灵听到了老阿妈央金悲切绝望的呼喊，一头花斑豹从天而降，带着愤怒的呼啸一跃就跳到了豺狗群中央，那叼着孩子想跑的几条豺狗刚一发愣，就被花斑豹连扇几掌，扇得它们满地乱滚。那些围攻央金和喇嘛的豺狗，都是些欺软怕硬的家伙，它们一哄而散，眨眼逃得无影无踪。

孩子从豺狗的嘴里跌落在地上，哇哇大哭。豹子立在孩子的身前，雄视着四周，似乎不允许任何动物再靠近它的猎物。

"神圣的佛、法、僧三宝，你们中是谁赶走了豺狗，又是谁派来了豹子！"央金再次绝望地用自己的手掌猛拍身下的大地。如果他们还勉强可以和豺狗搏斗的话，面对豹子，他们不过只是它嘴巴边的一小团糌粑而已。

洛桑丹增的心都快蹦跳出来了，他想念诵一段经文来加持自己的勇气，可是他的脑子里一片空白。这时他清晰地听见一个熟悉万分的声音：

哥哥，不要怕，我是玉丹。

喇嘛惊得四处张望，可是这个世界除了他们祖孙三个，就是那头站在叶桑达娃身边的豹子了。他更加惊奇地看见，那豹子走到孩子面前，用鼻子轻轻地嗅了她一下，孩子就不哭了。

仿佛是传说中的奇迹出现，豹子围着叶桑达娃转圈子，不时用它的鼻子去触摸孩子的脸蛋，那份亲昵，就像是叶桑达娃的父亲。阿妈央金在山道上看得目瞪口呆，路那一头的喇嘛仿佛终于明白了什么，感动得一头匍匐在地上，感谢佛祖的慈悲。

喇嘛走到豹子面前，深情地问："玉丹，你是我的好弟弟玉丹吗?"

豹子颔首，跪下了自己的前腿，一向凌厉如闪电的一对豹眼淌出亮晶晶的两行泪花。喇嘛把豹子头揽进怀里，痛哭失声地喊道：

"阿妈，阿妈，它……它是是……玉丹的转世啊!"

"我的儿啊! 你怎么不早点来帮我们……"阿妈央金跪伏在地上号啕大哭。

"呜——"那豹子一声哀鸣，仿佛也在为没有从熊口里救下达娃卓玛而悲伤。

从此以后，这头漂亮的花斑豹成了朝圣者一家的守护神，它一直护送着朝圣者到圣城拉萨。许多行走在朝圣路上的商旅都看见过这样的奇迹，豹子若即若离地跟随在磕长头的喇嘛的周围，荒野和森林里的百兽再不敢来打扰朝圣者虔诚的长头。在人们的传说中，这头豹子原来是朝圣者的亲兄弟，他在被一个杀手杀死之前，用刀在自己的手臂上刻了一头豹子的图案，虔诚地向前世、今生、来世的诸佛菩萨发愿，祈求自己能转世投生为一头豹子，以保护磕长头的喇嘛和自己的家人。直到今天，人们在说起这个故事时，还称它为"护佑佛法的豹子"。

第六章

21 种 马

　　羌塘草原上大雨如注的夜晚，雷在草地上像一个巨大的石碾子一般滚过，闪电仿佛是从前方不远处的地上蹿出来的一条条发着白光的蛇，把草原上浓厚的夜幕撕得支离破碎。曾经温顺宽广的蓝色草原现在变成了黑色的海洋，地上的水，天上的雨，爆炸的雷，挥舞的闪电，让这个夜晚在草原上找不到地方避风雨的五人五骑狼狈不堪。

　　借着闪电的亮光，可以看见英雄扎杰的尸骨傲然挺立在马背上，他的父亲、没鼻子的基米骑马在前，手里紧紧攥着一根缰绳，英雄扎杰虽然已经不能驾驭马了，但是他父亲手上的这根缰绳，将带他光荣地回到故乡。英雄扎杰的尸骨上已经有好几个花环，那都是路上遇见的人们献给他的。英雄并没有被人们遗忘，尤其是英雄永不屈服的尸骨，让善良的人们心中的希望，即便在这个魔鬼肆虐的狂风暴雨之夜，也不至于被浇灭。

　　自从达波多杰得到了那把宝刀之后，他们已经在羌塘草原上转悠了快一年了。并不是英雄扎杰的尸骨走不出这草原，而是达波多杰执意要在吹过草原的风中捕捉梦中的那匹宝马的足音。这里到处都流传着有关马的动人心魄的传说，从日行千里的良马，到踢云破雾的神驹，都驰骋在每一个流浪歌手的歌声里，跳跃在每一个游牧民的梦想中。他们告诉达波多杰说，你找的那匹马，羌塘草原上肯定有啰。在白云的尽头，在草原的深处，我曾经看到过它；在喇嘛上师的经文里，在老阿爸的回忆中，在格萨尔王的传说里，一匹英雄骑过的良马刚刚踏歌而去，草地上被马蹄掀起的尘埃也才刚刚悄然落定。而在神灵的世界，在幸福的来世，这样的神驹到处都是。

到了羌塘草原达波多杰才发现，每一个游牧民心目中，都有一匹他要寻找的宝马；而在现实生活里，他要寻找的宝马离他忽远忽近，忽虚忽实。但即便它是一个云中的幻象，是梦里的一次闪现，达波多杰也要追上去，抓住它，跃上它的马背，附在它的耳边轻轻对它说：如果佛祖把我们所有的幸福都留给来世，所有的苦难都判给今生，就让我找到一次真正的幸福吧。我的心肝宝贝我的美梦，为了你，我把我的来世抵押给魔鬼也心甘情愿。

借助闪电短暂而耀眼的光芒，他们看见了一条宽大的河——天知道它到底是一条河还是洼地上的积水，但不管怎么说，绝望中的五个人还看到了河对岸的山坡上有依稀可辨的几顶牦牛帐篷。兜头而来的暴雨密集得令人窒息，连骑在马上的英雄扎杰，也从嘴里呼出"咝咝"的寒气。这让跟在后面的小厮仁多浑身直起鸡皮疙瘩。自从扎杰的尸骨与大家一起旅行以来，仁多夜夜都要做噩梦，他才十六岁，命还很弱，不足以抵御一副尸骨散发出来的阴气。晚上睡觉时，那尸骨经常一步就跨进了他的梦里，和他取笑打乐，拿他开心。他不知道这是英雄在磨砺他的勇气，他只是对这个成了一副骷髅却仍倔犟地到处行走的家伙心生畏惧。

达波多杰在风雨中大声招呼他身后的人："我们过河去！"

益西次仁在犹豫，没鼻子的基米说："我儿子认为这河不能过。"

很多时候，每当他们在路上遇到难题时，他们都要问英雄扎杰的意见。方法之一是把扎杰的尸骨从马背上请下来，供在几炷香前，由没鼻子的基米询问那副尸骨他们前程的吉凶。

达波多杰不满地说："你又没有敬香，怎么知道你儿子的想法？"

"他的嘴里在哈寒气，这就是在警告我们。"没鼻子的基米说。

"谁的身上还有一丝热气？"达波多杰反问道，"再不找到一处火塘，我们都会被冻死的。走啦！"他率先拨马跳下了河。

河水开初只在马肚以下，可是等他们打马走到河的中央时，河水越来越湍急，马已经渐渐站立不稳。虽然是夏季，但河水依旧冰凉刺骨，人的双腿已经麻木得感觉不到马镫。到河水漫到马鞍时，天忽然就黑了下来，人在马鞍上连马头都看不清了。达波多杰感到自己忽然飘了起来，河水带着他像一片树叶一样地随波逐流，他听见忠心的老管家最后的嘶喊："少爷要小心啊……"还听见小厮仁多胆怯地惊叫："阿妈——"然后他就什么都不知道了。

达波多杰醒来时，已经在一个温暖的火塘边，一个脸膛黝黑的老阿妈裸露着半个奶子，正在一口一口地喂他酥油茶。他是被女人怀里的温暖和滚烫的酥油茶暖和过来的。那女人一双黑黢黢的手在他的一头鬈发里摩挲，"多漂亮的头发啊。"他听见女人说。

"我这是在哪儿？"达波多杰问。

"在我的帐篷里。"女人回答道。

"我的仆人们呢？"

"我只捡到了你，就像捡到一匹迷路的骏马。"女人笑眯眯地说。

达波多杰这才想起了昨晚的遭遇，他一摸腰间，那把命根子似的宝刀还在，他松了一口气。他想爬起来，但是女人紧紧地揽住他不松手，"别动，你身上的寒气还没有跑完。"女人温情地说。然后她拉过一张羊皮褥子，把两人一起盖上了。

那个晚上达波多杰浑身燥热难当，颤抖不已。身边这个看上去可以当他妈的女人在羊皮褥子里一点也不老实，她的手在他滚烫的身子上到处游走，抚摸得他一肚子的羞愤。可是他身上一点力气也没有啦，迷糊中他感到有一段时间女人骑在了他身上，要和他做那事儿。他想起了嫂子贝珠的温存与柔软，想起了和嫂子在欢娱的巅峰时的疯狂尖叫。——噢，那个女人此刻离他有多远啊！现在他身上的女人倒是够疯狂的了，可就像是一个喝醉了酒的女人，在欺负一个无辜的孩子。

天亮以后许久，达波多杰才醒来，女人已殷勤地为他打好了酥油茶。牧区的奶茶比半农半牧的峡谷地区更浓郁芳香，厚厚的一层酥油喝下去后人身上的力气便一寸一寸地增长。达波多杰就像还在梦中，对昨晚发生的一切依然恍惚迷惘。我怎么会和这个又老又丑的女人睡在一张羊皮褥子里呢？

佛祖，我的刀呢？他一摸腰间，没有触摸到那熟悉万分的刀柄，惊得他从褥子里跳了起来——他从来都没有跳得那样高，就像那些修炼瑜伽法力的密宗瑜伽士，腾在半空中迟迟不落地。帐篷里很暗，加之达波多杰又不熟悉周围的环境，他一下成了没有主心骨的人儿，像一个即将要飘走的灵魂。

"我的主子，求求你下来吧！"那个昨晚把他搂在怀里的女人，在火塘那边惊慌地喊，骇得双膝一软，跪在了地上。

"我的宝刀，去哪儿了？"达波多杰悬在半空中，张皇失措地左顾右盼。

"你说的是你的刀吗？喏，在那堆衣服下面。"女人说。

这时达波多杰才看见地上的一堆衣服里有微弱的光芒，那是刀鞘上那些宝珠透过层层的衣服映射出来的。他的心倏然落地，人也从半空中重重地跌了下来。到他老的时候，达波多杰还可以回想起自己悬在半空中的情景，"魔鬼有时会把人一把扯到天上，让他找不到脚下的土地。如果没有谁来帮你赶紧下来，你的灵魂就飘走了。"他对一个喜欢听他讲过去的故事、靠写字吃饭的家伙说。

不一会儿，有许多的女人唧唧喳喳地来到了帐篷外，她们就像看稀罕动物那样从帐篷的窗口、门帘处往里张望，她们都用一块羊毛编织的头巾裹住了大半个脸，只留出一双滴溜溜转的大眼睛，那眼神紧张、兴奋、惊喜、羞涩，仿佛无数双手，把不知所措的达波多杰浑身摸了一个遍。

喝午茶的时候，女人们在帐篷里坐了一地，达波多杰才弄明白原来他落到了一个纯女人的部落。这个部落除了还有几个小男孩，就只剩下清一色的女人了。部落的男人们两年前外出驮盐，可是他们在半路上遇到了准噶尔强盗，那是一帮凶残无度的家伙。藏北一带的游牧民，每年都要组织驮盐队到盐湖驮盐，以换取生活之需。可是准噶尔强盗是依附在驮盐队身上的吸血鬼，他们自己不去驮盐，却专抢驮盐的商队。这个部落的男人们不但被准噶尔人抢走了所有的财物，还将他们在脖子上系上石头，都沉到了湖底。"我们部落已经两年没有男人了。"那个昨晚和达波多杰过了一夜的老女人玉珍说。实际上她并不老，只和达波多杰的嫂子差不多大。生活的艰辛让她看上去比实际年龄至少长了三十岁。

"远方尊贵的老爷，留下来吧，我们推你做部落的首领。"玉珍说。

"我要去找我的两个仆人和一个叫没鼻子的基米的人。昨天他们和我一起落的水，你们有谁看见了他们吗?"

"他们是男人，被命运带到哪里都有茶喝。我们这儿需要男人，就像牧场上的牛羊总得有公有母，牲畜才会像星星一样兴旺起来。老爷，我们不会让你去放牧受苦，每个晚上你到几个帐篷里走走转转就行啦。"玉珍呵呵笑着说，她周围的女人都以殷切的眼光看着他。

狗娘养的骚娘们儿，把你老爷当种马啊。达波多杰想破口大骂，但转念一想，现在自己身无分文，落难到人家的帐篷里，骂人的资格已经没有了，老爷的架子也端不起来了。

"我不是来你们这里当老爷的，我还有更重要的事情要去做。"达波多杰说。

"没有比当我们的老爷更重要的事情了。"玉珍摆动了一下腰间的刀，达波多杰这才发现，帐篷里的女人都带着腰刀，也许是因为她们没有男人的缘故吧，这些女人看上去都有一股剽悍劲。"没有我们的同意，你走不出这片草原。"玉珍最后用略带威胁的口气说。

达波多杰也把自己的手摸向了腰间，但是他看着眼前这帮女人，心里顿生羞愧。哪有一个男人和女人挥刀搏杀的？你把她们杀得尸横遍地，又算是哪一路的英雄好汉？他的心软下来了。

达波多杰的英雄梦就这样无端地沉陷在了草原上温柔的女儿乡里。玉珍似乎是这个女人部落的头领，部落里有十来顶帐篷，达波多杰每隔上一两天，就会被玉珍领着，走进一个帐篷，在那里待上几天后，又给他换另一处帐篷。她就像给牧场上的牛羊安排交配期一样，分配着部落里女人们的欢乐与喜悦。草原上的姑娘比起峡谷里高山牧场上的姑娘来，显得更粗犷健壮，敢作敢为。有一次达波多杰在一处帐篷多待了一天，一个女人就提着刀找上门来，两个女人就在帐篷外的草地上拼杀，完全像男人们为了自己的爱搏杀一样。在一旁观战的达波多杰苦笑不已，佛祖啊，世界真是掉了一个个儿啦，老爷成了乞丐，一心想实现男人光荣梦想的康巴汉子，却成了草原上的种马，而娘们儿为了男人，也敢动刀子啦。

这个令另一个女人动刀子的姑娘名叫贝珠，如果说部落里的二十多个女人中还有让达波多杰心生怜惜之情的人的话，贝珠或许就是其中之一。并不是因为她让达波多杰想起了澜沧江峡谷那个狐狸变的贝珠，而是出于他从未有过的怜悯。这个贝珠就像一只草原上的沙鼠，机敏柔弱，招人怜爱。达波多杰是她的第一个男人，当她第一次钻进达波多杰的怀里时，可怜的姑娘什么都不会，又什么都想做。她在羊皮褥子下像沙鼠一般到处乱钻，可就是找不到自己的快乐之源。达波多杰忍不住笑了，问，姑娘，你多大了？姑娘说，十二岁了。达波多杰又问，谁让你来的？回答说是奶奶。奶奶说，在这个世界上，羌塘草原上两条腿的男人比四条腿的种马生命还短。一不抓紧，草原上的牛羊就稀少下去了。达波多杰摸着姑娘光溜溜的硌手的背脊怜惜地说，可是你还不到做母马的年纪啊。姑娘泪流满面地说，奶奶说了，种播下后，草原就有希望了。老爷，求求你，我阿爸和两个哥哥，都被他们杀了。

夏季里的羌塘草原牧歌悠远，诗意盎然，成片的牛羊点缀在青青草地上，与蓝天白云相互映衬，让人分不清哪是飘逸的羊群哪是落地的白云。而达波多杰却没有好兴致来欣赏广袤无垠的草原。他常常在白天暖洋洋的太阳里，把怀里的宝刀一次次地抽出来，对着亮丽的阳光，仔细地阅读刀刃上的每一个细节，就像在读一个个精彩绝伦的故事。这把宝刀自从到了他的手上后，刀相师没鼻子的基米为它重新开了刀刃，仔细地擦洗了刀身，还告诉他如何收藏一把宝刀，保养一把宝刀，即便是供佛的仪轨，也没有供养一把宝刀那般繁琐细致。

远处草地上的白云忽然急剧地翻滚起来，不是在天上飘飞，而是在地上逃命。女人们的惊叫和牛羊的哀鸣也同时传来了。贝珠姑娘从帐篷后面跑过来喊道："老爷老爷，强盗来了！"

达波多杰这才看清，在地上翻滚的白云后面，有两个骑手正策马杀来，草地上四处逃逸的白云就是玉珍家的羊群，玉珍在羊群后跌跌撞撞地往达波多杰这个方向逃。达波多杰心中一阵狂喜，试刀的机会来了，他冲贝珠姑娘大喊一声：

"给我牵匹好马来！"

草原上哪能没有好马，贝珠顺手就将帐篷外拴着的一匹马的缰绳解了，将缰绳朝他一扔："上马吧老爷，杀了那两个强盗啊！"

达波多杰翻身上马，一提缰绳就冲了出去。他几乎还没有来得及思考，刀仿佛自己就从刀鞘中跳出来了，达波多杰高举着宝刀，旋风一般杀了过去。那两个家伙没有想到这个女人部落里会冲出一个男人来，他们是在这个部落尝到了甜头的两个强盗，隔上一段时间就来抢掠一次，既抢牛羊也抢女人。但这一次，他们遇到麻烦了。

领头的是一个四十多岁的黑脸汉子，肩背一杆双叉火绳枪，手舞一把长柄马刀，他看见一个男人斜刺里冲了过来，手上的刀像月光一般洁白又阴森。这一片月光眨眼就到了眼前，汉子挥刀就挡，但是他的刀就像一根树棍，"咔嚓"一声就被对方的刀劈成两截。两匹战马擦身而过，汉子的马惊慌地蹿出一箭之地。黑脸汉子想，这家伙的刀真够快的啊，他想提马回身再战，忽然发现马已经不听他的使唤了。

这一场搏杀很多年以后人们都在津津乐道。人们说，当时不是马不听那强盗的使唤，而是强盗自己的双手已不听脑袋的指挥。当他想提缰绳时，他还不知道自己从右肩到左肋，半个身子已经被达波多杰的宝刀劈了。他骑马跑了一箭之地，上半身才终于齐斩斩地从马背上掉下来，落在草地上了那强盗还在喊："我的马我的马!"等他发现自己半截身子戳在草地上、半截身子还骑在马背上时，这个家伙才大叫一声，颓然倒地。马背上的那下半截身子一时没有了主张，任那惊慌失措的马儿带着那没有心的躯体漫游天涯了。

　　那另一个强盗在不远处看到这场仅一个回合就让自己的同伙身首异处的搏杀，惊讶得目瞪口呆。当达波多杰打马冲向他时，他滚鞍下马，跪在草地上把手里的刀双手高高举在了头顶上。

　　达波多杰身上的热血已经沸腾到了顶点，就像火塘上鼎沸了的茶壶，即便你把火塘灭了，壶里的水仍还要翻滚一阵子哩。他的马一眨眼就冲到了投降了的强盗面前，刀像闪电一般劈下去——不是他要劈人，而是刀在他的手里像一匹奔跑的豹子。达波多杰不得不紧紧地握住刀柄，刀才没有从他的手掌里飞出去。他胯下战马的马蹄，从投降者的耳朵边像一双迅疾的鸟一掠而过。这个强盗是个不长胡子的青年人，干干净净的脸，看上去像一个僧侣。他直挺挺地跪在草地上，眼望着达波多杰远去的背影。过了很久，一阵风吹来，他的身子才倒下去，可脑袋还悬在半空中，仿佛是想向胜利者快得如撕裂天空的闪电般的宝刀致敬。

　　这颗脑袋多年来都没有落到大地上，风把它带到遥远的地方，风也把一把宝刀惊风雨泣鬼神的故事吹遍羌塘草原。一颗飘浮的人头在草原上的各个部落，在雪山溪流间，在流浪歌手的琴弦声中如泣如诉，讲述着连神灵也不会相信的真实传说。那人头在歌声中曾经这样唱道：

英雄的宝刀闪电一样划过来，

英雄的骏马雄鹰一般飞来。

天空中的白云吓呆了，

草原上的花儿不再凋谢，

挤奶姑娘的心儿落到了草地上。

英雄的宝刀啊，

让一颗人头永远飘在了天空中。

　　达波多杰受到了英雄凯旋般的欢迎，部落里的女人们兴奋得烹牛宰羊，放声歌唱。那真是一个狂欢的夜晚，达波多杰像国王一样，和女人们通宵达旦地饮酒、欢娱。并不是女人们的温情让他放纵，而是身边的宝刀令他自豪骄傲。他从来没有如此干净利落、漂亮完美地战胜过对手；他也从来没有发现自己原来可以拥有那么多女人的爱——佛祖啊，峡谷里的天真是太小啦，那个贝珠，她有什么好呢？不就是一只狐狸精变的吗？看看眼前这些女人吧，尽管她们皮肤黝黑，浑身牲畜味，可是她们一个比一个健壮，一个比一个多情，一个比一个情歌绵长。噢，佛祖，我从前真的很蠢呢。

　　如果不是一个多月以后，老管家益西次仁和没鼻子的基米带着他的儿子英雄扎杰打马找来，达波多杰就真的会忘记自己曾经拥有的远大理想了。这两个家伙被冲到另外一个游牧部落里，帮人看了一阵子的羊，才在英雄扎杰的帮助下逃了出来，追赶他们的人看到一副傲然挺立的尸骨挡在路上，就不敢穷追下去了。而小厮仁多则再没有消息。他们说在大家失散的那天晚上，当冰凉的河水没过头顶时，是英雄扎杰救了他们一把，将他们拉上了岸。连老管家益西也说他感到英

308

雄扎杰在水中抓住他的胳膊时，那只剩下骨节的手指捏得他生痛生痛的，"就像铁链拴住了我的手。老爷，你是被谁搭救的呢?"他问。

"我么，我被娘儿们的奶子搭救了。"达波多杰用玩世不恭的口吻说，"你们再不来，河水没有淹死我，这帮骚娘儿们的奶水也快淹死我了。哈哈，国王也没有我活得快乐啊!"

但是，英雄扎杰尸骨的寒光唤醒了达波多杰的春梦，他们来到他的帐篷时，尽管他还没有从头晚的宿醉狂欢中醒过来，但他在梦中听到了英雄扎杰尸骨走路时的"咔嚓、咔嚓"声，这个在女人们的怀里被宠坏了的宝贝才如梦方醒。佛祖啊，英雄不会死在敌人的刀下，却会死在女人的温柔之乡。我这身有血有肉的皮囊，真不如人家的那副尸骨呢。

部落里的女人们对新来的两个老男人已经没有了兴趣，而且充满仇视，因为他们想带走她们的老爷，带走她们的爱。女人们之所以没杀死他们，是因为跟在他们身后的英雄扎杰的尸骨，令女人们不寒而栗。那尸骨就像护持这两个老男人的金刚，看他一眼都会心生敬畏呢。

忠心的老管家益西次仁是来告诉自己的主子，他们已经打听到一匹宝马的消息了，它是一匹有翅膀的神驹，可以在云中翱翔，在大地上飞行，在传说中扬名，在美梦里踏歌而来。人们看见它飞奔出去很远了，才传来遗落下来的马蹄声和它嘹亮的嘶鸣。"就是声音，也没有它奔跑得快。"益西次仁最后补充说。

"那么，我们就去找它。"达波多杰感到自己身上的血液又被点燃了。

"它怎么会属于人类!"益西次仁感叹道，"那是念青唐古拉山护法神的坐骑啊。"

"噢，益西，你说的又跟牧场上那些老阿爸讲的故事一样了。"达波多杰沮丧地嘀咕道。

"可是，可是，它为我们人类留下了一匹小马驹。"益西次仁说。

"什么什么？一匹小马驹？"达波多杰睁大了眼。

"是的，这匹神驹和牧场上的母马生下来了一匹小马驹。"益西次仁见主子来了兴致，便眉飞色舞地讲道，"搭救我们的那个部落里的一个阿老说，两年前，他们牧场上的一匹母马跟着神驹跑了，人们看见它们在雪山上嬉戏追逐，等母马回到牧场上时，它就下了匹小马驹。一看就知道是神驹的种。"

"难道它也有一双翅膀吗？"达波多杰急切地问。

"它没有。"益西次仁咽了咽口水说，仿佛他也希望那小马驹也有一双翅膀，"但是它跟一般的小马驹不一样，它会念经。"

"一匹会念经的小马驹?!"达波多杰高声叫道。

"是的，会念经的马驹。它会念大威德金刚经。"

"那就把它送到寺庙去得了。"达波多杰似乎已经泄了气，没有了兴致。

益西次仁说："不错，现在它在一个修炼瑜伽的喇嘛身边，因为人们已经不能调伏它了。"

"炼瑜伽的喇嘛怎么调伏一匹马？也给它讲密宗里的那些神秘修持吗？"

"此马非瑜伽士不能驯养，"没鼻子的基米插进来说，"要是你没有这样的一匹马，我的宝刀也白送给你了，老爷。"

达波多杰怔怔地看着没鼻子的基米，他奇怪的是这个家伙说好要带儿子光荣回乡，可为什么老跟着他？他难道非要看到他的宝刀配上宝马，才心甘吗？

"那我们就去找这个瑜伽士,马上就走。"达波多杰在一瞬间开悟了,世界上有些人,自己没有英雄命,便希望亲手缔造出一个英雄来,或者见证一个英雄横空出世。英雄的梦想属于所有有血性的好男儿。

"我们需要给瑜伽士的供养,老爷。"益西次仁说。

"要多少呢,我的管家,你还有银票吗?"

"早被那天晚上的河水冲走了,老爷啊,你给我一顿鞭子吧。"管家为自己的失职流下了一行老泪。"老爷,我们只要赶去两百头牛羊就行了。"他又补充说。

"你以为我现在还是老爷吗?"达波多杰嚷了起来,"羌塘草原上的河水把我们冲了个精光,还把我冲到女人堆里做了一匹种马,神灵的马驹已经会念经了,我的马驹儿还在女人们的肚子里撒欢哩。这狗娘养的命运,把一个老爷变成一个叫花子,让他跌一跤就够了;而一个男人的英雄梦,只要一闻着女人的骚味,他的骨头就软了,他的宝刀也生锈了。这狗娘养的命运……"达波多杰说着说着就哭了起来。

"我的宝刀是不会生锈的。"没鼻子的基米肯定地说,"你见过月亮生锈吗?你见过太阳生锈吗?"

"可是,你见过赶着一两百头牛羊讨饭的叫花子吗?"达波多杰反问道。

"你可不是叫花子,你是我们的老爷。"玉珍这时插进来说。

"哼,老爷?"达波多杰用嘲讽的口吻说,"我不过是你们用套马杆套住了的种马。"

"不就是献给瑜伽喇嘛的两百头牛羊吗,老爷?"玉珍温柔地说,"部落里的女人都是你的,牛羊难道还不属于你吗?都赶走吧。只要老爷你高兴,你赶走多少头牛羊,我们都不会多看它们一眼。只是老爷你……一定要回来看看你的儿女们啊！"玉珍哭了。

她身后的女人们也跪伏一地，泪淌成河。那个叫贝珠的女孩，更是哭得像一个又要失去父亲的孩子。

"我会有那么多的儿女吗？"达波多杰嘀咕道，"我连独角龙的一根毛都没有伤到，英雄没有当成，却到处都有我的儿女了。"

他不知道，多年以后，这片草原上凡是有一头漂亮鬈发的孩子，都会传唱一个名叫达波多杰的英雄父亲的故事，他和扎杰一起成了草原上人人颂扬的英雄。尽管他没有挥刀鏖战独角龙，尽管他没有成为一副不屈服的尸骨，但是他让草原上的牲畜兴旺发达，像星星一样繁多。他还让草原上女人们的牧歌里多了爱情的甜润和流畅，多了遥远的期盼和永无止境的思念。那时他并不知道，爱也可以使人成为英雄，爱也可以成为一段传奇。他也不知道，在三个男人和一副尸骨赶着成群的牛羊打马远去的时候，部落里女人们的目光被牵走了，心也被牵走了，眼泪淌成了羌塘草原上的一条河，这条河的名字多年以来就叫作米秋河。"米秋"在藏语里就是眼泪的意思。到后来部落里的孩子们出生，就在这河水里沐浴，当他们长大了时，就在河边放牧。河畔两岸芳草萋萋，百花盛开，年年长得都比其他地方茂盛，有一种长得像达波多杰那一头鬈发样的草，牛羊吃了特别能长膘，也特别能繁殖，这种草被草原上的人们叫作榛生草。在藏语里，"榛生"就是那种在骨子里生长，在心窝间荡漾，在岁月里延伸，在夜深人静时与女人的一颗柔肠寸断的心缠绵交织、相伴终生的东西。

它就是我们说的相思啊。

22　相　聚

　　叶桑达娃已经可以在地上跑了。这个出生在朝圣路上的孩子，浑身黝黑，身体强健。高原的阳光装扮着她的笑脸，天上的风雨沐浴着她的身心，崎岖的道路砥砺着她的筋骨，在漫长的朝圣之旅上，她跟着磕长头的喇嘛在大地上一步一步地往前挪，也一天天地长大。有些时候，她爬行在山道上的小小身影，与其说那是一个孩子，不如说是大地上一头活蹦乱跳的小兽。她已经知道大地上野花野草在什么季节生长，知道各种野菜的不同味道，知道和她一样在地上爬行的许多小动物的名字，并和它们成了朋友。她往哪里一站，就和那里的环境融合在一起，连那些小动物们，都把她当成它们中的一员。她甚至可以和蚂蚁对话，与蚂蚱同行，与猴子嬉戏，与小鸟对歌。有一天她爬到一个蛇窝边，一条硕大的蛇盘在一枚金蛋上，用狐疑阴鸷的眼光打量着她。那金蛋闪闪发光，是属于前世的财富。许多人曾经想盗走这枚金蛋，但是这蛇用它剧毒的蛇芯子将那些贪婪的人统统吞噬了，蛇窝的四周到处都是人的骷髅。可是叶桑达娃并不知道这些，她认为这条蛇或许可以成为她新结识的一个朋友。她对蛇说：

　　"你还没有睡醒吗？太阳已经好高好高了。"

　　"咻！咻咻——"蛇回答道，把它的头昂起来，准备发起进攻。

　　"起来吧，磕长头的喇嘛就要到了。"叶桑达娃把她的小手伸了过去，就像要去拉住一根漂亮的树枝。

"哧——"蛇发出严厉的警告，蛇芯子像火焰一样地吐了出来。

"哈哈，你的辫子怎么藏在嘴里？你的衣服很漂亮，你叫什么名字啊？"叶桑达娃想用自己的小手去抚摸那根在她眼前晃来晃去的辫子，孩子的手离蛇的口只有一根指头的距离了。

那时，洛桑丹增喇嘛还在离孩子不远的山坡脚下磕头哩，阿妈央金背着行囊走在了前面。这些时日以来，几乎都是他一边磕头，一边照料叶桑达娃。他们在大地上前行的速度几乎相当。在那孩子面临危险的关键时刻，神灵通过一块冰凉的石头及时地告知了喇嘛孩子的危险。当喇嘛伏身向大地时，那石头就像一条钻进他怀里的蛇，从他的胸口一直滑到大腿，他的半个身子都凉了。"蛇！"喇嘛暗自惊叫一声。"达娃！"喇嘛伏在地上高喊。

孩子从山坡上回望下去，"有一条大虫，阿爸。"

喇嘛"呼"地从地上飞了起来，就像一只腾空而起的鹰，向叶桑达娃飞去。但是那头被称为"护佑佛法的豹子"——佛祖才知道它是从哪里蹿出来的，抢在腾飞在空中的喇嘛之前，像一阵风似的，就将孩子卷走了。

蛇忽然立了起来，想追踪那风而去。洛桑丹增喇嘛及时赶到，将那风挡在了身后。蛇嘴里哈出死亡的气息，立得竟有喇嘛那么高，斑斓的身子在阳光下令人晕眩。喇嘛急速地念了一段经文，驱赶蛇扑面而来的恐怖气息。那蛇被喇嘛的经文镇住了，摇摆了几下，重新盘回到金蛋上。

豹子把孩子叼到一个安全的地方，回头看看喇嘛，然后扭头走了。它总是在朝圣者一家最危险的时候出现，但它从不惊扰孩子的美梦，也不耽搁喇嘛的磕头。许多时候，一些山林里的野兽，试图打朝圣者的主意时，是"护佑佛法的豹子"默默地为朝圣者扫除路上的障碍。在飞禽走兽的世界里，这头豹子是孤独的游侠，既肩负着神圣的使命，又履行着一个父亲慈祥的爱心和一个兄弟温暖的责任。一只蚂蚱跳到那个小女孩的身上，也逃不过豹子明察秋毫的眼睛，就更不用说一条阴毒危险的蛇了。

喇嘛这时已经认出蛇其实是一个财主的转世。这个家伙在前世守财如命，从不施舍穷人，也不布施喇嘛，连他的妻子和儿女们，都别想从他的口袋里多得到一文钱。家里人在神龛前多点一盏酥油灯，也会受到他的叱骂，骡子多吃一口草料，也令他心疼，撒落在地上的糌粑面，他会让自己的儿子舔干净，甚至掉进岩石缝里的一粒青稞，他也会敲碎岩石把它找出来。在他死的时候，他才发现所有积攒下来的财富一个子儿也带不走。他向神灵乞求投生为一条蛇，将一生的财产转化为一枚金蛋，以在来世也要紧紧守住自己的财富。神灵为了教化这个世界上最吝啬的守财奴，满足了他的愿望。到他真的转世为一条蛇时，他才发现，一个从不施舍行善的人，在来世即便拥有一枚金蛋，他也无法花它用它，享受财富带来的一切快乐和幸福了。而且，他还得随时提防别人来盗走他的金蛋。

"前世贪婪愚痴的人，今生只能在大地上爬行。愿佛祖的慈悲也能惠及到你。"喇嘛朗声念道。

蛇忽然说话了："尊敬的喇嘛，看在我没有咬死你的分上，请告诉我，我如何花我前世的财富？"

"你今生的这个愿望，在前世时可有把它画在空中，写在水里？"喇嘛问。

315

蛇费力地想了想，回答说："没有过，喇嘛上师。难道你不明白吗？画在空中的画是虚的，写在水里的字会流走。世上哪有这么愚痴的人呢？"

喇嘛回答道："是的，对一个守财奴来说，前世积攒的财富在今生也是虚的，也会像水一样流走。世上的确没有比一个守财奴更愚痴的人了。"

蛇恨恨地低下了自己的头，呼出丝丝黑气。洛桑丹增喇嘛那时不知道这是一种魔鬼的毒障。他还以为自己已经开示了这条冥顽不化的蛇呢，可是世间人们对财富的执着和贪婪，岂是喇嘛上师的几段说法开示就破解得了的啊？

洛桑丹增喇嘛对自己这一段时间里法力的增强越来越有信心，他竟然可以和一条蛇对话，并看到它的前世，这让他也感到惊讶。人们说一个磕长头的喇嘛即便没有上师教诲，他的法力也会由神灵赐予。洛桑丹增喇嘛发现自己慢慢找回了多年前的某些记忆，比如他小时候曾经能和家里成群的骡马对话，它们告诉过他一路上的艰辛和见闻，还有那些大地上密如蛛网的羊肠小道，现在喇嘛都能清晰地回想起来，就像已经走过无数次一样，从不会迷路。又比如他磕头的速度越来越快了，他一个头磕下去，可以在地上滑行两个多身子的距离，有时他感觉自己就像一条在大地上游动的鱼，有时他又觉得身前的那条牛皮裙，像一条摆渡的船一般，将他从愚痴执着的此岸，一步步地渡到彼岸。这条由贡巴活佛赐给他的牛皮裙，是多么耐用啊。出门以来，所有的随身用具都被一路的风霜雪雨摧毁了，都更换过无数次了，可就是这条天天和大地磨砺的牛皮裙，虽然已显得陈旧毛糙，但依然坚韧皮实。喇嘛相信，它是一条被赋予了神的力量的牛皮裙。

在他身上发生的奇迹越来越多，越来越令人不可思议。有一次天降暴雨，喇嘛正磕头在荒原上，四周毫无遮拦。可是喇嘛磕头所到之处，地却是干的，他的身上也没有淋到一滴雨珠。喇嘛让叶桑达娃到他跟前来躲雨，奇怪的是她就站在他的面前，可照样被淋得透湿。连叶桑达娃也用童稚的声音说，阿爸，雨不敢淋喇嘛。

其实，更神奇的事情来自于人们不可回避的现实世界，而不是天上。一天，洛桑丹增喇嘛一家到一座不知名的村子里化缘，那是前往拉萨的官道边的一个大驿站，有许多来往的商旅，叶桑达娃跟着她奶奶一路，喇嘛自己一路，三人在村子里分头挨家挨户乞求人们的布施。在一个酥油茶馆里，喇嘛刚一走进去，就看见了自己的冤家达波多杰坐在里面，两人眼神一碰，就像刀和刀碰撞在一起，目光的火星溅落一地。

达波多杰和自己的管家益西次仁以及没鼻子的基米，带着英雄扎杰的尸骨，刚刚在这个村庄后面的一个山洞里找到了那个修炼瑜伽的喇嘛，用成群的牛羊换来了那匹传说中由神驹配种产下的小马驹。达波多杰庆贺的酒才刚喝到一半，他的老对手便不期而至。他本能地将手按在了腰间的刀柄上，像一个眼看着猎物到手的胜利者。

"喏，你们看谁来了？魔鬼总是喜欢让冤家在同一个碗里喝茶。"

不知为何，洛桑丹增喇嘛首先想到了被刺杀的弟弟玉丹，而不是自己此刻的处境。那个叫昂青的杀手，就是受他的指使吗？看看这个朗萨家的少爷吧，他脸上的杀气依然和从前一样，就像一场噩梦留下的印痕；他腰间的刀和杀弟弟的那把多么相似。喇嘛努力地调息自己的呼吸，尽量用一个修行者平和的口气说：

"澜沧江东岸朗萨家族的刀伸得太长了。"

"不是长不长的问题，"达波多杰"刷"地把刀抽出来了，"而是一段孽缘要了断的事儿啊。"

这时喇嘛看见一个没有鼻子的怪人从达波多杰身后冒了出来，一把抱住了他："老爷，你可不能杀一个磕长头的喇嘛。我的雌雄两把宝刀，雌刀已经杀错一个人，留下了一段冤孽了，雄刀要建立的是英雄的功勋和业绩。老爷，今天你的刀刃上要是沾上一滴这位喇嘛上师的血迹……"

达波多杰粗暴地推开了没鼻子的基米："他与我有杀父之仇，你知道吗？"

"佛祖，难道你真的要我这个刀相师下地狱吗？英雄扎杰啊，你的刀是斩杀魔鬼的利剑，不是砍向一个喇嘛上师的凶器。"没鼻子的基米在茶馆里失声痛哭。

这时，从坐在屋子一角的英雄扎杰的尸骨处，发出一声深深的叹息。人们记得，在宝刀从他的尸骨身上摘下来的时候，曾经有过这样的一声叹息。

达波多杰即便可以不听世人的相劝，但他不得不敬畏一副尸骨的忠告。他恨恨地想，杀都吉家的后人怎么就那么难？上次是一帮峡谷里的信众让他的马蹄不能从仇人的耳朵边飞过去，这次是与仇人素不相识的英雄扎杰也来阻挡他复仇的渴望。难道这个磕长头的喇嘛真的是受神灵护佑的吗？他将刀塞回了刀鞘，然后从藏袍里抓出一把藏币来，走上前两步，"哗"地撒到喇嘛的木碗里。"我要恭喜你，"他嘴里不无傲慢地说，"你还可以多活一些时日。"

"在轮回的苦海里，大家都一样。"喇嘛低下头，轻声地说。

"我跟你过的可不是一样的日子。"达波多杰快活地说，"我们都出门那么久了，我已经跑遍大半个雪域高原，到处都有我的朋友。而你还在朝圣路上像蜗牛一样地挪动你那罪恶的身躯。嗨，喇嘛，你的佛、法、僧三宝求到了吗？但愿它们以后能救你的命。"

"我离拉萨已经越来越近了。"喇嘛自信地说。

"阿拉西，你知道我出远门也是为了寻找三样宝贝吗？"对手喊出了喇嘛凡尘里的名字，对洛桑丹增喇嘛来说，这仿佛是另一个人的名字了。

"佛祖保佑你能找到吉祥的三宝。"喇嘛真诚地说。

达波多杰骄傲地说："吉祥的三宝当然属于高贵的朗萨家族。只是我要寻找的三样宝贝，宝刀、良马和快枪，件件都是一个康巴男人的自豪，样样都可以取我们朗萨家族的仇人的命。"

"你所执着的，是多么虚妄的三宝啊！"喇嘛感叹道，欲转身离去。这时一个老妇人从门外抢了进来，手里挥舞着一把寒光闪闪的马刀，直奔达波多杰而去。

"仇人！还我儿子一条命来！"老妇人手里的刀在空中划了一条弧线，达波多杰感觉自己还没来得及抽刀，刀自己就从刀鞘中跳了出来，两把刀"噗"地碰在一起，令人感到奇怪的是没有传来金属相撞时的脆响，倒像一只手掌抓住了另一只手。两个持刀人竟然不能将刀抽回来再度投入搏杀。

"阿妈，这不是你做的事。"洛桑丹增喇嘛一把拉住了阿妈央金。

"朗萨家的恶人，我的儿子是喇嘛不能杀你，我这把老骨头还杀得了你。"老阿妈气咻咻地说。她被洛桑丹增喇嘛往后一拉，刀就从她手里脱落了。但是那刀没有落地，它和达波多杰手里的刀架在一起，悬在半空中，刀和刀粘住了。

"我的雌雄两把宝刀啊，我的两个苦命的儿子!"

没鼻子的基米认出了儿子昂青的刀，立刻明白自己倾尽全部家产求得的两把宝刀，和澜沧江峡谷的两个家族有着永远割舍不断的因缘关系。他不是缔造英雄的导师，就是帮助罪人的帮凶；不是宝刀的鉴赏者、呵护者，就是宝刀一世英名的毁灭者、玷污者。现在，这两把承载着没鼻子的基米的英雄梦想，承载着他两个儿子命运的宝刀，在跟随主人颠沛流离了大半个雪域高原以后，骤然相聚，像久别重逢的亲人。

没鼻子的基米冲达波多杰叫道："老爷，请让雌雄两把刀说说它们自己的话!"

他不喊，达波多杰紧握刀柄的手也要松开了，不然刀会伤着他的。达波多杰已经感到刀正以一股神秘的力量从他的手掌里挣脱出去。两把刀就像吸铁石一般纠缠在空中，它们翻转，缠绵，刀刃和刀刃相互砥砺摩擦，然后它们就像两个手挽手的亲兄弟，从屋子里飞了出去。

"我的宝刀!"达波多杰大叫着要去追，没鼻子的基米拉住了他，"别管刀! 我的两个好儿子，有八年没见面了。"他涕泗横流地说。对这个刀相师来说，刀就是他的儿子，就是他破灭了的英雄梦。

人们看见，雌雄两把宝刀在空中飞舞，不是在格杀，而是在追逐亲昵。它们飞过了驿道，绕过一幢幢低矮的房舍，来到一片草甸上空。雄刀像箭一般直刺蓝天，雌刀就如展翅的鸟儿，翱翔在雄刀的身边；雄刀劈开天边的一团白云，雌刀便像入水的鱼儿，一头扎进白云的深处；雄刀向山崖俯冲而去，斩下一块岩石来，雌刀也不示弱，一个翻滚贴地而飞，从一条溪流上一划而过，溪流从此断流，溪水不再流淌。远处天边的闪电受到大地上两道白光的挑战，挥舞着鞭子问罪而来，雌雄两把宝刀一齐迎上去，第一个响雷被雄刀一刀劈为两半，摔落在地还未炸响，第二个响雷已被雌刀挑在了刀尖，刀刃一弹就扔回了天庭。闪电的鞭子刚一舞起来，雌雄两把宝刀奋力一挥，闪电便被斩成三截，一截飘向了印度洋，一截落在了喜马拉雅山，还有一截归顺了雄刀，成为刀柄上漂亮的缨须。

直到现在，草原上的人们每逢重大节日，都有祭祀宝刀的仪式。在这个庄重的仪式上，人们还会吟唱在英雄传说的年代，没鼻子的基米的雌雄两把宝刀，曾经带给草原的传奇和骄傲。人们既唱它们建立的功勋，也唱它们造下的孽障。还唱它们在天空中兀自嬉戏、斩杀闪电和雷霆的神迹。

在人们的吟唱中，我们得知，如果不是大地上人们虔诚的祈祷，如果不是没鼻子的基米骄傲的欢呼，还有，如果没有英雄扎杰的尸骨对他哥哥昂青深切的思念——他跟随人们来到户外，用空洞的眼窝仰望蓝天，嘴里呵出深沉的寒气，仿佛在为兄弟俩多舛的命运哀叹。这两把宝刀也许就再也不会回到人间了。三天以后，人们才在草地的边缘找到了雌雄两把宝刀，它们一齐插在一个魔鬼的心脏上。那是一个专门拨弄是非的魔鬼，凡是他所到之处，兄弟成仇，夫妻反目，部落相互残杀，民族争斗不休，连那些不同教派的喇嘛们，也时常被他所迷惑。

搬弄是非的魔鬼被杀，达波多杰就暂时找不到杀磕长头喇嘛的理由。他取回了自己的那把宝刀，再不敢将它轻易在喇嘛面前亮出来。而洛桑丹增喇嘛却念了一通经文，让雌刀永远插在魔鬼的胸口。多年以后，这把刀化成一块坚硬锋利的岩石，变成了一段美丽动人的传说。

"这把刀上沾有我弟弟的血，我要把它作为镇压魔鬼的法器，让搬弄是非的搅鬼永世不得翻身，是我的心愿。"喇嘛对没鼻子的基米说。

没鼻子的基米惭愧地说："尊敬的上师，喇嘛播撒慈悲，凡人崇尚英雄。你让人们看到了一个修行者的悲悯。"

洛桑丹增喇嘛说："宝刀不一定能让人成为英雄，人的善行却可以让宝刀留下名声。"

没鼻子的基米说："我的小儿子不配做一个英雄，可是我的大儿子离建立英雄的功勋只差一步。"

"真正的英雄要有大悲之心。"喇嘛说。

"别听他的，"达波多杰说，"我们还有良马呢。等它长大了，你的英雄就会从你梦中奔跑出来。"

洛桑丹增喇嘛看见达波多杰身后站有一匹小马驹，它的周身散发出神驹才会有的光芒。它的毛色是金黄色的，细长的腿，瘦削的腰身，身子两侧有一排牙齿一样的肉团，仿佛要从那里长出传说中的翅膀来。如果他还是牧场上的牧人，他会对这匹神奇的马驹赞不绝口，但是他现在已经预感到，这匹马驹的马蹄将来会从他的耳边飞过。

"一匹从小就有嗔心①的马驹，因为要驾驭它的人没有断除自己的恶业。"喇嘛说。

"不是恶业没有断除，而是孽缘没有了断。"达波多杰回答道，"喇嘛，你还回澜沧江峡谷吗？"

洛桑丹增喇嘛眼望着道路的前方，缓缓说："如果你的杀心还没有消除，我将回峡谷等你。"

"好啊。"达波多杰击掌道，"我的三宝已经找到两样了，而你还

---

① 是佛教指的七种恶之一。

没有到圣城拉萨。佛祖才知道你能不能求到佛、法、僧三宝，我的小马驹会念的咒语都比你的灵。贝珠，来，念一段经文给我们的喇嘛听听。"达波多杰给这马驹取名为贝珠，只有他自己才知道这是为了人生中一段刻骨铭心的思念。

那马驹晃晃马头，一串咒语从它的鼻孔里喷出来，路边的青草随着咒语摇摆起舞，一些石子儿在地上排列出矩形的图案。连洛桑丹增喇嘛也看得一脸的迷惑。

"看见了吧，这是真正的神驹的种，"达波多杰洋洋得意地说，"等我们都回到峡谷，让大家看看，谁拥有的藏三宝更能带给我们荣誉和骄傲。"

喇嘛平静地说："我所皈依的三宝，并不是为了满足一颗骄傲的心。我在寻找它们的这些时日里，越来越学会谦卑了。"

达波多杰感到眼前这个磕长头的喇嘛就像一个他从不认识的人，但他可真是一个生命中的好对手。等我们都找到了自己的"藏三宝"，再来看看到底谁才是澜沧江峡谷里真正的英雄吧。他想。他甚至有些心生嫉妒，没鼻子的基米当初只造就一把宝刀就好了。可是，源远流长的佛教传统在今后的岁月里将会告诉他，世界上的任何事物都是二元对立的。有雄刀，就有雌刀，有出门寻找宝刀、良马、快枪"藏三宝"的达波多杰，就有在朝圣之路上追寻佛、法、僧三宝、磕长头的喇嘛；正如有生，就有死，有善，就有恶，有美，就有丑；也如有因，就有果。

23 疑 惑

　　澜沧江峡谷两岸的两个家族在雪域大地上寻找"藏三宝"的竞赛，达波多杰似乎已经领先一步，他要寻找的"藏三宝"只差一样了。人们告诉他说快枪要到后藏去找，多年以前，英国人从那里打开了西藏的大门，用快枪和大炮一路攻到圣城拉萨。雪域高原的护法神们和英国人打了几仗，虽然他们失败了，但据说他们把那些来自异邦的魔鬼的枪炮都变成了镇压魔鬼的法器。在后藏的一些寺庙里，在那些闭关苦修的僧人的山洞内，可能还找得到这些被收伏了的魔鬼的兵器。

　　传说和梦指引着旅人的道路。达波多杰带着益西次仁去了后藏，那匹小马驹跟在他们的身后，还要再等两年，达波多杰才能跃上它的马背。没鼻子的基米在一个晚上与扎杰的尸骨做了同一个家乡的梦。从那以后英雄扎杰白森森的尸骨便开始发黄，没鼻子的基米将之解释为儿子思念故乡了。于是，这个可怜的老人对达波多杰说：

　　"老爷，我的家乡有一种大树在春天会开出巨大的红色花朵来，它是古时候被英雄的鲜血染红的，因此我们那里的人们叫这种花为英雄花。家乡的英雄花要开了，老爷，我的英雄该回家了。"

　　达波多杰当时惋惜地说："你这个家伙啊，做事情总是命里差着一点点。我马上就要找齐我的三样宝贝了，那时你就可以看到一段英雄的业绩是如何在一个好男儿手中成就出来。去吧，恋家的人当不了英雄。"

没鼻子的基米在把自己的马头拨向家乡的方向之前，伤感地说："老爷，一个再大的英雄，总要回到故乡。不是名扬四方的威名，就是一具尸骨。"

达波多杰感叹道："可怜的基米，世界上再也找不到你这样的好父亲了。"然后他说了句为自己的命运埋下了伏笔的话："我们还会见面的。那时我不是一个流浪汉，就是一个驰骋疆场的英雄。"

没鼻子的基米，这个英雄的导师，宝刀的鉴赏家，古道热肠的侠士，失去了两个渴望当英雄的儿子的父亲，最后再次跳下马来，紧紧地抱住了达波多杰："老爷，我的英雄梦全在你身上了。离女人远一点，她们会消磨一个英雄的气概。"

达波多杰目送没鼻子的基米和英雄扎杰的尸骨慢慢消失在道路的尽头。扎杰的尸骨骑在马上，依然像一个高贵而勇敢的骑士那样，身子笔挺，头颅高昂，胯下的马迈着均匀的脚步，把英雄家乡的期盼，一点一点地拉近了。

西风卷起满天的落叶，追逐着英雄扎杰尸骨的坐骑。达波多杰禁不住潸然泪下，"佛祖保佑我不要这样回到故乡。"他轻声说。

而朝圣者一家继续向拉萨前进。朝圣路上的村镇越来越密集，这说明他们离圣城拉萨已经很近了，朝圣者一家已经看到了希望的曙光。可是最近一段时间，他们发现一个奇怪的现象，人们纷纷从道路的前方退回来，连从前那些超过他们的香客，现在也神色慌张地逃回来了。路边倒毙的尸体也越来越多，就像行走在尸陀林①。他们的尸身

---

① 指抛弃七具尸体以上的地方。

肿胀，布满疤痕和疙瘩，死时面目惊恐，双眼暴突，仿佛在溃逃的路上忽然遭到魔鬼从背后致命的一击。

"难道前方发生战争了吗?"洛桑丹增喇嘛问一个歪倒在路边、奄奄一息的老人家。

"喇嘛，回去吧。再不能往前走了，魔鬼的血盆大口已经吞噬了一个又一个的村庄。"老人有气无力地说。

"佛祖，魔鬼会有多大的嘴啊?"喇嘛惊讶地问。

"不大，但厉害着哩。"老人伸出自己枯瘦的拳头，"它的口就这么大一点。"

喇嘛又问:"它怎么害得了那么多人?"

"那是一条蛇的口。"老人知道自己快要死了，面对慈悲坚定的磕长头的喇嘛，他不能不说出魔鬼害人的秘密，"它是魔鬼的化身，呼出的黑色鼻息让人们患上了蛇风病①。魔鬼的瘟疫从风中吹来，粘在人身上，皮肤立即起泡，开裂，化脓，就像被滚开的水烫了那样。蛇呼出的风吹到哪里，哪里的天空就被魔鬼的气息污染了。可是，佛祖!我们怎么知道魔鬼的口吞下的是哪一片天?"老人愤懑地对天喊道，他的手颤颤巍巍地指着虚无的天空，这时喇嘛才发现老人的两个眼珠已经没有了，不知是给魔鬼挖走了，还是再不忍心看这人间地狱的惨景，眼珠干脆躲藏了起来。老人悲哀地说:"从前面的那个山垭口下去，就没有一个还在飘炊烟的村庄了。一家挨一家地绝户，一个村庄接一个村庄地死人。回去吧，悲悯的上师，那条由魔鬼派来散播蛇风

---

① 过去西藏人认为天花是由蛇的鼻息引起的，因此那时的人们将天花称为蛇风病。

病的蛇就在山的那边……"

老人的话音还飘在半空中，最后一口气便倏然断了。在魔鬼的灾难降临之前，它和人类有一个约定，谁道出了灾难的真相，就要谁的命。那条散播蛇风病的蛇，总是躲在阴暗处偷听人们的交谈，然后用世上最致命的瘟疫杀死那些敢说真话的人。

洛桑丹增喇嘛想起不久前曾经为之说法开示的蛇，想起从蛇的鼻孔里喷出的黑色气体。难道夺命无数的蛇风病就是由它那里发端出来的吗？喇嘛不由得倒吸一口冷气。因为他想到了叶桑达娃，那天她离那条蛇有多近啊。

这似乎是一个不吉祥的预兆。要是在往常，洛桑丹增喇嘛或许会改变行程，或者找一个安静的村庄住上一段时间，等魔鬼的身影远遁以后再踏上朝圣之路。可是现在，喇嘛急于求到佛、法、僧三宝，急于见到天天梦中都要会面的上师。他和家人出门快三年了，喇嘛日日伏身向大地，用血肉之躯向圣城拉萨一等身又一等身地前行，就像每天早晨起来要喝茶、走路一样，磕长头已成为生活中的必需，成为面向神灵和大地的自然姿态。有时遇上恶劣天气，或者需要在某个村庄化缘，不能修持磕长头的功课，喇嘛反倒会浑身不自在，仿佛像一个关在囚笼里的人，身体的肌肉和骨头得不到舒展，人也显得委靡不振，六神无主。而当他的身体一接触到大地，他的力量和信仰，他的希望和快乐就都回来了。他曾经感受到朝圣的路上，信众崇敬的目光催生着自己的体能和信心；他也曾经看到自己在大地上拉长的身子之后，百花盛开，青草起舞，众鸟歌唱；他还目睹了天上的众神为他的虔诚感动，扫除道路上的孽障，拨开天空中的雹云，驱散魔鬼的迷惑；他更体验到了大地的悲悯，它承载着他有罪的身躯，一点点、一丝丝地消磨掉他身上的贪欲、嗔怒、愚痴、嫉妒、疑惑[1]，让他慢慢学会谦逊、慈悲、宽容、忍耐，让他找到一颗比大地更深厚、更宽广的心灵。

而现在，他就要证悟到自己的法性了，他相信，拉萨的上师正急迫地等待他的到来。他仿佛已经看到了布达拉宫的金顶，听到了三大寺的法鼓。他更相信，一个磕长头的喇嘛，可以依恃神灵赐予的无上法力，抵御魔鬼的侵袭。不管魔鬼们是以何种化身来迷惑他、加害他。

洛桑丹增喇嘛决定继续前进，尽管阿妈央金躲着他在偷偷地抹眼泪，尽管"护佑佛法的豹子"几次跳到路的中央，试图劝阻固执的喇嘛。可是喇嘛把豹子的意思理解反了，他还认为这是自己的兄弟在为他扫除路上的孽障哩。

他们进入由魔鬼控制的天空，死亡的气息逼迫得人喘不过气来。山脚下的第一个村子只有一条狗还剩下一口气，它用悲凉的目光告诉喇嘛说，回去吧，再往前走一步，就意味着死亡。喇嘛看着那些飘浮在村子上空的阴魂无人为他们超度，就想，那么多人死了，总得让这些无辜的人们感受到雪域佛土的慈悲啊。

于是，喇嘛独自在死亡笼罩的村庄里做了七天超度亡灵的法事。单调寂寞但是坚忍慈悲的经文驱赶着村庄里的死亡之气，让那些游荡躁动的阴魂安宁下来，夜晚村庄上空的风便不再凄厉地哭泣。大部分死者的尸体已经肿胀溃烂，尸水横流，污染了土地和水源，连地上的青草都变黑了，泉水也发出浓烈的腥臭之气。令喇嘛深感遗憾的是自己的法力有限，还招不来天上的神鹰。实际上在一片由魔鬼控制的天空里，神鹰的翅膀再坚强，也无法自如地翱翔。

---

[1] 即佛经上所指的"五毒"。

喇嘛剩下的工作便是将一幢幢房屋推倒，掩埋那些仿佛还坐在火塘边喝茶的父亲，还喂着孩子奶的母亲，以及那些还跪在神龛前祈祷的老人。在诸佛菩萨的慈悲还没来得及拯救这些普通善良的人家时，魔鬼便将他们一掌推到了死亡的深渊。

很长一段时间里，洛桑丹增喇嘛的长头所过之处，尽管已无一生存者，但佛的悲悯关照着苦难的大地，天空中游荡的亡灵，因为一颗心的慈悲而不再孤独无助。在普通的生灵无法超越的六道轮回中，他们由于洛桑丹增喇嘛的悲悯而转生到三善道。在许多世轮回以后，虔诚善良的人们还会向他们的后代提到一个磕长头喇嘛在朝圣路上的慈悲行。尽管他只是在一座座无人的村庄念了一些经文，尽管他只是在荒芜死寂的大地上掩埋了一堆堆无人照顾的尸体，可是，他救度了无数的灵魂，他以自己的身体力行昭示了佛的悲悯。在喇嘛的经文加持之处，大地返青，万物复苏，生命的希望在死亡的土地上悄然复活。

救度众生，自身必然要付出代价。洛桑丹增喇嘛穿过了一座又一座无人的村庄，当他快要看到生命的曙光时，死亡的阴影追上了朝圣者一家。在就要离开魔鬼控制的天空的最后一天，喇嘛和阿妈央金放松了警惕，他们让叶桑达娃在一片枯死的树林下休息，喇嘛到村子边为亡者的灵魂念经，央金老阿妈找柴火去了。常年风餐露宿的生活已将叶桑达娃磨炼成一个自然之子。她精瘦而健康，就像是一棵随风摇曳的小树。也许正由于此，喇嘛和阿妈央金认为把叶桑达娃放在一片树林边是一件再自然不过的事情了。

但那却是一片笼罩着死亡之气的枯树林。满地焦黑的腐叶掩盖了几具散架了的骷髅，叶桑达娃刨开树叶，想找自己在大地上的那些爬行的小朋友。但是她刨出了一根人腿胫骨，她不知道这是什么东西，便放近嘴边吹。一阵阵黑灰从胫骨幽深的孔里吹出来，夹带着一只幽灵一般的黑蛾倏然落地，死亡的尘埃顿时笼罩了一无所知的孩子。

这是只受魔鬼差遣的黑蛾，在黑暗的地狱里已经煎熬了三千六百年，孩子口里清纯芳香的气味复活了它的魔性，使它在一瞬间化蛹为蛾，并且越长越大。叶桑达娃从来没有见到过如此美丽而巨大的蛾子，它有六个黑色的翅膀，比叶桑达娃的胳膊还要粗的身子，像黑色的鞭子一样的触须，肮脏而乌黑的嘴里还咀嚼着人的碎骨，墨绿色的花纹遍布其身，那是地狱里的枷锁禁锢它时留下的痕迹，更加深了它死亡天使的阴森恐怖。

"你的身子为什么那样黑呀？"叶桑达娃好奇地问。

黑蛾狡黠地笑道："因为我总是在黑暗里飞，黑夜染黑了我的衣裳。"

"月亮也在天黑后才出来，为什么月亮不是黑的呢？"

"噢，因为……因为月亮是在雪山上出生的，雪域高原的风雪染白了她的衣裳；而我出生在幽暗的山洞里，但是月亮的光芒让我们像仙女一样的美丽。"

"那么，你是从月亮上飞来的黑仙子了。"叶桑达娃肯定地说，还伸手想去捉这只老在她的眼前飞来飞去的黑蛾。

黑蛾一闪身躲开了："噢，我可没有住在月亮上的福气。我来的地方离月亮可远了。"

孩子问："有我们离月亮远吗？"

"比你们人远多了。"

"奶奶说，我还有一个阿爸，和我的阿妈住在比月亮还远的地方。你也和他们住在一起吗？"

"差不多吧。我看见过他们。"黑蛾在孩子的面前翩翩起舞。

"我的那个在天上的阿爸是一名喇嘛吗？"在孩子的心目中，天下的男人都跟洛桑丹增喇嘛一样，他们只做磕长头一件事儿。

"你天上的阿爸呀，"黑蛾在孩子的头上绕了两圈，"他可是一个勇敢的人，连魔鬼都很害怕他。"

"他做了什么，让魔鬼也感到害怕？"

"他把魔鬼挡在了身后，好让那个磕长头的喇嘛，安心地磕他的长头。"

"魔鬼的力气大吗？"

"很大。"

"有我阿爸的力气大？"

"有。"

"那我阿爸怎么打得赢魔鬼？"

"他让魔鬼下地狱，自己升向天堂。你们人类中的一些很勇敢的人，都是用这种办法战胜魔鬼。"

孩子望着黑蛾上方大团大团厚重的乌云，想起奶奶告诉过她的话，便又问："我的阿妈也在天上，她也把魔鬼打败了吗？"

黑蛾不飞了，肃穆地停留在半空中，庄重地回答道："是的，你的阿妈更是一个令魔鬼敬畏的人。"

"什么叫敬畏？"孩子问。

"敬畏就是你们人类面对神灵时的感情。既由于心生敬仰而害怕，又因为害怕而无限敬仰。噢，这些话怎么给一个孩子说得清。"

"你是说就像我们面对神山呀圣湖呀，还有看见佛菩萨的时候，就要烧香磕头那样吗？"

"你说得不错。多聪明的孩子啊。"

叶桑达娃受到了表扬,很高兴。因为这是平常在路上经常听得到的一句话。她又说:"我还可以念经哩。每天晚上,我都要跟着我的喇嘛阿爸和奶奶念。"

"噢,那可真不是一件容易的事情啊。"连魔鬼听到一个孩子这样说话也会被感动。黑蛾飞到一根树枝上,做出要飞走的样子,"我不能再和你说下去啦,不然我就做不成自己的事情了。"

"你要做什么呢?"

"我么,"黑蛾闪烁其词地说,"我本来是来带你去见你阿爸阿妈的。"

"那多好啊,漂亮的黑仙子,你快带我去吧。我天天都想见到他们啊。"

"但愿你的这个愿望能减轻我的罪孽。小姑娘,你跟我来吧。"

黑蛾在前面飞,小姑娘在后追。人间的阳光离叶桑达娃越来越远,阴间的死亡之气却越来越重。有一段时间,黑蛾像一只在天空中行踪诡秘、做贼心虚的老鼠,而叶桑达娃则仿佛是在大地上翩翩起舞的蝴蝶。喇嘛势单力薄的法力已不能护佑跑远的孩子了。那头隐藏在不远处的豹子,却以一个父亲的直觉感受到了死亡对孩子的威胁。它看到了天空中黑色翅膀的扇动,它知道这翅膀是受地狱里最深处的黑暗浸染成的,是可以淹没人间一切生命的黑,更是可以吞噬日月万丈光芒的黑。豹子从山冈上飞奔而来,风声夹带着它愤怒的吼声。但是魔鬼的作祟使一个父亲不死的慈爱一头掉进了一个深邃无底的黑暗陷阱。"护佑佛法的豹子"顿时迷失了方向。

洛桑丹增喇嘛和阿妈央金都听到了豹子绝望的哀号。喇嘛匆匆结束了自己对佛陀慈悲的祈请,撩起破旧的袈裟向那片枯树林跑来,阿妈央金已经在那里急得团团转了,"佛祖啊,达娃不见了!"阿妈央金捶胸顿足地喊。

洛桑丹增喇嘛看见了枯枝败叶下的一堆尸骨，他才发现这片枯树林生长得——或者说死亡得——十分奇怪，所有的树枝没有一片树叶，而且都是垂向地面；树枝发黑，地上的落叶也发黑，就像被地狱的烈火焚烧过千百次，树的尸体没有成灰，却干枯如铁，那些黑色的树叶甚至还带着地狱之火的余温。喇嘛明白自己刚才将孩子放错了地方。即便是喇嘛，也有犯错误的时候。他想起自己的上师曾经告诫过他的话。

"叶桑达娃，你跑到哪里去了？"喇嘛悲声呼唤。

"我的达娃呢？"阿妈央金愤怒地问自己的儿子。

喇嘛这时看见前方山坡上有一只巨大的黑蛾在盘旋，就像一个黑色的幽灵在天空中舞蹈。他的脑海里顿时一片轰鸣，像一条澜沧江的水倾头而来，悲悯的心立即被无边的黑暗淹没了。喇嘛的眼泪潸然而下，自踏上朝圣路以来前所未有的悲哀一下击垮了他。

许多年以后，洛桑丹增喇嘛经过长年的修持，已经证悟到自己的法身和佛性，他才反省到佛性对一个修行者的要求其实很简单，但又非常不容易做到，那便是舍弃了人间的一切执着，让人的本性像河流里顺水而漂走的木棍那样，自然而轻盈地漂向大海。因为执著让人疑惑，让人看不见自身的佛性。如果他当年是深爱着叶桑达娃的，他就不应该冒险通过那片魔鬼控制的天空。但他执著于自己的朝圣之路，急于求到佛、法、僧三宝。他被自己的执着之心所疑惑，忘记了人生命中隐藏着的佛性的悲悯。一个人求佛法，本来是要解疑惑的，但是他却被求法的方式所疑惑了。

后来，在他无数个于黑暗的山洞里闭关修行的某一天，神灵派来的使者告诉他说，由于他的悲悯和所修持到的功德，也由于叶桑达娃在生命的最后时刻，在魔鬼和死神面前所呈现出来的天真烂漫，清纯无邪，她已经转世投生到一个白色湖泊的一朵莲花上，神灵的使者问喇嘛是否给孩子取名为"莲花仙子"。

喇嘛在黑暗中沉默了许久，才告诉使者说："我想，就叫她'疑惑'吧。"

田野调查笔记（之六）

作为一个常在藏区转悠的人，我总会碰到一些令人感到不可思议的事。比如，纵然寺庙里的喇嘛们腰间都挂一个诺基亚或者摩托罗拉的手机，可是他们并不认为这个神奇的玩意儿与神灵有关。有一天，我在卡瓦格博雪山下与一个从西藏波密来的老喇嘛相遇，他的手机没有电了，向我借手机用用。我把自己的手机递给他，他老练地打开盖子，用粗壮的手指按了一通号码，就在明亮的雪山下咿里哇啦地向远在几百公里之外的人讲开了。我忽然想起佛经中曾经描述过的"五神通"①之一的"天耳通"，那些通过严格的密宗修行而获得了超人本领的高僧大德，早在人类发明电话的一千多年前，他们便可以用肉耳听到远方的声音，听到天上的声音。当这个叫顿波的喇嘛将电话还给我时，我问道，师傅，这很神奇，对吗？

---

① 神通是活佛或高僧大德们通过修行而获得的超越人类行为的一种能力，有神境通、天眼通、天耳通、宿命通、他心通。

他反问道，你说什么？

电话。我举了举手里的手机，说，它让你在几百公里外的亲人近在眼前。

喇嘛笑了，对我的话不置可否。仿佛这是一件很自然的事情，跟神灵的神通一类的概念没有什么关系。

顿波喇嘛的身影在我的眼前渐渐远去，雪山在我们的上方闪耀着耀眼的白光，除了它的高远、圣洁，似乎一点也看不出多少神秘之处。倒是雪山下的那条沿着山谷绵延了十多公里的冰川上，到处都布满了隐晦费解的符号。冰川表面那些巨大的冰缝里，泛出幽蓝的光芒，仿佛连着地狱深处。现在已经不准人们到冰川上去，一则危险，二则上去的人多了，会毁坏这条具有珍贵价值的冰川。

没有见到过冰川的人，不会想到冰川的深处是蓝色的，就像我们这没有信仰的一代人，不会知道神灵世界的种种神奇之处一样。像顿波喇嘛这样的修行者，相对于我来说，就像是来自另外一个星球上的人。尽管后来的一段时间里，我们成了朋友。据介绍说他在雪山下的一个山洞里修一种叫作"迁识法"的密宗，一旦他练成了这个功夫，他就可以将自己的灵魂转移到任何想寄生的动物（包括人）身上，也就是我们所说的起死回生术。按喇嘛们的说法，叫作肉体虽灭，精神不死。

这些年来我总在想，就像喇嘛不在意手机为什么能起到和经书中的"天耳通"一样的功能，我们也并不理解喇嘛们的神灵世界。对于我们双方来说，手机和神灵们的天地，都属于不同的世界。

秋去冬来，雪山脚下色彩缤纷，宛如童话世界。顿波喇嘛已经结束了闭关，准备回去了。我后来在朝圣转经路上再次和顿波喇嘛邂逅，那是一个月黑风高的夜晚，我们暂住在牧人们放牧时临时搭建的木楞房里。那房子并不大，四面漏风，中间的火塘才让我们有勇气抵御夜晚的寒冷。外面有一小片夏季高山牧场，在这接近初冬的时候，牧人们早就赶着牛羊回到海拔较低的牧场上去了。现在这里只有我和顿波喇嘛拥着火塘相对而坐，我裹着睡袋，身上的外衣还一件也不敢脱，而顿波喇嘛只穿一件加厚的袈裟，火塘里的光在他的身上涂上了一层暗淡的金色，加之他时常长久不说话，这使他看上去像一尊镀金的雕像。我没有问他是否已经获得了"迁识法"的无上法力，因为这是不恭敬的。

而外面，则只剩下天界的神灵和魔鬼在厮杀。屋外的雪风似乎要把这小屋吹得飞起来，就像吹起一片树叶。不远处的森林里时不时滚过一阵阵的咆哮声，仿佛有一个庞大的狮群，冰川上偶尔也传来一两声脆裂而尖锐的炸响，像折断一块钢板，那是冰崩的声音。可顿波喇嘛的解释是：

神山又在叹息了。

我理解顿波喇嘛的这句话，近年来旅游热升温，各地来的游客已经涉足到神灵们的领地。他们要登雪山，要看冰川，还想窥视神灵逐渐远去的身影，像我这样的藏文化爱好者多如牛毛，还有比牛毛更多的被都市生活中的喧嚣搞厌烦了的现代人，他们想在藏区找到自己依稀的梦——单纯而有信仰的生活，透明得像西藏的蓝天一样的心灵。

可是他们并不知道神山已经在叹息，只有那些神山的守护者们知道。

顿波喇嘛尊奉的是宁玛派，这个派别在藏东一带比较盛行。它修持的许多东西都是超自然的，令我们现代人深感困惑，比如它所注重的瑜伽能力，以密宗手段而不是用科学来控制和调节人体内的气、脉、明点（穴位）的各种机能，对死亡的修持和超越，等等。当我和顿波喇嘛谈论这些问题的时候，我常常发现自己一会儿被带到了冥界，一会儿又来到了天堂。那感觉就像在澜沧江里漂流，惊悚，刺激，跨越生死的门槛，如同进出自己的家门。

顿波喇嘛郑重其事地对我说，他的前世曾经是这雪山下的一头豹子，这是他的上师告诉他的，他通过修行与观想，能清楚地记得这雪山下哪条山涧曾经是他作为豹子栖息过的地方，哪块草甸上它曾经叼走过牧人的牛。

我仔细地打量面前的喇嘛，他精瘦而结实，大约身上不会有一块多余的脂肪。他还真长得有一双豹眼，尽管他对人的态度始终和一名僧侣的身份相称——温和、仁慈、谦逊。可是他突兀的眉骨、深陷的眼窝、高耸的颧骨，还有看上去很坚挺的腮帮，让你不得不很自然地将他与一头豹子相比较。我记得相书上喜欢把人以某种动物的习性和形态来归类，以此来推断这人的性格特征。如说某人是虎形人，熊形人，猴形人，等等。如果我会看相，即便我还不知道他的前世是什么，面对顿波喇嘛时我肯定也会脱口而出，你是豹形人。

我想起我的康巴兄弟培楚告诉我的关于豹子谷的传说，一个宁玛派的喇嘛高僧在被朝廷军队的将军砍了头后，摇身变为豹子的悲壮故事。于是我给顿波喇嘛复述了培楚的故事，然后问：你的前世就是那头豹子吗？

顿波喇嘛慨然回答，是的，那就是我。

我不寒而栗，不是因为害怕，而是觉得自己离神灵们的世界是多么的近啊。

我今天关心的是生命的传递——或者说宁玛派教派的传承问题。我问，可是作为一头豹子，又是怎么转世为人的呢？

顿波喇嘛说，我的前世捍卫了自己的教派，那是多大的一份功德啊。我当然又要轮回到三善道做一名喇嘛了。

我不敢肯定我能相信他多少，也许每个虔诚的喇嘛都会为自己找一个令今世骄傲的前世。更多的时候，在我努力理解顿波喇嘛的话时，同时也试图观想自己的前世，但是脑海里一片混沌；又观想自己是否有来世，同样是一片迷茫。我们只是紧紧抓住今生的现代人。我们经常说世世代代，可其实我们自身都只有一世、一代，这个今世一旦不存在，我们就什么都没有了。因此我们中的大多数人畏惧死亡，我们既看不到自己前世的身影，也看不到来世的一丁点光芒。

但是顿波喇嘛在那个晚上试图用一些很有说服力的例子，向我证明前世是可以触摸和感觉到的。他问我为什么有的人识字而有的人到老了还大字不识几个？我回答说是由于受教育的情况不一样。但是顿波喇嘛用肯定的口气对我说，是由于这些字他前世就认得了。在他的生命里，早就种下了识字念书的因果。

他又问，你是不是有这样的经历，当你来到一个从来没去过的地方，但一去就特别喜欢，觉得那里像天国一样的美丽？

我回答说，有。比如这卡瓦格博雪山。从我一看见它那天起，我就爱上它了。甚至想退休后在雪山下盖一间小木屋，就在那里养老。

那是说明你的前世就生活在这雪山下。在今生说这叫缘，你和雪山有缘。可是你要明白，缘从何而来。顿波喇嘛说。

我似乎有些明白，但又不明白。我的前世生活在藏区的雪山下？天哪，那个曾经是我的家伙可真会挑好地方呢。

顿波喇嘛又问，除了你的父母亲人，你身边有特别爱你的人吗？有特别恨你的人吗？

我回答说，当然有。每个人都会有的。

顿波喇嘛说，他为什么会特别爱你，那是由于前世的善果在今生来报答；恨你的人呢，肯定是前世种下了恶因，今生来偿还。

噢。我感叹一声，在想那些爱我的好人，让我无法用语言和行动去回报他们的爱；而那些恨我的人，也让我无法理解我为什么会被他们恨。

都把它们留待来世去偿还吧。

我发现我的思路在不自觉地跟着顿波喇嘛的话语走，这真让我感到吃惊。我只是一个观察者，甚至是一个批判者，但是我的灵魂在他扑朔迷离、空灵飘忽的话语中被操纵。我想起了"灵魂控制"这个现代心理学的词汇，如果生命是可控制的，灵魂当然也可以被控制。看看那些发了疯或走火入魔的人们吧，就是由于有某种强大的力量控制了他们的灵魂。这是否说明，灵魂是具体存在，并可以触摸的呢？

小屋里只有火塘里的火苗跳跃的影子和湿柴爆裂的炸响。忽明忽暗的火光使顿波喇嘛看上去大约在五十岁到五百岁之间，因为如果他真的掌握了起死回生术，如果他就是命运之链中某段生命的显现，你就无法断定他是属于哪一个年代的修行者了。当我单独和一个浑身都充满神秘气息的喇嘛坐在一起时，我总觉得在面对一段隐秘的历史，面对一个时间老人。他不仅仅是有血有肉的一个人，他更是永远在轮回的时间。

从顿波喇嘛那边时而会嘀咕出一段段经文，它们从他的鼻腔中流淌出来，极轻又快，自然得如同山上滚下一串串的小石头。山上的石头为什么会滚落，肯定是大自然的力量所致，经文在喇嘛的口中流出，也与神灵无处不在的因素有关。在我的倦意快要把我淹没时，我决定绕开转世轮回、因缘果报的缠绕，因为这让我对自己的未来绝望。我只想再问最后一个问题——喇嘛们修持的神通，在现代社会还有用吗？

顿波喇嘛，现在一个人可以不修持你的"天耳通"，他用手机就能听到遥远地方的声音，就像你也要用手机一样。"五神通"中的"他心通"，现代人也可以通过一种叫测谎器的仪器，知道别人内心深处的东西，警察们常用这玩意儿来审讯犯人。X光机，高倍望远镜，甚至天文望远镜，都可以比拥有"天眼通"的喇嘛上师们看得更深、更远。顿波喇嘛，你瞧，现代技术正在进入到你们的领地。你们修持的"五神通"，还有多少用处呢？

顿波喇嘛长久没有回答我的话，他的眼睛微微开阖，仿佛已入禅定，但他右手捻着那串陈旧的佛珠永远都在轮转，祈诵的经文如月光下的淙淙清泉，在寂静的小屋里缓缓流淌，像要穿透顽石的那一滴又一滴的水珠。在天就要亮的时候，我不知道自己是在梦中还是在半睡半醒之间，一个声音在小屋里像一缕袅袅的青烟飘来：

这些没有灵魂的东西，只能代表你们的傲慢而已，你为什么要那么执著呢？我们修持的神通，只是为了自己一颗宁静的心。

24 雪 人

洛桑丹增喇嘛伏在雪地上一动不动已经很长时间了，几只狼守候在山坡上，它们之所以没有冲下来将那个趴在雪地上的人撕成碎片，是因为有一头豹子横卧在它们的前面。豹子和狼群已经搏杀了两天，尽管豹子也付出了代价，它的一条后腿被狼咬伤，使得它不得不一瘸一瘸地走路，但它始终没有让狼群靠近喇嘛一步。在豹子和狼群搏斗的时候，连雪山上的神灵也不寒而栗，神灵们不明白狼和豹子为什么要厮杀到天昏地暗的地步。很多时候他们想助豹子一臂之力，可是豹子的顽强与韧劲连雪山上高大的雪松都向它弯腰致敬，这头受到佛法加持的豹子，将以它不屈的力量证明，世间有一种爱，是可以穿越生死轮回的。

豹子虽然把凶残的狼群打败了——正如它的前世把一个杀手挡在磕长头的喇嘛身后一样，但是它却没有办法让雪地上的喇嘛再站起来，它的眼中充满焦虑。它对着风雪飞舞的天空哀号，呼唤喇嘛的阿妈，可是豹子不知道，阿妈央金此刻正陷在一个深深的雪窝里，像风沙一样不断堆积的风雪已经快将无助的老人淹没了。豹子隐约感到喇嘛唯一的后援有了麻烦，但是它如果反身回去的话，雪地上的喇嘛很快就会成为狼群的口中食。

那是一个足有两人深的雪窝，老人也不知道自己是怎么掉进去的。头顶只看得到一方小小的天，厚重得仿佛随时都要塌下来。"要是天垮下来就是这个样子，你就垮下来吧。我早就累得动不了啦。"央金冲上面喊道。

央金感到，随着磕长头的儿子离圣城拉萨越来越近，灾难也就越来越多了。看看在她的身上都发生了些什么吧，儿子被杀，儿媳葬身熊口，唯一的孙女竟然给魔鬼骗走。难道佛祖真不知道一个苦难的母亲的心？难道佛祖真的不是雪域高原威力无比的神灵，他的仁慈不能惠及虔诚卑微、孤独弱小的众生？

不知是雪窝上方的天空被遮盖了，还是央金的眼睛再也看不到光芒，她感到自己不是被积雪深埋，而是被黑暗包裹了。这种黑暗是可触摸到并令人喘不过气来的，浓稠得像一场铺天盖地而来的黑色泥石流，其实它是地狱的黑色光芒。央金仿佛看到了死亡的脸，在这张阴森冷漠的脸后面，飘浮着她的二儿子玉丹的身影，还有她的老伴都吉，他不再到处飘浮了，坐在峡谷里的驿道边，陪着身边的"勇纪武"，仿佛刚从外面赶马回来一样。

雪窝的周围都是疏松的雪，一扒拉就簌簌往下掉，她越往上挣扎，掉下来的雪就越多，积雪已经将央金的半身埋住。可怜的老人想，除非是佛祖伸出他慈悲的手，不然她再也不能为磕长头的喇嘛儿子做后援啦。可是，佛祖，你的帮助在哪里？

佛的帮助总是无处不在。这次他派来的使者是一个身高九尺的巨人，他是雪域高原半人半神的神秘金刚，是人类的近亲，是大自然之子，是雪原上真正的王者，同时，也是这个星球上最不为人知的孤独的一群。人们通常称他们为"雪人""野人"。多数情况下，他们生活在人们的传说中，而当人类中的某个幸运者与他们猝然相遇时，他们留给人们的印象不外乎是力大无比，健步如飞，浑身是毛，来去无踪，经常出没在莽莽原始森林，以大地为家，和神灵相交，与魔鬼为伍。其实他们身上的邪恶并不比人类的多，慈悲也并不比人类的少。可是人们却憎恶他们，捕杀他们，把他们追赶到森林的深处，雪原的尽头。他们对人类的恐惧，并不少于人类对他们的害怕。而他们的悲悯，却没有语言可以表达。

这个雪人巨手一揽，就将央金从雪窝里拔了出来，就像拔出一根葱那样轻松。雪原上刺目的光芒让阿妈央金的眼睛几乎睁不开了。她感到身边有一大团阴影，一堵长满杂草的褐色岩壁耸立在她的面前，她扶着这岩壁想：我这是到哪儿了？刚才我掉下去的时候，身边没有岩壁呀。

央金忽然感到那岩壁在动，自己双脚找不着地，人升在半空中。待她的眼睛慢慢适应了外面的强光，她才看见杂草丛生的岩壁上张开一张巨大的嘴，血盆似的大口呼出腥臭的气息，就像闷热的夏天里吹来的一股热风。那嘴上面的鼻孔有一个小孩的拳头大，两只眼睛隐藏在深深的黑毛里。

"魔鬼！你要把我这个老人家怎么样？"央金悬在半空中，竟然没有感到害怕，一个人上了年纪，还有什么可怕的呢。

雪人仔细地端详了巨掌中的央金，踌躇片刻，然后像放下一个婴儿般的，轻轻把央金放在了雪地上。央金这才发现自己和这个家伙有多大的差距，她抬头望他的时候，竟然把头上的一顶破帽子都望掉了。

央金双脚一软，瘫在了雪地上。

雪人弯下腰去，就像一座山头倒下来一般，他把央金抱在了怀里，他用宽大而肥厚的舌头舔央金满身的雪渣，一股腥热的气息笼罩着已快冻僵了的老阿妈。这使央金想起故乡的一处温泉，从地下不断涌出的蒸腾热汽也跟这个大家伙口里哈出来的差不多，温暖得令人联想到神的亲近。

央金忽然感到浑身燥热，不是因为激动或恐惧，而是由于害羞。她被雪人抱在怀里，就像回到了婴孩时代。上帝啊，哪有当祖母的人还被一对乳房温暖啊。那雪人的两个乳房散发出火塘一般的热量，大得就像两床被子，几乎令央金窒息。可是当央金明白了雪人的好意后，她真想好好在这峰峦突起的怀中睡上一觉呢。

"你是人？是神？还是魔鬼？求求你，放我下来吧。"

"呜——呜呜。"雪人晃晃头，不知道他究竟要说什么。

"我要下去！我还要去找我的儿子。他是一个磕长头的喇嘛!"央金忽然想起了也在绝境中的儿子，她拍拍巨人的胸脯，又指指雪原的前方。

雪人明白了央金的意思，再次轻轻地把她放下来。在与人们一代代上演的生死追逐的游戏中，他们已经能听懂人类的语言，甚至能看透人类的心思。因为人类敬畏的各路神祇和魔鬼都是他们的朋友，而人类却对他们知之甚少。

央金心中惦记着儿子，离开了这雪人的怀抱后，撒腿就往前面跑，她跌跌绊绊地在雪地上跑出去很远了，忽然觉得应该给自己的救命恩人磕个头。她停下脚步，回头望去，雪人在远处用手搭在眉骨上，正向这方瞭望，像一尊立在旷野里的威猛金刚。央金"噗"地跪在雪地上，冲他就是一个长头。

"你也是雪域高原的神！求你保佑所有流浪他乡的朝圣者。"

那雪人一定听到了老阿妈的祈请，也一定知道朝圣者一家此时的困境。他只跨了两步，就站到了央金的面前。

"呜——"雪人将自己的嘴往前方一努，那意思是要与老阿妈同行。

尽管在智力发展上，雪人没有与人类同行，但是神灵赋予他们在其他方面超越人类的神力。他们在大地上阔大、高远的步履，人类就是再进化一万年，也许还是追赶不上。在雪地上，这个大家伙就像脚上有翅膀，他留下的脚印几乎可以把央金掩埋。他往前走一步，好半天央金才能跟上来。于是雪人干脆伸手将央金夹在自己的臂膀里，央金感到自己在雪地上飞翔。

不多一会儿，央金就看到了那头豹子，它正在俯趴着的洛桑丹增喇嘛跟前呜咽。央金的心一下就凉了，"我的喇嘛儿子，我的喇嘛儿子！"她拍打着雪人的胸部，指给他看雪地上的喇嘛。

豹子在一开初误会了雪人，它看见阿妈央金被夹持在一个庞然大物的胳膊里，带着呼啸声就扑过来了。雪人一闪，躲开了豹子致命的一扑。雪人在雪地上随便一扒拉，竟抓起一块盆大的石头来，挥臂要将石头向豹子扔去，阿妈央金不知从哪里来的力量，大叫一声，竟然一纵身抓住了雪人的胳膊，人也随着胳膊的挥舞晃悠了出去，吊在上面像一颗干瘦的老核桃。

"豹子也是我的儿子，求求你，别伤害到它！"央金悬在半空高声喊。

豹子此时已反身回来，准备再扑，央金又喊道："玉丹，我的好儿子玉丹！这是阿妈的救命恩人，别过来！"

雪人大概永远也无法弄明白一头豹子和一个家庭的关系。可是他看见那头豹子眼光中闪耀着人类的眼睛中才会有的愧疚和感激。至少他已经知道，豹子和这个老人的关系非同一般。

准备搏杀的双方都平静下来了。央金从雪人的臂弯中跳到雪地上，扑到喇嘛的身边，可是洛桑丹增喇嘛早就冻僵了。

阿妈伏在喇嘛身上号啕大哭，撕心裂肺的喊叫在旷野里卷起一阵阵的雪风，打着旋儿向远方逃去；雪地下的冰层也被尖锐的哭喊割裂，"嘎吱嘎吱"地纷纷破裂，一些地方从此形成雪原上永不会弥合的沟壑；远方的雪岭上还发生了雪崩，撼动得大地一阵阵颤抖。

雪人蹲下来，俯瞰着雪地上的喇嘛。喇嘛几乎跟他一样，也成了个浑身苍白的"雪人"了，雪渣和冰屑沾满了他的全身，裸露在外面的皮肤早已僵硬、皲裂，像伤痕累累、万劫不复的荒地。雪人把喇嘛抱在怀里，舔去他一身的雪渣，试图再次用自己胸前和舌头上的温暖使喇嘛暖和过来，可是喇嘛依然僵硬得一动不动，仿佛是一截冰凉的木头。

雪人对着阿妈央金"呜呜"叫了几声，抱起洛桑丹增喇嘛就飞奔起来，豹子开始想追出去，可是它发现，要在雪地上追上这个神秘的雪人几乎是不可能的。在你一眨眼的工夫，他就消失在一片雪雾之后了。

阿妈央金对豹子说："我活这么久了，还是第一次被神派来的使者抓在手掌里，救回一条命。玉丹，你放心吧，你哥哥是个磕长头的喇嘛，功德无量，他自己也是半个神了。神灵们要做的事情，我们凡夫俗子不要多管。你哥哥会回来的。"

两天以后，风雪的身影已远遁，阳光重新普照大地。茫茫雪原一片洁净，一个黑点从天边缓慢而坚定地踏雪而来。洛桑丹增喇嘛完好如初地回到了阿妈央金身边，在他沉着刚毅的面孔上，已看不到一丝死亡的痕迹。他身披一张巨大而崭新的虎皮，那是雪人赠送给他的礼物，从今以后，喇嘛将不再受寒冷之困。至于雪人如何用自己的方法救活了磕长头的喇嘛，那是人们永远也弄不明白的问题。这种雪域高原特有的生灵本来就被傲慢又胆怯的人类拒之于认知范围之外，人们也就永远走不进他们的世界。

可是，神圣雪域，无一物不庄严，幻化国土，无一事是真实。有些神灵的身影，是我们永远也看不到的。不是我们没有能力，而是我们只有一双人的眼睛；也不是我们缺少虔诚，而是我们的因缘未到；更不是我们没有找到进入神灵世界的路径，而是上苍在日益无所不能的人类面前，总得给我们留下最后的几点秘密，给神灵们留下一点来去自如的空间。对吧？

缘

卷

第七章

25　性　奴

时间像筛子一样地把生活中的一些细节无情地筛走了，只留下粗大的记忆片段和伤痛的颗粒。正如一个旅途中的人，他对经过的道路和村庄，翻越的雪山和跨过的河流，遇到的野兽和女人，多年以后也只能想起一些零星的场景和刻骨铭心的温存。也正如在雪域大地四处流浪的达波多杰，他现在出门已经整整六年了，那些雪山垭口上的飞雪，那些草原上遍地开放的花儿，那些一张张羊皮褥子下不断更换的女人，还有那些在旅途中碰见的酒友、侠士、商贾、流浪歌手、喇嘛、牧人，都被时间的筛子筛走了。现在达波多杰只想念一个人，在饥肠辘辘没有人烟的荒野，在漫长寂寞的黑夜，在寒冷破旧的帐篷里，在颠簸起伏的马背上，达波多杰想念一个人想到了骨子里。这可是他一生中从来没有过的体验，这种思念就像钻到人体内的一群群蚂蚁，日日夜夜地啃噬着他的一颗漂泊动荡的心。

这个人不是他曾经迷醉在她的尖锐呻吟中的嫂子贝珠，也不是牧场上那些健壮多情的女人，更不是旅途中的帐篷里某个像路边的野花肆意地开放又随意地采摘到手的姑娘。这个人是他的精神导师，是在他的心目中比父亲还要伟岸的大丈夫，他在他的教诲下一步步走向自己的梦想；当他站在他的身后时，达波多杰的力量与勇气便在心底里一寸一寸地生长，就像在千军万马阵前，身后拥有一个强大的军团。

这个人就是那个被刀削掉了鼻子、铸造了两把宝刀、培养了一个英雄一个杀手的基米啊。达波多杰有两年多没有他的消息了，他不知道这个没有鼻子的老家伙是否也在想念他，是否还念念不忘他的英雄梦想。

而他自己，却已经快把曾经拥有过的英雄梦想遗忘殆尽了。并不是他又沉醉于哪个女人的温柔之乡，也不是异乡的风情令他流连忘返，不思进取，而是他现在已沦落到几近于奴隶的地步。一个成了奴隶的人要成就英雄的伟业，显然还要走更长的路。只是这奴隶并不干很繁重的活儿，也不愁吃喝，更不挨鞭打责骂，而且还是许多男人求之不得的好差事。达波多杰这样的家伙是那种命犯桃花的种，他即便当了奴隶，也不过是一名性奴隶而已。

事情发生在半年以前，达波多杰和忠心的老管家益西次仁流浪到雅鲁藏布江支流的一条干热河谷，人们告诉他们说穿过这条河谷，就可走向通往后藏重镇日喀则的官道。那条不知名的河谷狭窄又隐秘，热浪像死水一样弥漫在空气中，而河里的水却冰冷刺骨，人若跳到河里，就不是退凉的事儿，而是冻死的问题啦。益西次仁一再告诫热得焦渴难当的达波多杰，你不能下河去寻求一时的痛快，这是魔鬼控制的河，你没有看见不断有尸体从上游漂下来吗？这样的河谷里一定有温泉，让我再找找吧老爷，我好像已经闻到温泉的味道了。达波多杰那时没有好气地说，我还闻到鲜花的香味呢。

神灵在那天听到了两个流浪人的祈求，他让益西次仁找到了温泉，让达波多杰嗅到了鲜花的芳香。在山道的一个褶皱处，一汪从山上淌下来的温泉积水成潭，一阵阵热气的氤氲飘荡在河谷里，还有姑娘们戏水的欢笑。达波多杰当时呵呵一笑："今天我们真是磕头碰到真佛，烧香遇见菩萨了。"

从他们所在的山坡处望去，水潭里有两个姑娘在沐浴，看不出她们漂亮与否，但是她们的黑瀑布一般的头发飘散在水潭里，就像乌亮发光的黑色锦缎。达波多杰有好长时间没有近女色了，心里有些痒痒得难受。他对老管家说："这两个娘们儿，需要一个男人帮她们呢。"

老管家毕竟行事谨慎一些，他说："老爷，在这荒无人烟的河谷里，两个泡在温泉里的姑娘，不是魔鬼的女儿，就是强盗的陷阱。我们走吧。"但是达波多杰不听，他太相信自己在姑娘们面前的魅力了，他让益西次仁先去周围看看，有没有魔鬼的足迹。等他和姑娘们洗完澡后他再来换他。事态的发展也正如达波多杰所料，当他笑盈盈地站到温泉边时，水里的两个姑娘眼睛一下亮得盖过了泉水的光芒。

"水温暖吗？"他问。

"不冷。"年轻一些的那个姑娘说，有点害羞似的把脸埋进了水里。而那个年纪大很多的姑娘，却用眼睛直勾勾地看着这个仿佛是画中走出来的俊男。

"好洗么？"他轻佻地问。

"天上淌下来的水，是神灵赐予的；泉水边站着的人，是何方来的呢？"年纪大的姑娘问。她的目光让情场老手达波多杰也感到害怕，是那种看你一眼就会从你身上挖走一坨肉的眼光。

"管他是从哪里来的。你只需说，远方的客人，下来与我们一同沐浴吧。"

"那你为什么还站着不动？"目光很泼辣的那个姑娘说话也很冲，看得出来她内心的欲火一点也不比达波多杰小。

在藏区的许多地方，男女同浴的风俗很普遍，但一般只限于家族里或者同一村庄的人，由于都是亲戚长辈，因此在温泉里并没有人会升起邪念。像这样和陌生人同浴是需要一点胆量和浪漫情调的，而这两者达波多杰恰恰都不缺。那两个姑娘的胆子大得令情场高手达波多杰也感到吃惊。一个姑娘的脚率先从水里伸过来，像一条水蛇一般地缠住了达波多杰的腿。大家都感到温泉里的水温在升高，此刻别说是一潭温泉，就是雪山上融化下来的冰水，也会被三个人的欲火烧开。他在那一方浅浅的潭水里与两个姑娘周旋，两个姑娘被他挑逗得春心荡漾，欲罢不能。其中年纪较小的那个想起身离开，可是达波多杰只用一双炯炯有神的眼睛盯住她看了片刻，她的骨头就酥了，丰满的胸脯急促地起伏，掀起阵阵的波浪，平静的泉水仿佛成了波浪汹涌的雅鲁藏布江。人的目光的能量有时能盖过太阳的光芒，在一些特定的场合下，它是世界上最明亮强大的光。一些法力深厚的密宗喇嘛，他们的目光可以击落天上的飞鸟，打掉树梢的树叶。而达波多杰情欲泛滥的目光，可以轻易俘获姑娘们的心。

最后，到两个姑娘都瘫在泉水里再也爬不起来的时候，她们已经成为达波多杰情欲香案上的祭品。在温泉边的一块巨石上，达波多杰与两个姑娘轮流做爱，搅得温泉里的水热得开了锅，还把人的皮肤烫得起了一串串的小泡。

一切就像水总要往潭里流，鹰总会往高处飞一样自然。漫长旅途中的艳遇并不需要更多的理由和情感的铺垫，达波多杰是一头孤独的公狼，他才不在乎在哪儿播种，以及季节是否适合呢。

但是这一次他彻底错了。当他回到泉水边穿好衣服，准备继续自己的旅程时，他发现两支双叉火绳枪一齐对准了他。持枪者就是刚才与他一起在情欲横流的泉水里嬉戏的姑娘。

"跟我们走!"年长的那个姑娘说。

"噢,这可不是你们干的活儿。"达波多杰不当回事地说。

"拿上你的行囊,跟我们走!"还是那个姑娘说,口气不容置疑。

"姑娘们,你们有你们的路,我有我的路。别把温泉里的事情当一回事啊。"

"等我点燃火绳枪,事情就大了。"年纪较小的那个姑娘从腰间抽出了火镰石。刚才在巨石上,她还是那么羞涩,是达波多杰一点一点地导引着她奔向快乐之源。可是现在你看看她,"嚓"的一声就把火镰石上的火星擦出来了。姑娘手上的火捻子已被点燃,然后用一双勇敢而野性十足的眼睛盯着达波多杰。

"你可要想好了,世上没有这么便宜的爱情。"姑娘一手持枪,一手举着火捻子。

"我的爱情都交给了流水。"达波多杰笑嘻嘻地说,他还把她们当孩子看。

姑娘将火捻子凑到枪的火绳上,"哧——"那里冒出一阵欢快的青烟和火苗。

现在达波多杰相信了,她真的会杀了他。他挠着自己的头说:"唉,没见过这样求婚的。姑娘们,要带我去哪儿呢?"

"带你去见我们的阿爸!"

"哦呀!"达波多杰感到事态严重了,"嗨,嗨,小心啊!枪子儿飞起来可不好玩。"火绳枪已经快要击发了。

"是吗?"姑娘一抬枪口,"砰"的一声巨响,一团霰弹从达波多杰的头顶飞过。姑娘们的眼睛却垂了下来,"你再不好好说话,你就做不成我们的男人了。"

这可真是一场自己撞到枪口下的婚事。两个姑娘大的叫娜珍，小的叫甘玛，她们的父亲巴桑是一个流浪部落的头人，其实这个部落真正的主人是巴桑的老祖母朗姆。人们说她已经活了二百多岁，因为部落里只有她可以和神灵交谈，与死神共眠，并随时带来老祖先的嘱咐。在这个世界上已经没有人知道她从前的经历，据说她年轻时看见过格萨尔王的军队，她还见过现出真身的莲花生大师，那时她身材高挑，貌美无比，格萨尔王的军队为了她的美丽四处征战，而她最后却嫁给了一个放牧的牧人。朗姆老祖母说过一句洞穿生命历程的名言：
　　爱就是命运。
　　现在她像一颗老核桃一般的坚硬，承受住了两百年命运的折磨。之所以在她如此高寿的时候还被部落里的人们带出来四处流浪，是因为朗姆老祖母告诉大家说，在后藏有一处地方被称为世界的中心，那就是岗仁波齐神山。神山的东面有一条白色的河流名为当却藏布，它绕过肥美的草原，河里流淌的不是水，而是洁白的鲜奶；河床上遍布金沙和宝石，可是人们并不稀罕，因为它们俯首即拾，一点儿也不显得珍贵；草场上的鲜花开得有一人高，牛羊比天上的星星还要多，远处的山头上不是岩石，全是糌粑和奶酪；天上飞翔的雄鹰是部落祖先的转世，人们终生行善，来世都升到了天国。那里就是部落久远的故乡，一千多年前的战争让部落里的人们在雪域大地四处流亡，从那以后他们就再没有见到过鲜奶河和糌粑山，也没有星星一样多的牛羊，更不能像雄鹰一样自由翱翔。
　　每当朗姆老祖母讲起自己的故乡，空洞的眼窝里已经没有眼泪，只是在乡愁浓郁得化不开时，会淌出一些粉红色的血珠。现在她只有一个三岁孩子般大小，在流浪的途中一直被巴桑头人背在背上。她的

356

眼睛早在一百年前就瞎了,可是整个部落里就只有她才知道回家的道路。连哪一条岔路口有几棵古树,哪段河流上有渡口,哪座雪山垭口有魔鬼,他们长什么样叫什么名字,她都清清楚楚。

"神灵告诉我们只有回到自己的故乡,才可以过上幸福美满的日子。就这样,我们在老祖母的带领下,终于走上了回家的路。"部落头人巴桑对达波多杰说。

达波多杰和他的两个女儿在温泉里折腾的时候,他其实已经带了一群人俘获了益西次仁,而他的两个女儿则俘获了达波多杰。因为部落里有一条古老的规矩,同部落的男女,绝不通婚。这使部落在与外族男女的婚姻中保持着自己旺盛的繁衍能力。巴桑头人是一个满脸胡须的壮年汉子,密集粗壮的胡子让人想到拔起来的树根。他的部落现在还有一百来号人,与其说这是一个部落,不如说它是一个庞杂拖沓的商队,老人和小孩,妇孺和病人,出家的喇嘛和相信传说的新加入者,甚至还有说唱格萨尔的、打铁的、赶马的、朝圣的、无家可归的各色人等混杂其间。他们其实已经出来十多年了,并不是道路不好走才让他们还没有抵达传说中的故乡,而是他们走一路耕作放牧一路。遇上几块好地,他们会停留下来,种上几季庄稼,为今后的旅程储备一些食粮。他们不要土地,不要牛羊,更不要房舍和家。他们只要自己心目中的富饶美丽、魂牵梦绕的故乡。他们的希望就寄托在自己的脚下。"你们是在寻找梦中的故乡。"达波多杰说。

"对一个流浪了多少代人的部落来说,故乡不就是在梦中吗?梦中的故乡,是最美的家园。"巴桑一往情深地说。

达波多杰没有见过如此轻率又如此浪漫的部落头人。对比他的父亲和哥哥,他们的祖先虽然也是从遥远的地方迁徙到澜沧江峡谷,可是他们把峡谷里那一方狭窄的土地看得多么重要啊。

故乡就是长在心里面的那棵树，时光年复一年地把它浇灌，传说日复一日为它施肥，使它在人心里根深叶茂，果实累累。对巴桑部落的人来说，现在是去故乡的田园里享受思乡的果实，痛饮落叶归根的乳汁，了断绵绵无尽的乡愁的时候了。为此他们哪怕走遍天涯海角，哪怕终生流浪，也要找到传说中的故乡。

达波多杰那时还不能理解这些，他对自己的故乡还充满怨恨哩。他对巴桑头人说："尊敬的头人，我们都是出门寻找自己梦想的人。在我们没有把梦想抱在怀里的时候，我们的脚步不会停下。请放我走吧。"

"放你走？你要去哪里？"头人斜着眼睛问。

"我也要去找我的梦想。"

"你的梦想已经在温泉里泡没了。你还不知道吗？"

女人真是英雄的绊脚石。达波多杰现在终于后悔了，他站起身来想抽出腰间的宝刀，可是他的背后同时抵住了三四把马刀。

"我的两个女儿都给你了。在我回到故乡时，我要一手牵一个孙子。爱就是命运。认命吧，伙计。好好干，一路上时间还有的是，我的女儿们是两匹不错的母马哩。"头人拍拍达波多杰的肩说。

就这样，达波多杰便被强迫留在了这个流浪部落里。巴桑头人规定每晚为自己的女儿单独准备一顶帐篷，达波多杰在月亮升起来的时候，会被人带进帐篷，里面会有两姊妹中的一个在等他。至于是谁，达波多杰不知道，天黑以前两姊妹也不会知道，因为她们要靠父亲巴桑抛贝壳占卜来决定自己的一个夜晚是温情缠绵，还是孤独难耐。帐篷外虽然没有人站岗，可是朗姆老祖母有一种神奇的咒语，凡加入了部落的人，灵魂都会被这咒语所束缚，当他想离开这个流浪部落时，即便脚想走，心也会被朗姆老祖母的咒语拴得紧紧的。也并不是多情的达波多杰已经再一次沉溺在女人的温柔之乡，其实在他的眼里两姐妹都奇丑无比，比当年哥哥扎西平措强行要娶给他的野贡土司家族的麻脸女儿好不了多少。当初在温泉里自己为什么要那么猴急急地跳下去，实在令万念俱灰的他百思不得其解。难道是被温泉里的热气迷糊了眼，还是女人被温泉一泡，都显得美丽娇嫩，赛过王妃呢？唉，一个拥有英雄梦想的人，怎么又沦落到女人的温柔乡？爱就是命运。可这场爱情比当年跟嫂子贝珠昏天黑地的爱，比在羌塘草原上糊里糊涂的爱，更让达波多杰感到自己爱的命运充满错误。

他曾经想到过逃跑，那匹叫贝珠的宝马，已经长到三岁了，它身子两侧那排翅膀残留的痕迹，还隐约凸现着两排肉芽，要仔细地抚摸才感觉得出来。达波多杰平常轻易不骑这马，无论一路上多么劳累辛苦，每个夜晚他总要起来两三次，为它添加草料。落入巴桑头人手里后，他对头人唯一的请求就是要亲自饲养贝珠。头人并没有认出这是一匹神驹，只是说，好男儿总是爱马胜过爱女人，有你喝的，就有你的马吃的。

他有宝刀和宝马，要逃脱这些人的手掌应该不成问题。但是老管家益西次仁却成了真正的奴隶，他的马被没收了，就等于他想飞的翅膀被剪断了。他每天在部落里干最重的活儿，和十多条汉子睡在一顶帐篷里。达波多杰不忍心丢下这个像自己的父亲一样的老人。

半年多时间过去，达波多杰在娜珍姐妹俩身上的辛勤耕耘得到了报答，两姐妹的肚子都显山显水了，巴桑头人时常用爱惜的眼光打量达波多杰，说等到了我们的故乡，我大概也老啦，我没有儿子，部落头人的位置就交给你来坐吧。以后你再传给我的孙子。

达波多杰心里苦笑不已，怎么我在家里没有头人的位置坐，到外面却谁都要我去坐呢？妈的，女人们的奶子成了我这个没有多大出息的家伙的坐垫啦。这样的人还能当英雄吗？每当想到此，他就深切地怀念起没鼻子的基米。这个家伙分别时说给他的话现在让他后悔得肝肠寸断。离女人远一点，她们会消磨一个英雄的气概。

有一天达波多杰忍不住问巴桑头人："你真的相信你们家乡的河里淌的是鲜奶，山头上全是糌粑和奶酪吗？"

巴桑头人回答道："不是相信不相信的问题，因为它千百年来就是这样。就像你的父亲和母亲，你用得着去怀疑什么吗？"

"这样的传说在我们那里也有，我们把它说成是'香巴拉'王国。""要是你相信传说，你的内心就像孩子一样的单纯，你就没有那样多尘世的烦恼。这不是很好吗？"巴桑头人又补充道，"这是一名喇嘛上师说的。"

"那你相信'藏三宝'的传说吗？"达波多杰又问。

"藏三宝？"巴桑头人睁大了眼睛，"伙计，藏三宝多了，你说的是哪一类的三宝呢？"

"宝刀、良马和快枪。"达波多杰响亮地回答道。

"噢，那可是一个英雄的佩带。"巴桑头人感叹道。

"是的，我就是要去做这样的英雄。可是你的女儿们把我绊倒了。"

"那么，你找齐了你的三样宝贝了吗？"

"快了。但是又可能永远找不齐，要是我天天做你两个女儿的奴隶的话。"

巴桑头人沉默了许久，才说："等回到了我们的家乡，你就走吧。"

26　圣　城

"阿妈，阿妈，我看见圣城拉萨了！"

"是吗？哦，佛祖！我的儿子终于来到你神圣的领地了。他是磕着长头来的啊，你们怎么还不打开圣城的城门，献给他洁白的哈达？"

"阿妈，圣城不需要城门，它向所有的朝圣者敞开神圣的胸怀。面对雄伟壮观的布达拉宫，我还要磕一天的头，才能到哩。"

"喇嘛，听你这么一说，我也看见啦。洁白的墙，是吗？"

"是的，阿妈，高大洁白的墙。"

"黑色的窗户。"

"是的，阿妈，窗框是黑色的。"

"红色的楼房。对吗，喇嘛？"

"是的，阿妈，就像天国里的楼宇。"

"还有金色的顶。"

"哦，阿妈，多漂亮的金顶啊，就像飘浮在天上一样。只有在西方佛国中的极乐世界里，才会有这样漂亮巍峨的宫殿。阿妈，我要在这里多磕三千个长头，再去朝拜它。"

"你磕吧，我的儿子，帮我好好看看我们的圣城。佛祖啊，这儿连吹来的风都带有神的味道。圣地拉萨啊，我们终于到啦！可是我却看不见你……"

阿妈央金早已干枯了的眼眶里就像复活了的泉眼，眼泪簌簌地淌下来，润湿了洛桑丹增喇嘛长头下的土地。喇嘛的眼泪也禁不住哗哗地流淌，不是为他自己这一路的辛劳与苦难，而是为阿妈央金再也不能看到她眼前辉煌灿烂的拉萨。

阿妈央金眼睛里仁慈明亮的光芒在半个月前就彻底暗淡下去啦，她在深沉的黑暗中感受拉萨的辉煌。她这一路上瞳仁里的期盼太多，看到的苦难太多，为亲人们流淌的眼泪早就盈满了沿路的江河。大地因为一个老阿妈的眼泪而悲悯，在朝圣的道路两旁，开满了慈悲的白花，结满了信仰的果实，都是由磕长头喇嘛的汗水和阿妈的眼泪滋润出来的啊。现在，喇嘛每磕一个头，泪水便泼洒一地，在漫长的朝圣路上，这是从来没有过的事。不多一会儿，脚下的这块本来很干燥的地便变得湿润而泥泞了。虔诚的眼泪，感激的眼泪，幸福的眼泪，形成一条条溪流，欢快地流淌。拉萨前面的那条河，就是这些朝圣者们的眼泪汇集而成的吧？

两天以后，磕长头的喇嘛进入了拉萨。那是一个暴风骤雨的下午，拉萨城古旧泥泞的街道早已没有了行人，喇嘛在如注的暴雨中专注地磕自己的长头，仿佛雨根本未曾在下。他在泥水里一步一磕头地向大昭寺磕去，街道屋檐下的一些拉萨市民用崇敬但又木然的眼光看着那个雨水中的喇嘛。"哟，又来了一个磕长头的。"他们说。"他可没有赶上好时候，有雨也不歇一歇。都到拉萨了，慌什么呢？"他们又说。

但当他们看见喇嘛的身后，背负行囊的只是一个瞎眼的老阿妈时，那些待在屋檐下和窗户里躲雨的人悲心大发，他们把早已衣不蔽体的老阿妈拉进了家门。

"老阿妈，你们从哪里来的啊？"

"澜沧江峡谷，卡瓦格博雪山下。"

"什么地方啊，没听说过。"

"你们怎么没有听说过呢，那里可是世界的中心。"

拉萨人自豪地说："拉萨才是世界的中心。老阿妈，你们那儿离拉萨有多远？"

"噢，善良的拉萨人，每一个藏族人都有自己心目中的中心。我不知道走过的路有多远，我只知道我们已经走过了七个春天。"

"佛祖，那可是不短的一段路啊。老阿妈，就你一个人做喇嘛的后援吗？"

阿妈央金没有回答这个令她伤感的问题，空洞的眼眶望着外面的风雨世界，聆听着拉萨酣畅淋漓的暴雨和天上滚来滚去的炸雷。"你们听，"她高声而豪迈地说，"连你们拉萨的神灵，都在为我的儿子哭哩。"

雨停的时候，喇嘛终于磕到了大昭寺的门口。那时正是拉萨金色的黄昏，古老的圣城笼罩在祥和明净的暖色光芒之中。他伏在寺外的地上，从来没有感受到自己对诸佛菩萨如此的敬畏，离日夜思念的上师如此的亲近。大昭寺外面的石板地凹凸不平，到处是一条条磕长头者摩擦出来的人体的痕迹。洛桑丹增喇嘛匍匐在上面时，就像伏在一个民族信仰的脊梁上，朝圣路上所有的艰辛与磨难，所有的风尘与霜雪，都让他在喘一口气的一瞬间，轻轻地吐纳出去了。吉祥的晚霞从天边映射到寺庙的金顶，又从金顶反射到人间，就像神的光辉普照大地。洛桑丹增喇嘛在心里对自己说，尽管藏族人在佛菩萨面前已经磕了一千多年的头了，不过我来得还不算太晚。

大昭寺紧邻八廓街，那里每天都涌动着川流不息的来自藏区各地的朝圣者，像洛桑丹增喇嘛这样的磕长头者也非常多。人们履行生命的使命都一样，只是命运却各有不同。在圣城，各种消息随着灰尘、纸片、经幡以及飘飞的树叶，在低矮的房屋、狭窄的小巷里传得像风一样快。不到一个月的时间里，拉萨的大部分市民已经知道了一个来自藏东康巴地区的喇嘛，历经千难万险，磕长头前来拜师朝圣的故事。这个修大苦行的喇嘛手里拿着写在一块薄羊皮上的介绍信，到处找一个叫格茸的上师。

可是在僧侣如云的拉萨，学识高深、法力深厚的大德高僧就像天上的星星一样多。洛桑丹增喇嘛朝拜了甘丹寺、哲蚌寺、色拉寺三座巍峨雄壮、名震天下的大寺。一天黄昏，在色拉寺，洛桑丹增喇嘛正在寺庙的大殿外磕头，一个也是从藏东康区来的老喇嘛对洛桑丹增喇嘛说："小比丘，跟我来吧，你要找的上师已经等你很久了。"

洛桑丹增喇嘛喜出望外，没想到这样顺利地就可以见到上师了。他跟随那个叫曲多的老喇嘛在密集的僧舍间绕来绕去，最后来到寺庙后院的一排灵塔前。曲多喇嘛指着一个上面长了些荒草的灵塔说：

"格茸上师在里面等你哩。"

洛桑丹增瞪大了眼："喇嘛，你……你是说，格茸上师圆寂了?"曲多喇嘛叹了口气："有十多年了。上师圆寂时对我说，他会有一段佛缘从澜沧江峡谷来。"曲多喇嘛向灵塔顶礼，磕头，然后将自己的头俯向灵塔，轻声说："上师，你要等的人终于来了。"

洛桑丹增喇嘛在格茸上师的灵塔前长跪不起。十多年前他还没有出家，但是上师已经在期待今天的佛缘了。他觉悟得多么晚啊。可是，他历尽千辛万苦来到圣城学法，难道就只能面对上师一座无言的灵塔吗？在朝圣路上的许多个日夜，他把上师的庄严想了无数遍，也把上师的尊容默念了无数遍。他是一个像贡巴活佛那样宽厚慈悲、悲心无量的老者，还是一个博学睿智、显密精通的高僧？但洛桑丹增喇嘛万万没有想到的是，他连上师的法像都无缘相见。

天上的星星像地上升上去的一颗颗善良的灵魂，亮晶晶地高悬在深蓝色的夜空，洛桑丹增喇嘛不知道究竟是天上的星星更缥缈，还是上师的灵魂离自己更遥远。他长久地跪在格茸上师的灵塔前，已经哭干了自己的眼泪。在朝圣的路上，再大的艰难，再凶恶的环境，再高远的雪山，他都没有丧失过信心，因为他心存希望。可现在希望成了一个破碎的梦，梦的碎片让洛桑丹增喇嘛一时找不到方向。

天上的星星忽然向跪着的喇嘛眨起了眼睛，就像一盏在风中忽明忽暗的酥油灯。洛桑丹增喇嘛正感到有些奇怪，就听见一个苍老的声音从灵塔里传来：

"法子，佛陀告诉我们，'依法不依人，依义不依语，依了义不依不了义，依智不依识。'你不要把大象放在家里，却跑到森林里来寻找它的足迹。佛法遍地都可以求，佛缘却只和一个人的因缘有关；佛法的上师成百上千，奉献出你的恭敬心，上师才能转化你的凡夫心啊。"

洛桑丹增喇嘛俯身向灵塔，急促地祈求道："上师啊上师，是你在给我指路吗？我在哪里可以找到他，我学法的领路人？"

一阵风在灵塔间穿越而过，洛桑丹增喇嘛只听到一句仿佛是来自天外的声音："……人生易得，佛法难求……解脱之路，修心为要……"

洛桑丹增喇嘛后来围着格茸上师的灵塔转了三天三夜，可是他再也没有从灵塔里得到自己要寻找的上师的任何消息。曲多老喇嘛悲悯洛桑丹增喇嘛的虔诚，便对他说："你在大昭寺外磕满十万八千个头，或许你的佛缘就到了。许多来拉萨朝圣的僧侣都这样做。你要知道，在圣城，八廓街某个角落里蹲着的乞丐，也可能就是一个修苦行的上师。"

于是，洛桑丹增喇嘛每天到大昭寺磕头，阿妈央金则在八廓街化缘乞讨。阿妈对他说："一时找不到上师，也不用急，反正要拜上师的人，总要给上师大量的供养。过去那些外出学法的人，都是给上师背金子去，背银子去。尽管我们身上一个藏币都没有，但很多朝圣者，来到拉萨时也跟我们一样穷，他们后来却可以给佛祖释迦牟尼的佛身贴一层真金。他们靠什么做到的啊？靠一双乞讨的手和世人的善心。"

阿妈央金把自己的一只黝黑、干枯、疤痕累疤痕的手伸向路人时，一个再心硬如铁的人也会被这一路乞讨了几千公里的手感动。那与其说是一只手，不如说是一截朽木，或者说，是一颗苦难卑微的心。

拉萨是朝拜者的圣城，也是布施者们进入天堂的前殿。有许多善男信女们相信，在拉萨行善布施可以为自己换来幸福的来世。他们布施给寺庙，布施给喇嘛，也布施给那些一无所有的乞丐、流浪儿、朝圣者。圣城拉萨居住着那样多的神灵，谁不想在众神面前好好表现一下呢？更何况拉萨有句俗话说，"向你乞讨的乞丐，正是那帮助你生起慈悲心的佛"。

一天，一个来自后藏的商人在八廓街遇到乞讨的阿妈央金，他对伸到面前的那只几乎只剩下一层皮的手皱起了眉头。这是一个满脸油光、穿金佩银的家伙，他戴着火红色的狐皮帽，豹皮镶边的华丽藏袍，胸前的佛珠和护身符就像一个四处游动的珠宝柜。

"喂，你就是那个独自陪儿子磕长头来朝圣的瞎眼老阿妈吗？"商人问。

央金的眼前虽然一片黑暗，但是有些人的财富与权势你可以从他说话的口气中听出来，也可以从他的呼吸中感受得到，甚至可以从他在这个世界上挤占的空间得到准确的答案。一个有经验的老乞丐能从乞讨对象的只言片语中判定自己的收获。这个人一来到阿妈央金的面前，空气都被挤到一边去了，就像水缸里猛地砸下一块巨大的石头。

他的身躯一定像一头大象。阿妈央金心里想。

"请给两个藏币吧，磕长头的喇嘛今天还没有喝茶哩。佛菩萨会看到你的悲悯。"阿妈开口要得并不多，因为她知道，越有钱的人，手攥得越紧。

"噢，谁的悲悯有你这个当阿妈的大啊！"商人感叹道，从自己的胸前解下来一件佩饰，放在阿妈央金的手掌里，"拿着，可惜你看不见它是什么。但你说对了，佛菩萨会看得见的。"

阿妈央金感觉手掌里的那件东西光润圆滑，细腻冰凉，沁人心脾。就像握在手掌中的一块冰，但是它并不寒冷刺骨。

"慷慨的善人，这是一块玛瑙，对吗？"阿妈央金问。

"一块九眼猫眼石。"商人回答道。

"佛祖啊！"阿妈央金也禁不住惊呼起来，引得大街上的行人纷纷驻足观望，也惊动了寺庙大殿里的诸佛菩萨，让他们平和慈悲的目光也微微跳动了一下。阿妈央金知道，一块九眼猫眼石，可以换一片大牧场上的所有牛羊。峡谷里的朗萨家族，也没有如此珍贵的宝石呢。

阿妈央金摸索着把猫眼石塞到了那个商人手里："我们可受不起你这样大的功德，你把它布施给佛菩萨吧。"

商人又把猫眼石重新放进阿妈央金的手里："这不是我的功德，它只是我留给来世的一笔财富。请你虔诚的儿子代我保管吧。"

四周围观的人啧啧连声，商人转身走了。央金冲那逝去的一阵富贵而慈悲的风高喊："善人，留下你的名字吧，我儿子念经时会为你祈诵的。"

商人头也不回地说："我今生的名字，在来世有什么用呢?"

一个一贫如洗的乞丐老阿妈，手上却握有价值连城的宝石，这个消息很快又传遍了拉萨城。曾经有个富人想用一座小庄园外加两个仆人跟阿妈央金换，但是央金说，这块猫眼石我是不换的，它是我儿子将来奉献给他的上师的供养。

27　上　师

可是，在一天早晨，阿妈央金起来时却发现放在袍子里的猫眼石不见了，她尖厉慌张的哭叫惊醒了主人，头晚他们就露宿在这一户人家的屋檐下。那主人恰好是拉萨地方政府里的一个小官吏，他听了央金的哭诉后告诉她说："小偷在你还在梦乡里的时候，偷走了你的九眼猫眼石。不过他可真是一个愚蠢的小偷，竟敢到我索郎旺堆门前来行窃。"

索郎旺堆就是官府里专门负责缉拿罪犯的官员，那时在拉萨办案件有一套人的办法和神的指点相接合的方式。索郎旺堆先到大昭寺烧了高香，供养了酥油，然后找到一个高僧问了卦象。高僧问清了事由，说那丢失的猫眼石是一颗星星掉在了人间，今晚月明星稀的时候，猫眼石将在八廓街的一个角落被人买走。

果然，到了晚上，偷窃九眼猫眼石的盗贼仲永被索郎旺堆擒获。在仲永出售这块珍贵的猫眼石时，他没有料到来和他谈价钱的人同时也带来了索郎旺堆。因为除他之外全拉萨的人都知道，这猫眼石是磕长头的喇嘛将来要奉献给上师的供养，别说被人偷走，就是有一天不小心掉在了拉萨的大街上，也会有人捡到后送回到阿妈央金手中。

　　第二天索郎旺堆要在大昭寺外的广场上公审那个胆大的盗贼仲永。这个家伙是个流浪儿，父母给他取这个名字，命中注定使他要和饥饿和乞讨相伴①。尽管他还不到二十岁，可干这一行当也有十多年了。藏族人有句俗语说，吃一颗大蒜和吃十颗大蒜，嘴都是一样的臭。因此偷一根针和偷神龛上供奉的佛食，都是一样的罪孽，哪还有什么大罪和小罪之分？一个人要是把灵魂抵押给了魔鬼，也就不怕地狱烈火的煎熬了，不是他勇敢，而是他对自己的来世已彻底丧失信心。

　　按照当时的刑律，获罪的仲永今天必须当众被鞭笞三十鞭。拉萨城里的热闹本来就不多，看人被鞭打应算是一年里除了喇嘛们的法会，世俗生活中少有的几次热闹了。因此那天太阳刚升上来，大昭寺外面的广场上就开始有人在等候。寺庙里喇嘛们上午的诵经刚一结束，盗贼仲永已被带到场地中央，在主审法官索郎旺堆的身边有一件牛皮衣服。据说这是专门给罪行累累的罪犯受到鞭笞后穿的，牛皮衣一旦穿在浑身是鞭伤的罪犯身上，再放到太阳下晒一天，待脱去罪犯身上的牛皮时，一张人皮也就被扒下来了。这张人皮会拿给那些修持密法的喇嘛去修一种很凶猛的法，据说此法一旦修成，可以驱除世间所有的魔鬼。

----

①　仲永在藏语里是乞丐的意思。

仲永被拴在一根木头桩上，黝黑瘦削的脊背已露了出来。围观的人群纷纷倒吸一口冷气，如此瘦弱的背，怎经得住索郎旺堆挥舞起来的牛筋皮鞭。索郎旺堆将手里长长的皮鞭在旁边的一个水桶里浸了又浸，然后在空气中舞了几圈，牛筋皮鞭带着沉重的风声，在场地中央像厉鬼的低鸣般划过来划过去，阳光下的空气都禁不住一阵阵地战栗，光线也被皮鞭挥舞得旋转起来，令人不寒而栗。

索郎旺堆很喜欢自己的这个职业，更喜欢在众目睽睽之下鞭笞那些违背了佛经教义教规的罪人。这是他人生的舞台，是他挑战魔鬼的战场。每次，他都是这个战场上的胜利者。

可是今天，他遇到了真正的挑战。

在他的牛皮鞭刚刚要挥舞起来，打向那个盗贼的脊背时，一个流浪瑜伽士跳到了场地的中央。他身佩骨质六饰①，衣衫褴褛，头发过肩，面带青色，神情刚毅，目光悲悯，胸前挂着由一百零八颗死人头盖骨做成的项链泛着灰褐色的冷光，令人不寒而栗。

"请等一等，大人，"他对索郎旺堆说，"让我来替他受这三十皮鞭吧。"

索郎旺堆一愣，问："为什么？"

流浪瑜伽士说："这个可怜的罪人需要的是悲悯，而不是惩罚。惩罚只能带来恨，悲悯会让他看到自己身上的佛。"

索郎旺堆在这里处罚过许多犯人，还从没有遇到过这样的事，他又问："你是谁？少管闲事。"

---

① 指密宗修行者佩戴的用人骨做成的项链、钗环、冠冕、络腋带、耳环和涂在身上的死人骨灰，这是密宗修行的一种特殊仪轨。

"我么，我只是一个在雪域高原闲闲散散的僧人，人们叫我'野犬僧'，"流浪瑜伽士说，"你只管做你该做的事。来吧，打完你的鞭子，好回去交差。这是我前世欠的。"

人们都知道的一则佛经故事说，一个虔诚正直的喇嘛，在某一天被人误指为小偷，官府将他关进监狱，他在大牢深沉的黑暗里不去为自己申辩，而是反省出自己的前世肯定偷过人家的东西，报应才会在今世让他深受牢狱之苦。因为一切都逃脱不了因果大法。

围观的人群交头接耳，嘤嘤嗡嗡，等着看这出好戏如何收场。索郎旺堆感到自己的权威受到了愚弄，他厉声问："一个修行的僧人，不好好待在寺庙或山洞里，自己来找鞭子受。你这修的是什么法？"

"施受法。"流浪瑜伽士说，"他不是偷了人家珍贵的猫眼石么？是因为我想要这个东西。"

人群哗然。他们没有弄明白流浪瑜伽士所修持的这个法就是要用自己的悲悯来承担别人的痛苦，来开启众生狭隘怨憎的心智。他们只是惊讶于一个流浪瑜伽士也会有贪欲之心。这个世道真是世风日下了啊，索郎旺堆当然更不能容忍这种亵渎僧侣荣誉的事情。

"这样的话，你就站到那个木桩下吧。"索郎旺堆用鞭子指着流浪瑜伽士说。

仲永被人解下来，茫然地看着被绑在木桩上的流浪瑜伽士。索郎旺堆的鞭子毫不留情地挥了起来……

"一！"人群中有人在帮着数数。

"啪"的一鞭子抽下去，流浪瑜伽士的身子颤抖了一下，很快又挺直了。

"二！"鞭梢飞过处，连空气也在哭泣。

"三!"人们继续喊。兴奋,紧张,好奇,还有不约而同的惊讶。因为人们没有看见血珠从流浪瑜伽士的背脊上渗出来!要在往常,三鞭子打下去,早就该血肉横飞了。这时大家才发现,这个流浪瑜伽士其实也不比那盗贼健壮多少。长年的苦修让他几乎只剩下一把骨头了。索郎旺堆感觉到自己的皮鞭不像是抽在皮肉上,而是抽在骨头上。这让他在下手之前,心里禁不住也在晃悠。我是在惩罚一个罪犯呢,还是在鞭打一尊神?

在雪域高原有许多这样的流浪瑜伽士,密宗修行者。他们行事乖张,言谈怪异,法力高深,悲心博大。他们出离世间,游历四方,眼界开阔,心灵淡泊,雪山上的山洞就是他们的寺庙,对心的修持就是他们的戒律。他们只生活在自己博大精深、像宇宙一样宽广的世界里。当他们面对尘世时,他们的言行便与世俗生活格格不入,因此他们常被人们称为"疯狂瑜伽士""流浪瑜伽士""疯子喇嘛"等。

索郎旺堆感到今天跟以往不一样的是,鞭子越打越没有力量,以至于三十鞭打完,那个流浪瑜伽士的背就像牛的脊背一样坚强,或者说,像晒干的牛皮一样坚韧。也许他真是一尊神。索郎旺堆把手中的皮鞭一扔,沮丧地说:

"好啦,你走吧。牛皮衣也不给你穿了,因为你修炼到的苦难,远胜过于一顿鞭子。我不知道是你的悲心成就了因缘,还是我的皮鞭结下了罪孽。世间的官司,人判不清楚,神自会判定一切。"

"且慢!我让你看看,人和人之间,其实并没有官司;心有疑惑和嗔怒的人,才有永远纠缠不清的官司。"流浪瑜伽士忽然高喊道,"那个磕长头来拉萨的洛桑丹增喇嘛,你在人群里吗?"

洛桑丹增喇嘛和阿妈央金当然在,刚才索郎旺堆还当着众人的面将那颗九眼猫眼石还给了他们。在鞭子打在那个流浪瑜伽士身上时，洛桑丹增喇嘛的背上仿佛也一阵阵火辣辣地痛。他想，难道我与这个疯疯癫癫的喇嘛有什么佛缘吗？如果他真是替人受过，那他可算是我在拉萨遇到的第一个具足大悲心的上师了。

"尊敬的瑜伽士，你怎么知道我的名字？"洛桑丹增喇嘛在人群中说。

"哈哈，你真是个把大象放在家里，却跑到森林里去找它的足迹的愚痴之人啊。"流浪瑜伽士用嘲讽的口气说。

这不是灵塔里格茸上师说的话吗？"佛祖！"洛桑丹增喇嘛冲流浪瑜伽士跪下了，"你……你怎么知道我的上师说的话呢？"

"混账小子，看清楚了，谁是你的上师！"流浪瑜伽士一脚踢翻了洛桑丹增喇嘛，"依法不依人，依义不依语。你连自己家乡的老朋友都不认识了？"

洛桑丹增喇嘛猛然醍醐灌顶，在离开澜沧江峡谷前，贡巴活佛曾交代给他说让他去拜访一个叫仁钦的密宗上师，说他是他的老朋友。难道他就是那个经常在峡谷翻云覆雨、驱赶冰雹与东岸的穿波喇嘛仗剑斗法的密宗大师吗？难道他就是自己要在拉萨寻找的佛缘吗？

"仁钦上师，你就是仁钦上师，对吗？"洛桑丹增喇嘛扑通一声跪在地上，千言万语一时不知该从何说起。

"我不是什么上师，只是一个无知无识的野犬僧。"流浪瑜伽士粗鲁地说。

"是我们家乡的贡巴活佛让我来拜访你。"洛桑丹增喇嘛说，又赶忙从行囊里翻出贡巴活佛当年写在那张羔羊皮上的推荐信，恭敬地递给瑜伽士。

流浪瑜伽士胡乱看看那羊皮上的字，轻慢地说："嘿嘿，嘴上说得像打铁，心里却在怀疑。"他一点情面也不给年轻的喇嘛留，"要拜师学法，一张破羔羊皮能给上师长什么脸？你给我的供养呢？快拿出来！"

　　"尊敬的上师，我……我给您准备了一块华贵的虎皮，是一个雪人送我的。"洛桑丹增喇嘛慌乱中说。

　　"噢，雪人也是众生的父母。还有呢？"

　　"还有……还有就是，我的阿妈在八廓街乞讨了一些银钱……不多……"

　　"还有还有，都拿出来！"他显得那样急迫，就像一个贪财的人。

　　多粗鲁的上师啊！洛桑丹增喇嘛想。但洛桑丹增喇嘛想起贡巴活佛说过的话，要视上师为父母，上师的话就是佛法。"还有，就是今天惹下大祸的这颗猫眼石了。"喇嘛跪着将它双手捧住，顶在自己的头上，等瑜伽士来取。

　　流浪瑜伽士一把将猫眼石从喇嘛手里取走，然后说："一颗平凡普通的石块，搞那些烦琐的礼节干什么。对一个牧人来说，还不如一堆牛粪管用。不过，对一些人来说，它倒是一枚修行的法器呢。"

　　这个古怪的流浪瑜伽士攥住那猫眼石，转身走向还呆立在一边的盗贼仲永，将他的手抓过来，把那宝石放在他的手心上。

　　"现在，它是你的了。"流浪瑜伽士说。

　　"不……不不不，我不敢要。"仲永浑身颤抖着说。

　　"为什么不要呢？"流浪瑜伽士把手摸在仲永的头顶，"愿佛菩萨的悲悯，也成为你心中的珠宝，让你永远满足与宁静。去吧，孩子。记住，你心中已经有佛了，今后不要再让人把你看成盗贼。"

读书笔记（之一）

　　每当我们面对西藏的寺庙里诵经的喇嘛，我们总想进入他们的世界。在我们的眼里，他们就像另外一个星球上的人，说着和我们不一样的语言，过着和我们迥异的生活方式，他们的精神世界更让我们觉得神秘高深，宛如星辰一般遥远。幸好在我们这个多民族的大家庭里，藏学的研究硕果丰盛，像一桌琳琅满目的盛宴。我们怀着敬畏的心情，被邀请到这华丽的餐桌旁入席。可是待我们要举杯答谢主人为我们留下的这份宝贵的文化遗产时，却常常不知道该如何下箸。

　　这就是许多时候我们面对博大精深的藏传佛教时的窘境。

　　其实，他们的心灵离我们并不遥远。

　　众所周知，藏传佛教来源于印度佛教，它是一种被引进来后，结合雪域高原独具特色的人文景观而形成的宗教。有意思的是，佛教的种子第一次在西藏生根发芽，却不是来自印度，而是汉地的中原。史料记载，在唐朝初期，伟大的藏王松赞干布统一了西藏的各部落，建立了强盛的吐蕃王朝。在冷兵器时代，那真是骁勇善骑的吐蕃人的天下。吐蕃兵轻易地就可从青藏高原长驱直入，围攻唐朝的首府长安，而那时的长安，似乎更适合于出诗人，而不是战将。唐蕃两个王朝打打谈谈，终于明白还有一种方式比战争、比掠杀更有意义，更能让自己的政权长治久安。那就是爱情。

　　于是就有唐蕃会盟，文成公主和藏王松赞干布和亲的千古绝唱。历代的史学家和文学家曾经对文成公主进藏这一史实泼洒了许多的笔墨，试图诠释这位远嫁他乡的公主的内心世界，以及这场爱情对唐蕃两个王朝、汉藏两个民族停战结盟的历史意义。但是一个不容置疑的事实是，文成公主进藏还带进了佛教的种子，随同她而去的除了大批珍贵的嫁妆外，还有一尊佛祖释迦牟尼十二岁身量的等身像。那大约是吐蕃人第一次见到佛陀的法像，藏王松赞干布专门为这尊法像修建了一座寺庙，这就是现在作为格鲁派修持密宗金刚乘的上密院——小昭寺。

与此同时精力旺盛的松赞干布还迎娶了尼泊尔的赤尊公主，她也给藏王带来了释迦牟尼佛祖的八岁身量等身佛像。松赞干布专门为此建立了大昭寺供奉。就这样，有了佛像，还有了寺庙，更有了信佛的娇妻，于是藏王也开始信奉佛教。

任何一个源远流长的宗教都和人类文明发展的历史同步，皈依了佛教的藏王这时才发现，自己的民族还没有文字。这给那些辉煌的经典翻译、阅读和传承带来了困难。就像没有江山可以打下一片江山来，没有文字同样可以创造文字。一个真正的英雄总是充满缔造一切的勇气和信心。藏王派出了自己的一批优秀弟子到印度学习创制文字。一个叫吞米桑布扎的贵族子弟堪称那个时代的语言天才，他借鉴梵文创立了用三十个字母组成的西藏文字，还模仿乌尔都文创制了藏文草书体。这是大约发生在公元七世纪中叶的事情，那时诗意的唐朝已经培养出了大批大师级的诗人，而欧洲还处于中世纪前的黑暗年代。

约一百年后，吐蕃王朝传位到赤松德赞（公元755—797年）手中，佛教已经在西藏到处开花结佛果了。有趣的是西藏佛教差一点就走上了汉传佛教的道路，但是一场著名的宗教辩论使汉传佛教失去了在雪域高原传承下去的机会。赤松德赞在宗教上是一个兼收并存、博采众长的藏王，他不仅让汉地的一些禅宗法师到西藏传法，还邀请从印度来的密宗法师莲花戒来弘扬密法。禅宗的修行和密宗的修行仪轨当然有区别，藏王不知道哪一家的学说更好，他也没有采用强权手段，打压一方，扶持一方。他算得上是一个英明儒雅的君王。你们都说自己的教理更优秀，那么好吧，你们就在宫廷里当着本王的面辩论一番吧。谁赢了，请留下来弘扬佛法；谁输了，经书埋入地下，人送走。

那真是一场决定西藏宗教前途的大辩论。一个叫大乘和尚（又名摩诃衍）的禅宗法师担任了汉传佛教的主辩手，他的对手便是精通密法的莲花戒大师。据说那场辩论持续了两天，现在已难以想象大师们滔滔不绝的立论是何等的精彩绝伦，因为作为一个凡人，是很难理解大师们深邃的思想的。我们只知道大乘和尚以禅宗修行的"顿悟"立论，而莲花戒大师以密宗修行的"渐修"反驳。现在来看这只是不同的法门需用不同的修持仪轨，不存在谁对谁错、谁高谁低的问题。但是在当时状态下，让我们来设想，滔滔的辩才和敏捷的思维，深奥的经论和形象的阐述，极大程度上决定着藏王赤松德赞的评判。莲花戒大师是印度著名寺庙那烂陀寺的高僧，满腹经纶、学富五车，又来自佛教的故乡，从底气上来说就比大乘和尚更足一些。这场宗教史上的"顿渐之辩"于是以莲花戒大师获胜而落下帷幕。西藏由此走上了印度佛教的传承道路。

于是，汉地的法师被送走，藏王赤松德赞请来了印度著名的高僧寂护来西藏弘扬佛法，帮助建立西藏的寺庙体系。第一批剃度的喇嘛是七个贵族子弟，他们在西藏首个寺庙桑耶寺出家，成为正式的僧侣，被称为"七觉士"。这也是到目前为止，桑耶寺寺庙虽不算大，但名声颇盛的原因之一。

寂护法师的传法虽然得到了藏王的支持，但是也不是没有遇到阻力。那时西藏的本土宗教苯教还有相当的势力，苯教的巫师们擅长巫术，可以任意调遣各路鬼神兴风作浪。寂护法师深感自己势单力薄，便向藏王建议请印度著名密宗大成就者莲花生入藏降魔弘法。藏王采纳了这个引进人才的建议，于是，一代密法宗师来到了西藏。

在现在的藏区，还流传着许多关于莲花生大师收服妖魔，使他们成为佛教的护法神的故事。如果你探问每一座雪山的宗教背景，人们会告诉你，过去这座雪山上住着一个或多个魔鬼戕害人类，他们要么散播瘟疫，要么专喝小孩的血。是莲花生大师来后降伏了他们。于是凶暴的魔鬼变成了依持的神灵，像我们前面提到的卡瓦格博神山，就是这样的典型，尽管莲花生大师根本没有到过藏东一带，但莲花生大师降魔的故事却到处传诵。据说关于他的个人传记，竟有四百五十部之多。无论是典籍还是传说，莲花生大师降伏魔鬼的方法，却是神话传说居多。也许是神鬼的战争人类难以理喻的缘故吧。但有一点可以肯定，自从莲花生大师来到西藏后，密宗修行成为了藏传佛教的一个重要法门，莲花生也被称为藏传佛教的祖师，护教法王，我们在西藏的寺庙里都可以见到他的法像。他五官饱满，目光威严，嘴唇上留着骄傲的胡须，手结神秘的法印，有的寺庙里还供有莲花生怀抱明妃双修的法像。在传说中莲花生本人不是胎生，而是从莲花中诞生的。

从公元八世纪末到九世纪初，佛教在西藏打下了基础，并得到了长足的发展，史称"前弘期"，佛教成了西藏的国教。到吐蕃王朝传到赤祖德赞（公元815—841年）时期，西藏佛教发展到一个极端的阶段，僧侣的社会地位极为特殊。国王规定每七户人家必须供养一名僧侣，甚至还制定了严酷的刑律，"恶视僧人剜其目，恶指僧人断其手，恶言僧人割其舌"。本来以慈悲、解脱众生脱离轮回苦海为己任的僧侣，成了社会上的特权阶层，你连多看他一眼都可能被挖去眼睛。

物极必反的定律即便是僧侣阶层也不能幸免。到了公元841年，不喜欢佛教的贵族们发动了宫廷政变，谋杀了赤祖德赞，推举他的哥哥朗达玛执政吐蕃政权。这个藏王不喜欢印度佛教，而偏爱本地的苯教，他可不像自己的祖先那样让两个教派的大师们来一场彬彬有礼的宗教辩论，他喜欢屠杀和烈火。一场"兴苯灭佛"的浩劫，使大批的佛教僧侣被赶杀，寺庙连同经文典籍被焚毁，西藏的佛教受到毁灭性的打击。可是，宗教的灾难最终波及到政权，一个修习密宗的勇敢喇嘛刺杀了朗达玛，他利用向朗达玛叩见的机会，忽然从怀中掏出箭来，一箭射死了这个被后人称为恶魔的君王。于是，吐蕃王朝便开始崩溃，陷入分裂割据、混战不堪的局面。而且，这一折腾就长达四百多年。

噢，对不起，我忙于去梳理历史，忘了讲故事了。尽管在很大程度上，西藏的历史就是一部宗教史，但是一个小说家的责任只是讲好故事而已。

28　供　养

在久远年代的某一天，在圣城拉萨，洛桑丹增喇嘛没有想到自己的拜师仪式竟是这样一个仓促、迷乱的场面，奉献给上师真诚而昂贵的供养竟然被视为粪土，转手就给了一个小偷。仁钦上师对他的慈悲甚过于一个磕长头朝圣的喇嘛。他连看也没多看洛桑丹增喇嘛两眼，他悲悯的目光全在那个小偷身上，直到仲永拿了那颗猫眼石，像一条丧家犬一般从人群中溜走，上师才回过身来，瞥了洛桑丹增喇嘛一眼，问：

"喂，你有点心疼，是不是？"

洛桑丹增喇嘛激动得浑身颤抖："尊敬的上师，我不心疼。我……我从澜沧江峡谷一路磕长头而来，就是为了终生跟随在您的身后。"

仁钦上师高声喝道："跟随我干什么？我的身后只有尘埃。"

洛桑丹增喇嘛跪在地上哭了，在他的身前就像下了一阵暴雨，广场上干燥的土地顷刻间泪水潺潺。可是仁钦上师看也不看这虔诚的泪水，扭头就走。在洛桑丹增喇嘛的婆娑泪眼中，仁钦上师很快就消失了，就像一只鸟消失在眼前那般快。

"喇嘛，你说错话啦！"阿妈央金也跪在儿子的身后，急得用手一掌一掌地拍在地上，一团团尘埃被阿妈央金拍起来，弄花了母子俩泪流满面的脸。拉萨的大地因为一个母亲焦虑的拍打而震动，寺庙里的一些僧侣也受到了惊吓，因为他们看见佛像前的酥油灯在奇怪地跳动，火苗不再燃烧成一颗心形，而是间断着像珠子一般从灯芯里吐出来，一直蹿到大殿的穹顶。

大昭寺里的一个活佛说："有人的心碎了。"

洛桑丹增喇嘛的心的确碎了，他像个无助的孩子似的抱着阿妈央金大哭，旁边的一些老阿妈也忍不住揩了一把把同情的眼泪。"这些密宗瑜伽士，他们的心已经修炼得像铁一样坚硬了。眼泪不管用，孩子。"一个老阿妈说。

阿妈央金最先醒悟过来："喇嘛，皈依佛、皈依法、皈依僧三宝，难道你忘了吗？既然上师说他的身后只有尘埃，你就把上师的尘埃顶在头上啊！"

　　洛桑丹增喇嘛恍然大悟，这是上师在开示我，让我沿着他的脚印追随他啊。上师的脚印即便深陷在土里，飘逝在风中，湮没在水里，洛桑丹增喇嘛发誓也要把它们一一顶在头上。

　　"阿妈，我跟上师去了，你怎么办啊？"喇嘛刚起身要走，又回头问。"一个出家修行的人，心里只有佛，哪里还有自己的亲人。我还要你管吗？拉萨有那样多行善布施的人。过上一些时日，你就来取奉献给上师的供养吧。"

　　喇嘛和阿妈央金挥泪道别，追随上师的足迹而去。那个流浪瑜伽士从不回头看自己的身后，他在拉萨城里和那些游来晃去的密宗修行者没有多大的区别，一身僧装已经看不出原来的模样，就像在雪山垭口上悬挂了多年的经幡，飘散出古旧苍老的颜色；他披散的头发至少有十年没有梳理过，与其说那是一个人的头发，不如说那是一堆游动的荒草岗。他穿过拉萨的街道、小巷，穿过熙攘的人群，衣着华丽的贵族、气宇轩昂的活佛，在他眼前犹如凡夫俗人。他穿行在圣城拉萨就像走在一片荒原上，眼睛里没有一棵大树，也没有一片云彩。在巍峨的布达拉宫面前，他甚至不肯低下自己蓬头垢面的脑袋。

　　洛桑丹增喇嘛为了不在人群面前再次丢丑，再不敢贸然跪拜在他的面前，谁知道这个傲慢的上师会不会一脚踢飞自己呢？他只有悄悄地跟随着上师的足迹。他想起贡巴活佛曾经告诉过他的话，雪域大地上那些形形色色的密宗瑜伽士，他们已经超越了这俗世凡尘，他们既是开启人类心智的大师，又是能把自己的心和身训练得如空气般透明的人。如果他们愿意，他们可以像一片烟消失在天空中，像一只鸟隐藏在森林里，像一滴水溶解在江河中。因为当一个人真正做到了无我，忘我，那在他的眼前，就再没有人与人的纠缠，再没有心与心的烦恼，只有天空中星星与星星的默默守望。

仁钦上师出了拉萨城，来到拉萨河边，宽广的河面上波浪翻滚，在强烈的阳光下泛着耀眼的光芒。洛桑丹增喇嘛看见上师没有走向渡口，那里有一群人正在等待对岸的牛皮筏过来。他独自走向一片隐秘的河湾，河水在这里打着旋儿，像一群奔腾的烈马侧身掉头。洛桑丹增喇嘛正在寻思上师该怎么过河时，神奇的一幕展现在他的眼前。上师立在河岸，念了一通咒语，然后迈步走向河里，仿佛在上师的面前并没有河，而是一条泛着波光的路。他信步凌波，仿佛羚羊挂角，无迹可求，连破烂的袈裟都不曾沾湿。就在洛桑丹增喇嘛惊得目瞪口呆之际，仁钦上师已经到了河对岸。

"上师啊，您是我终身的依怙！"洛桑丹增喇嘛跪在地上泪流满面。他知道凭自己一路磕长头修持到的微薄法力，根本不能在这波浪翻滚的河面上踏波而行。喇嘛对着上师远去的背影磕了三个头，然后飞奔到渡口，有一条牛皮筏刚好离岸，喇嘛一步就跳了上去。他不知道自己这一步跳了多远，牛皮筏上的艄公和过渡的人全都骇得跪在了筏底，把他视为法力高深的瑜伽士。他们亲眼目睹了这个年轻的喇嘛飞越了时空，并通过他们神形兼备的描述，让他活在了传说里。许多年以后，在拉萨河边，人们还会指给外地人看一个著名的圣迹，说当年有一个法力深厚的喇嘛，从离渡口十多米远的地方，一跃而飞到牛皮筏上。你们看，这就是那个喇嘛留在河岸上的脚印。人们指着岩石上深凹进去的一个足迹模样的印痕说。

在苍茫的大地上，有的人的足迹是可以不朽的。洛桑丹增喇嘛过了河后，并不知道上师往哪个方向去了。那时在他的面前有三条路，他选择了中间的那一条，仿佛是神灵告诉了他这是一条智慧之路。实际上左边的那一条通向天葬场，右边那一条通向一个村庄，那里的人们正在为一对新人举行婚礼。洛桑丹增喇嘛走的这条路一直把他带到了深山，这里没有人烟，也没有树木，也无所谓生和死。因为在荒凉的山冈上有一些洞窟，那是那些常年在山洞里闭关苦修者们的家，他们在这里修持战胜生死轮回的秘密法力。

洛桑丹增喇嘛看见上师在一处乱石岗上歇息，像是在入定打坐，又像是在等他。洛桑丹增喇嘛激动得高声呼叫："上师！"跌跌撞撞地向乱石岗上爬去。但是上师一见他爬上来了，起身就走。而且，还故意蹬下一堆石头。喇嘛看着那些大小不一的石头从山坡上呼隆隆滚下来，眼眶里的眼泪也下来了。难道我令上师如此厌恶吗？但他突然从心里升起强烈的皈依感，仿佛有一位智慧仁慈的佛菩萨在告诉他，来自上师的一块石头，远比来自凡夫的一块金子更为珍贵。不要说从上师脚下滚来一堆石头，就是飞来一阵箭雨刀光，你也得迎上去，承受住。

那堆石头的确就是古怪的仁钦上师对洛桑丹增喇嘛奇异的加持，是为了打掉他身上的矫饰之情和凡夫之心。拳头大的石块砸在他的头上、肩上，让他头晕目眩，血流满面，险些被砸下山冈，但这让他幸福无比。他此刻就像一个置身战场的勇敢士兵，危险越大，他的荣誉感就越大。上师的脚下不断有石块飞下来，有的石块大得足以把人砸成一堆肉酱。可洛桑丹增喇嘛心里坚信：如果这个疯狂的瑜伽士是一个具足悲悯心的上师，他脚下的石块不要说砸死一个人，就是一只蚂蚁也不会伤及到呢。

信仰与坚忍是战胜死亡的两只脚，使人在死亡面前顶天立地。当巨大的石块飞到洛桑丹增喇嘛头顶的时候，他并没有躲避，而是石块在避让他。一个有信仰的人在面对死亡时，不是有没有畏惧的问题，而是如何将死亡作为一个修持的对象。它就像迎面走来的一个似曾相识的朋友，你得学会辨认出死亡的本来面目，并对它报以微笑。

洛桑丹增喇嘛经受住了考验，至少他自己这样认为。当他再次跪在上师的面前，奉献出自己一颗纯净虔诚的心时，他的内心充满了无上的喜悦。

此刻那个行事疯狂的瑜伽士正仰面朝天地躺在一个山洞外的破烂木榻上，木榻用一些胳膊粗的树干胡乱搭成，上师头枕着的那一边一只床腿断了一截，因此木榻显得头低脚高，可上师似乎浑然不知，斜歪着头冲着地，一双目光炯炯的眼睛逼视着蓝天白云。

洛桑丹增喇嘛向上师行大礼，他已经没有奉献给上师的任何供养了，只有奉献出一颗虔诚的心。他磕头到上师的床前，觉得上师躺得并不舒服，便跪着用自己的肩膀将上师瘸腿的床顶了起来。

那床腿的末端并不平整，有一根木头像锉子一般刺进了洛桑丹增喇嘛的皮肉里，血潺潺流出，喇嘛心里再次升起无限的喜悦。

血已经洇红了喇嘛身下的一片土地，喇嘛跪在木榻前顶着瘸床腿依然一动不动，上师也躺着一动不动。他的眼睛直视着蓝天，仿佛一点也不在乎身前有鲜红的血在流，有火热的心在跳动。

洛桑丹增喇嘛想，如果太阳下山时，我的血还没有流光，那么，我的佛缘就成了。

到日头偏西时，上师终于开口说话了："你在干什么？"

"我在顶礼我终生皈依的上师。"

"你的一生有多长？你没有看见山下的大树也在向我俯首吗？"

洛桑丹增喇嘛往山下望了望，果然发现山坡下的一排排大树也如他一样，在晚风中面向着上师的方向叩拜。

"大树供养给上师的是一阵阵随风飘散的松涛，我供养给上师的是一颗虔诚的心。"喇嘛坚定地说。

"哑，你这狂妄无知的人，难道你不知道松涛已经和一个修行者相伴了上千年了吗？你才来上师面前多久？"

"从我在澜沧江峡谷开始磕长头时起，上师就日夜都被顶礼在我的脑海里。"

上师翻身爬起来，一脚踩在地上的一摊热血上，但是上师并不为所动，他恨恨地说："哪里来的野僧，搅乱了我的修持。"

"请问上师修持的什么法？"洛桑丹增喇嘛跪着说。

"凝视蓝天法！别把一个密宗上师的修法看得那么神秘。"上师终于正眼看着洛桑丹增喇嘛说，"法子，蓝天和大地，也是我们的修持对象。明白吗？"

上师说完转身进山洞了。

"上师啊，"洛桑丹增喇嘛泪如泉涌，"我终于成为您的法子啦！"

拜师皈依的仪式就这样结束了。那天晚上洛桑丹增喇嘛睡在上师的山洞外——上师没有邀请，他是不敢贸然进去的。那是一个神奇的夜晚，天上的星星似乎伸手可摘，可是洛桑丹增喇嘛不敢；清凉的山风抚慰着他肩上的伤口，一层层新肉像遇水的禾苗，噌噌地往外生长。上师在山洞里鼾声大作，可在洛桑丹增喇嘛听来那不是一个人甜睡的鼾声，而是修行的祈祷文。因为在这鼾声中，乾坤在起伏，宇宙在旋转，大地宁静得听得见遥远星星的脚步。

第二天早晨，太阳还没有从远方的山峦上升起，仁钦上师就起来了。洛桑丹增喇嘛赶忙迎上去请安。上师一手拎着一只羊皮口袋，一手拎着一包衣服，像对待一个叫花子一样对洛桑丹增喇嘛说：

"喏，这是你的衣，这是你的食。滚吧。"

洛桑丹增喇嘛如雷霆击顶，跪在上师面前说："上师，我不需要您给我衣食，相反的是，我会供养给上师所有的衣食。"

仁钦上师冷笑道："贡巴活佛写给我的信中说，'请提供衣食和佛法'，我不是都给你了吗？"

"可是，我从澜沧江峡谷磕长头而来，上师还没有传授给我真正的佛法啊！"

"磕个长头，时时念叨在嘴里，不觉得自己很虚荣吗？"仁钦上师忽然撩起了自己破烂的僧衣，露出一个黑瘦尖削、疤痕累累、老茧层层覆盖的屁股，"嘿嘿！什么叫真正的佛法？请看看，这就是我的传授！这就是我的佛法。静坐，入定，闭关，苦修，观想，厌世，出离，超越生死，往生佛土。靠的就是这丑陋坚硬的屁股啊！磕长头有什么了不起，满腹经纶又如何，傲慢的山冈上留不住学识的水。从前有个叫常啼的菩萨，为了求法，毫不犹豫地把自己的心掏出来卖了。"

"上师，我明白了。"

"明白什么了？"

"要学佛法，需修大苦行，磕长头只是我走向佛门的第一步。今后我要在上师面前奉献出自己的恭敬心。"

"嘿嘿，你还不算太愚痴，伪饰和矫情是修行者的大敌。法子，看到那片岩壁了吗？"上师指着不远处的一道悬崖说。

"看到了，尊敬的上师。"

"自己挖一个山洞去。"上师说。

"遵命，上师。可是我没有工具。"

"难道你没有手吗?"上师说完转身进洞去了。在洛桑丹增喇嘛的山洞挖好之前，他再没有出来。

当天，洛桑丹增喇嘛就开始了这件过去从没有干过的工程。一个也在附近修行的老僧借给了他一把斧子和一把铁锹。那老僧怜惜地说，你可真找到了一个在西藏的地上、地下、天上都无人与之相比的好上师，好就好在他是全西藏最癫狂又最悲悯的上师，跟他学法你至少也得死九次。我们学佛经的人说，如果你视自己的上师如佛，你将证得佛果；如果你视上师如菩萨，你将成为菩萨；但是如果你视上师如凡夫，你也将永生停留在凡夫之地。

洛桑丹增喇嘛在那老僧的指点下，砍下一些粗壮的树枝，先把悬崖上松动的岩石撬开，然后用铁锹一点一点地往里掏。后来他发现火可以让坚硬的岩石产生松动，便搬来许多的柴火，焚烧一天后，岩石簌簌地往下掉。洛桑丹增喇嘛干起活儿来就更快了。在这期间，阿妈央金来过一次，给他送来吃的和一些讨到的银钱。没有人知道一个瞎眼的老阿妈如何找到这里的，但是一个老阿妈自然有她寻找儿子的道路。她抚摸着洛桑丹增喇嘛手上的伤痕说:

"儿呀，你这不是在挖一个山洞，而是在修建一座寺庙啊!"

两个月以后，洛桑丹增喇嘛挖好了自己的山洞。那是一个规规整整的山洞，人在里面不但可以站立，甚至要跳起来才摸得到洞顶。喇嘛把洞壁戳得光光的，看上去如一面圆形的墙壁，他像建造自己的家一般来打磨这山洞，将来入定静坐的地方，烧火的地方，睡觉的地方，他都设计并建造好了。与其说那是一个苦修的山洞，不如说那是他的卧房。

仁钦上师应洛桑丹增喇嘛的一再邀请，结束了自己暂短的闭关，出来视察了喇嘛精心打造的山洞。喇嘛跟在上师的身后，期待着他的赞许。他要向上师证明，自己可以做好上师要求的任何事情。

可是，仁钦上师虎着脸看了一番后，没说一句话，转身就出来了。喇嘛跟在上师的后面，紧张地问："尊敬的上师，我的这个山洞你满意吗？"

"你怎么不问佛祖满意吗？"上师反问道。

"我想……我想，这么漂亮规整的山洞，佛祖会满意的。"喇嘛回答说。

"呵！漂亮？"仁钦上师怪叫了一声，"可是它已经塌了。"

洛桑丹增喇嘛只听到身后"轰隆"一声巨响，他回头一看，刚才还好好的山洞果然垮塌了，冲天的尘埃从洞口处扑面而来。

"佛祖啊，我辛辛苦苦挖好的山洞，怎么说垮就垮了啊！"喇嘛捶胸顿足。

"因为它太漂亮了。重新挖一个吧。"仁钦上师说完又进自己的洞里去了。

那时洛桑丹增喇嘛还不明白，太漂亮精致的东西，是一个苦修者的敌人。在接下来的半年多时间里，他连续挖了九个山洞。可都是在仁钦上师看过后就垮了。上师只要"呵"一声，山洞便应声而塌。他一点也不怜惜洛桑丹增喇嘛已经磨得没有了指甲的双手。喇嘛已经知道上师那一声法力无边的"呵"，可以摧毁世界上一切最坚固的东西，也可以将世界上最虔诚的一颗心拒之千里以外。有几次，他跪在仁钦上师的面前，乞求他施舍悲悯之心，不要再让大地山崩地裂，也不要让一个无助的人撕心裂肺。可是上师果断地说，要么继续挖山洞，要么滚。他甚至在一次暴怒中将洛桑丹增喇嘛一脚踢下了山坡，使他像一块石头一般滚到山脚。如果不是一棵大树最后挡住了他，洛桑丹增喇嘛将摔得粉身碎骨。

在洛桑丹增喇嘛就要绝望的时候总算有了点转机。阿妈央金好长时间也没有送吃的来了，他已经没有力气再打造一个精致漂亮的山洞。喇嘛胡乱在一处岩缝处戳出一个连野狗洞也不如的小洞穴，他只有躬身才能爬进洞里。洛桑丹增喇嘛精疲力竭地躺在洞边，准备听上师的那一声"呵"，然后让垮下来的石头砸死自己，让所有的绝望埋葬自己。

可是仁钦上师却在洞外说："这就是佛祖喜欢的山洞了。既然众生都是平等的，人为什么不能和野狗住同样的洞穴呢？"

洛桑丹增喇嘛豁然开朗，就像迷蒙的心在黑暗中忽然被一盏酥油灯照亮，上师这是在打掉自己身上的矫情之气啊。仁钦上师传授的第一课就这样结束了。

第八章

29 幻 灭

在世界的中心，肯定要有我们这个星球上最高远壮丽的雪山，也肯定要有最神奇动人的传说，还要有最湛蓝清澈的湖泊，最绵长壮阔的江河之源。冈仁波齐神山被藏族人公认为矗立在世界的中心位置，就因为它具备了万山之祖、百川之源的所有条件。神山雄踞在冈底斯山脉的最高处，身边的玛旁雍错湖无论是天上的神灵还是地上的人类，都不能将之征服。四条伟大的河流从她丰满的身躯里奔腾而出，它们是健壮俊美的良驹，美丽高贵的孔雀，雍容大度的大象，雄壮威武的狮子，向着东南西北四个方向奔腾而去①，它们穿越雪山峡谷，淌过戈壁荒原，在雄伟的喜马拉雅山脉的怀抱里舞蹈嬉戏，然后去到佛教的发源地印度，带给那里的人们雪域高原的人间消息。直到有一天，河水猛涨，印度平原几为泽国，沦为水蛭的下游地区的人们，惊奇地发现河水里有眼泪的苦涩和咸味，才知道喜马拉雅山那边的藏族人悲伤的命运。

---

① 向东方的是当却藏布，即马泉河（下游为布拉马普特拉河），传说饮此水的人们如良驹一般强壮；流向南方的是马甲藏布，即孔雀河（下游为恒河），传说饮此水的人们如孔雀一般可爱；流向西方的是朗钦藏布，即象泉河（下游为苏特累季河），传说饮此水的人们壮如大象；流向北方的是森格藏布，即狮泉河（下游为印度河），传说饮此水的人们勇似雄狮。

是巴桑部落朗姆老祖母的眼泪引发了这场大洪水。人们曾经认为，一个眼瞎了一百多年的老人，已经被苦难榨干了最后一滴眼泪。在常年流浪的旅途中，人们只看见过朗姆老祖母空洞的眼眶里流出过两次血红色的液体，一次是从一个说唱艺人那里听见了故乡的消息，一次是因为在一个月光皎洁的晚上，梦中的故乡显得如此生动逼真，让老祖母梦里不知身是客，梦外不知家何处。乡愁久积于心，淌出来的就是血，而不是泪。其实并不是眼睛里的泪泉早已干枯，而是被储存在内心的深处，积蓄在希望的高峰。也许这场眼泪的洪水永远也不会暴发，可是一旦心已绝望，希望被粉碎，由信念、勇气、梦想、荣誉、骄傲铸就的大坝便会訇然坍塌，眼泪泛滥成洪水滔滔，生命也暗淡为凄风苦雨。

　　当巴桑部落在朗姆老祖母的指引下终于来到梦寐以求的冈仁波齐神山脚下，按照传说中的梦想找到故土时，他们看到了水晶一般明亮洁白的冈仁波齐神山，看到了神山周围如盛开的八瓣莲花般的众多雪山，看到了绿玉一般湛蓝深邃的玛旁雍错湖，还看到了奔腾不息的当却藏布（马泉河），故乡就像传说中的那样雄伟壮观、宛如仙境。可是，传说中的许多美丽故事却被荒沙掩埋，被时光侵蚀，被魔鬼吞噬，早已荡然无存了。当却藏布河里的水不是鲜奶，两岸的金银珠宝早已被魔鬼掠走，只剩下一川碎石，满目洪荒年代的景象，更没有肥美的草原和一人高的鲜花；远处的山头全是风化了的岩石，赤裸荒蛮到撑破了人的眼珠；星星远在天上，地上却不见能与星星堪比的牛羊的踪影。大地齐啬到一根草也不生长。

　　流浪的部落来到苦寒荒芜的故乡，就像一小汪清水注入浩渺的沙漠，瞬间便无声无息，死亡的气息笼罩了整个部落。只有跟随巴桑部落流浪而来的达波多杰，就像早就猜中了谜底的知情者，只是等待答案的最终揭晓。他一点也不感到惊讶，他预感到自己快要摆脱这个固执剽悍的流浪部落，去追寻闲置已久的梦想了。尽管他现在已经是两个孩子的父亲，娜珍和甘玛各生了一个儿子，一个两岁，一个才一岁半，都像他一样有一头漂亮的鬈发。巴桑头人曾经预言，他们将成为部落里最聪明能干的头人，因为他们将再不流浪，他们会在故乡的土地上过着天堂一般幸福美好的日子。可是现在，达波多杰看到部落里所有人都傻呆呆地站在荒原上，他们在流浪的终点——自己的故乡——找到的不是归宿，而是彻底的绝望；他们的心在迅速地死亡，就像烈火之下的荒草，转眼枯萎，化为灰烬。

而朗姆老祖母却兴致勃勃，容光焕发，仿佛年轻了一百岁。她对巴桑说："佛祖啊，我们终于回家了！巴桑，你看见星星一样多的牛羊了吗？"

巴桑噙着绝望的泪水说："看见了，老祖母。大地上的牛羊真的比星星还要多啊。"

"远处的糌粑山还在吗？"老祖母又问。

"是的，它还在。还有白色的奶酪山，盐巴山，蜂蜜山。我们部落世世代代的人都吃不完哩。"

"可是我怎么没有闻见鲜花的香味呢？"

"风太大了老祖母。风要把故乡鲜花的香味，吹给那些在雪域大地上找不到家的人，让他们寻着这香味回家。"

"是啊巴桑。我们不也是这样找到家乡的嘛。嘿嘿，你们以为我的眼睛瞎了，不知道回家的路怎么走？可我是闻着家乡的气味来辨别方向的啊。人不管他轮回多少次，轮回成什么，他总能用鼻子找到回家的路。我的鼻子还没有老，我的耳朵还好使。巴桑，我听见当却藏布的河水声啦。这流淌着鲜奶的河水声啊，在我的耳边已经响了两百多年啦。巴桑，去给我舀一碗鲜奶吧。"

巴桑长久地站在河边，一动不动，两行眼泪早已流淌成河。

"巴桑，巴桑，河里的鲜奶淌得很急吗？"

"是的，很急，老祖母。"

"你难道就不能舀一碗给你可怜的老祖母喝吗？我等着喝故乡河里的鲜奶，已经等得头发牙齿都掉光啦。"

巴桑狠了狠心，取出一只木碗，到河里舀了一碗亮花花的河水，哭泣着递到朗姆老祖母的嘴边，"来，老祖母，这就是我们故乡河里的鲜奶。"

朗姆老祖母的嘴虽然已经瘪成一条缝了，可是她把木碗里的河水一口喝下去了，仿佛一个干渴了几百年的人。"噢，巴桑，不是你舀错了，就是魔鬼在使坏。这不是鲜奶呀，巴桑。我还没有老到连水和奶都分不清的地步！"

巴桑跪在朗姆老祖母的面前，像一个不会哄孩子的大人，因为他已经泣不成声："老祖母，河里流淌的本来就不是鲜奶啊。我们受骗了，老祖母！"

"呸！巴桑。"老祖母把手里的木碗砸了出去，"难道故乡会骗我们吗？难道传说是假的吗？巴桑，神山就在我们身边看着我们哩。你不要说对不起祖先的话。"

回答老祖母的除了穿过荒原的风声外，再没有其他的声音，部落里的人仿佛都远遁了。朗姆老祖母静静地倾听着旷野里空空荡荡的风声，倾听动人美丽的传说在风声中化为乌有，倾听回家的热血在每一颗心灵中慢慢变冷，终于在漫长无垠的黑暗中承认了一个实事：传说死亡了。

"吧——吧——吧——"朗姆老祖母像失去最后希望的母狼一般高声嚎叫起来。她叫出了部落几十代人的失败，叫出了自己两百年来的失望，还叫出了传说破灭后整个部落的绝望啊。

绝望的老祖母颓然倒地，积蓄了百年的泪泉破眶而出，它不是流淌出来的，而是喷涌而出，滔滔不绝。故乡干裂的土地顿时被思乡的泪水淹没，当却藏布河眨眼间便水涨三尺。朗姆老祖母绝望的泪水流啊流，整个流浪部落的眼泪都被释放出来了，大地上顷刻间洪水滔滔，泪波翻滚。部落里无论男人和女人，老人和小孩，全都淹没在自己失败的泪水里。他们已经没有向命运抗争的勇气，传说曾经支配着他们的脚步，就像信仰支配着人们的精神，使他们在雪域大地克服了千难万险，涉过无以计数的雪山和江河，战胜了比天上的星星还要多的非人和非魔的灾难与侵害。而现在，他们就要淹死在自己绝望的泪水里了。

只有两个人还不愿淹死在这场失败的泪水里，这就是达波多杰和老管家益西次仁。当巴桑部落的人们还在眼泪的波浪中挣扎的时候，达波多杰牵出了自己的宝马贝珠，他对也在掬一把同情之泪的老管家说：

"我们赶快逃吧。他们的传说死了，而我们的传说还在远方。"

益西次仁说："老爷，你不能丢下自己的两个孩子。"

达波多杰说："只要有巴桑部落血脉的人，都活不过今天了。难道你没看见吗？"

益西次仁当然看见了，自从传说破灭，朗姆老祖母倒下后，部落里的人仿佛被魔鬼一把抽走了灵魂，他们要么哭着跪着爬着往当却藏布河爬去，要么瘫倒在故乡贫瘠的土地上再也站不起来。剽悍的巴桑头人疯了似的抱着已经萎缩成一颗核桃般大小的朗姆老祖母，在荒原上四处乱跑。老祖母泪流得越多，她的身子就变得越小。巴桑已经察觉到朗姆老祖母的眼泪是苦难的汪洋之泉，他乞求道：

"老祖母啊，求求你别哭啦。满世界都要被你的眼泪淹没啦。"

朗姆老祖母其实也在自己的眼泪中挣扎，"巴桑，难道你不知道吗，女人的身子是由水做成的啊。不是泪水，就是苦水。"

巴桑这才明白，朗姆老祖母一生的苦水并不因为年龄的衰老而干涸，它被生命浓缩了，不到命运的关键时刻，不会轻易倾泻出来。开初巴桑头人还不愿意看到自己的老祖母淹死在泪水里，他跑到高处，泪水立刻就淹没过来，他站到巨石上，可是眼泪的波浪冲得巨石遍地乱滚。最后他的头颅在泪水的汪洋里闪现了几下，就再不见踪影。娜珍姐妹抱着各自的孩子瘫坐于地，泪水淹到了孩子的脖子了，她们也浑然不知。孩子的鬓发最后在波浪中飘呀飘，流浪部落未来的头人便随着流浪的终止而终结了短暂的生命。

在这眼泪滔天的世界里，谁能止住眼眶里的眼泪，谁便能捡回一条生命。

30　修　心

夏季里山上的万物生长得迅猛而恣意，仿佛山也丰满壮实了许多、长高了许多。对那些隐匿在山洞中闭关修行的人来说，满世界的绿色不仅装饰了大地，也染绿了他们的皮肤和内心。他们已经和大地上的万物融为一体，沉寂，安详，宁静，除了心在跳动，你几乎感受不到在这纷乱的世界上，还有一个修行者生活在我们中间。

虬枝蔓绕的青藤封闭了洛桑丹增喇嘛闭关的山洞，从洞口那些野生植物的长势来看，喇嘛至少有三个月没有出过洞了。在进洞闭关之前，上师仁钦说他要外出游方，让弟子自己在黑暗中观修大悲观世音菩萨。仁钦上师说，在黑暗中练习禅坐是净化你的凡夫心的第一步，凡夫心去掉以后，你就可以看见观世音菩萨的真身，那时候就可以出来了。如果没有吃的，大地会供养你的。

上师只给喇嘛留下了一小口袋青稞和一些酥油，那大约只是喇嘛一个月省吃俭用的食粮。当初洛桑丹增想，一个来月的时间，凭着上师教授的那些观修方法，他怎么也该清静自己，看见大悲观世音菩萨了。

那是一场在黑暗与孤寂中和内心的较量，是一场挣脱世俗束缚、寻求心地自由开阔的开悟。内心的菩萨可以观想，但是看见菩萨的真身却不是一件容易的事情，许多修行者苦修一辈子，也无缘看见菩萨的真身。尽管经书上讲，菩萨的数量犹如人的毛孔，佛总是和菩萨一起出现。可按仁钦上师的说法，菩萨的真身总会在你见空性，发悲心之际，他才会显现。就像远走他乡的儿子终于回家见到自己慈祥的父亲，佛的真身可以拯救一颗流浪漂泊的心。

修行其实就是修心。而心是什么呢？洛桑丹增喇嘛记得在故乡时贡巴活佛说过，凡夫俗子的心就是树梢上跳来跳去的猴子，哪棵树有香甜的果子，它就跳到那里去。人为什么有无穷无尽的欲望？因为这个世界的果子太多了。你在茫茫人海里扑来扑去，扑到一个果子了，眼睛还望着下一个，心里又想着更大的一个。但是人终将会发现，即便穷尽一生的努力，世界上的果子还是扑不完，而要死的时候，你一枚果子也带不走。因此人的心会感到累，感到苦，感到绝望和悲伤。

仁钦上师临走前曾对洛桑丹增喇嘛说："心创造了一切，痛苦和欢乐，骄傲和卑琐，欲望和贪婪，希望和恐惧。我要你把这一切都在心里吹掉，就像风把天上混乱的云吹干净一样，只留下一片湛蓝无垠的天空。心如果像天空一般透明、广阔、纤尘不染，悲心才会生起，你才可以见到心中的佛菩萨。"

可是三个多月过去了，洛桑丹增喇嘛内心中依然云飞涛走，潮起潮落。他看不到云后面的天空，看不到心的本质，更看不到大悲观世音菩萨的真身。阿妈央金在乞讨的路上会发出深深的叹息，为儿子修行的失败焦虑；弟弟玉丹穿行在远方的森林里，美丽的豹身也时而遮蔽了喇嘛黑暗中宁静的目光；还有达娃卓玛总是羞涩的眼睛，舍身扑向老熊时的呐喊，以及叶桑达娃天真无邪的笑脸，都让喇嘛在修心时升起无数挥之不去的妄念。

而妄念之心，就是一颗没有彻底解脱烦恼的心。妄念就像世俗生活里的一股股污浊之气，在呼吸吐纳间玷污着人的心灵。洛桑丹增喇嘛甚至能看见这浊气的颜色，它是黑色的，比山洞里的黑暗更黑。但是即便你能分辨它，你却很难逃避掉。因为你就活在这个并不全然洁净的世界上，你总得呼吸。所以修心的训练，不过是一个不断同外界抗争的过程，你通过佛法的各种教诲，拒绝一切诱惑，把心训练得跟空气一般轻灵透明，甚至连轻灵和透明都不存在。

粮食早就吃光了，现在已经连一个瞎眼的老阿妈的供养也不要指望啦。山洞里的喇嘛饿得实在受不了时，就随手扯下垂挂在洞口的青藤为食，那些不知名的青藤刚吃进嘴里时，苦得喇嘛翻肠倒肚地呕吐。但是到了后来，肠胃慢慢地适应了这本不是人吃的食物，青藤便成了喇嘛唯一的主食，甚至还越吃越香呢。

悬挂在洞口的青藤总是生长得很快，正如仁钦上师说的，大地的供养是最丰盛的。洛桑丹增喇嘛不知道已经把自己吃成了一根浑身发绿的青藤，他的脸是绿色的，皮肤也是绿色，长长的头发胡须也是绿色的，连眼睛里射出来的光也是绿色的了。一些蜘蛛爬到他的头上结网，洞里的各种寄生小虫在他的身上做窝。喇嘛总是很小心地不伤害到它们。因为上师曾经告诉过他，众生都在轮回的苦海中挣扎，如果一虫不救，何以救众生？

喇嘛瘦得比一根青藤粗壮不了多少。当他站在茂盛的青藤中时，就是再有经验、眼神再好的猎人，也看不出这是一个修苦行的人呢。

如果不是仁钦上师回来，洛桑丹增喇嘛真的就成为一根枯死在山洞里的青藤了。上师拨开层层虬枝，推倒砌在洞口的石墙，光线就像一注破堤的洪水一般将洞中的喇嘛击倒，使他半天爬不起来。上师看见地上蜷缩的弟子，仿佛像一堆绿色的乱草。他一点也不惊讶，只是用失望的口吻说：

"嘿嘿，看来你的佛缘真是太浅。出来吧，光吃青藤也参悟不到佛的悲悯。"

洛桑丹增喇嘛羞愧地爬出洞外，他已经虚弱得几乎不能走路了。洞外的光线压迫得他抬不起头来，可是更让喇嘛惭愧的是他辜负了上师的期望。他真想就此滚下山去，让这不能见真佛的躯体就此了结。

仁钦上师给喇嘛带来了一坨糌粑和一块风干牛肉，喇嘛的眼里放着绿光，两口就将糌粑和牛肉吞下去了。他几乎忘了咀嚼，好像胃里

长了一只手，把那久违了的食物一把攫了进去。可是，喇嘛的胃马上
又开始翻江倒海起来，糌粑和牛肉已不属于吃惯了青藤的胃，它拒绝
接受它们。

仁钦上师在一边看得哈哈大笑，喇嘛吐得眼泪鼻涕一起往下淌，
身子不停地抽搐，仿佛大地也在跟着他一起抖动。待他平静下来，上
师说：

"法子，你吐出内心的妄念了吗？"

"是的，尊敬的上师。"洛桑丹增喇嘛如实地回答道，"我心底里
还是在渴望牛肉和糌粑，这世俗的浊物让我贪婪。这就是我的妄念。"

"错了！"上师大喝一声，"你以为饥饿就是真正的苦行，就可以
让你参悟到佛性吗？饥饿让你内心里只有饿，而绝不会有佛。没有佛
性，何见佛身？不见佛身，何来悲心？"

"请问上师，我该如何参悟到佛性呢？"

"见过江河里的一根顺水而下的木头吗？"

"见过，上师。"

"它是怎么漂流的呢？"

"水往哪里流，它就往哪里漂呀，上师。"

"这就是你在内心里要找的佛性了。如果河里的木头逆水而上，
就像你的心还在执著于某人某事。执着是修心的敌人。参禅的要领便
是要学会放弃，什么都不要执著。放松，恬静，安详，让听去听，让
看去看。听到的和看到的，一点也不要污染自己洁净的心。心不是
大地，可以承受人间的一切；心应该是天空，纯净，空阔，透明，高
远。天上有一朵彩云要飘走，跟你的内心有什么关系呢？让它飘走好
了；人间有一场恩怨在上演，杀父之仇，夺妻之恨，在轮回的苦海

里，不也就像小孩子们的一场游戏吗？"仁钦上师忽然问，"一个辛苦操劳的人回到家的感觉是什么？"

"是放松。"喇嘛答道。

"这就对了。禅修并不神秘，不过是把散乱的心带回家而已。其实回家的人并没有刻意地想到放松，因为它根本就不需要去想。你越是想要放松，就越放松不了，放松到连放松的念头都没有时，你的心就像河里顺水而漂走的木头了。"

洛桑丹增喇嘛深深地叹了口气，三个月来在黑暗中的闭关看来是白做了。他在参禅时越是想控制自己散乱的念头，可是妄念之心却越重。现在仁钦上师开示了他的心智，让他明白了禅修为什么失败。

"上师，我心里的烦恼还是没有彻底解脱，因此我参悟不到佛性。"

"呵呵，这就像人身上长了疮，不把脓挤出来，伤口怎么愈合啊。说一说你的烦恼吧。"

"我还有爱、亲情、怨憎、得失等凡夫心。"

"你有亲人吗？"

"只有一个瞎眼的老阿妈了。其他的人为了我学法，都死了。"

"人死如树枯。枯树腐烂为泥，新树又长出来了。有什么可伤心的呢？"

"是的，上师。新的轮回又开始了。我该为他们祈祷，而不是伤心。"

"你有仇人吗？"

"有。我们都有杀父之仇，他一直在追杀我。"

"你恨他吗？"

"恨。澜沧江峡谷里的朗萨家族不仅挑起了峡谷两岸的战火，杀死了我的父亲，还派出杀手杀死了我的弟弟，更为可恨的是，他们连贡巴活佛都敢谋害。现在，朗萨家族的二少爷还在到处寻找快刀、快枪和快马这三样宝贝，这些东西都是为了要取我的命啊。"

"好了，现在我要你重新回到山洞里去。只做一件事情，爱你的仇人，观想他眼下的苦难，把你的悲心施与他。"

"上师……"

"回去！照我说的去做。"仁钦上师用不容置疑的口吻喝道。

又是三个月过去了，洛桑丹增喇嘛终于自己推倒了封闭山洞的石墙。在这个充满仇恨的世界上，爱自己的仇人可真不是一件容易的事情，活吞一只老鼠也没有此事难，那必须拿出翻越一座连鹰都飞不过去的雪山的勇气和力量。

洛桑丹增喇嘛知道在他参禅这三个多月的时间，仁钦上师一直在山洞外陪伴着他。因此他一出洞就向上师顶礼："尊敬的上师，愚钝的法子让您久等了。"

仁钦上师躺在一块巨石上，懒懒地看了他一眼，说："什么久等不久等的，我不过刚刚从三昧禅定中回来。在我的时间里，你还没有进去一个时辰呢。"

洛桑丹增喇嘛大为惊骇，上师的法力是多么深厚广阔啊。世俗的时间流失对于他来讲已然不存在，而他要练习对仇人的慈悲却是这样的艰难。洛桑丹增喇嘛羞愧地说：

"上师，我看到仇人达波多杰的苦难了。他可也真不容易。"

"噢，说说看，他怎么啦？"仁钦上师似乎并不怎么激动。

"他漂泊异乡，到处求心中的'藏三宝'，其实人间根本就没有快刀快枪和快马。宝刀和快枪会锈蚀，化为尘土，良马会老去，转投他生。他的心被这三样并不能永恒存在的东西所累，就像一个不修法的人，被世俗的欲望所累一样。我看见他也被人追杀，被水淹，被女人迷惑，被疾病困扰。他不知道自己历尽艰辛找到的宝贝最后不过是一场梦而已，一切都是空的。而即便他最后杀了我，我也会为他祈祷，并对他充满悲悯。因为在轮回的苦海里，我们所受的苦都是一样的。而我觉悟了，他还没有。"

仁钦上师自从收洛桑丹增喇嘛为法子以来，第一次在脸上荡开了笑容，他一击手掌道："法子，你终于有一颗慈悲的心了，这就是佛性的显现啊。"

31 人 祭

达波多杰是从几个到冈仁波齐神山朝圣回来的康巴人口中得到没鼻子的基米的消息的。"哈哈，这个狗娘养的老刀相师，这个缔造英雄的老父亲，他的声名终于又传到我的耳朵里来啦。"

达波多杰已经预感到，他又要和自己英雄梦的导师见面了。那几个康巴人告诉他说，在雪山的那面，一个没有鼻子的人和一帮大鼻子的外国人在一起，做他们的向导。那些鼻子像雪山一样高耸的外国佬对藏区的什么东西都感兴趣，连路边的一块石头他们也要用一种魔鬼的镜子看半天。更不用说树上飞的鸟儿，地上跑的动物，山上开的花儿。他们雇用了一帮藏族人为他们干活，自己过着老爷一样的日子。一个饶舌的康巴朋友说，他们甚至用太阳的光来点烟斗。那种魔镜会把一只蚂蚁变得有小狗那么大，当它照在人身上时，能把皮肤烫起泡来。

"那么，我们就翻过这雪山去找他。"达波多杰用马鞭指着前面的雪山对益西次仁说。

"老爷，你们最好不要去翻这雪山。"那个饶舌的康巴人说。

"为什么？"

"雪山背面有个吃人的部落，他们不是藏人，也不信我们的神灵，说的话连那些博学的喇嘛上师都听不明白。我们一起来的伙伴里就有三个人被他们吃了。"

达波多杰问："是那些大鼻子的洋人吗？"

"不是，是会吃人的人。"康巴人又补充道，"他们的鼻子并不大，嘴却很大。"

"哈哈，只听说过熊啦豹子啦狼啦吃人的肉，还听说枪子儿、刀刃吃人的肉，没听说过人吃人的肉。益西，你听说过吗？"

益西次仁紧张地望望远处的雪山，又看看满不在乎的达波多杰，舌头有些抡不转地说："魔鬼，魔鬼也会吃人的肉。"

"那他们就是魔鬼的部落啰？让我们去看看，我手上的宝刀能不能斩杀魔鬼。没鼻子的基米还在雪山那边等着我们哩，我得给他带点见面礼。"达波多杰自信地说。

"老爷，还是别去吧。我有不吉祥的感觉。"益西次仁脸色灰暗，脖子缩在宽大的楚巴里。出门这些年了，达波多杰第一次发现了他的畏惧，这更令他平添了万丈豪情。他认为，管家真的老啦。

"在神山下斩杀魔鬼，这是莲花生大师做的伟业，今天轮到我达波多杰了。"他一勒胯下的宝马贝珠的缰绳，看也不看那些被吃人的部落吓破了胆的康巴人，也不想再问老管家的意见，兀自向神秘的雪山打马而去。

前方的那座雪山常年笼罩在云雾里，人们难得一见它的尊容。而且，那些罩在雪山上的云雾经常是黑色的，看上去不像是云，而是内心里由恐惧、敬畏、害怕构成的噩梦，沉重得让人时常担心云雾会像山崩一般塌下来，像黑色的洪水那样冲过来，像魔鬼的毒雾弥漫而来。益西次仁跟在达波多杰的身后，心里便越走越凉，在跟随主子颠沛流离的这些年里，他从来没有像这一次那样感到害怕。

这座雪山当地人称之为扎隆神山，传说当年莲花生大师曾经在雪山上修行，还降服过山上的魔鬼。但是有一种魔鬼可以活九万年，即便法力深厚的上师将他碾成粉末，他也会变幻成另外一种身形，重新出来害人。在我们这个世界上魔鬼的形状总是千奇百怪，他们可以庞大如大象，渺小似尘埃。看得见的魔鬼消灭了，看不见的魔鬼有可能就钻进了人的内心里。因此喇嘛上师们说心魔才是人最可怕的魔鬼，人的内心一旦被魔鬼控制，所犯下的罪恶连大地也承受不了。

"山那边都是些被魔鬼控制了内心的人，他们用自己的巫术和喇嘛上师们的佛法斗法。可是佛教的悲悯总敌不过他们血腥的杀气。"雪山下有一座小寺庙，只有三名喇嘛，他们告诉想要进山的达波多杰说，"还是回去吧，人是不能和魔鬼打仗的。"

"但是人若是有了天下无双的宝刀和良马，就可以斩杀一切魔鬼了。"达波多杰自负地说。

益西次仁拉拉达波多杰的胳膊："老爷，我们还是听喇嘛们一劝吧。"

"你是怎么啦，益西！难道你不知道没鼻子的基米在山那边等我们吗？难道你没有看见宝马贝珠的蹄子，正在等待飞过那些魔鬼的耳朵吗？难道你没有听见我腰间的宝刀，就要跳出刀鞘的脆响吗？"达波多杰高声说，像一个即将慷慨出征的英雄。

"去年是扎隆神山的本命年，有许多藏族人来朝圣，"一个年纪最大的喇嘛小声说，"拉萨派来一个藏军代本，带了几百人来攻打他们。可是……还是有许多朝圣者被他们吃了。"

"呵呵，那帮家伙能打什么仗啊，我见过的。他们只会走洋人的步子，花里胡哨的，还不如人家跳弦子舞好看哩。"达波多杰轻蔑地说。

他真的是以跳弦子舞的良好心情，踏上了这片魔鬼控制的土地。他们第二天早晨离开那破旧寒碜的喇嘛寺，达波多杰在喇嘛们的念经声中跨上了宝马。天似乎要放晴的样子，至少此刻没有下雨。他们已经在雨水里走了有十来天了。云雾依旧压得很低，有些灰暗，但已经比黑色的云层让人看上去心情好受得多。

达波多杰吹着一支弦子舞的曲子，打着马儿不紧不慢地爬山。益西次仁紧张地跟在后面，越往雪山上爬，他的心就越沉重。因为他感觉他们不是在爬山，而是在往云层里钻，这让他的心里越发不踏实，人间似乎离他们越来越远了。谁知道在云雾的深处，是仙境还是魔域。

这是一条朝圣者的转经路，但从路上人的足迹和牲畜的粪便看，大约已经有好几个月没有人在这条道路上走过了。而山坡上那些泥石流和山崩的痕迹，却新鲜得如同刚被放倒后开肠破肚的野牦牛。几人才能合抱的古树被连根拔起，横亘在道路中央，冲得满坡乱滚的巨石就像凝固的浪花，仿佛刚才还在翻滚。偶尔还可见到一些倒毙在路边的尸骨，令人奇怪的是尸骨的骨架都不完整。达波多杰回头对老管家说：

"只有英雄的尸骨，才会永不散架。人的骨头是由一股英雄气概支撑的，骨气骨气，就是因为那股英雄气还在骨头里。"

老管家气喘吁吁地说："这好像是没鼻子的基米说的。"

达波多杰豪迈地说："不，是我说的。"

要是在过去，老管家听到这样的话会为达波多杰感到高兴。因为他的主子终于像一个真正的康巴男人了。他不再迷乱在女人的乳香里，不再周旋在情欲的泥潭中，想当英雄的梦想即便远在云雾中的雪山上，他也要穿云破雾、翻山越岭去找到它。益西次仁不明白的是，不知是英雄扎杰的尸骨在召唤自己的主子，还是拥有"藏三宝"的荣耀在激励他。到他真的找齐了"藏三宝"时，他会不会也成为一副尸骨呢？想到这些，老管家常常会不寒而栗。按一个阅尽人间沧桑的老人家的想法，在自家的火塘边平平安安地寿终正寝，比什么都好。

但是他没有这样的命。人的愿望是一回事，命里注定的东西又是另一回事，而对命运的预感，却是人生中最为重要的。对于普通信众来说，想预知命运的结果，不过是在黑暗中去捕获一个朦胧的影子，敏感的人在它一闪现之机，便看到了命运的某些征兆。就像益西次仁，在翻越扎隆雪山前，有一天他在一棵古树后面看到一片人形状的黑云，那黑云不是飘在半空中，而是像一个想要逃匿的动物，在古木森森的林间躲躲闪闪。当他追过去时，却什么也没有发现，林间弥漫着死亡的腐味。晚上益西次仁在梦里和阎王猝然相遇，他才明白黑云就是白天在古树后看到的阎王的显现。益西次仁在梦里禁不住老泪纵横，难道自己的命数真的要在这里的雪山上到头了吗？

人一旦到了疑神疑鬼的境界，神鬼自然就是他的朋友了。所有的事物在益西次仁的眼中都被赋予了魔鬼的色彩。天上飞过的兀鹫，让他倍感苍凉；一只乌鸦的叫声，也令他忧心；路边开败的花儿，让他想到生命默默无闻地凋零；更不用说那些散落在山道边的人体骨骸，真不知会在哪一年哪一天，哪一个路人，会对自己腐烂在大地上的一副尸骨空悲叹呢？

山道越走越险，森林越来越密，两人不得不下马步行。一大团黑云再次笼罩了森林，绵密冰凉的雨仿佛不是从天上飘下来的，而是在森林里到处流淌。地上一片泥泞，空气潮湿得令人透不过气来，人和马就像不是在森林里穿行，而是在一层层水幕里游泳。

"真想变成一只鸟儿，飞过这黑色的云，也飞过这看不到顶峰的雪山。"达波多杰牵着马气喘吁吁地说。

"老爷，就是一只鸟儿，也飞不过去的。这黑色的云厚得像一张网。"

益西次仁话音刚落，一张真实的网果然从天而降。当达波多杰已经进入垂暮之年时，他还想得起这张从天上、从森林里随着雨水兜头而来的网，那是带给他人生中最为屈辱的一张网，尽管那时他有宝马和宝刀，可是他却挣不脱这张魔鬼编织的网。

就像撞见鬼的人最不能说鬼一样，渴望飞翔的人偏偏要被一张网将自由的心灵罩住。益西次仁和达波多杰还没有闹明白是怎么一回事，人就腾空而起，被网在半空中了。宝马和宝刀只能驰骋扬威在广阔的天地，而在一张网里便徒有其名。在他们的周围传来魔鬼的欢呼声，一群身穿兽皮的男子大呼小叫地从树林里钻出来。他们就像一群欢乐的猕猴，在树枝上荡来荡去，难怪两个久走江湖的人事前一点儿也没有听见他们的动静，甚至连一向警觉的宝马贝珠，也只能用无助的眼光看着自己的主子了。

没多大工夫，他们就被连人带马地拖到一个巨大的山洞里，那里已经关有一群藏族人，许多人看上去关了许久了。头发和胡子比那些闭关修持密宗的喇嘛上师还要长。每个人的眼睛都透着深刻的绝望，但是，当他们看到又有两个同类被关进来时，所有的人都悄悄地嘘了一口气。苦难总算要结束了。

离洞口最近的一个老者俯卧在地上，瘦得看得见皮肤下的骨节。他哈了口寒气说："你们怎么才来啊？看看，大家都在等你们啊。"

"等我们？做什么？"达波多杰纳闷地问。

"大家一起去死。"老者有气无力地说，"我们已经等得不耐烦啦。"

老者的讲述令即便是益西次仁这样见多识广的老人，也感到头发一根根竖起来了。捕获他们的是来自境外不丹国的一个野蛮部落，他们不是藏族人，但是他们敬畏的鬼神可比藏族人厉害多了。并不是这些鬼神有多么强大，而是他们敬畏的方式令人胆寒。部落里每年要搞一次供奉鬼神的仪式，必须要用一百零八只人的腿和手来祭祀。现在他们已经储存了一百零四只手和脚了，只是这些手脚目前全都还长在山洞里的这些俘虏身上。

"也就是说，他们可以做这场巫术了。"达波多杰说。

"伙计，我们不用再等了。"老者沮丧地说。

"可多出了一双手和一双脚。他们不是只要一百零八只吗?"达波多杰又说。

老者说："聪明的人，并不一定就活得长久。只有看这洞里二十八个倒霉的家伙中，谁的命硬了。"

达波多杰的眼睛现在已经适应了山洞里的黑暗，他看到洞里与其说是一群还活着的人，不如说是一群泥塑。但就是泥塑的眼睛，也比他们的亮。这帮和他一样可怜而倒霉的被俘者，早就生不如死了。可是最悲惨还莫过于，他们等死已经等了不知多少时日了。

"我们得想办法逃出去。"达波多杰说这话时自己心中都没有底。因为山洞口大约在他们头顶一人高的地方，上面有几个剽悍的汉子把守，他们手中的长刀在黑暗中泛着清冷的光。而在洞口的外面，可以看到篝火一闪一闪的光芒，还能听到那些野蛮人唱歌跳舞、欢笑嬉戏的声浪。他们大概在为自己终于找齐了一百零八只手脚而庆贺。

"今晚死和明天死有什么区别呢？你不过才等一晚上，而我们已经等了好几个月了。"老者根本不附和达波多杰逃跑的想法。山洞里的这些人都是些朝圣者和走南闯北的赶马人，其中也不乏英雄好汉。他们不是没有试过，可是没有成功过一次。谁愿意等死啊？

"祭祀仪式明天就要开始了。"益西次仁忧心忡忡地说。从他一被扔进这个洞里，他似乎已经彻底丧失了生命的希望。只有他才清楚，阎王就像他的影子一般站在他的身后，他稍一动弹，那家伙就躲在一边冷笑。一个被阎王缠上的老人，已经没有力量和勇气和阎王搏斗啦。他寄希望于能和阎王讲和，求他能放过自己。可是他发现这个阎王始终板着黑脸，一点讲和的余地也不留给他。

第二天天色微微发亮时，山洞里的人被一个个拖了出来，部落里的人们已经竖起了一根高高的旗杆，上面飘着一块黑色的旗帜。一个巫师一样打扮的人坐在旗杆下，念着谁也听不懂的咒语。一排排木栅栏围在四周，被剁下的手和脚将供在这些木栅栏上。木栅栏的后面跪满了密密麻麻的野蛮人。部落的头领是一个面相凶狠的家伙，看不出他究竟有多大，这是由于他长有一张魔鬼的脸。他用往一个旧羊皮口袋里丢石子的办法来清点自己的祭品。每数一个俘虏，他就朝口袋里丢四颗小石头。但是到最后他皱起了眉头，因为他弄不明白为什么会多出四颗石子儿来。

昨天和达波多杰说话的那个老者懂这些野蛮人的语言。他对头领说，"你们多抓了一个人。"头领用老鹰一般犀利的目光在人群中扫来扫去，然后去问坐在旗杆下的巫师。巫师说："神不会多要不属于他的祭品，留一个活的，让他出去告诉藏族人我们的法术。"于是头领跟老者说："你们自己决定，谁可以活。"

老者径直走到达波多杰和益西次仁面前，平静地说："我们都是等待这一天把心都等死了的人。心早死了，再活下去就没有多大意思啦。而你们是昨天才来的，心里还想着怎么活。我不管你们俩谁是主子谁是奴仆，我只想知道，谁更愿意活下去？"

达波多杰脑子一阵阵发蒙，一个想成就英雄大业的人，难道就这样莫名其妙地死在这些野蛮人手里吗？而且，死后竟然还不能像英雄扎杰一样，留下一副完整的尸骨！可是，如果一个人真的想留下英雄的美名，这种时候他就不应该畏惧死亡。看看这个不知道名字的老人家，他在死亡面前的态度是多么令人敬佩啊。

令达波多杰意想不到的事情发生了，益西次仁忽然跪在了老者的面前，痛哭流涕地高喊："尊敬的老人家，求求你放我一条生路吧。我还没有活够哩！我身边的这个年轻人，虽然年纪轻轻，可是他已经享尽了世上所有的福。从来没有饿过肚子，也不知道寒冷的滋味，更不缺女人的爱。他的种子在雪域高原到处播撒，并不是他想做西藏人见人爱的王子，而是女人们见不得他俊俏的脸和一头卷曲的头发。他往女人们面前一站，那些娘们儿就想跟他睡觉。佛祖啊，天下竟会有这样完美的男子和那样多浪荡的女人！他的福早已经享尽了，今天该他为自己欠下的情债偿还果报了。"

"益西！"达波多杰仿佛不认识自己的老管家，他猛然发现益西次仁本来已经花白的胡子和头发昨晚彻底白了，而且，他说话的声调已经变得非常陌生，那是孤魂野鬼们的话语——颠倒黑白，厚颜无耻，前言不搭后语。在死亡面前，魔鬼不但轻易地控制了这个老家伙的灵魂和话语，还让他变得连自己是谁都不知道啦。

"狗奴才，益西也是你叫的！"益西次仁就像中了魔一样地怪叫道，"我早听够了。益西，去把我的马牵来。益西，我的帽子呢。益西，去找点吃的来。益西，那个姑娘真漂亮，去把她弄来给我。益西是你什么人啊？是你的奴才？还是你养的一条狗？益西是你的父亲，是你的爷爷，是你的主子！你明白吗？老人家，老阿爸，这个年轻的家伙本来只是我的奴隶啊。"

"益西，看看你在死神面前都做了些什么？你也配当贵族？"达波多杰厉声说。他为自己竟然有这样一个管家深感失望和屈辱。只有在死亡的镜子里，人才会暴露出他的本来面目。难怪那些喇嘛上师要专门修习面对死亡的功课，他们说"死亡是真理到来的时刻"。可你看看现在的益西次仁，这个成了一条癞皮狗的老家伙，他可以像一个管家一样尽职，也可以像爷爷一般慈祥，可是他永远不可能像一个贵族那样在死亡面前保持尊严，也不可能像喇嘛们在生死间来去自如。

那个能决定他们生杀大权的老者也被这场戏搞糊涂了，他看看达波多杰，又看看跪在地上的益西次仁，他们都一样的衣衫破烂，一样的饱经沧桑，一样的落魄潦倒。浪迹天涯的痕迹不管是老爷还是仆人，都公正地刻在他们的身上。

老者慢悠悠地问："你们到底谁是老爷，谁是仆人啊？"

"我是！"益西次仁迫不及待地说，"你们不能让一个贵族去死。"

达波多杰没有辩解，因为他为益西次仁感到羞愧。他的眼泪无声地掉下来了，人间真是丑恶不堪啊，连最忠实的仆人都要背叛自己，活在这个世上还有什么意义呢？成就了英雄的大业又有何用呢？也许，背叛就是英雄最大的敌人。

老者充满鄙夷地对益西次仁说："可惜啊，尊贵的老爷，你看看我们这些即将要去死的人，都是些黑头藏民。我们即便到了阴间，也需要一个贵族老爷来使唤我们，不然我们该给谁磕头听吩咐呢？起来，跟我们走吧。在死神面前，老爷和普通百姓都一样。"

益西次仁已经瘫在地上了，他这时才明白，既然阎王已经缠上了他，任何求生的努力都是徒劳的。那边的野蛮人已经在把他们的俘虏一个个地推到了一块巨石充当的祭台上，他们剁人的手和腿就像砍柴那样冷酷而熟练。凄惨的叫声一阵阵响起，被砍去手脚的人被随意地丢在祭台边，仿佛是一个个破败不堪的布袋。一些人翻滚几转，就再也不动弹了，一些人绝望地号叫几声，便眼睁睁地看着自己身上的血淌光。这简直就是地狱里的某个情景在人间的再现。益西次仁被拖到祭祀台上的时候，其实已经死了，他是被吓死的。他的手脚都抽筋蜷缩到一起，刽子手们怎么也掰不顺，以至于大半个身子都被劈下来了。一百零八只手脚供奉在了野蛮人的祭祀台周围，那真是一个腥风血雨的白天。达波多杰感到这个世界只有自己一个人还站立在大地上，有脚有手的善良无辜的人都被一帮禽兽不如的家伙侮辱了。他努力在血腥的屠戮和野蛮的行径前保持着一个人的尊严，现在他再不敢想一个英雄在死神前该做什么了，可是他的确像一个有骨气面对死亡的英雄那样，直面死神狰狞的脸。骨气让他的骨头比那帮刽子手的刀斧还要硬朗。

他重新跨上自己的宝马贝珠，马蹄践踏过一双双绝望的目光和满地血红的泥泞。在尸横遍野、血流成河的土地上，在兽性与邪恶主宰人的命运的罪孽中，他的宝马在战栗，他的宝刀再也跳不出刀鞘。他第一次感悟到，一个再大的英雄，也不能拯救人们的苦难，更不能阻止人间的罪恶。邪恶的信仰只能制造地狱般的恐怖。平生第一次，他为自己感到羞愧。

"走吧，我们就只有这样去见没鼻子的基米了，像一个失败的懦夫。"他对胯下的宝马贝珠说。

读书笔记（之二）

直到现在，我还不能确定上面写的那一段发生在西藏的什么年代。但是我可以向你举出许多史料，证明我没有瞎编。在西藏的历史上，曾经有许多的宗教流派，有形形色色的信仰方式。既有自成大观的正宗教法，也有违反人性的旁门左道。宗教在某种程度上可以维系政权，规范人性，在它的另外一面也会颠覆政权，蛊惑人心。就像我们在前面提到的朗达玛"兴苯灭佛"，为信仰而战本身就是对信仰的反动，充满血腥和暴力的信仰是绝不会传承下去的。信仰只是为了恢复或者寻找真正的人性（佛性），而不是反人性，更不是兽性。真正能触摸并抚慰到人内心深处的宗教，哪怕远隔千山万水，也会借着某种冥冥之中的机缘，深入到每一颗有善缘的心。

当公元九世纪中后期吐蕃王朝灭亡后，王室的后裔们各自分封为王，割据一方。其中有一支在后藏阿里地区建立起了有名的古格王朝，那里离印度很近，佛教的影响并没有因为朗达玛的灭佛受到多大的影响。到了公元十世纪左右，一些印度法师翻越喜马拉雅山而来，他们有的是受到古格国王或其他王室的邀请，有的是立志要在西藏弘法。有个被称为阿底峡的尊者，是那个时代传法到西藏的代表人物。阿底峡是东孟加拉国的王子，自小出家为僧，苦修佛法，将解脱众生脱离轮回苦海视为自己的使命。到了他的晚年，他已经是一个名震四方的伟大上师。当西藏王室的侍者前来请他去雪域高原弘法时，据说他祈请了观世音菩萨和度母，询问自己是否应该前往。度母告诉他，如果他去西藏，将对雪域佛土大有裨益；但是不去的话，他可以活到九十二岁，去了则只能活到七十二岁。

阿底峡尊者为了利益彼邦，弘扬佛法，毅然来到了雪域高原。果然，他七十二岁时在西藏圆寂。

阿底峡尊者以少活二十年的生命，换来了西藏佛教的复兴。他带来了印度佛教一整套完整的僧侣修行制度，还应邀到拉萨等地讲经说法，修订经典，翻译经书。宗教史家以阿底峡尊者入藏为起点，将西藏佛教的再次弘扬称为"后弘期"。

"后弘期"的西藏佛教一个显著的特征就是教派开始产生，这是由于当时西藏封建割据的社会形态所决定的。朗达玛王朝灭亡后，各封建王室发现宗教对这个民族、对自己的统治不可或缺的重要作用，于是派出使臣，驮着黄金珠宝，纷纷到印度去请佛教上师。而那时印度佛教已经式微，正在走向衰落。于是大批的高僧纷至沓来，他们带来各自喜爱的经论和法门，向虔诚的藏族人传输自己的学说，这样就形成了不同的教派。有的人坚持"前弘期"时代的宗教学说，便形成了宁玛派，"宁玛"在藏文里是故旧、保守的意思，因为这个教派的僧侣穿红色袈裟、戴红帽，俗称为红教。而在后藏的萨迦地区，有一个叫衮乔桑波的贵族创建了萨迦寺，供养了大批的僧侣，便形成了萨迦派。由于萨迦派的寺庙围墙都用象征文殊、观音、金刚手三菩萨的红、白、蓝三色花纹装饰，人们称他们为花教。到了公元十一世纪，西藏著名的大译师玛尔巴数次赴印度拜师求法，回来后创立了噶举派，因为这一派的僧侣都穿白色僧裙，所以又称之为白教。而阿底峡尊者的弟子以其教法为依据，创立的是噶当派。到了公元十五世纪，宗喀巴大师以噶当派的教义为基础，针对西藏当时各教派的优劣长短，制定了一套严谨、修行次第分明的教义和严格的教规，创立了格鲁派。"格鲁"在藏文就是善守戒规的意思，这个教派的喇嘛戴黄色的僧帽，因此就被人们称为黄教。

就这样，藏传佛教的四大主要教派黄、红、白、花便在公元十五世纪前后形成格局。在历史的长河中，还有一些小教派像种子一样遍撒雪域高原的庄严沃土，它们有的传承下来，有的被历史的风尘淹没了。四大教派中黄教现在成了主流教派，达赖和班禅两大活佛体系都是属于黄教体系的。

我们可以从修持方法上来区分这些不同的教派。一般来说，格鲁派的黄教强调显教和密教兼修，先显后密，讲究修行的次第。至于如何认识藏传佛教显宗和密宗，我们可以理解为理论和实践的关系。一个喇嘛进入寺庙后，要先进行显宗学习，也即学经读经典。经典是所谓五部大论，是佛教重要的五部论述专著。它们是《量释论》《现观庄严论》《入中论》《俱舍论》《戒律论》。如果学习者还算聪明的话，光是学完这五部大论就要十多年。然后他才有资格考取格西，格西必须在拉萨的三大寺考取，不是做试卷，而是当堂辩论佛学知识。通过了就相当于获得佛学博士的荣誉，是佛学的精英阶层了。这时他才有资格进入上下密院，专修密法，这又是一个漫长的学习过程。也许等他显宗和密宗的功课都修完，他已经步入暮年，垂垂老矣了。

相对于黄教先显后密的修持方法，其他三个教派红、白、花更重视密宗的修行，修持的法门侧重点各不一样。宁玛派的红教主修"大圆满法"[①]，噶举派的白教主修"大手印法"[②]和"那若六法"[③]，而萨迦派主修"道果法"[④]。这三个教派也不是不注重理论学习，该读的经典同样要读，有的也需要先习显宗后修密宗，但是他们在实修上，的确有独具特色、高人一等的法门。

值得特别一提的是，有些密宗修行者并不在乎经院或寺庙里的修行次第，他们直接依持上师在大自然中苦修密法。其修行方式千奇百怪，这些修行者常常被人们称为疯狂瑜伽士，他们蔑视常规，反对矫饰，独来独往，我行我素，他们的口号是"不需要向任何人证明任何事情"，他们只在乎自己的一颗纯净无污染的心。因为他们认为从理论上来讨论佛教的教义，不过是用萤火虫来测日光。一切重在实修，

[①] 依据著名藏学著作《图观宗派源流》言："大圆满法若释其字义，说现有世界，生死涅槃，所包含的一切诸法，悉在此灵明空寂之内，圆满无缺，故名圆满；再无较此更胜的解脱生死方便，故名为大。"也即世界上的万事万物以及生生灭灭的变化过程，无不在人的思想的灵明空寂中产生或消亡，人的内心从本质上来说是纯净无染的，人们可以通过依法修行，使内心不受任何污染。并将之置于一个空虚明净的理想境界中，以达到"涅槃寂静""即身成佛"的成就。

[②] 大手印法最初由玛尔巴译师从印度高僧那若巴处学得，然后传入藏区，成为噶举派诸多支系共同推崇的密宗教法。它要求修习者通过将自心安住于某一物件或某种情景上，从而证悟空性，即佛性。

[③] 指来自印度高僧那若巴传授的六种密法，分别为拙火定，幻身，梦境，光明，中阴，迁识。

[④] 道果中的"道"是指经过修行的过程，而"果"意为达到觉悟的境界。这一密法主要靠上师口传，不注重文字记载，是"只能意会不能言说"的密法。

追求不被污染的佛性，也即内心的觉醒。雪山、森林、黑暗的山洞、幽深的峡谷，甚至恐怖凶险之地，就是他们的课堂。即便是西藏人，也没法理喻他们的修习方式。比如有一种叫"坟墓瑜伽法"的修持方法，修行者选择荒郊野外的乱坟岗上，直接坐在腐烂的死尸上修持对人生无常、苦海轮回的认识，断除对名色肉欲的贪婪。他们属于藏传佛教的希解派，一个我们平常很少听说的流派。

噢，天哪，要厘清藏传佛教的源流和派别是一件多么难的事情，比翻越喜马拉雅山还难。噢，天哪，你看看我案头上堆积如山的那些藏学著作，几乎就要将我掩埋。实际上在我阅读这些典籍和资料时，时常都有要被淹死的感觉。我相信读者们已经不耐烦了，没有耐心的读者可以忽略这一节不读。因为我深知我没有能力对藏传佛教各教派做出一个学者式的研究和评判，我不过是想给大家交代一下故事发生地的宗教背景而已。

还是让我们回到故事本身吧。

32 修 身

很久以来，拉萨的市民都知道，那个磕长头喇嘛的瞎眼老阿妈一直和一只瘸狼在一起。倒不是说她带着这只瘸狼在拉萨尘土飞扬的街道上走街串巷，也不是说老阿妈已和瘸狼到了相依为命的地步。没有一个人会把手中的食物施舍给带着一只狼的乞丐，但是也没有人看到过这只瘸狼和瞎眼老阿妈的感情。准确地说，阿妈央金和这只瘸狼是荒野里的伴儿。

那是一个大雪弥漫的下午，老阿妈从儿子修行的地方送供养回来，山道上忽然传来一阵阵凄厉的哀号，阿妈央金开初以为是自己的小儿子玉丹的叫声。噢，自从到了拉萨后，她已经有很长时间没有见到过那头漂亮的花斑豹啦。她不知道豹子已经完成护送朝圣者的使命，回去找自己的妻子达娃卓玛了。儿子走得再远，母亲始终都会认为他就在自己的身边。她向着哀号声传来的方向摸索着过去，她先摸到一颗毛刺刺的头，摸到了脸颊上的眼泪，然后摸到一副猎人下的扣子，它已经夹断了狼的一只腿。老阿妈顿生怜悯之心，"唉，你可真是一个不走运的家伙。"

她说着为那狼解下了扣子，狼腿上的血沾满了她的手，老阿妈又从身上撕下一块布来，为狼包扎。那时她并不知道这是一只狼，她还以为是一条大猎狗呢。

从那天以后，这只瘸狼就一直跟着她，当然它不会跟她走进村庄和拉萨城里。在野外，瘸狼就像一条忠实的猎狗一样地尾随在老阿妈蹒跚的身影后。老阿妈讨来的食物，有一半是给它的，另一半给自己在山洞里闭关修行的儿子。老阿妈对瘸狼说，你们都是需要供养的人。要是没有一颗母亲慈悲的心，你们在这个世界上怎么活啊？我就叫你尕布吧，那是我小时候家里养的一条狗的名字。我昨晚在梦里看见它了。你说奇怪不奇怪，一个瞎眼的老人家，白天什么都看不见，晚上却能看到过去了很久的人和事。还看得清楚得很哩。

瘸狼于是便成了阿妈央金童年时代的一条狗尕布。它似乎也知道老阿妈的不易，尽管它已经不能长途奔袭，捕获那些善跑的动物，但是它凭借自己丰富的狩猎经验，总会在旷野有所收获。它有时会长时间地守候在一些野兔、鼬鼠的洞穴外，等那些家伙出来时，瘸狼一跃而出，将它们按在爪下。尕布把这些猎物留下来，交给老阿妈来分配。有一次它甚至用自己的智慧捕到一头掉队的小野鹿，那是它最大的一次收获。央金老阿妈抱着它的头亲昵地说："尕布，你的腿虽说瘸了，心眼儿却不瘸啊。"

开初，看见这一人一狼结伴蹒跚在山道上的人都说，它可真是全西藏最有佛性的狼啦。央金老阿妈不知道，一段时间以来，一群狼已经盯上了她这个瞎眼的老人。但是有尕布在，那群狼就不敢贸然进犯。它们搞不懂这个狼群中的另类为什么会对一个孤独的老人这么好，也搞不懂人和狼之间为什么就没有了攻击与追杀的欲望。它们总是远远地跟在这形如母子的一人一狼身后，想找到下嘴的机会。但是尕布过去是它们的头儿，不怒自威的气概还能震慑住这帮凶残的家伙，那里面有些是它的狼崽，有些曾做过它的配偶。它们对瘸狼尕布充满怨恨，但是又不得不心存敬佩。

洛桑丹增喇嘛已经认识这条与母亲相依为伴的瘸狼。她差不多一个月左右来一次，讨来的食物也不多，一小口袋糌粑，一只兽腿，或者一点奶渣什么的。洛桑丹增喇嘛悉数供养给自己的上师，他现在已经吃得很少，仁钦上师的灌顶加持让他离人间越来越远了，他和阿妈央金的话也越来越少。有一次央金问他最近跟上师修什么法呢？他沉默了许久才说，修的是"六味一平等法"。阿妈央金不知道这是一个什么样的法，她只是感到儿子愈发地沉静、深邃，当年磕长头的路上，哪怕再累，他都还会和她说一天来的感受，说家乡的事情，说对弟弟玉丹的思念，甚至还会跟阿妈谈起达娃卓玛，诉说出家的喇嘛对一个姑娘的愧疚之情。阿妈央金记得有一次他甚至跟她讲，出家人以救众生为己任，可是他却连自己的亲人都救不了，不但救不了她的命，更救不了她的爱。他出家学佛法究竟是为了什么呢？现在阿妈央金也有些弄不明白了，一个曾经生龙活虎般的儿子，一个曾经令一个村的姑娘都爱慕不已的小伙子，现在因为做了喇嘛，因为要学佛法，就像换了一个人，连在自己的母亲面前也不愿多说一句话。一段时间以来，他的话少得连阿妈央金也不得不担心，儿子将来会不会修炼成荒原上的一块石雕像，一万年也不会开口说话。

洛桑丹增喇嘛其实已经知道阿妈和一只瘸狼在一起，要是在过去，他一定会赶走那只瘸狼，告诉阿妈人和狼是不能交朋友的。可是上师教诲的众生平等、生命轮回的观点，让他对一只狼也持悲悯之心。谁知道这狼的前世是否是家里某个人的转世呢？它就像一个忠实的家犬一样紧紧地跟随着阿妈。因此当央金告诉洛桑丹增喇嘛说她领养了一条狗，并叫它为尕布时，喇嘛只是说：

"是啊，阿妈，它可真的是尕布的转世，一条听话可爱的好家狗。"

在以后持戒修行的漫长岁月里，每当心中的妄念升起，世俗的烦恼云雾一般飘然而至的时候，洛桑丹增喇嘛还会想起这只"好家狗"尕布——脑袋尖尖、眼睛阴鸷的瘸狼，正是它把阿妈央金领进了狼群，让她葬身狼口。狼终究是狼，哪怕在轮回的地狱里进进出出多少次，它都改变不了嗜血的本性。

没有人知道在阿妈央金与狼群做殊死的搏斗时，这只瘸狼究竟扮演的是什么角色。在一个大雪初霁的下午，一个猎人曾经与阿妈央金在山道上不期而遇，那个猎人惊讶万分地对阿妈说，老人家，你的身后跟着一只狼啊。而阿妈央金平和地回答道，它不是一只狼，它是我家忠实听话的狗尕布。猎人说，它的腿瘸了，是狼中最凶恶的家伙，让我帮你把它杀了吧。老阿妈用身子护着尕布说，你可以把我杀了，也不要伤害到它的一根毛。善良的人，走你的路吧。请发发你的慈悲。这个善良的猎人后来非常后悔，他对人们说，我要是不听那个老阿妈的话就好了。那只瘸狼躲在老阿妈的身后，两只眼睛全是凶光。那是要吃人的眼光啊。

猎人走后，阿妈央金和瘸狼曾经有一段最后的对话，那是只有他们才能听懂的话语。也是我们这个星球上，除了古代在汉地一个名叫东郭先生的人外，在人和狼之间唯一的一次面对面的交谈。

狼说，我们做得再好，你们人始终不相信我们。

阿妈说，因为你们是狼，人到底还是怕你们的。

狼说，那你知道我是一只狼，不是你家的狗。

阿妈说，尽管我老得看不见任何东西了，可我还分得清人心和狼心。

狼说，即便我皈依了佛，即便我学着像一个人那样内心里有了慈悲，你们人还有什么怕的呢？

阿妈说，噢，可怜的尕布，人害怕的东西多着哩。在大地上跑的，在天上飞的，在水里游动着的，凡是和他们不一样的野兽，他们都害怕着呢。要么怕它们吃了自己，要么怕它们带来魔鬼的灾难。

狼说，所以人要杀死它们，以证明自己不害怕。

阿妈说，我也不明白哩，人为什么要通过杀生来证明自己不害怕。

狼说，其实，我们也是这样的。我们只有杀死对方后，自己才更有勇气。

阿妈疑惑不解地哀叹道，人和狼怎么想法都一样了啊。然后她又补充说，所以才有那么多好孩子出家修行呢。他们在上师的面前学会慈悲，对一切生灵都不伤害。

狼说，可惜真正的上师太少了。

阿妈说，不是太少，是你没有发现。我们人有一句话说，菩萨像牛身上的毛一样多。

狼说，菩萨再多，贪婪的人更多。就像我们狼一样，贪婪是我们狼和你们人共同的本性。

阿妈说，噢，尕布，你可别怎么说，你不是就很好么。

狼问，老阿妈，你真的认为我是一只好狼吗？

阿妈说，我把你当我的家犬看。

狼犹豫了片刻，才说，你犯了一个人不该犯的错误，把一只狼当自己的家犬。

阿妈问，为什么不可以呢？佛教的上师说，慈悲可以化解仇怨。而你只是一只狼而已啊。

狼说，是的，我是一只狼。可是我也有孩子。

阿妈说，是啊，人和狼，都有当母亲的。

狼说，你到处去乞讨，是为了供养你当喇嘛的儿子。我的孩子也在饿肚子，我该怎么办啊老阿妈？

阿妈说，我们也给它们找一些吃的去吧。

狼说，你只有一个儿子，而我有一群孩子。它们都快饿疯了。

阿妈说，今天讨到的食物里还有一坨肉，先给你的孩子吃吧。

狼说，这怎么够啊老阿妈。

阿妈问，你的孩子们有多大的肚子呢？

狼说，吃一个人的肚子啊，老阿妈。

瘸狼扑到阿妈央金的身上，轻易地就扳倒了她。在瘸狼的身后，一群伺机攻击的狼一拥而上，杀戮与撕咬顷刻间就在人与狼的平等对话下血腥而残酷地展开。阿妈央金只来得及说一声："你的孩子们可没有你好……"她的喉咙就被咬破了。她本来还想对瘸狼说，你看看我的儿子，他过去也犯下过杀生的罪孽，可他现在已经是一个慈悲的喇嘛了。她还想说……

两天以后，洛桑丹增喇嘛在那个好心的猎人的引导下，找到了自己已成了一把骨头的阿妈。那群狼将她的骨头拖得满山冈都是，洛桑丹增喇嘛的眼泪也洒满了开着无名小花的山坡。他把阿妈央金的骨头装进一个羊皮口袋里，抱着那口袋在山冈上哭了三天三夜。那把骨头在口袋里像没装满壶的水一般晃荡起伏，仿佛是一个人还在辛勤地劳作，还负重走在朝圣的路上，还在城镇和乡村里四处乞讨，以及还在家乡的火塘边忙忙碌碌。一个终身操劳的母亲，即便变成了一把骨头，她也一刻都闲不下来。

洛桑丹增喇嘛抱着这捧躁动不安的骨头伤心欲绝。他相信自己悲痛的泪水，可以让那些被狼啃得精光的骨头重新长出肉来，还可以将一根根扯散了的骨头连接起来，更可以让苦命的阿妈神奇般地站立起来。看哪，她站在喇嘛闭关修行的山洞外等待，她站在拉萨的大街一角乞讨，她站在朝圣的路上歇息，她站在家乡的土掌房前守望，她还站在屋里的火塘边忙碌，火光映红了她的脸，让阿妈年轻慈祥，美丽无比。阿妈曾经是村庄里美人中的美人，山上的杜鹃花只能在她打柴放羊走过之后，才会羞涩地开放；天上飞翔的雄鹰，看见她会忘记扇动翅膀，滑翔着越飞越低，直到一头栽进澜沧江里。阿妈啊阿妈，澜沧江一样丰满的阿妈，卡瓦格博雪山一样圣洁的阿妈，为什么现在只剩下一把骨头了呢？

儿子的骨头在母亲期盼的目光中一天天长大变粗，母亲的骨头却在儿子的眼泪中万劫不复啦。

第三天下午，仁钦上师挂着一根木棍充当的拐杖，一晃一晃地出现在山道上，喇嘛那时还在低声啜泣。仁钦上师面无表情地走到洛桑丹增喇嘛跟前，木然地问：

"谁死了?"

"我美丽的母亲。"喇嘛悲伤万分地说。

"谁的母亲不美丽呢?"

喇嘛号啕大哭："可是我慈祥的母亲啊，她死啦!"

"谁不死呢?"上师依旧冷漠。

"是阿妈陪伴我走完的朝圣路! 没有她老人家一生的操劳，哪有我的今天?"

"你干吗不想想你的明天呢?"

洛桑丹增喇嘛啜泣道："尊敬的上师，不是我要悲伤，而是悲伤像江水一般淹没了我。狼群拖走的不是别的什么，是我的母亲……"

"呵，好的去处啊。法子，你的母亲现在在森林里，在山冈上，在悬崖边，在黑黢黢的山洞里，她已经去到了从来没有去过的地方。"

洛桑丹增喇嘛抱紧了怀里的口袋，两眼的火光已经要把一座山冈点燃了。"难道这就是我的上师要说的话吗? 难道上师的悲悯之心，就不能施舍给一个苦命的母亲吗?"

"法子，我最近在教授你什么样的佛法呢?"上师反问道。

"六味一平等法。"洛桑丹增喇嘛抹了一把眼泪，恨恨地说，"可就是为了在山洞里修炼这个法，我的阿妈才被狼拖走了。"

"是哪六味啊? 告诉我，法子。"上师用拐杖敲着喇嘛的头说。

"苦、乐、生、死、怨、亲六味，观修它们都是平等的，是不存在和空的。我们要像看待自己的亲兄弟一样，看待这人生六味。这是你的教法，上师。"

"那么，面对生和死，你做到真正平等地对待吗？不知死，安知生；不懂平等，安悟空性；不悟空性，又怎能修得即身成佛的正果？"上师的声音越来越高、越来越严厉起来。

喇嘛内心里的悲伤就像漏斗里的水，倏然漏光了，内心一片大空，眼前透彻如水。悲伤、亲情、爱憎的重担是最不容易卸下来的，谁能把它们从心头真正地放下，谁就好比放弃一袋金币。

洛桑丹增喇嘛把怀里的口袋放到地上，平静地把一把土撒了上去，然后又一把，再一把。

"你要干什么？"上师问。

"我要把母亲的骨头葬在这里。我怕对母亲的爱，影响我在山洞里的观修。"喇嘛说。

上师喝道："不，你错了。"他从怀里拿出一块烤肉，递到喇嘛的鼻子前，"闻到这肉的香味了吗？"

洛桑丹增喇嘛当然闻到了，烤肉的香味引得他的胃一阵阵痉挛。他这才想起自己已经三天三夜滴水未进，粒米未沾了。

"感到饿吗？"上师问。

"是的，上师，我很饿。"

"香味能解你的饿吗？"

"不能，上师。它只能让我更饿。"

"这就对了，法子。吃才能解饿。学法也是如此，光背经书、光听和讲，都只是像这肉的香味。要证悟空性，修心是第一步，实修是第二步啊。实修才是密宗大法的根本。带上这苦难而美丽的尸骨，跟我走。"

"上师，我们要去哪里？"

"回到你的山洞。白天闭关静坐，晚上把你母亲的骨头当枕头吧，苦难是学法的人最大的加持，亲人的尸骨是最好的修持对象。哪天能安然入睡了，哪天再出来。"

忘记悲痛就像忘记爱一样，都是一件不容易的事情。闭关三个月后，洛桑丹增喇嘛再次自己推开了堵在山洞口的石块，神色安详地走出来了。阿妈央金的骨头也已经安宁下来，再不会在羊皮口袋里动来动去，忙忙碌碌。现在喇嘛把那口袋系在自己的腰上，就像系了一小口袋糌粑面。这捧骨头一生都没有离开过洛桑丹增喇嘛的身体，就像其他人的身上都有护身符一样，母亲的尸骨成了洛桑丹增喇嘛最贴身的修持法器。

喇嘛立在山洞外的高处，太阳刚刚从远处的山峦上冉冉升起，他看见大地上的氤氲，像他的心一样的轻灵；他还看见大地的悲悯，自远古以来都无声无形，无言无歌；千百年来苦难在大地上并没有留下什么痕迹，千万人的悲苦与富贵，仇怨与欢乐，早已在大地上消失得无影无踪。死亡与新生，轮回与转世，不过是一片苦海。这是人们产生一切苦难的根源，人用双手和双脚无论如何也涉不过去，只有用佛法的力量，用修持佛法的心灵，才可超越。

仁钦上师可不理会洛桑丹增喇嘛那样深刻的感悟，他斜躺在自己山洞外的破木榻上，似乎还在修持他的"凝视蓝天法"。上师问："法子，你睡得好吗？"

洛桑丹增喇嘛从容地回答道："我睡得很香，尊敬的上师。我的母亲给了我无上的加持，我解脱了一种烦恼啦。"

上师仰望着天空，喃喃地说："世上没有比解脱烦恼更难的事啦。明天下山去，你将亲眼看到大悲观世音菩萨。"

尽管洛桑丹增喇嘛对自己是否能如愿见到观世音菩萨心存狐疑，但是上师的话就是法，就是经典。那是一个风雪弥漫的早晨，洛桑丹增喇嘛腰挂阿妈央金的尸骨，独自下山去了。这时他才想起，自跟着上师苦修以来，他已经有六个寒暑没有下过山了。他背诵了那样多的经书，接受了上师无数次的灌顶和加持，学习了无上瑜伽的真正密法，掌握了许多神通法力。如果为了利益众生，显示佛法的力量，他可以赤裸上身端坐在雪地上三天三夜，也可以结跏趺坐腾身而起，离地三尺，他还可以在雪山下的湖泊里信步凌波，并在水面上留下自己的脚印，连波浪都不能将它们打散，就像当年他的上师在拉萨河上所显示的神迹一样；他甚至还在上师的指导下雕刻了一尊会说话的石佛像，并与之对话。那尊佛像多年以后还供在山上，只是除了洛桑丹增喇嘛，再没有人能与它说话。但是所有这些神通，都不是一个学法者生命中的头等大事，都不足以和亲眼见到一尊佛菩萨的真身更开悟人的佛性啊。

时值隆冬季节，凛冽的北风刀子一般地割在人的身上，雪花吹在人脸上会感觉到它们的重量，可是喇嘛身上却热气蒸腾。不是因为他走得太急，也不是由于他已经掌握了"拙火定"的法门，而是他的内心像火一样地在燃烧。一个凡人要去见梦中的情人时，会有这样炽热的激情；而一个喇嘛要去见日夜观修都不得见的佛菩萨时，便会令自己的每一个毛孔里散发的滚滚热量，融化满天飞舞的大雪。

道路上的积雪很厚，连野兽的足迹都见不到。想必在这样恶劣的天气里，凡是活着的动物都不会贸然出来了。难道佛菩萨只有在白茫茫的雪地上才会显现吗？洛桑丹增喇嘛想。

在一棵枯树前，他突然听到几声呜咽，像一个老人的哭泣。洛桑丹增喇嘛抬眼一望，哦，是一只狼俯趴在雪地上。它的身上堆满了雪，使它看上去有些臃肿，尽管它的毛已经快脱光了。当它看见洛桑丹增喇嘛时，这家伙努力地想跃起来，但它的后半身却死死地拖在地上。原来它的两只后腿已经腐烂冻僵了。

佛祖啊，这不是吃掉了阿妈央金的那只瘸狼吗？洛桑丹增喇嘛的怒火一下冲到头顶，你也有今天的果报呀。真是在因果大法里，即便是一只凶恶阴险的狼，也在劫难逃啊。

这只曾经被阿妈央金叫作尕布的瘸狼已经被狼群抛弃了，它在等死。当它看见洛桑丹增喇嘛走来时，求生的欲望驱使着它本能做出扑咬的动作。可洛桑丹增喇嘛就站在离它一尺远的地方，它也只能无望地咬咬飘飞的雪花了。喇嘛审视着这垂死挣扎的瘸狼，感受到腰间阿妈央金的尸骨又开始躁动不安起来，似乎那些被这瘸狼撕咬过的骨头要伸出来，击打这背信弃义的禽兽。喇嘛对她说："阿妈，我看见你的仇敌的下场了，它正受着地狱般的煎熬哩。"

洛桑丹增喇嘛耳边忽然响起仁钦上师的一声断喝：要爱你的仇敌！喇嘛一激灵，内心深处的慈悲顿时被唤醒了。我还算是一个在修法的人呢。纵然它曾经吃了我的阿妈，但在这罪恶深重的狼面前，我不能丧失一个修行者的戒律和悲悯。

喇嘛蹲在瘸狼的面前，将口袋里的一个糌粑团递给它，说："吃吧。我的阿妈曾这样喂过你，那是因为她的眼睛瞎了，错把你当成我们家的一条狗；我现在救你的命，是因为我要做一个慈悲的人。"

但是瘸狼嗅嗅喇嘛手中的糌粑，并没有吃。它的头忽然昂起来，一口咬住了洛桑丹增喇嘛的手腕，鲜血立即淌出来了。

"啊！"洛桑丹增喇嘛痛得大叫一声，"你……你你你……你这忘恩负义的畜生！难道是佛祖让你来考验我的悲心够不够吗？你想咬就咬吧。"

但是那头老瘸狼已经没有力气把一块肉从人身上撕下来了。它咬着喇嘛的手甩来甩去，搞得洁白的雪地上一片洇红。

喇嘛的手腕仿佛不是被衔在狼嘴里，而是被一个人握住，在缓缓地摇晃。因为那被咬住手腕的人，非但没有一点反抗，反而抽出了身上的刀子，说：

"来，让我来帮你吧。你可真是老得连牙齿都不好使了。"

他割下了手臂上一块肉，把它喂进瘸狼嘴里。奇怪的是肉割下来后，手上并没有淌多少血。

瘸狼一口一口地将那肉慢慢咽下去，它几乎连咀嚼的能力都丧失了。洛桑丹增喇嘛看见瘸狼腐烂冻僵的两条后腿，它回不到自己的窝了。喇嘛的悲悯之心再次生起。他跪在雪地上，将那代表着狼的阴险、狡诈、凶残的后腿拥入怀里……

神奇的一幕出现了。天地忽然一片光明，雪花不再飞舞，北风不再凛冽，天空中飘着吉祥的檀香味。洛桑丹增喇嘛惊讶地发现不是自己在温暖快冻僵的瘸狼，而是大悲观世音菩萨在恩赐他千载难逢的佛缘！菩萨就像平时在黑暗的山洞里观想的一样，悬浮在半空中，在他的身后有万道金光，有花雨飘洒，有彩虹飞架。菩萨的一千只手伸到宇宙的各个角落，为一切苦难的众生提供帮助；一千只眼用悲悯的目光观照着天上和地下的所有苦难。

"终于看到你了！我心中的菩萨。为什么我现在才看到呢？"洛桑丹增喇嘛激动得跪伏在地，语无伦次。

大悲观世音菩萨慈祥地说："那是因为你的业障让你看不到我。其实我一直在你身边，在众生的身边。一个凡夫俗子，修行到你这个份儿上，具备了真正的慈悲心，都可以看见我的啊。"

"令人敬仰的观世音菩萨啊，那只瘸狼一直就是你的化身吗？"

"过去不是。今天不过是为了让你证悟佛性而已。善待你的悲心吧。"

倏然间，大悲观世音菩萨不见了，喇嘛的眼前仍然只有飘飞的雪花，还有那头苟延残喘的瘸狼。一千只手和一千只眼仿佛在一瞬间已融化在风雪中。洛桑丹增喇嘛在雪地上到处追寻呼喊，从山冈跑到山涧，又从山涧跑回山冈。可是哪里有菩萨的身影？

他重新跪在那头瘸狼的面前，对它说："好吧。既然观世音菩萨说有业障的人看不到他的真身，那就让我们去试一试吧。"

他把瘸狼扛在肩头上，向山下跑去。不多会儿就到了一个村庄，正碰见两个牧人把雪地上的牛羊往家里的牛圈赶。洛桑丹增喇嘛拦住他们问："尊敬的施主，看见我肩上的一只狼了吗？"

两个牧人都用诧异的眼光看着他，其中一个没好气地说："狼如果爬上了你的肩头，还有你活的吗？真是的。"

那另一个说："又是一个疯狂瑜伽士。看看他的脸吧，绿得像夏天的草坡。"

他们兀自干自己的活儿去了。喇嘛又往村庄里走，这次碰见一个在白塔前转经的老阿妈。在这样的风雪天还不忘转经，她一生的业障也该消除得差不多了。因此当喇嘛问她看见他肩头有什么时，那个老人家摇着手里的转经筒，眯着眼睛看了半天才说：

"你这个有大慈悲心的人啊，怎么把一只瘸狼放在自己的肩头上呢。它曾经咬死了一个和我这样年纪大的人。愿你的慈悲能让这牲畜看到自己的罪孽。"

洛桑丹增喇嘛终于明白了，有些事情有的人看不见，是因为他们的业障阻碍了他们清洁纯净的心。佛菩萨是不能仅用眼睛去看的，需要用一颗深邃宽广如天空般透明、纯洁飘逸如雪花般轻灵的悲心去看他。

第九章

33 快 枪

炊烟随着大不列颠帝国的米字旗一同在山谷里飘拂。这是一条宁静的狭长河谷，一条清亮的小河从谷中若有若无地穿过，有时它被河两岸茂盛的树木青草遮蔽了，有时是被散落在草地上的牛羊覆盖。在河谷的左侧有一片森林，森林的前面是一排在阳光下白得耀眼的房子，琼斯太太坐在房前宽敞的走廊前，正读着弗朗西斯·荣赫鹏男爵①征服拉萨的回忆录。进军拉萨的远征军行进到一个叫古鲁的地方，西藏军队在一位将军的率领下进行了无望的阻挡。之所以说是无望的，是因为那些手持中世纪时期的大刀和火绳枪的藏兵在马克西姆机枪前实在不堪一击，那场战斗甚至连抵抗都谈不上。以至于远征军的军官们在激战后纷纷感到"羞愧和恶心"，连荣赫鹏上校也对战场上那些视死如归、被杀得尸横遍野的藏族人"深为震惊"。

琼斯太太现在已难以想象当年的战争，她对藏族人在紧要关头却老是打不着火的火绳枪深感遗憾。她曾问过她的一个忠实的藏族老仆人，你们为什么不喜欢我们西方的快枪呢？

这个被人称为没鼻子的基米的仆人告诉她说，我们有快枪，可要是由于魔鬼作祟，藏族人的火镰石就打不出火来。山崖上跑得再快的

---

① 荣赫鹏男爵，1904年率领英国远征军入侵拉萨的指挥官。

岩羊，从来都没有猎手的枪快。只是我们藏族人更偏爱战马和宝刀，如果英国人不用枪和大炮的话，你们永远过不了喜马拉雅山。

琼斯太太相信这一点。荣赫鹏男爵在书中曾经写道，一个远征队的廓尔喀兵在和藏兵搏斗时，藏兵挥刀劈来，廓尔喀士兵忙用手中的梅特福特枪去挡，那藏兵的刀不但斩断了梅特福特枪，还把那可怜的廓尔喀士兵的半个身子劈下来了。

外面的阳光很柔和，正是黄昏时分，那个叫没鼻子的基米的仆人给琼斯太太送来一杯咖啡，垂手恭顺地站立在一旁。琼斯太太问："琼斯先生该回来了吧？"

没鼻子的基米说："夫人，昨晚我又做了一个很吉祥的梦，一头六只角的鹿跑到我的梦里来了。"

"这说明什么呢？"琼斯太太问。她知道藏族人总喜欢把梦和现实混为一谈。

"有老朋友要来了。"

"啊，一定是克莱尔伯爵夫人要来了。"琼斯太太欢呼道。因为昨天的电报说，伯爵夫人和一个探险小组近期将至。

"不，夫人。"没鼻子的基米眼睛眺望着山谷远方的雪山，用深厚的鼻音说，"是我的朋友要到了。"

琼斯太太抬头看看自己的仆人，不明白他的眼眶里为什么会有闪烁的泪花。

两年前，当琼斯先生把没鼻子的基米带进家时，他看上去就像一个马戏团的小丑。琼斯先生目前为东印度公司服务，是这个位于西藏和尼泊尔接壤的边境小镇上的商务经理，同时兼管着一部重要的电台。这里每年都有不少欧洲的探险者、信使、学者往来，因此琼斯夫妇并不寂寞。再说山谷里景色宜人，气候还算温和，欧洲绝无如此纯净的天空和宁静如远古的森林与草地。一天，外出打猎的琼斯先生背进来一个浑身是血的藏族人，他说是这个从森林里冒出来的家伙救了他的命。当时他正被一头受了伤的狗熊追赶，他打伤了它，但是却没有将狗熊击倒。狗熊扑了过来，琼斯先生已经来不及给自己的双筒猎枪再装弹。这时一个身影挡在了他的前面，引着狗熊往一条山涧奔去。和琼斯先生一同外出去打猎的植物学家波尔博士证实，如果没有这个富有同情心和勇敢精神的小个子藏族人的话，琼斯太太大概就要守寡了。

他们后来在一道悬崖上找到了挂在树枝上的没鼻子的基米，那时他们甚至也以为他是一头大猩猩呢，他丑陋怪异的相貌实在令第一眼看见他的人目光散乱，于心不忍。琼斯夫妇收留了没鼻子的基米，让他做了一名比较清闲的仆人。琼斯太太还记得，当他们问他为什么要为琼斯先生舍身挡在狗熊的前面时，这个家伙答非所问地回答："你的枪太好了。"

琼斯先生说过，别小看了这个侏儒一样的家伙，他是一个有野心的藏族人，和拿破仑一样。

天黑前除了琼斯先生回家以外，并没有客人到来。琼斯夫妇发现自己的仆人在火炉边烦躁不安，就像一个发高烧的病人。那一个晚上他几乎没有睡觉，在房子外皎洁的月光下走来走去。第二天早晨琼斯夫人出门时，发现没鼻子的基米正在收拾行囊，仆人请安道：

"夫人，早安。"然后又用肯定的口吻对夫人说，"我要到雪山上去找我的朋友。"

"一个很重要的朋友吗？"琼斯夫人问。

"像我的亲生儿子一样。"没鼻子的基米答道。

"你怎么知道他在雪山上呢?"夫人又问。

"神灵告诉我了。"

"在梦里?"

"不,在我的耳边。我已经听到了他的脚步,我再不去,他会死在雪山上的。"

琼斯夫人耸耸肩,再次表示她对藏族人的不可理喻。这样的事情自从没鼻子的基米来了后,她遇到的太多啦。就像他曾经告诉琼斯夫妇说,他儿子的一副尸骨可以到处行走,还能骑在马背上,被人视为不屈的英雄。琼斯先生当时哈哈大笑,把这故事视为在欧洲中世纪才能听得到的传说。还有一次这个家伙坚持说跳到屋子里来的一只青蛙是他的一个叔叔的转世,他把它小心地供在一只瓦罐里,每天捉来小虫子喂它,还对那青蛙说了许多思念家乡的话,然后向琼斯夫妇转达他家乡的种种消息。我叔叔说,洪水冲毁了二十多顷庄稼地;我叔叔说,一个活佛来到了家乡,为一座新建的白塔装藏;我叔叔说,拉姆家的姑娘出嫁了,拉姆是我的一个远房表姐,差一点就做了我的老婆,她的姑娘一定跟她妈妈一样漂亮。每当没鼻子的基米将耳朵凑到瓦罐口,在琼斯夫妇面前转述一只青蛙的话语时,他们除了耸肩,真的无话可说。

因此琼斯夫人准了他的假,目送着他矮小的身影消失在山谷的尽头。她不明白当年大英帝国政府为什么要和这样一个善良温和的民族刀兵相见。当然,如果没有荣赫鹏男爵的远征军,她和自己的夫君就不会到这仿佛是世界尽头的地方供职了。不过听说共产党的军队就要进军西藏了,谁知道他们能在这里待多久呢?

没鼻子的基米才没有琼斯夫人想得那样多。他的脑子里只有达波多杰，那把宝刀的光芒昨天晚上已经借着月光在他的眼前闪耀了，因为他昨晚看见月亮泛出一阵阵青光，和他的宝刀出鞘时映射人眼珠的青色光芒一致。还有达波多杰的叹息回荡在远方的雪山上，那是一个落魄者灰心绝望的感伤，没鼻子的基米听得十分真切。一个男人在成为真正的英雄之前，总会有挫折和沮丧；就像一个孩子在成长当中，难免会撒撒娇一样。

　　尽管没鼻子的基米可以想象达波多杰的窘境，但是他却没有想到他们见面是一个如此令人失望的场面。他先是听到了宝马贝珠的嘶鸣，这通灵性的良驹，一听到没鼻子的基米的脚步声，就激动得前蹄不断地紧刨地面，可是它被拴在一棵树上，而它的主人，此刻还宿醉在一块岩石下没有醒哩。他看上去就像一个被巨大的失败彻底击垮的男人，曾经拥有的信心、勇气和骄傲像摔碎的瓷器散落一地，仿佛身上的每一寸骨头都是断的，每一块肌肉都是瘫的。

　　"嘿，你不想找一个温暖的火塘吗?"没鼻子的基米用脚踢了踢地上的达波多杰，尽量想使自己的语调俏皮轻松。

　　达波多杰微微睁开眼，一下把头上的破毡帽拉下来盖住了自己的脸。没鼻子的基米看到，眼泪从那个往昔骄傲的少爷满脸浓密的胡子上淌下来了。

　　"起来走吧，被眼泪淹死的英雄是最冤枉的。"

　　"英雄早成一副尸骨了，这个时代再没有英雄啦。"他终于说话了，那声音就像从地上的枯枝败叶中飘起来的一样，透着一股陈腐味。

　　"你错了，这正是一个出英雄的时代!"没鼻子的基米大喝一声，然后又轻声而神秘地说，"达波多杰，我们就要和红汉人打仗了。"

"什么红汉人，难道汉人是分颜色的吗?"并不是汉人的颜色让达波多杰睁大了眼睛，而是打仗让他来了点精神。

"我也不知道他们为什么叫红汉人，是琼斯老爷告诉我的。"

"谁是琼斯老爷?"

"一个英国大鼻子洋人，我跟他当仆人已经两年了。"

达波多杰勃然大怒起来:"基米啊基米，我一直把你当我的父亲看。可你这个闻名雪域的刀相师，有骨气和血性的老家伙，为什么要给大鼻子英国人当奴仆呢。难道你不知道当年就是他们肮脏的靴子踏进了圣城拉萨吗?"

"呵! 呵呵，你落在地上的骄傲和信心终于找回来些啦。"没鼻子的基米用右手捂着自己的胸口说，"感谢佛祖! 我尊贵的达波多杰老爷，你的英雄心还没有彻底死亡。"

"那你离开那个什么琼斯老爷，跟你的达波多杰老爷走吧。"

"可是他们有你想要的快枪。不用点火绳，一次可以打出去两发子弹。一把真正的好枪啊。"

"你说什么?"达波多杰从地上腾地跳了起来，曾经断了的骨头和瘫了的肌肉仿佛一瞬间都痊愈了。

"你的宝刀还在，良马也正渴望着在草原上驰骋，一个英雄要找的'藏三宝'就差一把名副其实的快枪了。我为什么要去给我们藏族人的敌人当一名奴仆啊，都是为了你的梦想啊达波多杰老爷。"没鼻子的基米眼泪掉下来了。

"唉，你这缔造英雄的老父亲!"达波多杰喟然长叹，"你在等待另一副尸骨。"

"不是尸骨，是一个真正的英雄。"没鼻子的基米肯定地说。

"管他是什么呢，英雄的尸骨总比凡夫俗子的坚硬一些。"达波多杰走向了自己的宝马，"走吧，贝珠，我们的梦就要实现了。"

当琼斯夫人在房前的走廊里看到他们打马并行在河谷的草甸上时，感觉他们就像两父子。那年轻人的马一路小跑到走廊前时，琼斯夫人的眼睛忽然明亮起来。她随丈夫来西藏已经三年多了，还从来没有看到过如此挺拔骄傲的藏族人，也从没有见到过如此漂亮强健的骏马。他虽然满脸胡须，状如野人，但眼睛里的光芒却像乱草丛中的宝石，发出熠熠璀璨逼人的光芒；他身上堆积的风尘，丝毫不能掩盖他内心深处的活力和渴望，她从他跳下马的动作上看出了这个年轻人的矫健和优雅气质。没鼻子的基米把达波多杰介绍给自己的主人时说：

"夫人，这个年轻人是西藏最有勇气的藏族人，因为他心中有英雄的梦想。"

"噢，欢迎啊！"琼斯夫人站起来走下前廊，将自己的手伸了出去，"我总算看见一个有英雄梦的西藏人啦。"

达波多杰回答道："夫人，西藏的英雄很多，只是你们不知道我们藏人的梦。"

"看到你们的现实，就可以想象你们的梦境。来，我的英雄，这边请。"琼斯夫人喜欢上了这个气度不凡的年轻人。

他们受到了琼斯夫妇的热忱欢迎，尽管达波多杰老是用傲慢而略带敌意的眼光来看这幢房子里的主人，但是琼斯夫妇并没有察觉，因为他们不知道一个藏人的眼睛里深藏不露的诸多情感，就像他们永远也不知道一座白塔里装藏有多少丰富的宝贝一样。晚上在火炉边，达波多杰给他们讲了跟随流浪的巴桑部落寻找故乡的幻火，讲了雪山那边经历野蛮人砍活人祭祀的巫术，讲了老管家益西次仁的死。不要说琼斯夫妇，就是没鼻子的基米也听得目瞪口呆。不过达波多杰有一点没有讲透，就是他渴望从琼斯夫妇那里得到一支快枪。因为在来的路上没鼻子的基米就告诫过他了，这事儿急不得，琼斯先生也是一个爱枪如命的家伙，出门必带枪。因为他们没有好枪的话，在这里一天也待不下去。我们得想点别的办法，枪才能到手。

别的办法是什么，没鼻子的基米也没有想好。他认为琼斯夫妇也是心地善良的人，他为他们做仆人两年了，每当他们要给他算工钱时，没鼻子的基米总是说，我在这里有吃有住，要钱也没有用。等我要离开你们时，再说吧。先生和夫人认为该给我点什么留个纪念，赏我一点就是啦。琼斯夫妇曾经大为感动，认为他们遇到了心肠最好的藏族人，其实他们不知道这个忠厚勤恳的老仆人的心思全在另外一个方面呢。

琼斯夫妇虽然收留了达波多杰，但也把他当一个仆人看。他们养得有五匹马和一群奶牛。琼斯夫人每天都要喝新鲜的牦牛奶。天一亮就要给牦牛挤奶的活儿是没鼻子的基米做。达波多杰来后第三天，琼斯夫人就交代他说，以后放牧的活儿和挤奶的事就你来做吧，我们会付给你报酬的。可是当那天早晨达波多杰独自站到牦牛面前时，他才想起自己的一生中虽然喝的牦牛奶和酒一样多，吃的奶酪也和糌粑一样多，他却没有挤过一次奶。在清晨凛冽的寒风中他用自己的手捏住了牦牛的乳头，又搓又揉又拍打，但却没有一滴奶滴出来，而牦牛却被他搞得烦躁不安，险些要蹦出牛圈。这时没鼻子的基米站在了他的身后。

"奶牛还没有睡醒？"

"奶……奶冻住了。"达波多杰狼狈地说。

"嘀，小时候你妈妈的奶冻在奶子里过吗？"没鼻子的基米打趣地说。

达波多杰一抬身，将没鼻子的基米掀翻在地，压在冻硬的地上。达波多杰压低声音喝道："你这个老基米，别以为给了我一碗饭吃，就可以跟我这样说话！"

没鼻子的基米连忙说："是啰是啰。尊贵的老爷，你就是讨饭了，也有一个老爷的骄傲。"

达波多杰松开了手，长叹一声："老爷真的到了讨饭的那一天啦。"

没鼻子的基米爬起来说："这样的事情多了，你还不算最走背运的。那些出家修行的喇嘛，还要专门修持一种叫作'忍辱法'的密法，学会了后便能忍受人间的一切羞辱和苦难。看着点老爷，这活儿可跟摸姑娘们的乳头不一样。"

几个月下来，以达波多杰的聪明，他便学会了挤奶，学会了劈柴，学会了放牧，学会了如何为琼斯夫妇煮咖啡，烤面包，以及学会了如何做得像一个恭顺卑微的仆人那样，给主人请安，随时听候吩咐。他令人惊讶地很快就掌握了英语的一些日常会话，当他垂下眼帘低声说"是，先生""是的，夫人"时，他胸膛里有一万匹战马在奔腾，有一万把战刀在搏杀，还有一把锃亮的好枪在猛烈地吐着愤怒的火舌。

可是在琼斯夫人看来，这个长相俊朗的年轻人完全堪称维多利亚女王时代宫廷里的一流侍从，尽职尽责，优雅从容，举止得体，像一个子爵一样地让所有的贵妇人们倾倒。琼斯夫人甚至私下里跟琼斯先生商量，如果红汉人真的来到了这个地方，他们不得不回英国的话，她建议琼斯先生把老的留下，将年轻人带走。

"就像弗朗索瓦·巴布让^①将一个叫阿德酋的藏族人带到欧洲，引起巨大的轰动一样，他会在我们的社交圈子里为你赢得荣耀的。"她对琼斯先生说。

可是共产党的军队进入西藏的消息让琼斯夫人的设想落了空。那天琼斯先生手里抓住一张长长的电文冲进家里来，气喘吁吁地对夫人说："他们真的来了！"

"到哪里了？"琼斯夫人镇静地问。

"电报上说，共产党的军队在藏东地区的金沙江刚和西藏军队打了一仗。"

"谁是胜利者呢？"

"当然是汉人了，拉萨和北京马上就要签署和平协定。"

"噢，看来我们该收拾行装了，亲爱的。"琼斯夫人沮丧地说，然后又嘀咕道，"真不明白，英国政府在干什么呢？"

"他们么，"琼斯先生撇了撇嘴，"唐宁街的那帮白痴还在喝着咖啡辩论呢。"

"红汉人会不会跟我们一样，签署了协议就撤军？"琼斯夫人心存幻想地问。

"这怎么可能？中国政府从来都认为西藏是他们的。他们在这里驻扎军队已经有好几百年的历史了。"

"尊敬的琼斯先生，尊敬的夫人，我想我们该结算工钱了。"琼斯夫妇没有料到没鼻子的基米已经悄无声息地站在书房的门口。显然刚

---

① 法国探险家，旅行家，法国《地理社会》记者，1905年到滇藏一带及澜沧江（湄公河）流域探险旅行，著有多部在这些地域所写的旅行见闻。

才他什么都听到了。

"当然，"琼斯先生有些不高兴，他不喜欢被人偷听，"我相信我们在离开之前，一定会付给你们应得的工钱。所有的，一文不会少。"

"先生，夫人，不是少不少的问题。而是从仁慈的先生夫人那里得到的赏赐，我们喜欢不喜欢的事儿啊。"

他跟随琼斯夫妇快三年了，他们从来没有听到过没鼻子的基米用这样的口气说话。难道下等人一听到红汉人三个字，说话的语气都会发生变化吗？

"那么，你们会喜欢什么呢？"琼斯夫人看出了丈夫脸上的不高兴，便接过话来说。这时她还看见达波多杰也站在了没鼻子的基米身后，他的眼睛里流淌出渴望的光芒。

"琼斯先生的枪。"达波多杰抢先说。

琼斯先生用嘲笑的眼光看着他面前的两个藏族人，"噢，一把猎枪值多少钱呢，刚够你们一个月的工钱。"

"我们为你当仆人，就是为了这把快枪啊，琼斯先生。"没鼻子的基米说着竟然淌出了眼泪。

琼斯先生想起来了，当年问他为什么要救自己时，他只赞赏过自己的猎枪。藏族人的脑袋瓜里究竟在想些什么问题，琼斯先生觉得自己永远弄不明白。他点燃了自己的烟斗，问："请告诉我，你们要枪干什么？"

没鼻子的基米反问道："要打仗了？"

"是的。"

"那么，我们的英雄就要出现了。"

"会是谁呢？"琼斯先生对这个回答充满了好奇。

"他。"没鼻子的基米把达波多杰推到前面,"琼斯先生,琼斯夫人,请看看这个孩子,这个贵族骄傲的后代,这个一心想要拥有英雄名誉和勇气的年轻人,为了自己的英雄梦,为了找到一个藏族人心中梦寐以求的'藏三宝'——快刀、快马和快枪,他已经外出流浪十多年了。现在他的身边,就差琼斯先生的快枪了。如果你愿意用这把枪结算成我们这三年来的工钱的话,你不但付清了我们所有的报酬,还成就了一个男人的英雄梦想。求求你啦,尊敬的琼斯先生。"

琼斯先生大为感动,但是他丝毫没有将心中的情绪流露出来。多年的经商岁月让他就是签了一大宗买卖,脸上也会波澜不兴。他在屋子里踱了两圈,凑近到没鼻子的基米脸前,厉声说:

"你武装他,这个可爱的年轻人,就是为了把他推向和红汉人打仗的战场吗?"

"一个英雄只会产生在战场上。"没鼻子的基米干脆利落地回答。

"你是他什么人,父亲吗?"

"不是。我再轮回三世,也不会有他那么高贵的血统。"

"那你有什么权力让他去送死?"

"不是去送死,而是送他坐到英雄的位置上。我已经送了两个儿子走这条路。一个失败了,变成一只鸟飞走;一个成功了,却成了一副尸骨。"

琼斯夫人插话进来说:"你愿意吗,年轻人?"

"我期待这一天已经很久了,夫人。"达波多杰平静地说。

琼斯夫人又问:"你不认为这是一个错误的选择吗?"

"夫人,对于我们藏族人来说,选择了,就没有错。神灵早就安排好了一切。"达波多杰说。

"唉，为什么你们非要看上我的这把猎枪呢?"琼斯先生哀叹道，"那可是我的老父亲在我出门时送给我的礼物。"

达波多杰回答道:"因为它是一把真正的快枪。"

"你错了，年轻人。"琼斯先生说，"这不是打仗时用的枪啊。你们藏族人真不知道在这个世界上，已经打了两次世界大战了吗? 比这厉害的杀人武器多啦。有一种叫原子弹的东西，'咣'的一声，几十万人的生命就被夺走了。"

"我知道，那是魔鬼的凶器。我们的经书上说起过。"没鼻子的基米不以为然地说，似乎从未听说过的原子弹不过是某个熟悉的魔鬼。

"你们的经书提到过原子弹……"琼斯先生一时显得有些惊讶，但他马上反应过来了，和一个藏族人交谈，你得时常分清他们话语中的神话传说和现实之间的巨大鸿沟。他们在神灵的世界里浪漫地遨游，而你不得不随时将他们拉回来。因此他很现实地说:

"如果你愿意去和红汉人打仗，在边境那边有一些号称是非政府的组织，正在武装你们藏族人，要什么样的枪都有。不过，为了表达我对你们的敬意，我决定将我父亲的礼物送给你们。还有，请允许我向两位令人尊敬的骑士介绍，如果你们认为子弹击发得快的枪就是好枪的话，我这里还有一把德国造的卡宾枪，一扣扳机，便可以打出几十发子弹。那才是你们看到的真正的快枪啊。"

"你这是在把他们推向战场!"琼斯夫人抗议道，"他们应该回到牧场上去，过自己浪漫的生活，而不是去和红汉人打仗。他们不是红汉人的对手，这是不公平的。你不明白吗，亲爱的?"

"这绝对公平，尊敬的夫人。"没鼻子的基米接过话来说，"当我儿子的尸骨被独角龙挑在头上到处游走的时候，没有哪个藏族人认为这不公平。"

琼斯先生以赞许的口吻对夫人说:"这是真正的骑士精神。亲爱的,难道不是吗?"

琼斯先生才不管什么公平不公平呢,他像境外的那些非政府组织一样,希望藏族人和汉族人尽早打起来,这样他们或许还有在这里发展下去的空间。他也欣赏这两个藏族人的勇敢。他们平常看上去温顺善良,富有信仰,连对一只小虫也充满仁慈。可是他们却有一颗英雄的心。

几天以后,琼斯先生在他的一帮朋友的帮助下,为达波多杰驮来了大批的武器,甚至还有一挺机枪,那几乎可以装备一个战斗班了。他们教会了他如何使用卡宾枪,如何在现代战争中合理地保护自己,有效地杀伤敌人。可是达波多杰对那些战术理论不以为然,更对其他的武器也不感兴趣。他只挑了那把德国造的卡宾枪,没鼻子的基米将琼斯先生的双筒猎枪背了肩上,他是个固执的人,从看见这把猎枪一枪将老熊打倒以后,他就为它梦魂牵绕了。

达波多杰装备完毕,没鼻子的基米为他牵来了宝马贝珠,他蹲下身去,头几乎磕在了地上,泪流满面地说:

"老爷,上马吧,你现在已经找齐了'藏三宝'啦,只差踩在我这不中用的老家伙背上的一步了。从这把老骨头身上跨上你的宝马,你就可以去实现自己的梦想了。"

达波多杰好久没有踩在仆人背上上下过马了,过去在澜沧江峡谷当老爷的时候,这是再自然不过的事情。出来后身边多数时候只有老管家益西次仁,他也不忍心踩着他的背上马。现在他忽然有些明白,踩在人的身上跨上战马,是一个贵族找回自己的骄傲和自信的第一步。

这一步要么走向辉煌，要么走向死亡。达波多杰想。

两人两骑在河谷里飞奔起来，渐渐消失在远方。琼斯先生以欣赏的眼光看着在这大地上驰骋的勇士，而琼斯夫人却用忧心忡忡的口吻说：

"也许，他们要去实现的，不过是一个童年时期的梦想而已。"

琼斯先生摘下嘴边的烟斗："在我们看来，迄今为止，他们就是一个生活在童话中的民族。"

琼斯夫人在胸前画了个十字："愿圣母玛利亚的仁慈护佑他们，再不要发生古鲁那样的悲剧。"

34 还 乡

"澜沧江峡谷里曾经有个叫阿措的赶马人，结婚不到三个月就跟着马帮去拉萨。那一年，他才十八岁。"不知为什么，从达波多杰看到雄伟壮观的澜沧江峡谷时起，他就想起了这个久远的故事。

"老爷，你离开澜沧江峡谷时，也是十八岁。"没鼻子的基米跟在达波多杰的马后面接嘴道。他追随达波多杰来到澜沧江峡谷，只是为了见证自己一手缔造的英雄如何创造出辉煌的业绩。他现在是他的导师，父亲，管家，仆人，同时还兼养马人，刀相师，占卜师，历法推算师——他可以根据星相，准确地预测一个英雄横空出世的最佳时间。他对达波多杰的了解，甚于他自己的儿子。

"是的，我们都是不走运的家伙。"达波多杰骑在宝马贝珠背上，发现卡瓦格博雪山依旧高耸云天，澜沧江峡谷依然壮观险峻，而自己的心已经苍老了许多。当一个人触景生情，涌动出些许沧桑之感的时候，岁月已经在他的心里刻下道道伤痕了。

　　"阿措在回来的路上，遇到了土匪。"达波多杰望着高悬在天边的卡瓦格博雪山，自顾自地说，"他们把他掳到了一座不知名的雪山上，然后又被卖给一个土司当奴隶。这奴隶一当就是整整六十年。"

　　"六十年！啧啧，那要命大才可活那么久。"没鼻子的基米感叹道。

　　"不是命大，是命苦。"达波多杰说，"阿措回到峡谷时，满脸的皱纹已经像一张网一般地罩在他的脸上，他已经变了样子，曾经英武挺拔的身子成了一棵干枯的老树。峡谷已经没有一个人能认出他来，当年和他一起赶马的马脚子都不在人世了。他也找不到自己的家，因为在他走后不久的一场泥石流让一切都面目全非了。"

　　"没有比找不到家门的人更可怜的了。面对神山卡瓦格博，我祈求佛祖保佑天下所有的流浪汉都能回家。"没鼻子的基米想到自己和老爷达波多杰的身世，真诚地祈祷道。

　　达波多杰扭头看看这个忠厚的老仆人，幽幽地说："老基米，你还不明白么，有的人有家不能回，有的人回到了家却不被家人认识。那可怜的阿措在村子里像个幽魂一样地到处游走，最后胡乱摸进一户人家，看见一个老奶奶正坐在火塘边念经。阿措对那老奶奶说，仁慈的施主，我是一个找不到自己家的流浪汉，请布施一碗热茶吧。那老奶奶是个瞎子，可是看人间的事情却比阿措更明亮。她往里屋喊了声：多吉，你阿爸回来啦。还不快来打茶！阿措奇怪地问，你是谁啊？我怎么会在这里有儿子？瞎子老奶奶感叹道，阿措啊，你这趟马赶得可够长的啦！你的儿子都有孙子了。阿措更惊讶了，问，那我的央珍媳妇呢？"

"是啊，他的媳妇……那个叫央珍的女人呢？"没鼻子的基米急切地问。

"那个瞎子老奶奶平和地说，你的央珍媳妇等你把眼睛都等瞎了。你要是再不回家，你连我这个老瞎子都看不到啦。"

"哦呀，这个可怜的家伙老得连自己的媳妇都不认识了。"

"更可怜的是，"达波多杰眼睛里忽然有了泪光，"当时老阿措就像一屁股坐在了火上，惊得从火塘边跳了起来，痛哭流涕地大声叫嚷，不对啊，我媳妇央珍是一个才十七岁的像杜鹃花一样鲜嫩的姑娘啊！"

达波多杰一夹马肚，兀自跑了。没鼻子的基米感觉得到老爷的泪水一路抛洒在山道上。

"是啊，是啊。流浪异乡的人，家中的媳妇是不会老的。"没鼻子的基米感叹道，自己也眼睛酸酸的了。

达波多杰回到故乡后，倒没有老阿措那么倒霉，可是他却发现自己回到了一片由失望和背叛构成的沼泽地。首先，没有战争可打了。峡谷里已经和平解放，尽管头人的领地和寺庙的权威还得到充分的尊重。人们告诉他，红汉人就像一场春风之后的急风骤雨，眨眼间就把他们的红旗插遍了峡谷里的每一个村庄、每一座山冈。他们的军队一眼望不到头，在峡谷里的驿道上走了三天三夜，他们从这里向藏区的纵深进军。没有哪个带枪的人敢向这支军队挑战，更不用说他们留下一些人来，把那些黑头藏民叫到一起，教他们唱歌，分给他们吃的、穿的，做得比寺庙里的喇嘛们还要慈悲。那些一向贫穷得从来没有吃饱过饭的乞丐，那些终生都在为自己永远偿还不完的高利贷卖命的佃户，那些命中注定世代是奴隶的下人，都说红汉人是"菩萨兵"。

"你总不能和菩萨的军队打仗吧，老爷。"一个曾经是达波多杰的佃户对他说，"你连一个门户兵都找不到呢。"

不但找不到一个门户兵，他也像从前的老阿措那样，连自己的家门也找不到了。当年他负气出走的时候，和扎西平措说过要将澜沧江西岸的土地让给哥哥，他自己外出寻找快刀、快枪和良马，要为家族的荣耀争光，现在这三样宝贝到手了，他却发现自己一无所有。

曾经是达波多杰领地的澜沧江西岸，现在属于一个叫扎西顿珠的少年。据说他是哥哥扎西平措和嫂子贝珠的儿子，可他满头的鬈发、俊俏的面容，连一个瞎眼老婆婆都知道他的父亲到底是谁，更不用说由于他母亲的一段风流韵事，他不得不出生在地牢里。不过这些年澜沧江两岸真正的主子只有一个，那就是曾经风流成性、多情妖娆的女子贝珠。她的丈夫扎西平措早些年因为把灵魂抵押给了魔鬼，成为了他们的帮凶，有一天魔鬼们乘风而来，一把将他掠走。扎西平措只是迎着峡谷里神秘的风大大地打了一个喷嚏，就一头栽倒在地，再也没有爬起来。从那以后，贝珠才被从地牢里放出，那时扎西顿珠刚刚五岁。

五年多的地牢生涯让这个天生丽质的女人一点也没有销蚀掉往日的容颜，相反还令她更加美丽。那是一种历经苦难的美，冷酷无情的美，看破红尘的美，置人于死地的美。她的眼睛已经习惯了地牢里的黑暗，她的心也被残酷的现实染黑。当年扎西平措为了防备她像狐狸一样从地牢里溜走，连唯一的小窗口都叫人封死了。到她终于从地狱般的黑暗中熬出来时，她已经看不惯峡谷里春天杜鹃花的争奇斗艳，看不惯夏天草场上的青青芳草、百花盛开，看不惯秋天山梁上的姹紫嫣红，硕果累累，也看不惯冬天雪山上的洁白无瑕，冰清玉洁。一个姑娘要是不小心歌声高亢了点，马上就会被扇嘴巴，直到把心底里所有的歌儿都扇得血泪斑斑；一个小伙子爽朗的笑声被她听到了，如果他幸运，碰上女主人心情好的话，那快乐而倒霉的家伙最多短一截舌头，还不至于连命都不保。当然了，要是女主人的权力再大一点的话——只需一点点，就像指甲让手指变长得那么一点——她就可以让满山的花儿不再开放，让自由的牛羊不准交配，让澜沧江倒流，让雪山成为黑色的，让天下所有的爱情都不结果，让嘹亮的歌声和翩翩的舞步都在人间绝迹，让峡谷里的狐狸成为人间的主宰，还有，除了她的儿子扎西顿珠，她还想砍下天下所有鬈发男儿的头颅。

佛祖保佑，眼下她还做不到这一点，回到家乡的达波多杰也就保住了自己的脑袋。

一个女人的爱如果转化成了恨，那就是世界上比大海还要深的恨，比蛇蝎还要毒的恨。大海干枯了，这恨还不会消解；蛇蝎从良了，这恨依然恐怖得令人背脊发凉。

达波多杰那时还不明白这些，他还以为自己依然是大众情人，是爱神派到人间的天使。当他腰佩宝刀，肩挎卡宾枪，身骑宝马贝珠，去澜沧江东岸造访另一个贝珠时，他还做着鸳梦重温的美梦呢。

时值夏季，高山牧场上的花儿开得漫山遍野。澜沧江西岸的女主人在一群仆人的簇拥下早把自己的帐篷扎在了青青的草甸上。并不是她喜欢看草地上的那些花儿如何开放，而是她更喜欢看它们如何凋零，如何俯首称臣。当她美丽的目光扫过大地上的花儿时，百花萎靡，瑟瑟发抖，不敢与这个权倾一方的女主人争奇斗艳，一比芳华。可是令贝珠沮丧而愤怒的是，她霸道的目光始终有限，在她的目力所不能及的地方，甚至在她的目光身后，她依然听得见花儿们舒展开放的幸福呻吟，听得见万花丛中的呢喃私语，甚至还听得见爱神隐秘而匆忙的脚步。

这天上午，她刚把昨晚在草甸上偷欢的两个牧羊人吊起来痛打了一顿。因为他们在夜晚播撒爱的雨露时，由于过于精耕细作，搅得草甸微微颤抖，也搅得孤独的女主人噩梦连连。在她把这对情侣吊上树时，女主人说了句意味深长的话："野食管饱，味道却很苦。"

就在这个时候，那个吃惯了野食的浪子达波多杰来了，他先看见了吊在树上的两个男女，他们几乎衣不蔽体，那姑娘的两个饱满的奶子裸露于外，像树上多余的果实。

"唉，我离开那么多年，峡谷里什么都没有改变。"达波多杰扭头对没鼻子的基米说。

"琼斯先生说过，把人吊起来鞭打是野蛮人干的事儿。"没鼻子的基米经常将他一路上的见闻，和在琼斯夫妇身边学到的教养相比较。

"难道这是贝珠那个狐狸精做的事情吗？"达波多杰嘀咕道，"野食又不是只有她吃得，别人就不能吃。"他说着从肩上取下了卡宾枪，"哒哒，哒哒"两个点射，树上挂着的人儿"扑通"两声落在了地上。

"谁打的枪？"贝珠从帐篷里出来，厉声喝道。

达波多杰策马而来，居高临下地对那个柳眉竖起来了的女人说："嫂子，这是达波多杰少爷献给你的见面礼。让在大地上相爱的人，都找到他们的爱情吧。"

贝珠仿佛已经置身来世，因为在漫长的地牢岁月里，她在无边无际的黑暗中绝望地相信：只有在下一世，才会再见到这个给自己的生命带来过最彻底的欢乐和最深刻的痛苦的人。现在，她浑身禁不住颤抖起来。那不是因为激动，而是由于愤怒。她早几天前就耳闻达波多杰要回来，但没有想到他们竟是在这样的场合下相见。而且，他还是那么傲慢、轻浮，对给别人造成的人间最大的伤害丝毫没有愧疚之意。他的眼神也跟多年前一样自信，以为仅是用目光就可以脱掉自己情人身上的所有衣服，将她拥进怀里，淹没在放荡的情欲里。

"哪里来的流浪汉？把他拉下马来，吊上去！"女主人一声怒喝，从此喝断了自己十多年来对这个天涯浪子的思念。

达波多杰愣在马背上，竟然忘记了做出任何反应。他痴迷地看着这个愤怒的美丽女人，额头上的皱纹因为她的蛾眉高耸而沟壑纵横，曾经蝴蝶飞舞的眼波现在凶光四溢，像飞出来的两把刀子。达波多杰怎么也无法将眼前的这个罗刹女一般的女人，与他曾经迷醉过的乳香和爱到高峰时的尖叫联系在一起。在情欲的烈火焚烧了他们的美好生活以后，在藏地四处流浪的那些艰辛岁月里，他都没有像现在这样，对自己深爱着的人充满了像澜沧江大峡谷一样深刻的苍凉情怀。

这个女人曾经说过，对男人，爱是一场雪崩；而对女人，爱是一首歌。

现在，达波多杰想，在这娘们儿心里，爱大概只是草地上已经干硬了的牛屎。多年前她把它像拉屎一般地排泄出来，就不管不问了。他忽然想起了在流浪的旅途中曾经听到的一个说唱艺人唱的歌谣：

> 英雄最终要被流水带走，
> 美人最后要被时间打败，
> 人生最美好的记忆要被大风吹散，
> 我轻率的爱情啊，

让我在来世再与你好好分享。

贝珠身边的几个仆从犹犹豫豫地走上前来，他们当然知道朗萨家族桀骜不驯的少爷达波多杰，他们中有的过去还是他的小厮呢。可是他们也知道现在的女主子的厉害，她纤细柔美的胳膊一挥，再刚强不屈的脑袋也会落地。

没鼻子的基米大喊一声："你们瞎了眼吗？他不仅是你们的老爷，还是峡谷里的英雄！看看他胯下的宝马，看看他腰间的宝刀，再看看他手里的快枪，那可是你们从来没有见识过的好枪，可以一气打落一排高飞的大雁。"

这话提醒了达波多杰，得给峡谷里的这帮木脑袋开开眼，也得给那个自以为是的娘们儿看看，他这些年在外面没有白混。他朝那几个仆人前面的空地上打了一梭子弹，就像一阵急促的羚羊蹄敲打着大地，你只听得见声响，但是却不见羚羊的踪影。那些家伙看得目瞪口呆，竟然忘记了谁是他们的主子。

"少爷，真是一把好快枪啊！"几个家伙跪了下去。

他们的头上马上就挨了一顿鞭子，贝珠有一根纯银把柄的鞭子，小巧精致得像一件玩具，可是它却是峡谷里最令人恐惧的玩具。她对那帮不争气的家伙又打又踢，他们就顺势躺倒在地上，做出被打得很痛苦的样子，让他们的女主人高兴，实际上他们才不想去撞达波多杰少爷快枪的枪口呢。

贝珠看到把仆人打不起来，一怒之下，夺过了身边一个家丁的长枪。那是一杆汉地来的步枪，她麻利地推弹上膛，向达波多杰举起了枪口。

"少爷小心啊！"没鼻子的基米高喊道。

达波多杰还沉浸在自己的傲慢与自负当中，这个曾经在自己的身下快乐得尖叫不已的女人，怎么会向她的欢乐之源开枪呢？那迷惘痴情的一刻，他在将来生生世世轮回的苦海里，不论是转世为人，还是投生为一只狗，一条虫，都没有想明白。

在关于澜沧江峡谷的许多传说中，这一段最为吸引人。倒不是达波多杰又干出了什么惊天动地的事情，也不是贝珠的尖叫让我们的耳朵发麻，而是这个故事被演绎成了好几个版本，让人不知该相信哪一个。因为它们都很真实，都有血有肉、活灵活现。

版本一：在贝珠就要开枪的一刹那，另外一个贝珠显然比那个狐狸变的女人更爱自己的主子得多。它一声嘶鸣，忽然高举起前蹄，像一头展翅起飞的鹰，闪电一般划了过去，达波多杰顺势就将自己心爱的人儿揽到了马背上。那可真是一匹长有翅膀的神驹，它快得人们连想看清它翅膀的机会都没有。在所有的人一愣神之间，朗萨家的少爷达波多杰，漂亮的女主子贝珠，以及跟她叫一样名字的宝马，都飞走了。只剩下一阵急促的轻雷滚过草甸，一道浪漫的闪电划向草地边缘的森林。许久以后，那里传来发情的母猫一般的尖叫。只有朗萨家族的一个老仆人才知道这尖叫的含义，但他从没有对人提起。他迫不及待地向大家宣布，朗萨家族的权力又回到男人手里了。

版本二：在贝珠就要开枪的一刹那，她看到了达波多杰痴情的眼睛，这是一双令天下的女人都会着迷的眼睛；还有他那一头爆炸开了的鬈发，使她忍不住想再次将这骄傲的头不是砍下来，而是揽入怀中。贝珠忽然一声痛苦的尖叫，扔掉了枪，跪在了达波多杰少爷的宝马前。因为达波多杰的枪比她的更快，其实更快的是这个旷世情种见到漂亮女人后的那颗爱心。它没有从达波多杰的快枪里射出来，而是穿越了十多年的思念与怨憎，从内心深处一蹦而出。它击中了贝珠，使她在这个男人面前再次瘫倒，再次快乐地尖声尖叫。于是少爷像传说中的格萨尔王，将那个女人降伏了。

版本三：在贝珠就要开枪的一刹那，她听到朗萨家族高贵的祖先们的怒喝，听到了丈夫扎西平措亡灵的哭泣，还听到了峡谷里各路神灵纷纷赶来为达波多杰助战的脚步。贝珠是峡谷里最聪明的女人，女人要想征服男人，自然有她们独特的方式。她们不需要勇气、力量和手中的枪，她们小小的心眼儿一转，就可以把世界颠倒过来。更何况贝珠还可以摇身一变成为狐狸，蹿到森林里去。贝珠没有开枪，她和达波多杰少爷在森林里无人知晓的地方谈判。她先让那个天涯浪子满足了自己的欲望，也让自己多少年来的寂寞得到了抚慰。

但是所有的版本都有同一个结局。贝珠和达波多杰在做了一对老情人该做的一切事情后，她对他说，你干吗不继续流浪下去呢？峡谷里已经没有了你的地盘。

达波多杰说，难道澜沧江西岸的土地不是属于我的么？

女人说，不，它属于扎西顿珠。

达波多杰骄傲地说，别以为我什么都不知道，难道扎西顿珠不是我的种吗？

这个铁石心肠的女人说，不，他是卡瓦格博雪山神的种，跟你没有关系。有一天发生了雪崩，我就怀上了扎西顿珠。

反正，不管是哪一种传闻，一个事实是，峡谷里的浪子达波多杰回来后，就再没有当成澜沧江峡谷西岸的老爷。他曾经去见西岸的主人扎西顿珠——他认定这个和他一样有着漂亮鬈发的小杂毛来到这个世界上，并不是因为雪山上发生了雪崩，而是比雪崩更壮观、更磅礴、更豪气冲天的爱。但那个乳臭未干的家伙在他妈妈的唆使下，放出了四条凶猛无比的藏獒，就像撵一个叫花子那样将他和没鼻子的基米撵得狼狈逃窜。气得那个"雪崩"的制造者捶胸顿足地喊："峡谷里真的变天了，连儿子也敢放狗来撵老子了。"

可更让达波多杰想不通的事情接踵而至。就在他被儿子的狗撵得找不到归宿的那天下午，两个红汉人就像从地上冒出来一样地站在了他的马前。他们一个腰别短枪，扎着武装带，一个看上去像是仆从，肩上也背一把跟达波多杰的快枪一样的卡宾枪。这让达波多杰一度很沮丧，我找这样一支快枪，费了那么大的劲，这些汉人怎么随随便便地就挎在肩上了？

"是朗萨家族的达波多杰少爷吗？"那个别短枪的军官模样的人说。

"哪里还有什么朗萨家族，还有什么少爷？现在是娘们儿当家，少爷成了叫花子。"达波多杰没好气地说。他回到峡谷后，曾多次和这些红汉人擦肩而过，他对他们没有恶意，也无好感。他曾经把他们当战斗中的对手设想，因为在琼斯先生身边的时候，他已经听了许多藏族人和红汉人如何打仗的传闻。

那个军官笑呵呵地说："被狗撵的日子你又不是第一次遇到。我们早就仰慕你的英名了。"他们却好像对他的什么都知道，甚至对峡谷里的许多事情都知道。

"我有什么英名？"达波多杰沮丧地说，"一个流浪汉的名声罢了。哎，你是谁？怎么会知道我的事？"

军官身后的那个挎卡宾枪的年轻人说："这是我们峡谷里的王县长。"

"县长？"达波多杰嘀咕道，"那可是一个不小的官。什么时候峡谷里的宗府衙门改叫作县了？"

"新社会了么，一切都会改变的。"王县长说，"我们还想请你来新成立的县政府做事呢。你愿意吗？"

"做事？我能做什么？"达波多杰问。

"你可以来当一个副县长。"王县长手一挥说，似乎这么大的事儿就这样定了。他的脸上光光的，没留胡子，看上去也很年轻。但却有着和达波多杰一样的闯荡天涯的非凡气度。

达波多杰知道从前即便是澜沧江峡谷这么远的地方，宗本（县长）都是拉萨那边任命来的，据说还要花几支马帮队伍的银子，才可以谋得这样的位置呢。拉萨的那帮贵族老爷从来不会相信康巴人的。

"为什么……要找我，因为我有'藏三宝'吗？"达波多杰张口结舌地问。

"你是朗萨家族的贵族，在老百姓中有威望。"县长又一挥手说，"团结民族上层是我们党的民族政策。"

"噢，这到底是哪一路神灵在安排这一切？"达波多杰感叹道。他想起了送枪给他的琼斯先生，想起了曾经在脑海里幻想了无数次的和红汉人往来冲杀的战斗场面，想起了没鼻子的基米多次在他耳边唠叨的话，在和红汉人的搏杀中验证"藏三宝"的威力，建立起自己的英名。可是现在你瞧，对自己好的人，恰恰是那些你想和他打仗的人；而自己的儿子，最爱的女人，却撵得他没有立足之地。

三天以后，寄居在一家驿站的达波多杰接到了红汉人的邀请，请他到新成立的县政府喝茶。临走前，没鼻子的基米在他的身后深深叹了口气，达波多杰回头问他怎么啦。他捂着自己的脸说："没什么，战争盼勇士，谈判要辩士。两个对手坐在一起喝茶的话，嘴巴就至关重要了。"

达波多杰回答说:"不,是胃口。"

红汉人的胃口才是最好的,他们将澜沧江峡谷方圆数百里的贵族头人都请来了,他们说这些人都是他们的朋友,寺庙里的活佛高僧及喇嘛也是他们的朋友,外面牧场上放牧、田地里耕作、驿道上赶马的那些没有时间来喝茶的黑头藏民更是他们的朋友。他们在藏区没有敌人,他们的敌人是一个叫蒋介石的白色汉人,但他已经被打败,跑到一个海岛上去了。

达波多杰没有想到贝珠也是红汉人的朋友,她穿金戴银,镶珠佩玉,在一群贵族头人面前特别耀眼夺目。达波多杰想起他第一次把她放平在自己身下时,要摘去她身上的这些累赘繁复的珠宝,费了他多大的劲;想起前几天和她在森林里的较量,她骨子里狐狸的本性——贪婪,狡诈,无耻,下作——丝毫没有因为五年地牢里的黑暗、没有因为这些年来沧桑的演变而改变。只是那尖叫声已经有一些凄惶,有一些酸楚,像深秋里的第一股肃杀的秋风,追赶着即将开败的花儿,已经露出不可掩饰的凄楚。而他自己在那尖叫声中,也没有了贲张的激情,没有了狂热的冲动,竟然还会产生些许的厌恶。因为现在你看看这娘们儿,端庄得像佛母,骄傲得像王妃。可是红汉人说,为了团结藏区的藏族妇女,他们也任命贝珠为副县长。

那一天,连上达波多杰,红汉人在喝茶献哈达的时候,趁着大家胃口好,一气任命了八个副县长。

贵族头人们皆大欢喜,只有达波多杰有些气哼哼的,他悄悄对身边的一个头人说:"要是狐狸也能当副县长的话,那些请我们喝茶的红汉人就有得受啦!"

35　悲　心

仁钦上师告诉洛桑丹增喇嘛说，再过十三天，他就要圆寂了。

洛桑丹增喇嘛知道，一个密宗法师可以准确地预测自己的生死，他们能够做到观生死如看自己手掌上的纹路。多年来的苦修使他们在生死之间来去自如，跨过死亡的门槛就像进出自己的家门一样自如方便，他们也有许多获知生死秘密的诀窍。洛桑丹增喇嘛还记得，几年以前他和仁钦上师游方到藏北地区，遇见两个法力高深莫测的密宗上师，大家建立了很深的感情。他们一个叫赤裸瑜伽士，一个叫黑白瑜伽士。赤裸瑜伽士可以用专注的目光打掉树上的所有树叶，而黑白瑜伽士则能施展法力让那些飘落在地上的树叶重新回到树上去。那两个法师临走时，提出和仁钦上师比试骑马，这是个令大家都很费解的建议。仁钦上师答应了，精心找了一匹好马来和客人比赛，虽然他尽了全力，结果他还是跑在了最后。仁钦上师在送客人走时，痛哭流涕地说，我这至今还没有修得大成就的躯体，竟然要比你们两位尊贵的上师晚到铜色山[①]，果然不久后就传来两位上师相继圆寂的消息，赛马只是上师们向世人昭示他们修行的结局，而凡人却传颂着密宗法师们谦

[①]　即铜色山净土，经书上记载它是由莲花生大师管辖，像这样人死后向往的净土还有邬金刹土、五台山、香格里拉等五六处。

逊者长寿的美名。

尽管一个密宗修行者证得佛果的最高境界就是死亡，可是当洛桑丹增喇嘛眼看着上师就要离自己而去的时候，还是禁不住泪水涟涟，痛哭失声。上师是那样的健康、安详、慈悲。和过去一样，在他的脸上看不出一丝死神的阴影。他说到死神时，就像说一个远方的老朋友就要来到一样，内心里充满了平静的期待。

仁钦上师说："法子，你哭什么呢？我们应该为此而感到高兴。一个真正的修行者从不庆祝上师的生日，而只庆贺上师的死亡。"

"上师，亲生父母给了我的肉身，而你却让我成了一个真正的人。你让我如何高兴得起来啊？"洛桑丹增喇嘛跪伏在上师面前说。

"那是你还没有学会如何面对死亡。对死亡的修持，也是我们修行者的一大法门啊。在你的身边虽然已经死去了那么多的亲人，可是你对他们的死只有悲伤，而没有欢乐。现在我要求你从我的死开始，修习欢乐的法门。"

"实修上师的死亡？"

"是的。不知死，安知生。你内心里的慈悲，将来源于对死亡的认知。"

"上师，在你圆寂的时候，将会有些神奇的殊胜显示给我吗？"洛桑丹增喇嘛知道，有的密宗上师圆寂的时候，在大自然中总会发生一些奇妙的事情，比如大地会颤抖，天空中会下花雨，诸佛菩萨中的某一尊会适时地显现人间，等等。

"如果不是为了利益众生，你不认为那样太娇饰了吗？就像我们独自站在镜子前，扭捏作态是多么的可笑。这和我们终身追求的寂灭虚无的境界是多么相悖啊。死亡不过是一个上师觉悟的时刻，是真理呈现的时刻，是他直接面对自己的时刻。"

那几天仁钦上师照样安详而自在，生活跟平时一样，他并没有什么多余的话说给洛桑丹增喇嘛，也没有什么后事需要准备。因为一个修行者从修习密法开始，就已经在迎接这一天的到来。早上师徒俩要么在山上念经，观修，要么下山去化缘。晚上夜深人静时，上师会在山洞里为徒弟灌顶加持某些密法。洛桑丹增喇嘛也并没有认为上师的灌顶和以往有多大不一样，师徒俩的生活一切都显得从容不迫，井然有序。

到第七天，一个商人模样的人带着仆人赶着一群牛羊到了山洞前，见到仁钦上师纳头就拜，直呼恩人。原来他就是当年偷走了别人布施给阿妈央金的那颗珍贵的九眼猫眼石，然后又被仁钦上师从皮鞭下救下来的小偷仲永。如今他已经不再是个乞丐，而是一个富可敌国的牧场主。仲永说他后来听从了上师的教诲，用那块猫眼石换取了一个大牧场，现在他的牛羊堪比天上的繁星。而这一切，都仰仗于仁钦上师的慈悲啊。

除了供养给仁钦上师一群牛羊，仲永还奉献出一块黄灿灿的金条。仲永虔诚地对上师说："这些年来我积攒下来的钱一共买了两块金条，一块我供在了家中的神龛里，一块我供养给我恩重如山的上师。请一定要收下啊。"

"狗屎。"仁钦上师瞥了那金条一眼，轻蔑地说。

仲永诧异地问："你说什么，尊敬的上师？我向佛、法、僧三宝起誓，它是真金的。"

"人世间无论什么东西，无论它是真的假的，我都不需要。法子，你以后面对世界上一切东西的诱惑，你都要学会说，我不需要。明白吗?"

洛桑丹增喇嘛答道:"除了佛法,我什么都不需要。"

仲永接过话来说:"你们都是有智慧的喇嘛上师,而我们凡人,什么都不需要的话,吃什么穿什么?要是当初你给我那块九眼猫眼石时,我说'我不需要',我哪有今天?"

上师回答道:"财富只给那些有需要而不要求的人,而不给并不需要却贪得无厌的人。习惯说'我不需要的人',内心里便种下了慷慨的种子。一个慷慨的人,是世界上最快乐的人。法子,那块人家那么远送来的'狗屎',对你我有什么用呢?"

喇嘛看了一眼三人面前的火塘,指指火塘上的铁锅说:"用来垫那只锅吧,我看锅是斜的。"

仁钦上师非常满意这个回答,随手就把那金条丢在火塘边,洛桑丹增喇嘛用一根棍子将金条垫到锅底。后来直到他们离开,这根金条都还埋在火塘的灰烬中。仲永曾经在两个修行者走后,心疼这块被视为狗屎的金条,想把它找回来,可是仁钦上师那句"我不需要"的话,像一道咒语一般阻挡了他的脚步。每当他想往那个方向去的时候,双脚便羞愧得走不动路,但是心里却一片轻松。多年以后,仲永成了一个远近闻名的慷慨者。有一天他把整个牧场布施给了一座寺庙,重新去当了一名乞丐。并不是他的名字决定了他的命运,而是他透彻地参悟了"我不需要"四个字。慷慨的种子发了芽。

第十天的时候,仁钦上师终于显出了病态,但那是一个远离家乡多年的游子的思乡病。那天仁钦上师指导洛桑丹增喇嘛在一条溪流边修持"拙火定",喇嘛现在已经可以赤裸上身跳进雪山下冰凉的溪水中,通过自身的热能将一潭清水变成温泉一般热气蒸腾。可仁钦上师只需把自己的一根指头放到泉水里，泉水立即就沸腾起来。上师说，这是由于喇嘛的意念还不够专注，调动身体内的能量不够。

喇嘛坐在溪边的岩石上潜心地修习。不一会儿，忽然听见上师说：

"阿妈，我走了。"

洛桑丹增喇嘛睁开眼睛，看见仁钦上师仿佛刚睡醒一样，在搓自己的眼。他问："上师，你怎么啦？"

"噢，我刚从家里出来。"上师的眼里充满柔情与痴迷，"峡谷里的杜鹃花又开了，我家门前的那两棵老核桃树，刚刚发出新芽。只是我家的土掌房，年久失修，已经垮了一半啦。我那可怜的老母亲，还住在过去的牛圈里，峡谷里所有的人都对她充满怨恨，没有一个人帮她，她连生火塘的柴火都没有啊。就在今天早上，她刚刚冻死了。"

"什么什么，上师？你的母亲死啦？"洛桑丹增喇嘛差一点就从岩石上跳了起来。自跟随仁钦上师以来，从来没有听他说起过故乡，说起过自己的母亲。

"叫嚷什么！我才把母亲的亡灵超度到西方佛土。别吓着了她老人家。"

洛桑丹增喇嘛有些疑惑，难道早已证得佛性的上师也会想家吗？正如当年澜沧江峡谷的贡巴活佛说的那样，对于一个修行者来说，离家远游，便成就了一半的佛法。亲情和乡情，会极大地阻碍一个修行者恬静自然、出离人世间、悲悯众生的内心。洛桑丹增喇嘛没有想到的是，上师对故乡竟然还有如此深厚的爱。

"上师，你终于想到故乡，想到阿妈了，可是却在她老人家死了时你才提起。这是不是为了避免在你明净无瑕的内心里，生起障碍呢？"

"法子，你怎么会认为故乡和母亲是一个修行者内心的障碍呢？故乡的山水难道不能使你生起明净之心吗？阿妈慈祥的目光难道不能让你产生依恋之情吗？当你观修心中的佛时，这就是最大的方便之道啊。"

"上师，你是不是说，故乡和母亲，也可以作为修行的方便？"

"为什么不？既然平等和悲心是成就菩萨之因，天下还有比故乡更亲热的土地吗？人间还有比母亲更悲悯的心吗？因此你观修心中的佛，首先要观修自己的母亲，把她当空行母①看待。此处的土地和远方的故乡，自己的母亲和众生的母亲，都是无分别的，都是你的故乡和母亲。"

于是，洛桑丹增喇嘛开始想念自己的母亲了。过去他不敢想，他怕心中再次生起妄念，阻碍他的修行。现在他看见了母亲满头的白发，看见了她脸上盛满苦难的皱纹，看见了她弱小负重的肩膀，还看见了阿妈枯瘦如柴的手，这只手在天地间乞讨，一个子儿，一口糌粑，一把奶渣……行行好吧，苦修的喇嘛今天还没有喝一碗茶呢；行行好吧，尊敬的施主，佛菩萨会保佑你的慈悲，请赏赐一点糌粑吧……

挂在喇嘛腰间的那袋阿妈的尸骨，忽然像起伏的波浪上下左右扭动起来。仿佛是一个母亲在奔跑着张开慈爱的怀抱，准备迎接远行的儿子归来。洛桑丹增喇嘛泪如雨下，激动得浑身颤抖。此刻天空一片灿烂，仙乐轻鸣，空行母裙裾飘拂，挟花带雨，翩然而至，天上人间，已然一体。

---

① 在佛经中，空行母是证悟了灵性的伟大女性，拥有女神的地位，能以各种不同的形式显现，被称为"天空舞者"。

仁钦上师平静地问："法子，你看到了吗？"

喇嘛陶醉在自我无上的感受中："哦，上师，我看到了。上师，我证悟了。"

"现在把你的心放在一个不着边际的地方，不要去管它。观修那尊空行母吧。"

喇嘛眼望着那"天空中的舞者"，感觉自己已经浑身透明，身上所有的脉络和关节都打通了，仿佛这个肉身已不存在，与天地已相融，心随意念，任意幻化。当他想追随她而去的时候，自己真的腾空而起，飘升起来了。他感到自己身体像掠过水面的燕子，而内心像燕子翅膀尖上的那滴水珠，悠悠地升到了空中，被温暖的阳光轻轻抚摸。白云相伴于他的左右，山冈和田野在他的身下急速地后退，像被一个威力无比的牧人驱赶。他听见地上的一个孩子说：

"阿爸，你看，一个人飞过来了！"

孩子的父亲仍然埋头耕作："这有什么奇怪的，在我们这片天空中，能飞的东西多得很。"

孩子说："可那是一个人在飞啊！"

父亲抬头往天空中望了望，看见了洛桑丹增喇嘛，他曾经给这个喇嘛布施过一小口袋糌粑。于是他说："噢，他终于可以守护我们的天空了。"

洛桑丹增喇嘛听到这话，心里升起无限的喜悦。是的，天空中不能只有魔鬼横冲直撞，还需要有悲悯的法师巡行，以守护藏族人像天空一样宽广的心灵。

洛桑丹增喇嘛回到上师身边时，幸福而疑惑地望着仁钦上师，仿佛在问：这是怎么做到的呢？

"这是由于你的悲心和大地的悲心融为一体了啊。"上师说。

离仁钦上师的死亡只剩下最后一天了，他真正地显现出病入膏肓的模样。他的静坐观修不再稳如磐石，而是时而微微摇摆，他的目光虽然依旧坚定，但是已有些散乱，他虽然没有修持"拙火定"，可汗水却一身又一身地淌。

"上师，你要是病得很重，就躺一会儿吧。"洛桑丹增喇嘛说，他不明白一个病重的人还如何可以在野外结跏趺坐一整天。

"法子，印证真理的时刻就要到了。"仁钦上师努力调息自己的呼吸，"对一个瑜伽修行者来说，病痛是一种庄严；而对一个凡夫来讲，病痛则是一场苦难。"

"上师，你曾经告诉我说，有一种密法名为'分病法'，你可以示现给弟子吗?"洛桑丹增喇嘛听仁钦上师说起过，有的法师可以将自身的病分到他物身上，比如说一只动物或者一棵树上。法师立即痊愈了，那动物或树却死去。

"可以。但是这如何能体现我的悲心呢?"

"可是，上师不在了，悲心又何寻?"洛桑丹增喇嘛悲哀地说。

"法子，悲心并不在自我的身体内，而在人世间。让我示现给你另外一种法门吧。"

"是什么法呢?"

"延寿法。"

"上师还是不想离开这人世间啊。"洛桑丹增喇嘛心中又生起了疑惑。

"不是我要执著于我这肉体，而是人间还需要我的悲心。"仁钦上师抬手指了指山脚下的那个村庄，"你去看看，地里的庄稼是不是有虫了?"

"有虫没有虫，跟上师的延寿有什么关系？"

"这是一场巨大的虫灾啊，庄稼将颗粒无收。我要多活几天，修法把地里的虫子都带走。"

山脚下那个叫几布的村庄今年真的遭受了罕见的蝗虫灾害，无助的人们看见蝗虫像乌云一般地压来，覆盖了村庄，覆盖了田野。村人除了祈祷和流泪外别无他法。可是奇迹却在一天早晨悄然降临，他们看见成片的蝗虫向那个瑜伽士修行的山上飞去，就像有人在召唤它们一样。更为神奇的是，甚至连被蝗虫啃噬过的庄稼，又重新发出了新苗。

而在山上，仁钦上师通过调息自己的呼吸，控制生命的能量，让自己又多活了四天。在他即将圆寂之时，他依然跏趺而坐，双拳紧握，法相庄严。他对洛桑丹增喇嘛说：

"法子，回到我们的家乡去吧。藏东的雪山峡谷人烟稀少，生活艰难，却是一个修行者的乐园。"

上师又说："法子，我们的家乡有战火了，你要回去阻止他们，放弃杀戮，弘扬佛法。"

上师还说："法子，一个修行者死后有三个去处，往生西方净土，再生为人，下地狱。我祈祷自己能下地狱去，因为这些年来，我看见地狱里苦难的众生太多啦，他们需要我的帮助。"

上师最后说："法子，我已经忘记宗教为何物啦。我苦修一生，一切如梦如幻，毫无记忆。我已不需要向任何人证明任何事情，也不需要和任何人讨论任何经论。因为我的人生圆满而充实。修行是终生的快乐，不是刻意为之的苦难，保持自己内心的自然和本性，舍弃一切，甚至舍弃你的上师，舍弃你学的佛法理论，但是切不可失掉你的悲心。这时，你就会明白，你不用再寻找真理，因为真理与你同在；

你也不用再寻找佛，因为你就是佛。"

仁钦上师停止呼吸时，终于伸开了这些天来一直紧紧攥着的双拳。洛桑丹增喇嘛看到，上师的手掌里全是密密麻麻的蝗虫。

读书笔记（之三）

西藏的古代文学史在很大程度上也是一部宗教史。在我所看到的西藏古典文学作品中，有两本书堪称经典。它们都是两个大法师的人物传记，一本是《玛尔巴译师传》①，一本是《米拉日巴传》②。这两本书的作者查同杰布和桑杰坚赞其实是同一个人，他还有一个名字叫"乳毕坚金"，意思为"骨饰佩戴者"，可见此人不仅是一个有名的传记作家，还是一个密宗修行者。据记载他也是噶举派中有名的历史人物。他出生于明景泰三年（1452），卒于明正德二年（1507）。由于他出生在后藏，又特立独行，行为怪异，因此人们称他为"后藏疯子"。我想在当时他大约像我们现在的一些先锋艺术家，才华横溢，个性鲜明，超凡脱俗。更不得了的是他还是一个密宗修行者，我辈再怎么玩文学之外的绝活儿，都不能与之比肩。

这两本书都写于十六世纪初期，在那个时期，明代的市井柳巷，歌肆茶楼，人们正热衷于谈论《三国演义》和《西游记》。而在西藏，人们在传唱着玛尔巴译师和米拉日巴法师的苦修密法，证悟成佛的

---

① 查同杰布著，张天锁等译，西藏人民出版社，1989年版。
② 桑杰坚赞著，刘立千译，民族出版社，2000年版。

故事。

　　玛尔巴译师和米拉日巴法师是师徒俩，是藏传佛教"后弘期"开山鼻祖式的人物。玛尔巴到印度去找上师那若巴学法，翻译了大量的佛经经典，并将它们带回西藏，堪称一代宗师。而米拉日巴历尽千辛万苦，受尽百般磨难，终于得以拜玛尔巴为师，学得甚深密法，并将上师的教法弘扬光大。延续至今的藏传佛教四大教派之一的白教就是玛尔巴、米拉日巴的传承。在白教的一些寺庙里，可以看到他们的法像。

　　看这两本传记，我们既可以一窥藏传佛教显宗和密宗的修持源流、方式、特点、传承路线，以及那些高深莫测的密宗上师们既有被尊为神的一面，也有一代宗师作为人的喜怒哀乐、爱恨情仇的凡人习性。

　　在《玛尔巴译师传》中，玛尔巴被描述成一个从小就有非凡慧根的人，他十二岁从父命皈依佛门，由于根器好，佛缘深，学什么都一点就通，甚至还在未到印度之前，就精通了梵文。也许那个时代正是西藏的智者纷纷外走印度拜师学法的高峰期，就像现在的聪明人和有钱人要出国留学一样。玛尔巴三次赴印度学经求法，第一次十二年，第二次六年，第三次三年，一共用去了二十一年的时间。

　　我总是试图在脑海里勾勒出玛尔巴译师的某种形象，以让我们能更亲密地认识这位古代西藏的密宗大师。他是像唐玄奘那样的学者兼佛学翻译家、旅行家吗？也许是吧。面对遥远陌生的路程，博大精深的印度佛教，他们都谦逊，严谨，虔诚，刻苦，忍耐。不过，玛尔巴既不像史料中记载的唐玄奘那样得到了朝廷的支持，也不像《西游记》中的那个唐僧那样有三个得力的徒弟，玛尔巴第一次到印度求法时，把自己的家产换成金子，全部作为给上师的供养；在路上他宁愿做同伴的仆人，以换取一路的衣食。他的学法经历也颇多磨难，为了向那若巴上师表明自己的虔诚，他把上师足迹留在地上的尘土顶在自己的头上，一路追寻而去，且一追就是八个月。而那若巴上师用各种磨难来考验他的真心。有一次竟然在梦里显现给他，要他吃死尸。他都依照上师的话做了，无条件地服从。因为对一个求法学经的人来说，上师就是佛，上师的话就是佛法。

第一次学法回来，玛尔巴并没有得到家乡人的承认，没有人请他去讲经说法。他所带回来的教法也许在当时还是很陌生的东西。于是他只有再次到印度学经，他跟着那若巴学得"那若六法"，并把这种密法传到西藏，终于为自己赢得千古名声。在理论上，这六种密宗实修之法已经几乎完美得无懈可击，经书上记载修持成功的人很多，一些地方史料上也时有记述。比如"那若六法"中的"颇瓦法"，又叫往生夺舍法，就相当神奇，把一个将死的生命的神识迁移到另一个死去的生命身体内，赋予后者新的生命，以将前一个生命的精神与意识得以保存。玛尔巴的儿子塔玛多德在临终前，修往生夺舍法将自己的神识迁移到一只死鸽子体内，然后自己死去，死鸽子活回来，展翅飞走。从此玛尔巴将那鸽子当自己的儿子看，然后又修法让鸽子去替换一对老夫妻刚死的独生子。鸽子飞到那独生子的尸体边，一头扎在地上死去，老夫妻的儿子却立时站了起来，跟自己的父母磕头说："我不是诈尸装死，是法师们的慈悲救了我。我们回家吧。"

这就是西藏的故事，宗教和传说水乳交融，法师和神灵合二为一。有些时候，你以为看到的（或听到的）是一段传说，其实它绝对是一段史实；也有很多这样的情况，当你把一段史实当传说来看时，你会发现它是多么的绚烂而充满想象力。这也许就是西藏的历史吸引人的原因之一吧。

米拉日巴的传记更为精彩，那完全是一个凡夫俗子如何成长为一代宗师、最终证悟佛性的真实写照。作者桑杰坚赞是古代西藏优秀的传记作家，娴熟的故事讲述者。米拉日巴在成佛之前，也是一个具有怨憎之心的凡人，家庭遭遇不幸，家产被自己的叔叔侵吞，和母亲一起备受欺辱。他发誓要外出学法，以惩罚世间的恶人。在学法的最初动机也即缘起上，他不是出于慈悲和爱，而是为了报仇和恨。他离乡背井，投奔一个咒术大师，修法学咒术。那是一种"取人性命比弹食供神还要容易"的法门。米拉日巴在千里之外的地方修法念咒，家乡的仇人（他叔叔一家）便灾祸从天而降，三十五条人命顷刻间被夺走。他呼风唤雨，施放雹术，召来冰雹将家乡的庄稼打得颗粒无收。那时家乡的人们视他为凶煞魔鬼，他却觉得这是为报父恨家仇，一个男儿应该做的事情。

　　不过米拉日巴是一个忏悔意识非常强的修行者，他所行的法术，被称之为"黑业"，也即属于杀人夺命，旁门左道一类。仅修此法绝不可证悟佛性，更不会有悲悯之心。于是米拉日巴主动放弃此"黑业"，转求行善成佛的"白业"。这样，他找到了恩师玛尔巴。

　　一个罪孽深重的人要学佛法，上师一定会先打掉他身上的孽障，清静他的嗔怒之心。玛尔巴上师磨砺米拉日巴的佛性颇值得玩味，他一开初对米拉日巴就没有过好脸色，责骂、呵斥、踢打，甚至让他再施咒术去杀人，然后又让他后悔。玛尔巴令米拉日巴独自修建一座碉楼，建好拆，拆了再建，屡建屡拆，直到米拉日巴的背全部被磨烂，上师依然不满意。好几次米拉日巴绝望地逃跑，但走到半路上又被上师的法力召回。直到后来米拉日巴才明白，上师要让他大灰心九次，以常人难以忍受的痛苦和失望洗涤自己的黑业。这样，米拉日巴的心

476

中才会生起大慈悲心。

米拉日巴跟随上师修习的过程是先修心，后修身，也即先修显宗，再修密宗。修心不是由上师讲解经典，徒弟广研教理，而是在上师的灌顶和传授之后，强调自我开悟和静坐观修。这里面有许多我们这些凡夫身的人只知道概念而不明白修行次第和方式的秘密修法，一个研究宗教的专家可以写上好几本书。米拉日巴回到家乡时，已经是一个刻苦修行的苦行僧。他在山洞里闭关苦修，常年以荨麻为食，竟把自己吃得浑身长满了绿毛，连自己唯一的亲人——他的妹妹都把他当野人看。刻苦的修行让他获得了无上的密法，书中记载他的"身体能够起火，涌水"，可以"腾空飞行"，随意飞到西方佛土，等等。

在这本传记中，米拉日巴法师的死极具悲悯情怀，与耶稣临死前的慈悲、宽容、以德报怨等高尚情操惊人的相似。耶稣知道犹大出卖了他，但是他仍然以仁慈和悲悯感化这个见利忘义的小人，以自己的身体和血教化世间众生。米拉日巴法师由于在信众中威望益高，引起了一个只会死背经书的格西札甫巴的嫉恨，他便让自己的姘妇送下了毒药的奶酪给米拉日巴吃，并许诺事成后给这女人一块贵重的松耳石。妇人把奶酪送到米拉日巴面前时，上师问她："你做这事的报酬——那块松耳石得到没有？"妇人吓得跪在地上求饶，说札甫巴还没有给她。米拉日巴说，我吃了这有毒的奶酪，人家就会不给你松耳石了。你先回去拿到了那东西，再给我送毒奶酪来。妇人再次来时，说松耳石已经到手了，这使她感到很羞愧，就让自己这有罪之身先吃了这下毒的奶酪吧。米拉日巴说，让你吃下这毒食，对一个密宗修行者来说悲心不忍，我把它吃下了，你们才会知道自己的罪过，才会知道忏悔。忏悔也是一种修行呢。米拉日巴当着妇人的面吃下了毒奶酪，最后一次向有罪的人昭示了一个法师的悲心。不久，他就生病圆寂了。

书中记载，尊者米拉日巴悲歌一曲之后，身体自燃，融化在一派大光明之中。

36 藏三宝

达波多杰原来以为当了红汉人的副县长，他们会帮他主持公道，将澜沧江西岸属于他的土地索要回来。然而没隔多久，红汉人说要邀请一帮贵族头人到汉地去参观。他们描述了许多贵族头人们从没有见识过的新鲜事儿，可没有多少贵族头人响应，他们说汉地没有酥油茶和青稞酒，有什么稀罕的呢。只有达波多杰天生好周游四方，才对红汉人的邀请充满热情。他积极报了名，还被红汉人选为参观访问团的副团长。

这趟汉地之行可真让他大开眼界，去过的地方比当年寻找"藏三宝"时还要多，还要远，对他今后选择人生道路意义深远。半年以后，他风光满面地回来了。他跟没鼻子的基米说，汉地那边的宝贝多得数不清，当年到藏区去寻找"藏三宝"，真是走错了方向。他们点灯不用油，用气吹不熄；有一种车叫汽车，一辆这种家伙就可以拉一整支马帮队伍驮的货；还有一种叫火的车更厉害，全用铁做成，又用气来推着跑，可一跑起来像一百头老熊在咆哮，过去琼斯夫人跟我们说的英吉利国的那些神奇玩意儿，这次我是亲眼看见啦，而且红汉人还让我坐过。那种喘着粗气奔跑的火车比宝马贝珠跑得还快；他们炼铁的炉子有我们的碉楼那么高，铁水像江水一般淌出来；汉地的江面比澜沧江宽广得多了，上面飘着冒黑烟的房子，人在里面有吃有住。红汉人说，这些东西以后我们藏区都会有。

没鼻子的基米看着这个仿佛被红汉人改变一新了的前老爷，觉着他差不多是一个熟悉而又陌生的"汉人"。没鼻子的基米冷冷地说：

"这些宝贝哪有我们的'藏三宝'好，它们不能让一个人成为英雄。"

达波多杰好像被触动了某根神经，他深深地叹了口气："唉，我的宝贝们你都还替我照料得好好的吗？"

没鼻子的基米欣慰地说："佛祖保佑，你在红汉人的那么多没有灵魂的宝贝中，还想得起自己的宝贝。"

达波多杰长叹一口气："基米啊，你这个不死心的老家伙总是把人往做过的美梦里拉。唉，这是一种痛苦，你知道吗？就像你老在想一个曾经爱过的女人。"

没鼻子的基米忽然哭了："老爷啊，你还不知道吗？'藏三宝'终于要显示出它们的威力啦。我们要打仗了！"

"大家日子过得好好的，为什么要打仗？"

没鼻子的基米止住了哭，一本正经地回答道："因为雪崩了，老爷。"

"哈哈，贝珠这娘们儿肚子里又该怀上哪个的野种了。"

"老爷，这次的雪崩跟爱情没有关系，是战神在召唤我们。"

达波多杰诡秘地笑了笑，说："谁是战神，贝珠吗？我知道啦，我离开峡谷那么久，是她空荡荡的床在召唤我了。那里才是我们俩的战场。"自从回到峡谷以来，他和旧情人的关系就像被大风吹着到处跑的山火，这边过去了，那方又起来了。当他们谈论土地和财产、权力的时候，他们水火不容，形同陌路；当他们什么不说，目光交织在一起时，却互相都能把心里的欲望看得一清二楚。他以为，他离开峡谷这么久了，那个女人想他啦。

可是达波多杰想错了，峡谷里连树上的鸟儿们都嗅到了战争的气息，它们纷纷迁徙到雪山半山腰的古树上，再也不肯下山来。战争的消息已经通过许多征兆显示出来，它们有些来自神灵的昭示，有些则是受到魔鬼的挑唆。从迦曲寺里传来的说法是，一块黄色的绸缎再次从天上飘来，上面写好了和红汉人开战的日期，理由以及战神将在何时前来帮助投入战斗的藏族人。喇嘛们说这黄绸缎来自拉萨，因为上面盖有布达拉宫才会有的官印。迦曲寺的僧官洛追大喇嘛说：

"菩萨苦了！红汉人要来跟佛菩萨抢食吃啦。"

还有一个不容忽视的事实是，卡瓦格博雪山的确发生了一次巨大的雪崩，雪崩是神山砸向人间的拳头，而再不是达波多杰和贝珠的爱。两个高山牧场被吞没，惊天动地的巨响让澜沧江都停止了流淌。有人看见是一个魔鬼在雪山下用刻毒的咒语让冰雪融化，挑起了卡瓦格博神的怒气。没鼻子的基米在自己做的卦相上依稀看到了英雄驰骋的身影。这个老家伙一夜之间忽然年轻了十岁，在独木梯上也能健步如飞。

没隔几天，澜沧江西岸的贝珠便差人来请达波多杰去喝茶，倒让这个浪子有些始料不及。达波多杰总以为这个女人对他的要求，仅仅是一只野猫对一口食的欲望，顶多也就是一头狐狸对一个男人的圈套，不过他现在是走南闯北的好汉，他不怕狐狸。但他想得太简单了，这次他要面对的不是一张寂寞的床，而是峡谷里要造反的贵族头人们。当年被红汉人委任的八个副县长，有五个都来到了朗萨家族宽大的厅堂。他们异口同声地对他说："达波多杰，你走南闯北，见多识广，又有令人羡慕的'藏三宝'，带着我们一起跟红汉人干吧。"

"干什么？"达波多杰问。

"跟他们打仗。"贵族头人们说。

达波多杰就像看一群不懂事的孩子那样望着他们："你们知道他们有多少人多少枪吗？知道他们的地盘有多大吗？知道他们到底有多少力量强大的宝贝吗？"

"他们的人枪多，但是我们有神灵的护佑；他们的地盘大，可为什么要来分我们的土地呢？连寺庙的地都要分，以后佛菩萨的法相前连酥油灯都点不起啦。"一个头人说。

"我可没有一寸土地，也就没有什么给他们分的啦。倒是红汉人分给我一顶官帽。"达波多杰说这话时用嘲弄的眼光看了看贝珠。

"可是你有一颗英雄的心。"贝珠迎着达波多杰的目光说。

"是啊是啊，你是我们峡谷里的英雄。"头人们七嘴八舌地迎合着说。

那时刻达波多杰并不感到自己是一个英雄，而是一个懦夫。他第一次在一个女人面前感到了羞愧。

一个会说话的聪明女人，抵得十万雄兵。天黑的时候，贝珠要留贵族头人们吃饭，但是他们都面带暧昧之色地说家中还有事，纷纷打马走了。外面在下着雨，达波多杰借口等雨停了再走，实际上是他的脚步被贝珠的目光拴住了。让他坐在厚重柔软的氆氇上起不了身。况且，在这个宽敞的厅堂里，还留有父亲白玛坚赞头人的强悍身影，有哥哥扎西平措游弋飘拂的目光——自从达波多杰回到峡谷，每次见到贝珠，眼前就会浮现出哥哥那双阴鸷的眼睛，耳边还会响起打铁的"叮当叮当"声，这声音让他快乐，也让他绝望。现在那个打铁爱好者的亡灵只剩下一双哀怜的眼睛，它悬在厅堂的上方，看见两个昔日的情人在贵族头人们面前也眉来眼去。那双曾经屈辱而愤怒的眼睛再一次看见了不愿看到的一幕，那对如野猫和野食互相吸引着的狗男女，竟然迫不及待地在厅堂火塘边的方榻上像狗一样地快活起来。扎西平措亡灵眼睛里的目光再犀利，也不能打一把斩杀偷情者的刀啦。它只有大滴大滴的眼泪，从天花板上滴落下来，落在达波多杰光光的脊梁上。

达波多杰感到了背脊上的凉意，他仰头往上看了看，竟然骇出一身冷汗，强健的身体一下软了下来，这可是在他阅人无数的风月史中从来没有过的事情。

"你怎么啦？"贝珠在男人的身下痴迷地问。

"哦呀呀，我哥在上面淌眼泪哩。瞧，都滴到我的背上了。"

"噢，是房子漏雨。老房子了么，还是你爷爷当家的那个时候盖的吧？朗萨家族的男人都是些吝啬鬼，迟早我要把它拆了重新盖。朗萨家族的那些孤魂野鬼就再不会来找我们的麻烦了。啊，啊啊，达波多杰，你的马儿怎么不跑啦？"

这可是哥哥在她身上时说过的一句话！达波多杰忽然在心底里生起对哥哥的无比愧疚之情和对身下这个女人强烈的恨。祖先啊，血脉悠久的朗萨家族就要败在一个女人手里了。

"你这个不知羞耻的老狐狸精，没有朗萨家族的男人会有你的今天？你看见我哥哥扎西平措眼睛里的目光了吗？那可比一把刀快多了。"

他顺手就给了她一个耳光。

"噢——"女人痛得尖叫一声，将扎西平措亡灵的一滴掉下来的眼泪在半空中一劈两半。"你可真是个大英雄啊，敢打女人了。"

达波多杰重重地哼了声，从女人身上翻下来，歪倒在方榻上，气得浑身颤抖。

"红汉人该感到高兴了。"贝珠衣衫不整、袒胸露怀地跳到厅堂中央开始数落起来。当一个狐狸精变的女人要迷惑男人时，穿不穿衣服，和说不说人话，都一个样。

"康巴人的大英雄，原来只是在女人面前要威风；峡谷里的'藏三宝'，原来只是一个传说。有人把它们找齐了，可又有什么用呢？比风还要快的宝马只能养在马厩里，已经变得跟一匹驮马没什么两样了；比月亮的光芒还要亮的宝刀却抽不出刀鞘，因为男儿的手软了；那比雨点还急促的快枪呢，都要生锈了！因为一个好男儿的心也生锈了！红汉人舍给他一碗粥，他就以为是灵芝汤；红汉人布施给他一百，他就帮他们赚回一千。天下有这样慷慨的傻瓜吗？他们给贵族头人们一顶官帽，然后就唆使他们的奴隶逃跑，一句话就让他们成为了自由人；他们让那些欠债的人把高利贷借据烧掉，说那是什么剥削，不公平。可是峡谷里山有高低，人有贵贱，平坦的地方有多少？他们还让世代都在租种土地、放牧牛羊的黑头藏民，突然有一天跑来跟他们的主子说，那土地是自己的了，牛羊也属于他们了。因为地是他们种的，就该归他们所有；牛羊是他们放牧的，就像他们养大的孩子一样。世上哪有这样的好事？太阳每天都在出来，晒在那些穷叫花子身上，为他们御寒，让他们不被冻死。他们能说太阳就归自己了，就能把它带回家吗？天下哪里有这样的慈悲？就是寺庙里的喇嘛上师们，也还在收租放高利贷啊。红汉人一来，把什么都要改变，连佛菩萨的财产都要分，菩萨都要遭罪，人怎么办？嘿嘿，这些都不重要，我一个女人需要什么呀，不是土地，不是牛羊，也不是什么副县长，我要的是一个好男儿的爱啊！我要的是一个让我感到骄傲的英雄啊！

可你看看现在我们峡谷里的英雄，他连在女人身上都骄傲不起来，还指望他去跟红汉人打仗？当年他能制造一场雪崩，可现在一片雪花都可以把他击倒，你还指望他像个男人？他哪儿有什么'藏三宝'啊，不过是一条癫皮狗，在雪域高原转了一圈，出去是一条尾巴，回来还是只有一条尾巴。而且还是夹在屁股里的尾巴！"

"说够了没有！"达波多杰站了起来，攥紧了双拳。

"没有！"贝珠挺着饱满的胸脯迎了过去，"把这儿当你的战场吧，你在这里早就英名远扬了。"

达波多杰像他第一次征服这个女人那样，一下将她横抱起来，大踏步走向卧房。他把她扔到床上，轻蔑地说："一个真正的英雄，他的战场大着哩。你这儿还不够我跑一趟马。"

达波多杰和一只狐狸在阴暗的卧室里较量时，一支搜山的红汉人队伍发现了一个藏在山洞里的修行者。他们其实一直在暗中监视贵族头人们的动向，悄悄地把所有的路口和制高点都置于他们的枪口之下。可是他们却没有料到这个修行者最终会打乱他们的作战计划。

修行者被带到红汉人的营房。他蓬头垢面，衣衫褴褛，形销骨立，浑身发绿，行动迟缓，沉默寡言，年龄在五十岁到八十岁之间。因为红汉人从他饱经风霜、头发胡子一样长的脸上，实在看不出他的实际年龄。红汉人在搜他身时，发现了他腰间的一个盛人骨头的小口袋，他们问他这是什么。修行者轻声说：

"是一个回家的母亲。"

这是他在红汉人面前说的唯一一句话。一个叫格茸的老翻身农奴一直在给红汉人带路，可他也没有认出这个修行者。他对红汉人说："别管他了，这些苦修者只为自己的来世修行，而不会管人间的烟火。"

红汉人的军官问那个修行者："喂，大爹，你要吃点东西吗？"

修行者木讷而沉默地望着他。

军官又对自己的警卫员喊："小刘，带这个大爹去洗个澡，剪剪头发，再给他换身干净衣服。真是可怜，饿得像个野人。"

格茸感叹道："修大苦行的人都是这样。金珠玛米真是'菩萨兵'啊。"

警卫员小刘过来把修行者带走，他几乎是被架着走的，因为他似乎虚弱得连路都走不动了。警卫员把他带到营房后面的一道僻静的山崖下，那里有一个木头搭建起来的临时澡棚。他给他提来一桶热水，还抱来一件红汉人穿的黄色军大衣，示意他洗完澡后穿上。

来自内地的警卫员小刘后来一直没有想明白，那人怎么可能从戒备森严的部队营房消失掉。他身后的山崖至少也有十多米高，别说这一阵风都能将他吹倒的修行者，就是部队侦察连那些身经百战、身手敏捷的弟兄，也不可能翻越这道山崖。可是，他的确失踪了。洗澡水一动未动，抱去的军大衣也原样摆在那里。为此警卫员小刘被关了禁闭，因为部队首长担心这个修行者是叛乱分子派来的探子。不过格茸大爹安慰红汉人的指挥官说："这种人都是些有高深法力的疯子喇嘛。过去我们峡谷西岸都吉家的儿子，磕长头去拉萨做了一个苦修瑜伽士，听说他有一天坐在山洞口就飞到天上去了。唉，都吉家现在绝户了啊，从前是多兴旺的一个大家族啊。"

峡谷里的风云变幻，像夏季里的天空，刚才还晴空万里，转眼就是黑云密布。就像达波多杰的命运，昨天他还是备受红汉人尊敬的副县长，今天他就被参加反叛的贵族头人们推为头领，有将近一千来号人马跟随在他的宝马贝珠后面。另外一个贝珠被推为副头领，因为她不仅代表骄傲的朗萨家族，还出人出钱出枪最多。按照贵族头人们的商定，叛乱后他们要先攻占县城，驱逐那里的红汉人，让雪山峡谷重新回到神灵的统治之下，然后把这些年跟着红汉人跑的黑头藏民要么杀掉，要么役为奴隶。有身份有财产、屁股却坐在红汉人那一边去了的贵族头人，所有的财产全部没收，分给那些参加过叛乱的头领。贵族头人们已经达成了默契：叛乱不过是权力和财富的重新分配。

在叛乱开始之前，贵族头人们还要做一件决定战争胜负的重要事情，那就是祭神，迎请藏族人的战神前来帮助他们与红汉人开战。

祭神仪式选在卡瓦格博雪山下的一处高山牧场上，各家族、部落的头人们带来了自己的人马，闹闹嚷嚷地撒满牧场。一些人是武士打扮，而另一些人则穿上了节日盛装，叛乱队伍看上去花花绿绿，色彩纷呈。他们中有贵族头人们的家丁武装，有被裹挟来的佃户奴隶，有寺庙里的喇嘛，说唱艺人，还有做法事迎请来的三个战神，五个密修身形的阎王，七个不同颜色的魔鬼，十二个能呼风唤雨的神巫，以及二百八十个雪山下的阴魂。神巫和喇嘛们在草地上设置了祭祀的坛城，供奉了各路战神，保护神，也邀请来了魔鬼为他们壮胆，请他们入席，并奉为上宾，还献给他们哈达和酥油茶。神巫们经过一番复杂烦琐的仪轨，宣布说他们已经和魔鬼结成了联盟，当康巴人的马队向红汉人发起冲锋时，魔鬼将在峡谷里施放出自有人类以来最肮脏污秽的毒瘴，让红汉人在来世统统转生为地上爬行的动物，再不能投生为人。

那个没鼻子的基米，就像一个即将要抱孙子的老人家，乐颠颠地在队伍中窜来窜去，他对达波多杰说："老爷啊，英雄出世的吉祥日子终于到啦。"

"谁知道这是不是一场梦呢？"达波多杰骑在宝马上，感到未来就像雪山上面的云雾一般虚无缥缈，难以把握。在回到峡谷之前，他从来都认为自己是天生当英雄的命，总有一天，他会在战场大显身手。可当这一天来到时，他却不得不用悲壮的口吻说："我只知道自己的命运，要么是一个英雄，要么是一副尸骨。"

神巫们即便能升天入地，把天上的神灵和地下的魔鬼都迎请来，可是他们却不知道红汉人已经把这片高山牧场围了个水泄不通。一支强大而精锐的部队悄悄占据了牧场周围的所有山头。他们得到了严格的命令，牧场上的人马只许进，不准出。待他们表演够了，要向县城进军时，部队发起进攻。红汉人的炮口和机枪，已经把出牧场的山口封得连一只鹰也飞不出去了。

王县长跟随部队参加了这次行动。他对带兵的一个团长说："先给他们一点警告吧。里面有许多人都是被裹挟进去的普通藏族人，还有些上层人士也是我们今后要团结的对象。"

团长担心这样会暴露部队的战术意图，失去战斗的突然性和隐蔽性。在他看来荡平这些乌合之众，半个小时就足够啦。不过，他还是让王县长派了一个叫阿旺的藏族人去送一封劝告信，他告诫阿旺，千万不要让牧场上的人知道我们的意图，他们问你什么，你都说不知道。团长还递给阿旺一块哈达，让他折叠起来藏进帽子里，如果他的生命遇到危险了，就摘下帽子挥舞哈达，然后就地卧倒，剩下的事情他就不用管了，金珠玛米会保护他的生命的。

阿旺是一个刚被解放了的奴隶，对未来的新生活正充满希望。他骑了一匹快马冲进牧场，将信交到了达波多杰手中。

达波多杰看了看这个勇敢的信使一眼，问："我认识你吗?"

阿旺不卑不亢地说："不，可我认识你。小时候，我的背是你的马墩石。"

"噢，你现在有出息了。"达波多杰拆开了信。

"谁写的信?"贝珠在达波多杰身后问。

"王县长写来的，"达波多杰心事重重地念道，"让我们放下武器，各自回家，人民政府既往不咎，否则大军到来之际，区区抵抗，不足为战。唯忧峡谷和平不久，百姓安康，战火再起，生灵涂炭，人神不容。"

"哼，他们倒来说人神不容了?"贝珠恨恨地说，"来打劫我们的土地和寺庙的财产时，那才是神怨鬼怒呢。"

达波多杰懒洋洋地回头看她一眼，这个女人心中只有土地和财富，并不是为了让他成为女人心目中的英雄。只有那个怀揣英雄梦想的老小孩没鼻子的基米，才是真正想在战场上看到一个拥有"藏三宝"的英雄的诞生。

算了吧，就算是为了不让一个老人家失望，我也得跟红汉人干一仗。

达波多杰把信揣进袍子里，问阿旺："告诉我，红汉人在哪里?"

"在他们该在的地方。"

"说实话吧，阿旺。我会还赏给你牛羊的。"

"晚了，达波多杰。"阿旺直呼其名，再不叫眼前的这个人老爷，"红汉人还给了我们'新藏三宝'呢。而你们从来没有。"

"呵!'新藏三宝'?"达波多杰嘲笑道，"看看你骑的那匹驽马，大概还跑不过一只羊;看看你的刀，切酥油都会卷了刃;你的枪呢，不好意思带在身上吧。这就是红汉人赏给你们这些黑头藏民的'新藏三宝'?"

"不是。"阿旺高声回答道，"红汉人给我们藏族人送来的是翻身、自由和土地三样宝贝。这可比你的'藏三宝'金贵多啦。"

"反了！哪有这样跟老爷说话的。"贝珠大喝一声，"把这小厮吊起来，打他几十鞭，看他的舌头还敢不敢朝红汉人那边弯。"

有个头人建议道："就拿这家伙来祭刀吧。达波多杰，给我们来一段'刀赞'，让我们在你的舞步中欣赏你的宝刀，在祭刀中找到斩杀魔鬼的胆量。"

"刀赞"是峡谷里的康巴人祭祀神灵、投入战斗前的一种舞蹈。舞步凝重又飘逸，歌词也极富号召力。一场精彩的"刀赞"舞，可以把康巴人的血液全都跳得燃烧起来。因为在峡谷里，打仗其实就是一场人生的宏大演出，战场就是好男儿最佳的舞台。没有一个康巴汉子不会几句慷慨激昂的"刀赞"歌词，跳几段优美雅致的"刀赞"舞。跳"刀赞"舞和打仗冲锋陷阵，似乎本来就是一回事。

虽然跳"刀赞"舞还是达波多杰当年离开峡谷前的事，但骨子里的舞步是不会忘记的。喧嚣声中，他身着盛装，浑身披挂护身符、绿松石等佩饰，头戴雪白的狐皮帽，脚蹬一双漂亮的藏靴，手握锃亮的宝刀，走着戏台上的步伐来到场地中央。达波多杰大喝一声，走了几个花步，开始自己的吟唱——

> 好男儿要有三样宝啊，
> 快刀、快马和快枪。
> 今天先把刀来赞。
> 宝刀握在好汉手，
> 犹似森林长在雪山上。
> 先看刀尖像那日月的光辉，
> 再看刀身如弯月般流畅，

还颂刀柄上的珠宝似星星闪烁。

他每唱一句，众人都附和一声："哦呀——"康巴汉子们的刀枪举过头顶，形成一片冷酷的丛林；而渴望搏杀的欢呼声又犹如千万年前冲出峡谷的澜沧江，一波未平，一浪又起，波起云涌，绵绵不绝。达波多杰仿佛已经置身战场，他继续唱道：

> 我手握宝刀砍敌人，
> 恶魔也让他头落地。
> 我健步向前走三步，
> 恶魔朝后退六步。
> 神灵壮胆威力大，
> 妖魔逃窜无处藏。
> 愿吉祥啊，
> 战神保佑勇士的平安。
> 呀快日几给快日几尼色！

草场上的"刀赞"跳得杀声震天，周围山头上的红汉人可就按捺不住了，他们担心阿旺有生命危险。可是他的哈达为什么还不挥舞起来呢？红汉人的团长传下了命令："听我的口令，准备战斗！"

这时一个声音从团长的头顶上方传来："放弃你的战斗吧。"

团长周围的人都吓了一大跳。他们看见那个修行者天上掉下来一般正坐在上面的一块岩石上，警卫员小刘推弹上膛，在他就要将那修行者一枪打下来时，团长及时压下了他的手腕。

小刘爬上去把修行者押下来："姥姥的，你不跑啦？跑啊！飞上天去啊！姥姥的，你可把我害得苦！"

团长问："你刚才说什么？"

修行者说："我能劝他们回家种地放牧去，而不是在这里和你们打仗。"

"呵，你会说话呀，还说你是哑巴哩。"小刘讥讽道。

团长瞪了小刘一眼，让他闭嘴。"刚才派去的一个藏族兄弟已经被他们绑起来了，看来那些家伙是铁了心要跟我们过不去啦。"

"他们的心都不坏。只是还没有被慈悲感动而已。"

团长有些听不明白："你到底是干什么的？"

修行者回答道："我祈愿众生都能平安吉祥。"

这时王县长过来问："你是本地寺庙的喇嘛吗？"

"不是。"修行者指着远处的草场说，"但那边的人都是我的父母兄弟。"

王县长对团长说："他们或许会听一个修大苦行的喇嘛的。让他去试试吧。"

"这仗打的，拖泥带水。要不是在藏区……唉！好吧，让他去。"团长一挥手，让人放这个修行者走。王县长又递给他一条哈达，修行者把它挂在脖子上，说："愿吉祥的哈达不会给峡谷带来战争的灾难。"

团长说："不是那个意思，你遇到危险时，就挥舞它。我们会来帮你的。"

"连阿旺都不肯做的事情，你以为我会做吗？"

团长和王县长都有些吃惊，似乎他们的一切意图，全都被这个修行者掌握了。

草场上，在惊天动地的喧嚣中，战神狰狞的面孔把太阳也吓着了，它匆匆加快了在天上逃亡的速度。可是大地上的人们仍然被战争这血腥的游戏兴奋着、刺激着，他们红光满面，血脉偾张，豪气比雪山还要高。

阿旺已经被人推到了草地的中央，绑在一棵木桩上。在阿旺听到他们要拿自己来祭刀时，知道一场血腥的战斗已经不可避免。他本来有时间摘下帽子挥舞起哈达，但是他发现今天在牧场上的许多人都是他的朋友甚至亲戚。他们曾经一同为头人干活、一同放牧、一同在神灵的节日里唱歌跳舞。阿旺实在不忍心看到他们因为自己挥舞起了哈达而倒在红汉人的枪林弹雨中。他宁愿自己先死。当他的人头落地，藏在帽子里的哈达飘起来，红汉人自然就知道他们该怎么做了。

四周的人们引颈张望，等待着看一场砍人头的好戏。达波多杰心中的豪情和勇气已被一曲"刀赞"舞挥洒出来了。接下来的热血祭刀仪式，若不把那勇敢的信使、自己从前的"马墩石"的头砍下来，草场上的人们打仗时就不会有激情。达波多杰跃上了宝马贝珠，挺直了身子，草地四周响起一片欢呼和口哨。

"阿旺，红汉人送给你的'新藏三宝'你享受不了啦！"

"我还有来世呢。动手快点，看看你的刀还能砍头不？"阿旺豪迈地说。

达波多杰有些替他惋惜，也想不起从前他在自己的马前一次次地跪下身子，恭顺卑微地供他踩在背上翻身上马的样子。他只记得有一段时间他喜欢在上下马时揍人，那些"马墩石"和负责开门的小厮，是挨打挨得最多的。红汉人真的有魔法，他们能让这些一向卑躬屈膝的黑头藏民也找到做人的感觉，并且敢于和他们的主子较劲。

达波多杰拨转马头，向草地的边缘跑去。草地上的人们屏住呼吸，许多人几乎都有那宝刀即将砍向自己的脖子的感觉。他们看见，宝马从远处冲来，由慢而快，由快到飞，最后四蹄交替化成一阵阵风，滚雷一般从草地上掠过。人们几乎看不到马和马背上的骑手，只见到达波多杰老爷扬到了半空中的宝刀。这道耀眼的白光像闪电一样，把天空划破，把空气划破，把人们悬起来的心儿也划破了。

　　忽然，那道闪电悬停在了半空中。那真是峡谷里几百年来都没有过的奇迹，连神灵降伏魔鬼的神迹也不能与之相比；澜沧江有一天要改道、要断流，也不能如此让人们惊讶。在阿旺的头颅只需一眨眼的工夫就将被砍下来时，达波多杰老爷的宝马在疾驰中忽然不跑了，就像前面遇到了万丈悬崖，它一个急停，前腿高高地乱踢在空中，几乎举得有雪山那么高。要不是达波多杰老爷的骑术高超，早就被甩到草地对面的森林里去了。

　　马蹄下面并不是悬崖，还是平坦的草地。但是，一个修大苦行的密宗瑜伽士从地上冒出来——或者说从天上飞下来——般，结跏趺坐挡在宝马贝珠的面前。

　　在那令人难忘的一天，在那惊心动魄的一刻，草地上有近千双眼睛，可没有谁知道那个喇嘛是如何进到草地中央的。更不用说牧场外面的山头上那些四面埋伏的红汉人。他们把一切都看得清清楚楚，但就是没看清这个刚才还和他们在一起的喇嘛是怎样出现的。甚至连达波多杰的宝刀什么时候要砍向阿旺的头，红汉人都掐算好了。一个神枪手早把准星瞄准了马背上的达波多杰，他已得到准确无误的命令，不管阿旺的哈达挥不挥舞起来，只要达波多杰的马一到阿旺面前，他就开枪。峡谷里的战争便会就此展开，炮弹和机枪子弹将会像下雨一样把牧场上的叛乱者淹没。

但是一个喇嘛的悲心改变了这一切。他端坐在草地中央，腰上挂着他母亲的尸骨袋，一身的袈裟已经看不出颜色，无论是他的衣衫还是裸露在外的皮肤，都跟这个季节绿色大地一样的颜色。

达波多杰好不容易才按平了马头，坐稳了身子。他用宝刀指着地上的那个人喊："哪里来的疯子喇嘛，走开！"

"达波多杰少爷，该走开的是你。死神已经在嘲笑你了。"

这熟悉的声音达波多杰怎么能不知道呢？"你……你是阿拉西？那个去寻找佛、法、僧三宝的喇嘛？"他受到的震惊比刚才宝马忽然急停不跑还要大。

洛桑丹增喇嘛平和地说："我们都在外漂泊多年，你的心还是像夏天里的澜沧江。"

"不是我的心，而是我的血。喂，你外出求的佛、法、僧三宝，求到了吗？"

"正在修持中。"喇嘛说。

达波多杰哈哈一笑："我的'藏三宝'可找齐了，看看我胯下的骏马，它能从你的耳边飞过；看看我手中的宝刀，它可砍下你的脑袋；再看看我肩上的快枪吧，一眨眼的工夫，能把你的身子打得像筛子。"

"你说得不错。"洛桑丹增喇嘛说，"可三件宝不过是三件宝的烦恼罢了。"

"我才不烦恼呢，我骄傲得很。看看草地周围的那些好汉，他们要跟随我去和红汉人打仗，就是相信这'藏三宝'的威力。让开道，喇嘛！"

"达波多杰，我们都不年轻了，都经历了好多事情。我不想看到你被人打下马来。"喇嘛说。

达波多杰感到自己受到了侮辱和嘲弄，他勒紧马头说："那我先砍下你的头，就当祭刀了。我还真有点不想砍那个被你挡在后面的家伙呢。"

他驱马向前，可是他却感到胯下的坐骑遇到了强大的阻力，马蹄明明敲打在草地上，宝马贝珠却使劲地喘着粗气，脚步零乱，马耳下垂，马头乱摆，就像陷进了沼泽地里。他不得不拨转马头转了一圈，可那马能向后走，就是不能朝喇嘛的方向跑。最后，它甚至把达波多杰从马背上颠下来了。这可是他骑上宝马贝珠的马背以来，从来没有过的事情。达波多杰跌倒在草地上，绝望地看着自己的宝马，心碎得犹如荒原上的沙砾，一阵风也能将它吹得没有着落。宝马贝珠垂下双眼，羞愧万分，就像一个斗败了的勇士，不敢看自己的主人。

草地上传来一阵嘘声，感叹声。达波多杰感到自己的脸都快丢尽了。他从肩上取下了卡宾枪，"哗啦"一声推弹上膛，他要让这个骄傲的喇嘛爬着跟他求饶。他平端了枪口，瞄准了喇嘛的膝盖。但是，"喀嚓"一声闷响，枪机卡住了。

难道今天神灵站在了那个喇嘛一边？达波多杰想把枪栓退出来，可他怎么也扳不动。这支为琼斯先生当了几年奴仆才换来的快枪，转眼就成了一根废铁。他感到身后的整支军队都在看他的笑话，英雄的脸面像山崩一般垮塌得不可收拾。

"达波多杰，放弃你的仇恨吧。你的三宝杀不了一个一直在悲悯你的人。这让你活得多累啊。"洛桑丹增喇嘛就像和一个老朋友说话那样。

"哼哼，悲悯?"达波多杰咬牙切齿地说，"过去你杀了我的父亲，今天你再次羞辱了朗萨家族的荣誉。这就是一个喇嘛的悲悯？"

"侮辱能唤起一个人的觉醒！达波多杰，这也是一种修行啊。"

幸好没鼻子的基米及时解了他的困境："老爷，神巫们来了，让他们来和这个喇嘛斗法吧。"

达波多杰扭头一看，果然那随军征战的十二个神巫已经簇拥着他们的战神、挟带着乌云背后的魔鬼赶来了。"阿拉西，我不管你这些年来修的什么法，在我们的战神和神巫面前，你的末日到了。"

达波多杰从不需要修行，他只要报仇。他将十二个神巫推到了前面。那些家伙脸上涂着死人的骨灰，描着黑蜘蛛的花纹，做着奇形怪状的恐吓手势，似乎要凭此召唤各路魔鬼来与洛桑丹增喇嘛应战。

一股黑色之气随着神巫们的咒语从峡谷的一条山涧升起，顷刻间，牧场上飞沙走石，烟瘴弥漫。草地上的花儿，顿时枯萎了，树上来不及逃走的鸟儿，像中弹一般纷纷坠落，牧场上的牛羊，成片成片地倒下，峡谷对岸一个叫拉珍的大婶，正在土掌房的屋顶上晾晒青稞，黑色雾气掩袭过来时，金黄色的青稞粒先是变黑，随后就像黑色的虫子一般到处爬行，拉珍大婶吓得一屁股坐在房顶上，号啕大哭，眼睁睁地看着自己一年的收成化为虫子。

洛桑丹增喇嘛本来可以抵抗神巫们摧毁一切的魔力，但他为了让大家看清他的悲心，便自我放弃了。神巫们把他捉了去，扔在了贵族头人们面前。

贝珠挥舞着她的那根精致的马鞭冲着洛桑丹增喇嘛就是几鞭子："哪里来的野喇嘛，想坏我们的大事？达波多杰，你的宝马跑不动了，快枪也打不出子弹了，难道你的宝刀也挖不出仇人的心吗？他哪是什么修大苦行的喇嘛，其实他是红汉人派来的，他的心是红汉人的心。"

达波多杰愣愣地站在喇嘛对面，不知道该不该把腰间的宝刀抽出来。宝马和快枪都在这个找到了另一种"藏三宝"的对手面前失去了力量。难道佛、法、僧三宝的威力，真的要高于我的"藏三宝"？要是宝刀再失手，他将如何面对英雄扎杰的尸骨，如何面对没鼻子的基米，还有这牧场上的人们？

"达波多杰，你的宝刀是糌粑面做的吗？"贝珠又高喊道。

达波多杰胸中的热血再次被煽动起来了。他抽出了腰间的宝刀，一步步向喇嘛走去。这时一个人突然抱住了他的一只脚："不能这样啊老爷，我的一个好儿子就毁在你们两个家族的仇杀中啦，你忘了吗？可是你别忘记，你手中拿着的是英雄扎杰的宝刀！"

没鼻子的基米一把眼泪一把鼻涕地跪伏在达波多杰的脚下，就像一条紧紧咬住了他裤脚的老狗。除非达波多杰一刀劈了他，他才能迈出复仇的步履。

"难道我不能杀自己的仇人吗？"达波多杰恼怒地对没鼻子的基米说。

"难道你想玷污了一个英雄的名声吗？一个英雄走到末路了，才会去杀一个手无寸铁的人。更没有哪个英雄会去杀一个喇嘛！"

"究竟谁是英雄！是他，还是我？"达波多杰一怒之下，猛地将手里的宝刀扬了起来，指向他前方的洛桑丹增喇嘛。神奇的一幕再次出现，就像当年这把宝刀见到另一把宝刀那样，它挣脱了达波多杰的手，在天空中划出一道耀眼的白光，飞了出去。

在后来充满忏悔的岁月里，达波多杰总是想弄清楚宝刀是如何脱手的。它仿佛是一只从手里逃走的兔子，又好像是他扔掉的。到了他的暮年，在他靠回忆往昔的光荣和血性张扬的青春与孤独、衰老作抗争时，他才明白一把宝刀和一个英雄的因缘。不是他担心自己一怒之下劈了那个英雄的缔造者没鼻子的基米，也不是他没有胆量去杀洛桑丹增喇嘛，而是他怕宝刀在那时伤了自己骄傲的心。

宝刀像流星一般陨落，插在了草地上。非常奇怪的是，宝刀就像插在了没鼻子的基米的胸口上，他一声惨叫，倒在了地上，口里吐出一团鲜血，再也没有爬起来。他荡尽家产收藏的雌雄两把宝刀，都曾经试图指向这名具有大悲心的喇嘛，但是都以失败告终，闻名于世的刀相师已经提前知道，藏族人的英雄时代结束了。不寻常的宝刀和生来就不平凡的人总是有因缘的。

达波多杰抱着没鼻子的基米失声痛哭，就像失去了自己的父亲。他想起这位老迈的刀相师一手缔造出来的两个充满悲剧命运的英雄，想起他牵着英雄扎杰不屈的尸骨在雪域大地上追寻一个男人终身的梦想，想起多年前和这个刀相师见面时他说过的话："一个英雄和一把宝刀是有尘缘的，尘缘未断，宝刀和英雄的荣耀便不会被四方传唱；当宝刀和英雄赢得了名声后，尘缘也了断了。"现在不是尘缘了不了断的问题，而是梦想彻底破灭啦。就像他曾经跟随着到处流浪的巴桑部落，当他们看到传说中的故乡一片荒芜时，他们情愿用失败的泪水淹死自己，也不想面对梦想破灭的残酷。

在达波多杰还在伤感英雄梦破碎时，洛桑丹增喇嘛已被拖在马后面，沿着草地的边缘一路疾跑。神巫们声称他们捉到的是一个魔鬼，唆使大家往他身上扔石头，吐吐沫，甩鞭子。那是一场一个人面对一支军队的战争，是一颗悲心在力图平息千百颗杀心。洛桑丹增喇嘛已经衣不蔽体，披头散发，浑身是血。那条红汉人给的哈达还挂在他的脖子上，也已经被一路的拖曳剐得筋筋缕缕的了。外面的红汉人不知道，他们永远也等不到这条吉祥的哈达挥舞起来，就像他们永远也看不到一个喇嘛的悲心。

许多围在外面的康巴骑手，听说神巫们为他们捉来了一个魔鬼，都纷纷涌上来看个究竟。可他们根本看不出那个拖在马屁股后面一路翻滚而来的到底是一个人还是一个鬼，或者是一团不成人形的血肉。有的人出于害怕，有的人出于义愤，纷纷拥上去砸石头，或者踢上几脚，甩几马鞭。鬼和单个的人面对面的时候，人害怕鬼；人比鬼多时，人的胆子就比鬼壮了。雨点一般的石块和飞舞过去的马鞭，几乎把那可怜的喇嘛覆盖，只有他悲悯的声音还在一片喧嚣中孤独地抗争。

"你们打吧，砸吧，骂吧，这伤害不到我，只能伤害到你们自己的心！你们伤害我越深，你们的灵魂就净化得越快！"

许多年以后，人们已经不为自己当年的勇敢而自豪，相反非常羞愧和害怕。他们常常在梦里看见那个遍体鳞伤、浑身是血的喇嘛，看见自己有罪的脚踹在他的胸口，看见自己罪恶的手举起石头砸在他的头上，有人甚至还看见自己撒了一泡尿在喇嘛的身上。当时他们多么血腥和残忍，一点也不知道这世上还有悲悯。

贵族头人们急于跨过洛桑丹增喇嘛的身躯，前去攻打县城。可是他们发现，那个喇嘛在马后面越拖越精神。弯道上的岩石，他一碰就炸裂开了，草地边缘的那些树桩，竟被他连根带了起来；在他被拖过的草地上，刹那间开满了血红的花儿。他们越折磨这个喇嘛，他就显示出越高深的法力和悲悯，连天上前来助战的阴兵都在流泪。最后他竟然爬起来，身子腾空地和疾驰的马一起奔跑，嘴里还一路高喊：

"善良的人啊善良的人，放弃你们的杀心吧，你们已经坐在死亡的门槛上了。我祈祷我能站在地狱的门口，挡住你们奔向死亡的莽撞脚步。并不是因为红汉人我才下地狱，只不过是我愿意承当你们的罪业与苦难。你们该种地放牧的就回家去，该念经伺奉诸佛菩萨的就回寺庙去。天不早了，该去给神山煨桑啦！"

洛桑丹增喇嘛的声音越来越微弱，但是听进去话的人却越来越多，他最后拼尽了全力嘶喊道："峡谷里的父老乡亲，别忘了我们是藏族人啊！"

草场上的情形在发生着微妙的转换，藏族人的悲心在被一点一点地唤醒。喇嘛被拖得越久，康巴骑手们的士气就越低，已经少有人冲上去砸石块甩马鞭，有的人冲那受难的喇嘛跪下了，因为这是他们从来没有见到过的奇迹。一个甘愿承受苦难与折磨的喇嘛，在他们的心目中就是一尊神，甚至是一尊佛。康巴骑手们一向坚硬如铁的内心从来没有像现在这般柔软、慈悲。悲的泪水潮湿了慈的天空，一个铁血男儿如果要被征服，只能是心，而不是将他打倒。刚才跳"刀赞"时煽动起来的战斗激情，已经消失殆尽，有的人甚至在悄悄开溜。因为一些消息像风一样在康巴骑手们的耳边滑过——这个喇嘛就是从前峡谷里都吉家的阿拉西，他磕长头去拉萨证得了无上甚深的悲心；红汉人已经包围了草场，如果大家回家去，他们就给我们翻身，自由和土地"新藏三宝"。

达波多杰终于明白，面对一个拥有佛、法、僧三宝的僧侣，这场战斗看来是打不成了。在峡谷里演绎了二十多年的寻找"藏三宝"的竞赛，以他的失败告终。正如那个喇嘛说的那样，快枪快刀快马只是属于自己永远也摆不脱的三种烦恼。神圣的佛、法、僧三宝，却属于所有的藏族人。而阿旺宣称的那些黑头藏民将得到红汉人给予的"新藏三宝"，更会让贵族头人们输得一干二净。

牧场上的喧闹连外面山头上那个准备下命令发起冲锋的指挥员，
也忘记了发号施令。他的望远镜就像粘在了眼眶上，久久拿不下来。
他看见那个修行者被拖在马后，在草场上转了一圈又一圈，人们开
初纷纷往前涌，用最残忍的手段折磨他。在他就要下命令发起进攻
时，他发现有人在向他下跪，有人面带悲悯，肃然起敬；一些本来携
枪来参战的喇嘛，此时也扔下了枪，盘腿坐在草地上，边淌眼泪边念
经文，为他们心中敬仰的上师祈祷。他还发现叛乱者的队伍奇怪地发
生了动摇，一些战马已经找不到自己的主人，康巴骑手们丢下手里的
枪，正往草地边缘的森林里躲。而那几个策动叛乱的贵族头人，正试
图把失散的人马重新召集拢来，但此刻这对他们来说，是一件多么
困难的事情啊，就像一只手掌里握不住一捧流沙。那个叫贝珠的女头
人，用鞭子去抽打那些跪着的骑手，可是没有一个人理会她。贵族头
人们身边已经没有了多少人，不要说去打仗，就是去神山下做一场祭
祀神灵的仪式都显得寒碜。

团长脸上绷紧了一上午的肌肉松弛下来了，甚至还露出一丝笑
意。在他的身后，那个准备吹冲锋号的号手，诧异地看着他的团长；
士兵们也呆呆的不知所措，不知何时才能跃出战壕；机枪手的食指搭
在扳机上，已经僵硬。他们没有想到从这一刻起，嘹亮的冲锋号和机
枪欢快的歌唱今后永远只能在脑海中回响，更没有料到从这一天起，
峡谷里的叛乱刚刚开始，就被终止了。奉命前来平叛的部队没有放一
枪，从此便刀枪入库，马放南山。

就像那个喇嘛所祈愿的那样，康巴骑手放弃了战斗，红汉人撤回
了他们的军队。他们的士兵已经得到严格的命令，让愿意回家的藏族
人回去吧，别耽误了他们的农活。在死亡的门槛边缘游戏的人们，被

一颗悲心拯救了。

红汉人和平地进入了牧场，逮捕了几个煽动叛乱的贵族头人。此时已经没有人愿意为他们而战，先前贵族头人们做法事迎请来的那三个战神、五个密修身形的阎王、七个不同颜色的魔鬼、十二个能呼风唤雨的神巫以及天上的阴兵，都惧怕红汉人的威力，逃得无影无踪。据说他们后来逃到了印度，再也不敢到峡谷里来兴风作浪了。

红汉人的医生试图为洛桑丹增喇嘛包扎伤口，可他身上已经没有一块好肉，连骨头都断得一节一节的了。他的心脏不知是被马蹄踩的，还是被石块砸的，一颗悲悯的心隐约可见。那个为红汉人带路的阿老格茸尽管还没有认出洛桑丹增喇嘛，但他忽然想起了往昔，他对红汉人说："哦呀，从前我们西岸有个叫都吉的人，心脏也是这样被朗萨家族头人的马蹄踩穿了。"

红汉人的医生尽自己的全力抢救洛桑丹增喇嘛。但一切都晚了，一个小时后，医生擦着满头汗水对王县长说："救不回来了，他的血几乎都淌光了。就是在战场上，我都没有看到过心脏露在外面的人还可以活回来。"

一直在一边观望的格茸大爹说："都吉的心脏也在外面露了好久，后来还活成'回阳人'呢。"

红汉人的医生问："什么叫'回阳人'？"

格茸大爹说："就是死了后从阴间又活回来了的人，他们在地上飘着走。"

医生收起了急救箱："那样的话，还要我们医生做什么。老乡，人死不能复活，这是科学道理。王县长，怎么处置……这个喇嘛？"

格茸大爹嘟噜道："你们有你们的道理，我们藏族人也有我们的说法。"

王县长摸摸地上洛桑丹增喇嘛的脉搏，他不仅没有摸到，而且明显感到喇嘛的身子已经冷了。他有些感慨地说："他死了，许多人却活下来了。"王县长的眼眶有些湿润，他似乎是问医生，又像是叩问苍天，喃喃地说："唉，谁能救这个好人一命啊?"

医生双手一摊："除非发生奇迹。"

可是，红汉人没有料到的是，奇迹却以另外一种形式发生。牧场上的藏族人对红汉人说，按照他们的习惯，应该给这个大悲心的喇嘛实行火葬。红汉人尊重了藏族人的这个习俗，让人架起了一大堆柴火，把洛桑丹增喇嘛抬了上去。他被红汉人的医生实施抢救时，浑身裹满了白色的纱布，达波多杰那时已经和几个贵族头人被红汉人押在一边，他远远望去，就像看到一个身披白袍的神灵，宛如白盔白甲的卡瓦格博战神。他忽然被感动了，对看守他的一个红汉人说："那真是一个英雄的座位。你们让他成为了英雄。"

那个红汉人是部队里的文书，有些文化，他恨恨地说："不对，是你们这些反动贵族头人让他成为英雄的。"

尾声　涅槃

沧桑巨变，时间像江水一样一去不回，悠扬的牧歌一年又一年地在牧场上唱响，达波多杰已经再次成为红汉人的座上宾，成为与红汉人一道共同治理峡谷的官员。他以政协副主席的身份光荣退休后的某一天，他对一个来自汉地、对藏民族的历史与文化深感兴趣的作家说：

　　"其实，那不是一堆木柴，是一个人生命中的最高点。洛桑丹增喇嘛坐上去的时候，就像坐上了一个高高的法台。那天我真希望坐在柴堆上的人是我啊。"

　　"你为什么会这样想呢？还想当英雄吗？"作家问。

　　"不是想当什么英雄，而是想得到一个人成佛的因缘。"前政协副主席平和地回答。

　　他告诉作家，牧场上的人们惊讶地发现，就像传说中的那样，一个法力深厚的喇嘛，是能够在烈火中涅槃的。人们把洛桑丹增喇嘛的尸体放到柴堆上时，让他结跏趺而坐，看上去就像是正在入定观修的禅师。干柴噼里啪啦地暴响，烈焰越升越高，几乎要吞噬喇嘛的身影。但是人们依然可以看到他挺直的身躯，骄傲而沉静，庄严而尊贵。烈火中的喇嘛根本就不是一具肉身，而是一尊塑像。他的法身最后被烧成了一副尸骨，但依然端坐得笔直庄严。在这之前当他被魔鬼们抓到后，他们已经打断了喇嘛身上的每一寸骨头，可是在烈火中这些尊贵的骨头傲然挺立，威武凛然。正如达波多杰多年前曾经说过的那样，人的骨头是由一股英雄气概支撑的。骨气骨气，就是因为那股英雄气还在骨头里。喇嘛的尸骨曾经被烈焰熏得一度晃了晃，似乎要倒下去，但是神的力量让他又重新昂起了头颅。当火中的喇嘛身子倾斜时，他头顶上的卡瓦格博雪山也在倾斜，似乎要坍塌下来了。因为世间有一种力量是超越自然之力的，凡人的肉眼看不见，只能在某些特殊的状态下可以感受到它。

在这个庄严悲壮的时刻，达波多杰才明白，一个人们心目中的英雄应该怎么做。英雄不是某种虚名，而是奉献和牺牲。英雄的行为可能会很短暂，短暂到犹如划过夜空的闪电；英雄的英名却很长远，因为它照亮了在黑夜中迷路了的人们，让他们看清了方向。驰骋疆场，出生入死，斩敌八千，只是一般意义的英雄；拯救人的心灵，救度苦难的众生，才是真正的英雄。但是，当你发现你和英雄走的其实根本就是不同的道路时，你就只剩下仰慕的份儿了。你在凡人所在的此岸，英雄在光芒四射的彼岸。彼岸的确存在，可惜只有少数人才能抵达。正是从那一刻起，达波多杰开始对自己的仇人心生敬仰和钦佩。

"就像那个喇嘛说他在爱着我一样，我也思念了他一生啊！"

峡谷里的前头人，拥有快刀快枪良马的英雄，在寻找"藏三宝"的竞赛中的失败者，指着自己的头说："看看这满头卷曲的白发吧，那上面还飘着洛桑丹增喇嘛高贵的骨灰哩。"

火已经熄灭了，洛桑丹增喇嘛的尸骨依然傲立在柴堆的灰烬中。而洛桑丹增喇嘛本人，按峡谷里经久不衰的说法是："他和他的阿妈骑着太阳的光芒回到太阳中去了。"虔诚的人们目睹了一个喇嘛的飞升，他们相信一个喇嘛上师的悲心就像太阳一般温暖。而且，他们也相信，当阳光普照大地，他们可以看到洛桑丹增喇嘛在光线中熠熠生辉的身影。

后来，人们在这里为洛桑丹增喇嘛建起了一座白塔，喇嘛的尸骨就装在白塔内，一同装进塔里的有经过活佛加持过的经书、法器、五谷、酥油、糌粑等，渴望平安的人们还把一支卡宾枪和一把珍贵的宝刀也装在了里面，不仅仅是由于刀和枪的主人再不需要它们，而是不愿意这些曾被当作宝贝的东西扰乱人们慈悲的心和平安的生活。因为他已经成为一个平凡普通的人，成为了一个学着用悲悯之心去改变自己、观照众生的人。

人们称此塔为平安塔，它护佑着大地的和平与安宁。白塔建起来后，峡谷里再没有发生过战争，人们再没有动过刀枪。

再后来，那里成为一个宗教圣地，五彩的经幡常年挂满平安塔的四周，雪山上的风吹过来，掠过青翠的山冈，掠过浪漫的牧场，掠过庄严的平安塔，吹拂着经幡猎猎作响。人们说那是洛桑丹增喇嘛在念诵祈祷平安的经哩。风把这些祈祷经文撒向人间，撒向大地，让每一个祈诵词，都深入到人的内心深处。多年以前人们已经忘记了这经文的教诲，自那以后人们才明白平安是峡谷里最为值得珍惜的宝贝，就像祖宗传下来的珍贵陶器，一旦摔碎，就再也没有当初的完美与吉祥了。

洛桑丹增喇嘛离开峡谷的那一年，人们记得他是个磕长头去朝圣的喇嘛。年轻，英武，刚毅，虔诚，如今已很少见到如此坚忍不拔的喇嘛了。更早以前，他是澜沧江西岸富裕的马帮商人都吉家的大儿子，自信，勤劳，侠义，血性，如果他不当喇嘛，他将去拉萨的一家商号当掌柜。再早以前，他是牧场上的牧童，天真，活泼，聪慧，顽皮，差一点就被确认为一个大活佛的转世灵童。只有峡谷里的贡巴活佛才认定他具备佛缘，并指引他走向了一条成佛的道路。一个孩子就是这样在人们的记忆中一天天地长大，一天天变成我们越来越陌生的人，直到他成为一名受戒的喇嘛，成为一个心怀悲悯的密宗瑜伽士，成为一副烈火中庄严的尸骨。最后，涅槃成人们心中的佛。

2004年9月18日—2005年7月29日晚10时

一稿完于昆明北郊

2005年8月26日二稿

2005年10月28日三稿

2006年2月10日晚12时第四稿

图书在版编目 (CIP) 数据

悲悯大地 / 范稳著. — 北京：北京十月文艺出版
社，2023.9
ISBN 978-7-5302-2298-0

Ⅰ. ①悲… Ⅱ. ①范… Ⅲ. ①长篇小说—中国—当代
Ⅳ. ① I247.5

中国国家版本馆 CIP 数据核字 (2023) 第 058293 号

悲悯大地
BEIMIN DADI
范稳　著

出　　版　北 京 出 版 集 团
　　　　　　北京十月文艺出版社
地　　址　北京北三环中路 6 号
邮　　编　100120
网　　址　www.bph.com.cn
发　　行　新经典发行有限公司
　　　　　　电话 010-68423599
经　　销　新华书店
印　　刷　河北鹏润印刷有限公司
版　　次　2023 年 9 月第 1 版
印　　次　2023 年 9 月第 1 次印刷
开　　本　880 毫米 ×1230 毫米 1/32
印　　张　16.25
字　　数　360 千字
书　　号　ISBN 978-7-5302-2298-0
定　　价　42.00 元
如有印装质量问题，由本社负责调换
质量监督电话　010-58572393